BASTEI
LÜBBE

Von W. E. B. Griffin sind bei
BASTEI-LÜBBE erschienen:

DAS MARINE-CORPS

13 335 Band 1 – Shanghai
13 355 Band 2 – Wake Island
13 369 Band 3 – Von Pearl Harbor nach Guadalcanal
13 389 Band 4 – Inferno im Pazifik
13 424 Band 5 – Die Beobachter von Buka Island
13 478 Band 6 – Hölle auf den Salomonen
13 786 Band 7 – Hinter den Linien

(HONOR BOUND)

13 612 Band 1 – Geheimauftrag Buenos Aires

PHILADELPHIA-COPS

13 625 Band 1 – Männer in Blau
13 657 Band 2 – Sonderkommando
13 677 Band 3 – Das Opfer
13 713 Band 4 – Der Augenzeuge
13 732 Band 5 – Der Bombenleger
13 768 Band 6 – Das Mordkomplott

SOLDATEN-SAGA

13 173 Band 1 – Lieutenants
13 181 Band 2 – Captains
13 196 Band 3 – Majors
13 203 Band 4 – Colonels
13 209 Band 5 – Green Berets
13 217 Band 6 – Generals
13 289 Band 7 – Die neue Generation
13 325 Band 8 – Die Flieger

W.E.B. GRIFFIN

DAS MARINE-CORPS

HINTER DEN LINIEN

Ins Deutsche übertragen
von Joachim Honnef

BASTEI LÜBBE

BASTEI-LÜBBE-TASCHENBUCH
Band 13 786

Erste Auflage
August 1996

Deutsche Lizenzausgabe 1996
Bastei-Verlag Gustav H. Lübbe
GmbH & Co., Bergisch Gladbach
Originaltitel: Behind the Lines
Lektorat: Rainer Delfs
Titelbild: Sebastian Boada/
Norma Agency, Barcelona
Umschlaggestaltung:
Quadro Grafik, Bensberg
Satz: KCS GmbH,
Buchholz/Hamburg
Druck und Verarbeitung:
Brodard & Taupin,
La Flèche, Frankreich
Printed in France

ISBN 3-404-13786-8

Der Preis dieses Bandes
versteht sich einschließlich der
gesetzlichen Mehrwertsteuer

I

1

Headquarters, U.S. Army Luzon Force
Bataan-Halbinsel, Luzon, Philippinen

7. April 1942, 9 Uhr 15

Ein Ford-Kleinlastwagen bog vom Mariveles-Cabcaben ›Highway‹ in das Gebiet ab, das offiziell ›Headquarters Area‹ hieß, allgemein jedoch ›Little Baguio‹ genannt wurde. Das Gebiet enthielt in schäbigen tropischen Gebäuden das Feldzeug- und Pionierdepot, das Lazarett Nr. eins und eine Ansammlung von Gebäuden, in denen die verschiedenen Büros der Hauptquartiers der U.S. Army Force Luzon untergebracht waren. Der Kleinlastwagen hatte bessere Tage gesehen. Die Kotflügel waren eingebeult, die Windschutzscheibe hatte Risse, und unter dem Olivgrün der Army schimmerte an vielen Stellen die knallrote Farbe seines früheren Lebens als Auslieferungswagen der Coca-Cola Company von Manila durch. Auf der Ladefläche standen ein Spind, ein hölzernes Klappbett, ein verschrammter lederner Handkoffer und ein halbes Dutzend Benzinkanister.

Der Wagen hielt vor dem Gebäude des Kommandeurs, wie ein verwittertes Schild verriet.

Ein großer, stämmiger Mann stieg aus dem Ford und ging zu dem Gebäude. Er trug eine verschwitzte und verknitterte Khakiuniform und war mit einer Colt .45 ACP Pistole Modell 1911 bewaffnet. Er blieb stehen, kehrte zum Wagen zurück, nahm eine Khakimütze vom Sitz und setzte sie auf. Auf der Mütze war das goldene Blatt eines Majors. Auf seinem Khakihemd befand sich keinerlei Rangabzeichen. Er rieb sich über die rötlichen Bartstoppeln.

Ich muß mich dringend rasieren.

Er betrat das an der Seite offene Gebäude und ging an einer Reihe von Schreibtischen vorbei, bis er zum Schreibtisch eines Majors gelangte, der ungefähr in seinem Alter war. Auf dem Schreibtisch stand ein kunstvoll geschnitztes Namensschild – eine Erinnerung an bessere Zeiten – mit den gekreuzten Gewehren der Infanterie, dem Blatt eines Majors und der Aufschrift ›Marshall Hurt‹.

Major Hurt blickte auf.

»Fertig«, sagte er. »Was kann ich für Sie tun?«

»Ich wurde herbefohlen«, erwiderte Fertig.

»O ja. Das hatte ich vergessen«, sagte Hurt.

Sie mochten sich nicht besonders. Hurt war Berufssoldat, und Wendell Fertig war Reservist. Vor einem Jahr war Hurt ein unterbezahlter Captain gewesen und Fertig ein erfolgreicher – und wohlhabender – ziviler Ingenieur.

Hurt erhob sich hinter seinem Schreibtisch und ging tiefer in das Gebäude hinein. Zwei Minuten später kehrte er zurück.

»Der General möchte Sie jetzt sehen«, sagte er.

Fertig nickte, ging zu einer offenen Tür und wartete darauf, daß ihm Major General Edward P. King, der Kommandeur der Luzon Force, Aufmerksamkeit schenkte. King, ein untersetzter achtundfünfzigjähriger Artillerist aus Atlanta mit gestutztem Schnurrbart, stand im Augenblick vor einer Landkarte von Bataan, die auf einer Sperrholzplatte befestigt war und die Halbinsel in großem Maßstab zeigte.

Fertig mochte und bewunderte General King. Er hatte ihn schon vor dem Krieg gekannt, und General King hatte eine wichtige Rolle bei seiner direkten Ernennung als Captain des Pionierkorps der U.S. Army Reserve gespielt.

Und jetzt hatte er Mitleid mit ihm. Fertig behauptete nicht, viel über die Army zu wissen, aber er wußte genug, um zu verstehen, daß es für einen Berufsoffizier das Schlimmste war, eine Niederlage zu erleiden.

Die Landkarte von Bataan, die General King betrachtete, war ein klarer Beweis, daß er eine Niederlage erlitt, und zwar eine, die sehr bald total sein würde. Es zählte nicht, daß King von einer gutausgerüsteten, im Kampf gestählten japanischen Streitmacht besiegt wurde, die Kings schlecht ausgerüsteter, hungernder ›Filamerican‹-Streitmacht fünf zu eins überlegen war; er war im Begriff zu verlieren, und nur das zählte.

General King blickte zur Tür, bemerkte Fertig und winkte ihn herein.

»Wendell«, sagte er.

»General.«

»Können Sie von Ihrem Platz aus die Karte sehen?«

Fertig nickte.

»Ich befürchte, es wird nicht mehr lange dauern«, sagte King. »Wissen Sie, wie wir heutzutage ›einsatzfähig‹ definieren?«

Fertig schüttelte den Kopf.

»Ein einsatzfähiger Soldat ist jemand, der seine Waffe hundert Meter ohne Rast tragen kann und dann noch in der Lage ist, damit zu feuern. Gestern waren fünfzehn Prozent unserer Kräfte einsatzfähig. Es ist damit zu rechnen, daß sich der Prozentsatz verschlechtert.«

Fertig nickte.

»Ich hatte einige Dinge im Sinn, als ich Sie kommen ließ«, sagte General King. »Zum einen wollte ich von Ihnen persönlich hören, daß wir darauf vorbereitet sind, unser Feldzeug und anderes Material zu vernichten.«

»Alles ist zur Sprengung vorbereitet, General. Überreichlich, was Material und Personal anbetrifft. Mit anderen Worten, jede Sprengladung ist doppelt verlegt und kann von zwei Orten aus in die Luft geblasen werden.«

King nickte.

»Danke. Guter Job. Ein junger Lieutenant fand Mittel und Wege, Artillerie zu vernichten, die den Autoren des Feldhandbuchs irgendwie nicht in den Sinn kam. Man schiebt einfach Pulverbeutel vor der Ladung ins Rohr und feuert.«

»Ich bezweifle, daß sich die Autoren des Feldhandbuchs viele Gedanken über die Zerstörung unserer eigenen Geschütze gemacht haben«, sagte Fertig. »Ich wollte vorschlagen, von der Mündung her Sandsäcke in den Lauf zu schieben. Ich weiß nicht, wie es bei einer Kanone funktioniert, aber ich weiß aus schmerzlicher Erfahrung, was es beim Lauf eines Browning MG anrichtet, wenn man versucht, an einem Klumpen Dreck vorbeizuschießen.«

King lächelte. Es war eine Erinnerung an bessere Zeiten ... an einen Fasan, der aus einem gefrorenen Stoppelfeld aufstieg.

»Zweitens, Wendell, fragte ich mich, was ich mit Ihnen machen soll.«

»Sir?«

»Sie haben hier alles gesprengt – oder vorbereitet –, was vernichtet werden muß«, sagte King. »Ich dachte mir, daß General Sharp vielleicht Ihre Fähigkeiten nutzen möchte.«

Brigadier General William F. Sharp befehligte auf der Insel Mindanao das, was als die Mindanao Force der U.S. Army auf den Philippinen bekannt war. Nach allem, was Fertig gehört hatte, waren Sharps Truppen nicht im gleichen Maße Angriffen ausgesetzt wie die Luzon Force und deshalb in viel besserer Verfassung.

Wegen mangelnder Verstärkung waren Sharps Truppen zwangsläufig zum Scheitern verurteilt wie die Kings, aber diese Niederlage war noch fern, kam vielleicht erst in zwei Monaten, und bis dahin konnte vieles passieren.

»Jawohl, Sir.«

»Wären Sie bereit, zu ihm zu gehen?«

»Jawohl, Sir, natürlich.«

»Nun, wir haben ein kleines Schiff, das zwischen hier und dort pendelt. Bei Einbruch der Dunkelheit fährt es ab. Ich habe Hurt angewiesen, einen Platz für Sie zu reservieren.«

»Jawohl, Sir.«

»Vielleicht können Sie es von Mindanao nach Australien schaffen, Wendell. Gott weiß, daß es eine Vergeudung Ihrer Talente wäre, den Rest dieses Krieges als Kriegsgefangener zu verbringen.«

»Wenn Sie meinen, ich kann hier von Nutzen sein, General ...«

»Ich denke, über diesen Punkt sind wir hinaus, Wendell. Und ich bin überzeugt, daß Sharp froh sein wird, wenn er Sie hat. Grüßen Sie ihn von mir, wenn Sie ihn sehen.«

»Jawohl, Sir.«

»Das ist alles, Wendell.« General King reichte ihm die Hand. »Sie haben hier Ihren Teil geleistet. Danke. Wir sehen uns nach dem Krieg wieder.«

»Es war ein Privileg, unter Ihnen zu dienen, Sir.«

Fertig grüßte schneidig. General King erwiderte den Gruß.

Fertig machte zackig kehrt und marschierte zur Tür. Seine Kehle war wie zugeschnürt; es war ihm zum Heulen zumute.

»Moment noch!« rief General King ihm nach. Fertig blieb stehen und wandte sich um.

»Ich sagte, ich hatte einige Dinge im Sinn«, sagte King. »Einen Punkt habe ich vergessen.«

»Ja, Sir?«

King winkte ihn zu sich.

»Dies sollte eigentlich mit Fotografen, einer stolz strahlenden Frau und einem Umtrunk im Klub auf Ihre Kosten stattfinden«, sagte King. »Kein Klub, keine Fotografen und keine Frau, aber trotzdem meinen Glückwunsch, Colonel.«

Er überreichte Fertig das silberne Blatt eines Lieutenant Colonel.

»Nicht zu glauben!« sagte Fertig.

»Wohlverdient, Wendell.« King schüttelte ihm die Hand. »Ich werde Sie an die Party erinnern. In besseren Zeiten.«

»Ich freue mich darauf, Sir.«

King packte Fertig an den Schultern, drückte ihn lächelnd und wandte sich dann ab.

Fertig verließ das Büro und ging zu Major Hurts Schreibtisch.

»Erzählen Sie mir von dem Schiff«, sagte er.

»Es ist ein kleiner Küstenfahrer«, erklärte Hurt. »Seien Sie um siebzehn Uhr dreißig an der Pier von Mariveles. Sie werden erwartet.«

»Brauche ich Befehle oder …«

»Sie reisen VOCG – Verbal Order of the Commanding General. Technisch reisen Sie zur vorübergehenden Verwendung von der Luzon Force zur Mindanao Force. Wir haben keine Befugnis, jemanden zu versetzen.«

»Okay.«

»Ich werde Ihren Wagen brauchen«, sagte Hurt. »Was Gepäck anbetrifft, ist nur ein Gepäckstück erlaubt.«

»Ich habe einen Handkoffer und einen Spind.«

»Entweder oder. Tut mir leid.«

»Nun, dann lasse ich den Spind hier bei Ihnen. In sicherem Gewahrsam.«

Hurt lächelte.

»Ich liebe Optimisten«, sagte er. »Tut mir leid, aber es ist wirklich kein Platz auf dem Schiff.«

»Wenn Sie einverstanden sind, Hurt, bringe ich den Spind in eines der Munitionsdepots. Und dann bringe ich den Wagen natürlich zurück. Es sind einige persönliche Dinge in dem Spind, die ich lieber in die Luft blase, als sie in die Hände von irgendeinem Sohn Nippons fallen zu lassen.«

»Darf ich Ihnen einen kleinen Rat geben?«

»Gewiß.«

»Sie sind jetzt Lieutenant Colonel. Sie brauchen einen Major nicht mehr um eine Erlaubnis zu bitten.«

»Ich werde versuchen, mir das zu merken«, erwiderte Fertig. Er gab Hurt die Hand. »Tschüs, Hurt. Passen Sie auf sich auf.«

»Ja, Sie auch«, erwiderte Hurt. »Und nur für die Akten, ich denke, Sie verdienen das silberne Blatt.«

»Wenn es hier noch etwas zu trinken gäbe, würde ich einen ausgeben.«

»Und ich würde gern mit Ihnen anstoßen«, sagte Major Hurt. »Viel Glück, Colonel.«

»Bis nach dem Krieg, Major.«

II

1

Headquarters, 4. Marineinfanterieregiment
Malinta-Tunnel, Festung Corregidor
Manilabucht, Commonwealth Philippinen

1. April 1942, 9 Uhr 15

Major Stephen J. Paulson, U.S. Marine Corps (USMC), ein schmächtiger Zweiunddreißigjähriger aus Chicago, der amtierende S-1-Offizier (Personal) des 4. Marineinfanterieregiments, hatte sich viele unangenehme und sogar schmerzliche Gedanken über seine Zukunft und die von First Lieutenant James B. Weston, USMC, gemacht.

Paulson war seit elf Jahren Marineinfanterist und seit acht Jahren Marineflieger. Aber er war fast zwei Jahre Zugführer gewesen, bevor er zur Flugausbildung nach Pensacola gegangen war. Als dann die Japaner auf Corregidor landeten, dachte er, er könnte etwas Gutes tun, sich wenigstens als Infanterieoffizier halten. Nicht mit Aufgaben, die seinem goldenen Eichenblatt entsprachen, und nicht als Captain und Kompaniechef. Aber er erinnerte sich genug an seine Zeit als Zugführer, um nützlich zu sein, als die Japaner den Krieg vom Zaun brachen.

Andererseits würde Lieutenant Weston seiner Ansicht nach nicht nützlich sein. Das war keine Kritik an Weston, sondern einfach die Feststellung einer Tatsache. Weston ging gleich nach dem Studium auf der University of Iowa ins Marine-Corps, absolvierte die Offiziersanwärterschule in Quantico und kam anschließend sofort nach Pensacola zur Flugausbildung. Er war ein ziemlich guter Pilot, aber er war wirklich nicht zum Zugführer qualifiziert.

Nicht, daß es etwas für die Einsatzfähigkeit des 4. Marineinfanterieregiments ausgemacht hätte. Da gab es mehr als genug voll qualifizierte Lieutenants und Captains unter den Offizieren, die auf die Philippinen kamen, als das 4. Marineinfanterieregiment von Schanghai verlegt wurde, und unter jenen, die – wie Paulson und Weston – sich dem Regiment angeschlossen hatten, weil sie auf den Philippinen Posten innegehabt hatten, die nicht mehr existierten.

Vor dem Krieg war Major Paulson Flugoffizier im Stab des Kommandanten der Marinebasis Cavite gewesen und hatte einen Staff Sergeant und einen Private First Class befehligt. Für keinen von ihnen war viel zu tun gewesen, abgesehen von den seltenen Fällen, in denen ein Transporter mit einem Bataillon Marines an Bord in Cavite eingetroffen war. Dann hatte ein paar Tage lang hektische Aktivität geherrscht, und er hatte sein Bestes getan, um den Versorgungsoffizieren der

Navy notwendige Ersatzteile und Proviant abzuluchsen, zu arrangieren, daß die Kranken in Lazarette an Land eingewiesen wurden, und zu versuchen, diejenigen Marines, die mit der Küstenpatrouille in Konflikt geraten waren, rechtzeitig aus dem Bau herauszuholen, damit sie mit dem Transportschiff zurückfahren konnten.

In jenen Tagen verbrachte er viel von seiner reichlichen Freizeit mit dem Versuch, einen guten Grund für ein Gesuch zur Versetzung in den Flugdienst zu finden. Das war ein heikles Gebiet. Offiziere des Marine-Corps sollen dort dienen, wohin sie geschickt werden, und tun, was man ihnen befiehlt, ohne zu klagen oder etwas anderes anzustreben.

Normalerweise hätte Paulson nicht versucht, aus Cavite herauszukommen. Es war eine dreijährige Dienstzeit, und wenn sie vorüber war, konnte er erwarten, eine Verwendung als Flieger zu erhalten. Aber er bezweifelte, daß der Krieg, den er für unvermeidlich hielt, wartete, bis er seine Dienstzeit beendet hatte, und so versuchte er auszusteigen. Aber er hatte keinen Erfolg.

Ein Colonel zu Besuch sagte ihm diskret die Meinung: offenbar brauchte das Marine-Corps jemanden in Cavite, und die Wahl war nun mal auf ihn gefallen; es war kein akzeptables Verhalten eines Offiziers des Marine-Corps, zu versuchen, sich vor einer Verwendung zu drücken, die ihm nicht gefiel.

Lieutenant Jim Westons Fall unterschied sich ein wenig von seinem. Nach zweijähriger Dienstzeit bei einer Flugstaffel des Marine-Corps, bei der er Brewster Buffalo-F2-A-Maschinen geflogen hatte, war er für die Ausbildung für mehrmotorige Maschinen ausgewählt worden. Danach hatte er ein halbes Jahr bei einer Navystaffel zweimotorige Consolidated-PBY-5A-Catalina-Flugboote geflogen.

Der Zweck der Sache war, ihm genug Zeit unter erfahrenen Marinefliegern zu geben, damit er zum Corps zurückkehren und als Fluglehrer für mehrmotorige Maschinen verwendet werden konnte. Das bedeutete, daß jemand ihn für besser als den normalen Piloten hielt, erfahren und reif genug, um Fluglehrer zu werden … und nicht, wie es Weston sah, weil er nicht genug Mumm als Jagdflieger hatte.

Nach drei Monaten seiner Dienstzeit bei der Navy in Pearl Harbor griffen die Japaner an. Obwohl viele der Maschinen der Navystaffel, zu der Weston zählte, am Boden zerstört wurden, flog Weston, als Kopilot, eine der wenigen verbliebenen Catalinas auf einem Kurierflug nach Cavite.

Die Japaner griffen auch Cavite an, zerstörten andere Catalinas der Navy auf dem Boden, von denen eine von einem Lieutenant Commander, der auf Pearl Harbor stationiert war, zu den Philippinen geflogen worden war. Als Lieutenant Westons Catalina in Cavite landete, sagte sich der Lieutenant Commander, daß er von weitaus größerem Wert im Krieg in Pearl Harbor sein konnte als ein kleiner Lieutenant des Marine-Corps, der an die Navy ausgeliehen war. Und als die Catalina startete, saß er am Steuerknüppel, und Weston blieb zurück und ›wartete auf eine Transportmöglichkeit‹.

Weston war seither nicht mehr im Cockpit gewesen. Es gab nur noch sehr wenige Flugzeuge gleich welcher Art auf den Philippinen. Als offenkundig wurde, daß seine Chancen, wieder zu fliegen oder nach Pearl Harbor evakuiert zu werden, gleich null waren, wurde er dem Personal des Flugoffiziers – Paulson – von Cavite zugeteilt.

Als Cavite gesprengt und dem Feind überlassen worden war, wurde alles verbliebene Personal zum 4. Marineinfanterieregiment versetzt. Paulson wurde zur Personalabteilung versetzt, wo er einen Major ablöste, der mit dem 4. Marineinfanterieregiment in China gedient hatte und dessen Infanterieerfahrung besser genutzt werden konnte, und Weston wurde sein Stellvertreter.

Nach Paulsons Ansicht blieb dem amtierenden Personaloffizier nicht viel anderes übrig, als darauf zu warten, daß die Japaner auf Corregidor landeten, woraufhin er die Vernichtung der Personalakten befehlen, sich sein Gewehr schnappen und bis zum Ende als Zugführer mit zu hohem Dienstrang kämpfen mußte.

Es gab nur eine Alternative dazu, die Paulson für sich nicht akzeptieren konnte, die er aber für eine gute Lösung von Lieutenant Westons Problem hielt und immer besser fand, je mehr er darüber nachdachte.

Vor dem Krieg hatte er eine Reihe von Piloten des Army Air Corps gekannt. Einer davon, ein Major – ebenfalls zum Dienst am Boden versetzt, als es keine Maschinen zum Fliegen für ihn gab –, trat an ihn heran und kündigte an, da der Krieg fast vorüber war und er nicht vorhatte, zu kapitulieren, werde er in die Hügel gehen und sich verstecken. Von dort aus würde er entweder versuchen, nach Australien zu flüchten oder vielleicht sogar als Guerilla zu kämpfen.

»Willst du mitkommen, Steve?« fragte er.

Paulson dachte gründlich über das Angebot nach, bevor er ablehnte. Zum einen würde es unerlaubtes Entfernen von der Truppe sein, vielleicht sogar Fahnenflucht. Das ging ihm gegen den Strich. Allein das Wort ›Fahnen*flucht*‹ erinnerte ihn daran, daß er noch einen Beitrag zu leisten hatte, wenn auch nur als Zugführer, und daß er die Mannschaften zu einem Zeitpunkt verlassen würde, an dem sie ihn am meisten brauchten. Außerdem war seine Gesundheit angegriffen. Er hatte einen Ausschlag, dessen eiternde Wunden von Tag zu Tag schlimmer zu werden schienen. Seine Zähne fielen aus. Er konnte nicht im heißen, körperlich schwächenden Dschungel der Philippinen überleben. Er würde jedem nur zur Last fallen.

Bei Weston war das jedoch eine andere Sache. Obwohl Paulson überzeugt war, daß Weston sein Bestes versuchen würde, war der junge Pilot als Zugführer nahezu wertlos. Und vielleicht sogar noch schlimmer – er konnte zu einer Belastung für diejenigen werden, die er befehligte. Andererseits konnte Weston von großem Nutzen für das Marine-Corps sein, wenn er irgendwie von den Philippinen fortkam. Es hatte schon vor dem Krieg einen Mangel an Piloten gegeben, und der mußte jetzt sogar noch größer sein.

Und selbst wenn Weston nicht von den Philippinen fortkam: Er war jung und relativ gesund. Er konnte vielleicht nützlich für eine Guerillaoperation sein. Er hatte Elektroingenieur gelernt, was bedeutete, daß er vielleicht etwas über Funkgeräte wußte. Jede Guerillatruppe brauchte Funk.

Die letzte Überlegung war sehr einfach. Wenn Weston auf Corregidor blieb, würde eines von zwei Dingen mit Sicherheit passieren; er würde fallen oder gefangengenommen werden. Ebenso sicher war, daß er mehr ein Problem als ein Pluspunkt im letzten Kampf sein würde. Wenn er in die Hügel untertauchte und eine Flucht nach Australien versuchte, würde er dabei vermutlich ums Leben kommen. *Vielleicht* aber auch nicht. *Vielleicht* konnte er entkommen, und wenn ihm das gelang, konnte er einen Beitrag leisten. Oder er konnte nützlich für einen Guerillakommandeur sein (Paulson dachte an seinen Freund vom Army Air Corps, der eines Tages einfach von Corregidor verschwand) und einen Beitrag auf diese Weise leisten. Die Alternativen zu Tod und/oder Kapitulation waren das Thema vieler vorsichtiger, leiser Gespräche zwischen Offizieren. Doch so eng das Verhältnis zwischen Weston und Paulson auch geworden war, Weston hatte das Thema nie zur Sprache gebracht.

Liegt es daran, dachte Paulson, *daß er darüber nachgedacht hat und befürchtet, ich werde ihm befehlen, es zu vergessen, wenn er es bei mir erwähnt? Oder weil er denkt, seine Pflicht ist eindeutig, hierzubleiben und zu fallen oder Kriegsgefangener zu werden? Und er will nicht, daß ich denke, er hat auch nur mit dem Gedanken an Abhauen gespielt?*

Schließlich – und später wurde ihm klar, daß es eines der schwierigsten Dinge war, die er jemals im Marine-Corps getan hatte – brachte Paulson das Thema bei Weston selbst zur Sprache, direkt und eindringlich. Sie sprachen über Westons Alternativen, die er wählen konnte, über die Möglichkeit eines Fluchtversuchs. Doch dann ändert Paulson das von einer Wahl zu etwas, das an einen Befehl grenzte. Und Weston akzeptierte es als Befehl.

Weil er ein guter Marine ist und jeden Befehl befolgt, selbst einen, der ihm Angst einjagt? dachte Paulson. *Oder weil er nahe daran war, diese Entscheidung selbst zu fällen und mein Befehl es ihm leichter macht?*

Unterdessen wurde es immer schwieriger, die Insel zu verlassen. Boote, die einzige Möglichkeit, die drei Kilometer vom Felsen aus nach Bataan zu durchqueren, gab es immer weniger ... teils durch feindliche Aktionen, teils aus Mangel an Ersatzteilen und Wartung, und teils – wie Paulson argwöhnte – weil sie von Leuten ›requiriert‹ wurden, die sich entschieden hatten, nicht zu kapitulieren, wenn das Ende kam.

Es gab anscheinend Beweise dafür. Auf den Booten fuhren jetzt Wachen mit, um sicherzustellen, daß sie die geplanten Fahrten vollendeten. Und die Genehmigung zum Verlassen der Insel aus irgendeinem Grund mußte jetzt von einem Colonel oder noch ranghöherem Offizier eingeholt werden.

Dieses Problem zu lösen war ein emotionales Problem für Paulson, kein praktisches. Als Schreibtischarbeiter unterzeichnete er im Auftrag von Colonels alle Arten von Dokumenten, einschließlich der Genehmigung zum Verlassen der Insel. Manchmal fügte er seine Initialen hinzu, manchmal nicht.

Er bezweifelte, daß sein Marschbefehl für Weston, an einer Versorgungsmission teilzunehmen, in Frage gestellt werden würde. Aber die Ausstellung war einer der schwersten Verstöße gegen den Ehrenkodex des Offiziers: das wissentliche Fälschen eines Dokuments.

Um 19 Uhr schickte er einen Boten, den er sich von der Finanzabteilung der Army ausgeliehen hatte, zu Lieutenant Weston. Weston und ein halbes Dutzend andere Offiziere hatten in den vergangenen drei Tagen Listen in dreifacher Ausfertigung angelegt und die Seriennummern aller Hundert-, Fünfzig-, Zwanzig- und Zehndollarscheine registriert, die im Besitz von Army und Navy waren.

Wenn die Listen fertig waren, würde das Geld verbrannt werden, damit es nicht den Japanern in die Hände fiel. Und es würde versucht werden, die Listen irgendwie von den Philippinen fortzubringen.

Es gibt keine Lebensmittel, keine Medizin und verdammt wenig Schnaps, dachte Paulson mit bitterer Belustigung, *aber die Army und die Navy haben Geld wie Heu.*

»Ich soll mich bei Ihnen melden, Sir«, sagte Weston.

Paulson schaute dem jungen, ungesund dünnen Offizier in die Augen.

»Ich habe mich entschieden, daß wir noch einen letzten Versuch machen – daß *Sie* noch einmal versuchen – Teile für unseren Generator zu finden«, sagte Paulson.

»Aye, aye, Sir«, erwiderte Weston und bemühte sich nicht ganz erfolgreich um eine ausdruckslose Miene.

»Hier ist der Marschbefehl«, sagte Paulson und gab ihm das Dokument.

»Jawohl, Sir.«

»Und das nötige Geld«, fuhr Paulson fort. »Dafür müssen Sie unterschreiben.«

»Aye, aye, Sir.«

Westons Miene spiegelte Überraschung wider, als er einen Blick in das Kuvert warf, das Paulson ihm überreichte. In dem Umschlag befand sich ein dicker Stapel neuer Hundert- und Fünfzigdollarscheine. Weitaus mehr Geld als zum Kauf von Generatorteilen nötig war.

»Fünftausend Dollar«, sagte Paulson. »Die Inflation hat anscheinend dieses Pazifikparadies erreicht.«

»Jawohl, Sir«, sagte Weston, während er die Quittung auf Paulsons Schreibtisch unterschrieb.

»Es soll ein Fahrzeugpark an Land sein«, sagte Paulson. »Sie sind laut Marschbefehl und Ausweis befugt, ein Fahrzeug zu bekommen. Vielleicht gibt man Ihnen eins, vielleicht auch nicht.«

»Jawohl, Sir.«

»Ich habe einen Dolmetscher als Begleitung für Sie besorgt. Er soll fließend Spanisch sprechen. Holen Sie ihn im Hauptquartier ab.«

»Aye, aye, Sir.«

Paulson hatte gründlich darüber nachgedacht, ob es klug war, Weston einen Dolmetscher mitzugeben. Einerseits würde es jeden Verdacht über Westons angebliche Suche nach Generatorteilen zerstreuen. Andererseits war nicht vorauszusagen, wie der Dolmetscher, ein Sergeant, der mit dem 4. Marineinfanterieregiment aus Schanghai gekommen war, reagierte, wenn er herausfand, daß Weston nicht zum Felsen zurückkehrte.

Schließlich hatte er sich entschieden, Weston den Sergeant mitzugeben. Weston würde vielleicht mit ihm zurechtkommen. Und in diesem Fall konnte der Sergeant mit seinen Spanischkenntnissen und seiner Erfahrung als China-Marine sehr nützlich für Weston sein.

»Und ich denke, das sollten Sie mitnehmen«, sagte Paulson und nahm aus einem Fach seines Schreibtischs eine Thompson-Maschinenpistole Kaliber .45 und zwei zusätzliche Magazine. »Man kann nie wissen, ob Sie die vielleicht brauchen.«

»Aye, aye, Sir. Danke, Sir«, sagte Weston.

Er schlang die Thompson am Stoffriemen über die Schulter und steckte die Magazine in die Hosentaschen.

»Schießen Sie sich damit nicht in den Fuß, Mr. Weston«, sagte Paulson und sah ihm in die Augen. »Mit anderen Worten, seien Sie vorsichtig.«

»Aye, aye, Sir.«

»Gehen Sie, Mr. Weston«, sagte Paulson. »Machen Sie Ihre Sache gut.«

Weston sah ihn lange schweigend an. Dann grüßte er zackig.

Paulson erwiderte den Gruß und reichte ihm dann die Hand.

»Viel Glück, Jim«, sagte Paulson.

»Ihnen auch, Sir«, erwiderte Weston. Dann nahm er Grundstellung ein. »Mit Ihrer Erlaubnis, Sir?«

Paulson nickte.

Weston machte eine Kehrtwendung und marschierte von Paulsons Schreibtisch fort. Paulson sah ihm nach, als er durch den Seitentunnel ging und in den Haupttunnel einbog. Dann widmete er sich den Schriftstücken auf seinem Schreibtisch.

2

Kindley Field
Festung Corregidor
Manilabucht
Commonwealth Philippinen

1. April 1942, 9 Uhr 20

Sergeant Percy Everly, USMC, hatte die meiste Zeit des Morgens ernsthaft über Fahnenflucht nachgedacht.

Everly, sechsundzwanzig, eins dreiundachtzig, zweiundsiebzig Kilo und mit scharfen Gesichtszügen, war verantwortlich für eine Stellung mit zwei wassergekühlten Browning-Maschinengewehren Kaliber .30 der Stabskompanie des 4. Marineinfanterieregiments. Diese Stellung diente zur Sicherung und war auf Kindley Field ausgerichtet, ein rechteckiges freies Areal am seewärtigen Ende von Corregidor. Das Gebiet war vor Jahren gerodet worden, um als Ballonfeld zu dienen. Jeder hatte das auf der Landkarte gesehen. Auf der Karte stand nicht, für welche Art von Ballons Kindley Field dienen sollte, ob für Sperrballons, die feindliche Flugzeuge stören sollten, wenn sie die Festung der Insel angriffen, oder als Aufklärungsballons, von denen aus die drei Kilometer entfernte Spitze der Bataanhalbinsel beobachtet werden konnte.

Es hatte kein Anzeichen auf irgendeine Art Ballons gegeben, doch Everly war auf verrostete Überreste von etwas gestoßen, das eine Winde für Ballonseile sein konnte. Everly, mit verwaschener Khakiuniform, Stoffkoppel und Stahlhelm, sah wie ein Skelett aus. Das lag zum Teil natürlich daran, daß es nur halbe Rationen gab. Jeder hatte viel Gewicht verloren. Aber Everly, bisweilen ›Latte‹ genannt, war nie schwer und immer sehr schlank gewesen.

Die MGs standen in Stellungen aus Sandsäcken, Fässern, die mit Sand gefüllt waren, und Bauholz. Sie würden vielleicht etwas Schutz vor Handfeuerwaffen und sogar Handgranaten geben, doch Everly wußte, daß sie nicht vor Mörser- oder Artilleriebeschuß schützten.

Als das Feldtelefon klingelte, nahm Everly es aus der Lederhülle und drückte auf den Knopf.

»Sechzehn«, sagte er.

»Everly?« ertönte eine Stimme, die Everly als die des Schreibers vom Kompaniegeschäftszimmer erkannte.

»Ja.«

»Der Erste will Sie sehen. Sofort.«

»Bin schon unterwegs«, sagte Everly und verstaute das Feldtelefon wieder in der Hülle.

Er konnte sich denken, was der First Sergeant der Stabskompanie von ihm wollte. Weil er Spanisch sprach, war er gefragt als Übersetzer oder Dolmetscher, wenn einer der Offiziere dienstlich auf Bataan war.

Everly ging geduckt durch die Stellung zu Corporal Max Schirmer, einen kleinen, ehemals dicken Dreiundzwanzigjährigen, der auf einer Bank aus Vierkanthölzern und Kabeln schlief, und rüttelte ihn am Arm.

»Hast du gehört?« fragte Everly, als Schirmer die Augen öffnete. »Ich muß zum Befehlsstand.«

Schirmer nickte, setzte sich auf und schüttelte den Kopf, um die Schläfrigkeit zu vertreiben. Als Everly sah, daß Schirmer wirklich wach war, verließ er die Stellung und ging über den staubigen Pfad zum Befehlsstand der Stabskompanie.

Everly war seit fast acht Jahren ein Marine. Wenn der Krieg nicht gekommen wäre, dann wäre er am Ende seiner zweiten vierjährigen Dienstzeit, am 25. Mai 1942, entlassen worden. Doch ein ganzes Jahr vorher, am 27. Mai 1941, als das 4. Marineinfanterieregiment noch in China war, hatte Präsident Roosevelt ›einen unbefristeten nationalen Notstand‹ erklärt, und das Ergebnis war die Verlängerung aller Dienstverpflichtungen beim Marine-Corps ›für die Dauer des Notstands plus sechs Monate‹.

Aber das hatte wirklich nicht viel für Everly bedeutet. Er mochte das Marine-Corps, und er konnte sich nicht vorstellen, etwas anderes als ein Marine zu sein. Wenn seine Verpflichtung nicht verlängert worden wäre, dann hätte er von sich aus weitere vier Dienstjahre drangehängt.

Jetzt bedeutete das Datum 25. Mai 1942 für Everly nur, daß er im nächsten Monat entweder tot sein oder sich den Tod wünschen würde, wenn er nicht etwas unternahm, und zwar schnell. Und das einzige, was ihm einfiel, war Fahnenflucht.

Everly war ziemlich überzeugt von dreierlei: (1) Bataan würde fallen; (2) Die ›Hilfe‹ kam nicht, jedenfalls nicht rechtzeitig genug, um noch etwas zu bewirken; und (3) weil das so war, würde bald nach Bataans Fall Corregidor fallen.

Bataan war eine Halbinsel dessen, was Everly als den Fuß der Insel Luzon bezeichnete. Sie umschloß sozusagen die Manilabucht.

Die Festung Corregidor war eine Insel in der Manilabucht, ungefähr drei Kilometer von der Spitze von Bataan und ungefähr fünfzig Kilometer von Manila, der Hauptstadt der Philippinen, entfernt, Landkarten von Corregidor sahen für Everly wie die Zeichnungen von menschlichem Sperma aus, die Mr. Hawkings auf der Zanesville High School auf die Tafel gemalt hatte, wenn er über ›männliche Hygiene‹ unterrichtet hatte.

Everly ging nur zwei Tage nach seinem High-School-Abschluß am 22. Mai 1934 zum Marine-Corps und war seither nicht mehr in Zanesville oder auch nur in West Virginia gewesen. Sein Vater, ein Bergarbeiter, starb, als Everly vierzehn war, und seine Mutter starb zwei Jahre später. Weil keine Verwandten entweder in der Lage oder bereit waren, ihn aufzunehmen, versorgte ihn der Staat zwei Jahre lang mit Pflegeeltern. Sowohl der Staat als auch seine ›Pflegemutter‹ bemühten sich sehr, ihm klarzumachen, daß er selbst für sich sorgen mußte, wenn er achtzehn war.

Er ging eines Tages in den ersten Wochen seines letzten Jahrs auf der High School zum Postamt und wollte befolgen, was die Werbeplakate anboten: ›Geh zur Navy und sieh die Welt.‹ Aber die Navy wollte ihn nicht haben, aus Gründen, an die er sich nicht mehr erinnerte, und auch die Army hatte kein

Interesse an ihm. Aber der Rekrutierer des Marine-Corps sagte, er solle ein Gesuch einschicken und sehen, was passieren würde.

Einen Monat später erhielt er einen Brief mit einer Busfahrkarte und Essensgutscheinen. Er fuhr wieder nach Wheeling, wurde ärztlich untersucht und mußte weitere Formulare ausfüllen. Zwei Wochen später erhielt er wieder ein Schreiben, diesmal vom Headquarters, U.S. Marine Corps in Washington, D. C. Man teilte ihm mit, daß seine Bewerbung angenommen worden war, weil er aber noch nicht volljährig sei, müßten seine Eltern ihr Einverständnis auf beiliegendem Formular erklären, und die Unterschrift müßte notariell beglaubigt sein.

Er brachte seinen ›Pflegevater‹ dazu, zu unterschreiben, und schickte die Bescheinigung ab. Aber sie kam zurück mit dem Vermerk, da Everly unter der Vormundschaft des Staates West Virginia stehe, müsse die Bescheinigung vom zuständigen Amt unterzeichnet sein. Das war das Vormundschaftsgericht. Der Richter unterschrieb das Formular, sagte ihm, er tue das Richtige, schüttelte ihm die Hand und wünschte viel Glück.

Everly fuhr mit dem Bus nach Washington, D. C. , wurde in der Washingtoner Marinewerft noch einmal ärztlich untersucht und am selben Nachmittag als Mitglied des Marine-Corps vereidigt.

Dann kam die Grundausbildung, und danach lud man ihn an Bord des U.S.S. *Chaumont* und schickte ihn in die Kaserne der U.S. Navy Base Cavite, außerhalb von Manila. Das war guter Dienst. Er arbeitete in der Fahrbereitschaft, wo er die Filipino-Mechaniker beaufsichtigen sollte. Aber weil die Filipinos viel mehr über Automechanik wußten als er, lernten sie ihn an, statt er sie.

Er legte sich auch ein Mädchen zu, eine kleine, etwas pummelige dunkelhäutige Siebzehnjährige namens Estrellita, was ›Kleiner Stern‹ oder so etwas bedeutete. Estrellita war katholisch erzogen worden. Jeden Sonntag ging sie zur Beichte, denn was sie taten – unverheiratet –, war für sie eine Sünde, und dann ging sie zur Messe, und danach sündigte sie wieder mit ihm im Bett.

Everly achtete sorgfältig darauf, sie nicht zu schwängern. Er war erst zwei Jahre vor seinem Eintritt ins Marine-Corps Waise geworden, aber das hatte gereicht, um ihn zu überzeugen, daß es eine lausige Sache war, ein Baby zu zeugen, das Waise werden würde, weil er nicht vorhatte, die Mutter zu heiraten. Das wollte er keinem antun.

Durch Estrellita und die kleinen braunen Brüder in der Fahrbereitschaft dauerte es nicht lange, bis er ziemlich gut Spanisch sprach. Und dann wurde er zum Private First Class befördert, und er fand, daß die Dinge im Marine-Corps und auf den Philippinen besser waren als bisher in seinem Leben.

Dann geriet er in einen Kampf in der Good-Times-Bar und schlug sich mit einem Petty Officer First Class vom United States Ship (U.S.S.) *Pennsylvania,* das in Cavite anlegte. Der Hurensohn war stockbetrunken. Und als Everly ihn schlug, weil er Estrellitas Brüste betatschte und nicht aufhören wollte, griff er Everly mit einem Stilett an. Als der Kampf vorüber war, hatten sie beide Schnittwunden, und der Petty Officer hatte darüber hinaus eine gebrochene Nase und eine lädierte Hand, auf die Everly gestampft hatte.

Everly wußte, daß er schuldlos an dem Kampf war, aber es war ihm auch klar, daß er Private First Class und der gemeine Hurensohn Petty Officer war. Als sie ihn vor dem Kriegsgericht wegen versuchten Totschlags und bewaffneten Angriffs eines Unteroffiziers anklagten, sagte sich Everly, daß die guten Zeiten vorüber waren und er die nächsten zehn oder fünfzehn Jahre im Marinegefängnis Portsmouth verbringen würde.

Doch das trat nicht ein. Er kam vors Kriegsgericht. Und er erhob sich und stand still und hörte den ranghöchsten Offizier, ein Lieutenant Colonel, sagen, daß ihn das Gericht in geschlossener Sitzung mit zwei Dritteln der Mitglieder für nicht schuldig befunden hätte. Am nächsten Tag bestellte ihn der befehlshabende Offizier der Kaserne Cavite des Marine-Corps zu sich und sagte ihm, nach seiner Erfahrung wäre es das beste für alle unter solchen Umständen, einen Freigesprochenen zu versetzen. Und dann stellte er Everly vor die Wahl. Er konnte irgendwo in den Staaten, zum Beispiel in San Diego, verwendet werden, oder an Bord eines Schiffes oder – und das war seine Empfehlung – beim 4. Marineinfanterieregiment in Schanghai.

Drei Wochen später ging Everly an Bord der U.S.S. *Chaumont* und fuhr nach Schanghai, China, wo er der Stabskompanie des 4. Marineinfanterieregiments und der Fahrbereitschaft zugeteilt wurde.

In ein paar Wochen stellte er fest, daß er als China-Marine einen noch besseren Dienst hatte als in Cavite. Nicht nur das, keiner wußte anscheinend, was er dem gemeinen, besoffenen Hurensohn von der *Pennsylvania* angetan hatte. Er war überzeugt, daß Sergeant Zimmerman, der Leiter der Fahrbereitschaft, keine Ahnung von der Sache hatte. Und während wahrscheinlich jemand – vielleicht sein First Sergeant, oder der Kompaniechef oder vielleicht sogar der Kommandeur – von der Sache wußte, hielt niemand sie ihm vor. Er war wirklich mit einer reinen Weste hergekommen. So fühlte er sich wieder gut im Marine-Corps.

Everly wurde in Schanghai einundzwanzig und unterschrieb die Papiere, die seine Verpflichtung für eine vierjährige Dienstzeit ›bis zum Erreichen der gesetzlichen Volljährigkeit oder der vorherigen Entlassung‹ verlängerten. Und dann, im Mai 1938, verpflichtete er sich für weitere vier Jahre.

Zu dieser Zeit dachte er, daß er vielleicht mit etwas Glück während der zweiten Dienstzeit Corporal werden konnte. Er lernte eine Chinesin kennen, Soo Ling, und sie brachte ihm etwas Chinesisch bei, genug, um sich verständlich zu machen und das meiste zu verstehen, was man ihm sagte. Sie brachte ihm sogar das Lesen und Schreiben von chinesischen Schriftzeichen bei, und er achtete sorgfältig darauf, daß er Soo Ling nicht schwängerte.

Die Dinge wurden sogar noch besser. Manchmal dachte er, daß der Messerangriff des gemeinen besoffenen Hurensohns eine gute Sache gewesen war. Wenn das nicht passiert wäre, dann wäre er immer noch in Cavite in der Fahrbereitschaft.

Bald nach seinem Eintreffen in Schanghai wurde er als Beifahrer bei den Versorgungskonvois von Schanghai nach Peking verwendet, wo eine Abteilung Marines war.

Es fand mindestens ein Konvoi pro Monat statt, zeitlich zusammentreffend mit der Ankunft des U.S.S. *Chaumont* oder des U.S.S. *Henderson,* der Transportschiffe, die ständig die Runde im Pazifik machten und Ersatz und Nachschub brachten und Leute mit heimnahmen. Manchmal fand mehr als ein Lastwagenkonvoi pro Monat statt, wenn in Schanghai Fracht per Flugzeuge der Navy oder ziviler Maschinen eintraf.

Es gab einen Fahrer und einen Stellvertreter. Sie lösten sich beim Fahren ab und dienten als Ersatzfahrer, wenn einer wegen Krankheit ausfiel. Und Sergeant Zimmerman fuhr in einem Abschleppwagen mit. Aber wenn ein Wagen wegen einer Panne am Straßenrand zurückgelassen werden mußte, weil es keinen Fahrer gab und der Abschleppwagen bereits einen Truck abschleppte, war die Ladung verschwunden, wenn der Ersatzfahrer eintraf. So war das in China.

Sie fuhren zuerst nach Peking und dann nach Tientsin, ein Seehafen mit einer Abteilung des 4. Marineinfanterieregiments. Für gewöhnlich rasteten sie dort zwei Tage, fuhren dann nach Peking und von dort aus zurück nach Schanghai. Einige der Fahrer haßten den Dienst, weil er sie vom guten Leben in Peking wegholte. Aber einige mochten ihn, denn er war mit einem Wechsel der Szenerie oder Frauen oder beidem verbunden.

Für gewöhnlich freute sich Everly, wenn er auf dem Plan stand, denn es bedeutete eine Abwechslung. Nicht wegen der Frauen. Wenn sich etwas ergab, war er nicht der Typ, der eine Frau aus dem Bett warf, aber er sah nicht viel Sinn darin, fremde Frauen zu jagen; man wußte nie, was man sich holen konnte, und es war teuer. Everly war von Natur aus oder vielleicht durch Übung genügsam. Er hatte kein Geld in den Taschen gehabt, als er unter Vormundschaft des Staats gestanden hatte, bis er den ersten Sold als Marine erhalten hatte; und die geldlose Zeit war eine schmerzliche Erinnerung.

Ein Offizier war immer der Leiter der Konvois. Er wechselte von Konvoi zu Konvoi, denn so liefen die Dinge im Corps; wenn Material im Spiel war, mußte ein Offizier die Verantwortung haben. Aber die Offiziere waren normalerweise klug genug, nur mitzufahren und die eigentliche Führung des Konvois Sergeant Zimmerman zu überlassen.

Zimmerman, klein, stämmig und phlegmatisch, war seit sechs Jahren in China. Er hatte eine chinesische Frau, die ihm drei Kinder geboren hatte, und er wollte den Rest seiner Dienstzeit beim Marine-Corps in China verbringen, dann seinen Abschied nehmen und eine Bar oder so etwas eröffnen.

Zimmerman war fähig und fair, und Everly hatte ziemlich schnell erkannt, wie er ihn einzuschätzen hatte und wie er mit ihm zurechtkommen konnte. Zimmerman tat, was ihm befohlen wurde, fraglos und nach besten Kräften, und er erwartete das gleiche von den Leuten, die für ihn arbeiteten. Wenn Sergeant Zimmerman Private First Class Everly etwas befahl, tat Everly es prompt und nach besten Kräften. Sie kamen gut miteinander aus. Bei den Konvois verbrachten sie viel Zeit miteinander, denn keiner von beiden war daran interessiert, Frauen zu suchen, zu spielen oder sich zu betrinken.

Im Frühjahr 1941 änderten sich die Dinge.

Ein neues Gesicht tauchte auf, als sich die Fahrer und stellvertretenden Fahrer für einen Konvoi nach Peking und Tientsin versammelten. Corporal Kenneth R. McCoy. Everly kannte ihn nur vom Sehen. Und er kannte McCoys Ruf.

Als Private First Class war McCoy berühmt-berüchtigt geworden, unter Umständen, die Everlys Ärger mit dem gemeinen, betrunkenen Hurensohn von der U.S.S. *Pennsylvania* ähnelten. In McCoys Fall waren es vier italienische Marineinfanteristen, die sich gegen ihn zusammenrotteten, als er eines Abends auf dem Rückweg zur Kaserne war.

Ein paar italienische Marineinfanteristen zu töten, war schwerwiegender, als einen Sergeant des U.S. Marine Corps zusammenzuschlagen und ihm auf die Hand zu treten. Und als Everly hörte, daß McCoy vors Kriegsgericht kam, war er fest davon überzeugt, daß er dort landete, wo er, Everly, fast gelandet wäre: im Marinegefängnis Portsmouth.

Es war keine Frage der Schuld oder Unschuld. Wichtiger war, daß Privates First Class der China-Marines entbehrlich waren. Wenn einer Ärger verursachte – und einen diplomatischen Zwischenfall heraufzubeschwören, war viel schlimmer, als sich in einen Messerkampf mit einem Unteroffizier einzulassen –, entfernte man ihn so schnell wie möglich.

Doch das geschah nicht. McCoy gewann den Prozeß vor dem Kriegsgericht. Und als nächstes wurde er zum Corporal befördert und zur ›D‹-Kompanie versetzt, um im Hauptquartier des Regiments zu arbeiten. McCoy hatte gerade seine erste Dienstzeit im Marine-Corps beendet, und das reichte nicht, um zum Corporal befördert zu werden.

Gerüchte machten die Runde, daß McCoy, der inzwischen ›Killer McCoy‹ genannt wurde, in Wirklichkeit für Captain Edward Banning, den S-2-Offizier (Nachrichtendienst) des 4. Marineinfanterieregiments arbeitete. Man munkelte, daß McCoy die ganze Zeit im Nachrichtendienst gewesen war.

Everly achtete darauf, daß es nicht aussah, als stecke er die Nase in anderer Leute Angelegenheiten, und er beobachtete McCoy genau bei diesem ersten Konvoi nach Peking. Und es fielen ihm einige Dinge auf. McCoy sprach nicht nur Chinesisch wie ein Chinese, sondern hatte auch ein paar japanische militärische Handbücher in seinem Rucksack, die er offenbar lesen konnte.

Beim dritten Konvoi nach Peking war für Everly ziemlich klar, daß die befehlshabenden Offiziere den Befehl hatten, zu tun, was Sergeant Zimmerman sagte, und daß Zimmerman seine Befehle von McCoy erhielt.

Es war ebenfalls ziemlich klar, daß McCoy auf den Konvois bei den Japanern spionierte, Einheiten identifizierte, ihre Stärke herausfand, feststellte, welche Waffen sie hatten, und bei vielen Aufenthalten in Bordellen die chinesischen Huren aushorchte, was sie von ihren japanischen Freiern gehört hatten.

Und dann, nach einer Fahrt nach Peking, gleich nach der Rückkehr nach Schanghai, verschwanden Sergeant Zimmerman und Corporal McCoy. Gerüchte besagten, daß sie per

Schiff heimgekehrt wären, aber keiner wußte genau, was geschehen war.

Eine Woche nach ihrem Verschwinden befahl Captain Banning Everly zu sich und informierte ihn, daß McCoy und Zimmerman heimbefohlen worden waren. Er erzählte ihm auch, was McCoy für ihn getan hatte, und daß sowohl McCoy als auch Zimmerman Lobendes über ihn gesagt hatten. Dann fragte er ihn, ob er daran interessiert war, freiwillig das gleiche für ihn zu tun.

So meldete sich Everly freiwillig, weil er zu Recht annahm, daß Banning ihm mehr Spesengeld geben würde, als er ausgeben mußte, und es eine gute Chance war, vorzeitig Corporal zu werden. Und ein paar Monate lang bestätigte sich seine Annahme: er wurde Corporal und konnte fast tausend Dollar Spesengeld auf die Seite legen.

Dieses Geschäft ging zu Ende, als entschieden wurde, das 4. Marineinfanterieregiment und die Jangtse-Patrouille der Navy aus China zu verlegen. Captain Banning wurde mit der Vorausabteilung aus Schanghai zu den Philippinen ausgeflogen; und Everly wurde zur Fahrbereitschaft zurückversetzt.

Kurz bevor Captain Banning China verließ, heiratete er seine russische Freundin, wodurch er noch mehr in Everlys Achtung stieg. Wenn die Dinge ein bißchen hart wurden, hatten viele Amerikaner – Offiziere, Unteroffiziere und Mannschaften und Zivilisten – ihre Freundinnen im Stich gelassen und nur an sich gedacht. Everly konnte Soo Ling nicht einfach ihrem Schicksal überlassen. Er gab ihr alles Geld, das er gespart hatte, seit er in China war, und das Geld, das er mit der Arbeit für Banning verdient hatte. Er bat sie, nach Bannings Frau zu suchen, wenn die Japaner kamen, ihr zu helfen, wenn sie Hilfe brauchte, und dann heimzukehren.

Everly wußte nicht, was aus Soo Ling und Captain Bannings Frau geworden war; aber er wußte, was mit Captain Banning auf den Philippinen geschehen war. Als die Marines unter Beschuß genommen wurden, war Banning zu nahe bei einem einschlagenden Geschoß, die Explosion blendete ihn und er konnte nicht mal kämpfen.

Eine Zeitlang war er im Lazarett, erst auf Luzon, dann hier im Lazarett-Tunnel von Corregidor. Und dann schickte man ihn und einige andere erblindete Marines mit einem U-Boot von den Philippinen fort.

Und Percy Lewis Everly wurde zum Sergeant befördert und erhielt die Leitung über die MG-Stellung mit den beiden wassergekühlten Brownings Kaliber .30 auf Kindley Field.

Er war überzeugt, daß folgendes geschehen würde: Wenn Bataan fiel und die Japaner mit ihrer Artillerie die Insel beschießen konnten, würde er fallen. Oder, im unwahrscheinlichen Fall, daß er überlebte, würde er getötet werden, wenn die Japaner auf Corregidor landeten. Oder wenn er nicht von japanischer Artillerie getötet wurde oder durch japanische Marineinfanteristen, wenn sie auf Corregidor landeten, würde er in japanische Gefangenschaft geraten.

Er hatte genug von den Japanern in China gesehen, um zu wissen, wie sie Gefangene behandelten. Es war fast besser, tot als ein Gefangener der Japse zu sein. Everly hatte mit eigenen Augen gesehen, wie Japaner chinesische Gefangene für Übungen mit dem Bajonett benutzt hatten.

Everly konnte nicht begreifen, warum Leute – besonders ranghöhere Unteroffiziere und Offiziere – weiterhin von der ›Hilfe‹ redeten. Die ›Hilfe‹ konnte eine Reihe von Dingen sein – zum Beispiel ein Geschwader B-17-Bomber, das plötzlich auftauchte und die Japse von Bataan oder von den Philippinen fortbombte. Oder eine Flotte von Schiffen der Navy mit Divisionen voll ausgerüsteter Soldaten aus den Staaten, Soldaten, die die Japaner von Bataan und von den Philippinen verjagten. Oder auch nur ein kleiner Konvoi von Transportern, der Lebensmittel und Medikamente brachte.

Aber die Leute laberten von ›Hilfe‹, was immer sie damit meinten, als käme sie wirklich und ändere die Dinge.

Das war ganz einfach Blödsinn. Wenn die ›Hilfe‹ – jede Art Hilfe – käme, dann hätte sich General MacArthur nicht nach Australien verpißt, wie er es vor drei Jahren, am 10. März, getan hatte.

Nur zwei Dinge würden mit den Männern von USMC und

Navy auf den Philippinen geschehen: Sie würden fallen oder in Gefangenschaft geraten. Und die Gefangenschaft war wahrscheinlich so schlimm wie der Tod. Everly hatte in China auch Gefangene verhungern sehen, und so wollte er auch nicht sterben.

Es gab eine Alternative: jetzt abhauen, von Corregidor und Bataan und Luzon verschwinden, sich zu einer der anderen Inseln durchschlagen, vielleicht nach Mindanao, und in den Hügeln untertauchen.

Das würde Fahnenflucht sein, und die Strafe dafür war der Tod oder eine andere Strafe, die das Kriegsgericht verhängen würde. Es hatte Belehrungen darüber gegeben.

Die Belehrungen hatten Everly überzeugt, daß nicht nur er dem gewissen Tod oder der Gefangenschaft entgehen wollte; daß sich Leute bereits abgesetzt hatten. Sonst hätte man die Leute nicht ausdrücklich belehrt, daß Fahnenflucht nicht nur blöde war, sondern auch mit dem Tod bestraft wurde.

Everly hatte als Kind gelernt, sogar bevor er Mündel unter Vormundschaft des Staats geworden war, daß man wirklich auf die Nase fallen und ein paar Zähne verlieren konnte, wenn man etwas erhoffte, das man wirklich wünschte. Für gewöhnlich bekam man nicht, was man sich wünschte.

So sagte er sich nicht, daß ihn der First Sergeant zu sich befohlen hatte, damit er als Dolmetscher für irgendeinen Offizier diente, der von Corregidor nach Bataan reiste. Wenn es einen anderen Grund gab, würde die Enttäuschung wie ein Tritt ins Gesicht sein.

Ein Offizier stand im Befehlsstand der Stabskompanie, ein junger, dünner First Lieutenant mit Stahlhelm, einem Stoffkoppel mit Holster und Waffe an der Hüfte und einer Thompson.45 ACP-Maschinenpistole am Riemen über der Schulter.

»Dies ist Sergeant Everly, Lieutenant«, sagte der First Lieutenant.

»Major Paulson sagte mir, Sie sprechen ziemlich gut Spanisch, Sergeant«, sagte der First Lieutenant.

Wer, zum Teufel, ist Major Paulson? Ah, der kleine Typ mit dem schlimmen Ausschlag. Mit dem Pilotenabzeichen. Wir waren in der vergangenen Woche zwei Tage auf Bataan und suchten nach Ersatzteilen für irgendeinen Generator. Wir fanden keine; das hätte ich ihm sagen können, bevor wir den Felsen verließen.

»Jawohl, Sir.«

»Wir brauchen dringend diese Generatorteile, nach denen Sie und Major Paulson vergeblich suchten«, sagte der First Lieutenant. »Fühlen Sie sich fit für eine weitere Suche?«

»Aye, aye, Sir.«

»Mein Name ist Weston, Sergeant«, sagt der First Lieutenant und reichte ihm die Hand.

»Jawohl, Sir«, sagte Everly und schüttelte die Hand.

»Müssen Sie irgend etwas mitnehmen?«

»Nein, Sir«, sagte Everly.

Er hatte alles bei sich, was er brauchen würde: sein Springfield-Gewehr Modell 1903, Kaliber .30-06 mit sechs zusätzlichen Ladestreifen mit fünf Patronen; seine Colt-Pistole Modell 1911A1, Kaliber .45 ACP und ein Zusatzmagazin mit sieben Patronen; zwei Feldflaschen mit Wasser; seinen Kompaß, sein Erste-Hilfe-Päckchen; einen kleinen Rucksack mit zwei Shorts, zwei Diensthemden, zwei Paar Socken, ein ziviles Hemd und eine zivile Hose, einen Rasierapparat mit drei noch brauchbaren und einer nagelneuen Klinge, zwei Päckchen Chesterfield-Zigaretten und ein Zippo-Feuerzeug.

Und das Stilett, mit dem der Sergeant von der U.S.S. *Pennsylvania* ihn hatte erstechen wollen. Vor dem Kriegsgericht hatte der Sergeant ausgesagt, daß das Messer ihm nicht gehörte, daß Everly ihn damit angegriffen hätte. Als Everly freigesprochen wurde, erhielt er das Messer ›zurück‹. Zuerst hatte er es wegwerfen wollen; dann hatte er sich gesagt, daß er es für ein paar Dollars verkaufen konnte – es war ein Messer von guter Qualität. Doch dann war ihm klargeworden, daß er es auch nicht verkaufen wollte. So hielt er es in seinem Spind zwischen Diensthemden versteckt. Später, als er für Captain Banning arbeitete, trug er es in der Tasche oder schob es in seine Arbeitsschuhe. Er benutzte es nie, nicht einmal zum Säubern der Fingernägel, aber er hielt es scharf. Und hin und wieder ölte er es ein und überprüfte, daß der Aufschnappmechanismus funktionierte.

»Dann sollten wir aufbrechen«, sagte Lieutenant Weston.

»Aye, aye, Sir.«

Der First Sergeant der Stabskompanie sagte kein Wort; er schaute Everly nur an.

Der alte Bastard ist zu gescheit, um an die ›Hilfe‹ zu glauben, dachte Everly. *Er weiß, daß jeder auf dem Felsen verarscht wird. Und er hat Menschenkenntnis und kennt mich. Was bedeutet, daß er weiß, ich würde nicht meinen Rucksack tragen, wenn ich an eine Rückkehr denke. Wozu macht mich das in seinen Augen? Zu einem verdammten Feigling und einer Schande für das Marine-Corps? Oder zu einem glücklichen Bastard, der die Chance erhält, etwas zu tun, das er sich selbst wünscht?*

Everly nickte dem First Sergeant zu.

»Passen Sie auf sich auf, Everly«, sagte der First Sergeant.

Everly nickte wieder, und dann folgte er Lieutenant Weston hinaus.

III

1

Hauptverkehrsstraße Mariveles – Morong, Luzon Commonwealth Philippinen

1. April 1942, 14 Uhr 25

In der Fahrbereitschaft in Mariveles, an der Spitze der Bataan-Halbinsel, waren keine Fahrzeuge für einen popeligen Lieutenant und seinen Sergeant verfügbar.

»Sie werden per Anhalter reisen müssen«, sagte der Army-

Captain. »Aber das ist nicht so schlecht, wie es klingt. Da ist viel Verkehr. Was ist Ihr Ziel?«

»Orion«, sagte Lieutenant Weston. Orion war einer von vier kleinen Orten an der Manilabucht-Seite der Bataan-Halbinsel.

»Wenn Sie das Gelände verlassen, wenden Sie sich nach rechts«, sagte der Captain. »Es sind knapp sechzig Kilometer. Was erwarten Sie in Orion zu finden?«

»Generatorteile.«

»Viel Glück«, sagte der Captain, und sein Tonfall machte klar, daß die beiden Marines geringe Chancen hatten, irgend etwas in Orion zu finden.

»Danke, Sir«, erwiderte Weston und grüßte. Everly folgte seinem Beispiel und wartete dann höflich, bis Weston als erster das kleine Büro der Fahrbereitschaft verließ.

Während der kurzen Fahrt mit dem requirierten Chris-Craft-Kabinenkreuzer hatte es eine angenehme Brise gegeben, aber als sie von der Pier in Mariveles zur Fahrbereitschaft gegangen waren, wurden ihre Uniformhemden am Rücken und unter den Achseln dunkel vom Schweiß.

Am Tor des Geländes der Fahrbereitschaft stand ein Wachlokal, das mit zwei Unteroffizieren der Militärpolizei und einem Captain der Infanterie bemannt war. Der Captain prüfte den Marschbefehl (eigentlich ein Formular für Aktennotizen, die richtigen Formulare für Marschbefehle waren seit einem halben Jahr ausgegangen) sorgfältig und, wie Weston dachte, mißtrauisch.

»Was ist Ihr Ziel, Lieutenant?« fragte er.

»Morong, Sir«, antwortete Weston.

Der Captain hob fragend die Augenbrauen; es war klar, daß er eine Erklärung hören wollte.

»Es heißt, daß es Material auf dieser Seite von Morong gibt, das versteckt wurde, als die Subic-Bucht evakuiert wurde«, sagte Weston. »Wir denken, die Generatorteile, die wir suchen, können dort sein.«

Er fühlte sich unbehaglich bei der Lüge, und er blickte schnell zu Sergeant Everly, um zu sehen, ob es eine Reaktion auf seine Änderung des Ziels gab. Sergeant Everly hatte gehört, daß er dem Offizier bei der Fahrbereitschaft Orion als Ziel angegeben hatte. Morong, ein kleiner Hafen am Südchinesischen Meer, lag auf der anderen Seite der Bataan-Halbinsel.

Everlys Miene war ausdruckslos.

»Haben Sie die Koordinaten?« fragte der Captain.

Weston zwang sich zu einem Lächeln.

»Zweihundert Schritte östlich von einem umgekippten und ausgebrannten Anderthalbtonner«, sagte er, »sechs Kilometer von Morong entfernt.«

»Es gibt mehr als einen umgekippten und ausgebrannten Anderthalbtonner auf dieser Straße«, sagte der Captain.

»Wir haben nicht das Recht, Befehle in Frage zu stellen«, sagte Weston mit einem Lächeln. »Wir müssen sie befolgen und ...«

»Glückliche Jagd«, sagte der Captain und winkte sie durch das Tor.

Es war kein Verkehr in Richtung Subic-Bucht. Weston ging neben der Straße entlang und erinnerte sich an die Zeit, als er während High School und College als Anhalter gereist war; er hatte damals – und heute – nie verstanden, warum Anhalter neben der Straße gingen.

Wenn man sein Ziel nicht zu Fuß erreichen kann, warum dann überhaupt wandern? Warum wartet man nicht einfach, bis man mitgenommen wird?

Everly ging hinter ihm und hielt trotz all der Ausrüstung mühelos Schritt mit ihm. Weston entschied sich, zu warten, bis sie außer Sicht von Mariveles waren, bevor er mit dem Sergeant sprechen würde. Und als sie dann außer Sicht von Mariveles waren, entschied er sich, noch ein bißchen länger zu warten.

Er hatte vor, den Sergeant mit einer bedeutungslosen Botschaft für Major Paulson zum Felsen zurückzuschicken.

Weston sagte sich, daß sie weit genug fort waren – und das bedeutete weit genug von Mariveles entfernt, daß ihm zwanzig Minuten oder so blieben, um vor Verfolgung sicher zu sein, wenn der Sergeant mißtrauisch wurde und bei den Militärpolizisten Meldung erstattete –, als der Sergeant das Nahen eines Trucks meldete. Es war ein Ford mit offener Ladefläche, der von einem Corporal der Army gefahren wurde. Der Name eines Möbelhändlers aus Manila war noch unter der oberflächlich aufgespritzten olivgrünen Farbe zu sehen.

Ein Private First Class stieg aus und überließ Weston den Beifahrersitz, und stieg dann hinten mit Everly auf. Der Wagen war mit Ballen leerer Sandsäcke beladen, und der Fahrer erzählte, daß er unterwegs zu einem philippinischen Artilleriebataillon war, und fragte dann nach Westons Ziel.

»Ich suche nach einem umgekippten und ausgebrannten Anderthalbtonner«, antwortete Weston. »In der Nähe soll Material versteckt sein.«

»Ich war heute morgen dort oben«, sagte der Fahrer. »Da gibt es viele umgekippte und ausgebrannte Trucks. Wie wollen Sie den richtigen finden?«

»Ich nehme an, ich muß alle überprüfen und auf Glück hoffen«, erwiderte Weston.

Eine Viertelstunde später, nach einer scharfen Biegung der Straße, stoppte der Fahrer und wies aus dem Fenster auf Westons Seite. Die vom Feuer geschwärzten Räder und das Chassis eines umgekippten Trucks waren abseits der Straße in einem Graben zu sehen.

»Der hat vermutlich die Kurve übersehen«, sagte der Fahrer. »Bei Dunkelheit und ohne Licht sind diese Straßen höllisch gefährlich.«

»Ich kann wohl gleich hier anfangen«, sagte Weston. »Danke fürs Mitnehmen.«

Als Weston aus dem Führerhaus stieg, stand Sergeant Everly bereits neben der Straße und schaute ihn an.

Weston ging zum Straßenrand und rutschte fast fallend in den Straßengraben. Nach einer Weile, als ringe er um die Entscheidung, rutschte Everly hinter ihm her.

Weston tat so, als untersuche er den Truck, und ging dann ungefähr zwanzig Meter durch den Graben. Everly beobachtete ihn, folge ihm jedoch nicht. Weston kehrte zu ihm zurück.

»Das ist offenbar der falsche Truck«, sagte er.

Everly schwieg.

»Ich denke, Sergeant«, sagte Weston und fragte sich, ob er so falsch klang, wie er sich fühlte, »wir sollten Major Paulson informieren, daß wir den Truck vielleicht überhaupt nicht finden.«

Everly sagte nichts.

»Melden Sie ihm natürlich, daß ich weitersuchen werde«, sagte Weston.

»Kann ich mir bitte diese Thompson ansehen, Sir?« fragte Everly.

Das war nicht die Antwort, die Weston erwartet hatte. Und ohne zu denken nahm er die Maschinenpistole am Riemen von der Schulter und gab Everly die Waffe. Everly nahm sein Springfield-Gewehr von der Schulter und überreichte es Weston.

»Sergeant, was soll das?« fragte Weston.

»Lieutenant, ich möchte herausfinden, was ich mit Ihnen mache«, sagte Everly.

»Wie bitte?«

»Ich kehre nicht zum Felsen zurück, Mr. Weston«, sagte Everly. »Diese Entscheidung habe ich bereits vor ein paar Tagen getroffen: daß ich nicht zurückkehren werde, wenn ich vom Felsen herunterkomme.«

»Was haben Sie vor?«

»Ich weiß es wirklich nicht. Irgendwie von Bataan runterkommen. Zu einer der anderen Inseln gelangen, vielleicht nach Mindanao.«

Weston wußte nicht, was er sagen sollte.

»Und ich sagte mir, daß ich die hier mehr brauche als Sie«, fügte Everly hinzu und zuckte mit der Schulter, von der die Thompson-MPi hing. »Würden Sie mir bitte die zusätzlichen Magazine geben?«

»Was werden Sie tun, wenn Sie es nach Mindanao schaffen?«

»Ich bin nicht der einzige, der sich entschieden hat, sich nicht zu ergeben«, sagte Everly. »Vielleicht kann ich mich mit einigen der anderen zusammentun.«

»Und dann?«

»Ich weiß es nicht. Vielleicht unternehmen wir etwas gegen die Japse, vielleicht versuchen wir von den Philippinen fortzukommen. Ich weiß nur mit Sicherheit, daß ich nicht in Gefangenschaft gehe.«

Ihre Blicke trafen sich.

»Sind Sie sicher, daß Sie wissen, was Sie tun?«

»Ich bin mir nur sicher, daß ich nicht in Gefangenschaft gehe«, wiederholte Everly. »Ich habe gesehen, was die Japse ihren Gefangenen antun.«

»Ich wollte Sie zum Felsen zurückschicken«, sagte Weston langsam, »weil ich zu dem gleichen Entschluß gelangt bin.«

»Ich dachte an diese Möglichkeit, als Sie die Offiziere verarschten«, sagte Everly.

»Ich bin Pilot«, erklärte Weston. »Wenn ich nach Australien gelange, kann ich etwas Gutes tun. Hier nutze ich keinem.«

Everly nickte, sagte jedoch nichts.

»Haben Sie eine Idee, wie wir von hier nach Mindanao kommen können?« fragte Weston.

Everly schüttelte langsam den Kopf. »Ich weiß nur, daß wir ein Boot brauchen werden.«

»Und wo können wir ein Boot bekommen?«

Everly zuckte mit den Schultern.

Weston lächelte.

»Nun, wir werden uns etwas einfallen lassen«, sagte er und hielt Everly das Springfield-Gewehr hin. Die andere Hand streckte er aus, um die Thompson-MPi entgegenzunehmen.

»Haben Sie oft mit einer Thompson geschossen, Mr. Weston?« fragte Everly.

»Nur als Offiziersanwärter«, antwortete Weston. »Zum Vertrautmachen.«

»Ich habe das Expertenband für die Thompson«, sagte Everly. »Vielleicht sollte ich die MPi besser behalten.«

Das Experten-Band ist eines der Bänder für besondere Waffenausbildung (die anderen sind für Pistole, Gewehr et cetera) an der Medaille für Schützenexperten.

Das ist kein Vorschlag, erkannte Weston, *nicht einmal eine*

Bitte. Es ist eine Bekanntgabe, daß er die Thompson übernommen hat.

»Wenn Sie das für klug halten, bin ich einverstanden«, sagte Weston und gab Everly die beiden zusätzlichen Magazine, die er von Major Paulson erhalten hatte.

Tue ich das, weil es das Logische ist? Oder weil etwas an diesem Mann ist, das mir angst macht? Und weil ich ihn nicht reizen will, nicht den Mumm dazu habe?

»Wie ich das sehe, sind wir vielleicht vierzehn, fünfzehn Kilometer von Morong entfernt«, sagte Everly. »Ich bezweifle, daß es gescheit ist, in Morong nach einem Boot zu suchen. Aber vielleicht finden wir etwas außerhalb des Ortes, vielleicht zwei, drei Kilometer entfernt. Da sind kleine Buchten.«

»Und Sie sprechen Spanisch«, dachte Weston laut.

Everly nickte.

»Und ich habe fünftausend Dollar«, sagte Weston mit einer Spur von Begeisterung in der Stimme.

Everly versetzte ihm schnell einen Dämpfer.

»Wenn wir bei der Suche nach einem Boot von der Army erwischt werden, die herumschnüffelt, dann sollten wir besser hoffen, daß wir mit Ihrem Marschbefehl durchkommen.«

»Sie meinen, wir könnten erwischt werden?«

»Ich bezweifle, daß wir die einzigen sind, die versuchen, von Bataan fortzukommen«, sagte Everly nüchtern. »Und damit begehen wir Fahnenflucht.«

»Sehen Sie das so?«

»Das ist es, Mr. Weston«, sagte Everly, dann machte er kehrt und stieg aus dem Straßengraben zur Straße hinauf.

Weston kletterte hinterher. Dann fiel Everly noch etwas ein.

»Ich halte es für eine gute Idee, Ihre fünftausend zu teilen. Für den Fall, daß wir getrennt werden oder sonst etwas passiert.«

Der Vorschlag gefiel Weston nicht. Aber er zählte aus dem Kuvert zweitausendfünfhundert Dollar ab und gab sie Everly.

Er fand ein wenig Trost bei dem Gedanken, daß Everly nur die MPi auf ihn zu richten und ihm das Geld abzunehmen brauchte, wenn er es rauben wollte.

»Danke«, sagte Everly. Er entfernte die Hüllen seiner Feldflaschen, teilte das Geld in zwei Stapel, schob sie in die Hüllen und streifte sie mit einiger Mühe wieder über die Feldflaschen.

Dann wanderte er die Straße hinab. Weston folgte ihm, und es war ihm sehr bewußt, daß er kein Offizier des Marine-Corps mehr war, der einen Unteroffizier befehligte. Everly hatte das Kommando übernommen. Das war kein angenehmer Gedanke.

Andererseits weiß dieser erfahrene China-Marine anscheinend, was er tut. Und ich offenbar nicht.

2

Das Dorf an der Küste befand sich am Ende einer gewundenen unbefestigten Straße – nicht viel mehr als ein Pfad. Es bestand aus nur fünfzehn primitiven Häusern rings um einen Brunnen. Die Häuser waren auf Pfählen errichtet, offenbar zum Schutz gegen Brandung und Flut. Einige hatten Eisendächer, andere Strohdächer.

Weston fragte sich, warum man die Häuser nicht weiter vom Wasser entfernt erbaut hatte.

Das Ufer bestand hauptsächlich aus Dreck und Steinen, und es konnten Boote hinaufgezogen werden. Es waren jedoch keine Boote zu sehen und keine Anzeichen darauf, daß es jemals welche hier gegeben hatte.

Aber Weston roch Fisch, orientierte sich an dem Geruch und sah Fisch trocknen.

Es mußte hier irgendwo Boote geben.

Da war eine Cantina.

In der Cantina gab es vier Tische, vielleicht ein Dutzend Korbstühle und eine Theke, auf die ein metallenes Lucky-Strike-Reklameschild genagelt war. In einem Regal hinter der Theke standen ein Dutzend Gläser und ein halbes Dutzend leere Coca-Cola-Flaschen. Eine sehr fette Filipina mit grauem Haar und schlechten Zähnen kümmerte sich um die Theke.

Sie betrachtete die Gäste mißtrauisch.

Weston sah Everly an und wartete darauf, daß er mit der Frau sprach. Nach einer Weile wurde klar, daß Everly von ihm erwartete, etwas zu der Frau zu sagen.

Nicht weil ich der befehlshabende Offizier bin, sondern weil sie nicht erfahren soll, daß er Spanisch spricht. Mein Gott, warum habe ich nicht daran gedacht?

Weston machte mit Zeichensprache klar, daß er etwas zu trinken haben wollte.

»*No cerveza*«, sagte die Frau.

Weston kannte genug Spanisch, um zu verstehen, daß es kein Bier gab.

Er zuckte mit den Schultern und hoffte, sie würde daraus folgern, daß er mit allem zufrieden sein würde, was sie an Getränken hatte.

»*Dinero?*« fragte die Filipina.

Er griff in die Tasche, zog einen amerikanischen Fünfdollarschein hervor und legte ihn auf die Theke.

Die Filipina nahm den Geldschein, untersuchte ihn sorgfältig, legte ihn zurück und verschwand durch eine Tür hinten in der Cantina. Zwei Minuten später kehrte sie mit einer Flasche Coca-Cola zurück. Sie öffnete sie und gab sie Weston. Dann nahm sie den Fünfdollarschein und schob ihn in den Ausschnitt ihres Kleides.

»Gut, daß wir nicht wirklich durstig sind«, sagte Everly und forderte Weston mit einer kaum wahrnehmbaren Kopfbewegung auf, hinter sich zu blicken.

Ein kleiner, dunkelhäutiger Mann kam in die Cantina. Er war barfuß und trug ein weites Baumwollhemd und eine ausgebeulte Hose.

»Hallo, amerikanische Freunde!« rief er. »Ich spreche Englisch. Wie geht's?«

»Hallo«, sagte Weston. »Und wie geht's Ihnen?«

»Sehr schlecht«, sagte der Filipino. »Verdammt sehr schlecht.«

»Was ist sehr schlecht?«

»Der Scheißkrieg. « Der Filipino ging zu Weston, hielt ihm die Hand hin und schüttelte sie überschwenglich, als Weston sie ergriff. »Verdammte Japaner. Verdammte Scheiße.«

»Sehr schlecht«, stimmte Weston zu.

»Hallo, Freund«, sagte der Filipino zu Everly.

Everly nickte ihm zu.

»Kein Bier«, klagte der Filipino. »Und kaum noch Coca-Cola. Scheiß Japaner.«

»Ja«, stimmte Weston zu.

»Was kann ich für euch tun?« fragte der Filipino.

»Eigentlich suchen wir ein Boot«, sagte Weston.

»Ha. Es gibt keine verdammten Boote mehr. Habt ihr Geld?«

»Wir möchten ein Boot mieten, das uns von Bataan fortbringt«, sagte Weston.

»Keine verdammten Boote. Japaner vielleicht noch vierzig Kilometer entfernt. Nächste Woche hier.«

»Was ist mit den Booten geschehen, die hier waren?« fragte Weston.

»Alle sind fort. Bis auf eines oder zwei versteckte.«

»Wir möchten eines der versteckten Boote mieten«, sagte Weston.

»Sehr teuer. Sehr illegal. Sehr gefährlich. Sehr teuer.«

»Wie teuer?«

»Sehr teuer. Tausend Dollar.«

»Wie wäre es mit fünfhundert?« fragte Everly.

»Tausend Dollar. Keine Boote mehr. Scheißkrieg. Scheiß Japaner.«

»Wir haben nur tausend Dollar«, sagte Weston. »Und wir werden auf Mindanao Geld brauchen.«

Der kleine Filipino blickte nachdenklich drein.

»Warum wollt ihr nach Mindanao?«

»Um gegen die Japaner zu kämpfen«, sagte Weston.

»Scheiß Japaner. Zur Hölle damit. Ich werde fragen. Aber ich denke, der Mann will tausend Dollar haben.«

»Wenn Sie uns nach Mindanao bringen«, sagte Weston,

»dann zahle ich Ihnen tausend Dollar. Fünfhundert Dollar jetzt und fünfhundert, wenn wir dort sind.«

»Ich werde fragen«, sagte der Filipino. »Bleibt hier. Trinkt Coca-Cola. Ich werde wiederkommen.«

»Wenn ich das Boot sehe, zahle ich fünfhundert Dollar«, sagte Weston.

»Bleibt hier. Trinkt Coca-Cola. Ich komme schnell zurück.« Der Filipino verließ die Cantina.

»Das war zu leicht«, sagte Everly leise.

Weston fuhr ihn ärgerlich an. »Haben Sie bessere Ideen, Sergeant?«

»Es ist Ihre Show, Mr. Weston, aber an Ihrer Stelle würde ich alles außer tausend Dollar irgendwo verstecken, damit er es nicht sehen kann.«

Weston starrte ihn finster an, was Everly jedoch überhaupt nicht beeindruckte.

»Wenn er zurückkommt, würde ich ihm die fünfhundert erst geben, wenn wir auf dem Boot sind«, sagte Everly.

Der Filipino kehrte nach einer Viertelstunde zurück, doch er kam nicht in die Cantina. Er blieb auf der Türschwelle stehen und forderte sie mit einem Wink auf, ihm zu folgen.

Everly nickte Weston zu, als erster hinter dem Filipino zu gehen. Der Filipino führte sie über einen Pfad durch dichte Vegetation, und nach ungefähr dreihundert Metern blieb er stehen und wies zum Wasser.

Weston sah auf dem schlammigen Strand Spuren, die darauf hinwiesen, daß ein Boot aus dem Wasser gezogen worden war. Einen Augenblick später erkannte er durch die Vegetation das Heck eines Bootes.

»Gutes Boot«, sagte der Filipino. »Bringt euch nach Mindanao. Ah, bringt euch bis nach Australien.«

Er verließ den Pfad und bahnte sich einen Weg durch den Busch zum Strand.

Als sie beim Boot waren, warteten dort andere Filipinos. Ein älterer Mann, der wie der erste gekleidet war, und eine dralle junge Frau, die ein dünnes Baumwollkleid und offenbar sonst nichts trug.

»Sie sprechen nicht Englisch wie ich«, sagte der Filipino. »Ich übersetze für euch.«

Es folgte ein Wortwechsel zwischen den beiden Männern.

»Er sagt, er will Geld sehen.«

»Ich werde ihm das Geld geben, wenn das Boot im Wasser ist und wir unterwegs sind«, erwiderte Weston.

»Du traust mir nicht?« fragte der Filipino in beleidigtem Tonfall.

»Wenn das Boot im Wasser ist und wir unterwegs sind«, wiederholte Weston.

»Geht jetzt nicht«, sagte der Filipino, als erkläre er etwas einem geistig zurückgebliebenen Kind. »Es muß dunkel sein. Scheiß Japaner sehen uns, wenn wir jetzt fahren, und vielleicht Scheiß U.S. Navy.«

Weston fragte sich, ob das bedeutete, daß die Navy in diesen Gewässern patrouillierte, um zu verhindern, daß Amerikaner die Halbinsel verließen. Zur Fahnenflucht angesichts des Feindes. Er schaute auf seine Armbanduhr. 17 Uhr 35. Bald würde es dunkel werden.

»Okay«, stimmte Weston zu. »Wir warten.«

»Okay«, sagte der Filipino. »Geht vom Strand, damit niemand euch sehen kann.«

Als die Dunkelheit hereinbrach, gab es einen starken Regenschauer, und Weston und Everly fanden Schutz unter dem Rumpf des Bootes. Es war jedoch nicht viel Schutz, und sie sahen, in welch schlechter Verfassung der Rumpf war.

Andere Männer tauchten auf, als es ganz dunkel war. ›Ihr‹ Filipino winkte sie unter dem Rumpf hervor, und als sie auf den Strand gingen, traten sie fast sofort in Wasser. Der Strand war schmal geworden, die Flut hatte eingesetzt.

Die Männer zogen mit Tauen aus geflochtenen Ranken das Boot über den Strand ins Wasser.

»Gib mir jetzt das Geld«, sagte ›ihr‹ Filipino, als das Boot, in der Dunkelheit kaum sichtbar, ein paar Meter vom Ufer entfernt auf dem Wasser schaukelte.

Weston gab ihm das Geld. Der Filipino zählte es im Lichtschein eines Zippo-Feuerzeugs. Auf dem Feuerzeug prangte das Emblem des U.S. Marine Corps. Einen Augenblick lang dachte Weston flüchtig, daß das ein gutes Omen war. Dann fragte er sich, wo die Filipinos das Feuerzeug gefunden hatten. Es mangelte an Feuerzeugen. Es gab keine Armyläden und -lager mehr außerhalb der Militärstützpunkte. Gute Feuerzeuge waren Mangelware; die Leute paßten sehr darauf auf.

Woher hat der Typ das Feuerzeug? Hat er es jemandem gestohlen? Oder einigen anderen Marines angeboten, sie von Bataan wegzubringen, und sie dann beraubt, in dem Wissen, daß sie nicht zur Militärpolizei gehen konnten? Oder sie ins Meer geworfen?

Du hast Verfolgungswahn, dachte Weston. *Es gibt keinen Grund, mißtrauisch zu sein.*

Wenn er uns ausrauben wollte, dann hätte er das in der Cantina tun können oder während wir hier im Busch auf die Dunkelheit warteten. Und wir hätten nichts dagegen tun können. Da ist *ein Boot, und es gibt keinen Hinweis darauf, daß der Filipino uns nicht von Bataan fortbringt, wie er es versprochen hat. Was ist los mit dir, Jim Weston? Du hast Angst. Du hast Angst vor der Fahnenflucht. Und du hast Angst vor dem Tod. Um Himmels willen, du bist Offizier. Handele wie einer!*

Sie wateten zum Boot, hielten die Waffen über den Kopf, und das Wasser reichte ihnen bald bis zu den Achseln. Als sie an der Seite des Boots waren, neigte sich einer der Filipinos zu ihnen und nahm das Springfield-Gewehr von Weston entgegen. Dann griff er hinab zu seinem Stoffkoppel mit der Pistole im Holster.

Wenn ich die Pistole übergebe, bin ich waffenlos! Vielleicht haben sie auf diesen Moment gewartet – um uns zu entwaffnen.

Menschenskind, hör auf! Wenn sie uns die Kehle durchschneiden wollten, hätten sie das schon auf dem Strand tun können.

Er überreichte dem Filipino im Boot das Stoffkoppel. Und dann tastete eine Hand in der Dunkelheit nach seiner Hand, ergriff sie und zog ihn aus dem Wasser.

Gleich drauf wurden ihm das Koppel mit Waffe und das

Springfield-Gewehr zurückgegeben, und er fühlte sich wie ein Dummkopf.

Everly kam einen Augenblick später an Bord. Einer der Filipinos ergriff Weston am Arm, führte in zu einer kleinen Luke im Deck und forderte ihn mit Zeichen auf, hinunterzuklettern. Ein Streichholz flammte auf, und Weston sah im Schein der Flamme, daß der Filipino eine primitive Öllaterne anzündete, nicht viel mehr als ein Stück Wäscheleine in einer Flasche mit Öl. Aber der improvisierte Docht fing Feuer, und die kleine Kabine wurde schwach beleuchtet. Der Filipino gab ihm die Lampe, verließ die kleine Kabine und zog die Luke hinter sich zu.

Weston schaute Everly an.

»Nun, wir sind anscheinend unterwegs«, bemerkte Weston. Everly sagte nichts.

Weston sah, daß Everly eine Art Kissen aus seinem Rucksack formte und sich auf den Boden legte. Weston hatte keinen Rucksack und versuchte, es sich ohne einen bequem zu machen. Aber die Enge der Kabine und die Wölbung des Rumpfs machten es unmöglich. Schließlich zog er sein Hemd aus und rollte es als ›Kissen‹ zusammen. Das schien zu klappen.

Er hörte knarrende Geräusche von draußen. Und dann spürte er Bewegung, als ob das Boot losfuhr.

»Haben Sie ein Streichholz oder ein Feuerzeug?« brach Everly sein Schweigen.

»Beides«, antwortete Weston.

»Dann sollten Sie die Lampe ausblasen«, sagte Everly, und es klang wiederum nicht wie ein Vorschlag, sondern wie ein Befehl. »Wenn wir sie brauchen, können wir sie wieder anzünden. Wenn diese Lampe brennend umfällt, wird es wahrscheinlich ein Feuer geben.«

»Richtig«, sagte Weston und blies die Flamme aus. Es stank und qualmte unangenehm, und es dauerte lange, bis der Docht ganz ausging.

Dann war es stockdunkel. Es war keine Frage, daß das Boot jetzt in Bewegung war. Der Rumpf neigte sich zur Seite, was

Weston zwang, eine andere Position einzunehmen –, und er hörte das Platschen und Gurgeln von Wasser.

Er überlegte. Der Verdacht, daß sie ausgeraubt und umgebracht werden sollten, war anscheinend unbegründet. Es war ihm fast peinlich, daß er ihn gehabt hatte. Aber es war eine Tatsache, daß er jetzt Fahnenflucht begangen hatte. Er war angesichts des Feindes desertiert, im faulig stinkenden Kielraum eines primitiven philippinischen Fischerboots. Das war nicht das, was er im Sinn gehabt hatte, als er sich zum Marine-Corps gemeldet und die Flugschule besucht hatte.

Er versuchte, seine Gedanken zu ordnen, und er sagte sich, daß er aufhören mußte, an die Fahnenflucht zu denken. Er lief nicht davon, um sich vor seiner Pflicht zu drücken; in Wirklichkeit vermied er nur seine Gefangennahme, damit er nach Australien gelangen und wieder ins Cockpit eines Jagdflugzeuges steigen konnte, um gegen den Feind zu kämpfen, wozu er ausgebildet worden war.

Mit diesen Gedanken schlief er ein.

Weston erwachte in Schock und Verwirrung. Daraus wurde sofort Entsetzen.

Er versuchte, sich aufzusetzen – ein Reflex – und erkannte im nächsten Augenblick, daß etwas – jemand – auf ihm lag. Und dieser Jemand drosch um sich und stieß schreckliche gutturale Laute aus. Und dann, als er wieder unbewußt denjenigen von sich schieben wollte, der auf ihm lag, bemerkte er, daß seine Hände glitschig waren.

»Mr. Weston, alles in Ordnung?« zischte Everly. Bevor Weston antworten konnte, spürte er Bewegung, und dann verschwand das Gewicht von ihm.

»Was ist los?«

»Alles in Ordnung?« fragte Everly noch einmal. »Hat er Sie getroffen?«

»O Gott!« stieß Weston hervor. »Was ist passiert?«

»Ich habe ihm die Kehle durchgeschnitten«, sagte Everly sachlich. »*Ist* alles in Ordnung?«

Der Hurensohn ärgert sich, weil ich nicht schnell genug antworte.

»Ich bin naß, meine Hände sind naß und klebrig«, sagte Weston.

Und dann erkannte er, was das Feuchte, Klebrige war, und es wurde im übel. Er erbrach nicht viel, aber seine Brust schmerzte vom Brechreiz, und er hatte einen üblen Geschmack im Mund.

»Was, zum Teufel, war los?« fragte er, jetzt in empörtem Tonfall.

»Hier ist es«, sagte Everly. »Ich habe es gefunden.«

»Was gefunden?«

»Das Messer, ein Küchenmesser, wie es aussieht«, sagte Everly. Weston spürte, daß etwas gegen ihn drückte. »Nehmen Sie es.«

»Ich will es nicht!«

»Es sind noch drei draußen«, sagte Weston. »In einer halben Minute werden sie auf den Gedanken kommen, daß dieser Typ versagt hat.«

»Er wollte mich töten?« fragte Weston. Sein Verstand weigerte sich immer noch, diese Tatsache zu akzeptieren.

»Seien Sie froh, daß er zuerst auf Sie losging«, sagte Everly. »Wer weiß, was passiert wäre, wenn ich gegen den Hurensohn hätte kämpfen müssen.«

»Allmächtiger!«

»Laden Sie Ihre Pistole durch«, befahl Everly.

»Meine Hände sind voller Blut.«

»Wischen Sie sie an der Hose ab. Laden Sie Ihre Pistole. Leise!«

Weston wischte das Blut von den Händen ab, aber sie waren immer noch klebrig, und er hatte Mühe, die Pistole aus dem Holster zu ziehen und durchzuladen. Seine Hand glitt ab, bevor eine Patrone in der Kammer war, und es klickte.

»Leise, verdammt!« sagte Everly, und als dann der Schein einer Taschenlampe aufflammte und Weston blendete, fügte er hinzu. »Scheiße!« Im nächsten Augenblick gab es ein halbes Dutzend ohrenbetäubender Detonationen, jede begleitet von orangefarbenen Blitzen.

Jetzt schien sich alles in Zeitlupe abzuspielen.

Weston wischte sich hektisch die Hände an der Hose ab und riß den Schlitten der Pistole zurück. Seine Finger rutschten wieder ab, doch als der Schlitten wieder nach vorne glitt, hörte – und spürte – er, daß eine Patrone in der Kammer war.

Jetzt erkannte er das Geräusch. Es war das Feuer der Thompson-MPi, unglaublich laut, schmerzhaft für die Ohren. Er fühlte sich benommen. Obwohl er vom Licht der Taschenlampe geblendet wurde, sah er vage, daß Everly sich darauf warf. Und dann bedeckte der die Lampe mit seinem Körper, und das Licht ging aus.

Ein orangefarbener Feuerball verblaßte langsam vor Westons Augen. Nach einer scheinbar vollen Minute, vermutlich eine viel kürzere Zeitspanne, konnte er ein etwas helleres Rechteck in der Dunkelheit erkennen. Das war die Luke, wie ihm klar wurde. Sie war geöffnet. Einen Augenblick später sah er den Grund, warum sie offenstand. Ein Körper hing darin.

Er konnte jetzt Everly wahrnehmen, nicht deutlich, aber klar genug, um zu sehen, daß Everly der Gestalt ins Haar griff, ihren Kopf zurückzog und ihr die Kehle durchschnitt.

»Sie haben keine Waffen«, sagte Everly. »Keine *Feuerwaffen*. Wenn sie welche hätten, dann hätten sie jetzt damit geschossen. Aber wie kommen wir hier raus?«

»Sie werden auf uns lauern«, sagte Weston und fühlte sich sofort wie ein Dummkopf.

Everly kroch nahe an die Luke heran und wälzte sich dann auf den Rücken.

»Sobald ich durch die Luke bin, folgen Sie mir«, befahl Everly. »Kommen Sie hier hoch!«

Weston bewegte sich auf die Luke zu. Als er die Hand auf dem Boden abstützte, tauchte sie in eine Lache, die Blut sein mußte. Es wurde ihm wieder übel, aber er konnte den Brechreiz bezwingen.

Er war gerade zu Everly gelangt, als der Sergeant mit der

Thompson in jeweils zwei und drei Feuerstößen zehn oder zwölf Schüsse auf das Schott und an Deck hinaus abgab. Das Krachen war ohrenbetäubend, und die Mündungsblitze blendeten Weston von neuem.

Als er wieder deutlicher sehen konnte, erkannte er, daß sich Everly durch die Luke schob, immer noch auf dem Rücken. Wieder krachte und blitzte die Thompson, doch außerhalb der Luke waren die Detonationen nicht mehr so schmerzhaft für die Ohren. Weston tauchte durch die Luke, als Everly hindurch war, und rollte sich auf den Rücken.

»Erschießen Sie den Hurensohn!« befahl Everly.

Weston schaute sich schnell um und entdeckte einen der Filipinos, der auf allen vieren nach achtern kroch.

»Erschießen Sie den Hurensohn!« schrie Everly.

Weston hielt die Colt-Pistole mit beiden Händen, zielte, so gut er konnte, und feuerte. Der Filipino verharrte mitten in der Bewegung. Weston schoß noch einmal. Und noch einmal.

»Vergewissern Sie sich, daß er tot ist«, rief Everly etwas ruhiger.

Weston erhob sich und wankte nach achtern. Der Filipino – es war ›ihrer‹, der ihnen das Boot besorgt und das Geld genommen hatte – lag auf dem Bauch, und seine Beine zuckten, als wollte er fortkriechen. Weston wollte nicht noch einmal auf ihn schießen. Doch dann, als hätte seine Hand einen eigenen Willen, richtete er die Waffe auf den Schädel des Filipinos und drückte ab.

Der Kopf des Filipinos schien zu explodieren.

Weston blickte zu Everly und sah – diesmal viel deutlicher – eine Wiederholung dessen, was Everly unter Deck getan hatte. Everly packte den Mann am Haar, zog seinen Kopf zurück und schnitt ihm mit einem Messer mit dünner Klinge die Kehle durch. Blut schoß heraus.

Everly ließ den Kopf des Mannes zurückfallen. Während Weston entsetzt zuschaute, tastete Everly den Toten ab und durchsuchte seine Kleidung. Er zog eine Taschenuhr, einen Schlüssel und etwas Geld aus seinen Taschen und steckte alles ein. Schließlich richtete er sich auf.

»Packen Sie hier mit an, Mr. Weston?«

»Was?«

»Wir entfernen den Hurensohn. Ihn und die anderen.«

»Sie wollen ihn über Bord werfen?«

»Wollen Sie ihn als Souvenir behalten, Mr. Weston?« fragte Everly.

Weston ging zu ihm und half ihm, die Leiche über die Reling zu werfen. Es gab nur ein leises Platschen. Und als er dem Impuls nachgab und ins Wasser schaute, war von der Leiche nichts mehr zu sehen.

Everly ging bereits nach achtern und durchsuchte die Leiche ›ihres‹ Filipinos. Er nahm eine Brieftasche und ein goldenes Medaillon an sich, das der Mann an einer Kette um den Hals getragen hatte. Er öffnete die Brieftasche und entnahm ihr die fünfhundert Dollar, die Weston dem Mann am Strand gegeben hatte. Das Geld steckte er ein. Und dann sah Weston entsetzt, daß Everly dem Mann die Hose auszog.

Everly bemerkte seinen entgeisterten Blick. »Wir werden Kleidung brauchen«, sagte er. »Helfen Sie mir, den Bastard über Bord zu werfen.«

Weston half ihm. Die Leiche fiel rücklings ins Wasser, und Weston erhaschte noch einen Blick auf das Gesicht, das von der .45er Kugel entstellt war. Dieser Anblick würde ihn lange Zeit verfolgen.

Als sie die beiden Leichen durch die Luke heraufgeholt, durchsucht, entkleidet und über Bord geworfen hatten, war Weston erschöpft, schweißgebadet und atemlos. Er setzte sich aufs Deck und lehnte sich an den Mast. Er fühlte sich krank und kämpfte gegen Brechreiz an.

Ein paar Minuten später kam Everly zu ihm und setzte sich neben ihn.

»Keine Lebensmittel und keine Seekarten«, sagte Everly. »Diese Bastarde wollten zum Dorf zurück, mit unserem Geld und ohne uns.«

»Scheiße«, sagte Weston.

Nach einer Weile bemerkte er, daß seine Hände feucht und klebrig waren. Er wußte, warum. Er stemmte sich am Mast hoch, ging nach achtern, kniete sich hin und steckte die Hände ins Wasser. Das Boot schaukelte nur leicht.

Er wusch die Hände und Arme ab und versuchte nicht daran zu denken, wie seine Brust aussehen mußte. Dann schob er sich vom Heck fort und stieß gegen etwas. Nach einer Weile erkannte er, daß es die Ruderpinne war. Sie bewegte sich nicht, was seine Annahme bestätigte, daß sie sich in stillem Wasser befanden.

In diesem Fall sind die Leichen, die wir über Bord geworfen haben, dicht um uns herum. Wir müssen von hier verschwinden.

Wo sind wir?

Eine Taschenlampe flammte auf, und Everly richtete den Strahl auf den Mast. Das Segel war nicht gehißt, was erklärte, warum sie sich nicht von der Stelle bewegten.

Das Licht der Taschenlampe erlosch. Dann knarrte und schabte etwas, und Weston spürte mehr als es zu sehen, daß Everly das Segel hißte. Die Bestätigung kam einen Augenblick später, als er hörte, wie sich das Segel blähte. Dann nahm er eine schwache Bewegung des Boots wahr.

Er legte die Hand auf die Ruderpinne und spürte, daß sie sich bewegte. Everly kam nach achtern.

Er schaltete die Taschenlampe an, und Weston sah, daß Everly auf den Kompaß schaute.

»Wir sind auf Kurs nach Norden«, sagte Everly. »Aber wir wollen nach Südosten. Wissen Sie, wie man ein Boot segelt, Mr. Weston?«

»Ich weiß nur das, was ich im Ferienlager lernte, als ich ein Kind war.«

»Können Sie uns nach Südosten drehen?«

»Wohin segeln wir?«

»Mindanao«, sagte Everly. »Das sind etwa fünfhundert Seemeilen nach Südosten.«

»Wir haben keinen Proviant und kein Trinkwasser«, sagte Weston.

»Es gibt eine Reihe kleiner Inseln zwischen hier und Mindanao. Wir müssen uns irgendwo Proviant und Wasser besorgen.«

»Ich bringe uns auf den Kurs«, sagte Weston. »Achten Sie auf den Baum.«

»Auf welchen Baum?«

»Auf die Stange unten am Segel. Und geben Sie mir den Kompaß.«

Everly gab ihm den Kompaß. Weston legte die Ruderpinne herum.

Das Boot begann sich zu drehen.

»Jedenfalls haben wir unser Geld behalten«, sagte Everly. »Das ist doch schon was.«

Und unser Leben. Wir haben überlebt, dachte Weston, sagte jedoch nichts.

»Plus drei- oder vierhundert Dollar«, fügte Everly hinzu. »Wir waren anscheinend nicht die einzigen, die von diesen Scheißern zu einer Bootsfahrt mitgenommen wurden.«

3

Als die Sonne aufging, sahen sie kein Land mehr, nur sanft gewellte See.

Everlys Kompaß des Marine-Corps zeigte an, daß sie auf südöstlichem Kurs waren. Weston fragte sich, ob das tatsächlich der Fall war oder ob Stahl oder Eisen auf dem Boot die Kompaßnadel beeinflußte. Andererseits segelten sie nicht in die *falsche* Richtung. Wenn die Sonne im Osten aufging und man direkt darauf zusegelte, dann war der Süden neunzig Grad rechts.

Weil er etwas nach rechts von der aufgehenden Sonne steuerte – nach Osten und Süden – und das mit der Kompaßanzeige übereinstimmte, waren sie vermutlich auf Südostkurs. Aber sie navigierten nicht. Im Augenblick war das jedoch eine akademische Frage, denn Navigation setzt ein Ziel voraus, und sie wußten nicht, wohin genau sie segelten. Sie dachten nur verschwommen an ›Mindanao‹.

Everly durchsuchte das Boot, als es hell genug dafür war. Er fand nichts von Wert außer zwei Dosen mit Ananasscheiben und einer Flasche Coca-Cola. Keine Seekarten, keine Lebensmittel, kein Trinkwasser.

Er fand einen Eimer und nutzte ihn, um ihn mit Seewasser zu füllen und das Blut von Deck zu spülen. Aber das Säubern im Kielraum, wo die Filipinos versucht hatten, sie zu ermorden, war unmöglich. Er konnte Wasser hineinschütten, aber nicht hinauspumpen.

Als ein süßlicher Gestank von unten heraufdrang, schloß Everly die Luke.

Sie teilten die Coca-Cola und die beiden Dosen mit Ananasscheiben.

Weston fand, daß es vielleicht unklug war, alle Ananasscheiben auf einmal zu essen. Vielleicht sollten sie etwas für später sparen.

Dann sagte er sich, daß es nichts änderte. Sie mußten mehr Lebensmittel und Süßwasser finden, oder sie waren erledigt.

Gegen zehn Uhr wurde die Hitze der Sonne unangenehm. Mit einem faulig riechenden Stück Segeltuch improvisierten sie einen Sonnenschirm. Aber es war zu spät. Sie hatten bereits einen Sonnenbrand.

Ein paar Minuten nach 15 Uhr sahen sie zur Linken am Horizont etwas, das Land sein konnte.

Die Frage war, ob es wirklich Land war oder ob ihnen die Augen einen Streich spielten und es nur vorgaukelten.

Es konnte leicht ein Teil der Insel Luzon sein, die ferne Seite des Eingangs zur Manilabucht. Die Japaner sollten überall auf diesem Teil von Luzon sein. Aber stimmte das?

War es wert, all das durchzumachen, was hinter ihnen lag, um dann doch Gefangener der Japaner zu werden? Dann hätten sie auf dem Felsen bleiben können, anstatt zu desertieren. Aber die Alternative zu dem, was vielleicht Land am Horizont war, bestand in einem Kurs, in den Weston wenig Vertrauen hatte und auf dem es keine Nahrung und kein Trinkwasser gab. Wenn er auf dem gegenwärtigen Kurs blieb, würde er vermutlich ins Südchinesische Meer segeln, ohne Land in Sicht, und sie würden wahrscheinlich verdursten.

Zwanzig Minuten später konnte Weston genug erkennen, um zu wissen, daß tatsächlich Land am Horizont war. Wiederum eine halbe Stunde später waren sie nahe genug heran, um die Brandung zu erkennen, die gegen eine dichte Wand von Vegetation wogte. Es gab kein Anzeichen auf Zivilisation.

Es war jetzt kurz vor 17 Uhr.

»Wir haben keinen Anker, und wir können nicht durch diese Brandung«, sagte Weston.

»Segeln Sie nach links. Vielleicht finden wir was«, entgegnete Everly.

Als sie sich dem Strand näherten, schien das westliche Ende zurückzuweichen und dann zu verschwinden.

»Was ist das?« fragte Weston.

»Ich denke, wir haben eine kleine Insel vor uns«, sagte Everly erfreut.

»Auf der zwei Reservedivisionen der Japse liegen«, fügte Weston hinzu.

Everly schaute ihn mit echter Besorgnis an.

»Warum sagen Sie so was, Mr. Weston?« fragte er.

»Sollte ein Scherz sein.«

»Ach so.«

Die Sonne stand tief am Horizont, als sie schließlich eine Lücke in der Brandung entdeckten. Während sie sich näherten, stellte Weston fest, daß es eine Passage zwischen einer sehr kleinen Insel und der ersten Insel war, die sie gefunden hatten.

Es gab kein Anzeichen auf menschliches Leben, und die einzigen Geräusche waren das ferne Rauschen der Brandung und das Platschen der Wellen gegen den Bug des Bootes. Den Krieg, den sie vor so kurzer Zeit auf Corregidor und Bataan verlassen hatten – der Gestank von verbranntem Treibstoff und Material, das nie endende Donnern von Geschützen und ferne Explosionen –, hätte zu einer anderen Zeit und auf einem fernen Planeten sein können.

Als sie in die Passage zwischen den Inseln segelten, sah

Weston einen kleinen Strand auf der größeren Insel. Da gab es keine Brandung.

»Wir sollten es dort versuchen«, sagte er mehr zu sich selbst als zu Everly. »Ich weiß nicht, wie seicht es dort ist. Wir laufen wahrscheinlich auf Grund.«

»Haben wir eine Wahl, Mr. Weston?«

Weston steuerte das Boot auf den kleinen Strand zu.

Sie schafften den ganzen Weg zum Strand, ohne auf Grund zu geraten. Die Strömung durch die Passage hatte wohl den Sand weggespült. Everly sprang an Land und nahm ein Tau mit. Das Vertäuen des Boots war kein Problem. Bäume und Büsche wuchsen gleich hinter der Wasserlinie. Everly schlang das Tau um einen dicken Baumstamm. Die Strömung zog das Boot gegen das Land.

Wir werden mit dem Rumpf gegen den felsigen Landsockel donnern und sinken, dachte Weston.

Doch das geschah nicht. Die Strömung hielt den Rumpf einfach an das felsige Land, und das Boot bewegte sich kaum noch.

Everly ging wieder an Bord.

»Da ist ein Hügel gleich hinter den Bäumen«, sagte er. »Ich bezweifle, daß ich in der Dunkelheit hinaufklettern kann. Wir müssen uns am Morgen umsehen.«

»Vermutlich gibt es Wildschweine auf diesen Inseln«, sagte Weston. »Vielleicht können wir eins schießen.«

Everlys Schweigen machte klar, daß er es für unwahrscheinlich hielt, daß es hier Wildschweine gab.

»Wechseln wir uns mit einer Zweistundenwache ab?« fragte er schließlich.

»In Ordnung.«

»Sie zuerst oder ich?«

»Ich halte die erste Wache«, sagte Weston.

Everly formte ein Kissen von der Kleidung, die er den Leichen ausgezogen hatte, deckte sich mit den restlichen Kleidungsstücken zu und schlief ein.

Binnen zehn Minuten war es so dunkel, daß Weston ihn kaum noch erkennen konnte.

Er saß reglos eine Weile da und lauschte den undefinierbaren Geräuschen am Strand, und dann kratzte er sich unbewußt an der Brust. Sein Uniformhemd war mit getrocknetem Blut bedeckt.

Auf allen vieren kroch er übers Deck und schlug einen Bogen um Everly, bis er den Eimer fand. Dann kroch er wieder nach achtern und zog sich aus. Zuerst spülte er sorgfältig sein Uniformhemd und die Hose im Wasser ab und hängte sie auf die Reling zum Trocknen. Dann schöpfte er mit dem Eimer Wasser und schüttete es über Kopf und Körper.

Das wiederholte er ein dutzendmal – das getrocknete Blut hatte sein Haar verklebt und löste sich nur langsam auf –, bis er sicher war, daß er nicht sauberer werden konnte.

Er setzte sich nackt im Schneidersitz hin und schaute auf seine Armbanduhr. Die Leuchtziffern sagten ihm, daß es 19 Uhr 55 war. Er fragte sich, wie lange er gebraucht hatte, um den Eimer zu finden, seine Kleidung zu säubern und zu baden.

Scheiß drauf, ich rechne von jetzt an. Von 20 Uhr. Ich werde Everly um 22 Uhr wecken.

Als er in der Dunkelheit dasaß, erinnerte er sich daran, wie die Armbanduhr ausgesehen hatte, als er sie im Offiziersladen in Pensacola gekauft hatte. Es war ein Hamilton-Chronograph aus rostfreiem Stahl. Wenn man den entsprechenden Knopf drückte, konnte man die vergangene Zeit ablesen – die Länge des Flugs und so weiter.

Zu der Armbanduhr gehörten ein metallenes Etui und eine Gebrauchsanleitung. Eine tolle Uhr mit Krokodillederarmband. Als er sie sah, wollte er sie sofort haben. Aber es galt als angeberisch, wenn man eine trug, bevor man den ersten Flug hinter sich hatte und einen Alleinflug machte und eine gute Chance hatte, sich die goldenen Schwingen – das Pilotenabzeichen – zu verdienen.

Er erinnerte sich sehr deutlich an den Tag, an dem er zum ersten Mal die Hamilton-Armbanduhr getragen hatte.

Auf einem anderen Planet, in einer anderen Zeit, als er Marineflieger gewesen war.

Als Weston die Augen öffnete, hockte Everly nackt neben ihm. Es war hell. Weston war verwirrt. Es sollte nicht hell sein. Er hatte Everly um 22 Uhr geweckt. Dann hätte ihn Everly um Mitternacht wecken sollen. Und um Mitternacht war es noch dunkel.

»Was ist los?«

»Ich hatte zwei Stunden lang nichts gehört«, sagte Everly, »und so sagte ich mir, was soll's, warum soll ich Sie aufwecken? Und ich legte mich schlafen.«

»Oh.«

»Und schauen Sie mal, was ich sah, als ich aufwachte«, sagte Everly und wies zum Meer.

Weston setzte sich auf.

Ungefähr zweihundert Meter vor der Küste lag ein Kabinenkreuzer.

Er treibt, dachte Weston, *ist nicht in Betrieb.*

»Können Sie uns dorthin segeln?« fragte Everly.

»Ich weiß es nicht. Ich kann es versuchen.«

»Es ist ein weiter Weg zu schwimmen, und ich hörte, es gibt Haie in diesen Gewässern.«

»Setzen wir das Segel, und sehen wir, was passiert.«

Keiner sprach aus, was sie beide dachten: Es bestand die Möglichkeit, daß es an Bord des Kabinenkreuzers Lebensmittel gab. Und einen Kompaß. Und wer weiß was.

Weshalb trieb der Kabinenkreuzer hier?

Sie brauchten fast eine Stunde, um hinzugelangen. Es war fast windstill, und die Strömung trug beide Boote durch die Passage und ins offene Meer, als sie sich näherten.

Als sie nahe heran waren, nahmen sie den süßlichen Gestank von verwesenden Leichen und dann einen Schwarm Fliegen wahr.

Das Boot sah wie ein Chris-Craft 42 aus, aber es hatte kein Chris-Craft-Emblem.

Vermutlich ein hier nachgebautes Modell, dachte Weston. Auf dem Heck stand YET AGAIN, MANILA. Weston sah den verblichenen Wimpel eines Yachtklubs von Manila.

Der Gestank wurde schlimmer, unerträglich.

Everly zog sich an Bord und warf ein Tau hinüber. Als er sah, daß Weston das Tau geschnappt hatte, wankte Everly zur Reling und übergab sich.

Das Tau war neu.

Weston band das Boot an den Kabinenkreuzer und sprang an Bord.

Es gab Anzeichen darauf, daß der Kabinenkreuzer mit MGs beschossen worden war, vermutlich im Tiefflug mit Bordwaffen angegriffen. Weston sah Kugellöcher im Deck, in den Schotten und im Glas der Kabinen.

Der Schlüssel steckte im Zündschloß. Der Tank war laut Treibstoffanzeige leer. Weston drückte trotzdem auf den Anlasserknopf. Die Motoren sprangen nicht an. Der Tank war leer.

Die Fliegen begannen zu beißen, aber sie konnten nichts dagegen tun.

Everly kam mit Lebensmitteln in Dosen aus der Kombüse.

»Da ist sogar Bier«, sagte er. »Die verdammten Fliegen fressen mich auf.«

»Was mag hier geschehen sein?«

»Wer weiß das schon? Ich werde alles dort am Heck aufstapeln, und dann klettere ich aufs Boot, und Sie reichen es mir rüber.«

Sie machten ein halbes Dutzend Ausflüge in die Kombüse, und dann stellte Weston die Frage, die ihn beschäftigte, seit sie an Bord gegangen waren.

»Was ist mit den Leuten passiert, die hier waren?«

»Wenn Sie noch lebten, wären Sie inzwischen aufgetaucht«, sagte Everly.

Weston ging wieder in die Kombüse. Er faßte sich ein Herz und ging durch einen Durchgang, der zu den Kabinen führte.

Er mußte sich übergeben. Und dann mußte er sich zwingen, nicht fortzulaufen.

Aber er betrat die Hauptkabine. Dort fand er zwei Leichen. Eine grauhaarige Frau lag auf der Doppelkoje, die Hände auf dem Bauch gefaltet. Sie war mit Shorts und einem Strickhemd bekleidet. Das Hemd war dick mit Blut bedeckt, auf dem Unmengen von Fliegen krochen.

Die Frau war durch Schüsse in den Oberkörper getötet worden.

Die zweite Leiche lag neben der Koje – ein Mann Anfang Fünfzig. Er hatte sich in die Schläfe geschossen. Ein stupsnasiger Revolver lag auf dem Boden neben ihm.

Weston schaute sich schnell um und verließ fluchtartig die Kabine.

»Nun?« fragte Everly, als Weston auf dem Deck war.

»Da ist … ein Paar … in der Kabine. Es sieht aus, als ob die Frau erschossen wurde und der Mann sich selbst erschossen hat.«

»Haben Sie etwas gesehen, das wir brauchen können?«

»Ich habe nicht nachgeschaut.«

Everly sah ihn mißbilligend an und ging zur Kabine.

Weston setzte sich auf einen gepolsterten Sitz an der Achterreling, stützte den Kopf mit der linken Hand und wedelte mit der rechten die Fliegen weg.

Everly tauchte mit Wolldecken auf. Weston sah, daß er den stupsnasigen Revolver in den Hosenbund geschoben hatte und jetzt eine erstklassige Armbanduhr trug. Weston hatte die Uhr am Handgelenk der männlichen Leiche gesehen.

»Ich habe sogar gute Seekarten gefunden«, sagte Everly.

»Was sollen wir mit dem Kabinenkreuzer machen?«

»Wie meinen Sie das?«

»Ihn vielleicht verbrennen?«

»Und auf uns aufmerksam machen? Die Japse haben das Boot schon im Tiefflug mit Bordwaffen beschossen. Die Kugellöcher im Oberkörper der Frau stammen von MG-Kugeln.«

»Wir können sie nicht einfach so liegenlassen«, sagte Weston.

»Doch, das können wir«, entgegnete Everly. »Wir laden alles Zeug auf das Boot und verpissen uns, bevor irgendein anderes Flugzeug der Japse auftaucht.«

In Weston wallte Zorn auf, so plötzlich und stark, daß er Angst bekam. Er zwang sich, bis zehn zu zählen, bevor er sprach.

»Sergeant, suchen Sie etwas, um die Leichen zu beschweren. Vielleicht eine Batterie. Wir wickeln sie in Decken und werfen sie über die Reling.«

»Haben Sie nicht gehört, was ich gesagt habe, Mr. Weston? Daß wir verschwinden müssen, bevor die Japse zurückkommen?«

»Haben Sie nicht gehört, was ich gesagt habe, Sergeant, daß Sie etwas suchen sollen, um die Leichen zu beschweren?«

Everly starrte Weston lange an.

»Die richtige Antwort, Sergeant, ist: ›Aye, aye, Sir.‹«

Ein kurzes, doch deutliches Zögern.

»Aye, aye, Sir«, sagte Sergeant Everly dann.

»Wo sind die Seekarten, von denen Sie gesprochen haben?« fragte Weston. »Ich möchte sie mir ansehen.«

»Dort drüben, Mr. Weston«, sagte Everly und wies auf eine nagelneue Aktentasche. »Wir haben auch noch dreitausend Dollar.«

»Sie haben eine Brieftasche oder so etwas gefunden?«

»Jawohl, Sir.«

»Etwas mit den Namen dieser Leute?«

»Ich nehme an, daß Papiere mit ihren Namen darin sind.«

»Verlieren Sie die nicht«, sagte Weston. »Jemand wird wissen wollen, was mit diesen Leuten geschah.«

»Zum Beispiel wenn wir in Australien sind?«

»Oder wenn wir den Krieg gewinnen«, sagte Weston schroff.

Everly lächelte.

»Was finden Sie lustig, Sergeant?« fragte Weston, als wieder Zorn in ihm aufstieg. Und dann ging das Mundwerk mit ihm durch.

»Als ich auf der Offiziersschule war, Everly, hatte ich einen Ausbilder, der ein Typ wie Sie war. Ich erinnere mich, daß er erwähnte, daß er ein alter China-Marine war. Und wissen Sie, was er mir sagte? Er sagte, ein Marine ist jemand, der von der Regierung angeheuert ist, um Kugeln für Zivilisten einzufangen. Und das werden wir tun. Wir sind Marines, und wir werden diese Zivilisten im Meer bestatten. Und wenn wir uns dabei eine Kugel einfangen.«

Everly lächelte weiter.

»Finden Sie das lustig?« fuhr Weston ihn an.

»Nein, Sir, ich dachte ...«

»Heraus damit, Sergeant!«

»Ich dachte, daß Sie vielleicht doch kein so großes Arschloch sind, wie ich zuerst dachte.«

»Sie können mich mal, Sergeant!« hörte sich Weston sagen.

»Jawohl, Sir«, sagte Everly. »Ich werde sehen, ob ich Batterien oder so etwas finden kann.«

Die Seekarten waren gut, wie Everly gesagt hatte. Weston fand schnell heraus, wo ihre Position war – in der Passage zwischen der Insel Lubang und Ambil, auf der Ostseite. Laut Seekarte war Ambil unbewohnt. Im Süden, jenseits der Passage zur Insel Verde, lag Mindoro.

Mit Hilfe der Karten sah er jetzt eine gute Chance, es durch die Sibuyan-See, die Visayansee, vorbei an den Visayaninseln (Panay, Negros, Cebu und Bohol) in die Mindanaosee und nach Mindanao zu gelangen (vorausgesetzt, das Boot fiel nicht auseinander, japanische Flugzeuge nahmen sie nicht im Tiefflug unter Beschuß, die Besatzung japanischer Schiffe interessierte sich nicht für sie, und sie gerieten nicht in einen der plötzlichen Stürme, für die diese Gegend berüchtigt war).

Weston fand ein Bleistift- und Kugelschreiber-Set in der Brieftasche. Er markierte den Kurs auf der Karte und gab vor, nicht zu bemerken, daß Everly die Leichen an Deck gebracht, ordentlich in Decken gehüllt und jede Leiche mit zwei Batterien beschwert hatte.

Everly fand heraus, daß ein Teil der Reling am Heck geöffnet werden konnte, und er öffnete ihn.

»Die Bestattung kann stattfinden, wenn Sie bereit sind, Mr. Weston«, sagte er.

»Ich denke, ein Gebet wäre angebracht, Sergeant«, sagte Weston und verstaute die Seekarten in der Aktentasche.

Nach diesen Worten fiel ihm nur das Vaterunser ein. Er sprach es, und Everly stand mit gesenktem Kopf dabei.

Danach wußte Weston nicht mehr weiter.

Nach langem Schweigen sagte er: »Wir übergeben die Leichname unseres verstorbenen Bruders und unserer verstorbenen Schwester der See. Amen.«

»Amen«, sagte Sergeant Everly.

Sie schoben die in Decken gehüllten Leichen durch die Öffnung in der Reling ins Meer.

Eine halbe Stunde später banden sie das Boot von dem Kabinenkreuzer los, und Weston segelte auf die Passage der Insel Verde zu.

4

Headquarters, 4. Marineinfanterieregiment
Festung Corregidor
Manilabucht, Republik Philippinen

6. Mai 1942, 4 Uhr 15

»Wissen Sie, was ich über das Verbrennen der Fahnen weiß, Paulson?« fragte Colonel S. L. Howard, USMC, der ranghöchste Offizier des Marine-Corps auf Corregidor, Major Stephen J. Paulson, USMC, den S-1 des 4. Marineinfanterieregiments.

»Nein, Sir.«

Sie befanden sich vielleicht dreißig Meter in einem Seitentunnel des Malinta-Haupttunnels. Der jetzt mit Sandsäcken geschützte Eingang war ungefähr zweihundert Meter entfernt. Die Fahnen, die Nationalflagge und die Regimentsfahne, befanden sich hinter Howards Schreibtisch, nicht entfaltet und mit den Stangen in Haltern.

»Nicht sehr viel«, sagte Howard. »Und ich kann mich nicht einmal erinnern, wo ich gelernt habe – ich muß es irgendwo in einem Roman gelesen haben –, was ich weiß. Ich weiß, daß es eine Schande ist, die Fahnen an den Feind zu verlieren, und daß es die Pflicht des ranghöchsten anwesenden Offiziers ist, sie im letzten Moment zu verbrennen, bevor sie dem Feind in die Hände fallen.«

»So kenne ich das auch, Sir.«

»Ich schätze, dieser Moment ist gekommen, Paulson, meinen Sie nicht auch?«

»Jawohl, Sir.«

Es war keine Frage. Vor zwei Tagen hatte der japanische Angriff auf die Festung Corregidor mit massivem, unablässigem Artilleriesperrfeuer begonnen. Jemand hatte geschätzt, daß pro Minute sieben Explosivgeschosse auf der Festung landeten. Das bedeutete sechshundertundsiebenundsechzig Geschosse pro Stunde und sechzehntausend in vierundzwanzig Stunden.

Die Japaner waren einen Tag zuvor auf der Insel am sogenannten ›Schwanz der Kaulquappe‹ gelandet und hatten schwere Verluste erlitten. Aber sie griffen weiter an, und es war unmöglich, sie in die See zurückzuwerfen. Um zu vermeiden, die eigenen Männer zu treffen, war der Teil der japanischen Artillerie, der ursprünglich auf den Schwanz der Kaulquappe gefeuert hatte, verlegt worden und beschoß jetzt den Kopf der Kaulquappe – wo einst die Kasernen gestanden hatten und worunter sich der Tunnelkomplex befand.

Japanische Infanterie rückte vom Schwanz der Kaulquappe zum Kopf vor, langsam, aber unaufhaltsam.

Ungefähr tausendfünfhundert amerikanische und philippinische Unteroffiziere und Mannschaften und Offiziere verteidigten die Festung Corregidor, von denen sehr wenige (ungefähr ein Zehntel) eine Ausbildung als Infanterist hatten. Das Gros des amerikanischen Militärpersonals mit Ausnahme der regulären Garnison Corregidor – Küstenartilleristen – bestand aus Technikern, Stabsoffizieren und Büroarbeitern, die nach Corregidor verlegt worden waren, als General MacArthur früh im Krieg sein Hauptquartier zu der Festung verlegt hatte.

Ein paar hundert der tausendfünfhundert Soldaten, die eine Ausbildung als Infanteristen hatten, waren Marines. Das Gros dieser Marines bestand aus Mitgliedern des 4. Marineinfanterieregiments, die im November 1941 von Schanghai zu den Philippinen verlegt worden waren, am Kampf gegen die Japaner auf Luzon teilgenommen hatten und nach Corregidor befohlen worden waren. Es gab auch einige Marines, die vor dem Krieg in verschiedenen Einrichtungen der U.S. Navy auf den Philippinen stationiert gewesen und dann nach Corregidor befohlen worden waren.

Die Küstenartilleristen von Corregidor hatten ihren Job erledigt, und zwar besser, als man von ihnen erwarten konnte. Es gab reichlich Munition für ihre ›verschwindenden Kanonen‹ (Geschütze, die sich zum Feuern auf ihren Lafetten hoben und dann in eine geschützte Position senkten) und für ihre Mörser. Es waren seltene Momente, wenn mal das Donnern der amerikanischen Geschütze nicht zu hören war.

Aber es reichte nicht, um die Japaner zu stoppen. Und nach und nach wurden viele der Geschütze und Stellungen zerstört, die man zuvor für uneinnehmbar gehalten hatte.

Die Büroarbeiter und Techniker, als Gewehrschützen in den Dienst gepreßt, hatten ebenfalls ihre Pflicht getan, weitaus besser (nach der Ansicht vieler Marines) als erwartet.

Aber jeder war schwach und erschöpft – sie hatten seit über sechs Wochen nur halbe Rationen erhalten – und litt unter dem unablässigen japanischen Artilleriebeschuß.

»Irgendwie gefällt es mir nicht, die Fahnen hier zu verbrennen«, sagte Colonel Howard.

»Wir können sie hinaustragen, Sir.«

»Würde das ein Signal sein, daß es aus ist?« fragte Colonel Howard rhetorisch, und dann wechselte er das Thema, ohne Paulson Gelegenheit zu einer Antwort zu geben. »Ich habe einen Blick auf die Personalakten geworfen, bevor ich ihre Verbrennung befahl«, sagte er. »Wir haben anscheinend eine auch unter diesen Umständen ungewöhnlich hohe Zahl von Vermißten.«

»Jawohl, Sir.«

»Sie werden mehr darüber wissen als ich, Major. Würden Sie sagen, daß einige der Vermißten – wie soll ich es sagen – absichtlich vermißt sind?«

»Wenn Sie fragen, ob sie versuchen, sich vor gefährlichem Dienst zu drücken, Sir, würde ich das verneinen.«

»Würden Sie dann sagen, Major, daß einige dieser Marines, in deren jetzt verbrannten Personalakten ›vermißt‹ stand, sich in dem Glauben absetzten, daß sie dadurch in der Lage sind, den Krieg gegen die Japaner an einem anderen Ort fortzusetzen?«

»Das halte ich für möglich, Sir.«

»Und wie viele derjenigen, die absichtlich zu Vermißten wurden, können es Ihrer Meinung nach durch die feindlichen Linien schaffen, um von einem anderen Ort aus den Kampf fortzusetzen?«

Major Paulson sah plötzlich vor seinem geistige Auge zwei Marines: First Lieutenant James B. Weston und Sergeant Percy Lewis Everly.

»Das können wir nicht wissen, Sir. Einige werden es schaffen. Und einige werden fallen oder in Gefangenschaft geraten.«

»Absichtliches Entfernen von der Truppe, absichtlich zu einem Vermißten zu werden, ist normalerweise etwas Schändliches. Es ist mindestens unerlaubtes Entfernen von der Truppe und schlimmstenfalls Fahnenflucht angesichts des Feindes.«

»Jawohl, Sir.«

»Im Augenblick, Paulson, würde ich mich auch über die Hügel davonmachen, wenn ich die Gelegenheit hätte. Die Fahnen verbrennen, die weiße Flagge zu hissen ...«

»Ich habe mit dem Gedanken gespielt, Sir«, bekannte Paulson.

»Aber Sie sind geblieben.«

»Eine Befehlsverweigerung ist hart für mich, Sir.«

»Und für mich«, sagte Howard. »Wie sollen wir dies Ihrer Ansicht nach durchführen, Paulson?«

»Ich habe etwas«, sagte Paulson und brachte eine Blechdose zum Vorschein. »Ich weiß nicht, was es ist, es dient zum

Reinigen von Vervielfältigungsapparaten. Aber es ist leichtentzündlich. Ich schlage vor, Sir, wir schütten es auf die Fahnen und zünden es an. Ich halte die Stangen, wenn Sie möchten, oder ...«

»Reicht das Zeug für beide Fahnen?«

»Jawohl, Sir. Und sie sind aus Seide. Wenn sie angezündet sind, brennen sie gleich lichterloh.«

»Ich möchte es nicht hier tun, in einem gottverdammten Tunnel wie eine Ratte in der Falle«, sagte Colonel Howard. »Wären Sie bereit, Major Paulson, mit mir zum Eingang des Haupttunnels zu gehen?«

»Jawohl, Sir. Selbstverständlich, Sir.«

Colonel Howard ging zu den Flaggen hinter seinem Schreibtisch. Er nahm die Nationalflagge aus der Halterung, hielt sie horizontal und drehte die Stange, bis die Fahne entrollt war. Dann überreichte er Paulson die Fahne. Er wiederholte die Prozedur mit der roten Regimentsfahne des 4. Marineinfanterieregiments.

Als er fertig war, ging er vor Paulson den Seitentunnel hinab und dann durch den Haupttunnel zum Eingang. Als sie sich dem Eingang näherten, hörten sie das Krachen von Handfeuerwaffen, das Hämmern von leichten MGs und Gewehren und Schüsse von japanischen Handfeuerwaffen.

Sie gingen an den Sandsäcken vorbei.

Eine japanische Granate pfiff heran und explodierte mit einem Donnerschlag, bei dem sie beide zusammenzuckten.

»Die Nationalflagge zuerst, denke ich, Paulson«, sagte Howard. »Sie soll nie den Boden berühren.«

»Aye, aye, Sir«, sagte Major Paulson.

Er hielt die Fahnenstange waagerecht und drehte sie so, daß sich die Fahne entrollte. Colonel Howard lehnte die Regimentsfahne gegen die Sandsäcke, nahm Paulsons Dose mit Reinigungsflüssigkeit für Vervielfältigungsapparate und schüttelte sorgfältig die Hälfte davon auf die Nationalflagge.

Als er sie mit seinem Zippo-Feuerzeug anzünden wollte, funktionierte es nicht, und er mußte in Paulsons Tasche nach dessen Feuerzeug kramen.

Die Reinigungsflüssigkeit geriet sofort in Brand, und dann brannte die Seide der Fahne. Aber sie verbrannte langsamer, als Colonel Howard und Major Paulson gedacht hatten. Die Fahnenstange wurde glühend.

Paulson schwang die Fahnenstange wie ein Baseballschlagholz gegen einen Zementpfeiler und zerbrach sie in zwei Hälften. Er hob die obere Hälfte mit dem vergoldeten Adler auf und schmetterte den Adler gegen den Pfeiler.

Dann nahm er die Regimentsfahne, drehte die Stange, bis die Fahne entrollt war, und hielt sie Colonel Howard hin, der die Reinigungsflüssigkeit darüber goß und anzündete.

Als auch diese Fahne verbrannt war, schlug er die Stange – diesmal mit dem vergoldeten Adler zuerst – gegen den Pfeiler und zerbrach sie.

Danach kehrten Colonel Howard und Major Paulson in den Malintatunnel zurück. Alle anderen Pflichten waren erledigt, und sie nahmen ihre Gewehre und verließen den Tunnel, um als Infanteristen zu kämpfen.

IV

1

Gingoog-Bucht, Provinz Misamis
Mindanao, Commonwealth Philippinen

8. Oktober 1942, 4 Uhr 25

Die militärische Streitkraft, die von ihrem Commander insgeheim als ›Westons erschöpfte Möchtegernkrieger‹ bezeichnet wurde, sichtete die Insel Bohol beim ersten Tageslicht. Der befehlshabende Offizier, First Lieutenant James B. Weston,

USMC, hatte einen Vollbart, trug einen breitkrempigen Strohhut und eine ausgebeulte weiße Baumwollhose. Er war barfuß, und sein Oberkörper war nackt. Die Haut war tief gebräunt.

Außer Sergeant Percy Lewis Everly, USMC, zählten zwölf andere Soldaten zu der Streitkraft. Der ranghöchste von ihnen war Chief Pharmacist's Mate Stanley J. Miller, USN. Er und der Seaman Paul K. Nesbitt waren die ersten Rekruten für die Einheit gewesen.

Zwei Wochen waren vergangen, seit sie die *Yet Again* vor der Insel Lubang verlassen hatten. Weston und Everly waren sehr langsam und vorsichtig gesegelt, nur drei oder vier Stunden am Tag, und hatten sich die übrige Zeit versteckt. Am Nachmittag des zehnten Tages stießen sie in der Sibuyansee auf den Chief und Nesbitt, die in einem Segelboot ohne Mast im Meer trieben. Die beiden hatten Luzon mit der gleichen Absicht verlassen wie Weston und Everly: Sie wollten sich nach Mindanao und vielleicht sogar Australien durchschlagen und der Gefangennahme durch die Japaner entgehen.

Sie nahmen sie an Bord, versenkten ihr Boot, bewirteten sie mit dem schwindenden Vorrat von Dosenkost von der *Yet Again* und setzten die langsame Reise nach Mindanao fort.

Sechs Monate lang, von denen sie die meiste Zeit auf der einen oder anderen kleinen Insel verbrachten, versuchten sie zu überleben und nicht den Japanern in die Hände zu fallen. Auf der Insel Panay stießen sie bei der Suche nach Nahrung in den Hügeln auf eine Gruppe von fünf Unteroffizieren des Army Air Corps unter der Führung von Sergeant Allan F. Taylor. Taylor war unter der Führung eines Lieutenant Colonels des Army Air Corps auf die Suche nach einem möglichen Behelfsflugplatz geschickt worden. Der Lieutenant Colonel hatte sich bei der ersten Gelegenheit den Japanern ergeben und seinem Trupp gesagt, er könne tun, was er wolle; unter den gegebenen Umständen müsse jeder allein zurechtkommen. Keiner der Unteroffiziere und Mannschaften war bereit gewesen, sich zu ergeben.

Sie stellten sich unter Westons Kommando, unter der Voraussetzung, daß sie nach Australien wollten und nicht vorhatten, einen Guerillakrieg gegen die Japaner zu führen.

Die Streitkraft wuchs zwei Monate später auf der Insel Cebu, als ein Seaman und ein Corporal dazustießen. Der Corporal war einer der wenigen amerikanischen Unteroffiziere des 26. Kavallerieregiments, das amerikanische Offiziere und philippinische Soldaten hatte. Auf Luzon hatten sie sich gesagt, daß sie die Fähigkeiten hatten (der Seaman konnte mit einem kleinen Boot umgehen, und der Kavallerist, der Assistent eines Veterinärs, sprach Spanisch), es bis nach Mindanao zu schaffen und vielleicht sogar von den Philippinen fortzukommen. Die letzten drei Rekruten waren Männer vom Marine-Corps, alte China-Marines vom 4. Marineinfanterieregiment, die in Gefangenschaft geraten waren und einen tapferen Fluchtversuch unternommen hatten. Wie Sergeant Everly waren sie vertraut mit der Praxis der Japaner, ihre Gefangenen mit dem Bajonett zu töten, wenn es ein Problem wurde, sie zu ernähren oder zu bewachen – oder einfach, weil sie es für eine interessante Idee hielten.

Everly kannte zwei der drei China-Marines. Er erzählte Weston, daß einer ein Säufer von Weltklasse war, der andere einen Intelligenzquotienten in der Höhe der Zimmertemperatur hatte, aber bei den Marines in Schanghai toleriert worden war, weil er wie der gute Junge im Handbuch aussah, und der dritte war Schreiber im Büro des S-4 (Versorgung) gewesen, der in den Dienst als Gewehrschütze gepreßt worden war, kurz bevor das 4. Marineinfanterieregiment zum ersten Mal in den Kampf befohlen worden war.

»Aber machen Sie sich keine Sorgen, Mr. Weston. Ich kann mit ihnen fertig werden, sie sind Marines.«

Der Corporal vom 26. Kavallerieregiment hatte ein Enfield-Gewehr und 23 Patronen . 30-06-Munition. Die Männer vom Army Air Corps hatten drei Enfields, sechs Patronen, und eine .45er-Colt-1911A1-Pistole mit zwölf Patronen. Die Marines verfügten über keinerlei Feuerwaffen, hatten sich jedoch mit zwei Macheten und einer Axt bewaffnet.

Das Geld war fast alle – die fünftausend Dollar, mit denen

Weston begonnen hatte, plus die vierhundert, die Everly den mörderischen Filipinos auf dem Boot abgenommen hatte, plus der dreitausend, die er auf der *Yet Again* an sich genommen hatte. Alles war rar und nur zu Wucherpreisen zu bekommen, und allein Nahrungsmittel zum Überleben – Reis, Obst, selten mal ein Schwein oder Schinken – waren sehr kostspielig gewesen.

Die Hoffnung, von den Philippinen fort nach Australien zu kommen, war jetzt anscheinend unrealistisch. Und Weston dachte insgeheim, daß es auf Mindanao nicht viel anders als auf den anderen Inseln war, auf denen sie gewesen waren. Dort würde es keine organisierte militärische Truppe geben, der sie sich anschließen konnten. Wenn sie überhaupt irgendwelche Amerikaner fanden, dann würden sie wahrscheinlich wie sie selbst sein und verzweifelt davon träumen, nach Australien zu gelangen, ohne wirklich Hoffnung zu haben.

Sie waren nach Mindanao gekommen, weil sie nicht gewußt hatten, wohin sie sonst hätten gehen können, und weil sie Gerüchte gehört hatten, daß die Japaner im Begriff waren, die Insel Bohol einzunehmen und die Amerikaner hinwegzufegen.

Wenn sie lagerten, verbrachten die meisten von Westons Möchtegernkriegern den größten Teil des Tages mit dem Verstecken der beiden Boote, während ein Spähtrupp, bestehend aus Sergeant Everly, zwei der drei Marines und einem der Air Corps PFCs, das Gebiet erkundete.

Wenn sie bei Einbruch der Dunkelheit nicht zurückkehrten, wie Weston es befohlen hatte, sagte er sich, daß sie vielleicht auf Japaner gestoßen waren. Aber er war nicht besonders besorgt. Sie hatten bewiesen, wie gut sie sich vor Japanern verstecken konnten. Wenn sie nicht bis zum Einbruch der Dunkelheit zurückkehrten, dann am Morgen.

Wenn sie in ein Feuergefecht mit Japanern geraten waren, dann war es unwahrscheinlich, daß sie alle getötet oder gefangengenommen worden waren. Bei einem Kampf mit dem Feind, hatte derjenige, der überlebte, den Befehl, zum ›Hauptquartier‹ zurückzukehren und die anderen zu warnen.

Niemand kam zur Gingoog-Bucht in dieser Nacht, am folgenden Tag und der nächsten Nacht. Und Weston legte sich um Mitternacht mit der Sorge schlafen, daß die Katastrophe eingetreten war, daß alle tot oder – noch schlimmer für ihn und die Männer bei ihm – gefangengenommen worden waren. In ein paar Stunden konnten die Japaner jede Information aus einem Gefangenen herausfoltern. In diesem Moment konnten die Japaner ihn und die Männer bereits umzingeln und sicherstellen, daß keiner auf dem Seeweg entwischte.

Bei Tagesanbruch, als immer noch keiner zurückgekehrt, überlegte Weston, ob er einen zweiten Spähtrupp führen und Chief Miller hier das Kommando übergeben oder Chief Miller mit dem Spähtrupp schicken sollte. Der Chief mochte ein hervorragender Pharmazeut sein, aber er war kein großer Führer. Das einzige, was der Chief vermutlich noch schlechter konnte als die ›Einheit‹ zu befehligen, war das Führen eines Spähtrupps.

Obendrein war Sergeant Allen F. Taylor vom Army Air Corps ein besonderes Problem. Ohne jedwede Berechtigung hielt er sich für einen militärischen Profi, der auf einer Stufe mit Sergeant Everly stand. Taylor war irgendein Techniker gewesen, etwas zwischen Geometer und Konstruktionszeichner. Diese Fähigkeiten waren nicht sehr nützlich für Westons erschöpfte Möchtegernkrieger.

Weston konnte Taylor nicht das Kommando über die ›Einheit‹ geben, weil klar war, daß weder der Chief noch der zurückgebliebene Marine Befehle von ihm befolgen würden – selbst wenn sich Taylor in seiner Selbstüberschätzung entschied, das Kommando zu übernehmen. Ebensowenig konnte er Sergeant Taylor als Führer des Spähtrupps losschicken. Er wußte noch weniger als Weston, wie man einen Spähtrupp führt – mit anderen Worten, fast nichts. Und wenn Taylor außer Sicht (und, ebenso wichtig, außer Reichweite) von Westons Springfield-Gewehr war, konnte er sich sagen, daß es das beste für ihn war, sich auf eigene Faust nach Australien davonzumachen.

An diesem Punkt von Westons Überlegungen kehrte Sergeant Everly zurück, und er brachte nicht nur jeden mit, den er mitgenommen hatte, sondern auch einen Filipino. Der Filipino trug weiße ausgebeulte Kleidung, eine Feldmütze der U.S. Army und ein Stoffkoppel, das er um den Hals geschlungen hatte. Und er hielt ein Enfield-Gewehr in der Hand. Weston fand, daß der Mann wie ein mexikanischer Bandit aussah.

»Wo, zum Teufel, sind Sie gewesen?« fragte Weston Everly statt einer Begrüßung.

»Sehen Sie sich das an, Mr. Weston«, sagte Everly und überreichte ihm ein Blatt Papier.

Es war eine Mahnung von Steuerrückständen, datiert vom 8. November 1941, ausgestellt von der Misamis-Provinzregierung an einen Farmer namens Almendres Gerardo.

»Was soll das?« fragte Weston.

»Drehen Sie es um, Mr. Weston«, sagte Everly. Weston tat es.

OFFICE OF THE COMMANDING GENERAL
UNITED STATES FORCES IN THE PHILIPPINES
MINDANAO-VISAYAN FORCE IN THE FIELD
1. OKTOBER 1942

PROKLAMATION

1. Auf Grund der mir übertragenen Macht übernehme ich, der Unterzeichner, als ranghöchster Repräsentant der US-Regierung und dem Commonwealth Philippinen hiermit das Kommando.
2. Für die Dauer des Krieges ist das Standrecht erklärt.

AUF BEFEHL DES KOMMANDEURS

Wendell W. Fertig,
Brigadier General

VERTEILER:
1. alle befehlshabenden Offiziere, USFIP
2. alle Provinzgouverneure
3. alle Provinzbeamten
4. alle Friedensrichter
5. Ablage

»Was, zur Hölle, ist das?« fragte Weston
»Das war an einen Telefonmast genagelt.«
»Halten Sie das für echt?«
Everly wies auf den Filipino, der wie ein mexikanischer Bandit aussah. »Er sagt, er kann uns dorthin bringen.«
»Und Sie glauben ihm? Das Ding ist nicht mal gedruckt, nur vervielfältigt. Es ist getippt, auf die Rückseite einer Steuermahnung.«
»Wir können ja auch mal Glück haben«, sagte Everly. »Was haben wir zu verlieren?«

2

Cagayan de Oro
Provinz Misamis
Mindanao, Commonwealth Philippinen

10. Oktober 1942, 12 Uhr 25

Das Hauptquartier des Militärgouverneurs von Mindanao befand sich in dem Gebäude von Cagayan de Oro, das vor dem Krieg das Rathaus und der Sitz der Verwaltung der Provinz Misamis gewesen war.

Es war ein viergeschossiges Backsteingebäude im Kolonialstil, und es war relativ neu, erbaut nach Plänen, die für die Works Progress Administration in den Vereinigten Staaten entworfen worden waren. (Die WPA wurde während der frühen Jahre von F. D. Roosevelts Präsidentschaft gegründet, in dem Glauben, daß Bauprojekte der Regierung – Straßen, Postämter etc. – Arbeit für die Arbeitslosen schaffen und die krisengebeutelte Wirtschaft ankurbeln würden.)

Eine japanische Flagge – roter Punkt auf weißem Hintergrund – flatterte am Flaggenmast auf dem Gebäude. Und die

Fahnen der Kaiserlichen Japanischen Arme und die persönliche Flagge eines Brigadegenerals flatterten an Masten zu beiden Seiten des Eingangsportals.

Ein schiefergrauer 1940er Lincoln V-12 fuhr über den immer noch so genannten MacArthur Boulevard (nach dem ersten General MacArthur) und stoppte auf einem der vier reservierten Parkplätze vor dem Gebäude.

Hauptmann Matsuo Saikaku stieg aus dem Lincoln, ging forschen Schrittes die kurze Treppe zum Portal hinauf, erwiderte den Gruß des Wachpostens und betrat das Gebäude.

Hauptmann Saikaku war fünfundzwanzig und mit einsneunzig etwas größer als der durchschnittliche japanische Offizier. Er trug eine tadellos gestärkte und gebügelte Khakiuniform und glänzend polierte Schuhe (statt Stiefel und Gamaschen). In einem Holster der U.S. Army an einem Sam-Browne-Koppel steckte eine erbeutete Colt-Pistole .45 APC Modell 1911A1. Eine große, glänzend polierte Chrysantheme, Symbol des kaiserlichen Japans, war am Holster befestigt und verdeckte fast völlig die Buchstaben ›U.S.‹

Hauptmann Saikaku war alles andere als erfreut über die Leistung des Lincoln. Der Motor lief holprig und stotterte oft, doch er machte dafür die schlechte Qualität des Benzins verantwortlich und keinen Entwicklungsfehler beim Wagen. Obwohl Saikaku Amerikaner und die meisten amerikanischen Dinge verabscheute, war er bereit, anzuerkennen, daß sie einige feine Produkte herstellen konnten – er fand, daß die Colt-Pistole eine viel bessere Waffe war als die japanische Nambu-Pistole. Und die Amis bauten die besten Autos der Welt. Er betrachtete den schiefergrauen V-12 Lincoln als eines der besten der besten. Saikaku erinnerte sich deutlich an seine erste Begegnung mit einer Lincoln-V-12-Limousine. Es war ein 1939er Modell, aber im wesentlichen identisch mit demjenigen, das er für seine dienstliche Benutzung vom Leiter – jetzt Gefangener – des Büros der First National City Bank of New York in Cagayan de Oro requiriert hatte.

Damals und jetzt war er der Meinung gewesen, daß der Wagen ein ästhetisches und mechanisches Meisterstück war.

Und er glaubte, daß es ein Wagen war, der seinem Status entsprach. Er würde sich etwas einfallen lassen müssen, damit der Motor ruhiger lief – er dachte an Flugbenzin oder an eine Mischung aus normalem Benzin und Flugbenzin –, aber er war entschlossen, den Lincoln zu behalten.

Er wußte, daß Oberstleutnant Tange Kisho, der einen Buick Super für seinen dienstlichen Gebrauch requiriert hatte, etwas ärgerlich war, seit er erfahren hatte, daß ein Lincoln ein renommierterer Wagen als ein Buick Super war. Oberstleutnant Tange Kisho war der ranghöchste der sieben Kempei-Tai-Offiziere* vom Büro des Militärgouverneurs von Mindanao und Hauptmann Saikakus Vorgesetzter.

Brigadegeneral Kurokawa Kenzo, der Militärgouverneur, ließ sich in einer 1940er Cadillac-Limousine herumkutschieren, die Saikaku für ihn von einem Direktor der Dole Pineapple Corporation requiriert hatte. Brigadegeneral Kenzo freute sich nicht nur über den Cadillac, sondern auch über Saikakus Aufmerksamkeit, den Wagen für ihn aufzutreiben. Das war kein Verhalten, daß Kenzo von einem Kempei-Tai-Offizier erwartete, und besonders keins von einem, der ein Cousin von General Tojo Hideki war.

Oberstleutnant Tange war von der Polizeipräfektur von Nagasaki zum Kempei Tai gekommen und war Offizier der Reserve. Hauptmann Saikaku war der Ansicht, daß es überhaupt nicht schaden konnte, Oberstleutnant Tange daran zu erinnern, daß er Offizier der Kaiserlichen Japanischen Armee war, zum Kempei Tai abkommandiert, und ein Kind eines Vetters von General Tojo, der nach Kaiser Hirohito der zweitmächtigste Mann in Japan war.

Hauptmann Saikaku hielt es für wahrscheinlich, daß Oberstleutnant Tange eine begeisterte Beurteilung schreiben und eine hochverdiente Beförderung vorschlagen würde,

* Kempei Tai – Geheimpolizei – entsprach ungefähr der deutschen Gestapo. Obwohl die Mitglieder in gewissem Sinne Soldaten waren, dem Kriegsministerium unterstanden und militärische Ränge hatten, waren sie im wesentlichen autonom und nicht direkt dem örtlichen Militärkommandeur unterstellt.

wenn seine Verwendung bei der Kempei-Tai-Abteilung des Militärgouverneurs von Mindanao vorüber war.

Oberstleutnant Tange hatte das frühere Büro des Bürgermeisters von Cagayan de Oro eingenommen, rechts vom Foyer, und General Kurokawa Kenzo hatte sich im ehemaligen Büro des Provinzgouverneurs links davon eingerichtet. Saikaku betrat Tanges Vorzimmer, ignorierte Tanges Gefreiten und ging zur Tür von Tanges Büro, die offenstand.

»Guten Tag, Oberstleutnant«, sagte er und grüßte ziemlich lässig. Dann trat er ein und verneigte sich schnell aus der Hüfte.

»Dies, Saikaku, ist mir zur Kenntnis gelangt«, sagte Tange. »Ich wäre sehr an Ihrer Meinung dazu interessiert.«

Er überreichte Saikaku ein Blatt Papier, auf dem in Schreibmaschine Brigadier General Wendell Fertigs Übernahme des Kommandos und die Verhängung des Kriegsrechts erklärt wurde.

Oberstleutnant Tange sprach Englisch, aber nicht so gut wie Hauptmann Saikaku, der die Sprache sechs Jahre lang studiert und dann perfektioniert hatte, als er über ein Jahr auf Hawaii gearbeitet hatte.

»Der Name ist mir unbekannt«, sagte Tange. »Und, das habe ich überprüft, er steht nicht auf der Liste der gefangenen Offiziere.«

»Mein erster Eindruck ist, daß nicht stimmt, was da behauptet wird«, sagte Saikaku. »Sie haben gewiß bemerkt, daß dies mit der Schreibmaschine geschrieben ist, nicht vervielfältigt, und – noch wichtiger – auf benutztes Papier getippt ist.«

»Wenn nicht stimmt, was da behauptet wird, was bezweckt man damit?«

»Ich vermute es nur, und ich werde mich natürlich mit der Sache befassen, aber meine erste Reaktion ist, daß der Text von einem ehemaligen zivilen Angestellten der Army getippt wurde, der vertraut mit der Form solch eines Textes ist und uns zum Narren halten will.«

»Warum ein Angestellter und kein Offizier?«

»Offiziere können für gewöhnlich nicht Schreibmaschine schreiben.«

»Die Sache gefällt mir nicht«, sagte Tange. »Könnten die Amerikaner so etwas wie eine Guerillatruppe aufstellen?«

»Ich schlage respektvoll vor, daß wir uns nicht darüber aufregen – was der Schreiber sicherlich erhofft. Wie Sie wissen, haben wir absolut keine Anzeichen auf Guerillaaktivitäten irgendwelcher Art.«

»Die Sache gefällt mir nicht«, wiederholte Tange. »Kümmern Sie sich bitte sofort darum und berichten Sie mir, was Sie herausfinden. Ich habe noch nicht mit General Kenzo darüber gesprochen. Wenn ich das tue, will ich ihm etwas zu sagen haben.«

»Ich werde mich unverzüglich darum kümmern«, sagte Saikaku.

Zwanzig Minuten später stoppte Saikaku den Lincoln vor einem Holztor in einer Backsteinmauer, die ein eingeschossiges Haus am Stadtrand umzäunte.

Er hupte, und kurz darauf öffnete ein Soldat das Tor nach innen.

Das Haus, in dem zuvor ein philippinischer Anwalt und seine Familie gewohnt hatten, war requiriert worden, um dem Kempei Tai als spezielles Gefängnis zu dienen.

Kurz nach der amerikanischen Kapitulation hatte Hauptmann Saikaku die jüngeren Offiziere und Unteroffiziere und Mannschaften von General Sharps Stab antreten lassen, damit er eine Inspektion durchführen konnte. Aufgrund seines Jahrs auf Hawaii betrachtete er sich als ein ziemlich guter Kenner des amerikanischen Charakters.

Von all den Männern wählte er ein Dutzend aus, vier Offiziere und acht Unteroffiziere und Mannschaften, aufgrund seiner Einschätzung, daß sie sich als kenntnisreich und verformbar erweisen würden, und dann ließ er sie zu dem Haus hinter der Mauer bringen.

Er gab den Befehl, daß sie ausgezogen und jeden Tag

geschlagen wurden, drei Tage lang. Und dann untersuchte er einen nach dem anderen von neuem. Einer der Offiziere und drei der Unteroffiziere wirkten in der richtigen Verfassung, und er befahl, sie zurückzubehalten. Die anderen wurden ins Kriegsgefangenenlager zurückgeschickt.

Dann befahl Saikaku, einen der Unteroffiziere, einen etwas weichlichen Sergeant aus Wisconsin, den er der Homosexualität verdächtigte, nackt an den Füßen über Nacht in der Garage des Hauses hinter der Mauer aufzuhängen. Am Morgen befahl er, durch Klemmen, die an seinem Hoden und den Nasenlöchern befestigt wurden, Stromstöße durch den Körper des Sergeants zu jagen.

Während das geschah, tauchte er in der Garage auf, schlug den japanischen Soldaten, der die Stromstöße verabreichte, zu Boden und befahl, daß der Sergeant ins Haus und in eines der Schlafzimmer getragen wurde.

Am folgenden Morgen ging er in das Schlafzimmer und verhielt sich sehr freundlich zu dem Sergeant. Er sagte ihm, er werde alles in seiner Macht Stehende tun, um ihn zu schützen, aber als Gegenleistung müsse der Sergeant mit ihm zusammenarbeiten.

Dann verließ er das Schlafzimmer und gab den Befehl, daß der Sergeant bis auf weiteres zweimal pro Tag mit Gerten, nicht mit Knüppeln geschlagen wurde. Er sollte schmerzvoll, aber nicht ernsthaft geschlagen werden, besonders auf die Fußsohlen und Genitalien.

Drei Tage später kehrte er zurück, spielte Empörung über die Schläge und verhielt sich freundlich gegenüber dem Gefangenen. Dann befahl er einen jungen Filipino, dessen Homosexualität bekannt war, ins Schlafzimmer des Sergeants. Er ließ auch die Schläge einstellen und die beiden mit Essen, Reis, Huhn und Brot, und einem Kasten Bier versorgen.

So wurde der Sergeant vor die Wahl gestellt. Er konnte sich für Schläge, Hunger und möglicherweise für den Tod entscheiden, und nicht nur er, sondern auch sein neuer warmer Freund würden leiden. Oder er konnte eine Gefangenschaft unter ziemlich angenehmen Bedingungen wählen. Es war nicht überraschend, daß er sich entschied, kooperativ zu sein.

»Was soll's«, sagte er, »der Krieg ist für mich ohnehin vorbei.«

Hauptmann Saikaku betrat das Haus und ging ins Schlafzimmer des Sergeants.

Der Sergeant schaute ihm wie immer angstvoll entgegen, nicht sicher, ob Saikaku freundlich sein würde.

»Jerry«, sagte Hauptmann Saikaku, »erzähl mir, was du über General Fertig weißt.«

Die Augen des Sergeants spiegelten Furcht wider.

»Ich, ich weiß nicht ...«

»Jerry, du hast mir versprochen, kooperativ zu sein.«

»Ich schwöre bei Gott, daß ich nie etwas über einen General Fertig gehört habe.«

»Jerry, ich wäre sehr sauer, wenn du mich belügst.«

»Ich gebe Ihnen mein Ehrenwort.«

»Der Name sagt dir überhaupt nichts?«

»Nicht das geringste. Ich schwöre es. Wenn ich etwas wüßte, würde ich es sagen, das wissen Sie.«

Hauptmann Saikaku nickte, machte kehrt und verließ das Schlafzimmer.

Nachdem er befohlen hatte, daß der homosexuelle Filipino vor den Augen des Sergeants geschlagen wurde, suchte er Oberstleutnant Tange in dessen Büro auf. Obwohl er sich weiter mit der Sache beschäftigen würde, gab er einen Zwischenbericht. Er war zur Zeit fest davon überzeugt, daß Brigadier General Fertig eine Erfindung von irgendeinem philippinischen Angestellten der Armee war und es keinen Grund zur Besorgnis gab.

3

Bei Monkayo
Provinz Davao
Mindanao, Commonwealth Philippinen

11. Oktober 1942, 16 Uhr 15

Sie marschierten den ganzen Tag, langsam, mit jeweils einer fünfminütigen Pause nach jeder Stunde. Die Pfade durch den Dschungel waren steil, an einigen Stellen glitschig, und die Hitze schwächte die Männer.

Und dann gelangten sie plötzlich aus dem Dschungel auf eine Lichtung. Der Filipino, der wie ein mexikanischer Bandit wirkte und hinter dem Weston gegangen war, trat zur Seite und wies auf ein ziemlich großes philippinisches Haus mit Strohdach, das auf Pfählen errichtet war.

Auf der Veranda des Hauses saß auf einem Rattanstuhl ein großer, kräftig wirkender Mann mit einer Khakiuniform. Ein silberner fünfzackiger Stern, das Rangabzeichen eines Brigadier General, zierte jeden seiner Kragenspitzen. Der Mann hatte einen Spitzbart und trug einen breitkrempigen Strohhut. Eine Thompson-Maschinenpistole lag zu seinen Füßen.

»General Fertig«, sagte der Filipino.

Weston hörte hinter sich enttäuschtes und ärgerliches Gemurmel und abfällige Äußerungen.

»Wartet hier«, befahl Weston.

Er ging über die Lichtung, vom Blick des Generals verfolgt, stieg die steile Treppe – mehr eine Leiter – zu der Veranda hinauf und blieb drei Schritte vor dem Mann mit dem roten Ziegenbart stehen.

Der General schaute ihn mit ausdrucksloser Miene an.

Weston grüßte.

»First Lieutenant Weston, James B. , USMC, Sir.«

Der General erwiderte den Gruß.

»Haben Ihre Männer gegessen, Lieutenant?«

»Nein, Sir.«

»Und es sind andere Offiziere bei Ihrem Trupp?«

»Nein, Sir.«

»Sergeant!« rief der General mit erhobener Stimme.

Ein Filipino mit ausgebeulter weißer Baumwollhose und einer Feldmütze der U.S. Army trat aus dem Haus auf die Veranda.

»Sir?«

»Sorgen Sie dafür, daß die Männer dieses Offiziers verpflegt werden«, sagte der General.

»Jawohl, Sir.«

»Und dann bringen Sie uns etwas kalten Schweinebraten.«

»Jawohl, Sir.«

»Trinken Sie gern einen, Lieutenant?«

Die Frage überraschte Weston.

»Jawohl, Sir.«

»Und Bier, bitte«, sagte der General zu dem Filipino.

»Jawohl, Sir.«

Fertig schaute Weston wieder in die Augen.

»Willkommen im Hauptquartier der US-Streitkräfte auf den Philippinen, Lieutenant. Weston, sagten Sie?«

»Jawohl, Sir. Danke, Sir.«

»Sie und Ihre Männer stehen von diesem Moment an unter meinem Kommando.«

Bei dieser Ankündigung fühlte sich Weston unbehaglich. Seine Gedanken jagten sich.

Dieser Typ ist vermutlich ein Stabsoffizier, der den Verstand verloren hat. Er kann nicht akzeptieren, daß die Army Prügel bezogen hat und die Japse die Schlacht um die Philippinen gewonnen haben. Das muß für einen Ranghohen mit zwanzig oder mehr Jahren Dienst noch härter sein als für jemand wie mich.

Und weil er sich nicht mit den Tatsachen abfinden kann, lebt er jetzt in einer Phantasiewelt, in der er immer noch General ist, die U.S. Army auf den Philippinen noch existiert und jeden Augenblick die ›Hilfe‹ auftauchen wird und wie die Kavallerie in den Filmen zu unserer Rettung herangaloppiert.

»Jawohl, Sir«, sagte Weston.

»Die Dinge sind im Augenblick hier ein bißchen primitiv«, sagte Fertig. »Wir hoffen, sie zu verbessern.«

»Jawohl, Sir.«

»Erzählen Sie mir bitte, wie Sie hergekommen sind, Lieutenant.«

»Einer meiner Männer, Sergeant Everly, stieß auf einer Patrouille auf einen Ihrer Männer. Dieser Mann zeigte Sergeant Everly Ihre ...«

»Proklamation?« fragte Fertig.

»Jawohl, Sir. Ihre Proklamation ... die an einen Telefonmast genagelt war. Everly brachte sie zu mir, und dann führte uns Ihr Mann hierhin.«

»Ich meinte eigentlich, Lieutenant, wie Sie nach Mindanao gekommen sind. Ich nehme an, Sie gehörten zum vierten Marineinfanterieregiment auf Bataan.«

»Auf Corregidor, jawohl, Sir.«

»Und Sie kamen irgendwie von Corregidor runter und sagten sich, daß es Ihre Pflicht ist, nicht zu kapitulieren, wenn Corregidor zwangsläufig fällt?«

»Jawohl, Sir.«

Wenigstens weiß er, daß wir Bataan und Corregidor verloren haben.

Fertig schaute ihn an und wartete offensichtlich auf weitere Informationen.

»Ich war Pilot, Sir«, hörte Weston sich sagen. »Ich meine, ich bin einer. Ich landete auf den Philippinen und wurde beim vierten Marineinfanterieregiment als außerplanmäßiger Offizier verwendet. Mein Commander ... er schickte mich nach Bataan, um Material zu suchen ...«

Warum ist es mir wichtig, diesem Mann zu erzählen, was wirklich geschah? Suche ich seine Billigung? Seine Vergebung?

»Ich erhielt fünftausend Dollar und einen Spanisch sprechenden Sergeant, Sir. Ich erhielt nicht den *Befehl* zu desertieren, das war meine Entscheidung. Aber ich glaube, Major Paulson hoffte, daß ich nicht zurückkehre; daß ich versuchen würde, von den Philippinen nach Australien zu gelangen.«

Fertig nickte.

»Wir versuchten ein Boot zu mieten«, fuhr Weston fort. »Wir fanden auch eins. Und dann wollten uns die Filipinos auf dem Boot ermorden.«

»Banditentum und Piraterie haben eine lange Geschichte auf den Philippinen«, sagte Fertig. »Was geschah?«

»Wir haben sie getötet«, sagte Weston, und es war, als wollte er sich die Sache von der Seele reden. »Everly hat den Kerl getötet, der mir die Kehle durchschneiden wollte, und dann ... haben wir die anderen getötet und ihre Leichen ins Meer geworfen.«

»Wo war das?« fragte Fertig. Er wirkte weder überrascht noch schockiert.

»Vor der Küste von Bataan, Sir.«

»Sie waren zuerst mit dem Sergeant allein? Sie haben die anderen unterwegs aufgegabelt?«

»Ja, Sir, so ist es.«

»Sie sind offenbar ein findiger Offizier, Lieutenant. Es muß schwierig gewesen sein, die notwendige Nahrung und Wasser zu erhalten und natürlich die Seekarten, um solch eine Reise zu schaffen. Sie sollten belobigt werden.«

»Sir, so war es nicht«, bekannte Weston, der sich unbehaglich fühlte. »Wir hatten weder Rationen noch Seekarten.«

»Aber?«

»Wir fanden einen Kabinenkreuzer in der Passage zwischen der Insel Lubang und ... ich kann mich nicht an den Namen der anderen Insel erinnern. Eine kleine. Unbewohnt.«

»Ambil«, sagte Fertig. »Ich kenne die Passage. Erzählen Sie mir von dem Kabinenkreuzer.«

»Ich nehme an, es war eine hiesige Nachbildung eines Chris-Craft.«

»Hatte sie einen Namen?«

»Jawohl, Sir. *Yet Again.*«

Der General hob die Augenbrauen, und dann zuckte er mit den Schultern in einer Mischung aus Trauer und Resignation.

»Sie sind sehr aufmerksam, Lieutenant«, sagte der General mit ruhiger Stimme. »Die *Yet Again* war eine hier gebaute

Kopie eines Chris-Craft. Sie gehört, *gehörte,* Vergangenheit, Freunden von mir. Joseph und Harriet Dennison. Er war der Chrysler-Händler in Manila. Fanden Sie zufällig irgendwelche Anzeichen auf sie?«

»In der Hauptkabine lagen zwei Leichen. Ein Paar in mittleren Jahren. Die Frau lag im Bett. Sie kam offenbar bei einem Flugzeugangriff der Japaner ums Leben. Da waren Kugellöcher …«

Er wurde unterbrochen, als eine Filipina auftauchte und ihm einen Teller mit Schweinebraten auf Reis und mit einer Soße in die Hand drückte. Als er den Teller hielt, gab sie ihm eine Gabel und einen Becher aus Bambus.

»Der Schweinebraten ist sehr gut«, sagte Fertig. »Das Bier scheint leider zu beweisen, daß ein ziviler Mechaniker und ein Navy Chief, die keine Ahnung hatten, was sie taten, besser nicht versucht hätten, Bier zu brauen.«

Weston schlang den Schweinebraten und Reis hinunter.

»Es ist noch mehr da«, sagte Fertig. »Aber ich rate Ihnen noch eine Stunde oder so zu warten. Wenn man lange nicht normal gegessen hat‹«

»Das war prima, Sir. Danke. Das hält für eine Weile vor.«

»Sie erzählten mir, was Sie auf der *Yet Again* gefunden haben.«

Weston überlegte, wo er den Bericht unterbrochen hatte, und erzählte weiter.

»Die Frau kam offenbar bei einem Angriff im Tiefflug mit Bordwaffen ums Leben. Der Mann schoß sich in die Schläfe. Das Boot hatte keinen Treibstoff mehr.«

Fertig schloß die Augen und sagte nichts.

Weston trank einen Schluck Bier. Es war warm und dickflüssig und erinnerte Weston an einen katastrophalen Versuch, Bier zu brauen, den er während der Collegezeit unternommen hatte.

»Es waren Lebensmittel in Dosen an Bord, Sir«, fuhr Weston fort. »Und Wasser und Seekarten. Wir nahmen alles und machten uns auf den Weg hierhin.«

»Sie ließen alles, was Sie fanden, an Bord zurück?«

»Nein, Sir. Wir bestatteten die Leichen im Meer. In Decken, beschwert mit Batterien. Wir haben das Boot nicht verbrannt. Everly meinte, es würde auf uns aufmerksam machen, und ich stimmte ihm zu.«

»Angesichts der Umstände und des Risikos war es sehr anständig von Ihnen, die Dennisons ... beizusetzen, Lieutenant.«

Weston wußte nicht, was er darauf erwidern sollte.

»Ich kannte sie sehr gut. Nette Leute. Er war die Ausnahme von der Regel, daß man niemals einem Autohändler vertrauen sollte. Meine Frau und ich sahen sie oft im Yachtklub.«

»Sie waren in Manila stationiert, Sir?«

»Ich war ziviler Ingenieur in Manila. Und ich hatte den Weitblick, meine Frau heimzuschicken, als ich in die Army eintrat.«

»Jawohl, Sir.«

»Ein paar andere – einschließlich bedauerlicherweise der Dennisons – waren nicht bereit, sich mit der unangenehmen Tatsache abzufinden, doch mir war klar, daß wir uns nicht gegen die Japaner halten können, wenn sie herkamen. Roosevelt hält die Deutschen für die größere Bedrohung; unsere Strategie richtet sich hauptsächlich gegen sie, und der Pazifikraum und die Japaner kommen erst an zweiter Stelle. Ich wußte, daß die Unterstützung, von der jeder sprach, niemals kommen würde.«

»Sir, sagten Sie, ›als Sie in die Army eintraten‹?«

»Ich wurde zum Captain, Pionierkorps, Reserve, ernannt. Zusammen mit einem Kameraden namens Ralph Fralick. Er wurde als Lieutenant ernannt, und in den Anfangstagen des Krieges bliesen wir Dinge in die Luft – Brücken, Bahnlinien, solche Dinge. Eine interessante Erfahrung, daß man in einer Stunde zerstören kann, was in Monaten oder Jahren erbaut wurde.«

»Jawohl, Sir.«

»Als letztes hörte ich über Fralick, daß er Captain war, ein Zwölfmeterboot mit Segel und Dieselmotor organisierte und sich auf den Weg nach Indochina machte. Als dort das Ende kam, war ich hier. Ich sagte mir, daß ich kein Kriegsgefangener werden will. Und weil ich einen sturen Kopf habe, hielt ich es für besser, bei den Japanern für Ärger zu sorgen, indem ich eine Guerillaoperation organisiere, statt zu versuchen, von den Philippinen zu verschwinden. Wenn ich es geschafft hätte, mich davonzustehlen – und die Vorstellung, über dreitausend Kilometer in einem kleinen Boot nach Australien zu segeln, ist ziemlich abenteuerlich –, hätte die Army wohl einen Lieutenant Colonel der Reserve, der im Zivilberuf Ingenieur war, die Konstruktion von Offiziersklubs beaufsichtigen lassen.«

Fertig schaute Weston in die Augen.

Dann hob er eine der Kragenspitzen mit dem Stern des Brigadier Generals an. »Wundern Sie sich zufällig darüber, Lieutenant?«

»Jawohl, Sir«, bekannte Weston nach kurzem Zögern.

»Ich habe lange auf den Philippinen gelebt, Lieutenant. Ich kenne die Leute, und ich kenne – nicht so gut wie ich die Filipinos kenne – die militärische Denkweise. Wenn ich meine Proklamation mit ›Lieutenant Colonel, Pionierkorps, Reserve‹ unterschrieben hätte, wäre das wie Pinkeln in den Wind gewesen. Ich denke, Sie sind ein Beweis dafür, Lieutenant.«

»Sir?« fragte Weston verwirrt.

»Wenn auf meiner Proklamation gestanden hätte, daß Lieutenant Colonel Fertig, Pionierkorps, U.S. Army Reserve, der ranghöchste Offizier der US-Streitkräfte auf den Philippinen ist, hätten Sie dann der Sache Aufmerksamkeit geschenkt? Oder anders formuliert, hätten Sie nach mir gesucht?«

»Sir, ich war ziemlich verzweifelt. Vielleicht hätte ich Sie gesucht«, sagte Weston beklommen. »Um Sie mir wenigstens anzusehen.«

»Und wenn Sie einen Lieutenant Colonel mit einem Spitzbart und Strohhut angetroffen hätten, was hätten Sie dann getan? Wären Sie vielleicht direkt wieder im Busch verschwunden? Um dem Irren aus dem Weg zu gehen?«

Weston zuckte mit den Schultern und fühlte sich unbehaglich.

Genau das hätte ich getan, dachte er.

»Statt dessen sahen Sie den Stern des Generals, und das beeindruckte Sie, nicht wahr? Ich mag ein bißchen sonderbar mit Strohhut und Bart aussehen, aber das Entscheidende war, daß ich den Stern eines Generals trage. Und Sie entschieden im Zweifelsfall zu meinen Gunsten, richtig?«

»Jawohl, Sir.«

»Ich möchte Ihnen eine kleine Lektion über Militärrecht geben, Lieutenant Weston. Da ich das bin, was in den Büchern als ›der ranghöchste an der Front anwesende Offizier‹ bezeichnet wird, was bedeutet, daß ich in einer der Truppengattungen der Streitkräfte bin, die sich im Kampf befinden ... das schließt die Infanterie, Kavallerie, Artillerie, die Pioniere, das Air Corps und sonderbarerweise sogar das Fernmeldekorps ein, aber es schließt das Medical Corps, das Chaplain's Corps, das Finance Corps et cetera aus ... Sie können mir folgen?«

»Ich glaube, ja, Sir.«

»Da ich Lieutenant Colonel an der Front bin, hat der Kongreß der Vereinigten Staaten in seiner Weisheit mir das Kommando über alle Lieutenant Colonels an der Front gegeben, Kampftruppe oder Reserve, die weniger Dienstjahre haben, und über alle anderen rangniedrigeren Offiziere – über einen Lieutenant Commander der Navy zum Beispiel oder einen Voll-Colonel der Sanitätstruppe, sollte einer hier auftauchen. Oder über einen First Lieutenant des Marine-Corps, der tatsächlich hier aufgetaucht ist.«

»Jawohl, Sir«, sagte Weston, weil ihm nichts anderes einfiel.

»Mein Befehl, daß Sie und Ihre Männer mit sofortiger Wirkung unter meinem Kommando stehen, ist völlig berechtigt.«

»Jawohl, Sir, das nehme ich an.«

»Sie nahmen es viel leichter, als Sie noch dachten, ich wäre Brigadier General, nicht wahr? Keine Frage. Nur ›Jawohl, Sir, General‹.«

Das stimmt nicht ganz. Aber er hat nicht unrecht.

»Jawohl, Sir, General«, sagte Weston lächelnd.

»Ich ließ mir die Sterne von einem Schmied in Moro machen«, sagte Fertig, »denn die Filipinos, die ich rekrutieren will, werden einem General folgen. Sie würden keinem Lieutenant Colonel folgen. Und ich möchte meine kleine Lektion über das Kleingedruckte im Militärrecht nicht jedem einzelnen amerikanischen Soldaten halten, der mir über den Weg läuft.«

»Ich verstehe, Sir.«

»In Abwesenheit jedes anderen Offiziers, der in der Lage oder bereit ist, das Kommando der amerikanischen Streitkräfte auf den Philippinen zu übernehmen, habe ich das getan. Über das Thema meiner selbst erlassenen Beförderung werde ich mich irgendwann später mit meinem vorgesetzten Hauptquartier unterhalten.«

»Jawohl, Sir.«

»Irgendwelche Fragen, Lieutenant Weston?«

»Nein, Sir.«

»Das ist sonderbar. Ich dachte, ein intelligenter, wißbegieriger junger Mann wie Sie möchte gern die gegenwärtige Stärke der amerikanischen Streitkräfte auf den Philippinen wissen.«

»Jawohl, Sir, das möchte ich wissen.«

»Zur Zeit ist das Offizierskorps drei Offiziere stark. Es besteht aus mir, Ihnen und Captain Charles Hedges. Er ist mein Stabschef. Im Augenblick ist er unterwegs und sucht nach Funkgeräten und mobilen Rationen, das heißt nach Schweinen, die aus eigener Kraft mit uns den Rückzug antreten können, sollten uns die Japaner zu nahe kommen.«

»Und Unteroffiziere und Mannschaften?«

»Sechzehn Amerikaner, Ihre Männer mitgezählt. Was die philippinische Abteilung USFIP anbetrifft, so habe ich elf Offiziere und ungefähr zweihundertundfünfundzwanzig Unteroffiziere und Mannschaften. Irgendwann in naher Zukunft hoffen wir jeden der Unteroffiziere und Mannschaften mit einer Feuerwaffe ausrüsten zu können. Im Augenblick ist ungefähr die Hälfte mit Macheten bewaffnet.«

»Jawohl, Sir.«

»Zuverlässige nachrichtendienstliche Informationen haben unsere Abteilung G-2 erreicht – das bedeutet im Augenblick für mich –, daß andere kleine Einheiten wie Ihre, deren Männer sich geweigert haben zu kapitulieren, hier auf Mindanao oder sonstwo auf den Inseln sind. Wir bemühen uns, mit ihnen Kontakt aufzunehmen und sie unter das Kommando der USFIP zu stellen.«

»Jawohl, Sir.«

»Zuverlässige nachrichtendienstliche Informationen weisen darauf hin, daß zwei solcher Einheiten mit einer Gesamtstärke von einhundertundfünfundsechzig Mann in diesem Moment von Cebu aus auf dem Weg hierher sind. Weitere werden in Kürze erwartet. Ich bin der festen Überzeugung, daß die USFIP rapide wachsen wird wie ein Schneeball, der in Vermont einen Hügel hinabrollt.«

Weston lächelte über den Vergleich.

»Eines unserer Probleme ist der Mangel an Offizieren«, sagte Fertig. »Sind unter Ihren Männer einige, die Sie guten Gewissens für eine direkte Ernennung zum Offizier empfehlen können?«

»Everly«, sagte Weston ohne Zögern.

»Nur der eine?«

»Jawohl, Sir.«

»Sie sind befugt, ihm ein Patent als Second Lieutenant, Infanterie, U.S. Army Reserve, anzubieten. Wenn er akzeptiert, werde ich ihn vereidigen.«

»Er ist ein China-Marine, General«, sagte Weston lächelnd. »Ich weiß nicht, was er davon hält, Second Lieutenant der Army zu werden.«

Fertig ignorierte den Einwand.

»Unser zweites Problem ist eine Funkverbindung mit Australien. Sie sind vermutlich kein Funker? Ist einer Ihrer Männer Funker?«

»Nein, Sir. Aber ich bin Elektroingenieur.«

»Interessant! Faszinierend! Das würde normalerweise für mich ausreichen, Sie zum Fernmeldeoffizier der USFIP zu machen«, sagte Fertig. »Aber ich habe bereits einen. Oder ich werde bald einen haben, wenn ich ihn ernenne. Vermutlich heute nachmittag, nachdem Sie mit Ihrem Everly gesprochen haben. Ich werde sie zusammen vereidigen. Er ist zur Zeit noch Private und heißt Ball. Aber er ist als Funker ausgebildet.«

Es war etwas Beunruhigendes an dem ganzen Gespräch, belustigend und erschreckend zugleich. Es war gleichzeitig verrückt und vernünftig.

Es mag irre klingen, aber offenbar ist dieser Mann fest entschlossen, seine Absichten in die Tat umzusetzen. Und es steckt Methode in seiner Verrücktheit.

»Wenn unsere Verstärkungen eintreffen«, sagte Fertig, »dann wäre es das beste, sie erfahren nicht, wie schnell unsere Offiziere ernannt werden. Oder wie schnell sie befördert wurden.«

»Ich verstehe, was Sie meinen, Sir«, sagte Weston.

»Ich möchte nicht das Gefühl haben, daß Sie mich verspotten, Weston.«

»Nein, Sir«, sagte Weston hastig und ernst. »Das war nicht meine Absicht, General.«

Fertig schaute ihm wieder in die Augen.

»Gut. Der Gedanke, daß mein G-2, ein Offizier, den ich persönlich zum Captain befördert habe, über mich spottet, wäre ärgerlich. Das würde darauf hindeuten, daß er kein Vertrauen in mich hat.«

»Haben Sie irgendwelche Absichten für die Verwendung von Lieutenant Everly?« fragte Weston.

»Bis auf weiteres sollte er Ihr Stellvertreter sein«, sagte Fertig ernst. Und dann verzogen sich seine Lippen zu einem Lächeln. »Vielleicht können wir aus einem alten China-Marine und einem Piloten ohne Flugzeug einen halbwegs anständigen Nachrichtenoffizier basteln.«

»Wir werden es versuchen, Sir«, sagte Weston.

»Haben Sie einen Rasierapparat, Weston?«

»Nein, Sir.«

»Dann dürfen Sie meinen benutzen. Ich finde, ein bärtiger Offizier ist genug für die USFIP.«

»Aye, aye, Sir.«

»Sie können in mein Quartier gehen, Captain, und sich rasieren. Und dann sollten Sie mit Ihrem Everly sprechen.«

»Aye, aye, Sir. « Weston erhob sich. »Mit Ihrer Erlaubnis, General?«

»Das ist das erste Mal, daß jemand ›aye, aye‹ bei mir sagt. Schön. Wegtreten, Captain!«

Weston grüßte schneidig, machte eine Kehrtwendung und marschierte zu General Fertigs Quartier.

Im Haus fand Weston auf einem Rattantisch einen runden Spiegel mit Chromrahmen, eine mit Leder umhüllte Dose mit sieben altmodischen Rasiermessern, einen Lederriemen, einen Rasierpinsel und Rasierseife in einem irdenen Topf. Die Seife war grau offensichtlich nicht das, was früher in dem Topf gewesen war.

Man kann das von zwei Seiten betrachten, dachte Weston amüsiert. *Einerseits sind die amerikanischen Streitkräfte auf den Philippinen so beschissen dran, daß wir nicht einmal Seife haben. Andererseits ist die USFIP einfallsreich genug, um sich die Seife selbst zu machen, und der ziegenbärtige Irre auf der Veranda ist so von sich überzeugt, daß er sich um das Aussehen seiner Offiziere sorgt.*

Und da ich noch nie ein Rasiermesser in der Hand hatte, werde ich vielleicht mit aufgeschlitzter Kehle für mein Land sterben, während ich versuchte, den Unteroffizieren und Mannschaften ein gutes Beispiel zu geben.

Da stand eine verbeulte Aluminiumschüssel, die halb mit Wasser gefüllt war. Weston tauchte den Rasierpinsel hinein, tunkte ihn dann in den Topf mit Seife und stellte überrascht fest, daß Schaum entstand. Er war grau, aber immerhin.

Er pinselte seinen Bart sehr sorgfältig mit Schaum ein und begann ihn vorsichtig abzuschaben.

Fertigs Sergeant, der Filipino, kam ins Haus und schaute ihm schweigend beim Rasieren zu.

Als Weston die Rasur beendet hatte – ohne sich zu schneiden! –, überreichte der Sergeant Weston eine Feldmütze. Darauf war das Rangabzeichen eines Captains – der silberne Doppelbalken – befestigt. Das Rangabzeichen war zweifellos hier hergestellt worden. Man konnte sehen, wo der Schmied mit dem Hammer gearbeitet hatte.

Weston setzte die Feldmütze auf und betrachtete sich im Spiegel. Die Feldmütze war etwas zu klein. Aber wenn er sie vorwärts schob, blieb sie vielleicht auf dem Kopf, und sie gab ihm ein verwegenes Aussehen, das ihm gefiel.

Das brachte ihn auf einen Gedanken. Er kramte in der Tasche seiner ausgebeulten Hose und zog ein zusammengeknotetes Taschentuch hervor. Außer einigen anderen kleinen Dingen, die er lange nicht gebraucht hatte, enthielt das Taschentuch einen kleinen vergoldeten Globus und Anker des U.S. Marine Corps. Einst hatte er das Abzeichen auf einem Schiffchen getragen.

Mit einiger Mühe schaffte er es, das Abzeichen des Marine-Corps auf der Feldmütze über dem Doppelbalken des Captains zu befestigen.

Der Filipino lächelte ihn an.

»Sprechen Sie Englisch?«

»Jawohl, Sir.«

»Würden Sie mich zu meinen Männern bringen?«

»Jawohl, Sir.«

Sergeant Everly hockte an einen Baumstamm gelehnt, und ein leerer Teller stand auf dem Boden neben ihm. Weston dachte, Everly sei eingenickt, doch als er sich näherte, schob sich der Sergeant vom Baum fort und blickte auf.

Weston forderte ihn mit einem Wink auf, ihm zu folgen. Die anderen Mitglieder von Westons erschöpften Möchtegernkriegern hatten die Feldmütze und Westons frischrasiertes Gesicht bemerkt, zeigten jedoch wenig Neugier und blickten ihn nur apathisch an.

Weston glaubte ihre Gedanken zu kennen: *Es droht keine unmittelbare Gefahr. Wir werden verpflegt. Was sonst kann noch wichtig sein?*

»Schönes Stück, Mr. Weston«, sagte Sergeant Everly und wies auf die Feldmütze.

»General Fertig gab mir die Mütze«, erwiderte Weston.

»Ich habe noch nie einen General mit Bart gesehen«, sagte Everly.

»Er ist ein Pionieroffizier, der sich entschlossen hat, nicht zu kapitulieren und statt dessen die Japaner zu ärgern«, sagte Weston, und während seiner Worte entschied er sich, Everly nicht zu erzählen, daß sich Fertig selbst zum Brigadier General befördert hatte.

Everly schwieg.

»Er kennt die Insel und spricht Spanisch«, sagte Weston. »Diese ganze Sache hat gerade erst begonnen. Es sind offenbar mindestens zwei Gruppen – Leute wie wir – auf dem Weg hierher.«

Everly nickte und wartete darauf, daß Weston weitersprach.

»Nach dem Militärrecht fallen wir unter sein Kommando, weil er der ranghöchste Offizier an der Front ist.«

Everly nickte wieder.

»Er hat mich zum Captain auf Zeit ernannt und gefragt, ob ich Sie als Second Lieutenant auf Zeit empfehlen kann. Ich habe ihm gesagt, daß Sie ein ziemlich guter Lieutenant wären.«

Everly senkte den Kopf und dachte darüber nach.

»Es gab viele China-Marines in Schanghai, die auf Haiti gedient hatten, Mr. Weston«, sagte er schließlich. »Sie erzählten, daß es dort etwas gab, das sie Constabulary nannten, eine Polizeitruppe. Viele Unteroffiziere des Marine-Corps wurden Offiziere in der Constabulary. Ist es etwas in dieser Art?«

»So ungefähr. Sie würden zum Offizier der Army ernannt werden, als Offizier der amerikanischen Streitkräfte auf den Philippinen.«

»Nicht im Corps? Sie tragen das Abzeichen des Marine-Corps.«

»Ich bezweifle, daß General Fertig etwas dagegen hat. Oder dagegen, daß irgendein anderer Marine es trägt. Aber Sie wären Lieutenant der Army.«

»Klar, Mr. Weston. Warum nicht? Ich denke, das könnte ich akzeptieren.«

»Dessen bin ich sicher«, sagte Weston. »Kommen Sie, ich stelle Sie dem General vor.«

»Darf ich eine Frage stellen, Mr. Weston?«

»Gewiß.«

»Wird dieser General Fertig in der Lage sein, den Japsen irgendwelchen Schaden zuzufügen?«

»Ja«, antwortete Weston. »Davon bin ich überzeugt.«

Das kann doch nicht wahr sein! Ich glaube das tatsächlich!

»Wir haben nicht viel, mit dem wir kämpfen können«, sagte Everly. »Was wird der General dagegen unternehmen?«

»Nun, wir müssen uns erst organisieren. Sie und ich werden seine G-2-Abteilung. Er hat einen Funker der Army, der den Befehl hat, ein Funkgerät aufzutreiben und Kontakt mit General MacArthur in Australien aufzunehmen.«

»Ich habe in Schanghai ein bißchen für den Nachrichtendienst gearbeitet«, sagte Everly.

»Tatsächlich?« Weston schaute ihn überrascht an.

»Für Captain Banning, den S-2.«

Weston kramte in seiner Erinnerung, ob er ein Gesicht kannte, das zu ›Captain Banning‹ paßte, doch er fand keines. Er schloß jedoch aus Everlys Tonfall, daß er die Wahrheit sagte.

»Was haben Sie gemacht?«

»Die Japse im Auge behalten. Truppenstärke, Positionen der Einheiten. Artilleriegeschütze und Lastwagen gezählt, solche Dinge.«

»Spionage«, sagte Weston, ohne zu denken.

»Nein. Mehr Aufklärung. Ich zog nie meine Uniform aus oder so. Ich dachte nie, ich könnte davonkommen, wenn ich mich als Japs ausgebe.«

»Es überrascht mich, daß man Sie auf dem Felsen nicht im Nachrichtendienst arbeiten ließ«, sagte Weston.

»Ich nehme an, keiner wußte, daß ich jemals für Captain Banning gearbeitet habe, abgesehen vielleicht vom Colonel und dem Kommandeur.«

»Was war mit Captain Banning? Ich kann mich nicht erinnern, ihn auf dem Felsen gesehen zu haben.«

»Als wir zum ersten Mal beschossen wurden, bei der Landung der Japse, lange bevor wir uns zum Felsen zurückzogen, wurde Captain Banning getroffen. Artillerie. Er fing sich ein Schrapnell ein, und man wagte es nicht, ihn sofort zu bergen. So war er hinter den japanischen Linien. Dann beschoß die Army sein Versteck mit Granaten. Er wurde geblendet und war vorübergehend blind. Als sie ihn schließlich durch die japanischen Linien holten und ins Lazarett auf dem Felsen brachten, war er in ziemlich schlechter Verfassung. Schließlich evakuierten sie ihn mit einem der U-Boote, die zum Felsen kamen, um das Gold wegzutransportieren.«

»Das ist ein Ding!« murmelte Weston.

»Und ich nehme an, er hat nie jemandem etwas über mich erzählt«, sagte Everly. »Er war ein höllisch guter Marine.«

Von dir ist das ein tolles Kompliment. Und was denkt er über mich?

»Ich wünschte, ich wüßte mehr über nachrichtendienstliche Arbeit«, sagte Weston. »Ich weiß so gut wie nichts darüber. Ich bin Pilot.«

»Sie werden das bestimmt raffen, Mr. Weston«, sagte Everly. »Sie lernen schnell.«

Nicht zu glauben, das war ein Kompliment! Und ich bezweifle, daß Everly es sagen würde, wenn er es nicht ernst meint.

»Kommen Sie, ich stelle Sie dem General vor«, sagte Weston.

»Ich habe noch nie mit einem General geredet«, sagte Everly und hob seine Thompson-MPi auf.

4

Hauptquartier, US-Streitkräfte
auf den Philippinen
Provinz Davao
Mindanao, Commonwealth Philippinen

12. Oktober 1942, 6 Uhr 25

Das Frühstück in der Offiziersmesse des Hauptquartiers der US-Streitkräfte auf den Philippinen bestand aus frisch gepreßtem Ananassaft, frischen Ananasstücken und Bananen.

Brigadier General Wendell Fertig, der am Kopfende des Tisches saß, entschuldigte sich bei den Anwesenden in der Messe, weil es keinen Kaffee, kein Brot, Eier, Speck oder Schinken gab. Er versprach, solche Dinge ganz oben auf die Liste der Prioritäten zu setzen, wenn er einen G-4-Offizier (Versorgung) hatte.

Anwesend am Tisch waren Captain James B. Weston, Second Lieutenant Percy L. Everly und Second Lieutenant Robert Ball.

Weston bemerkte, daß Everly und Ball ebenfalls Feldmützen erhalten hatten, auf die sie den goldfarbenen Balken des Second Lieutenant geheftet hatten. Und Everly hatte das Abzeichen des Marine-Corps ebenfalls angeheftet. Wie Weston hatte er es offenbar behalten, als es überhaupt keinen Sinn mehr gehabt hatte, seine verschlissene Uniform zu bewahren.

Warum ist dieses kleine Metallstück so wichtig für uns? dachte Weston. *Gott weiß, daß wir hier keine Blondinen mit unserer Mitgliedschaft im Marine-Corps beeindrucken können. Warum also bedeutet es uns unter den gegebenen Umständen so viel, daß keiner uns für gewöhnliche Soldaten hält?*

Zwei weitere Offiziere tauchten in der Messe auf, das heißt, die Veranda von General Fertigs Quartier bebte leicht, als jemand die einer Leiter ähnelnden Stufen emporstieg. Sie schauten hin, und sahen zwei Männer nahen. Einer war wie General Fertig gekleidet, mit weitem, weißem Baumwollhemd, weißer Hose und Strohhut. Eine Thompson-Maschinenpistole Kaliber .45 hing am Riemen an seiner Schulter.

Der zweite Offizier trug eine verschlissene Khakiuniform. Die Ärmel des Khakihemdes, auf dessen Kragenspitzen die »Eisenbahnschienen« eines Captains und die gekreuzten Fahnen des Fernmeldekorps prangten, waren über dem Ellenbogen abgeschnitten und seine Khakihose über den Knien. Er trug einen Helm und ein Stoffkoppel, in dessen Holster, das grünlich von Schimmel war, eine .45er 1911A1 Automatikpistole steckte. Ein Enfield-Gewehr . 30-06 hing am Riemen von der Schulter. Er hielt einen – offenbar schweren – Rucksack in der Hand.

»Guten Morgen, General«, sagte der erste der beiden und grüßte. Der uniformierte Captain grüßte nach kurzem Zögern ebenfalls.

Fertig erwiderte den Gruß.

»Ich glaube, ich sollte die Gentlemen miteinander bekannt machen«, sagte er. »Gentlemen, dies ist mein Stabschef, Captain Charles Hedges. Hedges, dies sind Captain Weston und Lieutenant Everly, ein Offizier des Marine-Corps, der sich und seine Männer – einschließlich Lieutenant Everly – unter unser Kommando gestellt hat. Sie kennen Lieutenant Ball.«

Hedges schüttelte Weston und Everly wortlos die Hand.

»General, dies ist Captain Buchanan«, sagte Hedges. »Aus dem ehemaligen Hauptquartier von General Sharp.«

»Ich glaube, ich habe den Captain kennengelernt«, sagte Fertig.

»Jawohl, Sir«, erwiderte Buchanan. »Sie waren zu der Zeit Colonel.«

»Lieutenant Colonel, um genau zu sein«, korrigierte Fertig und ignorierte, was er leicht als Anspielung hätte deuten können. »Wie geht es Ihnen, Buchanan?«

»Sehr gut, Sir, danke.«

»Darf ich Ihnen ein kleines Frühstück anbieten?«

»Jawohl, Sir, danke.«

»Sergeant!« rief Fertig mit erhobener Stimme. Der philippinische Sergeant tauchte auf. »Bringen Sie bitte diesen Gentlemen das Frühstück?«

»Jawohl, Sir.«

»Nehmen Sie bitte Platz, Gentlemen«, sagte Fertig, und dann sah er Buchanan an. »Sie wissen natürlich, daß General Sharp von General Wainwright den Befehl erhielt, zu kapitulieren?«

»Jawohl, Sir.«

»Schließe ich richtig aus Ihrer Anwesenheit hier, daß Sie es für Ihre Pflicht hielten, sich nicht in japanische Gefangenschaft zu begeben?«

»Jawohl, Sir.«

»Und Sie sind bereit, zu uns ... Sind Sie allein, Captain?«

»Nein, Sir. Ich habe acht Mann, Amerikaner, bei mir.«

»Sind Sie bereit, sich und Ihre Männer unter mein Kommando zu stellen?«

»Jawohl, Sir.«

»Willkommen bei der US-Streitkraft auf den Philippinen«, sagte Fertig und neigte sich über den Tisch, um Buchanan die Hand zu schütteln. »Wenn Sie gefrühstückt haben, werden wir uns unter vier Augen unterhalten.«

»Jawohl, Sir.«

»Die Neugier überwältigt mich – was ist in dem Rucksack? Er ist anscheinend sehr schwer.«

»Ein M 94, Sir«, sagte Buchanan. »Ein Geheimschriftgerät M 94.«

»Klären Sie mich auf«, sagte Fertig.

Buchanan legte den Rucksack auf den Tisch, öffnete die Riemen und nahm einen Metallkasten heraus. Darauf befand sich eine kleine Messingplatte.

SECRET

CHRYPTOGRAPH MODELL 94
SERIENNUMMER 145

ES IST STRIKT VERBOTEN, DIESES GERÄT
VON DER KRYPTOGRAPHISCHEN EINRICHTUNG ZU
ENTFERNEN, DER ES ZUGETEILT WURDE

SECRET

»Die Dinge ... brachen so schnell zusammen, Sir, daß ich keine Möglichkeit hatte, das Gerät zu zerstören«, sagte Buchanan. »Ich wollte den Japsen keine Chance geben, zu sehen, wie es funktioniert. Das hätten sie herausfinden können, wenn ich es nur mit Schüssen oder Feuer funktionsunfähig gemacht hätte. So nahm ich es mit. Ich wollte es ins Meer werfen. Wenn ich es irgendwo vergraben hätte und anschließend gefangengenommen worden wäre, hätten es die Japaner aus mir herausholen können. Sie sind sehr gut im Verhören‹«

»Das Ding funktioniert?« fragte Fertig.

»Jawohl, Sir.«

»Ehrlich gesagt, Captain, ich hatte gehofft, Ihr Rucksack sei mit Zwanzigdollargoldstücken gefüllt«, sagte Fertig. »Aber dieses Gerät ist für die USFIP buchstäblich sein Gewicht in Gold wert. Ball, wann werden wir eine betriebsfähige Funkstation haben?«

»Wenn Sergeant Ramirez es schafft, den Generator mit Alkohol zu betreiben, vielleicht heute nachmittag, Sir.«

»Ich beende unser festliches Frühstück ungern, Gentlemen«, sagte Fertig, »aber Captain Buchanan, Lieutenant Ball und ich haben wichtige Arbeit zu erledigen.«

5

Hauptquartier, US-Streitkräfte auf den Philippinen
Provinz Davao
Mindanao, Commonwealth Philippinen

13. Oktober 1942, 15 Uhr 15

Weil sie keine anderen dringenden dienstlichen Pflichten erfüllen mußten, verbrachten der G-2 USFIP (Captain James B. Weston) und sein Stellvertreter (Second Lieutenant Percy L. Everly) die meiste Zeit des Tages in der USFIP-Kommunikationszentrale (ein auf die Schnelle errichteter Schuppen, zweihundert Meter von General Fertigs Quartier entfernt) und schauten USFIP-Fernmeldeoffizier (Second Lieutenant Robert Ball) und seinem Cheffunker (Sergeant Ignacio LaMadrid, Philippinische Armee) bei ihren Versuchen zu, eine Funkverbindung mit den US-Streitkräften in Australien herzustellen.

Im Gegensatz zu den anderen hatte Sergeant LaMadrid keinen Militärdienst geleistet, bevor er zur USFIP gegangen war. Er war siebzehn und auf einer weiterführenden Schule gewesen, als der Krieg angefangen hatte. Er war schockiert über die Siege der Japaner über die amerikanischen und philippinischen Streitkräfte, aber noch entsetzter über die Brutalität, mit der die Japaner philippinische Kriegsgefangene behandelten – trotz der japanischen öffentlichen Ankündigung, daß Japan und die Philippinen jetzt Partner wären.

Als er Fertigs Proklamation an einem Telefonmast in der Nähe seines Elternhauses sah, brach er auf, um sich dem General anzuschließen. Er sagte sich, daß er vielleicht nützlich sein könnte. Bei seiner Ankunft sprach er mit Captain Hedges. Obwohl LaMadrid zu den ersten philippinischen Freiwilligen zählte, wirkte Hedges nicht besonders interessiert an den Diensten des kleinen, schmächtigen siebzehnjährigen Filipinos, der zugab, daß er noch nie eine Feuerwaffe in der Hand gehalten hatte.

Und dann sagte LaMadrid, daß er vielleicht hilfreich bei der Reparatur von Funkgeräten sein könnte; er hatte fast einen halben Kurs in drahtloser Telefonie absolviert, als der Krieg begonnen hatte.

Er wurde kurz nach Kriegsbeginn in der philippinischen Armee vereidigt und nur eine Woche später zum Gefreiten befördert, als er einen Tonfilmprojektor zum Hauptquartier gebracht hatte, der vor den Japanern versteckt gewesen war. Er hatte gesagt, daß er vielleicht einen Funksender daraus basteln könnte.

Captain Hedges informierte LaMadrid, daß er bei Erfolg Sergeant werden würde. Die USFIP hatte bereits einen Kurzwellenempfänger. Wenn LaMadrid einen Sender basteln konnte, und wenn sie einen Generator auftreiben konnten, um beide zu betreiben, dann würden sie eine Funkstation haben. Das war sicherlich die Winkel des Sergeants wert, wenn auch im Augenblick keine Winkel im Versorgungsdepot zur Verfügung standen – ganz zu schweigen davon, daß kein Versorgungsdepot zur Verfügung stand.

Ein Generator war aufgetrieben worden, als es ein anderer philippinischer Unteroffizier – diesmal ein richtiger Soldat – schaffte, einen Benzinmotor mit Alkohol zu betreiben. Der Alkohol wurde aus Ananas und Kokosnüssen in einem Destillierapparat gewonnen, der aus Autoteilen hergestellt worden war.

Der Sender funktionierte. Der Beweis kam über den Empfänger. Das war gut genug für den Stabschef der USFIP, das Versprechen der Beförderung zum Sergeant zu erfüllen und zu erklären, daß die Winkel später folgen würden.

Wie *gut* der Sender arbeitete, war eine andere Frage, und nach fast vierundzwanzig Stunden Senden jeweils drei Minuten pro Stunde ohne Antwort wurde die Frage zu einer beunruhigenden.

Eine Botschaft war mit der Geheimschriftmaschine Modell 94 verschlüsselt worden. Dann wurde sie in dem Code aus fünf Buchstaben unter der nicht verschlüsselten Adresse gesendet.

MFS FOR US FORCES AUSTRALIA
MFS FOR US FORCES AUSTRALIA
ACNOW BRTSS DXSYT QRSHJ ERASH
POFTP QOPOQ CHTFS SDHST ALITS
CGHRZ QMSGL QROTZ VABCG LSTYE
ACNOW BRTSS DXSYT QRSHJ ERASH
POFTP QOPOQ CHTFS SDHST ALITS
CGHRZ QMSGL QROTZ VABCG LSTYE
MFS STANDING BY FOR US FORCES AUSTRALIA
MFS STANDING BY FOR US FORCES AUSTRALIA

Die Botschaft wurde nach einem Schlüssel aus LaMadrids Lehrbüchern der drahtlosen Telefonie in einer dreiminütigen Periode sooft wie möglich gesendet. Drei Überlegungen hatten diesen Zeitabschnitt bestimmt. Es war möglich, daß die Japaner die Botschaft hörten und durch eine Prozedur namens Triangulation den Sender orteten. Der zweite Gesichtspunkt war der Mangel an Alkohol für den Generator, der den Sender betrieb. Und der dritte Grund für die Entscheidung war, daß es keinen Ersatz gab, wenn der Alkohol den Generator beschädigte.

Als es den ganzen Tag keine Antwort gab, war es anscheinend logisch, anzunehmen, daß Sergeant LaMadrid es trotz seiner besten Bemühungen nicht geschafft hatte, einen Sender zu basteln, der bis zum fernen Australien senden konnte.

6
Fernmeldeabteilung

Büro des Militärgouverneurs von Mindanao
Cagayan de Oro, Provinz Misamis
Mindanao, Commonwealth Philippinen

13. Oktober 1942, 16 Uhr

Als Hauptmann Matsuo Saikaku das Büro betrat, erhob sich Leutnant Hideyori hinter seinem Schreibtisch, legte die Hände ausgestreckt und flach an die Seitennähte seiner Khakihose und verneigte sich aus der Hüfte.

Hideyoris Büro hatte früher dem Manager des Büros der Mackay Telephone & Telegraph Company auf Mindanao gehört. Als er aufstand, schlug die große Wanduhr mit dem Mackay-Firmenzeichen die volle Stunde.

»Ich hörte, Sie haben eine Funkbotschaft abgefangen?« sagte Saikaku, nachdem er die Verneigung erwidert hatte.

»Ja, Sir.«

Saikaku streckte ungeduldig die Hand aus. Hideyori überreichte ihm ein Blatt Papier

MFS FOR US FORCES AUSTRALIA
MFS FOR US FORCES AUSTRALIA
ACNOW BRTSS DXSYT QRSHJ ERASH
POFTP QOPOQ CHTFS SDHST ALITS
CGHRZ QMSGL QROTZ VABCG LSTYE
ACNOW BRTSS DXSYT QRSHJ ERASH
POFTP QOPOQ CHTFS SDHST ALITS
CGHRZ QMSGL QROTZ VABCG LSTYE
MFS STANDING BY FOR US FORCES AUSTRALIA
MFS STANDING BY FOR US FORCES AUSTRALIA

»Diese Botschaft wird stündlich auf dem Zwanzigmeterband gesendet«, sagte Hideyori.

»Seit wie vielen Stunden?«

»Die erste Botschaft fingen wir heute morgen um zehn ab. Sie senden die Botschaft immer wieder in einer Zeitspanne von drei Minuten.«

»Wissen Sie, von wo?«

»Nein.«

»Ich war in dem Glauben, Hideyori, daß fähige Fernmelder einen Sender durch Triangulation orten können, durch die Festlegung eines Netzes von trigonometrischen Punkten. Habe ich mich da geirrt?«

»Nein.«

»Hat die Ermittlung durch Triangulation begonnen?«

»Nein, es gibt Schwierigkeiten mit zweien der Lastwagen.«

»Welche Schwierigkeiten?«

»Mechanische.«

»Ich dachte wirklich nicht an geistige, Hideyori.«

»Mechanische im Gegensatz zu elektrischen. Man hat mich informiert, daß das mechanische Problem bis morgen früh gelöst ist.«

»Wer hat das gesagt?«

»Hauptmann Kuroshio von der Transportabteilung.«

»Seien Sie so gut und holen Sie Hauptmann Kuroshio ans Telefon, Hideyori.«

»Jawohl.«

Leutnant Hideyori setzte sich, zog hastig eine abgelichtete Telefonliste zu Rate, wählte, sprach kurz mit jemandem und reichte dann Saikaku den Hörer.

»Hauptmann Kuroshio wird ans Telefon gerufen«, meldete er.

Saikaku nahm den Hörer und wartete mit ungeduldiger Miene, bis sich Hauptmann Kuroshio meldete.

»Hier spricht Hauptmann Saikaku, Kempei Tai. Leutnant Hideyori informierte mich, daß Sie zwei Lastwagen reparieren. Diese Wagen werden für eine Kempei-Tai-Operation benötigt. Sofort. Ich will, daß die notwendigen Reparaturen unverzüglich beginnen und fortgesetzt werden, bis die Wagen betriebsbereit sind, und wenn Ihre Mechaniker die Nacht durcharbeiten müssen. Haben Sie mich verstanden?«

Er hörte sich die Antwort an und legte dann den Hörer auf.

»Sobald die Wagen verfügbar sind, Hideyori«, befahl er, »will ich, daß sie rund um die Uhr bemannt sind. Je eher wir diese Station orten, desto schneller können wir sie ausschalten.«

»Jawohl.«

»Was halten Sie von der Botschaft? Vom Code?«

»Ich weiß nicht, was Sie meinen.«

»Wie schnell erfahre ich, welche Botschaft diese Leute senden?«

»Ich war so frei, die Botschaft zum Nachrichtendienst in Manila zu schicken und zu bitten, sie zu entschlüsseln.«

»Das haben Sie auf eigene Faust entschieden?«

»Ja, ich hielt es für das Richtige.«

»Ihre Initiative ist lobenswert, Hideyori«, sagte Saikaku.

»Danke.«

»Seien Sie so gut und informieren Sie den Nachrichtendienst, daß der Kempei Tai an dieser Botschaft interessiert ist.«

»Jawohl.«

»Und informieren Sie die Leute des Nachrichtendienstes – und das schreiben Sie sich besser auf –, daß vielleicht zur Entschlüsselung folgendes helfen kann: die Botschaft enthält vielleicht die Worte ›Fertig‹, ›Brigadier General‹ und ›U.S. Forces‹. Fertig ist ein Name. Die anderen Wörter können abgekürzt sein.«

»Ich bin überzeugt, daß Ihnen der Nachrichtendienst dankbar für diese Informationen ist.«

»Sobald Sie etwas über unsere Wagen oder vom Nachrichtendienst oder irgendeiner Entwicklung hören, informieren Sie mich. Rufen Sie mein Büro an, man wird dort wissen, wo ich zu erreichen bin.«

»Jawohl.«

»Wir haben es hier mit Unkraut zu tun, Hideyori. Wenn wir es gleich aus der Erde reißen, sind wir es los. Wenn wir es wachsen lassen, wird es ein zunehmendes Ärgernis.«

»Ich verstehe.«

»Eine letzte Sache, Hideyori. Lassen Sie Ihre Funker auf Botschaften achten, die an MFS gerichtet sind.«

»Das habe ich bereits befohlen.«

»Gut«, lobte Saikaku, machte kehrt und verließ Leutnant Hideyoris Büro.

7

Hauptquartier, US-Streitkräfte auf den Philippinen
Provinz Davao
Mindanao, Commonwealth Philippinen

13. Oktober 1942, 18Uhr 15

Lieutenant Ball hörte im Kopfhörer ein Rauschen und dann eine Folge von Morsezeichen. Sein Herz schlug schneller, und ihm kamen vor Freude fast Tränen, als er mitschrieb.

MFS KFS
MFS KFS
LPORD GHDSG NGFGP JKOWR
DKLHI WRHFS SUHIO SWERI
LPORD GHDSG NGFGP JKOWR
DKLHI WRHFS SUHIO SWERI
KFS CLR
KFS CLR

Vor seiner Verwendung im Hauptquartier der USFIP war Ball Funker gewesen. Er erkannte das Rufzeichen der antwortenden Station.

»Das ist nicht Australien. Das ist eine Navystation. Ich denke, Hawaii.«

Die entschlüsselte Botschaft war kurz:

SEIEN SIE SENDEBEREIT UM 0600 IHRER ZEIT

8

Lieutenant Ball irrte sich zum Teil. KFS war tatsächlich eine Funkstation der Navy, aber keine auf Hawaii, sondern auf dem US-Marinestützpunkt Mare Island bei San Francisco.

Und dort weckte die Funkbotschaft das Interesse eines erfahrenen Chief Radioman.

»Was, zum Teufel, ist das, Chief?« fragte der neunzehnjährige Radioman Third Class Daniel J. Miller, USN, und überreichte Dugan die Funkbotschaft. »Das kommt jede Stunde über das Zwanzigmeterband. Seit gestern.«

Der Chief betrachtete die Funkbotschaft.

»Was immer das ist, es ist auf einem alten Modell 94 verschlüsselt. Diese zweite Codegruppe heißt ›Notfall SOI‹.«

»Was ist ein Modell 94?«

»Eine alte Geheimschriftmaschine. Die wird nicht mehr benutzt«, sagt der Chief nachdenklich. »Vielleicht erbeuteten die Japse eine auf Wake Island oder sonstwo und wollen uns verarschen.«

»Was ist ein Notfall SOI?«

»Das bedeutet, daß sie keine gültige **S**ignal **O**perating **I**nstruction haben, und so nutzen sie den Notruf«, sagte der Chief geistesabwesend, und dann dachte er laut: »Und vielleicht auch nicht.«

»Was vielleicht auch nicht?«

»Vielleicht verarschen sie uns nicht.«

»Was kann es denn sein?« fragte Miller.

»Ich weiß es nicht«, erwiderte der Chief. »Aber ich werde es herausfinden.«

Er zog eine getippte Telefonliste zu Rate, die auf seinen Schreibtisch geklebt war, fand die Nummer der Kommunikationsabteilung der Garnison der San Francisco Army Base und wählte.

»Kommunikation, Sergeant Havell.«

»Chief Dugan. Ich möchte mit Sergeant Piedwell sprechen.«

»Was kann die Army für die Navy tun?« fragte Piedwell.

»Ihr behauptet immer, welche Asse ihr seid.«

»Das ist eine Tatsache, Chief.«

»Wenn ich Ihnen etwas schicke, das auf einem Modell 94 verschlüsselt ist, könnten Sie das entschlüsseln?«

»Wenn ich ein Modell 94 hätte, ja. Worum geht es denn?«

»Habt ihr eins oder nicht?«

»Ja, da ist eins im Keller. Ich sah es zufällig in der vergangenen Woche und wunderte mich, weshalb das alte Ding dort herumsteht.«

»Ich schicke Ihnen einen netten jungen Mann namens Miller hinüber mit einer Funkbotschaft, die entschlüsselt werden muß. Inoffiziell, okay, Piedwell?«

»Was für eine Art Botschaft?«

»Benutzen Sie den Notfall-Code«, sagte Chief Dugan. »Wer auch immer das gesendet hat, er hat keine gültige SOI.«

»Was hat das zu bedeuten?«

»Wenn ich es herausfinde, sage ich es Ihnen. Aber unterdessen tun Sie es einfach und behalten es für sich, okay?«

»Was soll's, warum nicht. Sie haben mir auch schon einen Gefallen getan.«

»Danke, Piedwell.«

Zwei Stunden später kehrte Radioman Third Class Miller von der Garnison mit einem unbeschrifteten, versiegelten Kuvert zurück. Als Chief Dugan den Umschlag öffnete, fand er ein einziges Blatt Papier, auf dem in Schreibmaschine getippt stand:

WIR HALTEN DIE HEISSE KACKE VON DEN HEISSEN YANKS AUF DEN PHILS AM DAMPFEN FERTIG BRIG GEN

Dugan gab das Blatt dem Funker Miller.

»Was hat das zu bedeuten?« fragte Miller, als er gelesen hatte.

»Es kann bedeuten, daß die Japse ein Modell 94 fanden und uns verarschen«, sagte Chief Dugan. »Und es kann echt sein.«

Er nahm das Blatt von Miller entgegen, faltete es und schob es in das Kuvert.

»Wenn sich diese Leute das nächste Mal melden, senden Sie Ihnen ›Seien Sie sendebereit um sechs Uhr Ihrer Zeit‹«, befahl Chief Dugan und erhob sich. »Ich werde zurück sein, so schnell es geht.«

»Wo sind Sie, wenn jemand fragt?«

»Ich werde dem Admiral sagen, wie der Krieg geführt werden muß«, erwiderte Chief Dugan.

»Ich meine, wo sind Sie wirklich?«

»Chief Petty Officers lügen niemals, Sohn. Schreiben Sie sich das auf die Handfläche, damit Sie es nicht vergessen«, sagte Chief Dugan und verließ den Funkraum.

»Lange nicht gesehen, Dugan«, sagte Rear Admiral F. Winston Bloomer, U.S. Navy. »Möchten Sie einen Kaffee?«

»Gerne, Sir, danke«, sagte Dugan.

Der Konteradmiral und der Bootsmann kannten sich lange, von der Zeit her, als der Admiral Oberleutnant zur See auf einem Zerstörer und der Bootsmann Funker und Offiziersbursche gewesen war.

Dugan überreichte Admiral Bloomer das Kuvert und bediente sich dann mit einer Tasse Kaffee aus der Thermoskanne des Admirals.

»Okay. Was ist das?« fragte der Admiral.

»Jemand sendet das ein paar Minuten lang jede Stunde auf dem Zwanzigmeterband. Es wurde verschlüsselt mit einem Modell 94, ohne SOI.«

»Ein Modell 94? Die werden seit Jahren nicht mehr benutzt. Spielen die Japaner mit uns? Haben sie das Modell 94 irgendwo erbeutet? Wake Island vielleicht? Oder auf den Philippinen?«

»Die Botschaft kann auch echt sein.«

»Was wollen Sie tun, Dugan?«

»Ich möchte herausfinden, ob es einen Brigadier General namens Fertig gibt.«

»Mit anderen Worten, Sie möchten, daß *ich* mich für Sie an den Marinenachrichtendienst wende?«

»Ich habe einen guten Bekannten, der es für mich schnell herausfinden kann.«

»Warum bereitet mir das Unbehagen?« fragte Admiral Bloomer und fügte hinzu: »Schneller als ONI*?Für wen arbeitet Ihr guter Bekannter, für den Präsidenten?«

»Der SECNAV** hat einen Verwaltungsassistenten. Und für den Verwaltungsassistenten arbeitet ein Chief.«

»Und Sie wissen, wo er die Leiche begraben hat, Dugan?«

»Leichen, Mehrzahl, Admiral.«

»Ich will nichts davon wissen, Dugan. Aber wenn Sie Probleme bekommen, kennen Sie meine Telefonnummer.«

»Danke«, sagte Dugan. »Und wenn ich etwas herausfinde?«

»Ja, Dugan, halten Sie mich bitte auf dem laufenden. Ich hoffe, diese Funkbotschaft ist echt.«

»Danke, Sir.«

* Das Office of Naval Intelligence (Marinenachrichtendienst)

** Secretary of the Navy, Marineminister

Radioman Third Class Miller ging zu Chief Dugans Schreibtisch und gab ihm ein Blatt Papier.

»Haben Sie darauf gewartet, Chief?«

> U R G E N T
>
> VON SECNAV
> AN OFFICER COMMANDING
> U.S. Navy Base Mare Island
> ZUR KENNTNIS: CPO EDWARD B. DUGAN, USN
>
> ES GIBT KEINEN GENERAL FERTIG IN US ARMY ODER USMC
>
> LTCOL WENDELL W. FERTIG PIONIERKORPS, U.S. ARMY RESERVE VERMISST UND VERMUTLICH KRIEGSGEFANGENER AUF BATAAN.
>
> LTCOL FERTIGS NÄCHSTE ANGEHÖRIGE FRAU MRS MARY
> HAMPTON FERTIG, GOLDEN, COLORADO, GEB 11MAI1905
>
> AUF ANWEISUNG SECNAV
> HAUGHTON CAPT USN ADMIN OFF TO SECNAV
> DURCH HANSEN CPO USN

»Wie spät ist es hier, wenn es sechs Uhr auf den Philippinen ist?« fragte Dugan, als er die Funkbotschaft gelesen hatte.

»Das weiß ich nicht, Chief.«

»Das wissen Sie nicht? Mein Gott, Miller, Sie sind Radioman Third Class. Da sollte man meinen, daß Sie so etwas wissen. Finden Sie es heraus und seien Sie zu der Zeit hier.«

»Sie wissen, welche Uhrzeit es hier sein wird, richtig?«

»Selbstverständlich. Ich bin ein Chief.«

Dugan stand auf und nahm seine Mütze.

»Ich werde zurück sein, wenn ich zurück bin«, sagte er.

»Sie gehen wieder zum Admiral und sagen ihm, wie der Krieg geführt werden sollte, richtig?«

»Eigentlich gehe ich rüber zur Garnison, um mir von der Army ihr Modell 94 zu leihen.«

Radioman Third Class Miller funkte:

KFS AN MFS
KFS AN MFS
BLEIBE AUF EMPFANG

Die Antwort kam sofort. Chief Dugan schaute über Millers Schulter, als er die Wörter mit der Schreibmaschine tippte.

MFS AN KFS
SENDEBEREIT

»Senden Sie es«, befahl Chief Dugan.

Miller nahm die rechte Hand von der Tastatur der Schreibmaschine und funkte:

KFS AN MFS
SENDEN SIE VERSCHLÜSSELTEN MÄDCHENNAMEN NÄCHSTER
VERWANDTER UND GEBURTSDATUM
BLEIBE AUF EMPFANG

Ein paar Minuten lang kam keine Antwort.

»Entweder verschlüsseln sie es, oder wir funken an die Japse, und sie fragen sich, was sie jetzt tun sollen«, sagte Chief Dugan.

Und dann kam die Antwort:

MFS AN KFS
JIOQT LPITZ SHDQW JFIUO GMCIT
PSATY SDERJ HQWKM JEWRP AITCD
ITDFS EWNOR HSQIT SDRTP CFENG
JIOQT LPITZ SHDQW JFIUO GMCIT
PSATY SDERJ HQWKM JEWRP AITCD
ITDFS EWNOR HSQIT SDRTP CFENG
MSF BLEIBE AUF EMPFANG

Chief Dugan riß das Blatt Papier aus Millers Schreibmaschine, ging schnell zu seinem Schreibtisch und betätigte die Geheimschriftmaschine Modell 94, die er bei der Army geliehen hatte, der er jetzt wer weiß wie viele Gefallen in der Zukunft schuldete.

»Miller!« rief er und atmete tief durch, um seine Stimme unter Kontrolle zu bekommen. »Senden Sie ›Wir sind bereit für Ihre Botschaften‹.«

»Im Ernst? Ist es echt?«

»Machen Sie schon. Senden Sie: ›Willkommen im Netz. Wir sind bereit für Ihre Botschaften‹.«

Chief Dugan nahm den Telefonhörer ab.

»Operator, Chief Dugan. Ferngespräch Priorität Code sechzehn B. Verbinden Sie mich mit Mrs. Mary Fertig in Golden, Colorado.«

Radioman Third Class Miller blickte über die Schulter, ohne im Funken innezuhalten: »Chief, meinen Sie, Sie sollten das tun, ohne jemanden zu fragen?«

»Wenn ich jemanden frage, wird man es mir vermutlich verbieten«, sagte Chief Dugan.

Zwei Minuten später war Mrs. Mary Fertig in der Leitung.

»Mrs. Fertig, hier spricht Chief Dugan, Mare Island Navy Base.«

»Ja?«

»Ma'am, ich denke, wir haben soeben von Ihrem Gatten gehört. General Fertig?«

»Das muß ein Irrtum sein. Mein Mann ist Major Fertig. Und er ist auf den Philippinen.«

Radioman Third Class Miller überreichte Chief Dugan ein Blatt Papier, und dann eilte er an die Schreibmaschine zurück.

»Ma'am«, sagte Chief Dugan. »Ich möchte Ihnen etwas vorlesen. ›Für Mrs. Fertig. Zitat Anfang. Ananas zum Frühstück. Alles Liebe. Zitat Ende.‹ Sagt Ihnen das etwas?«

Es folgte eine lange Pause.

»Ja, das sagt mir etwas. Es bedeutet, daß mein Mann auf Mindanao ist. Wir waren oft dort und spielten Golf auf der Dole-Plantage. Es gab immer Ananas zum Frühstück.«

»Ja, Ma'am.«

»Kann ich meinem Mann irgend etwas übermitteln?«

»Ja, Ma'am. Eine kurze Botschaft. Was möchten Sie sagen?«

Wieder eine lange Pause.

»Bitte sagen Sie, es ist alles gut. Und grüßen Sie ihn von mir.«

»Ja, Ma'am. Ich werde versuchen, ihm das zu übermitteln. Ma'am, es werden bestimmt einige Leute Kontakt mit Ihnen aufnehmen. Vielleicht wäre es besser, Sie erzählen ihnen nicht, daß ich Sie angerufen habe, wenn man Sie aufsucht.«

»Ich verstehe. Vielen Dank, Mr. Dugan.«

»Chief Dugan, Ma'am. Auf Wiederhören, Ma'am.«

V

1

Büro des Militärgouverneurs von Mindanao
Cagayan de Oro, Provinz Misamis
Mindanao, Commonwealth Philippinen

14. Oktober 1942, 9 Uhr

»Mein General«, sagte Oberstleutnant Tange Kisho zu Brigadegeneral Kurokawa Kenzo, »Hauptmann Saikaku hat sich der Sache mit der heimlichen Funkstation angenommen und berichtet. Mit Ihrer Erlaubnis werde ich ihn bitten, Ihnen zu berichten.«

General Kurokawa nickte und schaute Saikaku an. Anstatt sich zu erheben, wie es Oberstleutnant Tange – und vielleicht sogar General Kurokawa – von ihm erwarteten, stellte Saikaku behutsam seine Teetasse auf den Konferenztisch und lehnte sich auf dem gepolsterten Stuhl zurück. Er hielt es für wichtig, relativ unbesorgt zu wirken und sich nicht anmerken zu lassen, wie sehr ihn die Existenz dieses General Fertig und seiner Funkstation aufregte, die von Hideyori nicht geortet werden konnte.

»Mein General«, begann er, »am dreizehnten Oktober hörten Leutnant Hideyoris Funker eine verschlüsselte Botschaft, die auf dem Zwanzigmeterkurzwellenband gesendet wurde. Hideyori informierte mich darüber. Die Botschaft war zum Teil unverschlüsselt und zum Teil verschlüsselt. Sie war an die US-Streitkräfte in Australien gerichtet. Auf meine Anweisung hin wurde die Botschaft an den Nachrichtendienst in Manila übermittelt, zusammen mit einigen Vorschlägen meinerseits, die bei der Entschlüsselung hilfreich sein konnten. Am selben Tag, spät am Nachmittag, antwortete eine Funkstation, wir nehmen an die U.S. Navy Station Mare Island, California, der Funkstation hier. Die Botschaft war ebenfalls verschlüsselt. Seither hat es einen weiteren Austausch von Botschaften gegeben, aber lassen Sie mich bitte eines nach dem anderen berichten. Heute morgen informierte mich der Nachrichtendienst über die Entschlüsselung der ersten Botschaften. Die Entschlüsselung fand mit dem Modell der Geheimschriftmaschinen der U.S. Army statt, von dem uns zwei Exemplare auf Luzon in die Hände fielen. Die erste Botschaft, diejenige, die Hideyoris Funker abfingen, war ganz einfach. Zitat Anfang: Wir halten die heiße Kacke von den heißen Yanks auf den Phils am Dampfen. Fertig Brig Gen. Zitat Ende.«

»Es gibt also einen General Fertig?« fragte General Kurokawa.

»Das wissen wir nicht mit Sicherheit«, sagte Saikaku. »Ich

werde gleich darauf zurückkommen. Der Kern der Botschaft ist amerikanischer Slang. Es gibt mehrere Deutungen. Die wahrscheinlichste ist bei ›heiße Kacke am Dampfen halten‹ die Umschreibung für ›weitermachen‹. Mit ›heiße Yanks auf den Phils‹ ist offenbar ›Yankees auf den Philippinen‹ gemeint.«

»*Heiße* Yankees?« fragte General Kurokawa.

»Ich weiß nicht, was das bedeutet, General. Vielleicht bezieht es sich auf die Hitze. Die Antwort aus California sagte der Station hier ›Stand by‹ – sendebereit sein – um sechs Uhr am folgenden Morgen. Zu dieser Zeit wurde MFS – der Funkname der Station hier – von der Station in California aufgefordert, den Mädchennamen von Fertigs nächster Verwandter – vermutlich seiner Frau – und ihr Geburtsdatum zu nennen. Dem wurde entsprochen.«

»Dann gibt es offenbar einen Fertig«, sagte General Kurokawa.

»Jawohl, General. Einen Fertig. Nicht unbedingt einen *General* Fertig. Ich habe das überprüft. Nirgendwo in den Gefangenenlisten gibt es einen General Fertig. Es gibt in den Akten einen Major Fertig, der auf Luzon gefallen sein soll.«

»Die Amerikaner könnten diesen Mann irgendwie eingeschleust haben«, sagte General Kurokawa. »Oder könnte es ein ›Kriegsname‹ sein?«

»Mit Verlaub, General, basierend auf den folgenden Botschaften, habe ich eine Theorie entwickelt. Nach meiner Einschätzung gab es in den Vereinigten Staaten Zweifel an der Identität dieses Mannes. Sie fragten nach dem Mädchennamen und den Geburtsdatum als Beweis, wer er ist.«

»Und?« fragte General Kurokawa ungeduldig.

»Sofort nachdem die Station hier die gewünschte Information gegeben hatte, gab es eine Botschaft an Mrs. Fertig. Zitat Anfang ›Ananas zum Frühstück. Alles Liebe.‹ Zitat Ende.«

»Was bedeutet das Ihrer Meinung nach?«

»Die Dole Corporation hat umfassende Unternehmen auf dieser Insel, wie Sie bestimmt wissen, General. Ich halte es für möglich, daß dieser Fertig eine Verbindung mit der Dole Corporation hat; er kann sehr gut einer der Direktoren sein. Er hat sich identifiziert und seiner Frau zugleich gesagt, wo er sich befindet.«

»Vermutlich haben Sie nachgeforscht? Ich hatte den Eindruck, daß wir eine Reihe von Amerikanern gefangengenommen haben, die für die Dole-Plantagen gearbeitet haben. Gab es einen leitenden Angestellten oder Direktor namens Fertig bei Dole?«

»Ich habe nachgefragt, General, und die Befragungen dauern an. Wir haben ziemlich vollständige Personalakten. Der Name Fertig taucht nicht darin auf. Was uns zu Ihrer sehr scharfsinnigen Theorie bringt, daß es ein Kriegsname ist. Fertig ist ein deutsches Wort und bedeutet ›beendet‹ oder ›aus‹ oder ›erledigt‹, etwas in diesem Sinne. Es könnte sich sehr gut um einen leitenden Mann von Dole handeln, entweder von hier oder von anderen Dole-Unternehmen auf den Philippinen, der den Namen Fertig angenommen hat. Und er bezeichnet sich als General, um uns zu ärgern.«

Der General ist nicht immun gegen Schmeichelei, dachte Saikaku. *Meine Bemerkung über seine ›scharfsinnige Theorie‹ ging ihm runter wie Honig.*

»Das ist eine Möglichkeit«, sagte General Kurokawa. »Aber ich möchte nicht die Möglichkeit außer acht lassen, daß die Amerikaner jemanden – jemanden vom Militär – zurückgelassen oder geschickt haben, um uns Probleme zu machen.«

»Solche Schlüsse sind nicht gezogen worden, General«, sagte Saikaku.

»Was ist mit der Funkstation? Wo ist sie?«

»Irgendwo im Bergland, General«, sagte Saikaku. »Ich habe von Leutnant Hideyori erfahren, daß die Ortung eines Funksenders nicht ganz so leicht ist, wie die Fernmeldeleute uns weiszumachen versuchen.«

»Erklären Sie das bitte«, befahl General Kurokawa.

»Ich beuge mich vor Leutnant Hideyoris Fachkenntnis, General«, sagte Saikaku und wies auf den Fernmelde-Leutnant.

Hideyori sprang auf, nahm Haltung an und verneigte sich vor General Kurokawa.

»General, der feindliche Sender befindet sich in den Bergen. Für die Technik des Ortens durch Triangulation sind zwei – vorzugsweise drei – Lastwagen mit Richtfunkantennen erforderlich. Wenn ein Signal entdeckt wird, drehen die Techniker die Antenne und benutzen ein Gerät, das die Stärke des Signals mißt. Das weist auf die Richtung der Sendeantenne hin. Dann wird auf einer Karte eine Linie von der Antenne des Lastwagens in Richtung der Sendeantenne gezogen. Die Techniker von jedem Meßwagen tun das. Wo sich die Linien auf der Karte überschneiden, befindet sich der Sender.«

»Ja?«

»In den Bergen, General, ist es sehr schwierig, die Richtantenne auszurichten. Und die Ungenauigkeit der Ausrichtung vergrößert sich mit der Distanz. Es gibt nur sehr wenige Straßen in den Bergen, die mit unseren Wagen zu befahren sind. Die Distanz ist sehr groß.«

»Mit anderen Worten, Hideyori, Sie haben es nicht geschafft, den Sender zu orten?«

»So ist es leider, General. Ein anderes Problem ist, daß der Sender selten sendet, nicht wie zu Beginn jede Stunde.«

»Finden Sie diese Funkstation, Leutnant«, befahl General Kurokawa.

»Jawohl, General.«

Hideyori nahm Haltung an, verneigte und setzte sich.

»Gab es weitere Kommunikation zwischen dieser Funkstation und den Vereinigten Staaten?« fragte General Kurokawa.

»Sie haben keine Verbindung mit den Amerikanern in Australien, General«, antwortete Saikaku. »Aber, ja. Sie haben die Namen von verschiedenen ihrer Offiziere gesendet.«

»Wenn sie ›verschiedene‹ Offiziere haben, könnte man meinen, daß es sich nicht um einen Angestellten einer Ananas-Firma handelt, der uns ärgern will, oder?« fragte General Kurokawa sarkastisch.

»General, wir haben die Namen mit denen der Gefangenenlisten verglichen. Wie Sie wissen, haben wir keine Personalakten vor der Kapitulation. Die Amerikaner haben sie verbrannt. Wir haben nur Listen von Personal, das gefangengenommen wurde. Einige davon sind später entkommen. Aber keiner der Namen der entkommenen Gefangenen paßt zu den von dieser Funkstation gesendeten. Es ist sehr gut möglich, daß dieser Fertig Namen sendet, die er erfunden hat, um uns in die Irre zu führen. Und es gab keine Zwischenfälle, die irgendwie als Angriff gegen unsere Streitkräfte gedeutet werden könnten. Ich glaube nicht, daß es eine irreguläre Truppe gibt. Ich bin davon überzeugt, das dieser Mann uns nur ärgern will.«

»Ich hoffe, Sie haben recht, Saikaku«, sagte General Kurokawa. »Ich danke Ihnen allen für Ihr Kommen.«

2

Marine-Lufttransportkommando,
Passagierterminal
US-Marinestützpunkt
Pearl Harbor, Oahu, Territorium Hawaii

16. Oktober 1942, 6 Uhr 25

Brigadier General Fleming W. Pickering, USMCR, neigte dazu, sich hauptsächlich als fähiger Kapitän und Geschäftsmann zu sehen – im Zivilleben war er Aufsichtsratsvorsitzender der Pacific & Far East Shipping Corporation –, der durch die Macht der Umstände zu Dingen gezwungen worden war, die sehr wenig mit seiner Erfahrung als Kapitän oder Leiter einer Gesellschaft zu tun hatten, die laut *Fortune* zu den fünfhundert größten der Welt zählte.

Kurz nach dem Beginn des Krieges bot man ihm wie vielen anderen Spitzenleuten der Wirtschaft eine Position im neu gegründeten Office of Strategic Services (OSS) an. Als er in

Washington eintraf, stellte er fest, daß die angebotene Position nicht nur zweitrangig war, sondern er auch einem Mann unterstellt wurde, vor dem er absolut keinen Respekt hatte. Er glaubte darüber hinaus, daß diese Aktion weniger eine Nutzung seines potentiellen Werts für das OSS war, sondern eine unberechtigte beleidigende Retourkutsche von Colonel William Donovan, dem Leiter des OSS. Donovan war ein Wall-Street-Anwalt, mit dem er mehrmals geschäftlich aneinandergerasselt war.

Er lehnte den Posten ab – bei einem weiteren hitzigen Treffen mit Donovan – und bot dann seine Dienste dem U.S. Marine Corps an. Trotz des Distinguished Service Cross, das er sich im Ersten Weltkrieg in den Schützengräben in Frankreich verdient hatte, fanden die Marines keinen Platz für ihn. Bei seiner Rückkehr in sein Büro in San Francisco begegnete er dem Marineminister Frank Knox in der Hotelsuite ihres gemeinsamen Freundes Senator Richardson K. Fowler. Bei mehr als ein paar Drinks schlug Pickering Knox vor, nach der Katastrophe von Pearl Harbor zurückzutreten, wenn er auch nur ein bißchen Anstand hatte.

Diese mutige Offenheit und Pickerings Ruf in Führungsetagen der amerikanischen Geschäftswelt reichten Knox, um zu erkennen, daß Pickering genau der richtige Mann war, den er als seine Augen und Ohren im Pazifikraum brauchte. Wenn er und auch Wild Bill Donovan Pickering nicht einschüchtern konnten, dann würde er sich von keinem Admiral im Pazifikraum und ebensowenig von General Douglas MacArthur einschüchtern lassen.

Knox' Einschätzung von Pickerings Charakter erwies sich als richtig. Bei seiner ersten Reise in den Pazifikraum – Knox hatte arrangiert, daß er als Navy Captain ernannt worden war – schickte Pickering klare Berichte, wie schlimm die Lage tatsächlich war. Diese Berichte unterschieden sich deutlich von denen, die Knox von den Admirals des CINCPAC* erhielt, was Knox' Befürchtungen bestätigte, daß man ihm nur sagte,

* Commander-*In*-Chief, *Pacific*

was die Admiralität ihn wissen lassen wollte. Außerdem entwickelte Pickering eine starke persönliche Beziehung zu General Douglas MacArthur. Das war nach Knox' Ansicht äußerst ungewöhnlich, denn MacArthur war nicht nur ein notorischer Einzelgänger, sondern er war auch von einer Gruppe ranghoher Offiziere umgeben – der ›Bataan-Gang‹ –, die mit ihm auf den Philippinen gedient hatten und es für ihre Pflicht hielten, ihren Oberbefehlshaber abzuschirmen und zu isolieren.

Knox' Freude über seine Wahl von Pickering währte jedoch nicht lange. Ohne Genehmigung fuhr Pickering mit der Invasionsflotte nach Guadalcanal auf den Salomoneninseln. Kurz nach der Invasion erhielt Knox eine Botschaft, in der Pickering detailliert seine Unzufriedenheit mit der Rolle der Navy bei der Invasion schilderte. Pickering bekundete dann seine Unzufriedenheit weiterhin damit, daß er an Land ging. Dort unterstellte er sich Major General Alexander Archer Vandegrift, dem Kommandeur der Ersten Division, und bot ein wenig melodramatisch an, jeden Dienst zu erfüllen, und wenn auch nur den eines Schützen.

Weil die Angriffsflotte der Navy sich davongemacht und die Marines allein auf dem Landekopf zurückgelassen hatte – die Ursache für Pickerings Verachtung –, konnte Vandegrift nicht dem ersten Navy Captain, den er je in der Uniform des Marine-Corps und mit einem Springfield-Gewehr gesehen hatte, mit höflichem Dank auf ein Schiff zurückschicken. Kurz darauf fiel der G-2 der Ersten Division im Kampf. Zu dieser Zeit hatte Pickering Major General Vandegrift mit seiner Intelligenz und Fähigkeit beeindruckt, und weil es ihm an ranghohen Offizieren mangelte, ernannte er Pickering zum amtierenden G-2, bis Ersatz auf die Insel geschickt werden konnte.

Nach einem Monat verließ Pickering widerstrebend Guadalcanal, und das nur auf den direkten Befehl von Marineminister Knox hin. Knox befahl dem Kapitän eines Zerstörers der Navy, der dringenden Nachschub nach Guadalcanal brachte, nicht eher auszulaufen, bis er Pickering an Bord hatte. Auf dem Weg nach Espírito Santo, von wo aus Pickering in die Vereinigten Staaten geflogen werden sollte, wurde der Zerstörer von japanischen Bombern angegriffen und der Captain getötet. Obwohl Pickering selbst ernsthaft verwundet war, übernahm er das Kommando über den Zerstörer, nicht weil er der ranghöchste Offizier an Bord war, sondern weil er sich für den am besten qualifizierten Seemann an Bord hielt – mit einiger Berechtigung, denn er hatte als Sechsundzwanzigjähriger ein Kapitänspatent für jede Tonnage und jeden Ozean erhalten.

Pickerings Großtaten waren Präsident Roosevelt bekannt geworden, nicht nur durch Marineminister Knox, sondern auch durch den Oberbefehlshaber Pazifik, der wollte, daß Pickering für sein Verhalten an Bord des Zerstörers einen Orden erhielt, und durch Senator Richardson K. Fowler, Pickerings lebenslangen Freund und den Mann, den der Präsident insgeheim als ›Führer meiner nicht sehr loyalen Opposition‹ bezeichnete.

Roosevelt sah in Pickering die gleichen Qualitäten wie Knox. Darüber hinaus empfand er eine gewisse Seelenverwandtschaft mit ihm, trotz ihrer unterschiedlichen politischen Ansichten. Beide hatten Söhne, die im Marine-Corps dienten und im Kampf waren. So setzte sich Roosevelt über die starken, wenn auch höflich formulierten Einwände des Establishments des Marine-Corps hinweg und ernannte Pickering zum Brigadier General, USMC Reserve.

Kurz danach wurde er zum Chef des USMC Office of Management Analysis ernannt. Das geschah – auf Marineminister Knox' ›Vorschlag‹ hin – hauptsächlich, weil es der neuen Abteilung Management Analysis einen Offizier im Generalsrang verschaffte, was wichtig bei den bürokratischen Kriegen in Washington war. Man nahm an, daß Pickering Colonel F. L. Rickabee, einem Berufsoffizier des Nachrichtendienstes und der vorherige Chef, erlauben würde, die Dinge weiterzuführen wie bisher. Das war eine Fehleinschätzung. Pickering übernahm das Kommando.

Zu aller Überraschung war Rickabee nicht empört. Er wirkte erfreut über Pickerings Führung. Das erwies sich als wahr, nachdem Pickering jeden Rat ignorierte und vom Krankenbett aus die Evakuierung zweier Marines befahl, die als Küstenbeobachter auf der von Japanern gehaltenen Insel Buka operierten und in akuter Todesgefahr waren, entweder durch japanische Aktionen oder Verhungern. Die Operation wurde erfolgreich durchgeführt, bevor offizielle Einwände ihren Weg durch die militärische Hierarchie finden konnten.

»Ich muß etwas sagen«, sagte Brigadier General Pickering leise. Pickering war Anfang Vierzig, groß und gutaussehend, und er trug eine tadellos sitzende Uniform, deren Brust von einer beeindruckenden Sammlung von Ordensbändern von seiner Tapferkeit im Ersten Weltkrieg und im gegenwärtigen Krieg zeugten. Vier Marines schauten ihn an: Major Homer C. ›Jake‹ Dillon, USMCR, ein stämmiger Mittdreißiger mit Bürstenhaarschnitt; First Lieutenant Kenneth R. McCoy, USMCR, ein gutgebauter, muskulöser Mann Anfang Zwanzig; Sergeant George F. Hart, USMC, ein Vierundzwanzigjähriger mit der Figur eines Zirkusriesen; und Corporal Robert F. Easterbrook, der nur sechsundsechzig Kilo wog, neunzehn war und jünger aussah.

»Ich möchte euch dreien …«, General Pickering wies auf den Major, den Lieutenant und den Sergeant, »… für die Operation Buka danke sagen. Sie haben sie reibungslos durchgeführt. Ohne Sie hätte sie nicht geschafft werden können. Das Corps ist stolz auf Sie.«

»Ja, das wissen wir, Flem«, erwiderte Major Dillon. »Du hättest wirklich nicht so früh aufzustehen brauchen, um uns das zu sagen.«

Majors duzen normalerweise keine Generals und verspotten sie nicht, auch nicht ganz leicht. Doch die Beziehung zwischen diesen beiden war etwas ungewöhnlich. Bevor sie zum zweiten Mmal in ihrem Leben Uniformen des Marine-Corps angezogen hatten, waren Jake Dillon, Vizepräsident der Metro-Magnum-Filmstudios und Leiter der Öffentlichkeitsarbeit, und Fleming Pickering Freunde gewesen.

Pickering schüttelte den Kopf in toleranter Resignation, nicht Empörung.

»Halt die Klappe, Jake«, sagte er. »Das ist mir ernst.«

»Du machst den Killer verlegen«, sagte Dillon und nickte zu Lieutenant McCoy. »Er wird noch rot werden.«

»Sie können mich mal, Jake«, fuhr ihn Lieutenant McCoy ärgerlich an.

»Du weißt nie, wann du aufhören sollst, nicht wahr, Jake?« sagte General Pickering. »Du weißt, daß er es haßt, ›Killer‹ genannt zu werden.«

»Flem, du hast uns einen Job gegeben, und wir haben ihn erledigt. Belaß es dabei.«

»Nein, das werde ich nicht tun«, sagte Pickering. »Sobald ich jemanden finden kann, der weiß, wie man die Formulare ausfüllt, werde ich mein Bestes tun, um dafür zu sorgen, daß ihr alle dekoriert werdet.«

»Mit Verlaub, Sir«, sagte McCoy. »Howard und Koffler verdienen eine Medaille, nicht wir.«

»Wie die Dinge beim Marine-Corps laufen, Lieutenant, treffen Generals solche Entscheidungen«, entgegnete Pickering.

»Jawohl, Sir.«

Eine Lautsprecherstimme ertönte und forderte alle Passagiere für den Flug nach San Diego auf, sich zu dem Motorboot zu begeben, das sie an Bord des Flugzeuges bringen würde.

»Schönen Flug«, sagte General Pickering. »Ob es Ihnen gefällt oder nicht, Sie haben meine Dankbarkeit und Bewunderung.«

Er schüttelte zuerst McCoy und dann Dillon die Hand. Und dann wandte er sich an den jungenhaften Corporal.

»Easterbrook, Sie waren höllisch gut auf Guadalcanal«, sagte er. »Ihre Fotos beeinflussen vermutlich diesen Krieg in einem Maße, das Sie sich nicht vorstellen können. Ich habe Major Dillon gebeten – Jake, hör zu –, dafür zu sorgen, daß die richtigen Leute erfahren, was Sie getan haben und wie gut Sie waren.«

Corporal Easterbrook wurde rot.

Schließlich wandte sich Pickering an Sergeant Hart.

»Es ist noch nicht zu spät zu einer anderen Entscheidung, George«, sagte er. »Sie haben immer noch Genehmigung mit Priorität, mit diesem Flugzeug zu fliegen, und Sie verdienen ein paar freie Wochen.«

»Nein, Sir. Ich begleite sie nach Australien, Sir.«

»Versuch, nicht aus dem Boot zu fallen, Jake«, sagte General Pickering, wandte sich ab und ging zum Ausgang des Passagierterminals.

»Hart ist derjenige, der aus Booten fällt, General!« rief Dillon ihm nach.

Ein 1939er Cadillac Fleetwood mit zivilem Nummernschild parkte vor dem Gebäude. Pickering setzte sich hinters Steuer, ließ den Motor an, wartete, bis Sergeant Hart eingestiegen war, und fuhr los. Fünfhundert Meter straßenabwärts wendete er plötzlich und fuhr zum Passagierterminal zurück.

»Man weiß nie, ob die richtigen Leute an Bord sind, bevor diese verdammten Dinger in der Luft sind«, sagte er. »Warten wir, bis sie wirklich starten.«

Pickering hatte mehrere Gründe, zum Marinestützpunkt zu fahren, um den Abflug der vier zu sehen. Ein Grund war seine Befürchtung, daß die Navy ihre AAAAA-Reisepriorität ignorierte und die Plätze im Flugzeug an verdiente – sprich hochrangige – Offiziere der Navy vergab.

Das konnten sie offiziell natürlich nicht tun, doch für die meisten Leute in der Navy war jeder vom Marine-Corps – nicht nur ein rangniedriger Corporal – weit weniger wichtig als ein Sailor-Kamerad mit den vier Streifen eines Captain oder dem breiten goldenen Streifen eines Flotillenadmirals. Die Möglichkeit, daß ein ›Fehler‹ oder ein unglückliches ›Mißverständnis‹ geschah – und zum Beispiel ein Admiral auf dem Platz saß, der für Corporal Easterbrook reserviert war – war weitaus geringer, wenn die Navy sich darüber im klaren war, daß ein General des Marine-Corps anwesend war.

Sonderbar genug, doch Pickering fand, daß der jungenhafte Corporal das größte Anrecht auf einen Flug mit Priorität nach Washington hatte. Es war durchaus möglich, daß der

Marineminister – oder der Präsident – mit ihm sprechen wollte.

Am Tag zuvor hatte Major Edward Banning, USMC, Standbild- und Filmmaterial, das Easterbrook auf Guadalcanal aufgenommen hatte, in die Staaten gebracht. Jetzt war Banning entweder in Washington oder würde bald dort sein. Bei seiner Ankunft würde er Marineminister Knox und vermutlich dem Präsidenten und seinem Stabschef Admiral William Leahy ebenfalls berichten.

Ein Bild war wirklich mehr wert als tausend Worte, und Easterbrooks Filme zeigten die Lage, wie sie war, weitaus besser, als jeder dicke Bericht sie zeigen konnte. Es war gestern unmöglich gewesen, mehr als einen Platz im Flugzeug zu ergattern, und Pickering hatte sich entschieden, ihn Banning zu geben; Easterbrook war zu jung und unerfahren, um präzise über die Lage zu berichten.

Aber es würden heute Fragen über besondere Einzelheiten der Standaufnahmen oder 16-mm-Filme geben, wenn nicht von Roosevelt, Knox oder Leahy, dann bestimmt von Major General Horace W. T. Forrest, dem Nachrichtenoffizier des Stabs vom Kommandanten des Marine-Corps, von Colonel F. L. Rickabee vom USMC Office of Management Analysis und von anderen. Diese Fragen konnten nur vom Fotografen selbst – also Easterbrook – oder vielleicht von Jake Dillon beantwortet werden.

Andererseits gab es keinen wichtigen Grund, weshalb Lieutenant McCoy unbedingt schnell nach Washington mußte. Der höfliche Vorwand war, daß er hilfreich für Dillon und Easterbrook sein würde. Aber der wahre Grund war, daß sich Pickering gesagt hatte, McCoy hatte ein moralisches Recht auf einen Platz in dem Flugzeug. McCoy – und Hart – waren von einem U-Boot aus ans Ufer der vom Feind gehaltenen Insel Buka gepaddelt, hatten das verzweifelt benötigte Funkgerät und Lebensmittel einem Team von Küstenbeobachtern gebracht, das Informationen über japanische Bewegungen auf See und in der Luft übermittelt hatte, die entscheidend für die Schlacht von Guadalcanal gewesen waren.

Daß sie diesen Auftrag erfüllt hatten – einschließlich der Evakuierung der beiden Küstenbeobachter vom Marine-Corps –, ohne einen Schuß abzufeuern, schmälerte keineswegs das enorme Risiko, das sie freiwillig auf sich genommen hatten. Bei der Planung der Operation hatte Pickering insgeheim gedacht, daß sie keine Chance auf Erfolg haben würde.

Wenn es vierzig Plätze in der viermotorigen Consolidated PB2Y-3 Coronado gab, war es mathematisch gewiß, daß vielleicht zehn Prozent davon – vier – hohe Tiere waren, die durch ihren Rang und nicht durch ihre Bedeutung für den Krieg einen Platz erhalten hatten. Einer der vier konnte einen Tag warten, bevor er heimkehrte, fand Pickering.

Pickering stoppte den Cadillac auf einem Kai, von dem aus viel von dem Schaden zu sehen war, den die Japaner am siebten Dezember 1941 in der Battleship Row angerichtet hatten, und stieg aus. Hart folgte ihm bis zum Rand des Kais.

Als sie die Boote sahen – es waren drei –, die sich dem Wasserflugzeug näherten, schlenderte ein Navy-Offizier, ein Lieutenant Junior Grade, mit Wickelgamaschen, Stahlhelm und einer .45er Pistole im Holster am Koppel über den Kai.

Wir parken offenbar, wo es nicht erlaubt ist, dachte Sergeant Hart, *und fahren einen zivilen Wagen, wo keine zivilen Wagen fahren dürfen.*

Der Lieutenant Junior Grade verlangsamte seine Schritte, als er Pickerings Epauletten und Kragenspitzen sah.

Er grüßte schneidig.

»Kann ich Ihnen helfen, General, Sir?«

»Nein, danke«, erwiderte Pickering und wies übers Wasser. »Wir beobachten nur den Start der Coronado.«

»General, dies ist Sperrgebiet. Es dürfen keine zivilen Fahrzeuge im Sperrgebiet sein, Sir.«

»Tatsächlich?« sagte Pickering. »Nun, wir werden nicht lange bleiben, Sohn.«

Hart schaffte es, eine ausdruckslose Miene zu behalten, als er sah, wie der Lieutenant überlegte, was er tun sollte. Es überraschte ihn überhaupt nicht, als sich der Lieutenant entschied, gar nichts zu tun. Er schaute nur zu, während die Passagiere von den Booten aus an Bord des Wasserflugzeugs gingen.

Als der letzte Passagier im Flugzeug war, ließ der Pilot die Motoren an. Bevor alle Motoren starteten, setzte sich das große Wasserflugzeug in Bewegung. Es verschwand um die Spitze von Ford's Island, doch das Dröhnen der Motoren war noch zu hören.

Und dann änderte sich der Klang, wurde heller.

Als die Coronado wieder in Sicht kam, war sie in der Luft.

»Nun, wenn sie Jake und die anderen nicht von Bord geworfen haben, als ich es nicht sehen konnte, dann sind sie wohl in der Luft«, sagte Pickering. »Fahren wir, George.« Er schaute den Lieutenant Junior Grade an. »Guten Morgen, Lieutenant.«

»Guten Morgen, Sir«, erwiderte der Lieutenant.

Pickering setzte sich hinters Steuer und fuhr zurück zum Passagierterminal. Als sie sich dem Gebäude näherten, tauchte ein anderer Offizier der Navy auf, dieser in Weiß. Er blieb mitten auf der Straße stehen und hob beide Arme.

»Oh, noch einer«, murmelte Hart.

Pickering fuhr langsamer und stoppte bei dem Offizier der Navy. Hart sah, daß der Offizier, der jetzt grüßte, ein Commander war und daß von der Schulter der weißen Uniform die silberne Schnur des Adjutanten eines Flaggoffiziers hing.

»Guten Morgen, Sir. Sind Sie General Pickering, Sir?«

»Stimmt. Was kann ich für Sie tun, Commander?«

»Admiral Nimitz läßt grüßen, Sir. Der Admiral wäre äußerst dankbar, wenn Sie mit ihm sprechen würden, Sir. Dort drinnen ist ein Telefon.«

»Selbstverständlich. Ich werde den Wagen parken.«

Admiral Chester W. Nimitz war der Oberbefehlshaber Pazifik.

Hart folgte Pickering in den Passagierterminal, wo der Adjutant wartete und die Tür zu einem Büro aufhielt.

»Hier bitte, General«, sagte der Adjutant, und seine Miene machte klar, daß Hart draußen bleiben sollte. Hart ignorierte ihn. Er hatte von Colonel Rickabee den Befehl, General Pickering überallhin zu begleiten, es sei denn in die Kabine einer Toilette. In diesem Fall sollte er an einer Stelle warten, von der aus er die Tür im Auge behalten konnte.

Der Adjutant wählte eine Nummer aus dem Gedächtnis.

»Admiral«, sagte er. »Commander Ussery. Würden Sie bitte den CINCPAC informieren, daß ich General Pickering am Apparat habe?«

Er überreichte Pickering den Telefonhörer.

»Nimitz.«

»Pickering, Sir. Sie wünschten mich zu sprechen, Sir?«

»Wie steht es mit Ihrer Gesundheit, Pickering?«

»Sehr gut, danke, Sir.«

»Ich hatte nicht erwartet, Sie so bald wieder hier zu sehen.«

»Das hatte ich ebenfalls nicht erwartet, Sir.«

»Ich weiß den Film zu schätzen, den Sie mir geschickt haben.«

»Ich dachte, er wird Sie interessieren, Sir.«

»Wie ist Ihr Terminplan, Pickering?«

»Ich fliege mit der Fünfzehnuhrmaschine nach Brisbane, Sir.«

»Könnten Sie für mich eine Stunde oder so in Ihren Terminplan einbauen?«

»Ich stehe zu Ihrer Verfügung, Admiral.«

»Ich halte es für das beste, wenn Sie nicht herkommen«, sagte Nimitz. »Haben Sie Zeit für ein gemeinsames Mittagessen?«

»Jawohl, Sir.«

»Irgendwo privat«, sagte Nimitz. »Könnten wir uns irgendwo treffen ... könnte ich mich zum Mittagessen bei Ihnen einladen?«

»Es wäre mir eine Ehre, Sir.«

»Zwölf Uhr«, sagte Nimitz. »Würde Ihnen das passen?«

»Gewiß, Sir.«

»Ich sorge dafür, daß die Maschine nach Brisbane nicht ohne Sie abfliegt. Danke, General.«

Es klickte, und die Leitung war tot.

Pickering schaute Sergeant Hart an.

»Polieren Sie Ihre Schuhe, George. Der CINCPAC kommt zum Mittagessen nach Muku-Muku.«

»Aye, aye, Sir.«

Pickering sah Commander Ussery an.

»Möchten Sie, daß ich Ihnen den Weg aufzeichne, Commander?«

»Das ist nicht nötig, Sir.«

»Nun, dann sehen wir uns wohl um zwölf Uhr in Muku-Muku.«

»Jawohl, Sir.«

3

Muku-Muku
Oahu, Territorium Hawaii

16. Oktober 1942, 11 Uhr 50

Das Dienstfahrzeug des Oberbefehlshabers Pazifik war ein schwarzer 1941er Cadillac Modell 62. Der Wagen hatte nicht die mit Sternen besetzte Tafel eines Flaggoffiziers; statt dessen flatterte eine blaue Flagge mit vier silbernen Sternen auf einem Stab, der auf dem rechten Kotflügel befestigt war.

Sergeant George Hart erwartete die Ankunft des CINCPAC auf der großen, schattigen, gefliesten Veranda des weitläufigen Hauses mit Blick auf den Pazifik. Als er den Wagen nahen sah, eilte er die Treppe hinunter und wollte grüßen, die Fondtür öffnen und stillstehen, während der CINCPAC ausstieg, dann hinter ihm die Wagentür schließen und ihm die Treppe hinauf folgen.

Als er beim Cadillac eintraf, war der CINCPAC jedoch bereits ausgestiegen. Commander Ussery und der Fahrer, ein korpulenter Chief Petty Officer, folgten ihm schnell. Hart bemerkte, daß der Chief Petty Officer nicht weiter als bis zur

Haube des Wagens kam, während der CINCPAC bereits auf ihn zuging.

Hart grüßte.

Der CINCPAC, ein großer, grauhaariger Mann Mitte Fünfzig in weißer Uniform, erwiderte den Gruß und lächelte.

»Guten Tag, Sergeant«, sagte er, ohne stehenzubleiben. »Wären Sie so nett, etwas Eßbares für den Commander und den Chief zu finden und ihnen Ärger vom Leib zu halten?«

»Aye, aye, Sir«, sagte Hart, als der CINCPAC an ihm vorbei und die Treppe zur Veranda hinaufging.

Brigadier General Pickering kam auf die Veranda und grüßte. »Guten Tag, Sir. Willkommen in Muku-Muku.«

Der CINCPAC erwiderte den Gruß und gab ihm die Hand.

»Wir haben uns zusätzlich zehn Minuten gegeben für den Fall, daß wir uns verfahren«, sagte der CINCPAC. »Ich war erst zweimal hier, und das war vor langer Zeit.«

»Es freut mich, daß Sie den Weg gefunden haben, Sir.«

»Sie sehen gut aus, Pickering«, sagte der CINCPAC. »Besser, als ich erwartet habe.«

»Mir geht es prima, Sir.«

»Wie ich hörte, holte der Präsident Sie aus einem Krankenhausbett.«

»Nein, Sir, ich war bereits aus dem Hospital entlassen.«

Die Haustür wurde geöffnet, und ein silberhaariger Schwarzer mit grauem Jackett tauchte auf.

»Willkommen in Muku-Muku, Admiral«, sagte der Schwarze. »Ich bin Denny. Erinnern Sie sich an mich, Sir?«

»Und ob ich mich erinnere, aber es überrascht mich und schmeichelt mir, daß Sie sich erinnern, daß ich schon hier war«, sagte der CINCPAC.

»Am 22. Mai 1939 als Gast von Captain Renner, Admiral«, sagte der Schwarze. »Ich habe im Gästebuch nachgeschaut.«

»Ich kann Sie General Pickering wohl nicht abschwatzen, oder, Denny?« sagte der CINCPAC.

»Danke, Sir, aber nein, danke.«

»Renner hat jetzt die *Pacific Princess*, nicht wahr?« fragte der CINCPAC.

»Es ist jetzt die U.S.S. *Millard G. Fillmore*«, sagte Pickering. »Ich verkaufte das Schiff der Navy, die so gescheit war, mir Renner wegzunehmen und ihn als Skipper zu verwenden.«

»Was können wir dem Admiral zu trinken anbieten?« fragte Denny.

»Wenn ich zum Mittagessen trinke, fällt es mir schwer, am Nachmittag wach zu bleiben«, sagte der CINCPAC. »Nachdem ich das gesagt habe, denke ich, ein kleiner Scotch wird gut runterlaufen, vielen Dank.«

»Es ist auf der Terrasse gedeckt«, sagte Denny. »Wenn Sie mir bitte folgen?«

Er ging voran durch das luxuriös ausgestattete Haus zur Terrasse auf der Seeseite. Der CINCPAC ging zum Rand der Terrasse und blickte den steilen, grünen Hang hinab.

»Ich war noch nie am Tag hier«, sagte der Admiral. »Das ist mir entgangen. Es ist schön hier.«

»Ja, das ist es«, stimmte Pickering zu.

»Es macht jeden Gedanken an Krieg um so obszöner, nicht wahr?« fragte der CINCPAC.

»Ja, Sir, so ist es«, erwiderte Pickering.

Der CINCPAC sah Pickering in die Augen. »Werden wir Guadalcanal verlieren, Pickering? Kann sich Vandegrift halten?«

Pickering war erleichtert, als Denny mit den Getränken auftauchte. So blieb ihm etwas Zeit zur Beantwortung einer Frage, die wirklich schwer zu beantworten war: ob Major General Archer A. Vandegrifts Erste Division des Marine-Corps von dem dünnen Brückenkopf auf Guadalcanal geworfen wurde oder nicht.

»Sehr gut«, sagte der CINCPAC nach einem Schluck Scotch.

»Famous Grouse«, sagte Denny. »Komischer Name für einen Whisky, nicht wahr?«

»Lassen Sie das Drum und Dran hier, Denny«, sagte Pickering, »und sagen Sie mir zehn Minuten vor dem Essen Bescheid.«

»Wenn Sie es mir sagen, wird es zehn Minuten später fertig sein«, sagte Denny.

»Admiral?« fragte Pickering.

»In zehn Minuten wäre prima, Denny«, sagte der CINCPAC. Er wartete, bis Denny die Terrasse verlassen hatte, und schaute wieder Pickering an. »Kann er sich halten oder nicht? Davon hängt viel ab.«

»Admiral, mit Verlaub, ich bin nicht qualifiziert, um über so etwas meine Meinung abzugeben.«

Der CINCPAC nickte.

»Ich erhielt heute früh eine Funkbotschaft von Admiral Ghormley*«, sagte er. »Darin benutzte er die Formulierung, ›völlig unzulänglich‹ bezüglich seiner verfügbaren Kräfte, um einem größeren japanischen Angriff standzuhalten. Ich denke, das ist übertrieben, aber ich möchte wissen, was Vandegrift wirklich denkt.«

»General Vandegrift ist ein vorzüglicher Offizier«, sagte Pickering.

»Hier hat man das Gefühl, daß General MacArthur nicht alles tut, was er kann, hinsichtlich einer Verstärkung Vandegrifts.«

»Wenn das Ihre Ansicht ist, Sir«, hörte Pickering sich sagen, »tut es mir wirklich leid.«

»Sie sind anderer Meinung?«

Zum Teufel, er hat mich gefragt, und ich werde ihm antworten.

»Es gibt Leute um General MacArthur, die glauben, der CINCPAC tut nicht alles, was er kann, Admiral.«

»Sie glauben das?«

»Ich bin nicht in der Position, um irgendein Urteil abzugeben, Sir.«

»Im Augenblick ist Ihr Major ... wie war sein Name? Vanning?«

»Banning, Sir.«

»... *Banning* dabei, Knox zu berichteten. Was mich auf den unerfreulichen Gedanken bringt, daß er den Berichten mißtraut, die ich ihm schicke.«

* Vice Admiral Robert L. Ghormley, USN, war der Kommandeur Südpazifik und der ranghöchste Navy-Kommandant für die Operation Guadalcanal.

»Ich glaube, er will alle Informationen haben, die er bekommen kann, Sir.«

»Halten Sie es für wahrscheinlich, daß Minister Knox mit Bannings Informationen zum Präsidenten geht?«

»Ja, das halte ich für wahrscheinlich«, sagte Pickering.

»Meinen Sie, General MacArthur teilt die Meinung seiner Umgebung, daß wir nicht tun, was wir können?«

»Nein, Sir, das meine ich nicht.«

»Wenn Sie General MacArthur sehen, werden Sie ihm von mir versichern, daß ich alles tue, was ich kann?«

»Das werde ich tun, Sir, aber ich bezweifle, daß es nötig ist.«

»Und werden Sie ihm versichern, daß ich absolutes Vertrauen habe, daß er dasselbe tut?«

»Jawohl, Sir.«

»Ich nehme an, Sie sind nicht bereit – oder dürfen es nicht –, mir zu erzählen, was Ihre gegenwärtige Aufgabe für die SWPOA* ist?«

Pickering atmete hörbar durch.

Einerseits geht es ihn nichts an, CINCPAC oder nicht. Andererseits ist er der CINCPAC.

»General MacArthur hat sich, aus welchen Gründen auch immer, entschieden, die Abgesandten von Wild Bill Donovan nicht zu empfangen‹«

»General Donovan vom Office of Strategic Services?« fragte der CINCPAC.

»Jawohl, Sir. General Donovan und der Präsident sind alte Freunde. Er hat sich beim Präsidenten beschwert, und der Präsident hat mich losgeschickt, um bei General MacArthur die Tugenden des OSS zu preisen.«

»Meinen Sie, Sie werden Erfolg haben?«

»General MacArthur ändert selten seine Meinung. Er sagte mir, er bezweifelt, daß das Gute, was das OSS für ihn tun kann, es wert ist, was das OSS ihn kosten wird.«

»Haben Sie sich jemals gefragt, Pickering, warum der Prä-

* South West Pacific Ocean Area.

sident oder General Marshall* Douglas MacArthur nicht einfach befehlen, was er angesichts des OSS zu tun hat?«

»Ich habe gehört, daß es böses Blut zwischen Marshall und MacArthur gab.«

»Als MacArthur Stabschef war, schrieb er eine Beurteilung über Marshall, der zu dieser Zeit der Kommandant der Infanterieschule in Fort Benning war. In der Beurteilung stand, daß Marshall nicht qualifiziert genug sei, um etwas Größeres als ein Regiment zu befehligen.«

»Das hatte ich nicht gehört, Sir.«

»Ja, da war böses Blut zwischen ihnen, aber das ist nicht der Grund, von dem ich rede. Marshall stieß MacArthur förmlich ein Messer in den Rücken, nachdem er die Philippinen verlassen hatte. Er erweckte den Eindruck, MacArthur hätte einfach seine Flaggen schwenken müssen, und die Philippinen wären unter seinem Kommando geblieben. Aber in der Minute, in der er an Bord des Patrouillenboots ging, wandte sich die Army direkt an General Skinny Wainwright, indem sie ihm MacArthurs Kommando entzog.«

»Diese Geschichte habe ich gehört, Sir.«

Von El Supremo persönlich. Verstoße ich gegen sein Vertrauen, indem ich das zugebe?

»Da war ein Brigadier General mit dreißigtausend einsatzfähigen Soldaten auf Mindanao. Ein Mann namens Sharp. Sie hatten Rationen, Munition, und sie waren nicht in dem bedauernswerten Zustand wie die Soldaten auf Bataan. Als Bataan fiel und dann einen Monat später Corregidor, zwangen die Japaner Wainwright, Sharp auf Mindanao die Kapitulation zu befehlen. Sharp befolgte Wainwrights Befehl. MacArthur hat mit einiger Berechtigung das Gefühl, wenn er das Kommando auf den Philippinen behalten hätte, wäre das nicht passiert. Er sagte mir, es war sein Plan, Sharps Personal und Material zu nutzen, um den Krieg fortzusetzen, entwe-

* General George Catlett Marshall war der Stabschef der U.S. Army.

der konventionell oder als Guerillas. Er ist der Ansicht, wenn er das Kommando über die Philippinen behalten hätte, wäre Sharp nicht gezwungen gewesen, zu kapitulieren, zumindest nicht, bis er eine Guerillaoperation aufgebaut hätte. Und jetzt wollen sie jemanden, der nicht unter MacArthurs Kommando steht, hinschicken und Guerillaoperationen starten lassen? Es wird harte Arbeit für Sie sein, Pickering, Douglas MacArthur zu überreden, das zuzulassen.«

»Ist es nicht gleichgültig, wer die Guerillaoperationen durchführt, solange sie den Japanern schaden?«

Der CINCPAC sah Pickering an und lächelte.

»Ich hatte gedacht, Pickering, daß gerade Sie wissen, welche Wirkung die Egos sehr ranghoher Offiziere auf die Kriegsführung haben. Und eigentlich ist es ein rein akademischer Punkt. Die Kapitulationen haben stattgefunden. Material, daß bei einer Guerillaoperation hätte benutzt werden können, ist entweder vernichtet worden oder dem Feind in die Hände gefallen, und es gibt einfach keine Möglichkeit, neues auf die Philippinen zu schaffen.«

»Was taten die russischen Partisanen in puncto Nachschub?« fragte Pickering.

»Nachschub durch feindliche Linien zu schmuggeln, ist viel leichter, als zu versuchen, ihn durch tiefe Gewässer zu verschiffen«, sagte Nimitz.

»Das Mittagessen ist serviert, Gentlemen!« rief Denny vom fernen Ende der Terrasse.

4

Foster Lafayette Hotel
Washington, D. C.

17. Oktober 1942, 5 Uhr

Major Edward J. Banning, USMC, ein großer, gutgebauter Sechsunddreißigjähriger, frisch vom Duschen und nur mit einem Handtuch bedeckt, saß auf dem Bett und starrte auf das Telefon. Erst nach einer halben Minute nahm er den Hörer ab.

Er nannte dem Telefonisten eine Nummer in New York, die er auswendig kannte.

Vielleicht ist sie nicht zu Hause, dachte er, während er das sechsmalige Klingeln zählte, hin und her gerissen zwischen Enttäuschung und Erleichterung. *Vielleicht ist sie ins Wochenende gefahren. Oder sie hat eine heiße Verabredung. Warum nicht?*

Eine Frauenstimme meldete sich mit einer Mischung aus Ärger und Besorgnis.

»Hallo?«

O Gott, ich habe sie geweckt.

»Carolyn?«

Warum frage ich das? Gott weiß, daß ich ihre Stimme erkenne.

»O mein Gott! Ed!«

»Habe ich dich geweckt?«

»Wo bist du?«

»Washington.«

»Seit wann?«

»Seit ungefähr neun.«

»Heute morgen?«

»Gestern abend.«

»Im Zweifel für den Angeklagten. Ich werde dir glauben, daß dies deine erste Gelegenheit war, mich anzurufen.«

»Es war wirklich die erste«, sagte er. »Sie sind eben erst gegangen.«

»Wer sie?«

»Zwei Girls mit nackten Titten und Baströckchen und ein Jazzquartett.«

»Mit anderen Worten, du willst es mir nicht sagen.«

»Colonel Rickabee, Captain Sessions und einige andere Leute.«

Ich habe absichtlich nicht gesagt, daß die anderen Senator Fowler und der Verwaltungsassistent vom Marineminister waren. War das aus nobler Sorge um die Sicherheit oder weil ich einfach zu müde für eine Erklärung bin?

»Wo bist du?«

»Im Foster Lafayette.«

»Sehr schön!«

Das Foster Lafayette war eines von Washingtons renommiertesten Hotels und unbestritten eines der teuersten.

»Du weißt, warum ich hier bin, Carolyn«, sagte er.

Brigadier General Fleming Pickering, USMCR, war verheiratet mit dem einzigen Kind von Andrew Foster, der das Foster Lafayette und zweiundvierzig andere Hotels besaß. Foster hatte Pickering eine Suite im Foster Lafayette für die Dauer des Krieges zur Verfügung gestellt, und Pickering hatte Anweisung gegeben, daß die Suite von den Offizieren seines Stabs benutzt werden durften, wenn er sie nicht selbst bewohnte.

»Er ist irgendwo im Pazifik, nicht wahr?« fragte Carolyn unschuldig. »Ist sonst jemand dort bei dir?«

»Mensch, Carolyn, ich halte das für keine gute Idee«, sagte Banning.

»Wenn die Girls mit den nackten Titten und dem Baströckchen wiederkommen, sag ihnen, du hast andere Pläne«, sagte Carolyn und legte auf.

Banning starrte einen Augenblick lang auf den Telefonhörer in seiner Hand und legte ihn dann auf die Gabel.

Er lächelte.

Das Telefon klingelte.

Er schnappte sich den Hörer.

»Major Banning.«

»Ich habe etwas vergessen«, sagte Carolyn. »Willkommen daheim. Und ich liebe dich.«

»Du bist mir eine«, sagte er und lachte.

»Mit etwas Glück kann ich den Zug um ein Uhr fünf erwischen«, sagte sie und legte wieder auf.

Banning legte den Hörer auf die Gabel, schwang die Beine aufs Bett, und ließ sich auf das Kissen sinken.

Er schlief sofort ein.

5

Foster-Lafayette-Hotel
Washington, D. C.

17. Oktober 1942, 8 Uhr 05

Als das Telefon klingelte, wachte Carolyn Spencer Howell, eine große, schlanke Zweiunddreißigjährige, die ihr schulterlanges Haar mit Mittelscheitel trug, sofort auf.

Sie warf einen zärtlichen Blick auf den Mann, der neben ihr im Bett lag, lächelte und freut sich auf seine Miene, wenn das Klingeln des Telefons ihn endlich weckte.

Er schlief weiter und nahm das Klingeln nicht wahr.

Schließlich rüttelte sie ihn, zuerst sanft und dann ziemlich hart. Seine einzige Reaktion war ein Grunzlaut. Dann wälzte er sich auf die andere Seite.

»Ich habe nie geglaubt, daß Dalila Samson tatsächlich die Haare abgeschnitten hat«, sagte Carolyn laut. Und sie unternahm einen letzten Versuch, Ed zu wecken. Sie hielt ihm die Nasenlöcher zu.

Seine Reaktion war, nach dem zu schlagen, was auch immer auf seinem Gesicht gelandet war. Er schlug ziemlich kräftig zu.

»Das war keine gute Idee«, sagte Carolyn, zuckte mit den Schultern und nahm den Telefonhörer ab.

»Hallo?«

Sie warf einen Blick auf Eds Armbanduhr, die auf dem Nachttisch lag. Fünf nach acht. Sie war noch nicht ganz vier Stunden bei ihm.

Soll ich mich schämen, weil ich einen erschöpften Mann ausgenutzt habe? dachte sie.

Es hat ihm anscheinend nichts ausgemacht.

Aber es hatte auch nach dem Sex kein Schmusen gegeben, das als außergewöhnlich bezeichnet werden könnte.

Er schlief schon tief und fest, während ich noch vom Orgasmus zitterte.

»Wer ist da?« fragte eine etwas ungeduldige Männerstimme.

»Wer sind Sie?« antwortete Carolyn mit einer Gegenfrage.

»Mein Name ist Rickabee. Ich versuche Major Edward Banning zu erreichen.«

»Er ist unter der Dusche, Colonel Rickabee. Soll ich ihm etwas ausrichten?«

»Ich hatte gehofft, ihn zu sehen. Ich bin unten in der Halle.«

»Warum geben Sie ihm nicht fünf Minuten und kommen dann herauf?«

»Danke«, sagte Rickabee und hängte den Hörer ein.

Sie legte auf und versuchte dann ernsthaft, Ed zu wecken. Sie kitzelte seine Fußsohlen – mit einigem Risiko, sich einen Tritt einzufangen – und das klappte schließlich. Nachdem er ärgerlich mit den Beinen ausgetreten hatte, setzte er sich plötzlich auf und war hellwach.

»Was, zum Teufel, machst du da?«

»Dein Colonel Rickabee ist auf dem Weg herauf«, sagte Carolyn.

»Allmächtiger! Hast du mit ihm geredet?«

»Ich konnte dich nicht wach kriegen«, sagte sie.

»Was mag er wollen?« überlegte Banning laut, und dann schwang er die Beine vom Bett und eilte ins Badezimmer.

Carolyn nahm den Telefonhörer ab.

»Zimmerservice, bitte«, sagte sie zum Telefonisten und bestellte dann Frühstück für drei Personen.

Ed kam aus dem Badezimmer, als sie ihren Büstenhalter anzog.

»Oh, bist du schön«, sagte er.

»Ich habe Kaffee und Frühstück bestellt«, sagte Carolyn. »Möchtest du, daß ich eine Runde um den Block spaziere oder was?«

»Nein«, sagte er. »Sei nicht albern. Du bleibst.«

»Ich bin nicht albern. Wird es peinlich für dich sein?«

»Sei nicht albern«, wiederholte er und machte einen Scherz daraus. »Ich bin ein Marine, nicht wahr?«

Mit anderen Worten, ja, es wird dir peinlich sein. Aber du bist entweder der vollendete Gentleman oder du liebst mich zu sehr – vielleicht beides –, um bewußt meine Gefühle zu verletzen. Was auch immer, danke, mein Liebling!

Fast genau fünf Minuten später ertönte der Türgong von Suite 802.

Banning, unterdessen bekleidet mit grüner Uniformhose und Khakihemd, öffnete einem großen, dünnen, hellhäutigen und ungesund aussehenden Mann mit schlecht passendem Anzug.

Er war nicht das, was Carolyn erwartet hatte.

Ed erzählte kaum etwas über seine Tätigkeit im Marine-Corps. Obwohl Carolyn sich sagte, daß sie Verständnis für seine Verschwiegenheit haben mußte, war sie deshalb frustriert. Aber sie wußte, daß Ed beim Nachrichtendienst war, wenn ihr auch nicht genau klar war, was das bedeutete, und daß sein direkter Vorgesetzter Colonel F. L. Rickabee war, den er einmal als ›den beste Nachrichtenoffizier in dem Job‹ bezeichnet hatte.

Sie hatte jemanden in einer Uniform des Marine-Corps erwartet, der wie Clark Gable aussah. Oder vielleicht eine amerikanische Version von David Niven in einem eleganten Anzug. Nicht dieses dünnen, blassen Mann in einem Anzug, der wie ein Geschenk von der Heilsarmee aussah.

»Guten Morgen, Sir«, sagte Banning. »Ich war unter der Dusche.«

»Ich hörte es«, sagte Rickabee und blickte zu Carolyn.

»Schatz«, sagte Banning, »dies ist mein Boß, Colonel Rickabee. Colonel, meine ... Mrs. Carolyn Howell.«

»Guten Morgen, Mrs. Howell.«

»Guten Morgen.« Sie reichte ihm die Hand.

Rickabees Hand war, wie sie gedacht hatte: kalt.

Carolyn Spencer Howell war in natura das, was Rickabee sich vorgestellt hatte. Er wußte sehr viel über sie. Er war ein guter Nachrichtenoffizier.

Als ihr Verhältnis mit Banning begann, bat Rickabee den FBI um einen Bericht über sie. Und das New Yorker Büro des FBI übertrug die Ermittlung dem Counterintelligence Corps der Army, ein Schritt, über den sich Rickabee ärgerte, obwohl er nichts an der sorgfältigen, professionellen Arbeit des CIC aussetzen konnte.

Carolyn Spencer Howell kam aus einer angesehenen Familie der Oberklasse. Kurz nach ihrer Graduierung *cum laude* vom Sarah Lawrence College (wo sie apolitisch gewesen war) heiratete sie James Steven Howell, einen Investmentbanker, der zehn Jahre älter war. Mr. Howells Interesse an jüngeren Frauen ließ anscheinend mit der Ehe nicht nach; und kurz nach einem Jahrzehnt Ehe erwischte Mrs. Howell ihren Ehemann im Bett mit einer Lady, die noch nicht sehr weit von der Minderjährigkeit entfernt war.

Als Resultat der Ermunterung seiner Berater und Anwälte, großzügig bei der Abwicklung der Scheidung zu sein, damit sie diskret und ohne das Waschen schmutziger Wäsche abgewickelt werden konnte, wurde Mrs. Howell eine ziemlich wohlhabende Frau. Sie nahm eine Stelle in einer New Yorker Stadtbücherei an, mehr aus Langeweile und weniger, weil sie ein Einkommen nötig gehabt hätte, und dort lernte sie Major Ed Banning kennen und nahm ihn mit in ihr Bett.

Soweit das CIC das feststellen konnte, war Banning der einzige Mann, der jemals eine Nacht in Mrs. Howells Apartment verbracht hatte. Und Banning war ehrlich zu ihr und hatte ihr von Anfang an gesagt, daß es eine Mrs. Banning gab, die er zum letzten Mal auf einem Kai in Schanghai gesehen hatte und deren gegenwärtiger Aufenthaltsort unbekannt war.

Für Rickabees Zwecke war Mrs. Howell ideal für Banning. Solange er ihr auf seine Weise treu war, was anscheinend der Fall war, war es unwahrscheinlich, daß er sich mit einem gefährlichen Flittchen oder sogar mit einer feindlichen Agentin einließ. Es gab Gerüchte, und Rickabee glaubte sie, daß Botschafter Kennedys Sohn, der zweite, John, in den Pazifikraum geschickt worden war, nachdem er ein zu intimes Verhältnis mit einer Rothaarigen begonnen hatte, der Kontakte zu den falschen Regierungen nachgesagt wurden.

»Ich bedaure sehr, daß ich störe«, sagte Rickabee und meinte es ehrlich. »Und ich wäre nicht gekommen, wenn es nicht nötig wäre. Aber, Mrs. Howell, ich brauche jetzt ungefähr eine halbe Stunde von Eds Zeit und ungefähr noch einmal soviel Zeit um halb elf.«

»Ich habe Ed soeben gesagt, daß ich einen Spaziergang machen werde«, sagte Carolyn. »Vielleicht sehe ich mir das Weiße Haus an.«

»Es regnet«, sagte Rickabee. »Ein Spaziergang ist vielleicht keine gute Idee. Aber wenn Sie eine Zeitung bei einer Tasse Kaffee in der Halle lesen könnten‹«

»Mit Vergnügen«, sagte Carolyn. Sie lächelte und verließ die Suite.

Rickabee wartete, bis die Tür hinter ihr geschlossen war.

»Haughton hat angerufen«, sagte er dann. »Es gibt einen besonderen Dienstweg von Brisbane. Er wird es beim Büro vorbeibringen.«

Captain David Haughton, USN, war der Verwaltungsassistent des Marineministers Frank Knox. Ein ›besonderer Dienstweg‹ war eine Botschaft, die mit einem speziellen Kode verschlüsselt war, dessen Gebrauch auf die ranghöchsten Mitglieder der militärischen Hierarchie beschränkt war – oder auf rangniedrigere Offiziere wie zum Beispiel Colonel Rickabee und Brigadier General Pickering, deren unmittelbare Vorgesetzte zur Spitze der Hierarchie zählten. Seit Pickering in Brisbane war, kam der besondere Dienstweg fast mit Sicherheit von ihm. Die einzige andere Person, die Zugang zu dem besonderen Dienstweg in Brisbane hatte, war General Douglas Mac-

Arthur, der Oberbefehlshaber South West Pacific Ocean Area (SWPOA). Es war unwahrscheinlich, daß MacArthur Botschaften an einen Colonel des Marine-Corps schickte.

»Jawohl, Sir«, sagte Ed Banning.

»Ich dachte, Sie sind besser dort, wenn etwas geklärt werden muß.«

»Jawohl, Sir.«

»Und es ist möglich, daß Haughton über die Operation Mongolei sprechen will. Wenn das der Fall ist, sollten Sie auf dem laufenden sein über Veränderungen und so weiter, seit Sie fort waren.«

»Jawohl, Sir.«

»Sobald wir mit Haughton fertig sind, haben Sie frei. Nehmen Sie die Woche Urlaub, von der ich gestern abend sprach.«

»Aye, aye, Sir.«

»Können Sie einen Kaffee auftreiben, Ed?«

Der Türgong ertönte.

Banning öffnete die Tür und ließ den Kellner mit dem Frühstück herein, das Carolyn beim Zimmerservice bestellt hatte.

»Ihr Wunsch, Sir, ist mir Befehl«, sagte Banning lachend. »Ich nehme an, der Colonel wird die kleine Verzögerung verzeihen?«

6

Provisorisches Gebäude T-2032
The Mall, Washington, D. C.

17. Oktober 1942, 10 Uhr 45

Captain David W. Haughton, USN, ein großer, schlanker, intelligent aussehender Marineoffizier, hatte einen Wagen der Navy bestellt, um zu The Mall zu fahren, wo von der aufgeblähten Washingtoner Bürokratie während des Ersten Weltkriegs eine Sammlung ›provisorischer‹ Fachwerkgebäude errichtet worden war, die jetzt von der aufgeblähten – und immer noch anschwellenden – Bürokratie besetzt war, die man als notwendig für den Zweiten Weltkrieg erachtete.

Ein 1941er Packard Clipper in Navy-Grau mit einem Unteroffizier als Fahrer wurde sofort zur Verfügung gestellt. Das war keine Verneigung vor Captain Haughtons Rang – es hieß, daß es genug Captains und Admirals in Washington gab, um alle Quartiere der Unteroffiziere und Mannschaften auf einem Schlachtschiff zu belegen –, doch vor seinem Boß.

Captain Haughton, der viel lieber auf See als Lieutenant Commander der Kommandant eines Zerstörers gewesen wäre – wie er es einst gewesen war –, war Verwaltungsassistent des Marineministers, des Ehrenwerten Frank Knox.

Es gab natürlich Dienstwagen, die dem Büro des Marineministers zugeteilt waren, einschließlich zweier Limousinen. Eine davon wurde im Augenblick von Minister Knox benutzt, und die andere wurde in der Cadillac-Werkstatt an der Kupplung repariert. Es gab auch zwei 1942er Plymouth-Limousinen, gespritzt in Navy-Grau. Chief Petty Officer Stanley Hansen, USN, Haughtons Assistent, betrachtete einen dieser Plymouth als sein persönliches Fahrzeug, und es widerstrebte Haughton, Hansens Vergünstigungen anzutasten. Und er wollte nicht den zweiten Plymouth benutzten, weil er ihn als notwendige Reserve betrachtete. Vielleicht brach irgendwo mal die Limousine des Ministers – oder Chief Petty Officer Hansens Plymouth – zusammen, und es mußte Ersatz dasein.

Und schließlich hatte er den Wagen von der Fahrbereitschaft aus einem zugegebenermaßen egoistischen Grund angefordert. Es hatte den ganzen Tag stark geregnet, und er hielt es für unwahrscheinlich, daß der Regen aufhörte. Er nahm richtig an, daß die Fahrbereitschaft einen Wagen wie den Packard zur Verfügung stellen würde, einen großen Wagen, der normalerweise für Admirals reserviert war, und folglich vorne und hinten mit einem Halter für die Schilder mit den Sternen ausgerüstet war, die Admirals an ihren Fahrzeugen anbringen durften. Wenn ein Admiral nicht in seinem Wagen war, wurde der Halter verdeckt.

Die Küstenpatrouille, die im Gebiet von The Mall patrouillierte, das Haughtons Ziel war, würde sich bei einem im Parkverbot stehenden Packard mit dem Halter für die Sternentafel eines Flaggoffiziers daran sehr zurückhalten, sagte er sich, selbst wenn die Sterne des Admirals bedeckt waren. So konnte er den Fahrer direkt vor dem provisorischen Gebäude T-2032 parken lassen, wo er dienstlich im Office of Management Analysis des Marine-Corps zu tun hatte. Das ersparte ihm einen langen Spaziergang durch den Regen zu und von dem Parkplatz, auf dem popelige Captains parken sollten.

Der Packard stoppte vor einem der vielen identischen zweigeschossigen Fachwerkgebäude, und der Fahrer stieg aus, um für Haughton die Wagentür zu öffnen.

»Bleiben Sie im Wagen, Sohn«, befahl Haughton, öffnete die Tür selbst und lief mit einer schweren schwarzen Aktentasche in der linken Hand durch den Regen über einen kurzen asphaltierten Weg zum Gebäude und betrat einen Vorraum. Auf einem Schild an der Tür zum Treppenhaus stand ZUTRITT VERBOTEN.

Haughton schob die Tür auf und ging hindurch. Drinnen gab es eine Wand aus Planken, die mit Stahl verstärkt waren (ineinandergreifende Stahlteile, perforiert, damit Wasser ablief, entwickelt für die schnelle Konstruktion von provisorischen Start- und Landebahnen, aber schnell für andere Zwecke übernommen). Eine Tür aus dem gleichen Material (geschlossen) und ein Fenster (offen) befanden sich in der Wand. Durch das Fenster konnte Haughton einen Sergeant des Marine-Corps sehen, der mit einer .45 ACP-Colt-Pistole Modell 1911A1 in einem Schulterholster bewaffnet war und im Khakihemd an einem Schreibtisch saß. Sein Uniformrock hing an einem Haken in der stahlverstärkten Wand. Neben dem Rock hing ein Winchester-Modell 1897, Kaliber 12.

Die mit Stahl verstärkte Wand und der bewaffnete Wachposten waren nötig, weil das Office of Management Analysis des Marine-Corps nicht das geringste mit Management oder

Analysen zu tun hatte. Das Office of Management Analysis war für heimlichen Nachrichtendienst und besonders für heimliche Operationen aufgestellt worden.

Der Sergeant sah Haughton, erkannte ihn und stand auf.

»Guten Morgen, Sir«, sagte er. »Der Colonel erwartet Sie.«

Haughton hielt ihm einen Ausweis mit Foto hin.

»Ja, Sir, danke, Sir«, sagte der Sergeant und schob ein Klemmbrett durch das Fenster in der mit Stahl verstärkten Wand.

Haughton trug seinen Namen, die Uhrzeit und in der Spalte des Formulars ›Besucher von‹ den Namen ›Colonel Rickabee‹ ein und gab dem Sergeant das Klemmbrett zurück. Colonel F. L. Rickabee war der stellvertretende Leiter des Office of Management Analysis.

»Danke, Sir«, sagte der Sergeant und drückte auf einen versteckten Knopf. Als Haughton einen Summton hörte, schob er die Tür in der mit Stahl verstärkten Wand auf.

Er ging durch eine zweite Innentür, die Zugang zu einem Treppenhaus erlaubte. Er wartete, bis ein Summen verriet, daß die Tür zum Treppenhaus elektrisch entriegelt wurde, schob die Tür auf und stieg die Treppe hinauf. Hinter sich hörte er den Sergeant, offenbar am Telefon, sagen: »Colonel, Captain Haughton ist auf dem Weg zu Ihnen.«

Haughton nahm immer zwei Stufen der Holztreppe auf einmal. Jenseits einer Tür hinter dem oberen Treppenabsatz befand sich eine weitere mit Stahl verstärkte Wand. Daneben war eine Türklingel. Als Haughton auf den Klingelknopf drücken wollte, wurde die Tür geöffnet.

»Guten Morgen, Sir«, sagte Major Ed Banning.

Wenn er Banning sah, fühlte sich Haughton stets mit Unbehagen daran erinnert, daß er keine kämpfende Rolle im Krieg spielte. Auf Bannings Uniformrock waren ein halbes Dutzend Ordensbänder, einschließlich einer Ordensspange, deren Miniatureichenblätter das zweifach verliehene Verwundetenabzeichen symbolisierten, für Verwundungen, die er im Kampf erlitten hatte. Das Ordensband, das den Dienst auf dem Kriegsschauplatz Pazifik symbolisierte, war mit einem kleinen schwarzen Stern geschmückt, der anzeigte, daß der Träger nicht nur im Pazifikraum gewesen war, sondern auch an einem Gefecht teilgenommen hatte.

In Bannings Fall war das die Schlacht auf den Philippinen. Haughton hatte gehört – nicht von Banning, sondern von Lieutenant Kenneth R. McCoy, der dort gewesen war –, daß Banning von japanischer Artillerie während der japanischen Landung durch ein Schrapnell verwundet worden war. Er war beim Rückzug der amerikanischen Kräfte zurückgelassen worden, hatte sich hinter den feindlichen Linien versteckt und war unter amerikanischen Artilleriebeschuß geraten und geblendet worden.

Schließlich war er durch die feindlichen Linien zu einem Lazarett und später ins Lazarett der Festung Corregidor gebracht worden. Von dort wurde er mit anderen geblendeten Männern mit einem U-Boot evakuiert. Sein Sehvermögen kehrte auf der Fahrt mit dem U-Boot zurück.

»Wie geht es Ihnen, Banning?«

»Sehr gut, danke, Sir. Ich nehme an, wir haben vom Boß gehört?«

Haughton hob die Aktentasche an, die mit einer Stahlkette und einer Spange von Handschellen an seinem Handgelenk befestigt war. Dann ging er durch die mit Stahl verstärkte Tür und über einen schmalen Gang zu den Büros des Leiters des Office of Management Analysis und dessen Stellvertreter.

Die Tür wurde von Colonel Rickabee geöffnet, der sich seit dem Frühstück mit Banning im Foster Lafayette umgezogen hatte und jetzt Uniform trug. Aber auch in Uniform, mit dem silbernen Adler eines Colonels auf den Kragenspitzen und mit der .45er in einem Schulterholster sah Colonel F. L. Rickabee, USMC, nicht wie ein Berufssoldat aus.

»Hallo, David. Wie geht's?« sagte Rickabee und reichte ihm die Hand.

Haughton fragte sich, ob Rickabee den .45er wirklich für nötig hielt, oder ob er ihn nur trug, um den anderen ein Beispiel zu geben. Es war höchst unwahrscheinlich, daß jemand das Office of Management Analysis angriff – auch wenn sich in den Aktenschränken TOP-SECRET-Material befand. Und selbst bei einem Überfall konnten die mit Stahl verstärkten Türen und die Sergeants mit ihren Riot Guns Angreifer lange genug hinhalten, bis Verstärkung gerufen werden konnte.

»Schön, Sie zu sehen, Fritz«, sagte Haughton.

»Bißchen feucht draußen? Möchten Sie eine Tasse Kaffee? Oder etwas Stärkeres?«

»Kaffee, bitte.«

Banning ging über den Gang davon, offenbar auf der Suche nach Kaffee. Haughton fand den Schlüssel zu seiner Handschelle und öffnete sie. Dann stellte er das Kombinationsschloß der Aktentasche ein, öffnete sie und entnahm ihr einen Aktenhefter, auf den in großen roten Lettern TOP SECRET gestempelt war. Er überreichte Rickabee den Aktenhefter, als Banning mit drei Tassen Kaffee zurückkehrte.

»General Pickering hat von sich hören lassen«, sagte Haughton.

Vor zehn Tagen hatte Pickering sein Krankenbett verlassen – vorzeitig, fand Haughton –, um einen persönlichen Auftrag für den Präsidenten auszuführen. Colonel Donovan, der Leiter des OSS, hatte sich beim Präsidenten beschwert, daß sich General Douglas MacArthur kategorisch geweigert hätte, auch nur mit dem Mann zu sprechen, den Donovan geschickt hatte, um die OSS-Operation im Pazifik zu leiten. Und Roosevelt hatte entschieden, wenn jemand MacArthurs Kooperation erreichen konnte, dann Brigadier General Fleming W. Pickering.

Die Dokumente in dem TOP-SECRET-Hefter, die Haughton Rickabee gebracht hatte, waren das erste, das jemand von Pickering hörte, seit er in den Fernen Osten zurückgeflogen war.

Rickabee ließ sich auf seinen Schreibtischsessel sinken und las die erste der beiden Botschaften:

TOP SECRET

EYES ONLY – THE SECRETARY OF THE NAVY

KOPIEREN VERBOTEN
ORIGINAL IST NACH VERSCHLÜSSELUNG UND ÜBERMITTLUNG AN SECNAV ZU VERNICHTEN

BRISBANE, AUSTRALIEN
SAMSTAG, 17. OKTOBER 1942

LIEBER FRANK,

ICH BIN HIER OHNE ZWISCHENFALL AUS PEARL HARBOR EINGETROFFEN. VERMUTLICH IST MAJOR ED BANNING INZWISCHEN IN WASHINGTON, UND SIE HABEN GEHÖRT, WAS ER ZU SAGEN HAT, UND DIE FOTOS UND FILME ANGESEHEN.

UNGEFÄHR EINE STUNDE NACH MEINER NICHT ANGEKÜNDIGTEN ANKUNFT WURDE ICH ZU EINEM PRIVATEN – WIRKLICH PRIVAT, NUR EL SUPREMO UND ICH – ESSEN EINGELADEN. MacA. HATTE AUCH EINE VAGE VORSTELLUNG, WESHALB ICH DORTHIN GESCHICKT WURDE. ER DACHTE, ICH SOLLE FRIEDEN ZWISCHEN IHM UND ADMIRAL NIMITZ STIFTEN. ER VERSICHERTE MIR, DASS ER UND NIMITZ FREUNDE SIND, WAS ICH NACH EINEM GESPRÄCH MIT NIMITZ IN PEARL HARBOR FAST GLAUBE.

ALS ICH DONOVANS OSS-LEUTE ZUR SPRACHE BRACHTE, WAR AUF EINMAL EINE UNSICHTBARE WAND ZWISCHEN UNS. MacA. SAGTE MIR, DASS ER NICHT VORHABE, ›DIE NASE VON DONOVANS KAMEL UNTER DAS ZELT ZU LASSEN‹ UND ERKLÄRTE, DASS NIMITZ GENAUSO DENKE. ICH NEHME AN, DASS DAS STIMMT. ICH WERDE ES NATÜRLICH WEITER VERSUCHEN, WEIL ICH DIESE BEFEHLE HABE UND WEIL ICH DENKE, DASS MacA. SICH IRRT UND DONOVANS LEUTE SEHR NÜTZLICH SEIN WÜRDEN, ABER ICH BEZWEIFLE, DASS ICH ERFOLG HABEN WERDE.

DIE WICHTIGSTE INFORMATION HIER, DIE SIE INZWISCHEN WOHL SCHON ERHALTEN HABEN, IST DIE NACHRICHT, DASS DIE JAPANER IHREN ANGRIFF MORGEN STARTEN WERDEN.

ADMIRAL GHORMLEY SCHICKTE ZWEI FUNKBOTSCHAFTEN

(16. UND 17. OKTOBER), IN DENEN ES HEISST, DASS SEINE KRÄFTE ›VÖLLIG UNZULÄNGLICH‹ SIND, UM EINEN GRÖSSEREN JAPANISCHEN ANGRIFF ZURÜCKZUSCHLAGEN, UND IN DENEN ER ANSCHEINEND UNVERNÜNFTIGE FORDERUNGEN AN VERFÜGBAREM MATERIAL VON MARINE UND AIR CORPS STELLT. ICH ENTDECKTE EINEN GEWISSEN MANGEL AN VERTRAUEN IN IHN BEI MacA. ICH HABE KEINE MEINUNG, UND GEWISS GEBE ICH KEINE EMPFEHLUNGEN HINSICHTLICH GHORMLEY, WENN ICH EINE HÄTTE, ABER ICH DENKE, SICH SOLLTE DIES WEITERGEBEN.

EIN PROBLEM HIER, DAS GEWISS GRÖSSER WERDEN WIRD, IST DER SEHR NIEDRIGE RANG VON LIEUTENANT HON SONG DO, DEM KRYPTOGRAPHEN/ANALYTIKER DER ARMY, DEN EINE HORDE VON ARMY UND NAVY COLONELS UND CAPTAINS, DIE NICHTS ANNÄHERND SO WICHTIGES TUN, ALS ...NUN, EBEN ALS FIRST LIEUTENANT BETRACHTEN. KÖNNEN SIE IRGEND ETWAS TUN, DAMIT DIE ARMY IHN BEFÖRDERT? DAS GLEICHE TRIFFT IN ETWAS GERINGEREM MASSE AUF LIEUTENANT JOHN MOORE ZU, ABER MOORE (ER IST IN DEN BÜCHERN MEIN ADJUTANT) KANN SICH WENIGSTENS HINTER MIR VERSTECKEN. SOWEIT JEDER AUSSER MacA. UND WILLOUGHBY WEISS, IST HON NUR EIN WEITERER POPELIGER LIEUTENANT, DER ALS KRYPTOGRAPH IN DER ABTEILUNG NAMENS VERLIES IM KELLERGESCHOSS VON MacA.S HAUPTQUARTIER ARBEITET.

SCHLIESSLICH SCHLUG MacA. ENTSCHIEDEN VOR, DASS ICH LIEUTENANT JOE HOWARD UND SERGEANT STEVEN KOFFLER AUSZEICHNE, DIE WIR VON BUKA HOLTEN. GOTT WEISS, DASS SIE EINE MEDAILLE VERDIENEN FÜR DAS, WAS SIE GETAN HABEN. WIR TRAFEN UNS AM FLUGZEUG, UND SIE SAHEN AUS WIE DIESE FOTOS IM LIFE MAGAZIN, DIE HUNGERNDE RUSSISCHE GEFANGENE AN DER OSTFRONT ZEIGEN ... ABER ICH WEISS NICHT, WIE ICH DIESE SACHE IN ANGRIFF NEHMEN SOLL. ICH BITTE UM RAT.

BALD MEHR.
MIT BESTEN GRÜSSEN

FLEMING PICKERING, BRIGADIER GENERAL, USMCR

TOP SECRET

Haughton beobachtete Rickabees Miene, während er sorgfältig die Funkbotschaft las und dann an Banning weiterreichte.

Technisch ist es ein Verstoß gegen die Sicherheitsvorschriften, daß er Banning das zu lesen gibt, dachte Haughton. Es war kein unfreundlicher Gedanke, nur ein Erkennen der Fakten. *Ganz gleich, welche Art Unbedenklichkeitsbescheinigung Banning hat, diese beiden Botschaften sind Eyes Only SECNAV klassifiziert, und das heißt, was es sagt: daß sie nur für die Augen des Marineministers bestimmt sind. Wenn der Minister sie jemandem zeigen will, ist das seine Sache. Die Tatsache, daß der Minister mich anwies, die Funkbotschaften Rickabee zu zeigen, bedeutet nicht, daß Rickabee die Befugnis hat, sie sonst jemandem zu zeigen, auch nicht jemandem wie Banning.*

Andererseits würde (a) der Minister kein Wort sagen, wenn er davon erfahren würde, und Banning ist (b) kein gewöhnlicher Captain des Marine-Corps mit einer normalen TOP-SECRET-Unbedenklichkeitsbescheinigung. Er hat Zugang zu MAGIC, und wenn ein Offizier auf der MAGIC-Liste steht, hat er zu jedem als geheim erklärten Material Zugang. Und (c) nach Bannings brillantem Bericht über die Lage – und ich kann nur als brillant bezeichnen, wie er gestern dem Präsidenten, dem Marineminister und Senator Fowler über die Lage auf Guadalcanal berichtet hat –, ist er ein Liebling der hohen Tiere.

Und als Rickabee die zweite Funkbotschaft las, während Banning sich in die erste vertiefte, hatte Haughton einen anderen, wilden Gedanken, der nur eine Verbindung am Rande mit dem ersten hatte.

Es gibt in diesem kleinen Büro drei Leute mit MAGIC-Unbedenklichkeitsbescheinigungen. Auf der ganzen Welt stehen nur zweiundvierzig Leute auf dieser Liste, die kryptographischen Offiziere, die entschlüsseln und verschlüsseln, und die Analytiker inbegriffen.

Wie heißt es? ›Ein Geheimnis ist gefährdet, wenn zwei Leute davon wissen.‹ Das stimmt vermutlich. Und MAGIC ist ein gewaltiges Geheimnis. Wenn man eine kleine, aber zunehmend wachsende Möglichkeit hat, die geheimsten verschlüsselten Botschaften des Feindes zu lesen, dann ist das von unschätzbarem Wert im Krieg.

Und um dieses Geheimnis so gut wie möglich zu schützen, beschränkt man streng die Zahl der Personen, die Zugang dazu haben. Einige Leute müssen natürlich davon wissen. Der Präsident, Admiral Leahy, sein Stabschef; der Marineminister und sein Gegenstück bei der Army, der Kriegsminister; Admiral Nimitz als CINCPAC; General MacArthur als Oberbefehlshaber SWPOA; und die Kulis – diejenigen, die die Codes auf Hawaii geknackt haben und knacken; die Analytiker; die kryptograhischen Offiziere, die mit einem speziellen Code die entschlüsselten Botschaften für die Übermittlung nach Washington und Brisbane verschlüsseln; die kryptographischen Offiziere und Analytiker hier und in Brisbane; und sehr wenig andere – MacArthurs G-2 in Brisbane, Nimitz' Nachrichtenoffizier in Pearl Harbor und Captain David Haughton, Colonel F. L. Rickabee und Major Edward F. Banning hier. Wir drei Kulis müssen auf der MAGIC-Liste stehen, weil wir unsere Aufgaben nicht erledigen können, ohne darüber Bescheid zu wissen. Und natürlich steht auch Brigadier General Fleming Pickering aus demselben Grund auf dieser Liste.

Als ich – wann war das, vor einem Monat oder zwei Monaten? – über die Sicherheitsmaßnahmen für die MAGIC-Leute auf Hawaii las, hielt ich es für angezeigt, daß sie den CINCPAC nicht ohne bewaffnete Eskorte verlassen. Die Japaner wußten vielleicht nichts von MAGIC, aber sie wußten mit Sicherheit, daß etwas als hoch geheim Eingestuftes im Gang ist.

Gewiß, die Vorstellung, daß die Japaner Marineoffiziere auf Hawaii kidnappten, um zu erfahren, was sie wußten, war anscheinend absurd. Aber es hätte auch keiner für möglich gehalten, daß die Japaner am 7. Dezember einen Luftangriff auf Pearl Harbor unternahmen. Im Krieg passieren viele undenkbare Dinge, und noch mehr im Nachrichtendienst.

Nimitz hatte recht, die MAGIC-Leute mit diesen Sicherheitsmaßnahmen zu schützen. Es ist einfach vernünftig. Es ist auch ver-

nünftig, Pickering gegen seine Einwände einen Leibwächter vom Marine-Corps zu geben, einen Expolizisten aus St. Louis. Und die hohen Tiere werden natürlich routinemäßig beschützt. Die einzigen Leute auf der MAGIC-Liste, die nicht beschützt werden, sind Rickabee, Banning und ich.

Gott, trägt Rickabee deswegen diese Waffe?

Hat Banning eine?

»Banning, darf ich Sie etwas fragen?«

Banning blickte von der Funkbotschaft auf.

»Selbstverständlich, Sir.«

»Jeder hier außer Ihnen ist bis an die Zähne bewaffnet«, sagte Haughton und sah ihn fragend an.

Banning lächelte, stand auf, drehte sich um und hob seinen Uniformrock an. In einem Holster an seinem Rücken steckte eine .45er Colt-Pistole 1911A1.

»Um die ehrwürdige Tradition des Corps aufrechtzuerhalten, sind wir vom Office Management Analysis stets darauf vorbereitet, Angreifer zurückzuschlagen«, sagte Banning und nahm wieder Platz.

Haughton lachte, und es klang etwas nervös.

Mein Gott, ich habe recht! Diese Leute haben keinen bewaffneten Leibwächter, weil sie sich für fähig genug halten, sich selbst zu schützen. Aber das Entscheidende ist, daß sie das Risiko für groß genug halten, um bewaffnet zu sein – sogar hier in Washington.

Heißt das, daß ich mir auch eine Pistole besorgen sollte? O Gott, ich habe mit einer .45er noch kein Scheunentor aus zehn Metern getroffen!

Rickabee, der nicht gerade für einfallsreich oder humorvoll gehalten wurde, blickte von der Funkbotschaft auf und schaute sie beide an.

Dann gab er die Funkbotschaft Banning. Banning gab ihm die erste Funkbotschaft zurück, und Rickabee überreichte sie Haughton, der sie in den TOP-SECRET-Aktenhefter heftete.

Banning las die zweite Funkbotschaft von General Pickering:

TOP SECRET

EYES ONLY – CAPTAIN DAVID HAUGHTON, USN
BÜRO DES MARINEMINISTERS

KOPIEREN VERBOTEN
ORIGINAL IST NACH VERSCHLÜSSELUNG UND ÜBERMITTLUNG ZU VERNICHTEN

AN COLONEL F. L. RICKABEE
USMC OFFICE OF MANAGEMENT ANALYSIS

BRISBANE, AUSTRALIEN
SAMSTAG, 17. OKTOBER 1942

LIEBER FRITZ,

GESTERN NACH DEM MITTAGESSEN MIT MacA. RECHTFERTIGTE ER SEINE ABLEHNUNG VON DONOVANS LEUTEN, INDEM ER SAGTE, DASS ER EINE GUERILLAOPERATION AUFGEBAUT HAT UND AUF DEN PHILIPPINEN DURCHFÜHRT.

BEIM COCKTAILEMPFANG VOR DEM ABENDESSEN VERSUCHTE ICH GENERAL WILLOUGHBY DARÜBER AUSZUFRAGEN, UND ER ZEIGTE MIR DIE KALTE SCHULTER. ER MACHTE KLAR, DASS JEDE GUERILLAAKTIVITÄT HIER UNBEDEUTEND IST. NACH DEM ESSEN SPRACH ICH MIT LIEUTENANT COLONEL PHILIP DEPRESS – ER IST DER KURIEROFFIZIER, DEN SIE ZUM WALTER REED HOSPITAL MITBRACHTEN, ALS ER EINEN BRIEF VON MacA. FÜR MICH HATTE. ER IST EIN HÖLLISCH GUTER SOLDAT, DER ES IRGENDWIE SCHAFFTE, VON DEN PHILIPPINEN ZU ENTKOMMEN, BEVOR SIE FIELEN.

NACHDEM ICH IHN UNTER ALKOHOL GESETZT HATTE, KONNTE ICH FOLGENDE – SEINE – VERSION AUS IHM HERAUSBEKOMMEN. EIN CAPTAIN DER ARMY RESERVE NAMENS WENDELL FERTIG WEIGERTE SICH, ZU KAPITULIEREN UND GING INS HÜGELLAND VON MINDANAO, WO ER EINE GRUPPE ANDERER UM SICH SCHARTE, EINSCHLIESSLICH EINER REIHE VON MARINES VOM 4. MARINEINFANTERIEREGIMENT, DIE VON LUZON UND CORREGIDOR ENTKAMEN, UND EINE GUERILLAOPERATION AUFBAUTE.

ER HAT SICH SELBST ZUM BRIGADIER GENERAL BEFÖRDERT UND ZUM ›KOMMANDEUR DER US-STREITKRÄFTE AUF DEN PHILIPPINEN‹ ERNANNT. ICH VERSTEHE (UND PHIL DEPRESS) EBENFALLS, WARUM ER DAS GETAN HAT. DIE FILIPINOS WÜRDEN EINEM POPELIGEN CAPTAIN NIEMALS RESPEKT ZOLLEN. DIES HAT NATÜRLICH DIE RANGBEWUSSTEN PALASTWÄCHTER HIER IM PALAST ERZÜRNT, ABER NACH DEM, WAS MIR DEPRESS ERZÄHLTE, HAT FERTIG VIEL POTENTIAL.

SEHEN SIE ZU, WAS SIE HERAUSFINDEN KÖNNEN, TEILEN SIE ES MIR MIT UND SAGEN SIE MIR, OB MEINE ANNAHME, DASS ES UNSERE SACHE WIRD, WENN MARINES BEI FERTIG SIND, RICHTIG IST ODER NICHT.

NOCH EIN PUNKT: MOORE, DER MEIN OFFIZIELLER ADJUTANT IST, WIRD FRAGEN AUFWERFEN, WENN ER DIE MEISTE SEINER ZEIT – WIE ER ES MUSS –, IM VERLIES VERBRINGT, ANSTATT MIR TÜREN AUFZUHALTEN UND CANAPÉS ZU SERVIEREN. GIBT ES EINE MÖGLICHKEIT, DASS WIR SERGEANT HART ZU MEINEM ADJUTANTEN ERNENNEN? ER IST OHNEHIN IN TREUER PFLICHTERFÜLLUNG DESSEN, WAS SICHERLICH IHRE BEFEHLE SIND, NIE MEHR ALS FÜNF SCHRITTE VON MIR ENTFERNT.

ICH WÜSSTE ES ZU SCHÄTZEN, WENN SIE MEINE FRAU ANRUFEN UND IHR SAGEN WÜRDEN, DASS ICH SICHER AUF DER BRÜCKE UND IM CANAPÉ-KREIS IM WATER LILLY COTTAGE IM SCHÖNEN BRISBANE AN DER SEE BIN.

MIT BESTEN GRÜSSEN

FLEMING PICKERING, BRIGADIER GENERAL, USMCR

T O P S E C R E T

Als Banning zu Ende gelesen hatte, gab er die Funkbotschaft Rickabee, der sie an Haughton weiterreichte. Haughton heftete sie in den TOP-SECRET-Aktenhefter und verstaute ihn dann in seiner Aktentasche.

»Ich nehme an, der General ist in guter Stimmung«, sagte Banning. »Was ist diese Sache mit Guerillas auf den Philippinen? Davon habe ich noch nichts gehört.«

»Das ist einer der Gründe, weshalb ich hergekommen bin. Ich wollte mit Ihnen darüber sprechen«, sagte Haughton. »Am 12. Oktober antwortete eine Navy-Station auf Mare Island auf einen Funkspruch, der eine Antwort aus Australien haben wollte. Sie schickten eine Botschaft – hier ist sie.« Er gab Rickabee ein paar Blätter. »Sie ist mit einer veralteten Geheimschriftmaschine verschlüsselt. Der Chief auf Mare Island borgte sich eine alte Geheimschriftmaschine von der Army, und heraus kam dies hier ... was mag das bedeuten: »*Wir halten die heiße Kacke von den heißen Yanks hier auf den Phils am dampfen, Brigadier General Fertig ...*«

»Captain Fertig, laut DePress in Pickerings Funkbotschaft«, sagte Banning.

»Woher wissen wir, ob dieser Fertig echt ist?« fragte Rickabee und fügte hinzu: »Wie sind Sie an diese Information gekommen, David?«

Haughton hatte die Frage erwartet, doch sie war ihm immer noch peinlich.

»Der Chief Radioman auf Mare Island ist ein alter Freund von meinem Chief«, sagte er. »Er sagte sich, mein Chief kann etwas über Brigadier General Fertig herausfinden. Ich wußte nichts von alledem, wenn ich das sagen muß.«

»Der, der zwischen zwei Chiefs gerät, wird überrannt werden«, sagte Banning trocken.

Haughton sah, daß Rickabee bei dieser Bemerkung lächelte, und das war sehr selten bei ihm.

»Mein Chief ging zur Army und fand einen Reserveoffizier mit diesem Namen – aber keinen General –, der auf den Philippinen vermißt ist und vermutlich gefangengenommen wurde. Und die wichtigsten Angaben über seine Frau. Der Chief auf Mare Island nutzte die Angaben, um sicherzustellen, daß sie mit Fertig Kontakt hatten.«

»Warum konnten sie keinen Kontakt zu MacArthur in Australien aufnehmen?« fragte Rickabee nachdenklich.

»Ungefähr zu diesem Zeitpunkt entschied sich mein Chief, mich zu informieren, was bisher gelaufen war. Und ich befahl Mare Island, Kontakt mit SWPOA aufzunehmen und allen

Funkverkehr von Fertig zu übermitteln. Und ich schickte SWPOA eine Funkbotschaft und bestätigte das und daß Fertig unserer Einschätzung nach tatsächlich Fertig ist. SWPOA steht jetzt direkt mit Fertig in Verbindung.«

»Ich wiederhole«, sagte Rickabee. »Warum konnten sie nicht Kontakt mit MacArthur in Australien aufnehmen?«

Banning sagte: »Weil El Supremo oder seine Speichellecker nichts von einem Guerillaführer auf den Philippinen hören wollten, nachdem El Supremo aktenkundig gesagt hatte, daß Guerillaoperationen auf den Philippinen Zitat Anfang ›zur Zeit unmöglich sind‹ Zitat Ende.«

»Ich denke, wir müssen weiterhin von dieser zynischen Annahme ausgehen«, sagte Haughton.

»Wieso sind wir dann im Spiel?«

»Der Minister ist in diesem Augenblick beim Präsidenten«, sagte Haughton. »Er will ihm von Fertig erzählen. Er hält es für eine gute Nachricht – und Gott weiß, daß er welche braucht –, daß es eine Guerillaoperation gibt. Admiral Leahy wird bei dem Treffen anwesend sein. Der Minister meint, der Präsident wird Leahy fragen, was in der Sache Fertig unternommen werden soll, und Leahy vorschlagen wird, daß Sie sich damit beschäftigen. Wenigstens die Lage bewerten.«

Rickabee nickte und wies dann auf Banning.

»Aye, aye, Sir«, sagte Banning zum Zeichen dafür, daß ihm soeben die Verantwortung übertragen worden war.

Banning fragte sich, welche Auswirkungen das auf die freie Woche hatte, die ihm versprochen worden war. Er sah plötzlich vor seinem geistigen Auge Carolyn, die ihren Büstenhalter anzog.

»Nachdem Sie von Ihrer freien Woche zurückkehren«, sagte Rickabee.

Mein Gott, kann er Gedanken lesen? dachte Banning.

»Aye, aye, Sir.«

VI

1

Das Weiße Haus
Washington, D. C.

17. Oktober 1942, 11 Uhr 15

»Douglas hat erklärt, daß Guerillaoperationen auf den Philippinen zur Zeit unmöglich sind«, sagte der Präsident der Vereinigten Staaten.

»Und wir alle wissen, daß sich Douglas MacArthur niemals

irren kann, nicht wahr?« sagte Frank Knox, nahm seinen Kneifer ab und begann ihn mit einem Taschentuch zu polieren.

Roosevelt schaute von seinem Rollstuhl zu dem würdevollen, untersetzten und elegant gekleideten Marineminister auf und lächelte.

»Admiral?« fragte der Präsident Leahy.

»Wir wissen wirklich nichts, Mr. President, nur daß dieser Fertig nicht kapituliert hat und über ein Funkgerät verfügt«, sagte Admiral William D. Leahy, Roosevelts Stabschef, ein großer und sehr schlanker Mann.

Er schaute zwischen Knox und dem Präsidenten hin und her, die darauf warteten, daß er weitersprach.

»Wenn wir General MacArthur sagen sollen, daß er sich irrt, hätte ich gern mehr Fakten als jetzt«, fuhr Leahy fort. »Ich schlage deshalb vor, Mr. President, daß wir weiter ermitteln. Besonders, daß Rickabees Leute etwas über Fertigs Aktivitäten und das Potential herausfinden.«

»Ich schließe mich dem Vorschlag des Admirals an, Mr. President«, sagte Knox.

»Haben Sie Admiral Nimitz über diese Sache informiert, Mr. Knox?«

Knox schüttelte den Kopf.

»Die Beziehung zwischen Nimitz und MacArthur ist im Moment freundschaftlich«, sagte Leahy. »Ich schlage vor, Mr. Knox, wenn der Präsident der Ansicht ist, wir sollten dies weiterverfolgen ...«

»Ich denke, wir haben hier eine moralische Verpflichtung«, unterbrach der Präsident. »Mangels eines Beweises des Gegenteils sollten wir weitermachen, wenigstens mehr über diesen Fertig herausfinden.«

»Jawohl, Sir«, sagte Admiral Leahy.

»Guerillakriegsführung, das Operieren hinter den feindlichen Linien, gehört eigentlich in Bill Donovans Aufgabenbereich«, sagte der Präsident. »Aber das setzt voraus, daß Douglas bereit ist, mit Donovans Mann zu sprechen, nicht wahr?«

»Leider«, sagte Knox.

»Nach Pickerings Gedanken über dieses Thema habe ich

das Gefühl, wenn ich Douglas befehle, Donovans Leute zu nehmen, wird er die Sache ganz langsam angehen lassen und verschleppen.«

Knox stieß einen Grunzlaut aus.

»Das Ergebnis würde ein verärgerter Douglas MacArthur sein, und dieser Fertig steht im Regen? Sehen Sie das auch so?«

Leahy nickte zustimmend, und Knox wiederholte: »Leider.«

»Gibt es eine andere Lösung? Wie eine Konfrontation mit MacArthur vermieden werden kann?«

Leahy nickte. »Ich schlage vor, ich schicke Admiral Nimitz auf dem besonderen Dienstweg eine Information über das, was wir bis jetzt wissen, teile ihm mit, daß wir uns weiter um die Sache kümmern und daß jede Unterstützung, um die er vielleicht gebeten wird, mit äußerster Diskretion erfolgen muß.«

»Mit anderen Worten, Douglas nicht verärgern, indem wir es ihm nicht sagen?« fragte der Präsident.

»Jawohl, Sir.«

»General Pickering ist bei Douglas«, sagte der Präsident nachdenklich.

»Ich bezweifle, daß General Pickering wissen muß, daß ich mit Admiral Nimitz Verbindung aufgenommen habe«, sagte Leahy. »Wenn er das nicht weiß ...«

»... dann kann es ihm nicht bei einer Unterhaltung herausrutschen, meinen Sie?« sagte der Präsident beifällig. »Frank, sehen Sie, welche Information Sie so schnell wie möglich entwickeln können, ohne Douglas zu verärgern.«

»Jawohl, Mr. President«,

»Kommen wir mal etwas vom Thema ab, Frank«, sagte der Präsident. »Ich nehme an, mir kam der Gedanke, weil Pickering eine MAGIC-Unbedenklichkeitsbescheinigung hat ...«

»Ja, Mr. President?«

»Ich bin von Churchill informiert worden, daß er die Aufstellung eines vereinigten China-Burma-Indien-Kommandos mit Lord Louis Mountbatten als Oberbefehlshaber plant.«

»Ja, Sir?«

»Ich werde es ihm nicht leichtmachen, aber letzten Endes werde ich einverstanden sein müssen. Wenn das geschieht, werden wir die Briten in MAGIC einweihen müssen, trotz der Einwände, die Admiral Leahy redegewandt und in großen Einzelheiten erhoben hat – wir brauchen Sie nicht noch einmal von Ihnen zu hören, Frank. Das bedeutet, wir werden einen Verbindungsoffizier mit einer MAGIC-Unbedenklichkeitsbescheinigung und die nötigen Leute für die Kommunikation nach Indien schicken müssen.«

»General Pickering?« überlegte Knox laut.

»Ich denke, wir sollten Pickering zu einem Besuch entsenden, wenn die Zeit reif ist, ja. Aber ich meinte einen Offizier, der als MAGIC-Mann in Mountbattens Stab dient. Denken Sie darüber nach, ja? Jemand, der sich nicht durch die Nähe von königlichem Blut beeindrucken läßt.«

Banning, dachte Knox sofort. Aber er sagte nur: »Jawohl, Mr. President.«

»Danke für Ihren Besuch, Frank. Ich weiß, welch vollen Terminkalender Sie haben.«

»Es war mir eine Ehre, Mr. President«, sagte Knox, dem klar wurde, daß er damit entlassen war.

»Halten Sie uns über diesen Fertig auf dem laufenden, ja, Frank?« rief der Präsident, als Knox bei der Tür war.

»Jawohl, Mr. President.«

2

TOP SECRET

THE SECRETARY OF THE NAVY
WASHINGTON

ÜBER BESONDEREM DIENSTWEG
KOPIEREN VERBOTEN
ORIGINAL IST NACH VERSCHLÜSSELUNG UND
ÜBERMITTLUNG ZU VERNICHTEN

SUPREME COMMANDER SWPOA
EYES ONLY BRIG GEN F. W. PICKERING, USMCR
17. OKTOBER 1942, 15.15 Uhr

FOLGENDES PERSÖNLICH VOM SECNAV AN BRIG GEN
PICKERING

LIEBER FLEMING,
ICH KOMME SOEBEN VON EINEM TREFFEN MIT ADMIRAL LEAHY, BEI DEM DAS THEMA FERTIG UND GUERILLAWIDERSTAND AUF DEN PHILIPPINEN ZUR SPRACHE KAM.

LEAHY IST DER ANSICHT, DASS IN DER SACHE WEITER ERMITTELT WERDEN SOLLTE, BESONDERS DURCH DAS OFFICE OF MANAGEMENT ANALYSIS, UND ER MEINT, JE WENIGER LEUTE DAVON WISSEN, DESTO BESSER.
HAUGHTON ARBEITET MIT RICKABEE DARAN, UND ICH WERDE SIE BENACHRICHTIGEN.

SOWOHL DER PRÄSIDENT ALS AUCH LEAHY DRÜCKTEN IHRE BESORGNIS ÜBER MACARTHURS BEZIEHUNG ODER DEN MANGEL AN BEZIEHUNG ZU DONOVANS LEUTEN AUS. ES WURDE FESTGESTELLT, UND ICH BIN DERSELBEN MEINUNG, DASS DIESE (GUERILLA) SACHE IN DONOVANS BEREICH FÄLLT.

BESTE PERSÖNLICHE GRÜSSE

FRANK

ENDE DER BOTSCHAFT VON SECNAV
AN BRIG GEN PICKERING PERSÖNLICH
HAUGHTON CAPT USN ADMIN ASST TO SECNAV

3

Büro des Stellvertretenden Stabschefs G-1
Headquarters, United States Marine Corps
Eight und ›I‹ Streets, NW
Washington, D. C.

18. Oktober 1942, 8 Uhr 25

Colonel David M. Wilson, USMC, Deputy Assistant Chief of Staff G-1 (Personal), blickte von seinem Schreibtisch auf und sah Master Gunner* James L. Hardee, USMC, der lächelnd mit einem Papier in der Hand dastand.

»Ich nehme an, Sie halten etwas in der Hand, das meine sofortige Aufmerksamkeit erfordert, Mr. Hardee?«

»Ich dachte mir, der Colonel interessiert sich vielleicht für dieses Versetzungsgesuch, Sir«, sagte Hardee.

Wilson streckte die Hand aus, und Hardee überreichte ihm das mit Schreibmaschine getippte Blatt.

UNITED STATES MARINE CORPS
PUBLIC RELATIONS OFFICE
UNITED STATES POST OFFICE
LOS ANGELES; CALIFORNIA

16. Oktober 1942

VON: Macklin, Robert B. First Lieutenant USMC
AN: Headquarters USMC
Washington D. C.
MCPER-OP341-B

* Master Gunner, ein Rang zwischen Unteroffizier und Offizier, ist gleichbedeutend mit einem Warrant Officer bei der Army – Unteroffizier, jedoch Offizierdiensttuender.

BETRIFFT: Gesuch um Berücksichtigung für besondere Verwendung

1. Unter Bezugnahme auf Aktennotiz Headquarters USMC vom 12. September 1942, Thema »Suche nach freiwilligen Offizieren für besondere Verwendung im Nachrichtendienst«.

2. Der Unterzeichner möchte sich freiwillig für diesen Dienst melden. Folgende Informationen werden gegeben:
(a) Der Unterzeichner, Absolvent der US-Marineakademie, ist Offizier des Marine-Corps, gegenwärtig abkommandiert zum Dienst beim USMC Public Relations Office, Los Angeles, Cal.

(b) Der Unterzeichner führt Überwachungsaufgaben in Zusammenhang mit der Kriegsschuldverschreibungs-Tournee II durch. Zuvor war der Unterzeichner Teilnehmer (einer der sogenannten »Guadalcanal-Veteranen«) bei der Kriegsschuldverschreibungs-Tournee I.

(c) Vor dieser Verwendung war der Unterzeichner im U.S. Army General Hospital in Melbourne, Australien, während er sich von Verwundungen erholte, die er im Kampf mit dem 2. Fallschirmjägerbataillon, USMC, auf Gavutu während der Invasion von Guadalcanal erlitt.

(d) Vor der Gavutu-Invasion war der Unterzeichner, ein qualifizierter Fallschirmspringer mit sechzehn (16) Absprüngen, im Stab der Fallschirmspringerschule Lakehurst, N. J.

(e) Vor dem Krieg diente der Unterzeichner beim 4. Marineinfanterieregiment in Schanghai (und sonstwo in China) in einer Vielzahl von Verwendungen, einschließlich einer Reihe, bei denen nachrichtendienstliche Erkenntnisse gesammelt wurden.

(f) Der Unterzeichner hat sich fast völlig von den Verwundungen erholt, die er während der Guadalcanal-Invasion erlitt, und glaubt, daß er einen größeren Beitrag beim Marine-Corps mit einer besonderen nachrichtendienstlichen Verwendung leisten kann als in seiner gegenwärtigen Verwendung.

Robert B. Macklin

ROBERT B. MACKLIN
First Lieutenant, USMC

Colonel Wilson blickte zu Master Gunner Hardee auf, schüttelte den Kopf und lächelte halb erstaunt, halb angewidert.

»Was, zum Teufel, ist diese ›besondere nachrichtendienstliche‹ Verwendung, für die er sich meldet?« fragte Wilson.

»Wir haben zweihundert ›geeignete‹ Offiziere für das OSS gesucht«, erklärte Hardee. »Es gab eine Aktennotiz, in der wir angewiesen wurden, nach Freiwilligen zu suchen.«

»Wenn man das liest, könnte man glatt auf die Idee kommen, daß dieser Hurensohn genau das ist, was das OSS haben will«, sagte Wilson. »Ein verwundeter Held bei der Guadalcanal-Operation, ein Fallschirmspringer und sogar eine Verwendung in ›nachrichtendienstlicher Art‹ in China.«

Normalerweise äußern sich Colonels in Anwesenheit von Master Gunners nicht abfällig über Lieutenants; aber Colonel Wilson und Master Gunner Hardee kannten sich sehr lange im Corps und waren vertraut mit der Laufbahn von First Lieutenant Robert B. Macklin.

Sie waren vor Wochen auf Macklin aufmerksam geworden, als der Chef der Abteilung Öffentlichkeitsarbeit um Macklins ständige Verwendung bei ihm gebeten hatte. Der Chef war erfreut über Macklins Auftreten bei der Tournee I zur Ankurbelung des Verkaufs von Kriegsschuldverschreibungen – er war ein großer, gutaussehender Mann und gewandter Redner in der Öffentlichkeit, genau das, was die Public-Relations-Abteilung suchte.

Nachdem Colonel Wilson die Personalakte gelesen hatte, erfüllte er freudig die Bitte und war sich mit Hardee einig, daß die Verwendung in der PR-Abteilung vermutlich die einzige war, bei der dieser Bastard dem Marine-Corps nicht viel schaden konnte.

Lieutenant Macklin hatte tatsächlich vor dem Krieg beim 4. Marineinfanterieregiment in Schanghai gedient. Sein Dienst hatte ihm eine wirklich verheerende Beurteilung eingebracht.

Der damalige Captain Edward J. Banning, USMC, schrieb: ›Lieutenant Macklin neigt dazu, in offiziellen Berichten wesentliche Fakten, die sich negativ für ihn auswirken könnten, wegzulassen und anderes Material vorzulegen, das deutlich dazu dient, seine eigenen Beiträge bei der Erfüllung eines Auftrags aufzubauschen.‹

Mit anderen Worten, er war ein Lügner.

Schlimmer noch, in seiner Beurteilung beim 4. Marineinfanterieregiment stand: ›Lieutenant Macklin kann nicht guten Gewissens für das Kommando einer Kompanie oder einer größeren Einheit empfohlen werden.‹

Der Offizier, der die Beurteilung überprüfte – Lewis B. ›Chesty‹ Puller, damals Major, jetzt Lieutenant Colonel auf Guadalcanal – pflichtete der Beurteilung von Lieutenant Macklin bei. Colonel Wilson hatte mehrmals unter Chesty Puller gedient und achtete ihn sehr.

Vor dem Krieg hätte man einen Offizier aufgefordert, ein Entlassungsgesuch einzureichen, wenn er in seiner Beurteilung als Lügner dargestellt worden wäre. Aber es war nicht vor dem Krieg. Macklins Personalakte zeigte, daß er nach seiner Rückkehr von Schanghai vom Corps nach Quantico geschickt wurde, als Ausbilder auf der Offiziersanwärterschule. Er kam da heraus, indem er sich freiwillig zur Ausbildung als Fallschirmspringer meldete.

Macklin war bei der Invasion von Gavutu als überzähliger Fallschirmspringer dabei. Was bedeutete, daß er ein Ersatzoffizier war, der eine Verwendung nur erhielt, wenn ein Zugführer oder sonst ein befehlshabender Offizier fiel oder verwundet wurde.

Wie in seinem Gesuch stand, war Macklin im Lazarett der Army in Melbourne und erholte sich von seinen Verwundungen, als er in die Staaten geschickt wurde, um als verwundeter Held an der ersten Tournee zur Ankurbelung des Verkaufs von Kriegsschuldverschreibungen teilzunehmen.

Colonel Wilson kannte die ganze Geschichte von Macklins heldenhaftem Dienst auf Gavutu von jemandem, den er Jahre zuvor beim 4. Marineinfanterieregiment in Schanghai gekannt hatte – Major Jake Dillon (in jenen Tagen war Dillon Sergeant gewesen.)

Zu Beginn des Krieges hatte der Stellvertretende Kommandant des Marine-Corps arrangiert, daß Dillon zum Major ernannt und bei der PR-Abteilung verwendet wurde – ein Schritt, den Wilson damals nicht mit ganzem Herzen gebilligt hatte. Der Stellvertretende Kommandant war der Ansicht, daß das Corps gute Publicity brauchte und daß ein Profi wie der stellvertretende Leiter der Abteilung Öffentlichkeitsarbeit der Magnum-Studios, Hollywood, der mehr Geld verdiente als der Kommandant – und was das anbetraf mehr als der Präsident der Vereinigten Staaten –, dafür sorgen konnte. Und war er nicht zufällig ein ehemaliger China-Marine und ›einmal im Marine-Corps, immer im Marine-Corps‹ bereit, wieder ins Corps zu kommen?

Colonel Wilson war jetzt bereit, zuzugeben, daß sich Major Jake Dillon nicht als die Katastrophe erwiesen hatte, die er erwartet hatte. Zum Beispiel führte Dillon eine Mannschaft von Fotografen und Journalisten bei der ersten Welle der Invasion von Tulagi, und es gab keine Frage, daß sie ihren Job sehr gut machte.

Dillon war verantwortlich dafür, daß Lieutenant Macklin von Australien heimgeschickt wurde, damit er an der Tournee teilnehmen konnte.

›Die meisten der Helden, die ich dort drüben erlebte, sahen nicht wie Tyrone Power aus‹, hatte Dillon gesagt. ›Dieser Bastard sieht so aus, und so schickte ich ihn auf die Tournee.‹

Dillon erzählte Colonel Wilson, daß Macklin sich selbst in Wade und Gesicht geschossen hatte, ohne jemals den Strand zu erreichen, und daß er von einem Pfahl losgerissen werden mußte, an den er sich klammerte, und nach einem Sanitäter schrie, während der Kampf tobte.

»Man muß seine Dreistigkeit bewundern«, sagte Hardee. »Ich hätte gedacht, er wäre glücklich, bei der PR-Abteilung bleiben zu können.«

»Ich nehme an, der Hurensohn denkt, er kann seine Karriere retten«, sagte Wilson. »Sagen Sie mir, was als nächstes geschehen würde, wenn ich sein Gesuch genehmigen würde.«

»Ja, dann wäre das Corps ihn los«, sagte Hardee anerkennend. »Aber ich bezweifle, daß es klappen wird. Als erstes müssen wir ihn vom FBI überprüfen lassen. Sie müssen eine sogenannte volle Hintergrundermittlung durchführen. Dann schicken wir die und seine Personalakte zum OSS. Wenn sie ihn dort wollen, werden sie uns das mitteilen, und wir versetzen ihn.«

»Was würde Ihrer Meinung nach geschehen, wenn seine Personalakte verschwunden ist? Ich meine, solche Dinge passieren manchmal, nicht wahr? Was wäre, wenn wir nur die FBI-Ermittlung über ihn haben ... er tat vermutlich nichts Ungesetzliches, bevor er nach Annapolis ging ... und sein Gesuch ... und die Personalakte folgt, wenn sie verfügbar ist?«

»Ich denke, das OSS wird sehr interessiert an einem Ex-Marine und Fallschirmspringer sein, der verwundet wurde, als er heldenhaft den Strand von Gavutu erstürmte.«

»Und was wird passieren, wenn in einem halben Jahr seine Personalakte auftaucht und sie seine Beurteilung sehen?«

»Dann schicken sie ihn vielleicht zurück«, sagte Hardee. »Aber dann lassen sie ihn vielleicht schon über Frankreich oder sonstwo abspringen.«

»Das wahre Anzeichen auf einen intelligenten Mann, Hardee, ist, wie sehr er wie man selbst denkt. Ich danke Ihnen dafür, daß Sie mich über das Gesuch dieses heldenhaften Offiziers persönlich in Kenntnis gesetzt haben. Und lassen Sie von einem der Schreiber einen günstigen Zusatz tippen.«

»Aye, aye, Sir.«

4

Provisorisches Gebäude T-2032
The Mall, Washington, D. C.

19. Oktober 1942, 11 Uhr 25

Es gab vier Telefone auf dem Schreibtisch hinter der mit Stahl verstärkten Wand im Erdgeschoß von Gebäude T-2032. Als er das Klingeln hörte, griff Sergeant John V. Casey, USMC, zum Telefonhörer des nächsten Telefons, und irgendeine innere Stimme sagte ihm, daß das Klingeln ein wenig komisch klang.

Er hörte das Amtszeichen, murmelte »Scheiße!«, legte den Hörer des ersten Telefons auf und schnappte sich schnell den nächsten. Wieder das Amtszeichen. Er legte auf und hob den dritten Hörer ab. Abermals das Amtszeichen.

»Scheiße«, wiederholte er, jetzt mehr belustigt als ärgerlich, und nahm den Hörer des vierten Telefons ab, das weit fortgeschoben war. Dies war der Apparat, unter dessen Nummer das Office of Management Analysis in den Telefonbüchern verzeichnet war. Es klingelte selten. Kaum jemand im Marine-Corps – kaum überhaupt jemand – hatte jemals etwas vom Office of Management Analysis gehört. Diejenigen, die wußten, was das Office of Management Analysis wirklich war und die dienstlich damit zu tun hatten, kannten eine oder mehrere der Geheimnummern.

Sergeant Casey sagte sich, daß sich jemand verwählt hatte oder jemand Spenden sammeln oder etwas verkaufen wollte. Dennoch meldete er sich höflich und auf die vorgeschriebene Art und Weise.

»Management Analysis, Sergeant Casey am Apparat.«

»Ich habe ein R-Gespräch für jemanden«, ertönte die etwas nasale Stimme eines Telefonisten. »Von Lieutenant McCoy in Kansas City. Übernehmen Sie die Gebühren?«

Sergeant Casey überlegte. Er hatte keinen Zweifel, daß dieser Lieutenant McCoy der von Management Analysis war;

aber er hatte gehört, daß McCoy irgendwo im Pazifik war, also was sollte das mit Kansas City? Und das Problem war, daß es sich um ein R-Gespräch handelte. Soweit sich Sergeant Casey erinnern konnte, hatte noch nie jemand per R-Gespräch angerufen; vielleicht wurde das nicht genehmigt.

Was soll's? dachte er dann. *Ich nehme es an, und McCoy soll das dann mit den Offizieren regeln, wenn er das R-Gespräch bezahlen soll.*

»Wir übernehmen die Gebühren.«

»Sprechen Sie bitte«, sagte der Telefonist.

»Wer ist da?«

»Sergeant Casey, Sir.«

»Können Sie mir Major Banning an den Apparat holen?«

»Er ist nicht hier.«

»Wie steht es mit Captain Sessions?«

»Bleiben Sie dran, Lieutenant«, sagte Casey und dachte über das Problem nach. Die Management-Analysis-Leitung war nicht mit einem der anderen Telefone verbunden. Er konnte den Anruf nicht durch einen Knopfdruck durchstellen. Er löste das Problem, indem er eine der anderen Leitungen anrief, und oben meldete sich sofort jemand. »Liberty 7-2033«, ertönte eine Stimme, die er als die von Gunnery Sergeant Wentzel erkannte. Bei dem, was Sergeant Casey als ›richtige Telefone‹ bezeichnete, meldete man sich mit der Nummer. Auf diese Weise wurde vermieden, daß jemand, der sich verwählt hatte, erfuhr, wen er erreicht hatte.

»Gunny, Sergeant Casey. Ist Captain Sessions da?«

»Was wollen Sie von ihm?«

»Ich habe ein R-Gespräch für ihn von Lieutenant McCoy auf der Management-Analysis-Leitung.«

»Ich bezweifle, daß Sie R-Gespräche auf dieser Leitung annehmen dürfen.«

»Ich habe es bereits getan.«

»Er ist hier, stellen Sie durch.«

»Diese Nummer kann nicht verbunden werden.«

»Scheiße«, sagte Gunny Wentzel, und die Leitung war tot.

Gleich darauf hörte Casey jemand die Treppe heruntereilen,

der offenbar zwei oder drei Stufen auf einmal nahm. Ein großer, muskulöser nicht gerade gutaussehender Offizier Anfang Dreißig kam dann durch die Tür. Er war in Hemdsärmeln.

Casey überreichte ihm den Telefonhörer.

»Ken? Haben sie die Nummer vergessen? Wo sind Sie?«

»In Kansas City. Tankstop. Wir sind in einer B-25. Wir werden in Anacostia abgesetzt‹«

»Wer ist wir?«

»Dillon und ich«, fuhr McCoy fort. »Der Pilot sagte, wir sollten in ungefähr vier Stunden dort sein.«

»Ich treffe Sie dort«, sagte Sessions.

»Deshalb habe ich nicht angerufen«, sagte McCoy. »Ich möchte Sie um einen Gefallen bitten.«

»Nur zu.«

»Könnten Sie jemanden für mich anrufen?«

»Ernie? Sie meinen, Sie haben sie nicht angerufen?«

Ernie war Miss Ernestine Sage, die Sessions – und seine Frau – kannte und sehr mochte. Sie war nicht nur eine attraktive, charmante, gebildete junge Frau, sondern sie hatte auch den Mut, zu ihren Überzeugungen zu stehen: Genauer gesagt, sie hatte sich trotz der gewaltigen gesellschaftlichen Kluft zwischen ihnen entschieden, daß Ken McCoy der Mann ihres Lebens war, und wenn das für die Öffentlichkeit bedeutete, daß sie in Sünde mit ihm lebte, wenn er sie nicht heiraten würde, dann war ihr das gleichgültig.

McCoy, der nichts gegen die Ehe hatte und besonders nichts gegen eine Ehe mit Ernie Sage, sagte sich – nicht ohne Grund fand Session, wenn man bedachte, was er bisher im Krieg getan hatte und was die Zukunft fast mit Sicherheit für ihn bereithielt –, daß die Chancen, den Krieg zu überleben, so gering waren, daß eine Ehe, ganz zu schweigen das Zeugen von Kindern, eine große Ungerechtigkeit für eine Braut und zukünftige Mutter sein würde.

»Ich wußte bis jetzt nicht, wann ich im Osten sein kann«, sagte McCoy etwas lahm. »Und jetzt kann ich sie nicht ans Telefon bekommen.«

»Das ist nett von Ihnen, Killer«, sagte Sessions sarkastisch.

»Ich bin überzeugt, daß Ernie ein ganz klein wenig Interesse hat, zu erfahren, ob Sie noch leben oder nicht.«

»Sagen Sie ihr, ich habe versucht, sie anzurufen, und ich werde es wieder versuchen, wenn ich in Washington bin.«

»Sonst noch etwas?«

»Ich brauche eine Unterkunft. Können Sie mich im Quartier für ledige Offiziere unterbringen?«

»Okay. Noch was?«

»Ich habe ein Kuvert vom General für den Colonel.«

»Ich übernehme es am Flughafen und sorge dafür, daß er es bekommt. Haben Sie die Nummer des Flugzeugs?«

»Zwei-Strich-dreiundvierzig achtundneunzig. Es ist eine B-25 des Army Air Corps aus Los Angeles.«

»Ich werde dort sein«, sagte Sessions. »Willkommen, Kil‹ Ken.«

»Danke«, sagte McCoy. Es klickte, und die Leitung war tot.

Sessions legte den Hörer auf.

»Danke«, sagte er zu dem Sergeant.

»Das war Lieutenant McCoy, und er ist bereits zurück?«

»Vielleicht läßt man ihn diesmal etwas länger bleiben«, sagte Sessions.

»Ich nehme an, dort drüben hat alles geklappt?«

»Was wissen Sie über ›alles‹?« fragte Sessions nicht ganz unfreundlich.

»Man hört so einiges, Sir.«

»Dann sollten Sie nicht hinhören«, sagte Sessions. »Aber, ja. Alles hat geklappt.«

»Gut«, sagte Sergeant Casey.

»Sie haben das nicht von mir gehört«, sagte Sessions.

»Was, Sir?«

»Sie könnten abgelöst werden. Von einer Frau.«

»Sir?«

»Es heißt, daß es jetzt Lady-Marines gibt. Haben Sie das noch nicht gehört?«

»Im Ernst?«

»Pfadfinder-Ehrenwort«, sagte Sessions und hob die Hand wie zum Schwur.

»Frauen im Corps?«

»Frauen im Corps«, bestätigte Sessions.

»O Gott!«

»Ganz meine Meinung, Sergeant«, sagte Sessions.

Dann machte er kehrt und ging die Treppe hinauf, um Colonel Rickabee zu melden, daß Lieutenant McCoy in ungefähr vier Stunden auf der Anacostia Naval Air Station eintreffen würde.

»J. Walter Thompson. Guten Tag.«

»Miss Ernestine Sage, bitte.«

»Miss Sages Büro.«

»Miss Sage, bitte.«

»Darf ich fragen, wer am Apparat ist?«

»Captain Edward Sessions.«

»Du meine Güte!« sagte die Frau. »Captain, sie ist in einer Besprechung.«

»Richten Sie ihr bitte aus, sie möchte mich in Washington anrufen, wenn sie Zeit hat? Sie hat die Nummer.«

»Nur einen Moment, bitte«, hörte Sessions sie sagen, und dann schwach, als ob sie die Sprechmuschel mit der Hand abdeckte, während sie in eine Gegensprechanlage sprach: »Miss Sage, Captain Sessions ist in der Leitung. Können Sie den Anruf entgegennehmen?«

»Ed?« ertönte Ernie Sages Stimme. »Ich wollte Sie anrufen.«

»Warum?«

»Warum wohl? Ich habe von ›Sie wissen von wem‹ nichts gehört.«

»*Ich* habe von ›Sie wissen von wem‹ gehört. Soeben. Er wird in vier Stunden in Washington sein.«

»Ist alles in Ordnung?«

»Er klang prima.«

»Der Bastard hat Sie angerufen und nicht mich.«

»Er sagte, er hat es versucht.«

»Wohin wird er in vier Stunden in Washington gehen?«

»Er bat mich, ihn im Quartier für ledige Offiziere unterzubringen.«

»Zum Teufel mit ihm!«

»Wo hätten Sie ihn denn gern in vier Stunden?«

»Sie wissen, wo.«

»Ihr Wunsch, Fair Lady, ist mir Befehl. Haben Sie genug Zeit?«

»Ich kann den Mittagszug erwischen, wenn ich von hier zur Pennsylvania Station renne. Danke, Ed.«

5

Foster-Lafayette-Hotel
Washington, D. C.

19. Oktober 1942, 16 Uhr 25

»Was machen wir denn hier?« fragte Lieutenant Kenneth R. McCoy, USMCR, und schaute aus dem regennassen Fenster des grünen Ford des Marine-Corps, als er hinter der langen Reihe von Wagen vor der Markise des Lafayette-Hotels anhielt.

McCoys Uniform war naß vom Regen, und er brauchte eine Rasur.

»Ich führe Befehle aus«, sagte Captain Sessions. »Ich weiß, es ist hart für Sie, aber es ist eine kalte, grausame Welt, Killer.«

»Ich habe Sie gebeten, mich nicht so zu nennen«, sagte McCoy, und sein Blick wurde kalt.

Wenn sein Blick kalt wird, dachte Sessions, *sieht er nicht wie zweiundzwanzig aus; dann wirkt er wie Rickabee.*

»Entschuldigung«, sagte Sessions. »Wie ich schon sagte, Lieutenant, wir führen Befehle aus. General Pickerings Befehle an Colonel Rickabee: ›Es ist Blödsinn, daß meine Suite leersteht. Quartieren Sie Leute dort ein, wenn ich nicht da bin‹ oder Worte in diesem Sinne. Und Colonel Rickabees Befehle an mich: ›Quartieren Sie McCoy in der Suite des Generals ein‹ oder Worte in diesem Sinne. Und meine Befehle an Sie, Lieutenant: ›Steigen Sie aus. Gehen Sie ins Hotel. Duschen Sie und rasieren Sie sich. Lassen Sie Ihre Uniform bügeln. Der Colonel will Sie morgen um acht Uhr sehen.‹ Noch irgendwelche Fragen, Mister McCoy?«

»Der Colonel hat befohlen, daß ich hier einquartiert werde?« fragte McCoy zweifelnd.

»Ich bin Offizier des Marine-Corps und Gentleman«, erwiderte Sessions. »Sie zweifeln doch nicht an meiner Aufrichtigkeit, oder?«

»Um acht Uhr?« fragte McCoy.

»Wenn es eine Änderung gibt, werde ich Sie anrufen. Andernfalls wird um halb acht ein Wagen hiersein.«

»Okay. Danke, Ed. Für das Abholen und für ... Mensch, ich habe nicht darum gebeten. Sind Sie zu Ernie durchgekommen?«

»Ich schlage vor, Sie rufen sie an«, sagte Sessions. »Ich kann mir nicht vorstellen, warum, aber sie wirkte ein bißchen verstimmt, weil Sie mich angerufen haben und nicht sie.«

»Ich werde sie anrufen«, sagte McCoy und öffnete die Tür.

»Brauchen Sie Hilfe bei Ihrem Gepäck, Lieutenant?« fragte der Fahrer.

»Nein. Bleiben Sie sitzen. Es hat keinen Sinn, daß Sie auch naß werden«, sagte McCoy. Er wandte sich an Sessions. »Grüßen Sie Jeanne. Wie geht es dem Baby?«

»Das werden Sie selbst sehen, wenn Sie zum Abendessen kommen. Duschen Sie, trinken Sie was und gehen Sie zu Bett. Sie sehen mitgenommen aus.«

»Das bin ich«, sagte McCoy, stieg aus und lief mit einer Reisetasche zum Hoteleingang.

Ein Portier in schmucker Uniform versuchte etwas hektisch, Leute von der Reihe der Wagen herein und Leute aus dem Hotel heraus zu winken. Er hielt inne, als er den Lieutenant des Marine-Corps mit einer Reisetasche auf die Tür zulaufen sah.

»Darf ich Ihnen helfen, Lieutenant?« fragte er und blockierte

McCoy diskret den Weg. Es war sowohl ein Akt der Freundlichkeit als auch ein Anzeichen auf Snobismus. Nicht einmal Voll-Colonels konnten sich die Preise im Foster Lafayette leisten. Er wollte fragen, ob der Lieutenant reserviert hatte – er war überzeugt, daß das nicht der Fall war –, und dann bedauernd erklären, daß keine Zimmer mehr frei waren.

»Ich komme zurecht, danke.«

»Haben Sie reserviert, Sir?«

»Oh, das tue ich immer«, sagte McCoy, schob sich an ihm vorbei und ging weiter auf die Drehtür zu.

Der Portier starrte ihm nach, und dann sah er einen Wink von einem der Pagen. Er legte ihn als *passieren lassen* aus.

Er verzichtete darauf, dem Lieutenant zu folgen, und ging zu dem Pagen.

»Das ist Lieutenant McCoy«, sagte der Hotelpage. »Er übernachtet hier manchmal. In Acht-null-zwei.«

Der Portier hob fragend die Augenbrauen.

Suite 802 bestand aus fünf Zimmern mit Blick aufs Weiße Haus, reserviert für die Dauer des Krieges für Brigadier General Fleming Pickering, U.S. Marine Corps Reserve.

»Er arbeitet für General Pickering«, erklärte der Page. »Und er ist Lieutenant Pickerings bester Freund.«

»*Lieutenant* Pickering?« fragte der Portier.

»Der einzige Sohn und der einzige Enkel«, sagte der Page. »Offenbar der Erbe. Netter Kerl. Arbeitete hier zur Aushilfe in einem Sommer. Marineflieger. Gerade von Guadalcanal zurückgekehrt.«

»Nächstes Mal weiß ich Bescheid«, sagte der Portier. »Jemand hätte mir das sagen sollen.«

»Willkommen in den Foster-Hotels«, sagte der Page. »Wir hoffen, Sie werden einen angenehmen Aufenthalt bei uns haben.«

Der Portier lachte und wies weiterhin Leute aus Taxis und Autos ein und aus.

Lieutenant McCoy deponierte seine Reisetasche an einer der Marmorsäulen in der Halle und stellte sich an der Schlange der Leute an, die vor der Rezeption warteten.

Eine junge Frau, in einem langen Silberfuchsmantel und einem dazu passenden Hütchen auf ihrer Pagenfrisur, erhob sich aus einem der Sessel in der Halle und ging zu ihm. Sie blieb neben ihm stehen. Als ihr klar wurde, daß er sie nicht wahrnahm, berührte sie seinen Arm. Mit ärgerlicher Miene blickte er zu ihr.

»Hi, Marine«, sagte sie. »Suchst du etwas Spaß?«

Eine gutgekleidete Frau in mittleren Jahren in der Schlange vor McCoy fuhr herum und sah, wie die junge Frau den Silberfuchsmantel mit beiden Händen aufzog und ein rotes T-Shirt mit der goldenen Aufschrift MARINES auf ihrem Busen enthüllte.

»Allmächtiger!« stieß Lieutenant McCoy hervor.

»Mir geht's prima, danke für die Frage. Und wie geht's dir?«

»Sessions«, sagte McCoy, dem klar wurde, weshalb Ernestine Sage ›zufällig‹ auf ihn wartete.

»Der gute alte Ed. *Ihn* hast du ja angerufen«, sagte Ernie Sage.

»Ich habe versucht, dich zu erreichen«, sagte McCoy.

Ernestine Sage hielt zwei Schlüssel hoch.

»Ich weiß nicht, ob ich sie dir geben oder nach dir schmeißen soll«, sagte sie.

»Was sind das für Schlüssel?«

»Von Daddys Haus und von Picks Vaters Suite«, sagte sie. »Ken, wenn du mich jetzt nicht in die Arme nimmst, dann schmeiße ich sie nach dir.«

Anstatt sie in die Arme zu nehmen, streichelte er ihr zärtlich über die Wange.

»Oh, Ernie, ich freue mich, dich zu sehen«, sagte er weich.

»Du Bastard, ich wußte nicht, ob du lebst oder tot bist«, sagte Ernie und warf sich in seine Arme. »Mein Gott, ich liebe dich sosehr!«

Er streichelte ihren Hinterkopf und sagte nach einer Weile mit belegter Stimme. »Ich dich auch, Baby.«

Dann gingen sie Arm in Arm zu der Säule, wo er seine Reisetasche abgestellt hatte. Er nahm die Tasche, und sie schlenderten durch die Halle zu den Aufzügen.

6

Landstraße Bislig – Mati (Route 7)
Provinz Davao
Mindanao, Commonwealth Philippinen

20. Oktober 1942, 7 Uhr 05

Die Nachrichtenabteilung des Hauptquartiers der United States Forces auf den Philippinen (USFIP) hatte durch die Befragung einheimischer Personen Informationen über feindliche Aktivitäten erhalten. Jeden Dienstagmorgen verließ ein Konvoi japanischer Fahrzeuge, für gewöhnlich Zweieinhalbtonnertrucks, plus Stabswagen und ein Kleintransporter, den Hauptstützpunkt bei Bislig an der Bislig-Bucht, und fuhr nach Boston an der Cateel-Bucht, Baganga und Caraga.

Nach den besten verfügbaren kartographischen Daten (eine 1939er Ausgabe von *Straßen von Mindanao für Autotouren* von der Ölgesellschaft Shell) waren es ungefähr zweihundert Kilometer von Bislig nach Caraga. Die Straße wurde von Shell als ›teilweise ausgebaut‹ bezeichnet, und Autotouristen wurden gewarnt, daß die Straßen bei Nässe rutschig waren und mit Beschädigungen von Windschutzscheiben zu rechnen war, wenn man mit ungenügendem Abstand hinter Fahrzeugen herfuhr.

Einheimische berichteten, daß die Trucks mit Benzin, Kerosin und Verpflegung für die kleinen Abteilungen der Japaner beladen waren, die in Boston, Baganga und Caraga stationiert waren. Jeder Lastwagen war mit einem Fahrer, einem Unteroffizier und einem Offizier bemannt. Und der Kleinlastwagen transportierte einen Ersatzfahrer und zwei bis vier Soldaten.

Die Information wurde persönlich von dem G-2, Captain James B. Weston, USMC, und seinem Stellvertreter, Lieutenant Percy Lewis Everly, überprüft, die sechs Stunden lang über einen schmalen Pfad vom Hauptquartier USFIP zur Straße gingen, einen vorbeifahrenden Konvoi beobachteten und das Gebiet erkundeten, um einen geeigneten Platz für einen Angriff zu finden, und dann zum Hauptquartier der USFIP zurückkehrten. Der Rückweg dauerte neun Stunden, weil es hauptsächlich hügelaufwärts ging und regnete.

Zu den zusätzlichen Daten, die gesammelt wurden, zählte, daß der Stabswagen ein 1940er Buick Limited war, erbeutet von den Japanern, und daß der Kleintransporter ein 1939er Dodge war, der in den Anfangstagen des Kriegs von der U.S. Army requiriert und später von den Japanern erbeutet worden war. Das Firmenzeichen der Dole-Company war noch schwach sichtbar unter dem olivfarbenen Anstrich.

Die gesammelten Informationen wurden dem Kommandeur der USFIP vorgetragen, und verschiedene Aspekte der Operation wurden mit ihm und Offizieren seines Stabs besprochen.

General Fertig meinte, daß der Buick vermutlich Besitz der Dole Company war, die solch ein Fahrzeug dem Manager ihrer Ananasplantage zur Verfügung gestellt hatte.

»Interessanter Wagen«, sagte General Fertig. »Nicht nur ohne Kupplung – sie nennen es ›Automatik‹ oder so, man braucht nur Gas zu geben –, sondern er hat auch einen kleinen Hebel, mit dem man Lampen auf der vorderen Stoßstange und am Heck betätigen kann, um anzuzeigen, wenn man abbiegt. Ich erwäge ernsthaft, ob ich mir nach dem Krieg einen solchen Wagen kaufe.«

Das Pro und Kontra einer Operation gegen den japanischen Konvoi wurde ausführlich diskutiert.

Captain John B. Platten, G-4-Offizier (Versorgung) der USFIP (früher Master Sergeant beim 17. Spähtrupp), wies darauf hin, daß die Trucks höchstwahrscheinlich Säcke mit Reis und anderer Verpflegung enthielten und daß das Benzin und Kerosin laut Captain Weston in 200-Liter Fässern war. Es würde schwierig sein, sie zu transportieren. Er wandte ein, daß jeder Angriff selbst bei strikter Feuerdisziplin den sehr begrenzten Vorrat an Munition der USFIP gefährlich verringern würde und die Soldaten, die den Konvoi beschützten, begrenzte Munition (nicht mehr als zwanzig oder dreißig

Patronen pro Mann) für ihre 6,5-mm-Arisaka-Gewehre haben würden, von der viel während des Angriffs verschossen werden würde.

»Es kann uns passieren, daß wir nach einem Angriff weniger Munition und Waffen haben werden als jetzt, selbst wenn wir die Waffen zählen, die wir den Japsen abnehmen. Und die 6,5-Millimeter ist ohnehin eine lausige Patrone.«

»Mit anderen Worten, Captain, ist Ihrer Meinung nach ein Angriff auf diesen Konvoi sozusagen vergeudete Mühe?« fragte General Fertig.

»Nein, Sir«, sagte Captain Platten schnell. »Ich erwähnte diese Dinge nur, damit wir damit planen können.«

»Zum Beispiel?«

»Ich schlage vor, Sir, daß wir eine Gruppe von Leuten aufstellen, deren einzige Aufgabe es sein wird, die tragbaren Dinge – Reis, Rationen in Dosen, was auch immer – hierher zu transportieren, sobald sie uns in die Hände gefallen sind.«

»Und die nicht tragbaren? Das Benzin und Kerosin?«

»Ich schlage vor, Sir, wir sammeln, was wir auftreiben können – Feldflaschen, Wasserflaschen und so weiter – und lassen es von den Leuten füllen, damit es mit den Rationen hierhin gebracht werden kann. Was wir nicht transportieren können, vergraben wir im Dschungel und holen es vielleicht später.«

»Und das Problem, daß wir nach dem Angriff weniger Waffen und Munition haben werden als jetzt, wie lösen wir das?«

»Erlaubnis zu sprechen, Sir?«

»Gewiß, Lieutenant Everly.«

»Das Arisaka ist kein Springfield, das gebe ich zu. Aber es ist zuverlässiger als die Enfields, die wir hauptsächlich haben. Und die Filipinos kommen mit dem Rückstoß von einem Arisaka-Gewehr besser zurecht als mit dem von einem .30-06. Und wir wissen, daß wir nicht so bald weitere .30-06-Munition bekommen werden.«

Das war ein Hinweis auf das Schweigen des Hauptquartiers South West Pacific Ocean Area auf wiederholte Bitten der

USFIP per Funk um die Lieferung von Handfeuerwaffen und Munition.

»Worauf wollen Sie hinaus, Everly?« fragte General Fertig mit einer Spur von Ungeduld.

»Ich denke, wir müssen die Japse töten, bevor sie viel von ihrer Munition verschießen«, sagte Everly. »Selbst wenn das bedeutet, daß wir die US-Munition verfeuern, die wir haben.«

»Und wie machen wir das?«

»Zuerst stoppen wir den Konvoi, indem wir den Fahrer des Buick erschießen. Wenn dann die Trucks stoppen, erschießen wir die Soldaten, die hintendrauf sind. Und schließlich nehmen wir uns die Fahrer vor und jeden, der sonst noch übrig ist. Jeder Schütze hat ein Ziel, und wir sagen ihm, daß er auf keinen sonst schießen soll, bis sein Ziel getroffen ist.«

»Ich wollte vorschlagen, daß wir Scharfschützen finden«, sagte Fertig, »aber ich denke, wenn wir die Männer fragen, wird jeder aus männlichem Stolz schwören, daß er ein Meisterschütze ist.«

»Ja, Sir, das werden sie«, stimmte Everly zu. »Bleibt nur, sie zu testen.«

»Wir haben nicht genug Munition«, wandte Captain Platten ein.

»Wir geben ihnen zwei Schuß für den Test. Ein Ziel in der Größe eines Kopfs, eine Ananas, auf hundert Meter. Wenn sie eine Ananas auf hundert Meter treffen können, dann können sie einen Japs auf zwanzig Meter in die Brust treffen.

»Wer wird den Fahrer des Stabswagens … ausschalten?« fragte General Fertig.

»Ich«, sagte Everly.

»Ich habe immer meine drei Bucks erhalten«, sagte Captain Platten. »Ich werde den Fahrer des Kleintransporters ausschalten. So kann er nicht wenden und abhauen.«

»Wie bitte?« fragte General Fertig. »Was sagten Sie von ›drei Bucks‹?«

»Die Zulage als Expert Rifleman, Sir«, erklärte Captain Platten.

»Wir denken anscheinend über die grundsätzliche Frage

hinaus«, sagte General Fertig. »Soll die USFIP den Bislig-Caraga-Konvoi angreifen?«

»Ich denke, wir haben keine Wahl, Sir ...«, begann Captain Hedges.

»Verzeihen Sie, Captain«, unterbrach General Fertig. »Ich glaube, es ist alte Tradition, daß der rangniedrigste seiner Offiziere als erster antwortet, wenn der befehlshabende Offizier um Meinungen bittet. Auf diese Weise werden die Rangniedrigen nicht von den Meinungen der Ranghöheren beeinflußt.«

»Entschuldigen Sie, Sir«, sagte der Stabschef der USFIP.

»Lieutenant Everly?«

»Jawohl, Sir. Je eher, desto besser.«

»Captain Platten?«

»Jawohl, Sir. Wie Everly sagt.«

»Captain Buchanan?«

»Jawohl, Sir.«

»Captain Weston?«

»Ja, Sir.«

»Captain Hedges?«

»Ja, Sir. Ich denke, wir haben keine Wahl. Wir brauchen den Reis und was sonst eßbar ist. Wir brauchen Benzin und Kerosin. Und die Waffen der Japse. Und so werden die Japse wissen, daß wir hier sind!«

»Ja«, sagte Everly mit einer Inbrunst, die Weston überraschte.

Dann hatte Weston einen anderen Gedanken: *Jetzt weiß ich, wo ich in der Hackordnung stehe: vor Buchanan und hinter Hedges.*

Das wurde anscheinend sofort bestätigt.

»In diesem Fall, Gentlemen, werden wir den Konvoi so bald wie möglich angreifen. Und Captain Weston wird den Angriff führen.«

»Ich möchte ihn gern führen, Sir«, sagte Captain Hedges.

»Sie sind hier zu wertvoll, Hedges«, wandte Fertig ein.

»Mit Verlaub, Sir«, sagte Captain Platten. »Ich habe mehr Erfahrung in Infanterie. Nichts gegen Sie, Weston.«

»Ich sage Ihnen das nur einmal, Platten«, sagte General

Fertig. »Ich habe das unter anderen Faktoren überlegt, bevor ich meine Entscheidung traf. Stellen Sie meine Befehle nie wieder in Frage.«

Platten preßte die Lippen aufeinander. Dann sagte er: »Jawohl, Sir. Verzeihung, Sir.«

Der Angriffstrupp bestand aus dem Führer (Captain Weston, bewaffnet mit einer Thompson-MPi Kaliber .45), drei Offizieren (Captain Platten und die Lieutenants Everly und Alvarez, bewaffnet mit Springfield-1903-.30-06-Gewehren) und neun Unteroffizieren (davon zwei Amerikaner), bewaffnet mit Enfield-Gewehren Modell 1917.

Der Angriffstrupp wurde von einem Arbeitskommando aus fünfundzwanzig Mann unter Lieutenant José Lomero begleitet, der vorher bei einem philippinischen Spähtrupp gewesen war. Lomero war mit einer .45-ACP-Pistole Modell 1911A1 und einem Enfield-Gewehr bewaffnet. Das Gros seines Trupps war entweder unbewaffnet oder hatte Macheten. Sie nahmen die einzige Schaufel mit, die der USFIP zur Verfügung stand, und ein bunt zusammengewürfeltes Sortiment an Feldflaschen, Wasserflaschen und anderer Gefäße, einschließlich zweier kleiner Holzfässer.

Der Angriffstrupp verließ das Hauptquartier der USFIP beim ersten Tageslicht am Montag, dem 19. Oktober, und der Arbeitstrupp marschierte zwischen den bewaffneten Männern. Nach einem achtstündigen Marsch durch den Bergdschungel wurde ungefähr anderthalb Kilometer vom Ort des Hinterhalts entfernt biwakiert.

Ein Trupp unter Captain Weston, bestehend aus Lieutenant Everly, vier bewaffneten Mitgliedern des Angriffstrupps und drei Mitgliedern des Arbeitstrupps, marschierte weiter zum Ort des Angriffs. Captain Platten blieb im Biwak, um den Bau von Schuppen zu beaufsichtigen und eine Randstellung zu errichten.

Hundert Meter von der Straße entfernt grub der Arbeitstrupp vier Löcher, jedes groß genug für ein Zweihundertliterfaß. Dann tarnten sie die Löcher, verteilten das entfernte Erdreich in weitem Umkreis und wählten Blätter aus, die über die Löcher gelegt werden würden, wenn die Fässer erst darin lagen.

Unterdessen wählte Lieutenant Everly den genauen Ort für den Hinterhalt zu beiden Seiten der Straße, auf der der Konvoi unter Beschuß genommen werden würde.

Der Spähtrupp kehrte dann zum Biwak zurück und ließ zwei unbewaffnete Mitglieder des Arbeitstrupps zurück, die Kleidung von Einheimischen trugen. Sollte es irgendeine japanische Aktivität während der Nacht geben, war es die Aufgabe dieser beiden Männer, zum Biwak zurückzukehren und die anderen zu warnen.

Sie waren unbewaffnet, denn man hoffte, daß sie erfolgreich behaupten konnten, sie wären nur philippinische Farmer, falls sie den Japanern in die Hände fielen, und weil Lieutenant Everly Captain Weston darauf hingewiesen hatte, daß unbewaffnete Männer nicht in Versuchung kamen, die Japaner auf eigene Faust anzugreifen.

Am Dienstag, dem 20. Oktober, bei Tagesanbruch wurde das Biwak abgebrochen, und alle Anzeichen darauf wurden entfernt. Der gesamte Angriffstrupp marschierte dann zur Straße. Um 6 Uhr 45 wurde der Kontakt mit den beiden Männern hergestellt, die zurückgelassen worden waren. Sie meldeten, daß es während der Stunden der Dunkelheit keine Aktivität gegeben hatte, abgesehen von der Störung durch drei kleine Wildschweine, die mit einer Machete geköpft und dann ausgenommen worden waren.

Captain Weston schätzte, daß das Schweinefleisch ungefähr dreißig Kilo wog. Einer der Männer, die über Nacht an der Straße geblieben waren, erhielt den Befehl, das Fleisch zusammen mit einem Bericht über den neuesten Stand der Operation für General Fertig zum Hauptquartier der USFIP zu bringen.

Der Arbeitstrupp blieb ungefähr zweihundert Meter von der Straße entfernt, während der Angriffstrupp unter der Führung von Lieutenant Everly in Position ging.

Auf Lieutenant Everlys Vorschlag hin nahm Captain Weston eine Position auf der seewärtigen Seite der Straße, nahe bei Lieutenant Everly ein. Captain Platten ging ungefähr hundert Meter entfernt in Position. Das Gros der Angriffstruppe wurde zu beiden Seiten der Straße verteilt, und Lieutenant Everly ermahnte jedes Mitglied, versteckt zu bleiben und erst das Feuer zu eröffnen, wenn sie das Krachen seines Gewehrs hörten. Und dann sollten sie auf die Position des USFIP-Personals auf der anderen Straßenseite achten, damit es keine Verluste durch USFIP-Feuer gab. Die Aufstellung war um 6 Uhr 55 beendet.

Um 7 Uhr 02 hörten sie nahendes Motorengeräusch.

Captain Weston entsicherte seine Thompson-MPi, spähte noch einmal die Straße hinab und ging in Deckung. Vier oder fünf Meter entfernt sah er Lieutenant Everly, der fast völlig von einem Baumstamm und Büschen verdeckt wurde. Er saß mit unterschlagenen Beinen da und neigte sich vor, so daß sein linker Ellenbogen sein Knie berührte. Er brauchte nur noch den Kolben des Springfield-Gewehrs an die Schulter zu nehmen und zu zielen, dann würde er sich in der perfekten sitzenden Position von Gewehrschützen befinden, wie er sie in der Grundausbildung in Parris Island gelernt hatte.

Einen Augenblick später tat er genau das, und als Weston die Geräusche der nahenden Fahrzeuge hörte, sah er, wie der Lauf von Everlys Springfield der Bewegung des Konvois folgte.

Und dann, ohne Vorwarnung, feuerte Everly. Ein orangefarbener Blitz schoß aus der Mündung, und der scharfe – überraschend laute und erschreckende – Knall folgte.

Dem Gewehrschuß folgte sofort das Krachen anderer Waffen. Weston sprang auf. Das Fahrzeug an der Spitze des Konvois war ein viertüriges Buick-Kabrio mit offenem Verdeck und mit Ersatzreifen an den vorderen Kotflügeln. Es überraschte ihn, wie nahe der Buick war und daß er scheinbar direkt auf ihn zufuhr, als versuche der Fahrer, ihn über den Haufen zu fahren.

Nach einer scheinbaren Ewigkeit stoppte der Buick, als die

Vorderräder von der Straße rollten und gegen ein Hindernis stießen. Dann nahm Weston die Passagiere des Wagens wahr. Der Fahrer lag mit dem Oberkörper auf dem Lenkrad und drückte auf die Hupe. Einer der Passagiere auf dem Rücksitz versuchte sich zu erheben, und der andere – ein Offizier – stand auf und zog seine Pistole.

Everlys Gewehr krachte von neuem. Als Weston den Knall hörte, glaubte er das Pfeifen der Kugel wahrzunehmen, die dicht an ihm vorbeiflog.

Weston riß die Maschinenpistole an die Schulter, zielte und drückte ab. Er spürte den Rückstoß der Waffe bei dem dreifachen Feuerstoß. Das Gesicht des japanischen Offiziers im Buick schien zu implodieren. Er sank zurück und rutschte vom Sitz. Der zweite Mann auf dem Rücksitz sprang plötzlich aus dem Wagen und rannte zu den Trucks hinter ihm.

Weston nahm die Thompson-MPi an die Schulter und zielte. Als er abdrücken wollte, feuerte Everly wieder mit dem Springfield-Gewehr. Der Japaner fiel vornüber aufs Gesicht. Seine Beine und Arme zuckten.

Weston schaute zu Everly, der jetzt stand. Er machte eine ungeduldige Geste, mit der er Weston wohl aufforderte, sich wieder auf die Straße zu konzentrieren, oder …

Mein Gott, er will, daß ich dort rausgehe! Wenn ich auf die Straße gehe, können sie mich sehen, und sie schießen auf mich, und ich sterbe!

O Scheiße!

Captain Weston verließ die vor Sicht schützenden Büsche und hielt die Thompson-MPi mit einer Hand. Er stützte sich am Kotflügel des Buick und tat dann, was er für einen kurzen Moment für konstruktiv hielt. Er zog die Leiche des Fahrers vom Lenkrad fort. Das Hupen verstummte.

Jetzt können sie uns nicht mehr hören!

O Mann! Wie verdammt blöde kann ich sein?

Weston warf einen Blick auf den Rücksitz des Buick. Der Offizier lag auf dem Wagenboden auf dem Rücken. Seine Augen waren eine blutige Masse.

Ich habe ihn genau zwischen die Augen getroffen.

Dabei hatte ich auf seine Brust gezielt.

Weston bewegte sich langsam zum Heck des Buick und rannte dann zum nächsten Truck in der Kolonne. Während er rannte, wurde ihm klar, daß das Feuer an Intensität nachgelassen hatte. Und dann fielen überhaupt keine Schüsse mehr.

Er hörte Stöhnen und irgendwo straßenabwärts das Schreien eines Mannes. Dann fiel ein Schuß, und das Schreien verstummte.

»Feuer einstellen! Feuer einstellen!« rief Everly. Weston wandte den Kopf und sah Everly über die Straße rennen. Er rannte an Weston vorbei zum Heck des Trucks, der als nächster in der Kolonne gefahren war. Plötzlich hatte er eine Machete in der Hand, und Weston sah, wie er damit zuschlug.

Mein Gott, er tötet die Verwundeten!

Und ich verhalte mich wie ein Pfadfinder, nicht wie ein Offizier des Marine-Corps!

Was habe ich erwartet, daß das auf vornehme Art abläuft, unter strikter Beachtung der Genfer Konvention?

Weston ging am Konvoi entlang zum Kleintransporter am Ende und hoffte verzweifelt, daß er nicht auf einen verwundeten Japaner stieß und ihn töten mußte.

Er stieß auf keinen. Die Filipinos folgten Everlys Beispiel, setzten schnell ihre Macheten ein und lösten das Problem der verwundeten Japaner.

Weston sah einen Filipino auf einen der zerbrechlich wirkenden Telefonmasten längs der Straße steigen und die Leitung mit seiner Machete zerschlagen. Mit einem Stück Kupferdraht zwischen den Zähnen kletterte er dann hinab.

Auf dem Boden versuchte er vergebens, den Draht vom nächsten Mast zu reißen, und schnitt sich dabei die Hand auf. Er rief etwas ärgerlich in einer fremden Sprache – *Tagalog?* –, woraufhin zwei andere Filipinos auf Telefonmasten kletterten.

Weston ging wieder zur Spitze des Konvois. Jetzt nahmen die Filipinos Waffen, Stiefel, Munition, Bajonette, Lederausrüstung, Uhren, Schmuck und sogar Brillen von den Leichen an sich.

Der Arbeitstrupp tauchte auf, und Lieutenant Lomero begann, jeden Mann mit dem Material und den erbeuteten Waffen zu beladen. Es war mehr Material als Männer, und der Versuch, den Treibstoff fortzutragen, erwies sich als Pleite. Es war nur möglich, das Benzin und Kerosin aus den Fässern in die mitgebrachten Gefäße zu füllen, indem die Fässer auf die Seite gelegt wurden und das Loch zum Füllen geöffnet wurde. Es rann mehr Treibstoff auf den Boden als in die Flaschen, Feldflaschen und Fäßchen. Und die kleinen Holzfässer leckten.

Weston kehrte zum Buick zurück, neigte sich über den Rücksitz und fand schließlich die Pistole, die er in der Hand des japanischen Offiziers gesehen hatte.

Sieht aus wie eine deutsche Luger, dachte er, als er die Waffe nahm. Dann ließ er sie entsetzt fallen. *Sie ist voller Blut!*

Er zwang sich, sie wieder aufzuheben und dann das Koppel des Offiziers zu öffnen, das ebenfalls glitschig von Blut war. In einem Etui am Holster war ein Ersatzmagazin. Er war versucht, Koppel und Holster wegzuwerfen, doch dann sagte er sich, daß er verpflichtet war, die Dinge mitzunehmen. Als er versuchte, das Koppel um seine Hüften zu schnallen, stellte er fest, daß es zu klein war, und er schlang es um seinen Hals.

Plötzlich wurde ihm bewußt, daß der Motor des Buicks noch lief. Er drehte den Zündschlüssel und schaltete den Motor aus.

Everly kam zu ihm.

»Es kann losgehen, wenn Sie bereit sind, Mr. Weston.«

»Bereit wozu?«

»Die Fahrzeuge in Brand zu stecken und heimzukehren«, sagte Everly und nickte zum Ende des Konvois. Zwei Filipinos trugen eines der jetzt fast leeren Benzinfässer. Sie blieben bei dem Buick stehen und warteten offenbar auf Everlys Befehl, den Rest Benzin über dem Wagen auszukippen.

»Sie haben ihn durchsucht?« fragte Everly.

»Ich habe seine Pistole.«

»Das habe ich gesehen«, sagte Everly und sprach dann auf spanisch mit den Filipinos.

Sie stiegen in den Wagen, hoben die Leiche des japanischen Offiziers an und ließen sie über die Seite des Buicks gleiten. Sie landete auf dem Gesicht. Everly durchsuchte sorgfältig die Taschen des toten Offiziers. Er fand eine Brieftasche, irgendwelche Ausweispapiere und ein Taschenmesser, das er einem der Filipinos zuwarf. Dann nahm er die Armbanduhr des toten Offiziers.

»Eine Elgin«, sagte er und warf die Uhr dem anderen Filipino zu. »Meinen Sie, die hat er in Chicago gekauft oder irgendeinem Amerikaner abgenommen?«

Er wartete, bis der Filipino, der glücklich grinste, die Elgin um sein Handgelenk geschnallt hatte, und forderte ihn und den anderen dann mit einer Geste auf, das Benzin aus dem Faß auf den Buick zu schütten. Als das Benzin auf den roten Ledersitz sprudelte, holte Everly sein Zippo-Feuerzeug hervor.

»Moment mal!« sagte er. »Mann, wie kann ich nur so blöde sein.«

»Wieso?« fragte Weston.

Everly rief etwas auf spanisch und wiederholte es auf englisch.

»Die Leute mit den Flaschen und Feldflaschen hierherholen«, sagte er, und einer der Filipinos sagte: »Jawohl, Sir« und rannte zum Ende des Konvois. Everly wandte sich an Weston. »Die Tanks der Wagen sind voll. Wir brauchen nur die Benzinleitung durchzuschneiden und den Sprit in die Flaschen laufen zu lassen.«

»Warum bin ich nicht darauf gekommen?« fragte Weston rhetorisch.

»Warum ich nicht?« sagte Everly.

Das heißt übersetzt, dachte Weston, *von dir hab' ich das nicht erwartet, du bist nur ein nutzloser Fliegerjunge, aber ich, der Profi-Marine, hätte darauf kommen müssen.*

Es dauerte zehn Minuten – die Weston viel länger vorkamen – bis die Flaschen und Feldflaschen aus den Treibstoffleitungen des Buicks und der Trucks gefüllt waren.

Schließlich rief Everly: »Okay. In Brand stecken!«

Er ging neben einer kleinen, aber wachsenden Lache von Benzin in die Hocke, die sich unter dem Buick ausbreitete.

»Sie treten besser zurück, Mr. Weston«, sagte er.

»Richtig.« Weston zog sich ein paar Schritte zurück.

Everly zündete das Benzin an und rannte fort. Er packte Weston am Arm und zog ihn mit sich in den Dschungel.

Weston hörte ein Zischen. Als er zurückblickte, sah er, daß die hintere Hälfte des Buick von Flammen eingehüllt war.

»Manchmal explodiert es schlimmer«, sagte Everly.

»Das kann ich mir denken«, sagte Weston etwas lahm.

»Da ist Ihnen ein guter Kopfschuß gelungen, Mr. Weston«, sagte Everly. »Genau zwischen die Augen. Aber beim nächsten Mal wäre es vielleicht besser, wenn Sie auf die Brust zielen.«

Ich gebe diesem Hurensohn nicht die Befriedigung, das richtigzustellen.

»Ich wußte, daß ich ihn auf diese Distanz in den Kopf treffen kann.«

»Ja, und das haben Sie«, sagte Everly mit einer Spur von widerwilliger Bewunderung. »Aber es ist manchmal besser, Mr. Weston, kein Risiko einzugehen.«

»Lassen Sie uns verschwinden, Everly.«

»Aye, aye, Sir«, sagte Everly.

Sie zogen sich in den Dschungel zurück. Sie hatten vielleicht fünfzig Meter zurückgelegt, als Everly das letzte Wort hatte: Es gab einen gewaltigen Knall, als der Benzintank von einem der Trucks explodierte.

VII

1

Büro des Kempei-Tai-Kommandanten
Cagayan de Oro, Ostprovinz Misamis
Mindanao, Commonwealth Philippinen

20. Oktober 1942, 14 Uhr 25

Alle außer zwei der sieben Offiziere der Mindanao-Abteilung des Kempei Tai waren im Büro von Oberstleutnant Tange Kisho versammelt, um über den Anschlag auf der Bislig-

Caraga-Straße an diesem Morgen zu diskutieren. Anwesend waren Tange; Major Icyasu Matsudaira und sein Stellvertreter; Hauptmann Matsuo Saikaku und Hauptmann Tokugawa Sadanobu; und Leutnant Ichikawa Izumo. Leutnant Okuni Sannjuro und Leutnant Iemitsu Tokugawa waren am Tatort des Anschlags und beaufsichtigten einen zehnköpfigen Suchtrupp, der das Gebiet durchkämmte.

Leutnant Hideyori Niigata, der Fernmeldeoffizier, war hinzugerufen worden für den Fall, daß er gebraucht wurde. Er wartete vor Tanges Büro auf einer Holzbank, die einst von den Bürgern des Commonwealth Philippinen benutzt worden war, die eine Audienz beim Provinzgouverneur gesucht hatten.

Es war keine Frage, daß der Anschlag unverzüglich und mit größter Ernsthaftigkeit aufgeklärt werden mußte. Die Frage war nur, wie.

Major Ieyasu Matsudaira meinte, daß die Aktion, die ergriffen werden mußte, auf der Hand lag. Ein ranghoher japanischer Offizier, Major Shimabara Hara und neunzehn andere Dienstgrade waren ermordet worden. Deshalb sollten fünf Filipinos aus der Umgebung aus Vergeltung für die Ermordung Major Shimabaras aufgehängt werden – ein Verhältnis fünf zu eins – und achtunddreißig Filipinos – ein Verhältnis zwei zu eins – als Vergeltung für die anderen Toten. Die Festnahmen sollten heute erfolgen, wie Major Ieyasu verlangte, die Verhafteten sollten über Nacht verhört werden, und die Hinrichtungen sollten als erstes am nächsten Morgen stattfinden.

Hauptmann Saikaku war anderer Meinung als Major Ieyasu und trug es mit weniger Taktgefühl vor, als Ieyasu erwartet hatte. Weder Saikakus andere Meinung noch seinen Mangel an Takt überraschten Oberstleutnant Tange.

»Es ist die Politik des Kaisers«, sagt Saikaku, »daß wir die Unterstützung der Leute hier gewinnen, indem wir sie in die große asiatische Allianz integrieren. Das Aufhängen von über vierzig Filipinos ist nicht der richtige Weg, um das zu erreichen.«

»Neunzehn Soldaten Seiner Majestät wurden ermordet, einschließlich eines ranghohen Offiziers, der ein lieber Freund war«, blaffte Ieyasu. »Das kann nicht ungestraft bleiben. Darüber hinaus fordert der Angriff unsere Autorität hier heraus, und das kann nicht hingenommen werden.«

»Wenn wir die Täter hätten, würde ich ihnen persönlich den Strick um den Hals legen. Ich würde es hier auf dem Hof tun, und die Leute könnten zuschauen. Aber wir wissen nicht, wer die Täter sind‹«

»Wir wissen, wer sie sind«, fiel ihm Ieyasu ins Wort. »Es sind diese sogenannten ›US-Streitkräfte auf den Philippinen‹.«

»Nein, das wissen wir nicht«, wandte Saikaku ein. »Das ist nur eine Möglichkeit.«

»Und die anderen?«

»Einfach Banditen. Mindanao hat eine lange Geschichte des Banditentums.«

»Wir fanden am Tatort Patronenhülsen von Munition für Gewehre und Maschinenpistolen der U.S. Army.«

»Was nichts beweist. Bevor wir diese Inseln befreiten, griffen Banditen – viele davon Mitglieder des Moro-Stammes – häufig die U.S. Army und philippinische Einheiten an und raubten ihre Waffen. Die Hinrichtung von über vierzig Filipinos unter der fraglichen Voraussetzung, daß sie den US-Streitkräften auf den Philippinen geholfen haben, würde die philippinische Bevölkerung unnötig gegen uns aufbringen und der Vorstellung, daß die US-Streitkräfte auf den Philippinen in der Tat eine militärische Streitkraft ist, die uns bedroht, Glaubwürdigkeit verleihen. Das wollen wir nicht.«

»Was macht Sie so sicher, daß die US-Streitkräfte auf den Philippinen keine militärischen Einheiten sind, die uns bedrohen?« fragte Ieyasu.

»Nun, zum einen haben wir ihren Funkverkehr mit den Amerikanern in Australien abgefangen«, sagte Saikaku. »Sie bitten um Material, einschließlich so grundlegender Dinge wie Funkgeräte und Funkcode; und Australien antwortet, daß ihre Bitten erwogen werden.«

»Ich persönlich finde das interessant, Major Ieyasu«, sagte Oberstleutnant Tange. »Wenn dieser Fertig – und besonders wenn er tatsächlich ein General ist, der hergeschickt oder zurückgelassen wurde, als die Amerikaner kapitulierten, dann wäre es nur logisch, daß er mit guten Funkgeräten und einem kryptographischen System versorgt worden wäre.«

»Genau«, sagte Hauptmann Saikaku.

»Vielleicht sind Sie so nett, Saikaku, uns zu sagen, was Sie dem Oberstleutnant empfehlen, wie er diese Sache anpacken soll?«

»Ich bin überzeugt, der Oberstleutnant hat sich bereits entschieden, wie die Sache angepackt werden soll«, sagte Saikaku glatt.

»Lassen Sie uns hören, was Sie zu sagen haben«, sagte Oberstleutnant Tange.

»Ich würde alle tauglichen Männer im Umkreis von acht Kilometern um den Ort des Raubes …«

»Den Ort des Raubes *und Mordes*«, unterbrach Major Ieyasu.

»… des Raubes und Mordes«, fuhr Saikaku fort, »festnehmen und intensiv verhören. Ein sorgfältiges und geschicktes Verhör, bei dem nach ihrer Freilassung keine sichtlichen Male auf ihren Körpern zurückgeblieben sind.«

»Nach ihrer Freilassung? Mit anderen Worten, Sie bezweifeln, daß bei einem ›sorgfältigen und geschickten Verhör‹ etwas herauskommt?«

»Ja, ich bezweifle, daß etwas dabei herauskommt«, erwiderte Saikaku. »Aber ich denke, wir müssen es versuchen. Wir finden vielleicht irgendwelche Informationen, die möglicherweise im Augenblick nicht von Nutzen sind, uns jedoch später hilfreich sein können. Dann lassen wir die Gefangenen frei. Durch die Festnahme und die Freilassung ohne ernsthafte körperliche Schäden erreichen wir mehrere Dinge gleichzeitig. Erstens zeigen wir allein durch die Festnahme unsere Macht. Zweitens werden sie lernen – und es gewiß weitergeben –, wie unangenehm ein sorgfältiges und profihaftes Verhör durch den Kempei Tai sein kann. Und schließlich beweisen wir durch die Freilassung, daß wir hart, aber gerecht sind.«

»Sehr interessant«, sagte Oberstleutnant Tange. »Das möchte ich in Ruhe überlegen.«

Jeder im Raum war sich im klaren, daß Oberstleutnant Tanges Entscheidung sehr Hauptmann Saikakus Vorschlag ähneln würde – entweder weil er bereits selbst diesen Entschluß gefaßt hatte oder weil Saikakus Vorschlag anscheinend der beste war, der gemacht worden war. Aber wenn Tange jetzt gleich zugestimmt hätte, dann hätte Major Ieyasu das Gesicht verloren.

»Sie sagten, Leutnant Hideyori sei draußen, Hauptmann Saikaku?« fuhr Oberstleutnant Tange fort. »Hat er etwas zu berichten?«

»Nein. Ich sprach mit ihm ausführlich, bevor ich herkam. Sollte es der Oberstleutnant wünschen, bin ich darauf vorbereitet, einen kurzen Bericht über Hideyoris Scheitern zu geben. Ich befahl ihn her für den Fall, daß der Oberstleutnant oder Major Ieyasu persönlich mit ihm sprechen möchten.«

»Lassen Sie uns den kurzen Bericht hören«, befahl Tange.

»Es hat immer weniger Kommunikation zwischen Fertig und Australien gegeben. Ich erwähnte das zuvor. Er bittet um Material; sie antworten, daß seine Bitte erwogen wird, und nennen ihm eine Zeit für den nächsten Funkkontakt. Die Zeit zwischen solchen Kontakten wird zunehmend länger. Das macht jedoch gleichzeitig Leutnant Hideyoris Bemühungen, den Sender zu orten, viel schwieriger, denn Fertig verlegt anscheinend seinen Sender nach jedem Funkkontakt mit Australien. Er bewegt den Sender in einem Gebiet von fünfzig Kilometern von Ost nach West und hundertzehn Kilometern von Nord nach Süd, und jedesmal gibt es in der Gegend nur wenige Straßen.«

»Mit anderen Worten, Hideyori ist nicht näher dran, den Sender zu finden?« fragte Oberstleutnant Tange.

»Ich bedaure, daß es anscheinend so ist«, antwortete Saikaku. »Soll ich ihn holen lassen?«

»Tut er Ihrer Einschätzung nach alles, was er tun sollte?«

»Jawohl, er bemüht sich nach besten Kräften.«

»Dann hat es keinen Sinn, meine Zeit zu vergeuden und mit ihm zu sprechen, oder?«

»So ist es.«

»Danke, das ist alles«, sagte Oberstleutnant Tange. »Major Ieyasu, bleiben Sie bitte hier?«

2

Rocky Fields Farm
Bernardsville, New Jersey

25. Oktober 1942, 16 Uhr 15

Miss Ernestine Sage verließ nackt ihr Badezimmer und trocknete ihr Haar ab. Sie hatte sich für ein Bad jetzt entschieden, anstatt vor dem Zubettgehen, während ihr Vater und Ken McCoy eine Stunde oder so vor dem Abendessen auf die Jagd gingen. Nach dem Abendessen wollte sie sofort erklären, daß sie müde sei, daß sie alle morgen einen anstrengenden Tag haben würden und deshalb alle zu Bett gehen sollten.

Eine halbe Stunde später wollte sie so leise wie möglich am Schlafzimmer ihrer Eltern vorbei und ins Gästezimmer schleichen. Ken würde das nicht von ihr erwarten, und es würde eine angenehme, wenn auch verwirrende Überraschung für ihn sein. Und sie hatte nicht vor, in ihr Schlafzimmer zurückzukehren, ganz gleich, wie stark seine Proteste sein würden.

Wenn ihre Eltern sie hörten, würde das unglücklich sein. Aber sie wollte sich nicht die Gelegenheit entgehen lassen, mit ihrem ›Mann‹ zu schlafen, ganz gleich, wie die Umstände waren. Sie wollte ohnehin nicht hiersein; ihr Vater war früh am Morgen in ihrem Apartment in Manhattan aufgetaucht und hatte sie praktisch beide in seinen Wagen geschleift und hergefahren.

Sie blickte aus dem Fenster, um zu sehen, wie dunkel es war, um sicherzugehen, daß sie Zeit hatte, ihre Toilette zu beenden, bevor ihr Vater und Ken zurückkehrten. Die beiden waren vielleicht fünfhundert Meter vom Haus entfernt und spazierten über ein Stoppelfeld, offenbar auf dem Weg nach Hause. Sie hatte gedacht, sie hätte noch mindestens eine halbe Stunde und sie würden erst bei Einbruch der Dunkelheit zurückkehren.

O Gott, hoffentlich hat Daddy nichts gesagt, was Ken verärgert hat!

»Verdammt!« sagte sie und trocknete sich schneller ab.

Sie zog sich rasch an, einen braunen Tweedrock und einen hellgrünen Pullover, schlüpfte mit den nackten Füßen in Pantoffel, schminkte sich die Lippen und ging nach unten.

Ken und ihr Vater waren im Waffenzimmer. Ken spähte durch die Läufe einer Schrotflinte. Ihr Vater schrubbte den Mechanismus der Waffe mit einer Zahnbürste.

»Heim sind die Jäger, heimgekehrt vom Feld«, sagte Ernie. »Viel eher als erwartet.«

»Es dauerte nicht lange«, sagte Ernest Sage und betrachtete mit sichtlichem Unbehagen, wie Ernie zu Ken ging und ihn küßte.

Ernest Sage war ein schmächtiger Achtundvierzigjähriger, der seine schwarze Haarfülle mit Vitahair zurückgekämmt trug. Vitahair war eines der zweihundertneun weitverbreiteten Produkte von American Personal Pharmaceuticals, des Konzerns, dessen Aufsichtsratsvorsitzender er war.

»Erzähle«, sagte Ernie.

»Wir waren fünfzig Meter im ersten Feld. Zwei Rebhühner flatterten auf. Bevor ich meine Waffe hochreißen konnte, erwischte Ken beide.«

»Er ist ein Marine, Daddy. Was hast du denn gedacht?«

»Er ist ein höllisch guter Schütze, Schatz«, sagte Ernest Sage. »Das kann ich dir sagen.«

Ernest Sage war nicht an die Spitze von American Personal Pharmaceuticals aufgestiegen, weil er den größten alleinigen Aktienbesitz der Gesellschaft hatte, die von seinem Großvater, Ezekiel Handley, Doktor med., gegründet worden war. Er betrachtete sich als normal fähige, anständig gebildete Person, die irgendwie die Fähigkeit erlangt hatte, Leute dazu zu bringen, das zu tun, was er von ihnen wollte, und es obendrein gerne zu tun. Oder umgekehrt, zu unterlassen, was er nicht wollte, und das Unterlassen für das Logische und Vernünftige zu halten.

Er hatte oftmals gescherzt, daß es nur zwei Leute auf der Welt gab, die er nicht unter Kontrolle halten konnte – seine Frau und sein einziges Kind. Aber selbst wenn er das sagte, wußte er, daß er seine Frau sehr gut unter Kontrolle hatte.

Ernie dagegen tat, was sie wollte, und tat nicht, was sie nicht wollte, völlig gleichgültig gegenüber den Wünschen und Manipulationsversuchen ihres Vaters.

Lieutenant Kenneth R. McCoy, USMCR, war offenbar die Bestätigung dafür.

Ernest Sage dachte oftmals insgeheim, wenn er eine Liste von unerwünschten Freiern für seine Tochter aufstellen würde, dann würde ganz oben auf dieser Liste ein Offizier des Marine-Corps mit einer unangenehmen familiären Vorgeschichte stehen – sie waren arm wie Kirchenmäuse, wie er fand, – nur mit High-School-Bildung und nur mit der Zukunftsaussicht, im Krieg fast mit Sicherheit verkrüppelt zu werden – oder, was wahrscheinlicher war, ums Leben zu kommen.

Es hatte ihn zutiefst beunruhigt, jedoch nicht überrascht, als Ernie ihm eine halbe Stunde nach ihrer ersten Begegnung mit Ken McCoy eröffnet hatte, daß sie ihn heiraten wollte.

Zu seinen Schwierigkeiten kam hinzu, daß er McCoy nicht nur bewunderte, sondern auch ziemlich mochte. Er konnte sich nicht einmal mit dem Gedanken trösten, daß McCoy es auf sein Geld und das seiner Tochter abgesehen hatte. Ernie würde ihn auf der Stelle heiraten, das wußte er, ob mit seiner Erlaubnis oder ohne. McCoy weigerte sich jedoch. Er war der Ansicht, es wäre unfair, sie als Witwe zurückzulassen oder sie zu verpflichten, den Rest ihres Lebens für einen Behinderten sorgen zu müssen.

Da Ernie fast immer bekam, was sie wollte – weil sie bereit war, jeden Preis dafür zu bezahlen –, war eine der unangenehmen Möglichkeiten, mit denen Ernest Sage leben mußte, daß sie sich schwängern ließ, entweder um McCoy auf diese Weise zum Traualtar zu lotsen, oder – und bei Ernie war das durchaus möglich – einfach weil sie ein Kind von ihm haben wollte.

Er hatte über dieses Thema mit Ernie diskutiert, und sie hatte darauf hingewiesen, daß jede unerlaubte Frucht ihrer Vereinigung nicht von der Wohlfahrt leben mußte, weil das Einkommen von ihrem Treuhandvermögen drei- oder viermal so hoch war wie das Gehalt, das sie bei der Werbeagentur J. Walter Thompson verdiente.

Weil die beiden zusammen schliefen – vielleicht nicht hier, nicht heute nacht, weil McCoy Einwände dagegen hatte, aber überall sonst, einschließlich einer dreimonatigen Zeit, in der sie zusammen auf einer Yacht im San Diego Yacht Club gewohnt hatten, während McCoy für das inzwischen berühmt gewordene Stoßtruppunternehmen Makin Island ausgebildet worden war –, war das Problem, daß Ernie schwanger werden konnte, sehr groß.

Er war zu dem Schluß gelangt, daß Ernie nur auf eine Schwangerschaft verzichtete, weil sie Angst vor Kens Zorn hatte oder ihn zu sehr respektierte, um etwas gegen seinen Willen zu tun. Und das bedeutete natürlich, daß Ken McCoy den Verlauf ihres Lebens leitete, was ihm, Ernest Sage, als Vater nicht gelang.

Wie das Schicksal so spielt, McCoy war ausgerechnet durch den jungen Mann in Ernies Leben getreten, den ihre Eltern schon als Ernies zukünftigen Ehemann sahen. Wenn man seine derzeitige Rolle als Marineflieger ignorierte und davon ausging, daß er den Krieg überlebte, dann stand dieser junge Mann an der Spitze der Liste geeigneter Freier. Er kam aus einer hervorragenden Familie. Seine Mutter, die beste Freundin von Ernies Mutter und Zimmergenossin auf dem College, war die einzige Tochter von Andrew Foster, dem Besitzer von Foster Hotels International. Sein Vater – ein alter Freund, dem

Ernest Sage nie verzeihen konnte, daß er die Yacht in San Diego zur Verfügung gestellt und genau gewußt hatte, weshalb Ernie dort mit Ken wohnen wollte, war Fleming Pickering, der jetzt General des Marine-Corps und zuvor Aufsichtsratsvorsitzender der Pacific & Far East Shipping gewesen war.

Ken McCoy und Malcolm S. ›Pick‹ Pickering lernten sich auf der Offiziersanwärterschule auf dem Stützpunkt des Marine-Corps in Quantico, Virginia, kennen und wurden Freunde. Nach ihrer Graduierung stieß sich Pick die Hörner in einer Penthouse-Suite im Foster-Park-Hotel an der Central Park South ab – das einzige, was Ernest Sage an dem sonst perfekten Schwiegersohn in spe auszusetzen hatte, war seine Neigung, sich des öfteren auszutoben.

Obwohl Pick für Ernie leider so etwas wie ein Bruder und Schürzenjäger war, gab sie etwas widerstrebend dem Drängen ihres Vaters nach und ging zu Picks Party, um ihm zum Balken des Second Lieutenant zu gratulieren und ihm alles Gute für seine Pilotenausbildung zu wünschen. Dort lernte sie Ken McCoy kennen.

Eine Viertelstunde später verließ sie mit ihm das Penthouse und ging mit ihm in Chinatown essen.

Eines der ersten Dinge, die Ernie ihrem Vater über Ken McCoy erzählte, war ihre Bewunderung darüber, daß er Chinesisch wie ein Chinese sprechen konnte.

»Nun, die sehen ziemlich sauber aus«, sagte McCoy und überreichte Mr. Sage die Läufe der Schrotflinte. »Aber Sie brauchen wirklich etwas Hoppe's Nummer neun. Ich werde Ihnen etwas besorgen.«

»Der Verkäufer bei Griffin & Howe, der mir das Zeug verkaufte, sagte, es wäre der beste Reiniger, der auf dem Markt ist«, hörte Ernest Sage sich sagen.

Warum habe ich nicht einfach ›danke‹ gesagt? Suche ich einen Vorwand, um mich mit ihm zu streiten?

»Der beste Reiniger ist Quecksilber«, sagte McCoy sachlich. »Der zweitbeste ist Hoppe's Nummer neun.«

Quecksilber? Was, zum Teufel, redet er von Quecksilber?

»Quecksilber?«

»Man verstopft ein Ende eines Laufs, füllt den Lauf mit Quecksilber, läßt es ein paar Minuten darin und schüttet es dann aus. So wird der Lauf bis aufs Metall sauber. Ich nehme an, es löst die Blei- und Zündrückstände und all das Zeug auf, das einen Lauf versaut.«

Ich habe leider den Verdacht, daß er weiß, wovon er redet. Ich werde nicht widersprechen. Es gibt vermutlich eine chemische Reaktion bei Stahl, Kupfer, Blei und Quecksilber.

Und dann hörte er sich sagen: »Wollen Sie damit sagen, der Mann bei Griffin & Howe hatte keine Ahnung?«

»Wenn er sagte, daß dieses Zeug das beste ist, hatte er keine.«

»Daddy«, sage Ernie, »Ken weiß alles über Waffen. Warum streitest du mit ihm?«

»Ich habe mich nicht gestritten. Ich wollte mich nur vergewissern, daß ich ihn richtig verstanden habe.« Er zwang sich zu einem Lächeln. »Der nächste Schritt in der heiligen Tradition der Jagd ist hier die Einnahme eines guten Tropfens. Wie klingt das, Ken?«

»Prima, Sir.«

Ernest Sage baute die Schrotflinte zusammen und stellte sie in einen Waffenschrank neben ungefähr zwanzig andere Langwaffen. Dann wandte er sich um und lächelte seine Tochter an.

Ich habe mich mein Leben lang mit Waffen beschäftigt, aber dein Ken weiß alles über Waffen, wie?

»In der Bibliothek, Schatz? Oder sollen wir in die Küche gehen und deiner Mutter beim Rupfen der Vögel zuschauen?«

»In der Bibliothek«, sagte Ernie. »Mutter haßt es, Vögel zu rupfen; sie betet immer, daß du niemals einen Fasan schießt.«

»Ich habe noch nie Fasan gegessen«, sagte Ken McCoy.

»Wirklich nicht?« Ernest Sage sah ihn erstaunt an.

Sie gingen in die Bibliothek. Ernest Sage öffnete etwas, das wie ein Buchreihe aussah, und es kam eine Bar, komplett mit Kühlschrank, zum Vorschein.

Ernest Sage nahm zwei Gläser und gab Eiswürfel hinein.

»Ja, Daddy«, sagte Ernie. »Vielen Dank, ich trinke einen. Sehr aufmerksam.«

»Entschuldige, Schatz«, sagte ihr Vater. »Ich habe mich noch nicht daran gewöhnt, daß du eine erwachsene Frau bist.«

»Geben Sie ihr etwas Leichtes«, sagte McCoy. »Ein starker Drink, und sie tanzt auf Tischen.«

Sage blickte überrascht auf und sah gerade noch, daß Ernie Ken die Zunge herausstreckte.

»Glaube ihm nicht, Dad.«

Er schenkte ein und reichte jedem ein Glas.

»Worauf trinken wir?« fragte er. »Auf die Jagdbeute?«

»Wie wäre es mit Pick?« erwiderte McCoy. »Er tut mir leid.«

»Warum tut er Ihnen leid?« fragte Ernest Sage.

»Er wird zur Zeit an der Westküste ausgestellt.«

»Das verstehe ich nicht.«

»Eine Tournee zur Ankurbelung des Verkaufs von Kriegsschuldverschreibungen. All die Fliegerhelden von Guadalcanal sind dabei. Bescheidenheit ist keine von Picks Stärken, aber ich nehme an, die Tournee wird ihn davon heilen.«

»Pick ist ein Held?«

»Bezeugt. Er erhielt vorige Woche das Distinguished Flying Cross vom Marineminister persönlich.«

»Weil er das gleiche getan hat wie du?« fragte Ernie. Es war eine Herausforderung.

»Weil er ein As ist. Mehr als ein As. Ich glaube, er hat sechs Abschüsse. Vielleicht sogar sieben.«

»Was meinte sie mit ›weil er das gleiche getan hat wie du‹, Ken? Haben Sie Pick im Pazifik gesehen?«

»Jawohl, Sir. Ich habe ihn gesehen.«

»Wenn er eine Medaille bekommen hat, warum hast du dann keine bekommen?« fragte Ernie.

»Weil ich nichts getan habe, um eine Medaille zu verdienen.«

»Ha!« schnaubte Ernie.

»Was genau machen Sie bei den Marines, Ken?« fragte Ernest Sage mit einem Lächeln.

Er wußte, daß McCoy für Fleming Pickering arbeitete. Er wußte nicht, was Pickering im Marine-Corps machte – Pickering hatte ihm erzählt, er wäre der General, der für die Reparatur von Kochgeschirren zuständig sei –, und er dachte, er könnte es jetzt vielleicht herausfinden.

»Nun, im Augenblick versuche ich dafür zu sorgen, daß sich die Navy keinen unter den Nagel reißt, der eine asiatische Sprache spricht, daß das Corps wenigstens ein paar davon abkriegt. Ich war in der vergangenen Woche im Einberufungszentrum der Streitkräfte in New York.«

»Ich meine, normalerweise.«

»Normalerweise mache ich alles, was General Pickering mir befiehlt.«

»Sie sind sein Assistent bei der Verantwortung über die Reparatur von Kochgeschirren, richtig?«

»Jawohl, Sir, so ungefähr.«

»Du verschwendest deine Zeit, Daddy«, sagte Ernie. »Ich lebe mit ihm zusammen, und er erzählt mir auch nichts von seiner Arbeit.«

Das mußtest du unbedingt sagen, ›ich lebe mit ihm zusammen‹, wie? dachte Ernest Sage.

Er schaffte es mit einiger Mühe, ein Lächeln aufzusetzen. »Ich wollte Sie nicht aushorchen, Ken. Halten Sie es für zu neugierig, wenn ich frage, wie lange Sie weg sein werden?«

»Nein, Sir. Ich werde sehr lange weg sein, nehme ich an. Vier, fünf, vielleicht sogar sechs Monate.«

Nun, ich nehme an, wenn man jung ist und eine Uniform trägt, sind fünf oder sechs Monate ›sehr lange‹.

»Und dann?«

»Das hat man mir noch nicht gesagt.«

»Und wenn man es ihm gesagt hätte, würde er es uns nicht erzählen«, sagte Ernie und fügte heftig hinzu: »Ich hasse diesen gottverdammten Krieg!«

»Du bist noch nicht so groß, um von mir zu hören, daß du deine Zunge hüten sollst, junge Lady.«

»Würdest du es vorziehen, wenn ich es ›diese noble Unternehmung, um der Welt die Demokratie zu retten‹ bezeichnen würde?«

»Das klingt gut«, sagte McCoy.

»Ach, geh zum Teufel!« fuhr Ernie ihn an.

Ken McCoy wußte in Wirklichkeit, wo er vier bis sechs Monate lang sein würde. Er hatte es vor einer Woche erfahren, und es war TOP SECRET. Und er war wirklich beeindruckt von seiner Aufgabe und der langfristigen Planung für den Krieg, die jetzt bei den höheren Rängen des militärischen Establishments stattfand.

Die Chefs der Streitkräfte wollten die Inseln Japans bombardieren. Obwohl die Inseln, von denen Flugzeuge zum Angriff auf Tokio und anderer japanischer Städte fliegen würden, jetzt fest in japanischer Hand waren, waren die hohen Tiere so sicher, daß der Krieg im Pazifik zu ihrer Eroberung führen würde, daß sie ihre Aufmerksamkeit den Einzelheiten gewidmet hatten.

Eine der Einzelheiten war die Wetterinformation. Ohne genaue Wettervorhersage – einschließlich Windstärke und -richtung – würde eine Bombardierung mit Langstreckenbombern nicht möglich sein.

Der ideale Ort für eine Wetterstation würde so nahe wie möglich bei Japan sein. Weil es nicht in Frage kam, eine Wetterstation nahe bei Japan zu errichten, war der nächstbeste Ort – aus Gründen, die man McCoy nicht erklärt hatte – die Wüste Gobi in der Mongolei.

Es hatte ihn überrascht, daß die Vereinigten Staaten militärisches Personal in der Wüste Gobi hatten, so weit hinter den feindlichen Linien, wie es nur möglich war. Es gab einige Soldaten und Marineangehörige, doch die Mehrheit waren Marines, die in Peking stationiert gewesen waren und sich nicht den Japanern ergeben hatten, als der Krieg begonnen hatte. Sie waren in die Wüste Gobi geflüchtet, aus Gründen, die nicht ganz klar waren, jedoch mit Sicherheit die Vermeidung einer Gefangennahme einschlossen.

Sie hatten eine Reihe von Ex-China-Marines, Mitglieder

der Jangtse-Flußpatrouille und vom 15. Infanterieregiment der Army, die in China den Abschied erhalten hatten und sich als wieder einberufen betrachteten. Es sollten siebenundsechzig sein.

Sie hatten durch amerikanische Kräfte in China Funkkontakt hergestellt und waren jetzt in direktem Kontakt mit Funkstationen von Army und Navy auf Hawaii, in Australien und den Vereinigten Staaten. Sie hatten den Befehl, den Kontakt aufrechtzuerhalten und sich einer Gefangennahme zu entziehen, aber sie waren nicht informiert über die Pläne, die man mit ihnen hatte.

Wenn sie in einer Reihe von Fähigkeiten – einschließlich Fallschirmspringen – ausgebildet werden konnten, sollte Verstärkung in die Wüste Gobi geschickt werden, darunter Funker, Meteorologen, Kryptographen und andere Techniker.

Ihre Fähigkeit, Wetterdaten von der Wüste Gobi aus zu sammeln und verschlüsselt zu übermitteln, würde getestet werden wie die Wirksamkeit der Wettervorhersage nach den gelieferten Daten.

Weil das Personal in der Wüste Gobi überwiegend aus Marines bestand und das Marine-Corps ein Teil der Navy war, hatte die Navy das gesamte Kommando über die Operation erhalten. Die Meteorologen, Kryptographen und Funker würden Mitglieder der Navy sein. Aber der Marineminister hatte mit dem Einverständnis des Stabschefs des Präsidenten dem Office of Management Analysis vom Marine-Corps die Verantwortlichkeit für die Abwicklung der Operation übertragen.

Der Stellvertretende Chef von Management Analysis hatte seinerseits Major Edward Banning als verantwortlichen Offizier und Lieutenant Kenneth R. McCoy als seinen Stellvertreter ernannt. Man hatte McCoy nichts gesagt, aber er wußte, daß Banning eine MAGIC-Unbedenklichkeitsbescheinigung hatte und deshalb nicht dem Risiko einer Gefangennahme ausgesetzt werden durfte und Banning folglich nicht den Auftrag ausführen würde. Er war sich auch ziemlich sicher, daß er in Bannings Abwesenheit nicht befehlshabender Offizier werden würde; das Kommando würde man keinem popeligen Lieutenant anvertrauen. Folglich würde irgendwann zwischen jetzt und dem Zeitpunkt, an dem die Abteilung für die Mission die USA verließ, ein Stabsoffizier als Leiter ernannt werden.

Aber bis dahin hatte er die Leitung, und er wandte sich nur an Banning, wenn er ein Problem hatte, mit dem er allein nicht fertig werden konnte. Er würde, wie er Ernie und ihrem Vater gesagt hatte, vier bis sechs Monate ›weg‹ sein. Und er war überzeugt, daß er einen großen Teil der Zeit mit Ernie verbringen konnte.

Es fing fast sofort an. Er mußte die Fallschirmspringerschule des Marine-Corps in Lakehurst, New Jersey, absolvieren. Während dieser Zeit konnte er jeden Abend und jedes Wochenende nach New York City fahren. Aber er mußte auch regelmäßig nach Lakehurst zurückkehren, um zu überprüfen, welche Fortschritte die anderen beim Fallschirmspringen und dem Abwerfen von Ausrüstung aus Flugzeugen machten.

Der Gedanke, mit dem Fallschirm über der Mongolei abzuspringen, war ein wenig entnervend, aber Ken McCoy sagte sich, daß es vermutlich viel sicherer war, als Zugführer auf Guadalcanal zu sein. Das wahre Problem mit der Operation Mongolei bestand darin, daß es lange dauern würde, bis er aus der Mongolei herauskommen würde, wenn er erst einmal dort war. Vielleicht würde es bis zum Ende des Krieges dauern. Aber das ließ sich nicht ändern.

3

Congressional Country Club
Fairfax County, Virginia

1. November 1942

Der Status von Major James C. Brownlee III, USMCR, Office of Strategic Services Reception and Training Station – der in den Dienst gepreßte Congressional Country Club – war praktisch ›Agent, der auf seine Verwendung wartet‹.

Das bedeutete, daß er erfolgreich das Ausbildungsprogramm absolviert und vor dem ›Final Board‹ bestanden hatte – einer Gruppe von fünf ranghohen OSS-Offizieren, die sich seine militärische Vorgeschichte und die Beurteilungen seiner Ausbilder im Country Club angesehen und ihn dann in einer vierstündigen Sitzung geprüft hatten, um festzustellen, ob er der Typ Mann war, der erfolgreich hinter den feindlichen Linien tätig sein konnte.

Jim Brownlee, ein großer, blonder, schlanker siebenundzwanzigjähriger Brillenträger, hatte nicht immer ein Marineinfanterist sein wollen. In Princeton nahm er am Zugführer-Programm des Marine-Corps teil, das eher wie das Reserve Officer Training Corps der Army war. Während des Studienjahrs gab es für junge Männer, die dachten, sie könnten vielleicht Offizier werden, Kurse mit militärischer Beziehung. Und dann, in den Sommerferien, gab es sechs Wochen intensiver Ausbildung zu grundlegenden militärischen Themen – Marschieren, Schießen, Kartenlesen – auf dem USMC-Stützpunkt Quantico, Virginia, und im Parris Island Recruit Depot, South Carolina.

Jim Brownlee wollte Berufsoffizier beim Marine-Corps werden, doch sein Sehvermögen erfüllte nicht die Kriterien für einen Berufssoldaten des Marine-Corps. Statt dessen wurde er nach seiner Graduierung in Princeton im Juni 1937 zum Second Lieutenant der Reserve des Marine-Corps ernannt. Danach absolvierte er den Basic Officer Course in Quantico und wurde zu inaktivem Dienst entlassen.

Er ging zum Bataillon 14 der Marine Corps Reserve in New Orleans, Louisiana, als Zugführer, obwohl das eine Bahnfahrt über Nacht – auf eigene Kosten – jeden Monat einmal hin und zurück von seinem Wohnort Palm Beach, Florida, für das Ausbildungsprogramm am Wochenende bedeutete. Nach zwei Jahren Dienst im Bataillon wurde er zum First Lieutenant befördert.

Wenn er nicht mit dem Marine-Corps übte, war er stellvertretender Leiter der Transportabteilung der Brownlee Fruit Company (gegründet von seinem Großvater Matthew J. Brownlee). Die Firma importierte Bananen – aus eigener Produktion – aus Nicaragua, Honduras, Panama und San Salvador. Sein Vater war gegenwärtig Präsident der Gesellschaft, und sein älterer Bruder, Matthew J. Brownlee II, war Vizepräsident, Produktion.

Sein Titel bedeutete, daß sein Vater ihn unter einem erfahrenen Transportmanager arbeiten ließ, damit er das Geschäft erlernte. Bananen wurden aus Brownlee-Schiffen in Port St. Lucie, Florida, in Mobile, Alabama, und New Orleans, Louisiana, gelöscht. Sein Job war es, den glatten Transport der Bananen entweder zu regionalen Vertriebszentren oder zum Einzelhandel sicherzustellen.

Er mochte die Herausforderung, schnell und ökonomisch riesige Mengen von Bananen – natürlich leichtverderbliche Ware – vom Verladehafen zu ihrem Ziel zu bringen und dabei so frisch wie möglich zu erhalten. Zugleich fand er die komplizierten Frachtgesetze, Tarife und die Bestimmungen für zwischenstaatliche Transporte faszinierend.

Weil die ganze Sache dazu diente, daß er das Geschäft erlernte, verbrachte er auch viel Zeit in Zentralamerika bei seinem Bruder. Matthew, der fünfzehn Jahre älter war als er, wandte viel Zeit auf, um Jim das Plantagengeschäft zu zeigen und zugleich zu verhindern, daß er sich, wie es bei der Episkopalkirche hieß, zur sündigen Fleischeslust mit dunkelhäutigen eingeborenen Mädchen hinreißen ließ.

Am 15. Oktober 1940 befahl Präsident Roosevelt die Mobilisierung der Bataillone der Marine Corps Reserve, was Jim Brownlee nicht überraschte. Am 9. April hatte Deutschland Dänemark besetzt und war in Norwegen eingefallen. Im nächsten Monat fiel Deutschland in Belgien, den Niederlanden und Luxemburg ein. Der britische Premierminister Neville Chamberlain, der ›Frieden in unserer Zeit‹ versprochen hatte, trat am 11. Mai zurück, und Winston S. Churchill übernahm sein Amt.

Was nach dem deutschen Blitzkrieg von der britischen Armee übrig war, wurde am 4. Juni von Dünkirchen aus evakuiert, und nur eine Woche später marschierte die deutsche Wehrmacht im Paradeschritt über die Champs-Élysées. Am 22. Juni kapitulierten die Franzosen vor den Deutschen.

Im Juli setzte ein Lieutenant Colonel des Marine-Corps Jims Reservebataillon in New Orleans über die militärische Lage ins Bild, wie das Marine-Corps sie sah. Er erwähnte, daß am 30. Juni die Gesamtstärke des U.S. Marine Corps tausendsiebenhundertzweiunddreißig Offiziere und sechsundzwanzigtausendfünfhundertfünfundvierzig Unteroffiziere und Mannschaften war.

Er sagte nicht, daß die Reserve bald mobilisiert werden würde, aber er erklärte, daß die Zahl der Marines in Uniform unter den gegebenen Umständen nicht ausreichte.

Jim Brownlee meldete sich am 1. November 1940 zum aktiven Dienst mit seinem Reservebataillon beim Stützpunkt Quantico, Virginia. Binnen einer Woche nach der Ankunft wurde das Bataillon aufgelöst, und seine Mitglieder wurden auf der ganzen Welt verstreut, wo auch immer Marines dienten.

Ein Personaloffizier, ein Major, der – wie Jim richtig argwöhnte – neugierig war, wie ein Vierundzwanzigjähriger Vizepräsident einer großen Gesellschaft geworden war, befragte ihn ausführlich über seine Aufgaben und schickte ihn dann zu einem Colonel, dem G-4 (Versorgung), in Quantico.

Der Colonel befragte ihn noch intensiver über seine Kenntnisse dessen, was beim Marine-Corps als ›Transport‹ bezeichnet wurde. Er war anschcinend zufrieden mit den Antworten, denn er sagte Jim, daß er jemanden mit seiner Qualifikation gesucht hatte und er sich ab sofort als stellvertretender Transportoffizier der Abteilung G-4 betrachten konnte.

Jims Einwände, daß er als Infanterie-Zugführer ausgebildet worden war, wurden mit der Bemerkung des Colonels abgetan, daß ein guter Offizier des Marine-Corps hinging, wo er hingeschickt wurde, und tat, was ihm befohlen wurde, und zwar ohne sich zu beklagen.

Das Jahr zwischen Jims Ruf zum aktivem Dienst und Pearl Harbor verging schnell, und er fand eine gewisse Befriedigung bei seiner Arbeit. Es überraschte ihn sehr, wie viele Transportfirmen, die für das Marine-Corps arbeiteten, ungeschoren davongekommen waren, bevor er sein erfahrenes Auge auf die Rechnungen geheftet hatte, die sie ausgestellt hatten.

Während dieser drei Jahre erhielt er drei Empfehlungsschreiben für seine Personalakte und eine völlig unerwartete Beförderung zum Captain.

Der Angriff von Pearl Harbor überraschte ihn aus einer Reihe von Gründen. Zum einen hatte er nicht gedacht, daß die Japaner technisch fähig waren, mit solcher Stärke auf eine solch große Distanz zuzuschlagen. Zum anderen hatte er zwar einen Überraschungsangriff auf die Vereinigten Staaten für möglich gehalten, aber er hatte gedacht, daß er vielleicht auf den Panamakanal erfolgen würde, entweder von den Deutschen im Atlantik oder den Japanern im Pazifik oder von beiden.

Am 8. Dezember reichte er ein Gesuch zur Versetzung zum Dienst bei der Truppe ein. Binnen einer Woche wurde das Gesuch abgelehnt. Danach reichte er jeden Monat ein Gesuch ein, das jedesmal abgelehnt wurde. Im April 1942 wurde er zum Major befördert. Die Zeremonie fand im Büro des Kommandeurs statt. Nachdem der General gratuliert hatte, sprach er die Hoffnung aus, das dies das Ende der monatlichen Versetzungsgesuche sein würde.

Im Mai 1942 landete eine Aktennotiz vom USMC-Hauptquartier auf Major Brownlees Schreibtisch. Es sollte zu Bewerbungen von Offizieren für nicht genau definierten Dienst nachrichtendienstlicher Art ermuntert werden. Diejenigen Bewerber sollten bevorzugt werden, die fließend eine oder mehrere Fremdsprachen beherrschten und/oder Zeit außerhalb der Vereinigten Staaten verbracht hatten.

Er schrieb seine Bewerbung und sagte sich dann, daß er sie vergessen konnte, weil sie genauso abgelehnt werden würde wie seine Versetzungsgesuche zum Dienst bei der Truppe.

Zwei Wochen später kamen seine Befehle. Er wurde versetzt zu einem Office of Strategic Services – was ihm nichts sagte – und sollte sich binnen achtundvierzig Stunden im National Institutes of Health Building in Washington, D. C., melden.

Dort wurde er von Offizieren befragt. Es waren drei Männer in Zivil, und zwei davon sprachen Spanisch. Am Ende der Befragung schüttelte ihm einer der Spanischsprechenden die Hand, stellte sich mit Namen vor und sagte: »Grüßen Sie bitte Ihren Bruder von mir. Aber erzählen Sie ihm nicht, wo und unter welchen Umständen wir uns über den Weg gelaufen sind.«

Am selben Nachmittag wurde Jim Brownlee in einem Buick-Kombi zum früheren Congressional Country Club gefahren, um mit der Ausbildung zu beginnen.

Die Ausbildung war schwer, aber nicht annähernd so schwer für Major Brownlee wie für seine Kameraden, die direkt aus dem Zivilleben zum OSS gekommen waren – er hatte sich in Quantico und danach fit gehalten. Zwei Kameraden hatten noch nie eine Waffe in der Hand gehalten, bevor sie zum Country Club gekommen waren.

Im Laufe der Ausbildung fragte er sich, wo er verwendet werden würde. Er gelangte allmählich zu dem Schluß, daß er wegen seiner Spanischkenntnisse entweder in Spanien oder irgendwo in Südamerika verwendet werden würde. Es war Politik der Vereinigten Staaten, in Spanien Generalissimo Franco, bekannt als ›El Caudillo‹, neutral zu halten. Wenn er in Südamerika verwendet werden würde, dann vermutlich in Argentinien, wo die vom Militär beherrschte Regierung nur dem Namen nach ein Verbündeter der Deutschen war. Es war allgemein bekannt im Country Club, daß OSS und FBI tief in Argentinien, Chile, Paraguay und Uruguay verwickelt waren.

Es gab eine anständige Bücherei im Country Club, und Jim Brownlee verbrachte viele Abende mit der Lektüre über die Geschichte und Politik Südamerikas. Sein Gefühl sagte ihm, daß er kurz nach der Ausbildung seine Verwendung erfahren und eine letzte Prüfung machen würde.

Das geschah nicht. Trotz seines Status ›Agent, der auf seine Verwendung wartet‹ gab es keine Verwendung. Jemand im Büro erkannte, daß er der ranghöchste anwesende Offizier des Marine-Corps im Country Club war, und folglich war er verwaltungsmäßig für alles Personal des Marine-Corps beim OSS verantwortlich.

Zuerst machte ihm das überhaupt nichts aus, weil er es als Übergangszeit zwischen Vollendung der Ausbildung und seiner Verwendung betrachtete. So hatte er etwas zu tun, und es machte ihm Spaß, Kameraden um die Klippen der Ausbildung im Country Club zu führen.

Doch dann fragte er sich besorgt, ob ihm im Country Club das gleiche widerfahren würde wie in Quantico. Gute Verwaltungsleute waren rar. Und mehr und mehr Marines waren vom OSS akzeptiert worden.

Das letzte, was er sein wollte, war eine Art Glucke für Marines. Er wollte raus und etwas Konkreteres gegen den Feind unternehmen, als andere Marines während der Ausbildung zu bemuttern. Er war jetzt nicht näher an dem, was er als ›kämpfenden Marine‹ bezeichnete, als er es in Quantico gewesen war.

Diese Erkenntnis wurde noch schmerzlicher durch die Ankunft von First Lieutenant Robert B. Macklin, USMC, im Country Club. Macklin war nicht nur ein gutaussehender Mann, sondern seine Uniform – und seine Person – war mit den Symbolen dessen geschmückt, was Jim Brownlee sehnlich zu sein wünschte, ein kämpfender Marine. Macklin trug den Ring der US-Marineakademie Annapolis. Ordensbänder auf der Brust seines tadellos sitzenden Uniformrocks zeigten an, daß er im Pazifikraum gedient hatte und zweimal verwundet worden war. Sein Gesicht hatte eine Narbe von einer Verwundung, und sein leichtes Hinken, das er vergebens zu verbergen versuchte, ließ darauf schließen, daß er am Bein schlimmer verwundet worden war als am Gesicht.

Er trug das Fallschirmspringer-Abzeichen. Und als er gefragt wurde, enthüllte er, daß er verwundet worden war, als er mit dem 2. Fallschirmjäger-Bataillon des USMC während der Invasion von Guadalcanal den Strand von Gavutu gestürmt hatte. Brownlee hatte gehört, daß die Fallschirmjäger des Marine-Corps auf Gavutu stark dezimiert worden waren – einer von zehn Fallschirmjägern war gefallen oder verwundet worden.

»Ich habe eigentlich nur eine Frage, Lieutenant«, sagte Brownlee. »Bei all dem Dienst, den Sie gehabt haben, hätte ich gedacht, daß Sie jetzt mindestens Captain sind.«

»Der Major wird bemerkt haben«, sagte Macklin mit tadelloser militärischer Höflichkeit, »daß meine Personalakte verlegt wurde.«

»Ja, natürlich«, sagte Brownlee. »Ich bin überzeugt, daß sie auftauchen wird.«

Lieutenant Robert B. Macklin hoffte sehnlich, daß sie für immer verschollen blieb. Er war erfreut gewesen, als ihn ein Master Gunner der Personalabteilung an der Eighth und ›I‹ informiert hatte, daß seine Personalakte verschwunden war, man ihn dennoch zum OSS schicke und ›hoffe, daß die Akte wieder auftauchen‹ werde.

Mit einem bißchen Glück würde sie nie wieder auftauchen, was bedeutete, daß das Corps eine neue Akte ›rekonstruieren‹ mußte. Und mit noch etwas mehr Glück würde die ›rekonstruierte‹ Akte keine Kopie der verheerenden Beurteilung enthalten, die er von Captain Edward Banning, dem S-2 des 4. Marineinfanterieregiments in Schanghai erhalten hatte.

Lieutenant Macklin hatte über diese Beurteilung und ihre

mögliche Auswirkung auf seine Laufbahn viel nachgedacht. Jetzt, nach reiflicher Überlegung, überraschte es ihn nicht mehr, daß Captain Edward J. Banning all diese verächtlichen – und unwahren – Dinge über ihn geschrieben hatte. Macklin war überzeugt, daß unter den gegebenen Umständen völlig verständlich war, daß er das getan hatte.

Banning war zwar Berufssoldat, aber kein Absolvent der Akademie. Banning war auf der Citadel gewesen, wenn er sich richtig erinnerte. Wenn nicht auf der Citadel, dann auf VMI oder Norwich, auf einer dieser quasiprofessionellen privaten Militärschulen, von denen aus irgendeinem Grund, höchstwahrscheinlich einem politischen, die Absolventen Berufssoldaten werden durften. Es war allgemein bekannt, daß Absolventen von Norwich, Citadel und VMI neidisch auf diejenigen waren, die Annapolis und West Point besucht hatten, und bei jeder Gelegenheit denjenigen Messer in den Rücken stießen, die das Privileg gehabt hatten. Darüber hinaus war zu dieser Zeit Bannings eigene Karriere in Gefahr gewesen, und er hatte keinem die Schuld geben können außer sich selbst. Da Citadel oder was sonst nicht die Akademie war, mußte Banning in seinem Leben als Offizier des Marine-Corps lernen, was man von ihm erwarten würde. Potentiellen Offizieren zu lehren, was man von ihnen erwartete, war einer der Hauptgründe, weshalb Army und Navy West-Point- und Annapolis-Absolventen zum Dienst bei privaten Militärschulen schickten.

Daß sich Banning mit einer staatenlosen Person eingelassen hatte, mit einer russischstämmigen Frau, war nicht das richtige Verhalten eines Offiziers und Gentleman. Wenn der Krieg nicht gekommen wäre, hätte es das Ende von Bannings Laufbahn bedeutet, und das mußte er gewußt haben.

Banning hätte sich darüber hinaus nicht mit einem Unteroffizier abgeben sollen, besonders nicht mit einem wie Corporal ›Killer‹ McCoy. McCoy war typisch für die Unteroffiziere bei den China-Marines, ein Produkt der Unterklasse, offenbar ohne anständige Bildung. Für diese Leute bedeutete der Dienst im Marine-Corps drei richtige Mahlzeiten am Tag, eine

Koje und die Gelegenheit, häufig mit einheimischen Weibern zu vögeln.

Es gibt Gründe dafür, eine Linie zwischen Offizieren und Unteroffizieren und Mannschaften zu ziehen. Banning wußte gewiß von dieser Linie und ihren Gründen, und er ignorierte sie trotzdem. Zugleich war völlig klar, daß McCoy alles über Bannings russische Geliebte wußte – und Gott allein wußte, welche anderen Geheimnisse Banning verbarg. Dieses Wissen gab McCoy einen völlig inakzeptablen Vorteil gegenüber einem Offizier. Dadurch hatte er ihn praktisch in der Hand.

Und dann war da die Sache mit Lieutenant Ed Sessions Unterstützung von McCoys empörenden Anschuldigungen. Was das anbetraf ... das war wirklich sehr enttäuschend. Sessions, der ebenfalls die Akademie besucht hatte, hätte wenigstens ein bißchen Loyalität gegenüber einem ehemaligen Studienkollegen zeigen sollen, der von einem Unteroffizier angegriffen wurde. Aber Sessions wußte nicht nur, daß Banning *seine* Beurteilung schreiben würde, sondern daß Banning auch Killer McCoy praktisch ausgeliefert war und dem Wort seines Unteroffizierskumpans mehr Glauben schenken würde als jedem, der wußte, was wirklich passiert war. So spielte Sessions mit.

Der übliche Mechanismus, persönliche Konflikte aus Beurteilungen herauszuhalten, war eine Prüfung durch einen ranghöheren Offizier. Aber das ging schief. Major Puller, der Offizier, der die Beurteilung prüfte, war bereits überarbeitet durch die Vorbereitungen zur Verlegung des 4. Marineinfanterieregiments auf die Philippinen, und er hatte nur die Wahl, Banning zu glauben, den er kannte, oder einem Offizier, der nicht zu ihrer Clique zählte. So einfach war das.

Seine folgende Verwendung als Messeoffizier in Quantico war ein direktes Resultat von Bannings Beurteilung. So ein Dienst gebührte keinem Absolventen der Marineakademie. Aber er entschloß sich dann, das Beste daraus zu machen.

Und dann – er fand es immer noch unglaublich – tauchte Corporal Killer McCoy in Quantico als Offiziersanwärter auf. Der einzige Offiziersanwärter von den Unteroffizieren und

Mannschaften. Der einzige, der nicht auf dem College gewesen war, geschweige denn graduiert hatte.

Was seine Begegnung mit McCoy in Quantico betraf, so war Macklin bereit, zuzugeben, daß er die Sache falsch eingeschätzt hatte. Einerseits war er es dem Corps schuldig, alles Notwendige zu tun, um zu verhindern, daß solch ein Mann Offizier wurde. Andererseits hätte er sich an den entsprechenden Offizier der Schule wenden und ihm erzählen sollen, was er über McCoy wußte – Informationen, die es absurd machten, ihm ein Offizierspatent zu geben.

Er wußte, daß McCoy nicht nur ungehorsam und verlogen war, sondern daß er in China als ›Killer‹ bekannt gewesen war, weil er in einer Bar oder einem Bordell mit italienischen Marineinfanteristen aneinandergeraten war; er hatte zwei von ihnen mit dem Messer getötet. Irgendein Formfehler verhinderte, daß er bekam, was ihm zustand – zwanzig Jahre Knast im Marinegefängnis Portsmouth. Ein Mann mit mörderischen Instinkten, der im Suff Leute erstach, durfte nicht Offizier des Marine-Corps sein.

Aber zu diesem Zeitpunkt hatte er es für keine gute Idee gehalten, den offiziellen Weg zu wählen. Seine guten Absichten, seine Sorge um das Wohl des Marine-Corps, wären vielleicht mißverstanden worden.

Wenn er etwas Offizielles unternommen hätte, wäre vielleicht die Frage gestellt worden ›Wer ist Lieutenant Macklin?‹ Vermutlich hätte man seine Personalakte zu Rate gezogen. Und sie enthielt natürlich Bannings Beurteilung. Bis seine Leistungen im Dienst bewiesen, wie falsch die Beurteilung war, war es nicht ratsam, auf die Personalakte aufmerksam zu machen. Je weniger sie gelesen wurde, desto besser.

Und natürlich war es für ihn als Offizier und Gentleman unter seiner Würde, Killer McCoy bösen Willen zu unterstellen. Es war nach Macklins letzter Analyse nicht McCoys Schuld, daß er auf der Offiziersanwärterschule war. Banning hatte das arrangiert, hatte ihm einen absolut unglaublichen Empfehlungsbrief geschrieben.

McCoy gehörte zu den Unteroffizieren. Im Laufe der Zeit,

unter der Führung von Offizieren, würde er vielleicht ein annehmbarer Sergeant werden. So mußte er also zurück zu den Unteroffizieren gebracht werden. Mit seiner Vorgeschichte war zu erwarten, daß er die Offiziersanwärterschule nicht schaffte.

Im Club sprach er mit einem von McCoys Ausbildern. Ohne in Einzelheiten zu gehen, machte er klar, daß es eine Katastrophe sein würde, wenn Killer McCoy ein Offizierspatent erhalten würde. Dieser Offizier war ebenfalls der Ansicht, daß ein Offizier mindestens einen High-School-Abschluß haben sollte. Und er war ebenfalls dafür, McCoy zu den Unteroffizieren zurückzuschicken, indem dafür gesorgt wurde, daß er die Offiziersanwärterschule nicht bestand, wenn nicht in der Theorie, dann auf den Gebieten ›Führungsqualitäten‹ und ›Charakter‹.

Das hätte vielleicht geklappt. Doch zu dieser Zeit war es scheinbar eine bessere Idee gewesen, dafür zu sorgen, daß McCoy bei den militärischen Aspekten der Schule scheiterte. Dafür zu sorgen, daß McCoy beim Schießkursus durchfiel, war offenbar eine gute Idee gewesen.

Solch ein Versagen würde McCoy keinen dauernden Schaden bringen. Wenn er wieder bei den Unteroffizieren war, würde er Gelegenheit haben, den Standardkursus zu wiederholen, und das konnte er vermutlich schaffen. Unterdessen würde er von der Offiziersanwärterschule fliegen.

Aber der Sergeant Major der Garnison steckte seine Nase in Dinge, die ihn nichts angingen, und zweifelte McCoys Resultate beim Gewehrschießen an. McCoy schoß noch einmal für die Bewertung und qualifizierte sich als ›High Expert‹.

Kurz danach wurde Macklin ins Büro des stellvertretenden Kommandanten der Schule befohlen, wo man ihm sagte, es wäre in seinem Interesse, um eine Versetzung zu ersuchen. Es war keine Frage für Macklin, daß der Sergeant Major zum stellvertretenden Kommandanten gegangen war und Geschichten erzählt hatte, was er, Macklin mit den Schießscheiben von McCoy gemacht hatte.

Macklins Bewerbung zum Dienst als Fallschirmspringer wurde schnell genehmigt. Und von da an entwickelten sich die Dinge rasch. Zuerst wurden sie schlimmer durch die Versetzung in den Pazifikraum und die Invasion von Guadalcanal. Es war nur der Gnade Gottes zu verdanken, daß er während der Invasion nicht fiel. Er entging dem Tod buchstäblich um Haaresbreite.

Aber dann im Lazarett in Australien, in dem seine Wunden behandelt wurden, entwickelten sich die Dinge besser. Er wurde als verwundeter Guadalcanal-Veteran für die Teilnahme der ersten Tournee zur Ankurbelung des Verkaufs von Kriegsschuldverschreibungen ausgewählt. Er gab ein so gutes Bild bei Tournee I in der Öffentlichkeit ab, daß die Public-Relations-Leute ihn baten, auch an Tournee II teilzunehmen.

Die Marines, die auf Tournee II geschickt wurden, um die Zivilbevölkerung zu ermuntern, mehr Kriegsschuldverschreibungen zu kaufen, und um die Moral zu heben, waren Fliegerasse von Guadalcanal, Piloten, die mindestens fünf japanische Flugzeuge abgeschossen hatten. Aber Macklin fand diese Männer nicht beeindruckend. Er sagte sich insgeheim, daß die meisten eine Schande für das Marine-Corps waren – sie waren undiszipliniert, betrachteten militärische Höflichkeit als Spaß und verbrachten die meiste Zeit auf der Tournee, indem sie sich an Frauen heranmachten und sich betranken. Für Macklin wurden diese Piloten weit überschätzt.

Aus einem sauberen Bett aufzustehen, in ein Flugzeug zu steigen, ein paar Stunden zu fliegen und dann vielleicht – nur vielleicht – ein, zwei Minuten zu kämpfen, bevor man zu einer heißen Mahlzeit und einem trockenen Bett zurückflog, war das eine. Aber es war ganz etwas anderes, was er geleistet hatte – oder geleistet hätte, wenn er nicht in den ersten Minuten des Angriffs verwundet worden wäre: ein Angriff in einem Landungsboot durch schweren Beschuß auf einem vom Feind gehaltenen Strand, das Krachen von MG-Feuer und die Detonationen von Artilleriegeschossen in den Ohren und dann Männer gegen einen entschlossenen Feind zu führen.

Diese Selbstbeobachtungen hatten ihn veranlaßt, zu überlegen, was geschehen würde, wenn die Tournee II vorüber sein würde. Wegen dieser verdammten Beurteilung war er immer noch First Lieutenant. Im Marine-Corps waren First Lieutenants Zugführer. Er würde natürlich dorthin gehen, wohin er befohlen wurde, und tun, was man ihm befahl, aber die Vorstellung, einen Zug bei einem Angriff auf irgendeinen feindlichen Strand zu führen, hielt er für die Vergeudung seiner beruflichen Talente und seiner Erfahrung.

Er sollte Lehrer sein. Er war dort gewesen. Er konnte einen echten Beitrag für das Corps leisten und vermutlich einige Leben retten, wenn er als Lehrer Männer und Offiziere darauf vorbereitete, was ihnen bevorstand, wenn *sie* ins Gefecht zogen.

Wenn er nur wartete, bis das Marine-Corps ihn irgendwohin befahl, dann würde er höchstwahrscheinlich bei einer der neu gebildeten Divisionen landen, wo er nur einer der Zugführer sein würde.

Er hatte nach einer Möglichkeit gesucht, wie er die Leute von der Personalabteilung auf seine ungewöhnlichen Talente und seine Erfahrung und den Beitrag aufmerksam machen konnte, den er folglich leisten konnte – es war beim Entwurf von ein paar Briefen geblieben –, als er die Aktennotiz über eine besondere Verwendung in einer nachrichtendienstlichen Tätigkeit gesehen hatte.

Das war genau das, was er suchte. Er hatte nicht nur die Qualifikation und Erfahrung – es gab nicht viele Leute, die sagen konnten, daß sie nachrichtendienstliche Erfahrung in Asien gesammelt hatten –, aber anscheinend konnte er so als Ausbilder gebraucht werden. Es war eindeutig eine Vergeudung von Potential, jemanden wie ihn sozusagen an die Front zu schicken, wenn er einen weitaus größeren Beitrag im Krieg leisten konnte, indem er andere ausbildete.

Als er so schnell angenommen wurde, dachte er, daß ihm das Glück hold war. Und als er erfuhr, daß seine Personalakte ›verlegt‹ worden war, gab es für ihn keinen Zweifel mehr daran, daß ihn Lady Fortuna endlich anlächelte.

4

Büro des Stellvertretenden Stabschefs G-1
Headquarters, United States Marine Corps
Eighth und ›I‹ Streets, NW
Washington, D. C.

2. *November 1942, 9 Uhr 45*

»Guten Morgen, Sir«, sagte Master Gunner James L. Hardee, USMC, zu dem großen, blonden, bebrillten und hilflos wirkenden Major. »Kann ich Ihnen helfen?«

»Gott, ich hoffe es, Gunner«, erwiderte Major James C. Brownlee lächelnd.

»Schwierige Probleme dauern einige Zeit«, sagte Gunner Hardee. »Und unmögliche erweisen sich für gewöhnlich als unmöglich.«

Brownlee lachte und gab ihm die Hand.

»Mein Name ist Brownlee«, sagte er.

»Hardee, Sir. Was kann ich für Sie tun?«

»Ich versuche einen Offizier befördern zu lassen«, sagte Brownlee.

»Sie und jeder sonst im Corps«, sagte Hardee und wies zu einem Abschnitt seines Büros, wo zwei Schreiber unter den Adleraugen eines Staff Sergeants Listen tippten. »Das ist fast das Ende der Beförderungen der letzten Woche«, fuhr er fort. »Morgen fangen wir mit den Beförderungen dieser Woche an.«

»Ich bin nicht in der Personalabteilung«, sagte Brownlee. »So ist meine Unwissenheit über die Prozedur komplett und überwältigend.«

»Sie gehören nicht zu der glücklichen Familie hier an der Eighth und ›I‹, Major?«

»Nein, dazu gehöre ich nicht«, sagte Brownlee. »Sagen Sie mir, Gunner, was ist für gewöhnlich nötig, um einen First Lieutenant zum Captain zu befördern?«

»Nun, vorausgesetzt ein First Lieutenant kann Blitze sehen und Donner hören, steht nicht unter Anklage und hat vierundzwanzig Monate seinen Dienstrang – und das wird noch gesenkt –, geht das jetzt fast automatisch.«

Hardee wies wieder zu den hart arbeitenden Schreibern.

»Ich dachte mir so was in dieser Art«, sagte Brownlee. »Gunner, es ist so, daß ich eine Art Verantwortung für einen Offizier habe, einen First Lieutenant ...«

»Eine *Art* Verantwortung, Sir?« fragte Hardee verwirrt.

»Das ist so, Gunner«, erklärte Brownlee mit ein wenig Unbehagen, »ich bin bei einer ziemlich unkonventionellen Einheit.«

»Welche könnte das sein, Sir?« fragte Hardee. Ihm kam der Verdacht, daß diese Begegnung unerfreulich für ihn werden würde.

»Ich bin beim OSS, um es genau zu sagen«, sagte Brownlee.

Master Gunner Hardee war kein Bewunderer des OSS, über das er nur wußte, daß die Personalakten von ein paar hundert Offizieren über seinen Schreibtisch gegangen waren, die sich freiwillig für den Dienst beim OSS gemeldet hatten. Hardee war fast dreißig Jahre im Marine-Corps. Bis jetzt war er der Ansicht gewesen, daß der Personalbedarf des Corps an erster Stelle stehen sollte. Und mit der zu erwartenden Ausnahme von der Regel wie dieser ›Held‹ Macklin vor ein paar Tagen, schickten sie hier offenbar gute Offiziere zum OSS, zu einer Zeit, in der das Corps verzweifelt Offiziere suchte, weil es größer wurde, als man jemals gedacht hatte.

»Wie kann ich Ihnen helfen, Major?« fragte Hardee.

»Ich bin der ranghöchste Offizier des Marine Corps im Aufnahmezentrum des OSS«, erklärte Brownlee. »Gestern wurde ein Offizier zu uns versetzt, ein First Lieutenant Macklin ...«

O Scheiße!

»Ich gehe normalerweise die Personalakten der Leute durch, die zum OSS kommen – Marines, meine ich – um sicherzugehen, daß alles tiptop ist.«

»Ja, Sir?«

»Und ich sah mir Lieutenant Macklins Akte an. Nein, das stimmt nicht. Seine Personalakte ist verlegt worden. Oder vielleicht ist sie verlorengegangen. Möglicherweise auf Guadalcanal.«

Master Gunner Hardee wußte, daß die Personalakte von First Lieutenant Macklin, Robert B. , USMC, ein paar Meter entfernt in einem Aktenschrank lag, der für Offiziere ›Abwesend, krank, im Lazarett‹ reserviert war. Er wußte es, weil er sie selbst dort abgelegt hatte, an einer Stelle, an der er – und niemand sonst – leicht Zugriff darauf hatte.

»Tatsächlich?«

»Ich nehme an, das passiert immer wieder mal«, sagte Brownlee.

»So ist es, Sir. Es ist überhaupt nicht ungewöhnlich.«

»Dieser Offizier ist ein höllisch guter Marine, Gunner.«

Ein höllisches Arschloch, wie ich hörte.

»Er wurde zweimal auf Guadalcanal verwundet, während der Invasion bei der Erstürmung des Strandes.«

»Ja, Sir.«

»Tatsache ist, daß er einer der Helden war, die das Corps von dort drüben auf die Tournee zur Steigerung des Kaufs von Kriegsschuldverschreibungen schickte.«

»Tatsächlich?«

»Nach dem, was Sie mir sagten, Gunner, sollte seine Beförderung zum Captain mehr oder wenig automatisch erfolgt sein.«

Du und dein verdammtes großes Maul, Hardee!

»Meinen Sie, Sir?«

»Nun, er hat vierundzwanzig Monate den Dienstgrad, wie Sie sagten, und sogar noch mehr. Und selbst wenn seine Akte verlegt wurde, können wir im Zweifelsfall zu seinen Gunsten entscheiden, daß keine Anklage gegen ihn vorliegt, nicht wahr?«

»Dessen bin ich sicher, Sir.«

»Ich mußte heute in Washington sein, Gunner«, sagte Brownlee. »Ich hoffte, ich würde hier seine Personalakte finden und ihn befördern lassen, wie er es verdient.«

»Wie Sie sagten, Major, seine fehlende Akte ist ein Problem. Ich kann Ihnen versprechen, daß wir scharf danach Ausschau halten, nachdem Sie mich über den Fall informiert haben.«

»Ich möchte wirklich mit dieser Sache nicht zum Generalinspekteur gehen, Gunner ...«

O Scheiße! Das fehlt uns noch, daß der Generalinspekteur herumrennt und versucht, diesem gottverdammten Helden des Marine-Corps Gerechtigkeit widerfahren zu lassen!

»... weil das zwangsläufig Verwaltungsprobleme verursachen würde.«

Und wenn ich die Personalakte dieses Arschlochs ›finden‹ muß, bin ich gezwungen, sie zum OSS zu schicken, das ihm nach einem Blick auf die Beurteilung des Bastards einen Tritt in den Hintern geben wird, daß es zwei Wochen dauert, bis sein Arschloch ihn einholt.

Und es wäre ziemlich peinlich für Colonel Wilson, persönlich und dienstlich.

»Major, wie lange bleiben Sie in Washington?« fragte Master Gunner Hardee.

»Ich verlasse die Stadt um sechzehn Uhr.«

»Wäre es möglich, daß Sie, sagen wir, um fünfzehn Uhr noch einmal vorbeikommen? Ich kümmere mich persönlich um die Sache und sehe zu, was ich finden kann.«

»Das wäre großartig«, sagte Major Brownlee erfreut. »Vielen Dank, Gunner.«

»Es ist mir ein Vergnügen, Sir.«

Als Major Brownlee das Büro verlassen hatte, ging Hardee zu dem Aktenschrank ›Abwesend, krank, im Lazarett‹. Er nahm eine Personalakte heraus, blätterte sie schnell durch, notierte Macklins vollen Namen und seine Dienstnummer und ging zu den beiden Schreibern, die Beförderungslisten tippten.

Er klopfte dem Staff Sergeant, der die Aufsicht hatte, leicht auf die Schulter, und als er sich umwandte, sagte er: »Noch einer für die Liste der Captains.«

»Die ist bereits fertig, Mr. Hardee.«

»Dann schreiben Sie sie noch einmal.«

»Sie ist bereits gedruckt und alles«, sagte der Staff Sergeant beschwörend.

»Schreiben Sie sie noch einmal«, wiederholte Hardee.

»Aye, aye, Sir. Wo ist die Akte?«

»Ich kümmere mich um seine Akte, Sie setzen nur seinen verdammten Namen auf die verdammten Befehle!«

»Aye, aye, Sir.«

Als Major James C. Brownlee kurz vor sechzehn Uhr ins Büro kam, erklärte ihm Master Gunner Hardee, daß er zwar die Personalakte von Lieutenant Macklin nicht hatte finden können – er werde weitersuchen –, daß er das Problem mit der überfälligen Beförderung jedoch gelöst hätte.

Er gab Major Brownlee eine Kopie der Beförderungsbefehle, die so frisch aus dem Vervielfältigungsapparat kam, daß die Tinte noch etwas feucht war.

Colonel David M. Wilson, USMC, Stellvertretender Stabschef G-1 für Personal im Offiziersrang, erfuhr nie etwas davon.

Major James C. Brownlees Überzeugung, daß man sich mit einem Problem an Master Gunners wenden sollte, wurde bestärkt.

Captain Robert B. Macklin, USMC, war natürlich erfreut, seine lange überfällige – und seiner Meinung nach reichlich verdiente – Beförderung zu bekommen.

Master Gunner James L. Hardee, der seit einem halben Jahr abstinent gewesen war, ging an diesem Abend in Georgetown in eine Bar und betrank sich.

5

T O P S E C R E T

SUPREME HEADQUARTERS SWPOA
NAVY DEPT WASH DC

ÜBER BESONDEREN DIENSTWEG
KOPIEREN VERBOTEN
ORIGINAL IST NACH VERSCHLÜSSELUNG UND ÜBERMITTLUNG AN DEN MARINEMINISTER ZU VERNICHTEN

BRISBANE, AUSTRALIEN
MONTAG, 2. NOVEMBER 1942

LIEBER FRANK,
ICH GLAUBE, ICH HABE HERAUSGEFUNDEN, WARUM EL SUPREMO ÜBERHAUPT KEIN INTERESSE AN DIESEM FERTIG AUF DEN PHILIPPINEN ZEIGT. ICH WERDE NICHT IHRE ZEIT VERGEUDEN UND NICHT NÄHER DARAUF EINGEHEN, ABER ES IST UNSINN. ADMIRAL LEAHY HAT RECHT, DORT IST EIN POTENTIAL, UND ICH DENKE, RICKABEES LEUTE SOLLTEN VON ANFANG AN BETEILIGT WERDEN.

ICH WERDE RICKABEE SAGEN, DASS ER SICH AN SIE WENDET, WENN ER PROBLEME MIT DER AUSFÜHRUNG DESSEN HAT, WAS ER MEINER MEINUNG NACH TUN MUSS. ICH NEHME AN, ER WIRD VON DEN BERUFSKRIEGERN IN WASHINGTON DEN GLEICHEN ENGSTIRNIGEN BLÖDSINN HÖREN, DEN ICH HIER GEHÖRT HABE.

ICH BIN BEZÜGLICH DONOVANS LEUTEN SO OFT MIT DEM KOPF GEGEN DIE PALASTWAND GERANNT, DASS ER BLUTET, UND ICH HABE NICHTS ERREICHT. BESTEHT DIE MÖGLICHKEIT, DASS ICH DAMIT AUFHÖREN KANN? ES WÄRE EIN DIREKTER BEFEHL VON ROOSEVELT NÖTIG, UM MacA'S MEINUNG ZU ÄNDERN, UND DANN WERDEN SIE DIE SACHE VERSCHLEPPEN, WORIN SIE, WIE SIE VIELLEICHT BEMERKT HABEN, SEHR GUT SIND.

BALD MEHR.
BESTE GRÜSSE

FLEMING PICKERING. BRIGADIER GENERAL, USMCR

T O P S E C R E T

TOP SECRET

SUPREME HEADQUARTERS SWPOA
NAVY DEPT WASH DC

ÜBER BESONDEREN DIENSTWEG
KOPIEREN VERBOTEN
ORIGINAL IST NACH VERSCHLÜSSELUNG UND ÜBERMITTLUNG ZU VERNICHTEN

FÜR COLONEL F. L. RICKABEE
USMC OFFICE OF MANAGEMENT ANALYSIS

BRISBANE, AUSTRALIEN
MONTAG, 2. NOVEMBER 1942

LIEBER FRITZ,
SAGEN SIE ES IHM NOCH NICHT, UND NICHT EINMAL BANNING, ABER ICH MÖCHTE, DASS SIE VERSUCHEN, EINEN PASSENDEN ERSATZ FÜR MCCOY FÜR DIE OPERATION MONGOLEI ZU FINDEN.

LASSEN SIE IHN UND BANNING ALLES ÜBER GUERILLAOPERATIONEN STUDIEREN, DENN ICH GLAUBE, DASS DIESER WENDELL FERTIG AUF DEN PHILIPPINEN SICH VIELLEICHT ALS NÜTZLICHER ERWEISEN WIRD, ALS IRGEND JEMAND HIER IM PALAST WAHRHABEN WILL. ICH BEFÜRCHTE, DASS DIE GLEICHE ABLEHNENDE GEISTIGE HALTUNG GEGENÜBER UNKONVENTIONELLEN KRIEGERN UND DER FÄHIGKEIT VON RESERVEOFFIZIEREN IN WASHINGTON VORHERRSCHT.

DIESE IDEE WIRD VON LEAHY UNTERSTÜTZT, WENN SIE ALSO AUF IRGENDWELCHE SCHWIERIGKEITEN STOSSEN, KÖNNEN SIE SICH AN FRANK KNOX WENDEN.

WENN ES OHNE AUFHEBENS MÖGLICH IST, VERSUCHEN SIE (A) BITTE FESTZUSTELLEN, WO MEIN SOHN NACH DER TOURNEE VERWENDET WIRD UND (B) OB ES WIRKLICH UNSERE GANZEN BEMÜHUNGEN IM KRIEG GEFÄHRDEN WIRD, WENN ICH ES SEINER MUTTER SAGE. SIE BESUCHTE JACK STECKERS SOHN IM LAZARETT IN PEARL UND IST IN ZIEMLICH SCHLECHTER VERFASSUNG.

NOCH EINE KLEINE GUTE NACHRICHT: KOFFLER HEIRATET NÄCHSTE WOCHE. ICH SAGTE MIR, DASS ICH BEFUGT BIN, IHN ZUM STAFF SERGEANT ZU BEFÖRDERN, UND ICH HABE ES GETAN.

BESTE GRÜSSE

FLEMING PICKERING, BRIGADIER GENERAL, USMCR

TOPSECRET

VIII

1

Water Lily Cottage
Brisbane, Australien

9. November 1942, 8 Uhr 15

Als Brigadier General Fleming W. Pickering, USMCR, frisch geduscht in die Küche des weitläufigen Fachwerkgebäudes ging – der Begriff ›Cottage‹ war ein weiterer Beweis für die australisch-britische Untertreibung, denn der Komplex war alles anderes als ein kleines Landhaus –, trug er einen hellblauen seidenen Morgenmantel, der fast bis zu den nackten Füßen reichte.

Er ging zum Herd, schenkte sich Kaffee aus der Kanne ein und setzte sich auf einen der hochlehnigen Stühle an den Küchentisch. Ein großer, muskulöser, tiefgebräunter Mann im gleichen Alter, bekleidet mit einem Khakihemd und grüner Uniformhose, saß bereits am Tisch. Er wirkte krank und erschöpft.

Einen Moment lang betrachteten sie sich ausdruckslos.

»Sergeant Stecker«, sagte Pickering schließlich. »Es ist Ihnen doch klar, daß Sie und ich gestern nacht kein gutes Beispiel für die Männer waren. Ich hoffe, Sie schämen sich.«

Lieutenant Colonel Jack Stecker, USMCR, der am Vortag vom Guadalcanal nach Brisbane geflogen war, lachte. Dann antwortete er langsam und lächelnd. »Keine Sorge, Corporal Pickering, ich bezweifle, daß jemand in der Verfassung war, um es zu bemerken.«

Pickering schaute seinen alten Freund mit Herzlichkeit und Besorgnis an – sie waren vor einer Generation im Ersten Weltkrieg in Frankreich tatsächlich Sergeant Stecker und Corporal Pickering gewesen.

»Gott, ich hoffe es, Jack. So blau bin ich seit Jahren nicht mehr gewesen.«

»Ich hielt mich für ziemlich trinkfest«, sagte Stecker.

»Das war, bevor wir alt wurden«, entgegnete Pickering.

»Oder bevor wir das Saufen mit den Küstenbeobachtern anfingen. Besonders mit dem Boß der Küstenbeobachter«, sagte Stecker. »Ich denke, das ist die Wurzel unseres Problems. Um die Ehre des Corps zu retten, versuchte ich mit Commander Feldt um die Wette zu trinken. Ich dachte, ich kann mithalten. Das war eine fatale Fehleinschätzung.«

»Nun, es ist ja kein bleibender Schaden entstanden, und ich nehme an, die Frischvermählten werden sich lange an ihre Party erinnern.«

»Vielleicht nicht sehr gern«, sagte Stecker. »Sie sind nette junge Leute, nicht wahr? Staff Sergeant Koffler sieht nicht alt genug für einen zukünftigen Vater aus oder um Staff Sergeant zu sein oder um zu schaffen, was er auf Buka geleistet hat. Und die Braut sieht noch ein bißchen jünger aus.«

»Ich bezweifle, daß es ihnen viel besser geht«, sagte Pickering. »Ich wollte schon fragen, wo, zum Teufel, die Köchin ist, aber nach kurzem Überlegen bezweifelte ich, daß ich ein paar Spiegeleier ansehen kann, ohne daß mein Magen verrückt spielt.«

»Ich habe hier gesessen und überlegt, ob ein kleiner Schluck den Kater vertreibt.«

»Und zu welchem Schluß bist du gelangt?«

»Ich möchte keine Fahne haben, wenn ich mich beim ranghöchsten Navy-Offizier zum Dienst melde.«

»Was?«

»Er heißt Mitchell. Kennst du ihn?«

Pickering nickte. »O ja, ich kenne Colonel Lewis R. Mitchell«, sagte er nicht sehr erfreut. »Das ist der besondere Verbindungsoffizier zwischen dem CINCPAC und der SWPOA. Wie meinst du das, du mußt dich bei ihm melden?«

»Er ist der ranghöchste Offizier SWPOA. Ich soll mit ihm ›koordinieren‹.«

»Zum Teufel mit Mitchell. Bleib von ihm fern.«

»Ich weiß nicht, wie ich das kann, Flem. Was hast du gegen ihn?«

»Als der aufgeblasene Hurensohn hier auftauchte, versuchte er Eric Feldt zu erzählen, wie er die Küstenbeobachterorganisation leiten soll, und er überging dabei Ed Banning. Ich erfuhr davon und ließ ihm von Forrest eine Funkbotschaft schicken, in der ihm sehr deutlich gesagt wurde, daß er seine Nase nicht in unsere Angelegenheiten stecken soll.«

Major General Horace W. T. Forrest war der Stellvertretende Stabschef G-2, Hauptquartier, USMC.

Second Lieutenant George F. Hart – Brust und Bizeps sprengten fast sein Uniformhemd – kam in die Küche.

»Guten Morgen, General«, sagte Hart. »Colonel. Ich hörte hier jemanden.«

»Was Sie gehört haben, war vermutlich das Knurren meines Magens«, sagte Pickering. »George, greifen Sie zum Telefon. Grüßen Sie Colonel Mitchell von mir und sagen Sie ihm, daß ich Colonel Steckers Aktivitäten bei der SWPOA ›koordinieren‹ werde. Und auf dem Rückweg bringen Sie eine Flasche Courvoisier mit. Colonel Stecker und ich brauchen eine medizinische Dosis.«

»Aye, aye, Sir.«

»Und wenn Sie das Bedürfnis haben, trinken Sie auch einen. Aber nur einen. Sie werden Colonel Stecker helfen, seine Sachen vom Quartier für ledige Offiziere hierherzubringen.«

»Aye, aye, Sir«, sagte Hart. »Willkommen im Water Lily Cottage, Colonel.«

Stecker lächelte gezwungen. Als Hart fort war, sagte er: »Wir sollten über meinen Einzug hier nachdenken, Flem. Ich weiß nicht, was du hier machst ...«

»*Ich* bin hier der ranghöchste Marine, also streite nicht mit mir, Colonel.«

»... nur, daß es streng geheim ist.«

»Du siehst für mich nicht wie ein japanischer Spion aus. Stell nur nicht zu viele Fragen, Jack.«

»Ich möchte nicht im Weg sein.«

»Wenn du im Weg wärst, Jack, hätte ich dich nicht gebeten, hier einzuziehen«, erwiderte Pickering. »Und ich brauche dich. Bei all diesen jungen Bengeln hier fühle ich mich wie in einem Studentenwohnheim. Ich brauche jemanden in meinem Alter als Gesellschaft.«

Stecker sah aus, als wollte er eine Erwiderung formulieren.

»Wechseln wir das Thema, Colonel«, sagte Pickering. »Ich erinnere mich dunkel, daß wir irgendwann in der vergangenen Nacht über Guerillaoperationen gesprochen haben. Erinnerst du dich, was du gesagt hast? Und wenn ja, würdest du es bitte wiederholen?«

Stecker blickte ihn überrascht an, und dann dachte er laut. »Du meinst es ernst, nicht wahr?«

»Ja. Was sagst du über das Verhältnis zwischen der Stärke

einer Guerillastreitmacht und einer konventionellen Streitmacht, die erforderlich ist, um sie zu kontrollieren?«

»Fleming, ich betrachte mich nicht als Experte auf diesem Gebiet ...«

»Wie lange warst du in den Bananenrepubliken?« unterbrach Pickering.

»Ich hatte drei Dienstzeiten in Nicaragua und zwei auf Haiti. So war es bei vielen anderen Leuten. Chesty Puller, Lew Diamond ...«

»Bis jemand kommt, der mehr Erfahrung hat als du, bist du mein Experte«, sagte Pickering. »Sprich weiter, Jack.«

»Ich sagte, als das Corps auf Haiti und in Nicaragua war, pflegten wir zu sagen, daß ein Guerilla sieben Marines aufwiegt.«

»Definiere einen Guerilla für mich.«

Stecker überlegte, bevor er antwortete.

»Ein bewaffneter Mann, der bereit ist, ein Risiko einzugehen, um der Besatzungsmacht Schwierigkeiten zu bereiten.«

»Definiere Schwierigkeiten.«

»Alles von Überfällen aus dem Hinterhalt auf seine Versorgungslinien bis zum Sprengen seiner Depots. Verhindern, daß er seine Straßen benutzen kann, bis er große militärische Kräfte schickt, um seine Konvois zu schützen ... Ich weiß nicht, wie ich es ausdrücken soll ... dafür zu sorgen, daß er in den Augen der einheimischen Bevölkerung schlecht, unfähig, erfolglos ist.«

»Ein Guerilla wiegt sieben Männer auf?« sagte Pickering nachdenklich.

»Mindestens sieben. Ich dachte immer, daß eher zehn zutrifft. Wir waren den Banditen in Nicaragua zehn zu eins überlegen, und sie machten uns viele Probleme.«

»Welche Versorgung braucht ein Guerilla?«

»Eine gute Guerillaorganisation lebt aus dem Land. Wie die chinesischen Kommunisten es tun. Sie bringen die Zivilisten dazu – ohne sie gegen sich aufzubringen –, ihnen Nahrung und Unterkunft zu geben. Und Nachrichten. Sie zahlen dafür, wenn es möglich ist. Abgesehen davon besorgen sie sich nur das Nötige – Stiefel, Kugeln, Bohnen.«

»Gibt es einen rassistischen Faktor?«

»Wie meinst du das?«

»In den Bananenrepubliken kamen die Guerillas aus der einheimischen Bevölkerung. Der braune Mann gegen weiße Gringos. Stimmt das?«

»Ja, das nehme ich an.«

»Wie würde es auf den Philippinen sein?«

»Ah, ich verstehe, was du meinst. Würden die Filipinos eine amerikanische Guerillaoperation unterstützen?«

Pickering nickte.

»Fleming, du hast soviel Zeit auf den Philippinen verbracht wie ich.«

»Ich frage dich.«

»Wenn amerikanische Offiziere nicht etwas wirklich Blödes tun – und das ist leider möglich –, werden fünfundsiebzig bis fünfundachtzig Prozent der Filipinos einer amerikanischen Guerillaoperation helfen.«

Pickering nickte wieder.

»Sagst du mir, warum du an diesem Thema interessiert bist?« fragte Stecker.

»Da ist ein Typ auf Mindanao, ein Offizier der Reserve, der nicht kapitulierte. Er heißt Wendell Fertig. Er versucht, eine Guerillaoperation aufzubauen.«

»Und?«

»Wir wissen, daß er einige Marines bei sich hat. Das macht es zu unserer Sache. Wir überlegen, was wir für ihn tun können, wenn überhaupt etwas, und was er gegen die Japse tun kann, wenn überhaupt etwas.«

»Wer ist wir?«

»Frank Knox, Chester Nimitz und ich. El Supremo ist anscheinend überhaupt nicht interessiert.«

Es gibt nicht viele Leute, dachte Stecker, *die so lässig vom Marineminister und Oberbefehlshaber Pazifik sprechen können. Oder sich offensichtlich über General Douglas MacArthur, Supreme Commander, South West Pacific Ocean Areas lustig machen, den er als ›El Supremo‹ bezeichnet ... Ich hätte vielleicht darauf bestehen sollen, meine Befehle auszuführen, aber in Wirklichkeit bin ich froh darüber, daß Fleming mir diesen Colonel Mitchell vom Hals hält. Und Flem Pickering ist der ranghöchste anwesende Offizier des Marine-Corps. Ich habe wirklich keine Wahl.*

Lieutenant Hart kehrte in die Küche zurück. Er brachte eine Flasche Courvoisier-Cognac und zwei Cognacschwenker.

»Colonel Mitchell läßt grüßen, Sir«, sagte er. »Er bat mich, Ihnen zu sagen, daß er sich bereit hält, um Colonel Stecker jede gewünschte Unterstützung zu geben.«

Pickering schnaubte.

»Soll ich einschenken, Sir?« fragte Hart lächelnd.

»Diese Cognacschwenker sind für Offiziere und Gentlemen, Hart«, sagte Pickering. »Im Augenblick haben Sie nur zwei schlimm verkaterte alte Marines. Schenken Sie bitte etwas von diesem Stoff in unseren Kaffee, ja?«

TOPSECRET

SUPREME HEADQUARTERS SWPOA
NAVY DEPT WASH DC

ÜBER BESONDEREN DIENSTWEG
KOPIEREN VERBOTEN
ORIGINAL IST NACH VERSCHLÜSSELUNG UND ÜBERMITTLUNG ZU VERNICHTEN

FÜR COLONEL F. L. RICKABEE
USMC OFFICE OF MANAGEMENT ANALYSIS

BRISBANE, AUSTRALIEN
MONTAG, 9. NOVEMBER 1942

LIEBER FRITZ,
ICH WEISS NICHT, OB SIE DAVON GEHÖRT HABEN ODER NICHT, ABER LT. COLONEL JACK STECKER IST HIER IN BRISBANE. ER GING MIT MIR ZU STAFF SERGEANT KOFFLERS HOCHZEITSFEIER, UND IN DIESEM AUGENBLICK HOLT ER SEINE SACHEN AUS DEM QUARTIER FÜR LEDIGE OFFIZIERE IN MEIN HAUS. ER IST HIER, UM ALLES FÜR DIE ERSTE DIVISION VORZUBEREITEN, WENN SIE VON GUADALCANAL ABGELÖST UND ZUR REHABILITATION HERGEBRACHT WIRD. LAUT STECKER SIND DIE MÄNNER IN WIRKLICH SCHLECHTER KÖRPERLICHER VERFASSUNG; FAST JEDER HAT MALARIA.

STECKER WURDE ALS CHEF DES ZWEITEN BATAILLONS DES 5. MARINEINFANTERIEREGIMENTS ABGELÖST UND IST JETZT OFFIZIELL DER SWPOA MIT EINER VAGE FORMULIERTEN VERWENDUNG ZUGETEILT. ICH KANN NICHT GLAUBEN, DASS ES EINEN GRUND FÜR SEINE ABLÖSUNG GIBT, UND ICH HABE DEN STARKEN VERDACHT, DASS DIE BERUFSOFFIZIERE EINEN RESERVISTEN, DER AUS DEN MANNSCHAFTEN ZUM OFFIZIER AUFGESTIEGEN IST, ABGESCHOBEN HABEN, UM EINEM DER IHREN DEN POSTEN ZU GEBEN. ICH KANN MIR NICHT VORSTELLEN, WARUM GENERAL VANDEGRIFT DAS ZUGELASSEN HAT, ABER ES IST NUN MAL GESCHEHEN, UND ES IST VIELLEICHT EIN SEGEN FÜR UNS.

ICH HATTE NACH DER HOCHZEITSFEIER EIN GESPRÄCH MIT STECKER, UND ES STELLTE SICH HERAUS, DASS ER ZWISCHEN DEN KRIEGEN GROSSE ERFAHRUNG MIT GUERILLAOPERATIONEN IN DEN BANANENREPUBLIKEN GESAMMELT HAT, BESONDERS IN NICARAGUA. MIR SCHEINT, WENN MAN WEISS, WIE MAN GEGEN GUERILLAS KÄMPFEN MUSS, WEISS MAN AUCH, WIE MAN ALS GUERILLA KÄMPFT ... UND GEWISS KANN MAN EINSCHÄTZEN, WIE JEMAND AUFGEBAUT UND AUSGERÜSTET IST, UM ALS GUERILLATRUPPE ZU KÄMPFEN.

ICH HABE IHM NOCH NICHTS GESAGT, ABER ICH KENNE IHN GUT GENUG, UM ZU WISSEN, DASS ER LIEBER ETWAS MIT ODER FÜR DIESEN FERTIG AUF MINDANAO TUN WÜRDE, ALS TOURNEEN DURCH DAS MALERISCHE AUSTRALIEN ODER SHOWS FÜR DIE TRUPPEN ZU ARRANGIEREN, WAS DAS CORPS JETZT VON IHM MÖCHTE. FÜR MICH STEHT AUSSER FRAGE, DASS SEIN BEITRAG BEI DIESER SACHE VON VIEL GRÖSSEREM WERT SEIN WÜRDE ALS DAS, WAS ER JETZT MACHT. SO MÖCHTE ICH IHN ZU UNS VERSETZEN LASSEN, MIT EINER WARNUNG: ER HAT BEREITS GENUG DEMÜTIGUNGEN ERLITTEN (GOTTVERDAMMT, ER HAT DIE TAPFERKEITSMEDAILLE, WIE KONNTEN SIE IHM DIE ABLÖSUNG ANTUN?), UND ICH BITTE SIE, DAFÜR ZU SORGEN, DASS KEINE GERÜCHTE ENTSTEHEN, SEINE VERWENDUNG BEI UNS WÄRE EINE WEITERE HERABSETZUNG.

TUN SIE ES SO SCHNELL WIE MÖGLICH, UND ICH DENKE, SIE SOLLTEN MCCOY EBENFALLS SO SCHNELL WIE MÖGLICH HERSCHICKEN. JE EHER WIR JEMANDEN BEI CAPTAIN/GENERAL FERTIG HABEN, DESTO BESSER.

MIT BESTEN GRÜSSEN

FLEMING PICKERING, BRIGADIER GENERAL, USMCR

T O P S E C R E T

2

Naval Air Transport Station
Brisbane, Australien

14. November 1942, 4 Uhr 55

First Lieutenant Kenneth R. McCoy, USMCR, war nicht in sehr guter Stimmung, als die Consolidated PB2Y-3 Coronado im Hafen von Brisbane ins Wasser platschte. Ein Regenguß im Boot, das ihn an Land brachte, verschlechterte seine Stimmung. Und als er Second Lieutenant George F. Hart, USMCR, mit der goldenen Schnur des Adjutanten auf dem Kai stehen sah, wurde seine Laune noch schlechter.

Der Hurensohn ist nicht lange genug im Corps, um ein verdammter Corporal zu sein, und da steht er in einer Offiziersuniform!

Der Flug von Pearl Harbor mit dem großen, viermotorigen Wasserflugzeug war lang und strapaziös gewesen. Ein Lieutenant Commander vom Sanitätskorps wurde nach einer halben Stunde luftkrank und kotzte das, was wie die Reste eines ganzen hawaiianischen Luau und zwei Liter Bier aussah, über sich und das Deck, und verbrachte den Rest des Flugs damit, zu stöhnen, zu würgen oder seine vollgekotzte Uniform vor McCoys Gesicht zu reiben, während er – alle zehn Minuten – zum Klo eilte.

Bevor McCoy in Pearl Harbor an Bord der Coronado gegangen war, war er auf einen dienstgeilen Lieutenant der Navy gestoßen, der ihn nicht in das Wasserflugzeug lassen wollte – AAAAA-Priorität oder nicht –, bis sein Impfpaß auf dem neuesten Stand war. McCoys Impfpaß bestätigte, daß er mit jedem Serum gegen jede Krankheit geimpft war, die dem Sanitätskorps der Navy bekannt war. Der Impfpaß war jedoch in Washington. Ed Sessions hatte vorgeschlagen, da McCoy für eine Weile unterwegs sein würde, den Inhalt des Impfpasses in all seine offiziellen Papiere einzutragen.

Sessions hatte den Impfpaß noch nicht zurückerhalten, als McCoy auf die Schnelle von General Pickering nach Brisbane bestellt wurde.

Der Idiot in Pearl Harbor wollte ihm tatsächlich noch einmal die ganze Serie von Impfungen verpassen lassen. Aber ein Lieutenant Commander im Lazarett war vernünftiger. Er ›glaubte‹ McCoy, daß er alle Impfungen erhalten hatte, denen sich Marines in den Staaten unterziehen mußten, aber er bestand darauf, daß McCoy die Impfungen erhielt, die für Leute vorgeschrieben waren, deren Ziel der Pazifik und/oder die South West Pacific Ocean Areas war – trotz McCoys Protesten, daß er erst vor einem Monat in Australien gewesen und zu dieser Zeit geimpft worden war.

So litt er unter den Nebenwirkungen von einem halben Dutzend Impfungen – einschließlich des Schmerzes der linken Pobacke, die weh tat, als wäre sie von einer giftigen Schlange gebissen worden. Er konnte nicht ohne Schmerzen auf der linken Pobacke sitzen, und auf den Rohr- und Segeltuchsitzen der Coronado ließ sich nicht vermeiden, darauf zu sitzen.

Vor dem Start der Coronado in Pearl Harbor hatte er den langen Flug von San Francisco in einer B-17 (Fliegende Festung) des Army Air Corps hinter sich. Bei diesem Flug hatte er es sich auf einem Haufen von Postsäcken so bequem wie möglich gemacht.

McCoy stieg aus dem Boot und stieg mit seinem Seesack die Steintreppe zum Kai hinauf.

Second Lieutenant Hart grüßte First Lieutenant McCoy.

Nichts auszusetzen an dem Gruß, dachte McCoy. *Schneidig und mit einem Lächeln begleitet.*

»Geben Sie mir den Seesack, Mr. McCoy«, sagte Hart. »Sie müssen ein bißchen müde sein.«

McCoy erwiderte Harts Gruß und gab ihm den Seesack. Hart hob ihn mühelos an – *der Hurensohn ist wirklich gut gebaut und stark,* dachte McCoy – und wies über den Kai. McCoy sah General Pickerings Studebaker-Stabswagen.

»Die Einreiseformalitäten sind erledigt, Mr. McCoy«, sagte Hart. »Der General hat das arrangiert.«

»Danke«, sagte McCoy und machte sich auf den Weg zum Studebaker.

An Hart ist wirklich nichts auszusetzen. Er hat nicht um den goldenen Balken gebeten; und was das anbetrifft, ich war es, der ihn von Parris Island für General Pickering rekrutierte.

Und, verdammt, ich weiß, daß er kein Weichei ist. Als ich ihm sagte, daß er allein über Nacht auf dem Strand von Buka zurückbleiben müßte, antwortete er nur ›okay‹. Das war mutig.

Nein, Hart ist wirklich kein Arschloch. Das Arschloch bin ich. Aber es ist einfach unfair, daß ich wieder hiersein muß.

»Ich bezweifle, daß die Disziplin des Marine-Corps zusammenbrechen wird, wenn Sie mich mit ›Ken‹ anreden, George.«

»Das würde voraussetzen, ich hätte Ihnen verziehen, daß sie mich ganz allein auf diesem Strand zurückgelassen haben, Mr. McCoy. Aber soweit bin ich noch nicht.«

»In diesem Fall können Sie mich am Arsch lecken, Mr. Hart.«

»He, bevor ich es vergesse: Wenn Sie Koffler sehen und er bedankt sich für sein Hochzeitsgeschenk, sagen Sie nur: ›Gern geschehen.‹«

»Sie haben ihm ein Hochzeitsgeschenk gekauft und gesagt, es ist von mir?«

»Zwei Pyjamas aus dem Officer's Sale Store.«

»Wieviel haben sie gekostet?«

»Nun, wenn Sie es erwähnen, vierfünfzig jeder, plus fünfundzwanzig Cent für das Zunähen des Hosenschlitzes beim Pyjama für die Braut.«

McCoy blieb stehen, zog seine Brieftasche hervor und gab Hart einen Zehndollarschein.

»Danke, George«, sagte er, und dann dachte er laut. »Woher wußten Sie, daß Sie das Geld wiederbekommen?«

»Haben Sie jemals das Sprichwort der Taubenzüchter gehört, ›gute Tauben kehren immer wieder zurück‹?«

Mit anderen Worten, du hast es nicht gewußt. Du bist wirklich ein netter Kerl, Hart.

»Wie geht es dem General?« fragte McCoy.

»Fragen Sie ihn selbst«, sagte Hart und trug mühelos McCoys Seesack zum Studebaker.

Brigadier General Fleming W. Pickering stieg vom Beifahrersitz aus.

»Allmächtiger«, murmelte McCoy. »Es ist fünf Uhr morgens. Weshalb ist er so früh auf?«

»Ich denke, er will mit Ihnen reden, bevor Sie im Water Lily sind«, sagte Hart. »Genauer gesagt, ich weiß es. Er hat es mir gesagt.«

»Ich würde Sie willkommen in Australien heißen, Ken«, sagte General Pickering, als McCoy heran war. »Aber ich befürchte, Sie würden etwas nach mir schmeißen. Es tut mir leid, aber es war nötig, daß Sie herkommen.«

McCoy grüßte zackig.

»Guten Morgen, Sir.«

»Wie war der Flug?«

»Ich hatte schon bessere Flüge, Sir«, sagte McCoy.

»Ist alles in Ordnung mit Ihnen? Sie gehen komisch.«

»Ich wurde am Hintern geimpft, Sir. Eine Backe ist ein bißchen wund. Aber das kommt schon in Ordnung.«

»Steigen Sie hinten ein, Ken«, sagte Pickering. »Ich möchte mit Ihnen reden, bevor wir beim Haus sind.«

»Aye, aye, Sir.«

»George, lassen Sie sich ungefähr zwanzig Minuten Zeit für die Heimfahrt.«

»Aye, aye, Sir.«

»Ah, ich habe nicht nachgedacht, Ken. Haben Sie Hunger?«

»Es geht schon, Sir.«

»Irgendwie habe ich den Verdacht, daß das nicht die reine Wahrheit ist.«

»Es geht, Sir. Ich kann warten, bis wir im Haus sind.«

»Wenn Sie meinen«, sagte Pickering zweifelnd. »Ich möchte dieses Gespräch wirklich hinter mich bringen.«

»Es geht, Sir«, wiederholte McCoy.

»Okay, dann steigen Sie ein.«

Ein General hält mir die Tür auf, dachte McCoy.

Es gab zwei Erinnerungen daran, daß Pickering ein General war. Erstens, als Hart die Hülle der roten, mit Sternen geschmückten Tafel eines Offiziers im Generalsrang am Wagen entfernte, und zweitens, als sie den Posten am Tor des Stützpunkts der Navy passierten. Der Posten grüßte schon lange, bevor sie am Wachlokal vorbeifuhren.

Pickering erwiderte den Gruß lässig und hielt dann McCoy ein Zigarrenkästchen hin. McCoy nahm eine Zigarre.

»Danke, Sir.«

»Kubanische«, sagte Pickering. »Die *Pacific Commerce* legte hier an. Bedauerlich für ihren Kapitän, erinnerte ich mich daran, daß er Zigarrenraucher ist. Ich berief mich auf meinen höheren Dienstgrad und erleichterte ihn um seinen Vorrat. So raucht er auf der langen Reise nach San Francisco seinen Daumen, und Sie und ich und El Supremo haben etwas zu rauchen.«

Typisch General Pickering, dachte McCoy. *Wenn er Zigarren von einem seiner Schiffe bekommt, dann weil er freundlich danach fragt, sie nicht fordert, und der Kapitän gab ihm alle, die er hatte, nicht sosehr, weil Pickering die Pacific & Far East Shipping besitzt, sondern weil ihm der Kapitän wie jeder sonst, der jemals für ihn gearbeitet hat, sein letztes Hemd geben würde.*

»Zwei Fragen, Ken«, sagte Pickering. »Wie wäre es, wenn Sie wieder die Philippinen besuchen? Ich meine, von einem U-Boot aus mit einem Schlauchboot.«

»Ich bin ein Marine, Sir. Ich gehe dorthin, wo man es mir befiehlt.«

»Das war nicht meine Frage.«

»Jedesmal, wenn ich Selbstmitleid bekomme, Sir, erinnere ich mich daran, daß ich nicht auf Guadalcanal im Schlamm bin und keine Leute mich umlegen wollen.«

»Haben Sie jetzt Selbstmitleid?«

»Ich dachte, ich könnte vier oder fünf Monate in den Staaten bleiben.«

»Mit Ernie, meinen Sie«, sagte Pickering. Das war keine Frage. »Wie geht es ihr?«

»Prima, Sir.«

Sie war gefaßt, als sie sich von mir vor dem Flug verabschiedete, aber als Ed Sessions mit meinen Flugtickets in ihrem Apartment auftauchte, war sie völlig fertig. Ich habe sie noch nie so heulen gesehen.

Pickering stieß einen Grunzlaut aus.

»Es muß hart für sie sein, daß Sie schon wieder wegmußten. Aber sie ist eine harte kleine Lady.«

Du hast sie nicht heulen sehen.

»Jawohl, Sir, das ist sie. Ich habe ein Päckchen für Sie – in meinem Seesack – von Mr. Sage. Ich wollte es mit einem Kurieroffizier schicken, aber dann ...«

»Wie sind Sie mit ihm zurechtgekommen?«

»Wenn ich Mr. Sage wäre, würde ich mich auch nicht mögen. Ernie verdient einen Besseren als mich.«

»Einen Besseren vielleicht. Aber wenn ich eine Tochter hätte, würde ich Stacheldraht um sie herum legen, um Sie von ihr fernzuhalten.«

McCoy lachte. »Danke, Sir.«

»Zweite Frage: Wie kommen Sie mit Colonel Jack Stecker zurecht?«

Komische Frage. Wie ich mit ihm zurechtkomme? Er ist Lieutenant Colonel, und ich bin First Lieutenant. Er befiehlt mir, was ich zu tun habe, und ich befolge den Befehl.

»Colonel Stecker ist ein prima Marine, Sir.«

»Und er war ein prima Sergeant im Ersten Weltkrieg. Meine Frage war: ›Wie kommen Sie mit ihm zurecht?‹«

»Ich sage oft ›aye, aye, Sir‹ zu ihm.«

»Höre ich da ›Er ist ein prima Marine, aber ich mag ihn nicht‹?«

»Nein, Sir«, antwortete McCoy schnell und aufrichtig.

»Sagt Ihnen der Name Fertig etwas?«

»Der auf den Philippinen nicht kapitulierte?« fragte McCoy.

»Richtig.«

»Ich schnappte ein wenig über ihn in Washington auf«, sagte McCoy.

»Richtig. Er ist Offizier der Army Reserve, ein Captain ...«

Ich hörte, er ist Brigadier General, dachte McCoy, sagte jedoch nichts.

»... der ein Funkgerät und ein veraltetes Codiergerät hat und sagt, er baut eine Guerillatruppe auf. Er hat einige Leute um sich geschart, einschließlich einiger Marines. El Supremo ist ein bißchen sauer auf ihn – nachdem er verkündet hat, daß Guerillaaktivitäten auf den Philippinen absolut unmöglich sind, taucht dieser Fertig auf –, aber Nimitz, und – noch wichtiger – Leahy und Frank Knox denken, er hat vielleicht Potential.«

»Jawohl, Sir.«

»Ich möchte Sie und Jack Stecker auf die Philippinen schicken – genauer gesagt nach Mindanao. Sie werden Fertig Versorgungsmaterial bringen, ein Funkgerät, einige Codes, Arznei, Handfeuerwaffen et cetera.«

»Aye, aye, Sir.«

»Aber Ihr Hauptauftrag wird sein, ihn und seine Leute und ihr Potential einzuschätzen. Ich denke, Sie und Stecker haben die Erfahrung und das Wissen, um einige richtige Antworten zu geben.«

Als letztes hörte ich, daß Eighth und Eye Colonel Rickabee die Hölle heiß machte, weil er Stecker zum Office of Management Analysis versetzen wollte. Sind sie schließlich doch von ihren fetten Ärschen aufgestanden?

»Jawohl, Sir.

»Ich werde Stecker zu uns versetzen lassen.«

Kann er meine Gedanken lesen?

»Ich bat vor einiger Zeit um ihn, erhielt keine Antwort und war es schließlich leid, mich mit den Schlafmützen von der Eighth und Eye abzugeben. So wandte ich mich direkt an Frank Knox.«

Nun, deshalb sind sie von ihren fetten Ärschen aufgestanden. Aber sie werden die Messer auf dich und Stecker und jeden wetzen, der eine Beziehung zu euch hat.

»Jawohl, Sir.«

»Bis zu seiner Versetzung kann ich ihn leider nicht offiziell einsetzen – er ist hier in Australien, um alles für die Erste

Division vorzubereiten, wenn sie von Guadalcanal abgelöst wird, um sich hier zu erholen. Bis jetzt habe ich ihn nicht mal gefragt, ob er bereit ist, an der Mission teilzunehmen. Aber ich habe sein Wissen und seine Erfahrung angezapft, und Feldt versucht, ein australische U-Boot zu bekommen, das Sie und das Material transportiert. Wenn das nicht klappt, denke ich, wir erhalten eins von der Navy, von Nimitz. Wenn Sie mit Stecker reden, sagen Sie nichts davon, daß er Sie begleitet.«

»Aye, aye, Sir.«

»Wann könnte es Ihrer Ansicht nach losgehen?«

»Sagten Sie, Sir, daß Colonel Stecker für das Material sorgt, das ich hinbringen soll?«

»Es ist in vierundzwanzig Stunden verfügbar.«

Ich will nicht auf die verdammten Philippinen. Ich will heim, Ernie in die Arme nehmen, ihr sagen, daß ich wieder da bin und eine Weile bleiben werde.

»Wenn wir ein australisches U-Boot haben, kann es in vierundzwanzig Stunden losgehen, Sir«, sagte McCoy. Dann hob er die Stimme. »He, George, möchten Sie an einem weiteren Schlauchbootausflug teilnehmen?«

»Nein, Sir. Trotzdem vielen Dank für die Einladung, Sir.«

»George kann nicht mitkommen«, sagte Pickering. »Aus Gründen, die ich Ihnen nicht sagen kann.«

Was bedeutet, daß Hart jetzt Zugang zu MAGIC hat, wovon ich nichts wissen soll. Er hätte nicht an der Operation Buka teilnehmen können, wenn er eine MAGIC-Unbedenklichkeitsbescheinigung gehabt hätte. Banning würde mich nicht in die Wüste Gobi begleiten, und Hart kann nicht auf die Philippinen mitkommen. Leute, die Zugang zu MAGIC haben, sind unentbehrlich. Stecker und ich haben keinen und sind folglich entbehrlich.

Wie wäre es, General, wenn du mir eine Unbedenklichkeitsbescheinigung für MAGIC gibst, damit ich keinen solchen Scheiß tun muß? Und wenn du schon dabei bist, wie wäre es, wenn du Colonel Stecker eine gibst?

»Jawohl, Sir.«

»Es wird nicht in vierundzwanzig Stunden losgehen«,

sagte Pickering. »Aber unterschreiben Sie keine langfristigen Leasingverträge, Ken.«

»Aye, aye, Sir.«

»Fahren Sie uns heim, George«, befahl General Pickering. »Wir sind fertig.«

»Aye, aye, Sir.«

»Sind Sie sicher, daß Sie nicht mitkommen wollen, George?« fragte McCoy. »Vielleicht fallen Sie diesmal nicht aus dem Boot.«

»Einmal reicht mir so was, trotzdem danke«, sagte Hart.

»Ken, ich sagte, George *kann* nicht mitkommen«, sagte Pickering.

»Ich wollte ihn nur aufziehen, Sir.«

3

Water Lily Cottage
Brisbane, Australien

14. November 1942, 6 Uhr 05

Zwei Jeeps der U.S. Army, ein Jeep mit Kennzeichen des U.S. Marine Corps und ein 1938er Jaguar-Coupé parkten vor dem Haus, als Hart den Studebaker vor der großen Veranda des weitverzweigten Fachwerkgebäudes stoppte. Unwillkürlich identifizierte McCoy die Wagen und gelangte zu dem Schluß, daß alle, die im Water Lily Cottage wohnten, ›daheim‹ waren.

Der Jaguar war das Privatauto des Generals, von seinem Besitzer, einem australischen Manager der Pacific & Far East Shipping Corporation, zur Verfügung gestellt. »Eines der besten Autos der Welt«, erklärte Pickering oftmals, »vorausgesetzt, man kann die Kiste zum Laufen bringen und es macht einem nichts aus, daß das Dach leckt.«

Der Jeep des Marine-Corps war vermutlich Colonel Steckers Wagen. Die Jeeps der U.S. Army, die den Aufkleber der SWPOA-Fahrbereitschaft trugen, waren für die Benutzung durch die ›Verliesbewohner‹ bestimmt. Das Verlies – offizieller bekannt als der kryptographische Raum der SWPOA – wurde so genannt, weil es sich im Kellergeschoß des Gebäudes mit dem Hauptquartier der SWPOA hinter einer Stahltür befand und feuchte Wände hatte.

Im kryptographischen Raum (der eigentlich eine Suite war) gab es einen anderen Raum hinter einer dicken, stets verschlossenen Stahltür. Es war eine kryptographische Abteilung, die eines der größten – und lebenswichtigen – Geheimnisse des Krieges enthielt, das den Codenamen MAGIC trug.

Kryptographen der Navy in Pearl Harbor, Territorium Hawaii, hatten viele – keineswegs alle – Codes des japanischen Generalstabs und der Marine geknackt. Die geknackten Codes waren nicht nur TOP SECRET, sondern die abgefangenen und entschlüsselten Botschaften waren nur sehr wenigen Leuten zugänglich, die persönlich vom Stabschef des Oberbefehlshabers, Admiral William Leahy, oder vom Präsidenten ernannt wurden. Auf dieser Liste standen der Oberbefehlshaber Pazifik (CINCPAC), Admiral Chester W. Nimitz, und der Oberbefehlshaber South West Pacific Ocean Area (SWPOA), General Douglas MacArthur. Ebenfalls General Fleming Pickering, USMCR, und Colonel F. L. Rickabee vom Office of Management Analysis.

McCoy wurde beim Office of Management Analysis verwendet, seit er sein Offizierspatent erhalten hatte, und im Laufe der Zeit hatte er mehr über MAGIC erfahren, als er wissen durfte. Er hatte nicht bewußt nach Informationen gesucht, aber es war nicht schwierig gewesen, hier und da Fakten aufzuschnappen – es wäre schwierig gewesen, sie nicht mitzubekommen – und sich ein ziemlich klares Bild von MAGIC zu machen und sich zusammenzureimen, wie die Spezialabteilung 16 des U.S. Marine Corps (der offizielle Name für das Personal des Office auf Management Analysis in Australien) damit zusammenhing.

Es war für McCoy klar, daß Major Hon Song Do, Fernmeldekorps, U.S. Army, auf ›vorübergehendem Dienst‹ bei der Abteilung 16, und Second Lieutenant John Marston Moore, USMCR, weitaus mehr als kryptographische Offiziere waren, die als geheim erklärtes Routinematerial für die SWPOA bearbeiteten.

Hon, ein Korea-Amerikaner aus Hawaii, sprach nicht nur fließend Japanisch, sondern hatte auch seinen Doktortitel in Mathematik auf dem Massachusetts Institute of Technologie gemacht. Moore war in Japan geboren worden, wo seine Eltern Missionare gewesen waren, hatte auf der Universität von Tokio studiert und sprach ebenfalls fließend Japanisch.

Wenigstens einmal pro Tag, manchmal auch öfter, hatte der eine oder der andere von ihnen ein privates Gespräch mit General Douglas MacArthur und manchmal mit seinem Nachrichtenoffizier, Brigadier General Charles Willoughby. Sie gingen zu diesen Treffen – ohne das Gebäude des SWPOA-Hauptquartiers zu verlassen – mit einer Aktentasche, die an ihr Handgelenk gekettet war, und mit .45er Pistolen unter ihrem Uniformrock.

Folglich trugen sie etwas wirklich Geheimes. Was? Geheimnisse, die nicht mit den anderen Generals der SWPOA geteilt werden konnten; Geheimnisse, die mit noch größerer Vorsicht behandelt werden mußten als TOP-SECRET-Material; MAGIC, über das keiner auch nur reden durfte.

Hon war Mathematiker. Mathematiker knackten Codes. Hon und Moore waren Japanologen, übersetzten Japanisches.

Mit anderen Worten, schloß McCoy richtig, waren Hon und Moore damit beschäftigt, irgendwelches streng geheimes japanisches Material zu lesen, zu übersetzen und zu interpretieren. Welches streng geheime Material? Es gäbe keine so strikten Sicherheitsmaßnahmen, wenn sie nur erbeutete japanische Dokumente lasen; je mehr Leute wußten, was die Japaner taten und dachten, desto besser.

Es sei denn, sie lasen vielleicht abgefangene japanische verschlüsselte Funkbotschaften und wollten nicht, daß die Japaner erfuhren, daß ihr Code geknackt worden war. Das würde vieles erklären – warum so wenige Leute Zugang zu MAGIC-Material hatten; warum es jedem mit Kenntnis über MAGIC strikt verboten war, irgendwohin zu gehen, wo er in japanische Hände fallen konnte. Major Hon Song Do, ein sehr stattlicher Mann – groß, muskulös, stämmig – lag lässig auf einer Couch im Wohnzimmer, als General Pickering und Lieutenant McCoy und Hart eintraten.

»Willkommen daheim, Ken«, sagte er mit starkem Bostoner Akzent.

Er erhob sich mit überraschender Geschmeidigkeit für seine Statur von der Couch und reichte McCoy die Hand. McCoy bemerkte, daß er mit der linken Hand eine Aktentasche hielt, die an sein Handgelenk gekettet war.

»Danke, Sir«, sagte McCoy.

»Nachdem Sie jetzt angemessene Hochachtung vor meinem neuen hohen Dienstgrad gezeigt haben, dürfen Sie mich wieder ›Pluto‹ nennen«, sagte Hon.

»Ich wußte nicht, daß Stabsoffiziere der Army so früh am Morgen aufstehen«, sagte McCoy.

»Ich war nicht im Bett«, sagte Pluto. Dann blickte er Pickering an. »Wann haben Sie einen Moment Zeit, Sir?«

»Ich hätte ins Verlies kommen können«, sagte Pickering.

Beide sahen McCoy an.

Was auch immer in Plutos Aktentasche ist, es geht mich nichts an, dachte McCoy.

»Sie sollten Ken zeigen, wo er schlafen wird«, sagte Pickering zu Hart.

»Aye, aye, Sir.«

Lieutenant Colonel Jack Stecker saß auf einem der Rohrstühle im Schlafzimmer, als McCoy mit einem Handtuch um die Hüften aus dem Badezimmer trat.

»Sie kommen herum, Lieutenant, nicht wahr?« sagte Stecker lächelnd. »Sie sind der lebende Beweis dafür, daß man wirklich viel von der Welt sieht, wenn man zum Marine-Corps geht.«

»Guten Morgen, Sir.«

»Wie geht's, Ken?« fragte Stecker und reichte ihm die Hand. »Der General sagte, Sie hatten Probleme mit Impfungen?«

»Sie gaben mir eine in den Hintern. Ich habe keine Ahnung, was es war.«

»Ist alles in Ordnung? Haben Sie Fieber? Schweißausbrüche? Übelkeit?«

»Mir tut nur der Hintern weh«, sagte McCoy, gerührt über Steckers Anteilnahme. »Beim Baden ist es besser geworden.«

Es ist lange her, hatte McCoy gedacht, als er in der großen, altmodischen Badewanne gelegen hatte, *daß ich ein Bad hatte* – im Gegensatz zum Duschen. Hier hatte er keine Wahl. Der Duschkopf befand sich am Ende eines langen, biegsamen Schlauchs. Wenn er ihn vom Haken nahm und das Wasser aufdrehte, kam ein mächtiger Wasserstrahl von der Decke und spritzte über das obere Ende des Duschvorhangs. Er hatte das Wasser schnell abgedreht und zwangsläufig ein Bad genommen.

Stecker nickte und wies auf einen Tisch bei der Wand. McCoy sah ein silbernes Kaffeeservice und ein Tablett, das mit einer Serviette abgedeckt war.

»Ich sehe, Sie leben hier ziemlich gut«, sagte Stecker.

»Ich bin ein netter Kerl und habe ein Anrecht darauf«, erwiderte McCoy.

»Ich kann kaum glauben, wie gut«, sagte Stecker. »Unter der Serviette gibt es ein Sortiment von Brötchen. Und Butter und Kaffeesahne. Und wenn Sie zum Beispiel Schinken und Eier möchten, brauchen Sie nur auf diesen Klingelknopf zu drücken, und jemand wird erscheinen und fragen, ob sie Spiegel- oder Rühreier haben möchten.«

»Colonel«, sagte McCoy lächelnd, »so ist es, wenn man von Luxus umgeben ist. Es würde Sie überraschen, wie leicht man sich daran gewöhnt.«

Stecker lachte.

»Möchten Sie frühstücken, Ken?«

»Ich möchte Kaffee trinken.« McCoy ging zum Tisch,

schenkte Kaffee in zwei Tassen ein und gab eine Tasse Stecker.

»Der General sagte, Sie bereiten alles für die Erste Division vor, wenn sie von Guadalcanal kommt?«

»Deshalb bin ich hier«, sagte Stecker. »Aber weil die Verlegung der Division hierher noch geheim ist, kann ich nicht viel tun. Und weil die Army die Logistik, die Beschaffung von Quartieren und Rationen erledigt, weiß ich wirklich nicht, was ich tun soll.«

»Er sagte mir auch, daß Sie mir bei meiner kleinen Operation helfen«, sagte McCoy.

»Er meint, ich sei eine Art Experte für Guerillaoperationen, was ich jedoch nicht bin. Aber ich sorge für das Material – Arzneien, Handfeuerwaffen, Munition –, das Sie anscheinend mitnehmen sollen. Aber das ist Ihre Show, McCoy. Ich versuche nur, mich nützlich zu machen. Wenn Ihnen nicht gefällt, was ich vorschlage, oder wenn Sie etwas anderes haben wollen …«

»Colonel, ich weiß weniger über Guerillaoperationen als jeder, den ich kenne. Mein Expertentum beschränkt sich auf das Paddeln von Schlauchbooten, was viel schwieriger ist, als es aussieht.«

»Hart erzählte mir das.« Stecker lachte, und dann wurde er ernst. »Ich wollte mit Ihnen darüber sprechen. Wie wir das Zeug verpacken, das Sie mitnehmen.«

»In kleinen Päckchen, die von einem Mann transportiert werden können«, sagte McCoy. »Es ist schon hart, Zeug von einem U-Boot in ein Schlauchboot zu schaffen, aber es aus dem Boot zu laden und an Land zu bringen ist noch härter. Am besten sind kleine, *wasserdichte* Päckchen, die von einem Mann transportiert werden können und *schwimmen.*«

»Koffler arbeitet etwas aus, das vielleicht hilft. Sie wissen, was Plastik ist?«

McCoy schüttelte den Kopf.

»Es überraschte mich, zu hören, daß Koffler aus dem Lazarett heraus ist. Ist er wieder im Dienst?«

»Wieder im Dienst und verheiratet.«

»Das von der Heirat habe ich gehört«, sagte McCoy. »Als

ich ihn zum letztenmal sah, wirkte er wie der aufgewärmte Tod. Und nicht alt genug, um auch nur ans Heiraten zu denken.«

»Er ist der jüngste Staff Sergeant, den ich je gesehen habe«, sagte Stecker. »General Pickering beförderte ihn, damit er berechtigt ist, zu heiraten. Seine Frau hat ihn sehr liebevoll gepflegt. Howard ist noch ziemlich schwach. Offenbar ist die Medizin, die sie ihm gegen Darm- und Blutparasiten gaben, eine Art Gift. Gifte, Mehrzahl. Es traf Howard schwerer als Koffler.«

»Howard hatte eine Freundin, die Krankenschwester ist?« McCoy sah Stecker fragend an.

»Die hat er laut Major Hon immer noch. Aber sie haben sich entschieden, nicht zu heiraten, denn wenn sie das tun, wird sie sofort nach Hause versetzt.«

»Warum?«

»Irgendeine Vorschrift. Sie dient offenbar dazu, unschuldige Marines aus den Klauen einsamer Krankenschwestern zu halten. Aber da wir von Mrs. Koffler sprechen ... Sie essen zu Abend mit ihnen.«

»Was?«

»Sie möchte Ihnen und Hart ihre Dankbarkeit zeigen, weil Sie ihn von Buka geholt haben.«

»Ich passe, danke, Colonel.«

»Gibt es einen Grund, weshalb Sie heute abend nicht hingehen können? Ich weiß, daß der General dann nichts für Sie zu tun hat. Und er sagte mir, ein liebevoll gekochtes Abendessen wäre gut für Sie.«

»Das klingt nach einem Befehl.«

»Der General hat Mitleid mit ihr.«

McCoy hob fragend die Augenbrauen.

»Sie kennen die Geschichte nicht?« fragte Stecker.

McCoy schüttelte den Kopf.

»Laut General hat Koffler sie ... geschwängert, in der Nacht, bevor Sie ihn in Buka absetzten«, sagte Stecker. »Das war zufällig die Nacht nach dem Gedenkgottesdienst für ihren Mann, der in Afrika fiel.«

McCoy hob wieder die Augenbrauen, aber er sagte nichts, sondern wartete darauf, daß Stecker weitersprach.

»Sie warfen sie aus der Royal Navy ...«

»Royal Australian Navy«, korrigierte McCoy automatisch.

»... als herauskam, daß sie schwanger war. Und ihre Familie ... Ken, ihr Vater wollte nicht mal zur Hochzeit kommen. Die Familie hat sie einfach ausgestoßen. Das ist ziemlich gemein. Sie ist ein nettes Mädchen, und der General mag sie.«

»Dann soll der General mit ihr zu Abend essen.«

»Das hat er bereits.«

»Ich war nicht der einzige bei der Operation Buka. Hart war dort. Gott, Pick Pickering flog das Flugzeug, mit dem wir abgeholt wurden. Er und Charley Galloway.«

»Der junge Pickering ist irgendwo in den Staaten. Galloway ist auf Hawaii. Hart und Sie sind hier, und der General meint, ein gutes, selbstgekochtes australisches Essen würde Ihnen guttun.«

»Was? Gegrilltes Känguruh?«

»Ich wußte, daß Sie entzückt sein werden«, sagte Stecker.

»Was sagten Sie vorhin über Koffler und dieses ...«

»Plastik.«

»Was ist das?«

»Haben Sie das luftdichte, wasserdichte Material gesehen, mit dem seit kurzem Ausrüstung verpackt wird?«

McCoy schüttelte hilflos den Kopf. »Diese Teerpappe mit Aluminiumbeschichtung?«

»Nein. Die nicht. *Plastik.* Hart wird Ihnen alles darüber beim Abendessen sagen. So werden Sie Gesprächsstoff haben.«

4

Apartment 3 C
Amhurst Apartments
Brisbane, Australien

14. November 1942, 19 Uhr 15

Trotz einer Skizze, die General Pickering für ihn angefertigt hatte, brauchte McCoy lange, um die Amhurst Apartments zu finden, ein vierstöckiges Backsteingebäude mit Blick auf den Hafen. Sie fuhren mit dem Studebaker President.

»Nicht schlecht für einen neunzehnjährigen Staff Sergeant«, sagte McCoy zu Second Lieutenant George F. Hart, USMCR, als sie die Treppe zum dritten Stock hinaufgingen.

»Neidisch?«

»Ja, ich glaube, das bin ich«, bekannte McCoy.

»Nur für die Akten«, sagte Hart, als McCoy auf den Klingelknopf drücken wollte. »Ich habe inbrünstig gehofft, du könntest uns diesen Besuch ersparen.«

»Lächle und sei nett«, erwiderte McCoy und drückte auf den Klingelknopf.

Einen Augenblick später wurde die Tür von Staff Sergeant Stephen M. Koffler, USMCR, geöffnet. Sergeant Koffler war klein und schmächtig und wirkte noch zwei Jahre jünger als er mit neunzehn Jahren war.

»Guten Abend, Gentlemen«, sagte er, was er offenbar eingeübt hatte, »bitte treten Sie ein.«

»Guten Abend, Sergeant Koffler«, sagte McCoy und drückte ihm eine braune Papiertüte in die Hand. Die Tüte enthielt eine Flasche Famous-Grouse-Scotch.

»Wie geht es Ihnen, Steve?« sagte Hart und überreichte ihm eine noch größere braune Papiertüte. Sie enthielt zwei Flaschen ›verdammt guten Cabernet Sauvignon der Känguruhfans‹, wie General Pickering gesagt hatte, der die beiden beim

Verlassen des Water Lily Cottage abgefangen und ihnen beide Tüten gegeben hatte.

»Willkommen«, sagte Mrs. Daphne Koffler hinter ihrem Mann. »Danke für Ihren Besuch.«

»Danke für die Einladung«, erwiderte McCoy.

Trotz ihrer flachen Schuhe war Mrs. Koffler ein paar Zentimeter größer als ihr Mann. Sie hatte haselnußbraune Augen und Pfirsichhaut. Das brünette Haar trug sie im Nacken zu einem Dutt gebunden, und als Make-up hatte sie nur eine Spur von Lippenstift aufgetragen.

»Wir wollten – besonders ich wollte – Ihnen danken für das, was Sie für Steve getan haben. Für uns beide.«

»Für uns drei«, fügte Koffler hinzu. Seine Frau errötete.

McCoy blickte unwillkürlich auf Mrs. Kofflers Bauch. Zu seiner Verlegenheit war die Wölbung schon zu sehen.

»Das ist nicht nötig«, sagte McCoy.

»Wenn Sie ihn nicht von Buka heruntergeholt hätten, wäre er vermutlich tot«, sagte Daphne Koffler. »Und wer weiß, was dann aus mir und dem Baby geworden wäre.«

Mein Gott, sie klingt wie Ernie, dachte McCoy. *Sagt genau das, was ihr in den Sinn kommt. Und sieht einem dabei offen in die Augen.*

»Wir sind Marines, Mrs. Koffler«, sagte McCoy. »Wir erfüllen unsere Befehle. Steve wurde nach Buka geschickt, und Hart und ich wurden losgeschickt, um ihn von dort wegzuholen. Es ist kein Dank nötig.«

»Seien Sie nachsichtig mit mir«, sagte sie. »Lassen Sie mich ›danke‹ sagen.«

»Okay. Wenn es Ihnen Spaß macht. Können wir jetzt das Thema wechseln? Hart sagte mir, daß es gegrilltes Känguruh gibt. Stimmt das?«

»Nein, natürlich nicht. Es gibt Steaks. Pluto brachte welche aus der Offiziersmesse mit.«

McCoy war einen Moment lang verblüfft, weil Mrs. Koffler so zwanglos von Major Hon Song Do sprach, doch dann fiel ihm ein, daß sie als Assistentin von Commander Feldt schon lange vor ihm Kontakt mit Pluto gehabt hatte.

»Was trinken wir?« fragte Staff Sergeant Koffler.

McCoy sah, daß Daphne Koffler etwas besorgt wirkte.

Sie weiß, was passieren wird, dachte McCoy. *Der Junge wird hinterher besoffen sein.*

Wie mögen sie ein Paar geworden sein? Mensch, sie ist älter als er. Intellektueller. Was, zum Teufel, hat sie in ihm gesehen?

Was, zum Teufel, hat Ernie in mir gesehen?

Zweierlei weiß ich mit Sicherheit. Weshalb auch immer sie ihn rangelassen hat ... in der Nacht vor seiner Abreise nach Buka mit ihm geschlafen hat, sie hat es nicht getan, weil sie ein leichtes Mädchen ist. Sie ist ein nettes Mädchen. Und sie war soeben besorgt um ihn, als er etwas zu trinken anbot. Sie liebt ihn.

Warum überrascht mich das? Weil er wie ein kleiner Cheerleader auf der High School aussieht?

Die Getränke, die Staff Sergeant Koffler seinen Gästen servierte, waren ungefähr doppelt so stark, wie sie hätten sein sollen.

»Koffler, würden Sie aus diesem zwei machen? Oder drei?« fragte McCoy. »Ich möchte nicht schon beim Essen blau sein.«

Mrs. Koffler blickte McCoy anerkennend an. Staff Sergeant Koffler wirkte verlegen, als hätte er einen schrecklichen gesellschaftlichen Schnitzer gemacht.

»Koffler, ich bin soeben erst eingetroffen«, erklärte McCoy. »Es war eine lange Reise. Und Colonel Stecker hielt mich den ganzen Tag auf Trab. Ich kann nicht viel Alkoholisches vertragen, wenn ich müde bin.«

»Ich habe den ganzen Tag Plastik von der Army geklaut«, sagte Koffler.

»Was ist Plastik?« fragte McCoy.

»Ich weiß nicht, woraus es besteht, aber die Army verpackt Ausrüstung darin. Es ist wasser- und luftdicht. Genau das, was Sie für das Material brauchen, das Sie auf die Philippinen bringen werden.«

Er ging mit McCoys Glas in die Küche.

McCoy dachte: *Menschenskind, ich weiß nicht, ob diese Operation Fertig Verschlußsache ist, aber sie ist mindestens SECRET und vielleicht sogar TOP SECRET. Sie sollte nicht bei einer Unterhaltung beiläufig erwähnt werden. Nun, ich bezweifle, daß Mrs. Koffler es beim Kaffeekränzchen verbreiten wird. Ich werde ihm später verklickern, daß er nicht zuviel reden soll. Wenn er dann noch nüchtern genug ist, um zuzuhören.*

Koffler kehrte mit McCoys Glas zurück. Es enthielt jetzt weniger Whisky und etwas mehr Wasser.

»Ich hoffe, so ist es besser«, sagte er und wandte sich dann an Hart. »Soll ich Ihren auch entschärfen, Lieutenant?«

»Ich werde einfach langsam trinken«, sagte Hart.

»Erzählen Sie mir über Plastik«, bat McCoy.

»Nun, es sieht aus wie eine Mischung zwischen Wachstuch und Zellophan«, sagte Koffler. »Ich sah es zum ersten Mal, als Pluto von der Army die Geheimschriftmaschine erhielt, die Sie mitnehmen ...«

»Wie viele andere Leute wissen von der Operation Philippinen?« unterbrach ihn McCoy in ärgerlichem Tonfall.

»Ich werde darüber nicht mit den Ladies beim morgendlichen Tee plaudern, wenn Sie das befürchten, Lieutenant McCoy«, sagte Daphne Koffler.

McCoy hob verlegen beide Hände in einer Geste der Beschwichtigung. »Das habe ich nicht gedacht ...«

»Steve meint, er ist in Gesellschaft von Freunden«, fuhr Daphne resolut fort und erinnerte McCoy wieder an Ernie. »Freunde, die Unbedenklichkeitsbescheinigungen haben. Und wenn seine Frau auch keine mehr hat, vertraut er trotzdem darauf, daß sie den Mund halten kann.«

McCoy schaute sie an, sagte jedoch nichts.

»Besonders weil sich Steve sehnlich wünscht, Sie zu begleiten«, fügte Daphne hinzu.

Was hat sie da gesagt? Er wünscht sich sehnlich, uns zu begleiten?

»Ich bezweifle, daß das möglich ist«, sagte McCoy.

»Sie müssen wissen, Lieutenant, daß mein Steve ein ziemlich entschlossener Mann ist«, sagte Daphne.

»Sie brauchen einen Funker«, argumentierte Koffler. »Bis jetzt hat der General noch keinen gefunden. Und Pluto hat mir schon gezeigt, wie der Dechiffrierapparat bedient wird.«

»Um Himmels willen, warum wollen Sie mitkommen?« fragte McCoy.

Die Frage brachte Koffler sichtlich aus der Fassung.

»Sie sind gerade erst von Buka runter. Sie sind gerade erst aus dem Krankenhaus entlassen!« McCoy erwärmte sich für das Thema. »Menschenskind, Sie haben gerade erst *geheiratet*!«

»Eben«, sagte Koffler leise.

»Was?«

»Ich habe jetzt Verpflichtungen. Daphne. Und ... eine Familie.«

»Und da wollen Sie sich auf den Philippinen herumtreiben und sich vor den Japsen verstecken?«

»Ich möchte Offizier werden«, sagte Koffler.

McCoy sah ihn lange genug an, um zu erkennen, daß er es ernst meinte. »Allmächtiger!«

»Lieutenant Moore war Sergeant, als er herkam«, sagte Koffler sachlich. »Er ging nach Guadalcanal, kehrte zurück, und man machte ihn zum Offizier.«

»Moore ist Collegeabsolvent; er ist Japanologe und Kryptograph; und er ist dreiundzwanzig.«

Koffler überging die Worte.

»Lieutenant Hart kam als Sergeant her«, fuhr er fort. »Er ging mit Ihnen nach Buka; und als er zurückkehrte, wurde er zum Lieutenant ernannt.«

»Hart ist älter als Moore«, entgegnete McCoy. »Bevor er ins Marine-Corps kam, war er Polizist, Detective. Man ernannte ihn zum Offizier, weil das die Dinge leichter für den General macht, nicht weil ...«, die absurde Argumentation und der entschlossene Ausdruck von Kofflers jungenhaftem Gesicht löste bei McCoy eine lustige Erinnerung aus, »... nicht weil er heldenhaft aus seinem kleinen Schlauchboot fiel, als er versuchte, an den Strand von Buka zu paddeln.«

»Wie sind *Sie* denn Offizier geworden?« fragte Koffler und sah ihn herausfordernd an.

»Ich besuchte die Offiziersanwärterschule in Quantico. Zufällig zusammen mit General Pickerings Sohn. Wir ließen uns ein halbes Jahr den Arsch aufreißen – verzeihen Sie, Mrs. Koffler –, um diesen verdammten goldenen Balken zu bekommen.«

Koffler wirkte jetzt gekränkt und verlegen.

»Wenn Sie Offizier werden wollen, melden Sie sich bei der Offiziersanwärterschule«, sagte McCoy sachlich. »Der General wird Sie bestimmt empfehlen. Mensch, Koffler, ich selbst werde eine Empfehlung für Sie schreiben.«

»Damit habe ich mich schon befaßt. Ich kann mich erst mit einundzwanzig anmelden.«

»Steht das in den Vorschriften?« fragte McCoy.

»Keiner fragte mich nach dem Alter, als ich über Buka absprang«, sagte Koffler.

Darauf fiel McCoy keine Erwiderung ein, und so schwieg er.

»O verdammt!« sagte Koffler, als ob er endlich die Logik von McCoys Worten akzeptierte. »Aber ich will immer noch mitkommen.«

Nicht, wenn ich etwas mitzureden habe, dachte McCoy.

»Koffler, geben Sie sich eine Chance, wieder gesund zu werden. Freuen Sie sich über Ihre Familie. Denken Sie an den weisen Spruch des Marine-Corps: ›Melde dich nie für irgend etwas freiwillig.‹«

»Sie haben sich freiwillig gemeldet, um Howard und mich von Buka herunterzuholen«, wandte Koffler ein.

»Verdammt, Sie wissen einfach nicht, wann Sie aufhören sollten!« fuhr McCoy ihn an. »Mann, Koffler, geben Sie auf!«

Koffler zuckte mit den Schultern.

McCoy blickte gerade noch rechtzeitig zu Daphne Koffler, um ihr anzusehen, daß ihr seine Worte und der Tonfall gegenüber ihrem Mann überhaupt nicht gefallen hatten.

»Es tut mir leid«, sagte er. »Vielleicht sollte ich gehen.«

»Das würde die Dinge nur verschlimmern«, sagte Daphne. »Und was Sie ihm gesagt haben, hat er schon von mir gehört. Bitte, bleiben Sie.«

»Schenken Sie mir noch einen ein, Koffler«, sagte Lieutenant Hart. »Und dann erzählen Sie Lieutenant McCoy über Plastik.«

»Klar«, sagte Koffler.

McCoy fing Daphne Kofflers Blick auf.

»Mir auch noch einen, bitte, wenn Sie schon dabei sind«, sagte McCoy.

Sie nickte kaum wahrnehmbar anerkennend.

Als ihr Mann in der Küche war, ging Daphne zu der Couch und setzte sich neben McCoy.

»Danke«, sagte sie.

»Wie bitte?«

»Sie irren sich in Ihrem Urteil über mich«, sagte Daphne. »Ich habe Steve geheiratet, weil ich ihn liebe, nicht weil ich ein Kind von ihm bekomme.«

»Ob Sie es glauben oder nicht, Mrs. Koffler, das hatte ich bereits herausgefunden.«

Sie sah ihm wieder in die Augen.

»Tatsächlich?« fragte sie, als wäre es eine Überraschung für sie.

McCoy nickte.

»Wenn wir nun alle Freunde sind«, sagte George Hart, »wie wäre es, wenn ihr aufhört, euch mit ›Mrs. Koffler‹ und ›Lieutenant McCoy‹ anzureden?«

McCoy sah ihn an.

»Mr. Hart«, sagte er, »Second Lieutenants sollten sich sehen, jedoch nicht hören lassen. Ist das so, Daphne?«

»Ich glaube, so ist es, Ken«, erwiderte sie.

T O P S E C R E T

SUPREME HEADQUARTERS SWPOA
NAVY DEPT WASH DC

VIA SPECIAL CHANNEL
KOPIEREN VERBOTEN
ORIGINAL IST NACH ENTSCHLÜSSELUNG UND
ÜBERMITTLUNG AN DEN MARINEMINISTER
ZU VERNICHTEN

BRISBANE, AUSTRALIEN
SAMSTAG, 14. NOVEMBER 1942

LIEBER FRANK,

ICH ERFAHRE SOEBEN, DASS DIE KRIEGSSCHIFFE ›WASHINGTON‹ UND ›SOUTH DAKOTA‹ DAS JAPANISCHE KRIEGSSCHIFF ›KIRISHIMA‹ VERSENKT HABEN, WOBEI DIE ›SOUTH DAKOTA‹ OFFENBAR ZIEMLICH SCHWER GETROFFEN WURDE. WIE SCHÖN WÄRE ES, WENN ADMIRAL DAN CALLAHAN DAS NOCH ERFAHREN HÄTTE. ES WÜHLTE MICH ZIEMLICH AUF, ALS ICH HÖRTE, DASS ER EINEN TAG VOR DER SÜSSEN RACHE GEFALLEN IST.

JE MEHR ICH ÜBER DIE SACHE MIT FERTIG AUF DEN PHILIPPINEN HÖRE – BESONDERS JE MEHR ICH VON LIEUTENANT COLONEL JACK STECKER ÜBER DIE WIRKSAMKEIT EINER GUTGEFÜHRTEN GUERILLAOPERATION ERFAHREN HABE –, DESTO ÜBERZEUGTER BIN ICH GEWORDEN, DASS SIE EIN HOHES MASS AN MÜHEN UND KOSTEN WERT IST.

DER STAND DER DINGE IST FOLGENDER: SOEBEN IST EIN JUNGER OFFIZIER DES MARINE-CORPS, LIEUTENANT KENNETH MCCOY, DER ÜBRIGENS ›KILLER‹ GENANNT WIRD, HIER EINGETROFFEN. ER HAT BEREITS BEI DER OPERATION MAKIN ISLAND TEILGENOMMEN UND GING VON EINEM U-BOOT AUS AN LAND AUF BUKA, ALS WIR DIE MARINES DORT ABLÖSTEN. MIT ANDEREN WORTEN, ER IST EIN EXPERTE IN OPERATIONEN MIT SCHLAUCHBOOTEN. ER SIEHT KEIN PROBLEM DARIN, VON EINEM U-BOOT AUS IN MINDANAO AN LAND ZU GEHEN.

MCCOY UND STECKER HABEN EINE LISTE VON MATERIAL ERSTELLT, DAS AN FERTIG GEHEN SOLLTE, IM WESENTLICHEN UND IN DIESER REIHENFOLGE: GOLD, FUNKGERÄTE, MEDIZIN, HANDFEUERWAFFEN UND MUNITION. BEIDE HALTEN DEN US-KARABINER WEGEN DER STATUR DES DURCHSCHNITTLICHEN FILIPINOS FÜR DIE GEEIGNETE WAFFE. ICH HABE DIE FUNKGERÄTE, DIE KARABINER UND DIE MUNITION DAFÜR, UND MAN HAT MIR EIN SORTIMENT VON ARZNEI VERSPROCHEN, WANN IMMER ICH ES HABEN WILL. MAN HAT MIR AUCH EIN U-BOOT VERSPROCHEN, VERMUTLICH DIE U.S.S. NARWHAL, EIN FRACHT-U-BOOT. DAS VERSPRECHEN KAM VOM CINCPAC PERSÖNLICH, DER MEINE ANSICHT TEILT, DASS JEDE GUERILLAOPERATION AUF DEN PHILIPPINEN AUS STRATEGISCHEN, TAKTISCHEN UND MORALISCHEN GRÜNDEN UNTERSTÜTZT WERDEN SOLLTE.

ICH BRAUCHE NUR NOCH ZWEIERLEI: ZWEIHUNDERTFÜNFZIGTAUSEND DOLLAR IN GOLD. EIGENTLICH BRAUCHTE ICH EINE TELEGRAPHISCHE ÜBERWEISUNG DIESER SUMME AN DIE BANK OF AUSTRALIA, DIE MIR DAS GOLD GEBEN WIRD. JE EHER, DESTO BESSER.
ALS ZWEITES BRAUCHE ICH, DASS SIE DEN LEUTEN VON DER PERSONALABTEILUNG DES MARINE-CORPS DAMPF MACHEN. SIE HABEN IMMER NOCH NICHT LT. COL. STECKER ZU MIR VERSETZT. COLONEL RICKABEE BERICHTET, DASS MAN IHM IN DIESER SACHE DIE KALTE SCHULTER GEZEIGT HAT, OHNE IHM EINE ERKLÄRUNG ZU GEBEN, UND IHR NORMALERWEISE UNGLAUBLICH FÄHIGER CAPTAIN HAUGHTON HAT ES AUCH NICHT GESCHAFFT, SIE AUF TRAB ZU BRINGEN. ICH BRAUCHE STECKER FÜR DIESE SACHE. ER IST EXPERTE IN GUERILLAOPERATIONEN, UND DIES IST GEWISS WICHTIGER ALS SEINE AUFGABE, FÜR DAS CORPS EINRICHTUNGEN ZUR TRUPPENBETREUUNG UND AMATEURTHEATER ZU ORGANISIEREN. WENN MCCOY ALLEIN AN LAND GINGE, WÄRE DAS NICHT ANNÄHERND SO WIRKUNGSVOLL WIE EINE AKTION VON BEIDEN. ICH BITTE SIE DRINGEND UM SOFORTIGES HANDELN IN DIESER HINSICHT.

BESTE GRÜSSE

FLEMING PICKERING, BRIGADIER GENERAL, USMCR

T O P S E C R E T

IX

1

Supreme Headquarters
South West Pacific Ocean Area (SWPOA)
Brisbane, Australien

16. November 1942, 17 Uhr 15

Die beiden Militärpolizisten vor dem Eingang von General

MacArthurs Hauptquartier grüßten schneidig, als Brigadier General Fleming Pickering, USMCR, mit schnellen Schritten durch das Tor ging.

Pickering erwiderte ihren Gruß mit einem Lächeln. Er ging schnell zu dem Studebaker President mit der Aufschrift USMC auf beiden Seiten der Haube und dem Abzeichen des Marine-Corps auf den Vordertüren, setzte sich auf den Fahrersitz und ließ den Motor an.

Second Lieutenant George F. Hart, USMCR, dessen Achselschnur des Adjutanten auf und ab wippte, während er lief, wurde nur etwas langsamer, als er das Tor passierte und den Gruß der MPs erwiderte, dann eilte er zum Wagen, als befürchtete er, zurückgelassen zu werden.

Als Hart eingestiegen war, setzte der Studebaker sofort vom Parkplatz zurück, der für Offiziere im Generalsrang reserviert war, stoppte abrupt und fuhr mit quietschenden Reifen davon.

Die beiden Militärpolizisten tauschten Blicke und lächelten. Mit Ausnahme des Generals des Marine-Corps hatte jeder andere General und Admiral des Supreme Headquarters Southwest Pacific Ocean Area einen Unteroffizier als Fahrer für seinen Dienstwagen. Der Fahrer sprang aus dem Wagen, wenn er seinen General oder Admiral sah, riß die hintere Tür auf und stand still, während der General oder Admiral einstieg, schloß die Tür, vergewisserte sich, daß der Adjutant auf dem Rücksitz saß, setzte sich hinters Steuer und fuhr seinen erhabenen Passagier mit der rituellen Würde, die seinem Rang zustand.

Nicht so General Pickering. Er fuhr normalerweise nicht nur selbst, sondern verzichtete oftmals auch auf die Begleitung seines Adjutanten.

Noch etwas war anders. Zuverlässige Gerüchte besagten, daß General Douglas MacArthur General Pickering mit dem Vornamen ansprach. Jeder andere Offizier wurde mit seinem Rang angesprochen, mit Ausnahme der sehr wenigen, denen ›El Supremo‹ die Ehre erwies, sie mit dem Nachnamen anzureden.

Dies und eine Reihe anderer persönlicher Eigenarten – General Pickering wohnte zum Beispiel nicht in einem der Quartiere, die sehr ranghohen Offizieren zur Verfügung standen, sondern in einem weitläufigen Fachwerkhaus in der Nähe der Pferderennbahn – hatten General Pickering bei den anderen Generals und Flaggoffizieren des Hauptquartiers SWPOA nicht gerade beliebt gemacht, wie die meisten Unteroffiziere und Mannschaften wußten.

Es war folglich klar, daß die Unteroffiziere und Mannschaften und viele rangniedrige Offiziere General Pickering mochten. Jemand, auf den die meisten hohen Tiere sauer waren, konnte nicht schlecht sein.

»Die verdammte Denkweise dieser Leute!« sagte General Pickering, als er entschieden zu schnell um eine Kurve und in Richtung Pferderennbahn fuhr, die für die Dauer des Krieges geschlossen war.

George Hart schwieg. Er war sich nicht sicher, ob er angesprochen worden war oder ob General Pickering laut gedacht hatte. Aber ein Lächeln spielte um seine Lippen.

Es folgte Stille von vielleicht einer halben Minute.

»Fertig war Lieutenant Colonel, als Bataan fiel«, sagte Pikering dann. »Kein gottverdammter Captain.«

Lieutenant Hart schloß aus diesen Worten, daß General Pickerings zur Zeit miese Stimmung etwas mit Wendell Fertig zu tun haben mußte. Abermals entschied er sich, den Mund zu halten.

Pickering warf einen Blick zu Hart. »Dieser Hurensohn muß das gewußt haben, George, und er hätte es mir sagen sollen.«

›Dieser Hurensohn‹, nahm Lieutenant Hart richtig an, war Brigadier General Charles Willoughby, U.S. Army, MacArthurs G-2 (Generalstab Nachrichtendienst).

»Jawohl, Sir«, sagte Hart. »Wie haben Sie es herausgefunden?«

»Ich traf Phil DePress«, erklärte Pickering. »Er sagte es mir.«

Lieutenant Colonel Philip J. ›Phil‹ DePress, der immer noch das Abzeichen des einst stolzen, jetzt besiegten 26. Kavallerieregiments trug – es war gezwungen gewesen, seine Pferde zu essen, bevor die Philippinen fielen –, war irgendwie entkommen und jetzt einer von MacArthurs Stabsoffizieren.

Hart hatte DePress vor drei Monaten in Washington kennengelernt, kurz bevor er den Dienst für General Pickering angetreten hatte. Private George F. Hart, vorher Detective der Polizei von St. Louis, Missouri, war vom Ausbildungszentrum des Marine-Corps, Parris Island, rekrutiert worden, um General Pickering angeblich als Ordonnanz, in Wirklichkeit jedoch als Leibwächter zu dienen, während sich Pickering im Walter-Reed-Hospital der Army in Washington von Verwundungen und Malaria erholte.

Colonel DePress, von MacArthurs SWPOA-Hauptquartier nach Washington geschickt, war in Pickerings Krankenzimmer aufgetaucht und hatte einen persönlichen Brief von MacArthur überreicht, der ihm zu seiner Beförderung zum Brigadier General gratuliert hatte.

Zu diesem Zeitpunkt hatte Hart ein wenig Mühe, sich auf die plötzlichen Veränderungen in seinem Leben einzustellen. Gerade war er noch Rekrut in der Grundausbildung gewesen. Dann wurde er am späten Abend ins Quartier für ledige Offiziere befohlen, wo ihm ein First Lieutenant des Marine-Corps (der jünger war als er) mit kaltem Blick Fragen über seine Vorgeschichte als Polizist stellte. Offenbar zufrieden mit den Antworten und mit Harts Persönlichkeit, bot er ihm eine Verwendung als Leibwächter für General Pickering an und fügte hinzu, daß General Pickering keinen Leibwächter haben wollte.

Zwei Tage später war Hart in Washington, immer noch mit dem kurzgeschorenen Haar des Rekruten, jedoch zum Sergeant befördert, und er wohnte nicht in der Kaserne, sondern in General Pickerings Suite im Foster-Lafayette-Hotel, deren Fenster über die Pennsylvania Avenue zum Weißen Haus blickten.

Er wurde mit Informationen bombardiert. Zum Beispiel

erfuhr er, daß General Pickering ein Reservist war, der das Distinguished Service Cross, die zweithöchste Tapferkeitsmedaille der Nation, als junger Mann in Frankreich im Ersten Weltkrieg erhalten hatte und im Zivilleben Aufsichtsratsvorsitzender der Pacific & Far East Shipping Corporation war.

Hart erfuhr ebenfalls, daß Pickering dem Marineminister Frank Knox direkt unterstellt war. Bei einer Mission für Minister Knox im Pazifik (die Mission wurde Hart damals nicht weiter beschrieben), war er auf Guadalcanal gewesen, wo er sich Malaria zugezogen hatte. Später, an Bord eines Zerstörers, der ihn von der Insel brachte, wurde er verwundet, als das Kriegsschiff von einem japanischen Bomber im Tiefflug mit Bordwaffen angegriffen wurde. Als der Kapitän fiel, übernahm Pickering trotz seiner Verwundungen das Kommando über das Schiff und verdiente sich den Silver Star.

Hart hatte natürlich vom Stoßtruppunternehmen des Marine-Corps auf Makin Island gehört (an dem Präsident Roosevelts Sohn teilnahm), und nach dem, was er über General Pickering wußte, überraschte es ihn wirklich nicht, daß der Lieutenant mit dem kalten Blick, der ihn in Parris Island ›interviewt‹ hatte, das Kommando bei dem Stoßtruppunternehmen gehabt hatte. Ebensowenig überraschte es ihn, herauszufinden, daß der Lieutenant – der wirklich drei Jahre jünger als er war (Hart war fünfundzwanzig) – der fast legendäre ›Killer‹ McCoy war.

Als Hart Colonel DePress kennenlernte, folgte er dem Rat seines Vaters – Police Captain Karl J. Hart –, daß man Augen und Ohren offen- und den Mund geschlossen halten sollte, wenn man etwas nicht versteht. Als Colonel DePress also in General Pickerings Krankenzimmer stürmte, dachte Hart wie ein Cop und nicht wie ein über seine Fähigkeiten hinaus vom Rekruten zum Sergeant beförderter Marineinfanterist. Und als Polizist, in Menschenkenntnis geübt, erkannte er, daß DePress und Pickering verwandte Seelen und sich beide dessen bewußt waren.

Als Hart mit Pickering nach Australien kam, überraschte es ihn nicht, daß Colonel DePress willkommen im Water Lily

Cottage war, obwohl er nicht zu der sehr kleinen Gruppe zählte, die etwas mit General Pickerings Mission zu tun hatte.

Es gab nicht mehr viel, was George F. Hart überraschen konnte. Nicht einmal, als er sich mit ›Killer‹ McCoy in einem Schlauchboot wiederfand und auf die von Japanern gehaltene Insel Buka zupaddelte. Auch nicht, daß er jetzt den goldenen Balken des Second Lieutenant trug, während die anderen Rekruten seines Zugs in Parris Island immer noch hofften, Private First Class zu werden.

Es war ihm bewußt, daß er befördert worden war, weil er General Pickering die Mission erleichterte, nicht weil er eine Art Super-Marine war. Er begann seine Rolle als Marine zu verstehen: Zusätzlich zu der Rolle des Leibwächters mußte er sich so nützlich für General Pickering machen, wie er konnte. Und ihm gefiel diese Rolle. Er hatte vor einiger Zeit erkannt, daß Pickering ein besonderer Mann und die Arbeit für ihn ein Privileg war.

Mehr als das: General Pickering war der einzige Mann in seinem Leben, den er so sehr bewunderte wie seinen Vater – vielleicht mehr als seinen Vater, so treulos das auch klingen mochte.

Pickering fuhr mit dem Studebaker President an der geschlossenen Pferderennbahn vorbei, bog rechts ab und fuhr zwei Blocks weiter auf den Zufahrtsweg zum Water Lily Cottage.

Ein Chevrolet-Pick-up-Truck mit dem Abzeichen der Royal Australian Navy (RAN) stand zwischen den Fahrzeugen, die vor der Veranda des Landhauses parkten. Der Truck gehörte Lieutenant Commander Eric A. Feldt, RAN.

Pickering parkte, zog die Handbremse an, stieg aus und war schon auf der Verandatreppe, bevor Lieutenant Hart die Wagentür auf seiner Seite öffnete.

Als Pickering das Haus betrat, saßen Feldt und Hon lässig in den Rattansesseln. Hon wollte aufstehen, doch Pickering winkte ab.

»Ich wußte, daß es Ihnen nichts ausmacht, wenn wir ohne

Sie anfangen, Pickering, altes Haus«, sagte Feldt und hob sein Whiskyglas an. »Besonders weil ich der Überbringer schlechter Nachrichten bin.«

»Kein U-Boot?« fragte Pickering und ging zu dem Tisch, auf dem ein Dutzend oder mehr Schnapsflaschen standen.

»In drei Wochen, mehr konnte ich nicht erreichen«, sagte Feldt. »Obwohl ich auf den Knien gebettelt habe. Tut mir leid.«

»Nun, danke für den Versuch«, sagte Pickering. »Es war ohnehin eine ziemlich aussichtslose Sache.«

Er nahm eine Flasche Famous-Grouse-Scotch und schenkte großzügig in ein Glas ein. Dann wandte er sich an Hart.

»Auch einen, George?«

»Nein, danke, Sir. Ich habe heute abend Dienst.«

»Das stellt sich vielleicht im nachhinein als Segen heraus«, sagte Pickering nachdenklich und bezog sich offenbar darauf, daß kein australisches U-Boot zur Verfügung stand. »Nimitz kann uns vielleicht die *Narwhal* ausleihen.«

»Die was?«

»Die Navy hat zwei Transport-U-Boote. Unterwasserfrachter sozusagen. Einer davon ist die *Narwhal.* Wie der andere heißt, weiß ich nicht. Wenn wir den bekommen, können wir Fertig viel mehr bringen als mit einem normalen U-Boot.«

»Sie meinen, er willigt ein?« fragte Feldt.

»Das werden wird bald herausfinden«, sagte Pickering. »Pluto, schicken Sie Nimitz eine persönliche Botschaft, daß wir die *Narwhal* brauchen und wo wir ein Rendezvous mit ihr planen sollen.« Er überlegte und fügte laut denkend hinzu: »Was bedeutet, daß wir die Jungs vermutlich nach Espíritu Santo fliegen müssen; es wird zu lange dauern, die *Narwhal* herzubringen; was wiederum bedeutet, daß ich beim Army Air Corps um ein paar Tonnen Frachtraum in seinen Transportmaschinen kämpfen muß.«

Feldt nickte.

»Jawohl, Sir«, sagte Major Hon. »Möchten Sie die Botschaft sehen, bevor sie rausgeht?«

»Ich habe ein tiefes Vertrauen in Ihre Rechtschreibung,

Pluto«, erwiderte Pickering lächelnd, »aber Sie sollten eine Kopie zur Information an Haughton schicken. Ich bin überzeugt, da sind dreißig Admirals im Stab des CINCPAC mit zweimal so vielen guten Gründen, weshalb der CINCPAC uns die *Narwhal* nicht geben sollte. Ich muß mich mit dieser Sache vielleicht an Frank Knox wenden, und Haughton sollte vorgewarnt werden.«

»Jawohl, Sir«, sagte Pluto. »Haughton, aber nicht Rickabee?«

»Bitten Sie Haughton, Rickabee zu informieren«, sagte Pickering. Und dann fragte er: »Wo sind sie?«

Major Hon wies nach hinten.

Pickering trank Scotch und stellte das Glas neben eine Reihe leerer Gläser. Dann schnappte er das Glas und die andern leeren Gläser mit den Fingern einer Hand und nahm mit der anderen Hand eine Flasche Famous Grouse.

Er verließ das Wohnzimmer, ging durch die Diele zu einer geschlossenen Tür und klopfte mit der Whiskyflasche an.

»Aufmachen!« befahl er.

Die Tür wurde von Staff Sergeant Steve Koffler geöffnet.

»Cocktailstunde«, sagte Pickering. »Hat keiner das bemerkt?«

Er überreichte Koffler die Flasche Famous Grouse und stellte die Gläser auf einen Tisch inmitten des Zimmers, in dem Lieutenant Colonel Jack Stecker und First Lieutenant Kenneth R. McCoy saßen. Ihre Uniformen wurden von Schürzen mit Blumenmuster geschützt, die sie sich offenbar aus der Küche geborgt hatten. Auf dem Tisch lagen drei Gewehre, US-Karabiner, Kaliber .30, die auseinandergenommen waren.

»Wenn Sie sich nicht von dieser schönen Schürze trennen wollen, Jack, dann stecken Sie das hier in die Tasche«, sagte Pickering.

Er warf eine kleine Schachtel auf den Tisch. Sie enthielt zwei silberne Adler, das Rangabzeichen eines Colonels.

»Das ist ein bißchen verfrüht«, sagte Lieutenant Colonel Stecker. Er fühlte sich ein wenig verlegen.

»Der Marineminister hat es mir gesagt, und ich habe es

MacArthur gesagt. Und morgen früh um Viertel vor neun wird El Supremo Ihnen bei einer angemessenen Zeremonie den Adler anheften.«

Stecker schüttelte den Kopf. »Das war wirklich nicht nötig.«

»Es wird ein Fotograf dabeisein«, fuhr Pickering fort. »Elly wird bald ein Foto von ihrem Mann, dem Colonel, haben, auf dem El Supremo ihn anstrahlt. Damit kann sie ihre Nachbarinnen neidisch machen.«

Elly war Mrs. Stecker.

»Ich nehme an, es wären schlechte Manieren, wenn ich sage, der General hätte sich um seine eigenen Angelegenheiten kümmern sollen«, sagte Colonel Stecker und nahm die Whiskyflasche.

»Sie haben die schlechte Nachricht gehört? Kein australisches U-Boot?« fragte Pickering.

»Feldt hat es uns gesagt.« Stecker hielt die Flasche über eines der Gläser und sah Lieutenant McCoy fragend an, ob er für ihn einschenken sollte.

McCoy zeigte mit einer Geste an, daß er ungefähr einen doppelten Scotch haben wollte. »Danke, Sir.«

»Und wird Mrs. Koffler Sie aus dem Ehebett verbannen, wenn Sie mit einer Fahne heimkehren?« fragte Stecker Sergeant Koffler.

»Ich werde ein Pfefferminzbonbon lutschen, Sir«, sagte Koffler. »Einen kleinen Scotch, bitte.«

»Können Sie die auch wieder zusammenbauen?« fragte Pickering und wies auf die Karabiner. »Was machen Sie überhaupt damit?«

»Wir arbeiten an den Abzügen«, erklärte Stecker.

Pickering wußte, daß die Karabiner höchstwahrscheinlich perfekt funktionstüchtig waren, wenn sie aus den Kisten kamen. Aber es überraschte ihn überhaupt nicht, daß Stecker und McCoy eine Feinabstimmung für nötig hielten. Sie waren nicht nur Marines und Scharfschützen des Marine-Corps – beide hatten als Unteroffiziere zusätzlichen Sold als Expert Riflemen erhalten –, sondern auch Waffenexperten.

»Ich denke schon, daß wir sie wieder zusammenbekommen, General«, sagte McCoy. »Und wenn der Colonel das nicht kann, schafft Sergeant Koffler das.«

Stecker lachte.

»Und Sie wollen diese Waffen mitnehmen?« fragte Pickering.

»Ich würde lieber ein Garand mitnehmen«, sagte McCoy.

»Ich dachte, ich habe erklärt, warum wir ... warum *Sie* die Karabiner nehmen sollen«, sagte Stecker.

»Das war nicht die Frage des Generals, Colonel«, sagte McCoy und lächelte Stecker an. »Der General fragte, ob ich die Karabiner mitnehmen *will*. Ich *werde* einen dieser Karabiner mitnehmen, aber *lieber* wäre mir ein Garand.«

»Er war schon ein Querulant, als ich ihn zum ersten Mal sah«, sagte Stecker lächelnd zu Pickering. »Ein klugscheißerischer China-Marine in der selbstgemachten Uniform eines Corporals. Wußte alles. Jede Menge Auszeichnungen als Expert Rifleman. Aber auf dem Schießstand konnte er nicht mal die Scheibe treffen. Es sah wie eine chinesische Feuerwehrübung aus, als dauernd Maggies Schlüpfer flatterten.« (Bei Maggies Schlüpfern handelte es sich nicht um Höschen einer Lady, sondern um eine rote Flagge, die bei einem völligen Fehlschuß geschwenkt wurde.)

»Allmächtiger!« McCoy lachte. »Das hatte ich schon vergessen. Ich glaubte, den Verstand zu verlieren, bis ich herausfand, was dieser Bastard mir antat.«

»Bis welcher Bastard Ihnen was antat?« fragte Pickering.

»General«, sagte Stecker, »ich weiß, Sie werden es kaum glauben, aber es gab einige Offiziere, die dachten, daß Corporal McCoy kein Offizier und Gentleman werden sollte.«

»Da war ein Master Gunny, der anders dachte, wie ich mich erinnere«, sagte McCoy.

Bevor Stecker als Offizier der Reserve in den aktiven Dienst einberufen wurde, war er Master Gunnery Sergeant in Quantico, Virginia, gewesen.

»Das habe ich nicht gesagt«, widersprach Stecker. »Ich sagte, wenn Sie durch irgendein Wunder die Offiziersanwärterschule schaffen, werden Sie vermutlich der schlechteste Offizier in der Geschichte des Marine-Corps. Und die Zeit hat mir anscheinend recht gegeben.«

»Werdet ihr beiden mir erklären, wovon ihr redet?« fragte Pickering.

»Wie ich schon sagte, General, bevor mich dieser unverschämte Querulant unterbrach«, fuhr Stecker fort, »gab es einen Lieutenant, den der Gedanke auf die Palme brachte, daß dieser junge Mann eine Offiziersuniform trägt …«

»Macklin«, unterbrach McCoy. »Robert B. Macklin. So hieß der Hurensohn!«

»Das war der Mann«, sagte Stecker. »Er wollte dafür sorgen, daß der Querulant aus der Offiziersanwärterschule geworfen wurde.«

»Warum?« fragte Pickering.

»Ich hatte Krach mit ihm in China, als ich für Ed Banning arbeitete«, sagte McCoy. »Er war – das heißt *ist*, wenn er noch lebt – ein elender, verlogener Dreckskerl. Banning schrieb ihm eine Beurteilung, nach der er aus dem Corps hätte hinausgeschmissen werden sollen, und das wäre er auch, wenn der Krieg nicht gekommen wäre.«

Was auch immer in China passierte, dachte Pickering, *wenn Ed Banning für McCoy Partei ergriff, dann war der fragliche Offizier wirklich ein übler Typ.*

Stecker sah Pickering an, daß er verwirrt war.

»Ich wußte zu der Zeit nichts von alldem«, erklärte er. »Ken war zu stolz oder zu blöde, um Hilfe zu bitten.«

»Was sollte ich sagen? ›Gunny, dieser Lieutenant kann mich nicht leiden und ist gemein zu mir.‹ Oder etwas in der Art?«

»Ja«, sagte Stecker. »Genau das hätten Sie sagen sollen. Und mir erzählen sollen, *warum* er Sie nicht leiden konnte.«

»Sie hätten mich ausgelacht«, sagte McCoy.

»Jedenfalls hörte ich, daß sich McCoy auf dem Schießplatz nicht qualifizierte. Das kam mir seltsam vor, weil er sonst so gut schoß, und ich sah mich dort um und stellte fest, daß dieser Lieutenant Macklin McCoys Zielscheiben manipulierte.

Ich erwischte ihn auf frischer Tat. Er notierte jeden dritten Schuß als Maggies Schlüpfer. Dann schnüffelte ich etwas weiter herum und fand den Rest der Geschichte heraus.«

»Mit anderen Worten, General«, sagte McCoy, »wenn dieser Ex-Gunny hier seine Nase nicht in anderer Leute Dinge gesteckt hätte, wäre ich jetzt Sergeant in einem schönen, sicheren Zug, der Eßgeschirre repariert.«

Anstatt dich darauf vorzubereiten, in ein Schlauchboot zu steigen und von einem U-Boot aus zu einer Insel zu paddeln, die von Japanern gehalten wird, dachte Pickering. *Zuerst Makin Island, dann Buka, um Howard und Koffler dort wegzuholen, und jetzt die Philippinen.*

»Es gibt eine Bezeichnung für jemanden wie Sie, Lieutenant«, sagte Stecker. »Und die heißt ›undankbarer Hurensohn‹.«

»Ich dachte immer, Voll-Colonels, Colonel, sollen in Anwesenheit unschuldiger junger Offiziere keine vulgären Worte benutzen«, sagte McCoy.

»Apropos Hurensöhne«, sagte Pickering, der sich entschieden hatte, McCoy endlich zu sagen, was er ihm sagen wollte. Er wartete, bis Stecker und McCoy ihn anschauten, und fuhr dann fort.

»Ich habe Phil DePress getroffen. Und ich erfuhr von ihm, daß Fertig ein Lieutenant Colonel war, bevor er sich selbst beförderte.«

»Wie macht das Phil zu einem Hurensohn?« fragte Stecker.

»Der Hurensohn ist ein ungenannter Brigadier General, ein Typ von der Army in El Supremos Stab, der das mit Sicherheit wußte und mir verschwieg.«

»Warum nicht, General?« fragte McCoy.

»Abgesehen davon, daß er ein elender Hurensohn ist, meinen Sie? Ich denke folgendes. Fertig, der als Captain in aktiven Dienst kam, wurde zweimal für herausragende Leistungen befördert. Von wem? Wenn nicht von El Spuremo selbst, dann von jemanden hoch oben in der Palastwache. Zwei Beförderungen – in einem halben Jahr – bedeuten, daß Fertig seinen Job hervorragend durchführte.«

McCoy nickte und wies zu Colonel Stecker hin. Die Bedeutung der Geste war klar: *Hier ist der Beweis für Ihre Worte.* Als die Erste Division des Marine-Corps auf Guadalcanal landete, ging Stecker auf Tulagi an Land – gegenüber von Guadalcanal–, als Major und Kommandeur des zweiten Bataillons des fünften Marineinfanterieregiments. Kurz danach wurde er auf Guadalcanal zum Lieutenant Colonel befördert. Einen Tag vorher gab es eine persönliche Botschaft vom Marineminister an Pickering. Ein Absatz davon informierte ihn, daß Stecker in Kürze nach Washington versetzt und zum Voll-Colonel befördert werden würde.

Colonel Stecker verstand McCoys Geste und fühlte sich unbehaglich. Seine Beförderung und Versetzung bedeutete, daß er nicht auf die Philippinen gehen würde. Zwei Dinge waren daran falsch. Persönlich würde er lieber auf die Philippinen gehen als nach Washington. Er fand, daß er dort von Nutzen sein würde; und er bezweifelte, daß das in Washington der Fall sein würde. Und zweitens – obwohl er öffentlich bestätigt hätte, daß Ken McCoy ein höllisch guter Offizier des Marine-Corps war – fand er, daß Pickering McCoy mehr Verantwortung auf die Schultern lud, als er einem Zweiundzwanzigjährigen zumuten sollte, wenn er ihn allein auf die Philippinen schickte.

Pickering nickte. »Genau. Und Fertig als hervorragender Offizier paßt nicht zu dem Bild, das El Supremo und besonders Willoughby jetzt von ihm malen wollen.«

»Da komme ich nicht mehr mit, Flem«, sagte Stecker.

»Es war ihre offizielle Position, daß es unmöglich sei, Guerillaaktivitäten auf den Philippinen zu organisieren. Es sei denn natürlich, *sie* leiern das an, und zwar in einer nicht näher bezeichneten fernen Zukunft. Und dann kündigt dieser Typ an, ein Reservist, daß er Leute rekrutiert und US-Streitkräfte auf den Philippinen aufgestellt und sich selbst als befehlshabender General ernannt hat. Und dieser Typ sagt, daß er mit Guerillaaktivitäten gegen die Japaner anfangen kann, wenn wir ihm das Material dafür schicken. Da es nicht ihre Idee war, muß sie schlecht sein und ebenso dieser Typ. Und wenn er Erfolg hat, stehen Willoughby und folglich El Supremo dumm da.«

»Sie wollen doch nicht sagen, die hoffen, daß Fertig scheitert?« fragte Stecker.

»Ich halte das für eine Möglichkeit, Jack, die wir bedenken sollten«, antwortete Pickering.

»Haben Sie Willoughby in dieser Sache angerufen?« fragte Stecker.

»Und ob. Er erinnert sich vage, daß er etwas über Fertigs Beförderung zum *Major* gehört hat, aber die Akten gingen natürlich verloren, und offiziell müssen sie ihn noch als Captain betrachten.«

McCoy schüttelte angewidert den Kopf.

»Ein Captain, der sich selbst zum befehlshabenden General von irgendwas ernennt, wirkt wie jemand, der nicht alle Tassen im Schrank hat«, sagte Pickering. »Jemand, dem man nicht viel Aufmerksamkeit schenkt oder – noch wichtiger – jemand, dem man keine Waffen und Munition schickt. Viel anders wäre es, wenn der Typ ein hochangesehener Lieutenant Colonel wäre.«

»Laut Phil DePress ist Fertig ein guter Offizier«, sagte Stecker.

»Und ich bin überzeugt, daß er das Willoughby gesagt hat«, erwiderte Pickering. »Willoughby hört nur, was er hören will. Aber was mich wirklich ärgert, ist die Frage, was sie mir sonst noch verschwiegen haben.«

»Jetzt wünsche ich erst recht, ich könnte McCoy begleiten«, sagte Stecker. »Besonders mit dem Silbervogel auf den Kragenspitzen.«

»Sie wissen, daß das nicht in Frage kommt, Jack«, sagte Pickering.

»Mal angenommen, McCoy findet Fertig und stellt fest, daß er nicht wahnsinnig ist und tun kann, was er behauptet. Wenn Sie ignorieren, was DePress – einer der ihren – ihnen über Fertig sagt, weshalb sollten sie dann auf McCoy hören? *›Bei solch einer wichtigen Sache können wir nicht der Einschätzung eines Lieutenants vom Marine-Corps trauen.‹*«

»Das ist ganz einfach, Jack«, sagte Pickering. »*Ich* traue McCoys Einschätzung. Ich werde seinen Bericht über das, was er auf den Philippinen feststellt, nicht über Willoughby und Co. weitergeben, damit sie keine Chance haben, ihn abzuschießen. Meine Empfehlung geht direkt an Frank Knox, der sie auf Admiral Leahys Schreibtisch legen wird. Leahy vertraut Knox, Knox vertraut mir, und ich vertraue McCoy. Ebenso wird ihm der Präsident vertrauen, wenn er erfährt – wofür ich sorgen werde –, daß der Killer zusammen mit seinem Sohn am Stoßtruppunternehmen Makin Island beteiligt war.«

Stecker lächelte. »Okay. Aber Sie wissen, daß Sie McCoy nicht so nennen sollen.«

»Entschuldigung, Ken«, sagte Pickering.

»Ich habe es Ihnen nicht übelgenommen«, sagte McCoy nicht sehr überzeugend.

»Okay, die Sache läuft an. Ich habe soeben Pluto angewiesen, eine Botschaft an Nimitz in Pearl Harbor zu schicken und um das U-Boot *Narwhal* zu bitten. Ich denke, wir bekommen es. Vermutlich wird es zehn Tage, höchsten zwei Wochen dauern, bis wir es haben.«

Stecker und McCoy nickten.

»Brauchen Sie sonst noch etwas, Ken? Ich bin bereit, mich über den Colonel hinwegzusetzen, wenn Sie wirklich ein Garand mitnehmen wollen.«

»Nein, er hat recht«, sagte McCoy. »Wenn wir die Filipinos mit Karabinern ausrüsten, dann sollten auch die Amerikaner welche haben. Und mit einem bißchen Glück brauche ich ohnehin auf keinen zu schießen.«

»Es freut mich, daß Sie das zur Sprache bringen, Ken«, sagte Pickering. »Sie werden nicht losgeschickt, um auf die Japaner zu schießen. Ich will Ihre ehrliche Beurteilung von Colonel Fertig und seinem Potential. Wenn Sie dabei draufgehen ...«

»Ich werde mein Bestes tun, um das zu verhindern, Sir.«

»Kommen wir auf die ursprüngliche Frage zurück. Möchten Sie noch irgend etwas mitnehmen?« Pickering sah, daß es in McCoys Augen aufleuchtete, doch der Lieutenant sagte nichts. »Was, Ken? Wenn ich es besorgen kann, bekommen Sie es.«

»Wie wäre es mit einem Gunnery Sergeant?«

»Ein bestimmter?«

»Wir dienten zusammen in China, arbeiteten für Banning. Er war auf Makin Island dabei. Ich sah ihn auch auf Guadalcanal. Er war in der Waffenwerkstatt der VMF-229 (Kampfstaffel 229 des Marine-Corps) verantwortlich. Er spricht Spanisch, zwei oder drei chinesische Dialekte und sogar ein wenig Japanisch. Ich denke, er wäre nützlich. Sein Name ist Zimmerman.«

Was, zum Teufel, macht ein Mann, der Spanisch, Chinesisch und Japanisch spricht, in einer Waffenwerkstatt? dachte Pickering ärgerlich.

»Geben Sie mir den vollen Namen und die Dienstnummer, wenn Sie die haben, und ich kümmere mich sofort darum«, sagte Pickering. Dann fiel ihm noch etwas ein. »Ken, meinen Sie, er würde sich freiwillig für eine solche Mission melden?«

McCoy lächelte ihn an. *Ein nachsichtiges Lächeln,* dachte Pickering. *Ich habe soeben eine blöde Frage gestellt, und dieser junge Mann lächelt mich milde verzeihend an.*

»Er ist ein Marineinfanterist von echtem Schrot und Korn«, sagte McCoy. »Marines von echtem Schrot und Korn melden sich nicht für etwas freiwillig. Sie gehen dorthin, wo man sie hinschickt, und tun, was man ihnen befiehlt.«

»Ich gebe meinen Fehler zu, Mr. McCoy«, sagte Pickering. »Und wenn Sie und dieser andere Marine von altem Schrot und Korn diese Waffen in der nächsten Stunde oder so zusammenbauen können, werde ich Buße tun und Sie beide zum Abendessen einladen.«

2

Büro des Stellvertretenden Stabschefs G-1
Headquarters, United States Marine Corps
Eight und ›I‹ Streets, NW
Washington, D. C.

17. November 1942, 9 Uhr 15

Master Gunner James L. Hardee betrat das Büro von Colonel David M. Wilson, wartete, bis er die Aufmerksamkeit des Colonels hatte, und kündigte dann an, daß Colonel F. L. Rickabee, Stellvertretender Chef des Office of Management Analysis des USMC, draußen sei und ihn zu sprechen wünsche.

Nach einer per Kurier übermittelten, als geheim eingestuften Aktennotiz des Stellvertretenden Kommandanten des Marine-Corps, laut der kein Personal vom Office of Management Analysis ohne die ausdrückliche Genehmigung von Major General Horace W. T. Forrest, Stellvertretender Stabschef G-2, versetzt werden durfte, nahmen Colonel Wilson und Master Gunner Hardee richtig an, daß das Office of Management Analysis vermutlich mehr mit Geheimdienst als mit Management oder Analysen zu tun hatte.

Sie hatten keine Ahnung, *was* es mit dem Geheimdienst zu tun hatte, und sie sagten sich, daß sie das auch nichts anging. Colonel Wilson war Colonel Rickabee oft während ihres langen Dienstes begegnet, aber mit Ausnahme des gemeinsamen Studiums auf der Marineakademie konnte er sich nicht erinnern, jemals gewußt zu haben, was Rickabees Verwendungen waren. Ebensowenig aufschlußreich waren die Akten im Büro des Stellvertretenden Stabschefs G-1. Sie waren vor langer Zeit vom Büro des Marineministers ›ausgeliehen‹ und niemals zurückgegeben worden. Auf zwei Gesuche um Rückgabe hatte es keine Antwort gegeben.

Ich habe Rickabee lange nicht mehr gesehen, dachte Wilson, während er Gunner Hardee mit einer Geste aufforderte, den Besucher hereinzubitten.

»Wie geht es, Fritz?« sagte Wilson und versuchte seine Überraschung darüber zu verbergen, daß Rickabee Zivilkleidung trug. »Lange nicht gesehen.«

»David«, erwiderte Rickabee. »Guten Tag.«

»Was kann ich für Sie tun?«

»Ich suchte nach Charley Stevens«, sagte Rickabee. »Er ist nicht im Büro.«

Colonel Charles D. Stevens war der Chef der Unteroffiziere und Mannschaften des Büros des Stellvertretenden Stabschefs G-1.

»Charley ist in Parris Island, um einige Kongreßabgeordnete herumzuführen.«

»Er und sein Stellvertreter und der Stellvertreter seines Stellvertreters überlassen einem jungen Major das Kommando«, sagte Rickabee. »Ich wollte ihm das hier nicht zeigen, deshalb bin ich zu Ihnen gekommen.«

Er überreichte Wilson eine offenbar entschlüsselte Funkbotschaft.

»Komisches Papier«, dachte Wilson laut, als er die Botschaft entfaltete.

»Es brennt blitzschnell«, sagte Rickabee sachlich.

Wilson las.

TOP SECRET

SUPREME HEADQUARTERS SWPOA
NAVY DEPT WASH DC

VIA SPECIAL CHANNEL
KOPIEREN VERBOTEN
ORIGINAL IST NACH VERSCHLÜSSELUNG UND ÜBERMITTLUNG AN COLONEL F. L. RICKABEE, OFFICE OF MANAGEMENT ANALYSIS, ZU VERNICHTEN.

BRISBANE, AUSTRALIEN
MONTAG, 16. NOVEMBER 1942

LIEBER FRITZ,

JACK STECKER HAT DIE BEFÖRDERUNG ZWAR REICHLICH VERDIENT, ABER SIE BEDEUTET, DASS MCCOY ALLEIN DIE OPERATION FERTIG DURCHFÜHREN MUSS. DER MANN, DER STECKER ERSETZEN SOLLTE, IST OFFENBAR BANNING, ABER DAS IST UNMÖGLICH. MCCOY HAT MICH UM EINEN CHINESISCH UND JAPANISCH SPRECHENDEN GUNNERY SERGEANT GEBETEN, DER MIT IHM VOR DEM KRIEG IN CHINA GEDIENT HAT UND MIT IHM AUF MAKIN ISLAND WAR. UNTER DEN GEGEBENEN UMSTÄNDEN DENKE ICH, MCCOY SOLLTE ALLES BEKOMMEN, WAS ER BRAUCHT. DESHALB BITTE ICH SIE, DIE SOFORTIGE, ICH WIEDERHOLE, SOFORTIGE VERSETZUNG VON GUNNERY SERGEANT ERNEST ZIMMERMAN VON VMF-229 (DIE STAFFEL IST JETZT AUF EWA, HAWAII) ZU UNS ZU VERANLASSEN. TUN SIE, WAS AUCH IMMER DAZU ERFORDERLICH IST, UND HALTEN SIE MICH BITTE AUF DEM LAUFENDEN.
MIT BESTEN GRÜSSEN

FLEMING PICKERING, BRIGADIER GENERAL, USMCR

TOP SECRET
EYES ONLY SECNAVY

»Es überrascht mich, daß Sie mir das zeigen«, sagte Wilson. »Es ist nur für den Marineminister bestimmt.«

»Da steht auch, ›tun Sie, was auch immer Sie für nötig halten‹«, sagte Rickabee.

»Es überrascht mich ebenfalls, daß General Pickering von Jack Steckers Beförderung weiß. Das sollte nicht an die große Glocke gehängt werden.«

»Ja, ich weiß. Und ich weiß auch, warum. Und ich weiß, daß General Pickering es weiß, weil der Marineminister es ihm gesagt hat.«

»Was ist diese ›Operation Fertig‹?«

»Bedaure, das ist geheim.«

»Und was erwarten Sie von mir?«

»Versetzen Sie Gunny Zimmerman.«

»Zum einen, Fritz, fällt das in Charley Stevens' Zuständigkeit. Ich bin nur für Offiziere zuständig. Und selbst wenn Zimmerman Offizier wäre, könnte ich nur wegen dieser Funkbotschaft nicht einfach seine Versetzung befehlen. Wer ist dieser General Pickering überhaupt? Wie kommt er auf den Gedanken, er braucht nur mit dem Finger zu schnippen, und Leute werden versetzt?«

»Was er tut, hat höchste Priorität.«

»Von wem? Welche Art Priorität?«

»Um die Flut der bürokratischen Scheiße zu stoppen – wollen Sie mir sagen, Sie versetzen den Gunny nicht?«

Wilson wurde zornig.

»Ich will sagen, Colonel«, erwiderte er kühl, »daß ich das nicht tun kann, weil ich nicht befugt bin, die Versetzung von Unteroffizieren und Mannschaften zu befehlen.« So schnell der Zorn in ihm aufgewallt war, so schnell legte er sich. »Charley wird morgen zurück sein. Sie müssen warten, bis er Ihren Wunsch in Erwägung zieht. Ich bin überzeugt, sein Major wird – richtig – entscheiden, daß er das nicht auf eigene Verantwortung tun kann.«

»Danke dafür, daß Sie bei Ihrem vollen Terminkalender Zeit für mich gefunden haben, Colonel«, sagte Rickabee und marschierte aus Colonel Wilsons Büro.

3

Büro des Marineministers
Washington, D. C.

17. November 1942, 10 Uhr 15

»Wen haben wir denn da!« sagte der Marineminister erfreut, als Colonel Rickabee, gefolgt von Captain David Haughton, sein Vorzimmer betrat. »Guten Morgen, Colonel. Wir sehen Sie nicht oft hier.«

»Guten Morgen, Sir. Ich möchte mit Captain Haughton sprechen.«

»Guten Morgen, Fritz«, sagte Haughton.

»Kann ich etwas für Sie tun?« fragte Minister Knox.

»Eine Bitte von General Pickering, bei der ich etwas Hilfe brauche, Sir«, sagte Rickabee.

Knox hob fragend die Augenbrauen.

Rickabee überreichte ihm General Pickerings Funkbotschaft.

Knox warf einen Blick darauf und gab sie zurück.

»Das habe ich beim Frühstück gesehen. Gibt es da ein Problem?«

»Ich hatte Schwierigkeiten mit der Abteilung G-1 an der Eighth und ›Eye‹, Sir. Der zuständige Offizier ist zur Zeit in Parris Island.«

»Kümmern Sie sich darum, David«, sagte Minister Knox zu Haughton.

»Aye, aye, Sir.«

THE SECRETARY OF THENAVY
WASHINGTON, D.C.

16. November 1942

Lieutenant General Thomas Holcomb
Kommandant, United States Marine Corps
Washington, D. C.

Durch Boten

Sehr geehrter General Holcomb,

der Marineminister wünscht die sofortige Versetzung von Gunnery Sergeant Ernest Zimmerman, USMC, zur Zeit verwendet bei VMF-229, zum USMC Office of Management Analysis, zum Dienst bei USMC Special Detachment 16, Brisbane, Australien, und wünscht weiterhin, daß für schnellstmöglichen Transport gesorgt wird.

Hochachtungsvoll

David. W. Haughton

David. W. Haughton
Captain, USN
Administrative Assistant to the Secretary of the Navy

4

Das Weiße Haus
Washington, D. C.

17. November 1942, 19 Uhr 10

Admiral William D. Leahy erhob sich schnell, als Marineminister Frank Knox in sein Büro kam.

»Danke dafür, daß Sie sich trotz all Ihrer Termine Zeit für mich genommen haben, Sir«, sagte Leahy.

»Meine Zeit, Admiral, ist wie Ihre die Zeit des Meisters«, sagte Knox und wies zur geschlossenen Tür des Oval Office des Präsidenten.

»Gut gesagt, Mr. Secretary«, erwiderte Colonel William J. Donovan und lachte. Donovan, ein stämmiger, grauhaariger Mann in Zivilkleidung, erhob sich aus seinem roten Sessel und reichte Knox die Hand.

»Wie geht es Ihnen, Bill?« fragte Knox.

»Sehr gut, danke«, erwiderte Donovan und fügte hinzu: »Eigentlich fühle ich mich im Moment ziemlich lausig. Ich denke, einer Besserung steht ein Problem im Wege.«

»Tatsächlich?« sagte Knox. »Und welches Problem ist das?«

»Der halsstarrige Douglas MacArthur«, sagte Donovan.

»Der Direktor hat einen Vorschlag gemacht, den der Präsident für ziemlich gut hält.«

Er nennt Donovan ›Direktor‹ dachte Knox, nicht ›Colonel‹. Tut er das, weil Donovan das so will, weil ›Direktor‹ die Leute daran erinnert, daß er nicht nur ein weiterer wieder einberufener Colonel aus dem Ersten Weltkrieg ist, sondern der Direktor des Office of Strategic Services – auf einer Stufe mit J. Edgar Hoover vom FBI, der sich ebenfalls gern ›Direktor‹ nennen läßt?

Oder will er mich daran erinnern, daß Donovan einen höheren Rang in der Hierarchie hat als ein Colonel? Andererseits läßt sich

Kriegsminister Stimson, der ebenfalls in Frankreich als Colonel diente, gern mit ›Colonel‹ ansprechen.

Die Rangstruktur ist verwirrend, und zwar fast mit Sicherheit, weil Franklin Roosevelt das so will. Admiral Leahy ist ein dienender Offizier der Navy. Ich bin der Marineminister. Folglich bin ich sein Vorgesetzter. Aber er ist auch Stabschef des Präsidenten. Wenn er mir de facto unterstellt wäre, anstatt de jure, würde dieses Treffen in meinem Büro stattfinden. Nachdem er Haughton angerufen und um einen Termin gebeten hätte.

Ich bin hier. Folglich spricht er im Namen des Präsidenten.

»Können wir offen reden?« fragte Donovan. »Unter uns dreien?«

»Selbstverständlich«, sagte Knox.

»Ich bin aus Brisbane informiert worden, daß General MacArthur bis gestern morgen keine freie Zeit in seinem Terminplan gefunden hat, um Fleming Pickering zu empfangen – obwohl ich überzeugt bin, daß Pickering alles getan hat, um ihm entgegenzukommen.«

»Sie haben vorgeschlagen, offen zu reden«, entgegnete Knox. »Ich habe von General Pickering erfahren, daß General MacArthur nicht will – wie hat er es formuliert? –, ›daß eines Ihrer Kamele seine Nase in sein Zelt steckt‹.«

»Der Präsident will das aber«, sagte Donovan.

»Der Präsident hat General Pickering mit dem ausdrücklichen Befehl dorthin geschickt, General MacArthur zu überzeugen, daß das Office of Strategic Services einen Beitrag bei der SWPOA zu leisten hat.«

»Es ist ihm offenbar nicht gelungen, MacArthur davon zu überzeugen«, sagte Donovan.

»Sie haben vorhin General MacArthur als ›halsstarrig‹ bezeichnet«, sagte Knox. »Ich bin fest überzeugt, daß General Pickering sein Bestes getan hat, um die Anweisungen des Präsidenten zu erfüllen.«

»Ich mag Fleming Pickering«, sagte Donovan.

Da habe ich aber was anderes gehört, dachte Knox.

»Ich bot ihm einen Job in meinem Laden an«, fuhr Donovan fort. »Er lehnte ab.«

Du hast ihm einen Job auf zweiter oder dritter Ebene angeboten, was entweder blöde von dir oder rachsüchtig war. Er war sauer über die Rechnung, die du ihm in einem Seerechtsprozeß geschickt hast, und das sagte er dir offen und unmißverständlich. Du bist es nicht gewohnt, daß man so mit dir spricht; du warst eingeschnappt; und als er sich freiwillig für das OSS meldete, hast du ihn in seine Schranken verwiesen.

Was letztendlich Blödheit war. Er sagte mir, als wir uns kennenlernten, daß ich nach dem Debakel von Pearl Harbor hätte zurücktreten sollen. Und ich war schlau genug, um zu erkennen, daß dies ein Mann ist, der nicht nur die zweit- oder drittgrößte Schiffsflotte der Welt leitet, sondern auch genau sagt, was er denkt, und von politischen Titeln völlig unbeeindruckt ist.

Ich sicherte mir seine Dienste, und seine Leistungen übertrafen sogar meine hohen Erwartungen.

»Haben Sie wirklich gedacht, Bill, daß Fleming Pickering bereit sein würde, auf zweiter oder dritter Ebene in Ihrer Hierarchie zu arbeiten?« fragte Knox.

Admiral Leahy versuchte das Thema zu wechseln, um eine Konfrontation zwischen den beiden mächtigen Männern zu verhindern. »Der Präsident ist entschlossen, dafür zu sorgen, daß General MacArthur die Dienste des OSS akzeptiert.«

»Dann frage ich mich, warum der Präsident ihm nicht einfach eine Funkbotschaft mit diesem Befehl schickt«, sagte Knox.

»Weil er weiß, wie wir beide wissen, daß MacArthur auf solch einen Befehl hin nur ein Lippenbekenntnis ablegen würde«, erwiderte Donovan. »Und, schlimmer noch, wenn sein Urteilsvermögen in Frage gestellt wird, könnte er mit Rücktritt drohen. Das hat er zweimal getan, als er Stabschef war, wie Sie wissen. Und als offensichtlich wurde, daß er die Philippinen verlor, kündigte er an, daß er sein Offizierspatent abgibt, nach Bataan geht und als einfacher Soldat kämpft. Unser Douglas MacArthur hat einen Hang zur Dramatik.«

»Es widerstrebt dem Präsidenten«, sagte Admiral Leahy, »General MacArthur einen Befehl zu geben, der vielleicht –

aus seiner Sicht – sein Urteilsvermögen anzweifelt, woraufhin er ... unangemessen reagieren könnte.«

Wieder Politik, dachte Knox. *Das sorgfältig gepflegte Image des Präsidenten als Oberbefehlshaber würde schlimm beschädigt werden, wenn einer seiner dienstältesten Generals oder Admirals aus Protest seinen Abschied nehmen würde. Wenn dieser General auch noch General Douglas MacArthur war, der heldenhafte Verteidiger der Philippinen, der von Roosevelt sooft überschwenglich gepriesen wurde und dem er die Tapferkeitsmedaille verliehen hat, dann wäre der Schaden enorm.*

Besonders wenn MacArthur – immer noch wütend darüber, daß die Philippinen keinen Nachschub erhielten und General George Marshall ihm das Kommando über die Philippinen wegnahm, als er an Bord des Flugboots nach Australien ging – zurückkehrt und Reden über Roosevelts militärische Unfähigkeit hält.

Und MacArthur ist sich voll bewußt, daß er keine Befehle befolgen muß – von keinem – die ihm nicht gefallen.

»Sie sagten, Bill, Sie haben eine Lösung des Problems?« wandte sich Knox an Donovan.

»Ich habe eine, die erfüllt, was jeder wünscht«, sagte Donovan.

»Eine, die der Präsident sehr interessant findet«, fügte Admiral Leahy hinzu.

Mir ist klar, daß du mit der Vollmacht des Präsidenten sprichst, Admiral, vielen Dank, dachte Knox. *Aber wenn diese brillante Idee die konkrete Billigung des Präsidenten hätte, dann hätte man sie mir als gegeben übermittelt und mich nicht um meine Meinung gefragt.*

»Sagen Sie mir, Bill, was wünsche ich Ihrer Meinung nach?«

»Was der Präsident will, was die Admirals Leahy und Nimitz wollen und was General Pickering will.«

»Und zwar?«

»Diesen Fertig auf den Philippinen unterstützen«, sagte Donovan. »Ich nehme sogar an, daß MacArthur ihm im Grunde seines Herzens ebenfalls gern helfen möchte. Aber Douglas sorgt sich wegen zweierlei: Er hat öffentlich erklärt, daß Guerillaoperationen zu diesem Zeitpunkt unmöglich sind; und er will diese Fehleinschätzung nicht eingestehen.

Schlimmer noch: wenn dieser Fertig tatsächlich existiert, müßte er zugeben, daß er sich geirrt hat und dann *beweisen*, daß Fertig ein Irrer ist, der sich selbst befördert hat, und daß Guerillaoperationen in der Tat unmöglich sind. Damit würde er riskieren, vielleicht zugeben zu müssen, daß er sich zweimal geirrt hat. Douglas MacArthur mag keine Fehler eingestehen.«

»Ich bin mir nicht sicher, ob ich Ihnen folgen kann«, sagte Knox.

»Mein erster Gedanke war, ehrlich gesagt, General Pickering dem OSS zuzuteilen. Das würde viele Probleme lösen.«

»Es würde auch einige verursachen«, wandte Knox ein. »Offen gesagt, wie Sie es vorgeschlagen haben, nicht nur General Pickering würde heftig dagegen protestieren, sondern auch ich.«

»Ich habe diesen Punkt beim Präsidenten vorgetragen, Mr. Secretary«, sagte Admiral Leahy. »Er ist der Ansicht, daß General Pickering nur zum OSS versetzt werden sollte, wenn es gar keine andere Möglichkeit mehr gibt.«

»Und was sind die anderen Möglichkeiten?«

Vorsicht! dachte Marineminister Knox. *Nicht so sarkastisch! Daß ich Donovan nicht leiden kann, heißt nicht, daß er ein Dummkopf ist. Es führt zu überhaupt nichts, ihn zu reizen.*

»Im besten Fall wird ein Team von Experten auf die Philippinen geschickt. Es stellt fest, daß Fertig ist, was er behauptet, und daß er mit Unterstützung seine Versprechen erfüllen kann. Wenn das erreicht ist, kündigt MacArthur das an und bekommt die Lorbeeren.«

»Okay. Und im schlimmsten Fall?«

»Fertig erweist sich als Katastrophe, als Wahnsinniger, und das Team meldet das. Dann würde MacArthurs Erklärung, daß Guerillaoperationen auf den Philippinen zu diesem Zeitpunkt unmöglich sind, perfekt zutreffen.«

»Bill, ich hoffe, Sie schlagen nicht vor, daß das OSS diese Operation übernimmt?«

»Hätten Sie ein Problem damit, Mr. Secretary?« fragte Donovan.

»Bill, sie sind gerade erst einsatzbereit.«

»Der Colonel, den Sie auf die Philippinen schicken wollten, ist nicht mehr verfügbar«, sagte Donovan. »Pickering plant, die große Verantwortung, diesen Fertig zu beurteilen, einem Lieutenant anzuvertrauen.«

»Offen gesagt, Bill, ich möchte wissen, wie Sie an diese Information gelangt sind«, sagte Knox kühl.

»Von Admiral Leahy«, sagte Donovan. »Ich verstehe nicht, weshalb das bei Ihnen Anstoß erregen sollte. Um Himmels willen, wir sind in diesem Krieg auf derselben Seite. Ich hörte durch OSS-Kanäle von dieser Funkstation auf Mindanao. Als ich das mit dem Admiral diskutierte, nannte er die Einzelheiten von Pickerings Beteiligung.«

Er hat recht, verdammt, dachte Knox. *Er ist der Direktor des OSS; er hat jedes Recht, Zugang zu den Einzelheiten der Operation zu haben.*

»General Pickering hat großes Vertrauen in diesen Lieutenant«, sagte Knox.

Die Mienen von Colonel Donovan und Admiral Leahy machten klar, daß sie wenig Vertrauen in Pickerings Urteilsvermögen in diesem Fall hatten.

Und sie haben auch recht, dachte Knox. *Ich habe Pickering das nicht mitgeteilt, aber ich war überrascht, als er Colonel Rickabee nicht um einen ranghöheren, erfahreneren Offizier als diesen Lieutenant McCoy bat. Und er weiß, daß es da ein Problem gibt, sonst hätte er nicht arrangiert, daß dieser Sergeant versetzt wird, um McCoy zu begleiten. Er erwähnte sogar, daß er Banning, einen Major, gern mit McCoy geschickt hätte.*

»In Ordnung, Bill, was schlagen Sie vor?« fragte Knox.

»Zu den Marines, die zum OSS abkommandiert wurden, zählen ein Major und ein Captain, die ich mit Pickerings Lieutenant schicken will«, sagte Donovan.

»Wie soll sich das auf Pickerings Rolle, seine Befugnis und seine Verantwortung bei dieser Operation auswirken?«

»Überhaupt nicht. Wir geben nur Unterstützung«, sagte Donovan glatt. »Sie werden ihre OSS-Verbindung erst preisgeben, wenn die OPERATION WINDMILL Erfolg hat. Der

Major spricht fließend Spanisch. Kommt aus guter Familie. Sie hat Beteiligungen in den Bananenrepubliken und auf Kuba, und er hat offenbar einige Zeit dort verbracht. Er ist Princeton-Absolvent, Offizier der Reserve‹«

Das sind die Typen, dachte Marineminister Knox, *die glauben, OSS steht für Oh-so-sozial. Und Donovan rekrutiert seine Leute anscheinend von den acht Eliteuniversitäten im Osten, Leute, deren Familien ›Beteiligungen‹ in exotischen Gebieten haben. Aber was soll's? George Patton ist Aristokrat, sein Adjutant Charley Codman ist von den Bostoner Codmans. Und sie sind beide hervorragende Soldaten. Franklin Roosevelts Sohn nahm am Stoßtruppunternehmen Makin Island teil, und soweit ich weiß, ist er ein Aristokrat. Himmel, auch Fleming Pickering und sein Sohn sind Aristokraten. Warum bin ich so feindselig gegenüber Donovan?*

»Der Captain ist aktiver Berufssoldat. Annapolis-Absolvent. Diente vor dem Krieg in China, spricht etwas Japanisch, was vielleicht hilfreich ist. Er wurde bei der Invasion von Guadalcanal verwundet – diente bei den Fallschirmtruppen auf Tulagi. Ich finde, diese beiden Offiziere können nur hilfreich sein, Frank.«

»Sie denken offenbar, wenn die Operation gut verläuft, haben Sie MacArthur in die Enge getrieben. Wie kann er gegen das OSS sein, wenn Ihre Leute so gut arbeiten, nicht wahr?«

»Das ist die ungefähre Vorstellung.«

»Und was werden Sie machen, Bill, wenn MacArthur dann immer noch sagt ›Ich will nicht, daß fremde Kamele ihre Nase in mein Zelt stecken‹?«

»Dann werde ich mir etwas anderes ausdenken«, sagte Donovan.

»Darf ich dem Präsidenten sagen, was Sie von Direktor Donovans Vorschlag halten, Mr. Secretary?« fragte Admiral Leahy.

»Unter folgenden Bedingungen bin ich mit Direktor Donovans Vorschlag einverstanden. Erstens, es gibt keinerlei Einschränkung von General Pickerings Befugnis.«

»Einverstanden«, sagte Donovan.

»Was bedeutetet, daß General Pickering das letzte Wort hat, wenn er diese Offiziere kennenlernt, und entscheidet, ob er sie mitschickt oder nicht.«

»Ich bin überzeugt, daß General Pickering erfreut sein wird, sie zu bekommen.«

»Da bin ich mir nicht so sicher. Sind Sie einverstanden damit, daß er das letzte Wort hat? Daß er über die Verwendung der beiden Offiziere entscheidet? Über alles?«

»Einverstanden«, sagte Donovan. »Ich versuche meine Nase in MacArthurs Zelt zu stecken, nicht in *Ihres*.«

»Sie haben Verständnis für meine Haltung, Admiral?«

»Jawohl, Mr. Secretary.«

»Dann können Sie den Präsidenten informieren, daß ich einverstanden bin«, sagte Knox. Dann fiel ihm noch etwas ein. »Noch eine Sache: Der gegenwärtige Zeitplan wird auf keine Weise durch Ihre beiden Offiziere verzögert.«

»Sobald ich wieder in meinem Büro bin, werde ich mit dem Country Club telefonieren, wo die beiden auf ihren gepackten Sachen warten, und ihnen den Befehl geben, sich morgen früh um acht Uhr bei Colonel Rickabee zu melden.«

Knox wußte, was mit Country Club gemeint war.

»Ich arrangiere für Sie Lufttransport mit Priorität, wenn Colonel Rickabee auf ein Problem stößt«, sagte Admiral Leahy. »Und ich werde Admiral Nimitz mit einer persönlichen Botschaft vom Interesse des Präsidenten an dieser Operation informieren. Das sollte sicherstellen, daß ein U-Boot zur Verfügung ist, wenn General Pickering es braucht.«

Warum habe ich das Gefühl, daß man mich soeben zu etwas überredet hat, das ich nicht will? dachte Knox.

»Danke, Admiral«, sagte der Marineminister.

Er erhob sich aus dem Sessel.

»Hier sind die Namen der beiden Offiziere, Frank«, sagte Donovan und überreichte ihm eine Karte, auf die zwei Namen getippt waren.

Knox las.

Brownlee, Major James C. III
Macklin, Captain Robert B.

Keiner der beiden Namen sagte ihm etwas.

5

Büro des Marineministers
Washington, D. C.

17. November 1942, 21 Uhr 15

Chief Petty Officer Stanley Hansen, USN, betrat ohne anzuklopfen das Büro von Captain David W. Haughton, USN, Verwaltungsassistent des Marineministers, und legte ein Blatt Papier auf den Schreibtisch, das mit Schreibmaschine beschrieben war.

»Der Minister sagte, ich soll es Ihnen vorlegen, Captain, bevor ich es abschicke«, sagte Hansen.

TOP SECRET

THE SECRETARY OF THE NAVY
WASHINGTON
VIA SPECIAL CHANNEL

KOPIEREN VERBOTEN. ORIGINAL IST NACH VERSCHLÜSSELUNG UND ÜBERMITTLUNG ZU VERNICHTEN.

SUPREME COMMANDER SWPOA
EYES ONLY BRIG GEN F. W. PICKERING, USMCR
(TIME TIME TIME) 17. NOVEMBER 1942
FOLGENDES PERSÖNLICH VON SECNAV AN BRIG GEN PICKERING

LIEBER FLEMING,

ICH KOMME GERADE VON EINEM TREFFEN MIT ADMIRAL LEAHY UND COLONEL DONOVAN VOM OSS, BEI DEM DAS THEMA BEURTEILUNG VON GENERAL FERTIGS GUERILLAOPERATION UND SEIN POTENTIAL UND OSS-OPERATIONEN IN MACARTHURS SWPOA ZUR SPRACHE KAMEN. ICH GLAUBE, DAS TREFFEN FAND ENTWEDER MIT WISSEN DES PRÄSIDENTEN ODER AUF SEINE ANWEISUNG HIN STATT.

COLONEL DONOVAN, DESSEN DETAILLIERTE KENNTNISSE ÜBER IHRE OPERATION AUS SEINEN EIGENEN QUELLEN UND VON ADMIRAL LEAHY STAMMEN, SCHLUG DAS FOLGENDE ALS EINE MÖGLICHKEIT VOR, GENERAL MACARTHURS WIDERSTAND GEGEN DIE DIENSTE DES OSS ZU ÜBERWINDEN.

ER WIRD ZWEI OFFIZIERE DAS MARINE-CORPS, DIE GEGENWÄRTIG ZUM OSS ABKOMMANDIERT SIND, ZUM OFFICE OF MANAGEMENT ANALYSIS VERSETZEN LASSEN, DAMIT SIE, UNTER IHREM KOMMANDO, AN DER MISSION FERTIG TEILNEHMEN. DONOVAN SAGTE, BEIDE AGENTEN, EIN MAJOR UND EIN CAPTAIN, SIND HOCHQUALIFIZIERT FÜR EINE SOLCHE MISSION. ER WIES DARAUF HIN, DASS ES TROTZ IHRER HOHEN WERTSCHÄTZUNG VON LIEUTENANT MCCOY EIN BISSCHEN VIEL VON IHM VERLANGT IST, EINEM JUNGEN OFFIZIER SOVIEL VERANTWORTUNG ZU GEBEN. DONOVANS AGENTEN WERDEN IHRE ZUGEHÖRIGKEIT ZUM OSS ERST PREISGEBEN, WENN SICH DIE MISSION FERTIG – OPERATION WINDMILL GETAUFT – ALS ERFOLG ERWEIST.

HÄTTEN SIE FORTSCHRITTE BEI MACARTHUR BEZÜGLICH SWPOA UND OSS GEMACHT UND/ODER WÄRE COLONEL STECKER ODER EIN ANDERER RANGHOHER OFFIZIER VERFÜGBAR, HÄTTE ICH DONOVANS HILFSANGEBOT VIELLEICHT ABGELEHNT.

ALS ICH ZUGESTIMMT HATTE, BOT LEAHY AN, EINE PERSÖNLICHE BOTSCHAFT AN NIMITZ ZU SCHICKEN, DAMIT EIN U-BOOT ZUR VERFÜGUNG STEHT, WANN UND WO SIE ES BRAUCHEN. HAUGHTON WIRD DEN TRANSPORT ET CETERA VON DONOVANS LEUTEN ARRANGIEREN, DIE SICH MORGEN BEI RICKABEE MELDEN WERDEN.

MIT HERZLICHEN GRÜSSEN
FRANK

ENDE PERSÖNLICHE BOTSCHAFT VON SECNAV AN BRIG GEN PICKERING
HAUGHTON CAPT USN ADMIN ASST TO SECNAV

T O P S E C R E T

Als Haughton gelesen hatte, blickte er auf seine Armbanduhr, strich TIME TIME TIME durch, schrieb statt dessen 21 Uhr 20 und gab Chief Hansen das Blatt zurück.

»Ist er noch hier?«

»Das war er, als er mir das gab, Sir.«

Haughton nahm den Telefonhörer ab, wodurch automatisch ein Apparat auf Marineminister Knox' Schreibtisch klingelte.

Als Knox sich meldete, sagte Haughton: »Diese Botschaft sieht gut aus. Darf ich sie Colonel Rickabee zeigen?«

Chief Hansen konnte die Antwort des Marineministers nicht hören.

»Schicken Sie das ab«, befahl Haughton. »Aber bringen Sie es zurück. Ich werde mich darum kümmern, daß es verbrannt wird.«

»Aye, aye, Sir.«

Haughton nahm einen anderen Hörer der Telefone auf

seinem Schreibtisch ab und wählte eine Nummer aus dem Gedächtnis. Beim zweiten Klingeln meldete sich jemand.

»Liberty 7-2033.«

Haughton nahm an, Rickabee hatte gute Gründe dafür, daß sich das Office of Management Analysis auf diese Weise meldete, aber er ärgerte sich jedesmal, wenn diese Nummer heruntergeleiert wurde.

»Captain Haughton für Colonel Rickabee.«

»Bedaure, Sir, der Colonel ist zur Zeit nicht erreichbar.«

»Wo ist er?«

»Bedaure, Sir, das darf ich Ihnen nicht sagen.«

»Kennen Sie meinen Namen?«

»Jawohl, Sir.«

»Informieren Sie Colonel Rickabee und bitten Sie ihn, mich anzurufen. Ich bin in meinem Büro.«

»Hat der Colonel Ihre Telefonnummer, Sir?«

»Das denke ich«, sagte Haughton eisig und legte auf.

Keine zwei Minuten später klingelte eines der Telefone auf Haughtons Schreibtisch. Haughton nahm den Hörer ab.

»Captain Haughton.«

»Um was geht's, David?« fragte Rickabee emotionslos.

»Es hat sich etwas ergeben. Je früher wir uns treffen, desto besser.«

»Klingt ernst.«

»Muß es nicht sein. Würde es Ihnen passen, wenn Sie herkommen?«

»Ehrlich gesagt, nein.«

»Wo sind Sie?«

»Im Foster Lafayette. In General Pickerings Suite.«

»Darf ich dorthin kommen?«

»Selbstverständlich. Banning und Sessions sind bei mir. Wird das irgendein Problem sein?«

»Nein. Und es erspart Ihnen vielleicht, Ihnen zu erklären, was das alles zu bedeuten hat. Ich bin in einer Viertelstunde dort.«

Es klickte, und dann war das Amtszeichen zu hören.

Haughton starrte erstaunt und ein wenig ärgerlich auf den Telefonhörer, bevor er ihn auf die Gabel legte.

»Colonel Fritz Rickabee, USMC«, sagte Haughton laut und schüttelte den Kopf, »hat sich entschieden, daß nichts mehr gesagt zu werden braucht, und einfach aufgelegt.«

Er wählte die direkte Leitung zu Knox' Schreibtisch, um den Minister zu fragen, ob er sonst noch etwas von ihm brauchte, bevor er das Büro verließ, doch es meldete sich niemand. Marineminister Knox hatte Feierabend gemacht.

Er wartete, bis Chief Hansen aus dem kryptographischen Raum zurückkehrte und ihm das Original von Knox' Botschaft gab, sagte: »Danke, Chief, Sie können heimgehen«, faltete die Botschaft dreimal und steckte sie in die Hemdtasche.

Er kam sich ein bißchen albern vor, als er dann eine Schublade seines Schreibtischs aufzog, eine Colt-.380-Automatik-Pistole herausnahm und etwas unbeholfen ins Holster an seinem Hosengürtel schob.

Colonel Rickabee las Frank Knox' persönliche Botschaft an Pickering, verzog das Gesicht, was Verachtung oder Resignation bedeuten konnte, und fragte mit erhobenen Augenbrauen, ob er die Botschaft Banning und Sessions zeigen könne. Haughton antwortete mit einer Geste, daß er das konnte.

Rickabee hatte gewußt, daß so etwas zwangsläufig geschehen würde, er hatte es kommen sehen, als der Präsident Pickering nach Australien zurückgeschickt hatte, um bei MacArthur für Donovans OSS einzutreten.

Rickabee hatte seit langem begriffen, daß alles in Washington Politik war. Das bedeutete Kompromisse, manchmal vernünftige, manchmal idiotische, zwischen mächtigen Leuten mit verschiedenen Zielen, manchmal noblen, manchmal nicht so noblen, und bisweilen – wie in diesem Fall – Kompromisse, die nur auf persönlichem oder beruflichem Egoismus basierten.

Rickabee kannte Donovan und respektierte ihn. Und er

war überzeugt, daß Donovan genauso wußte wie er, daß die Rolle des Office of Strategic Service, die für Europa vorgesehen war – und nach Rickabees beruflicher Meinung funktionieren würde –, im Pazifikraum einfach nicht klappen würde.

Es war relativ leicht, Agenten mit dem Fallschirm in Frankreich oder Norwegen oder irgendeinem anderen, jetzt von Deutschland besetzten Land abzusetzen. Die meisten der Agenten würden Einheimische dieser Länder sein. Sie würden fließend die Sprache beherrschen, das Land kennen und Kontakte zu Einheimischen haben, die bereit waren, für die Befreiung ihres Landes ihr Leben aufs Spiel zu setzen. Ausgestattet mit ausgezeichneten Pässen und Dokumenten, konnte ein Agent, der fließend die Sprache beherrschte, relativ leicht in der See anderer weißer Gesichter untertauchen.

Im Pazifikraum war das anders. Ein weißes Gesicht in einem von den Japanern besetzten Gebiet würde in der See gelber und brauner Gesichter auffallen wie das Signal eines Leuchtturms, und es würde sofort Verdacht erregen. Die Engländer, die in Singapur und Hongkong gewesen waren, befanden sich jetzt in Gefangenenlagern. Ebenso die Holländer, die in Ostindien gewesen waren; und, was das anbetraf, die meisten der Franzosen in Französisch-Indochina – mit Ausnahme derjenigen, die ihre Loyalität gegenüber Marschall Petains mit den Deutschen verbündeter Regierung in Vichy beweisen konnten.

Rickabee kannte die Geschichte von Captain Ralph Fralick, der mit Fertig auf den Philippinen das Offizierspatent erhalten hatte. Fralick blies angesichts der vorrückenden Japaner auf Luzon Brücken, Eisenbahnlinien und Versorgungsdepots in die Luft; und dann, statt zu kapitulieren, machte er die unglaubliche Bootsreise von Luzon nach Hanoi in Französisch-Indochina. Als Fralick in Hanoi eintraf, ließ er seine vierzig Mann antreten und zu den französischen Behörden marschieren, um sich dort zu melden. Man grüßte sich gegenseitig, und dann übergaben die Franzosen Fralick und seine Männer den Japanern.

Für die meisten der Leute in Gebieten, die jetzt von den

Japanern besetzt waren, gab es wenig, was den Einsatz des eigenen Lebens und das der Familie lohnte. Warum sollten sie gegen die Japaner kämpfen? Besonders wenn das Ergebnis nicht die Befreiung von Besatzern, sondern einfach die Wiederherstellung der britischen oder holländischen oder französischen Kolonialherrschaft sein würde.

Es gab eine Ausnahme bei dieser Analyse – beim Nachrichtendienst gab es immer eine Ausnahme –, und das waren natürlich die Philippinen. Die meisten Filipinos haßten die Amerikaner nicht, die ihr Land geführt hatten, seit sie es den Spaniern um die Jahrhundertwende abgenommen hatten. Die Filipinos glaubten – weil es zufällig stimmte –, daß die Vereinigten Staaten ihnen so bald wie möglich die Unabhängigkeit geben würden. Die philippinische Armee kämpfte mit großer Tapferkeit gegen die japanischen Invasoren, und wenn weiterer Widerstand unmöglich war, gingen die Soldaten mit ihren amerikanischen Waffenkameraden in Gefangenenlager.

Unterdessen begingen die Japaner auf den Philippinen den gleichen Fehler wie die Deutschen in Rußland. Sie behandelten die einheimische Bevölkerung brutal; und so verloren sie jede Chance auf Zusammenarbeit – oder zumindest fügsame Akzeptanz der Besatzung.

Folglich würden amerikanische Agenten, die auf die Philippinen geschickt wurden, eine große Chance haben, Unterstützung aller Art von den Filipinos zu erhalten.

Aber die Agenten dorthin zu bringen war das Problem, und ebenso problematisch war die Logistik. (Mindanao, am nächsten bei Australien, war nicht in ungefähr einer Stunde Flugzeit zu erreichen wie Frankreich oder Skandinavien von den amerikanischen Stützpunkten in England aus.) Dennoch konnte etwas auf den Philippinen erreicht werden, und Donovan wußte das.

Aber das war nach Rickabees Ansicht nicht Donovans einziges Motiv, so hart dafür zu kämpfen, daß er in Pickerings Mission bezüglich Fertig einbezogen wurde. Er wollte, daß das OSS weltweit einbezogen wurde. Wenn das OSS nur in Europa operierte, würde das sein Ansehen und folglich den

Ruf und die Macht von Colonel William J. Donovan schwächen.

Donovan hatte sich bereits auf einen persönlichen Machtkampf mit J. Edgar Hoover vom FBI eingelassen. Einerseits beanspruchte Hoover für das FBI die alleinige Verantwortung über den Nachrichtendienst und die Spionageabwehr in der westlichen Hemisphäre. Andererseits beanspruchte Donovan für das OSS die weltweite Verantwortlichkeit für Nachrichtendienst, Spionageabwehr und Special Operations – sprich Sabotage und Subversion. Und – wie vorauszusehen – Roosevelt hatte sich geweigert, eine Entscheidung zwischen den beiden zu treffen. Das Ergebnis war, daß Agenten von FBI und OSS in Argentinien, Chile, Peru und sogar Mexiko mehr damit beschäftigt waren, sich gegenseitig zu bekämpfen, als den deutschen, italienischen und japanischen Achsenmächten Schaden zuzufügen.

Nach Rickabees Ansicht wurde Pickering in diesem politischen Schachspiel nicht nur als Bauer benutzt, sondern er würde das auch erkennen, wenn er die Botschaft erhielt, und sich darüber ärgern.

Er hoffte, daß Pickering nichts Dummes tun würde. Pickering war zwar kein Narr, aber naiv, was Washingtoner Politik anbetraf.

Rickabee bewunderte Pickering.

Zuerst hatte Rickabees Ego gelitten – und das gab er bereitwillig zu –, als Frank Knox Pickering zum Chef des Office of Management Analysis ernannt hatte. Rickabee hatte die Organisation ohne Vorgabe über viele Jahre hinweg aufgebaut und mit Geschick und Erfolg geleitet. Er war überzeugt, daß er keinen Rat und schon gar keine Aufsicht von einem Amateur wie Pickering brauchte. Es blieb ihm jedoch nichts anderes übrig, als seinen Groll hinunterzuschlucken und sich mit dem Gedanken zu trösten, daß Pickerings Rang als Flaggoffizier von Nutzen sein würde. In einem auf Rang bedachten Washington war das wichtig. Und Rickabee glaubte, er könnte Pickering kontrollieren.

Das erwies sich als unnötig. Denn Pickering machte sofort

ganz klar, daß er Rickabee als den Fachmann betrachtete, während er selbst einige Erfahrung ›in einer solchen Lage‹ hatte – der Vorgesetzte von jemandem zu sein, der mehr als er wußte. Pickering erklärte, wie der Tod seines Vaters urplötzlich dazu geführt hatte, daß er im Büro des Aufsichtsratsvorsitzenden der Pacific & Far East Shipping Corporation gelandet war, als er erst Twen gewesen war.

»Plötzlich gab ich dem Kommodore der Flotte von einundachtzig Schiffen der Pacific & Far East Befehle, der nicht nur alt genug war, um mein Vater sein zu können, sondern unter dem ich auch als Maat gefahren war.«

»Das muß schwierig gewesen sein.«

»Sie sind nicht alt genug, um mein Vater sein zu können, Colonel, aber ich weiß Ihre Erfahrung und Sachkenntnis zu schätzen. So hoffe ich, die gleiche Art Beziehung mit Ihnen aufzubauen, die ich mit dem Kommodore hatte.«

In diesem Moment erkannte Rickabee, daß Pickering die Feinheiten von Menschenführung kannte.

»Während ich jetzt die Verantwortung für alles habe, was geschieht«, fuhr Pickering fort, »ist mir völlig klar, daß Sie die Leitung hier hatten, weil Sie der erfahrenste und fähigste Offizier waren, der verfügbar war. Deshalb wäre es blöde von mir, Ihr Urteilsvermögen und Ihre Entscheidungsfähigkeiten in Frage zu stellen, es sei denn in den außergewöhnlichsten Umständen.«

Zu diesem Zeitpunkt fragte sich Rickabee, ob Pickering wirklich meinte, was er sagte, oder ihn nur beschwichtigen und möglichen Problemen vorbeugen wollte. Es stellte sich bald heraus, daß Pickering ernst meinte, was er gesagt hatte.

Pickering stellte äußerst selten irgendeine von Rickabees Entscheidungen in Frage und handelte nur einmal gegen seinen Rat. Nach Rickabees beruflicher Einschätzung waren die Mühen, Risiken und die Ausrüstung, die es kostete, Lieutenant Joseph L. Howard, USMC, und Sergeant Stephen Koffler, USMCR, von Buka herunterzuholen, militärisch nicht gerechtfertigt.

Pickering setzte sich über diesen logischen Schluß hinweg

und gab zu, daß er aus emotionalen Gründen handelte. Er hatte als Achtzehnjähriger in den Schützengräben Frankreichs gelernt, daß Marines ihre verwundeten Kameraden nicht im Stich ließen. Er befahl die Rettungsaktion.

Diese Episode verriet beiden Männern etwas über die Schwächen des anderen. Pickering erkannte, daß Rickabee in der Tat absolut mitleidlos war, wenn es nötig war. Und Rickabee erfuhr, daß Pickering trotz der Sterne auf seiner Uniform dachte wie ein Sergeant des Marine-Corps.

Die Konfrontation hatte keineswegs ihren gegenseitigen Respekt und die wachsende Zuneigung vermindert. Ein Offizier des Marine-Corps, der im Nachrichtendienst Verantwortung hatte, mußte hart und mitleidlos sein. Und man konnte es wirklich nicht als Charakterschwäche bezeichnen, wenn ein General des Marine-Corps tiefempfundene Sorge um das Wohlergehen eines rangniedrigen Offiziers und eines Unteroffiziers hatte.

»Darf ich fragen, was hier los ist?« fragte Captain Haughton.

Auf dem Couchtisch in General Pickerings Suite lagen jede Menge Papiere. Ein Klapptisch und ein Apparat, der wie eine Schreibmaschine aussah, waren ebenfalls mit Papieren bedeckt. Nach einer Weile erkannte Haughton, daß es keine Schreibmaschine, sondern ein altmodisches Geheimschriftgerät Modell M 94 war.

»Nun, in der vergangenen halben Stunde hat Banning versucht, Sessions beizubringen, wie man dieses Ding benutzt. Sessions nimmt es und einiges andere Zeug mit nach Brisbane, um McCoy zu zeigen, wie es funktioniert. Bis wir den ersten persönlichen Kontakt mit Fertig haben und ihm eine moderne Geheimschriftmaschine bringen – deren Benutzung Sessions McCoy ebenfalls beibringen wird –, haben wir ein kleines Kommunikationsproblem: Wo sollte McCoy nach Fertigs Meinung aus dem U-Boot steigen? Wann sollte er an Land gehen?«

»Ja«, sagte Haughton nachdenklich. »Welches andere Zeug bringt Sessions dorthin?«

»Banning hat mit einem Psychiater der Navy gesprochen …«

»Brillanter Mann«, unterbrach Banning. »Er bescheinigte, daß ich geistig gesund war, als ich von den Philippinen kam.«

Haughton lachte ein bißchen nervös, und dann überraschte ihn Rickabee.

»Das stimmt, das stimmt«, sagte Rickabee lachend. »Wenn ich mich daran erinnert hätte, dann hätte ich Sie zu einem anderen Psychiater geschickt. Jedenfalls hat er eine Art Checkliste aufgestellt, Dinge, auf die McCoy achten sollte, um festzustellen, ob Fertig alle Tassen im Schrank hat.«

»Ich sprach auch mit einigen Leuten, die Erfahrung mit Guerillaoperationen und Guerillabekämpfung in den Bananenrepubliken gesammelt haben«, sagte Banning. »Sie zählten einiges Material auf, organisatorische Dinge, die McCoy Fertig anbieten wird.«

»Wie wollen Sie das Problem lösen, McCoy … McCoy und die anderen an Land und in Kontakt mit Fertig zu bringen?« fragte Haughton.

»Nun, bei der letzten Analyse liegt diese Entscheidung bei McCoy. Ich empfehle, daß wir Fertig eine vage Botschaft schicken, in der Besucher angekündigt werden, bevor wir McCoy und Zimmerman an Land schicken …«

»Sie haben gehört, daß der Minister General Holcomb gebeten hat, die Versetzung von Zimmerman zu arrangieren?« unterbrach Haughton.

»… damit sie Kontakt mit Fertig aufnehmen. Wenn das geschehen ist, wird Fertig Kontakt mit dem U-Boot aufnehmen, das vor der Küste liegen wird, mit einem neuen Code, den McCoy haben wird (der natürlich auch eine neue Geheimschriftmaschine haben wird), und er kann einen Platz angeben, an dem der Nachschub und das Gold aus dem U-Boot geladen und an Land transportiert werden können. Wie sie das machen und wann, das steht noch in den Sternen.«

Haughton lachte.

»Vielleicht haben die OSS-Leute einige Ideen«, sagte Banning. »Wir bekommen sie morgen?«

»Gleich morgen früh.«

»Es wird vielleicht einige Probleme mit ihrem Transport geben«, sagte Rickabee. »Wir haben nur eine AAAAAA-Priorität, für Sessions. Jetzt brauchen wir drei.«

»Wenn Sie Schwierigkeiten haben, informieren Sie mich.«

»Das werde ich«, sagte Rickabee.

»Wer sind diese OSS-Leute? Haben Sie die Namen?« erkundigte sich Banning.

»Ja, die habe ich.« Rickabee kramte in der Tasche und zog die kleine Karte hervor, die Colonel Donovan Minister Knox überreicht und die Knox an ihn weitergegeben hatte.

»Brownlee, Major James C. III«, las er vor, »und Mackling, Captain Robert B.«

»Wie war der zweite Name?« fragte Banning entgeistert.

»Macklin, Captain Robert B.«

»Das glaube ich nicht«, sagte Banning.

»Sie kennen ihn?«

»Wenn das der Typ ist – und ich bezweifle, daß es viele Offiziere des Marine-Corps gibt, die Macklin, Robert B. , heißen –, ja, dann kenne ich ihn. Ich schickte ihn aus China mit einer Beurteilung zurück, geprüft von Chesty Puller, nach der dieser Hurensohn aus dem Corps mit einem Tritt in den Arsch hätte hinausgefeuert werden müssen.«

»Erzählen Sie mir über ihn«, sagte Rickabee kalt.

Banning gab einen dreiminütigen Bericht über die vielen Charakterfehler von Captain Robert B. Macklin, USMC. »Ich frage mich, welcher Idiot den Hurensohn befördert hat«, sagte er abschließend.

Rickabee blickte einen Moment nachdenklich vor sich hin. »Captain Haughton«, sagte er dann förmlich, »wenn festgestellt ist, daß der besagte Offizier tatsächlich derjenige ist, den Major Banning kennt, wird es nötig sein, Colonel Donovan zu informieren, daß der Mann von uns nicht akzeptiert werden kann.«

»Mensch, Fritz, ich weiß nicht«, sagte Haughton.

»Wenn er der Offizier ist, den Major Banning kennt«, wiederholte Rickabee, »können wir ihn nicht brauchen.«

Haughton zuckte mit den Schultern.

»Wie finden wir das heraus?«

»Vermutlich wird Banning ihn wiedererkennen, wenn sich dieser Macklin zum Dienst meldet«, sagte Rickabee.

X

1

USMC Office of Management Analysis
Provisorisches Gebäude T-2032
The Mall, Washington, D. C.

18. November 1942, 11 Uhr 05

Captain David L. Haughton, USN, betrat das Büro von Colonel F. L. Rickabee, USMC, und überreichte ihm ein Kuvert.

»Tut mir leid, Fritz«, sagte er.

Rickabee öffnete den Umschlag und entnahm ihm ein einzelnes Blatt Papier.

THE SECRETARY OF THE NAVY
WASHINGTON, D. C.

18. November 1942

Colonel F. L. Rickabee, USMC
USMC Office of Management Analysis
Commandant, United States Marine Corps
Washington

Per Boten

Lieber Colonel Rickabee,

da ich davon ausgehe, daß die Verwendung von Offizieren der Marine in meinen Verantwortungsbereich fällt, überraschte es mich etwas, von Captain Haughton zu hören, daß Sie einen der Offiziere, die vom Office of Strategic Service zu Ihnen versetzt werden, für ›nicht akzeptabel‹ halten.
Sie werden hiermit angewiesen, die betreffende Operation mit dem von mir befohlenen Personal durchzuführen. Weitere Diskussionen über dieses Thema sind unerwünscht.

Mit freundlichen Grüßen

Frank Knox

Secretary of the Navy

Rickabee blickte zu Haughton auf, sagte jedoch nichts.

»Unter uns, Fritz«, sagt Haughton, »er ging fast durch die Decke.«

»Er will keine Konfrontation mit Donovan riskieren«, sagte

Rickabee. »Donovan könnte zum Präsidenten gehen, Knox beschuldigen, gegen eine Abmachung zu verstoßen, und Knox würde vielleicht verlieren. Darum geht all das.«

Captain Haughton hielt es für besser, zu schweigen, obwohl er den gleichen Gedanken gehabt hatte, als er Knox' überraschend ärgerliche – und äußerst ungewöhnliche – Reaktion auf Rickabees Bitte erlebt hatte.

»Nun, ich kann immer noch arrangieren, daß der Hurensohn von einem Truck überfahren wird«, sagte Rickabee.

»Sagen Sie so etwas nicht mal im Scherz«, mahnte Haughton.

Rickabee nickte ernst, ohne eine Antwort zu geben.

Captain Haughton erschauerte.

»Um Gottes willen, Fritz, ich hoffe, es war scherzhaft gemeint.«

Rickabee schaute Haughton kalt und mit ausdrucksloser Miene an.

»Als Major Brownlee und Captain Macklin sich heute morgen bei mir meldeten«, sagte er, »habe ich sie nur über das informiert, was sie zu diesem Zeitpunkt wissen müssen. Besonders, daß der Versuch vorbereitet wird, sie heute nachmittag nach Pearl Harbor zu fliegen und sie von dort aus weiter zu einem ungenannten Ort irgendwo im Pazifik zu transportieren.«

Haughton nickte.

»Captain Macklin versicherte mir, daß er natürlich bereit ist, überallhin zu gehen, wohin er befohlen wird, sich dennoch verpflichtet fühlt, mich zu informieren, daß er den Ausbildungslehrgang des OSS noch nicht beendet hat und sich darüber hinaus noch nicht von den Verwundungen erholt hat, die er in Gavutu erlitten hat.«

»Tatsächlich?«

»Tatsächlich.«

»Sie werden sich darum kümmern, Colonel – persönlich meine ich –, daß Captain Macklin es sicher zum Flughafen schafft?« Haughton sah Rickabee fragend an.

»Leider, David, zähle ich zu den Leuten, die Ihre Befehle befolgen.«

2

Supreme Headquarters
South West Pacific Ocean Area
Brisbane, Australien

18. November 1942, 14 Uhr 05

Brigadier General Fleming S. Pickering, gefolgt von Second Lieutenant George F. Hart, passierten zwei Militärpolizisten, die am Eingang der kryptographischen Abteilung des Supreme Headquarters SWPOA auf Posten standen, und ging über einen Flur zu der unbeschrifteten Stahltür, die zur Sonderabteilung führte.

Hart zog einen stupsnasigen .38er Colt-Revolver unter seinem Uniformrock hervor und klopfte mit dem Griff dreimal an die Tür. Ein leichteres Anklopfen an der Stahltür – mit den Knöcheln oder sogar mit einem Zippo-Feuerzeug oder Schlüsseln – konnte drinnen nicht gehört werden; man mußte schon gegen die Tür hämmern.

Einen Augenblick später ging ein kleines Fenster in der Tür quietschend auf.

»Ich bin's, Pluto«, sagte Pickering.

Das kleine Fenster wurde geschlossen, das Schaben von Riegeln war zu hören, und dann schwang die Tür leicht quietschend auf. Pickering und Hart betraten den kleinen Raum.

»Ich habe Sie nicht erwartet, Sir«, sagte Major Hon und rückte seine Krawatte zurecht. Er trug eine .45er Automatik in einem Schulterholster. Pickering blickte an Hon vorbei. Auf einem Tisch stand eine offene Aktentasche, an der eine Kette und eine Handschelle befestigt waren.

»Wollen Sie irgendwohin, Pluto?« fragte Pickering.

»Ich wollte zu Ihnen, Sir«, sagte Pluto, schloß die Stahltür und schob die Riegel vor.

Pickering wartete.

Pluto ging zu der Aktentasche und nahm ein Kuvert heraus. Er überreichte es Pickering.

»Das traf soeben ein«, sagte Pluto. »Ich dachte mir, Sie wollen es sofort sehen.«

Pickering öffnete den Umschlag, schaute hinein und preßte die Lippen aufeinander.

»Irgendwie dachte ich mir, daß Ihnen das nicht gefallen wird«, sagte Pluto.

»Hat sonst jemand das gesehen?«

»Nein, Sir.«

»Keiner außer Ihnen, Hart und mir sieht das, okay, Pluto?«

»Jawohl, Sir.«

Pickering gab Hart Marineminister Frank Knox' persönliche geheime Botschaft, in der er ankündigte, daß Colonel Wild Bill Donovan vom OSS – mit Knox' Segen – zwei OSS-Agenten schickte, die an der Operation Fertig teilnahmen.

Pickerings erste Reaktion war Zorn.

»*Verdammter* Franklin Roosevelt«, sagte er und bereute es sofort. Nicht den Gedanken, sondern den Zornausbruch.

Ich kann mir hier nicht erlauben, die Beherrschung zu verlieren, dachte Pickering.

Pluto und Hart sahen ihn überrascht an.

»Kapiere ich hier etwas nicht?« fragte Hart. »Oder ist das eine der Fragen, die ich nicht stellen soll?«

Pickering lächelte. »Ich nehme an, es wird ein Schock für Sie als überzeugter Demokrat sein, aber unser geliebter Präsident und Oberbefehlshaber läßt Machiavelli so unschuldig wie Franz von Assisi wirken.«

»Ich habe nie gesagt, daß ich ein Fan der Demokraten bin«, sagte Hart, »und ich verstehe immer noch nicht.«

»Es sind hier eine Reihe von Faktoren im Spiel, George – bei Gott, dies ist machiavellistisch! In der Theorie ist Präsident Roosevelt der Oberbefehlshaber, und MacArthur sollte seine Befehle wie jeder andere Offizier befolgen, ohne sie in Frage zu stellen. Roosevelt will, daß das OSS in der SWPOA zu operieren beginnt. MacArthur will nichts mit dem OSS zu tun haben. Oberflächlich betrachtet, wäre die simple Lösung, einfach den Befehl zu geben. Aber das geschieht nicht. Warum nicht?« fragte er rhetorisch. »Weil Roosevelt sich sagt, daß es nicht zu seinem Besten ist, den Befehl zu erteilen. Warum? Weil MacArthur – der durch mich kundgetan hat, was er vom OSS hält, nämlich nichts – sehr wahrscheinlich diesen Befehl verweigern wird.«

»Kann er damit durchkommen?« fragte Pluto, aber es klang nicht sehr überrascht.

»O ja. Auf zweierlei Weise. Vielleicht sogar dreierlei. Erstens kann er den Befehl einfach ignorieren. Das hat er in Wirklichkeit bereits getan. Normalerweise sollte jeder springen, wenn der Oberbefehlshaber bekanntmacht, daß er etwas wünscht. MacArthur hat jedoch bis jetzt nicht einmal Zeit in seinem Terminplan gefunden, um auch nur mit Donovans Leuten zu reden. Deshalb wurde ich diesmal hergeschickt, um MacArthur Donovans Leute zu verkaufen.«

»Was hat El Supremo gegen das OSS?« fragte Hart.

»El Supremo will nicht, daß irgend etwas auf seinem Spielplatz passiert, was er nicht kontrollieren kann. Und er denkt – vermutlich richtig –, daß er das OSS nicht unter Kontrolle halten kann, weil Bill Donovan beim Präsidenten Gehör findet. Dies ist übrigens der Beweis dafür.« Pickering schwenkte Knox' Botschaft.

Hart blickte verwirrt drein.

Ich habe kein Recht, ihnen das zu erklären, dachte Pickering. *Andererseits haben Roosevelt und Knox kein Recht, mich zum Spielball bei ihren Intrigen zu machen.*

Ein anderer Same keimte in seinem Hinterkopf, wuchs schnell, erblühte und trug Früchte.

Natürlich, darum geht alles! Oder es hat jedenfalls viel damit zu tun! Roosevelt ist einer dieser Leute, die den Blödsinn glauben ›wenn du nicht für mich bist, dann bist du gegen mich‹. Wenn ich stillschweigend mitspiele, was heißt, daß ich MacArthur nichts sage, ihn täusche, *dann habe ich mich entschieden, auf welcher Seite ich spiele und mich Roosevelts Team angeschlossen. Seinem* politischen *Team, nicht seinem militärischen. Als er mir befahl, hier zu versuchen, MacArthur das OSS schmackhaft zu machen, hatte ich als Offizier keine Wahl und mußte den Befehl befolgen, auch wenn ich dachte, daß Donovans OSS hier vermutlich mehr Probleme machen wird, als es wert ist, und daß Bill Donovan ein arroganter, gottverdammter Anhänger der Demokraten und New Yorker Anwalt und Nachrichtenhändler ist.*

Und Gott weiß, wie sehr ich versucht habe, El Supremo für Donovans Leute zu erwärmen.

Ich arbeite für Knox, um hier seine Augen und Ohren zu sein. Während ich in Wirklichkeit denke, ich könnte von mehr Nutzen in diesem Krieg sein, wenn ich eine Operation auf See leite – Gott weiß, daß ich das besser könnte als drei Viertel dieser Sesselfurzer im Admiralsrang in Pearl Harbor –, aber meine Aufgabe hatte einen gewissen Wert. Ich denke, ich habe einiges Gutes bewirkt.

Aber ich habe mich nicht verpflichtet, ein politischer Laufbursche für Knox zu sein. Oder für Roosevelt. Und genau das soll ich werden.

Ich will verdammt sein, wenn ich da mitspiele.

Es wurde ihm bewußt, daß Pluto und Hart darauf warteten, daß er weitersprach.

»Im Zweifelsfall, Pluto, soll man die Wahrheit sagen«, erklärte Pickering. »Schreiben Sie sich das auf die Handfläche, damit Sie es nicht vergessen.«

»Sir?«

»Lassen Sie mich an das Telefon, George«, sagte Pickering. Er schob sich an Hart vorbei, nahm den Hörer des roten Telefons ab und wählte.

»Fleming Pickering, Sid«, sagte er dann – er erklärte Pluto und Hart, daß er MacArthurs private Telefonnummer gewählt und daß sich Lieutenant Colonel Sidney L. Huff, MacArthurs Adjutant, gemeldet hätte –, »ich möchte ein paar Minuten von der Zeit des Supreme Commanders, und zwar so bald es ihm paßt.«

Es folgte eine Pause.

»Nein, Sid, um neunzehn Uhr dreißig ein oder zwei Minuten einzuschieben, reicht nicht.«

Wieder eine Pause.

»Ich sage Ihnen, was Sie tun *können,* Colonel«, sagte Pickering in eisigem Tonfall. »Sie können mit dem Supreme Commander sprechen, ihm meine Bitte vortragen und mir dann seine Antwort vortragen.«

Diesmal war die Pause länger.

»Danke sehr, Colonel«, sagte Pickering dann. »Bitte informieren Sie den Supreme Commander, daß ich auf dem Weg zu ihm bin.«

Hart begann, die Stahltür zu entriegeln.

»Sie warten hier auf mich, George«, sagte Pickering. »Adjutanten sind nicht zu diesem Tête-à-tête eingeladen.«

»Aye, aye, Sir.«

»Fleming, mein lieber Freund«, sagte General Douglas MacArthur, Supreme Commander, SWPOA, lächelnd und winkte Pickering in sein Büro. »Kommen Sie rein, die Neugier überwältigt mich. Sid sagte, dies sei irgendwie dringend?«

MacArthur trug wie üblich seine Khakiuniform.

»Nein, Sir. Von dringend habe ich nichts gesagt. Ich habe Colonel Huff gesagt, daß ich dankbar wäre, wenn Sie vor neunzehn Uhr dreißig für mich Zeit finden könnten.«

»Für Sie kann ich immer Zeit finden, Fleming. Das hätte Sid wissen sollen«, erwiderte MacArthur. »Sid, Sie können uns allein lassen.«

Huff wirkte, als hätte er soeben einen Tritt erhalten.

Spürt El Supremo, daß Huff nicht hören soll, was ich zu sagen habe? dachte Pickering. *Oder schickt er ihn so schroff weg, um ihn zu demütigen und mich versöhnlich zu stimmen? Er ist genauso ein Machiavelli wie Roosevelt, und das sollte ich besser nicht vergessen.*

MacArthur forderte Pickering mit einer Geste auf, in einem Sessel Platz zu nehmen, und blickte ihn erwartungsvoll an.

Pickering überreichte ihm Knox' persönliche Botschaft und setzte sich dann.

MacArthur nahm eine lange, dünne, schwarze Zigarre aus einem Aschenbecher und paffte, während er die Botschaft zweimal las. Dann sah er auf und schaute in Pickerings Augen.

»Ich weiß Ihre Loyalität zu schätzen, mir dies zu zeigen, Fleming.«

»General, mit Verlaub, Loyalität war nicht mein Motiv.«

»Nicht?«

»Ich wollte nicht, daß Sie glauben, ich wäre daran beteiligt.«

»Das hätte ich auch gewußt, ohne daß Sie es mir sagen«, erwiderte MacArthur. »Was auch immer für schlimme Sachen hier über Sie gesagt werden mögen, keiner, den ich kenne, hat Sie jemals der Verschlagenheit bezichtigt.«

Pickering mußte lächeln.

»Unter anderem sagt man hier über Sie, daß Sie eine Nachschubmission für Lieutenant Colonel Fertig auf Mindanao vorbereiten«, sagte MacArthur. »Ich habe mich schon gefragt, wann Sie das mit mir diskutieren werden.«

»Es ist mehr eine Erkundungsmission, Sir«, sagte Pickering. »Um festzustellen, was wirklich mit ihm los ist.«

»General Willoughby meint, Fertig leide an Größenwahn.«

»Ja, Sir, das hat er mir klargemacht.«

»Ich hatte Pläne, wissen Sie, Fleming, umfassende Guerillaoperationen gegen die Japaner durchzuführen – mit dem Material und Personal, das General Sharps Mindanao-Streitkraft zur Verfügung steht.«

»Nein, Sir, das wußte ich nicht.«

»Das und eine Menge sonst ging in die Hosen, als die Kommandostruktur durcheinandergeriet. Sie wissen natürlich, wovon ich spreche.«

»Nein, Sir, nicht genau.«

»Als ich vom Präsidenten den Befehl erhielt, Corregidor zu verlassen, dachte ich nur an eine Verlegung, nicht an eine Aufgabe meines Kommandos und der damit verbundenen Verantwortlichkeiten. Ich sprach mit General Sharp auf Mindanao – zufällig auf der Dole-Plantage, kennen Sie die?«

»Jawohl, Sir. Ich war vor dem Krieg viele Male dort als Gast.«

»Es ist schön dort. Der Gedanke, daß japanische Stiefel über die Veranda des Haupthauses trampeln, ist schmerzlich für mich … aber ich schweife ab. Ich sprach also eine Weile mit General Sharp, während ich auf das Flugzeug wartete. Meine Befehle an ihn lauteten, durchzuhalten, sofort nach meiner Ankunft hier würde ich eine Nachschub-Operation für die Mindanao-Streitkräfte in Gang setzen. Ich sagte ihm, im schlimmsten Fall – wenn seiner Einschätzung nach weiterer organisierter Widerstand unmöglich war –, Maßnahmen für irreguläre Operationen zu treffen, Personal auszuwählen und Ausrüstung und Material zu verstecken.«

»Das wußte ich nicht, Sir.«

»O ja. Aber in dem Moment, in dem die B-17 auf der Behelfsrollbahn der Dole-Plantage startete, um mich hierhinzubringen, nahm General Marshall direkten Kontakt mit General Wainwright auf Corregidor auf. General Wainwright nahm natürlich an, daß die Kommandostruktur verändert worden war, daß ich nichts mehr zu sagen hatte und er folglich seine Befehle aus Washington erhalten würde. Nichts darüber wurde mir gesagt, weder damals noch jetzt.«

»Davon hatte ich keine Ahnung, Sir.«

»Wenige Leute wissen das«, sagte MacArthur. »Als ich hier eintraf – Sie waren hier, Fleming; Sie wissen das –, erfuhr ich, daß man mich bezüglich hier verfügbaren Materials und Truppen irregeführt hatte. Aber ich hielt Sharp gegenüber mein Wort. Ich zog das beschränkte Material hier zusammen und stellte eine Nachschuboperation nach Mindanao auf die Beine. Leider kam nur sehr wenig zu ihm durch; zwei kleine Schiffe mit Munition für Artillerie und Handfeuerwaffen und nicht viel sonst. Und dann, als George Marshall Versorgungsschiffe, die bereits auf hoher See mit Kurs auf Australien waren, nach Hawaii umleitete, mit der Begründung, das Risiko ihres Verlustes sei zu groß, mußte ich meine Bemühungen, General Sharp auf Mindanao mit Nachschub zu versorgen, leider einstellen – mit dem größten Widerstreben.«

»Ich verstehe.«

»Und dann wurde die Frage natürlich rein akademisch. Bataan fiel, danach Corregidor. General Homma bluffte General Wainwright. Er erklärte, er nehme Wainwrights

Kapitulation nur an, wenn Wainwright sich mit *allen* US-Truppen auf den Philippinen ergebe. Wainwright hatte keine Befugnis dazu, aber er *glaubte*, sie zu haben. Und leider glaubte General Sharp das ebenfalls. Als ich erfuhr, was Wainwright getan hatte, schickte ich General Sharp einen Funkspruch mit dem Befehl, alle Befehle von Wainwright zu ignorieren. Aber da war es schon zu spät. General Sharp befolgte als guter Soldat, was er für seine Befehle hielt, und kapitulierte. Als guter Offizier vernichtete er alles Kriegsmaterial unter seinem Kommando, bevor er die weiße Flagge hißte. All das Material, Fleming, das hätte benutzt werden können, *sollen*, um eine aussichtsreiche Guerillaoperation gegen die Japaner durchzuführen. Und die Offiziere, die solch eine Operation befehligt hätten, Gott helfe ihnen, gingen in Gefangenschaft.«

MacArthur legte eine Pause ein, nahm die dünne, schwarze Zigarre aus dem Aschenbecher, zündete sie bedächtig wieder an und sah dann Pickering in die Augen.

»Zu diesem Zeitpunkt war ich zu dem Schluß gezwungen, daß die Durchführung von wirksamen Guerillaoperationen gegen die Japaner auf den Philippinen militärisch unmöglich war. Und so informierte ich General Marshall.«

»Jawohl, Sir.«

»Sie verstehen das Problem, mit dem wir es hier zu tun haben, nicht wahr, Fleming?«

»Ich bin mir nicht sicher, ob ich Sie richtig verstanden habe, Sir.«

»Vertrauen!« sagte MacArthur dramatisch. »Vertrauen! Im Augenblick haben die Filipinos noch Vertrauen in mich, in die Vereinigten Staaten. Sie glauben, daß ich zurückkehren werde. Aber realistisch betrachtet, ist dieses Vertrauen nicht tief. Es würde verschwinden, wenn wir noch eine demütigende Niederlage durch die Japaner erleiden. Wenn zum Beispiel Leute zu diesem Fertig strömen, weil sie glauben, er ist tatsächlich ein General der U.S. Army. Und wenn er dann zum Beispiel von den Japanern gefangengenommen, in Ketten durch die Straßen von Manila getrieben und als gewöhnlicher Verbrecher hingerichtet wird. *Das* würde den Japanern genau in die Hände spielen.«

Pickering nickte.

Unvermittelt fragte MacArthur: »Was werden Sie tun, Fleming, hinsichtlich dieses ekligen Kamels, das seine Nase in *Ihr* Zelt steckt?«

Die Frage überraschte Pickering.

»Meine Befehle befolgen, Sir. Dafür sorgen, daß diese Leute nach Mindanao und dann von dort wieder fortkommen.«

MacArthur nickte ernst.

»Dieses Hauptquartier und ich persönlich, wir sind natürlich bereit, Ihnen jede Unterstützung zu geben, die Ihnen bei der Erfüllung Ihrer Mission helfen kann.«

»Im Augenblick fällt mir nichts ein, was ich brauchen könnte, Sir.«

MacArthur schaute ihn lange an und nickte dann.

»Wenn Ihnen noch etwas einfällt, lassen Sie es mich wissen.«

»Danke, General.«

»Ich sage es noch einmal, Fleming, ich weiß Ihre Loyalität mir gegenüber sehr zu schätzen. Ist sonst noch etwas?«

»Nein, Sir. Danke, daß Sie mich empfangen haben, Sir. «

3

Naval Air Transport Command Passenger Terminal
US-Marinestützpunkt
Pearl Harbor, Oahu, Territorium Hawaii

21. November 1942, 14 Uhr 30

Der korpulente, mondgesichtige Offizier – das Namensschild auf dem Schreibtisch identifizierte ihn als Lieutenant (Junior Grade) L. B. Cavanaugh, USNR – war einfach ein typischer

Bürokrat, der für die Dauer des Krieges plus sechs Monate die Uniform angezogen hatte. Major James C. Brownlee III, USMCR, wurde ungeduldig.

Es fiel Brownlee überhaupt nicht schwer, sich Lieutenant Cavanaugh hinter einem Schalter der Pan American Airways in Miami vorzustellen, wo er die gleichen Argumente anführte wie hier.

»Tut mir leid, ich mache nicht die Vorschriften, und ich habe keine Befugnis, sie zu ändern.«

Lieutenant Cavanaugh hatte die Vorschriften mit all der Selbstgerechtigkeit angeführt, mit der Moses die Zehn Gebote verkündet hatte, als er vom Berg Sinai herabgestiegen war: *Hier sind sie, Gott hat gesprochen, keine Widerrede!*

Die Vorschriften des Naval Air Transport Command Passenger Terminal des US-Marinestützpunkts Pearl Harbor, Territorium Hawaii, bestanden aus sechzehn vervielfältigten Seiten, jede mit einer Zelluloidhülle geschützt und in einem blauen Aktenhefter. Aus dem abgenutzten Zustand schloß Brownlee, daß der Lieutenant es für nötig befunden hatte, die Vorschriften ständig zu Rate zu ziehen.

Absatz sechs ›unvereinbare Prioritäten‹ nahm zwei einzeilig mit Schreibmaschine getippte Seiten ein und erklärte, warum es nicht ging, daß zwei oder mehr Leute zur selben Zeit mit gleichen Prioritäten auftauchten und einen Platz im Flugzeug beanspruchten.

Prioritäten waren wirklich selten absolut identisch, obwohl Lieutenant (Junior Grade) Cavanaugh bereit war, einzuräumen, daß die Reiseprioritäten von Major Brownlee und den Captains Sessions und Macklin *fast* identisch waren, jedenfalls ähnlicher, als es für gewöhnlich der Fall war.

Alle drei hatten die höchste Priorität – AAAAAA. Vor einiger Zeit hätte Lieutenant (Junior Grade) Cavanaugh gesagt, eine AAAAAA-Priorität würde einen Platz in jedem Flugzeug mit jedem Ziel so gut wie garantieren. Aber das hatte sich geändert, weil verschiedene Hauptquartiere erkannt hatten, daß sie die schnellstmögliche Beförderung ihrer Reisenden nur erreichen konnten, wenn sie ihnen die höchste Priorität gaben.

Die Folge war, daß niedrigeren Hauptquartieren die Befugnis, AAAAAA-Prioritäten für Luftreisen auszustellen, genommen wurde. Gegenwärtig waren nur folgende Hauptquartiere befugt, AAAAAA-Priorität für Luftreisen auszustellen: Commander U.S. Naval Activities West Coast (COMNAVACTWEST), Commander U.S. Naval Activities East Coast (COMNAVACTEAST), CINCPAC (Commander-in-Chief Pacific); und SWPOA (Supreme Headquarters, South West Pacific Ocean Area). Plus natürlich der Stabschef der U.S. Army und der Chef für Marineoperationen.

Identische AAAAAA-Prioritäten, die vom Stabschef der Army und dem Chef für Marineoperationen ausgestellt waren, hatten Vorrang vor AAAAAA-Prioritäten, die von niedrigeren Hautquartieren erteilt worden waren.

Aber weil die AAAAAA-Prioritäten für Major Brownlee und die Captains Sessions und Macklin alle vom Chef für Marine-Operationen ausgestellt waren, half das nicht, zu entscheiden, wer den einen freien Platz in der Coronado besetzen würde, die um 16 Uhr 15 in Pearl Harbor mit Ziel Supreme Headquarters, SWPOA, Brisbane, Australien, starten würde.

Die nächsten Auswahlkriterien angesichts identischer AAAAAA-Prioritäten, die von denselben Hauptquartieren – oder welchen auf gleicher Ebene – ausgestellt waren, bezogen sich auf das Datum und den Zeitpunkt der Ausstellung. Und das war hier der entscheidende Faktor, wie Lieutenant (Junior Grade) Cavanaugh erklärte. Da die AAAAAA-Priorität für Captain Sessions vier Tage vor den AAAAAA-Prioritäten für Major Brownlee und Captain Macklin ausgestellt war, hatte folglich Captain Sessions ein Anrecht auf den Platz im Flugzeug.

Major Brownlees Argument, daß die drei Offiziere in derselben Mission unterwegs wären, stieß bei Lieutenant (Junior Grade) Cavanaugh auf taube Ohren. Ebensowenig interessierte ihn, daß Major Brownlee aufgrund seines Rangs der befehlshabende Offizier war und folglich bestimmen konnte, welcher der drei als erster reisen würde, dem die anderen dann folgen würden.

»Prioritäten sind nicht übertragbar«, sagte Lieutenant (Junior Grade) Cavanaugh. »Paragraph 14(b).« Er wies auf den anzuwendenden Paragraphen.

»Lieutenant, was ist, wenn ich plötzlich krank werde?« fragte Sessions. »Es ist wirklich wichtig, daß Major Brownlee vor mir in Brisbane eintrifft.«

»Dann müßten Sie wirklich krank sein«, sagte Lieutenant (Junior Grade) Cavanaugh. »Andernfalls wäre das ›unerlaubtes Entfernen von der Truppe mit der Absicht, gefährlichen Dienst zu vermeiden‹. Alle Flüge hier in den Pazifikraum werden als ›gefährlicher Dienst‹ betrachtet. Man würde Sie ins Krankenrevier bringen, und Sie müßten beweisen, daß Sie krank sind.«

Er blätterte in den Vorschriften, bis er den entsprechenden Paragraphen fand. Dann nahm er die Seite mit der Zelluloidhülle aus dem Aktenhefter und legte sie vor sie hin, damit sie selbst nachlesen konnten.

»Und ich kann meinen Platz nicht einfach freiwillig Major Brownlee überlassen?« fragte Sessions.

»Stimmt, das können Sie nicht«, sagte Lieutenant (Junior Grade) Cavanaugh entschieden.

»Guten Flug, Ed«, sagte Major Brownlee. »Ich sehe Sie dann in Brisbane.«

»Tut mir leid, Sir«, sagte Ed Sessions.

»Es ist nicht Ihre Schuld«, sagte Brownlee. »Dies kommt in Stein gemeißelt vom Berg Sinai.«

Sessions lachte.

»Ich werde Ihnen sagen, was Sie tun könnten, Major, wenn es wirklich wichtig ist, daß Sie nach Brisbane kommen«, sagte Lieutenant (Junior Grade) Cavanaugh.

»Es ist wirklich wichtig.«

»Sie könnten es in Hickam Field versuchen. Die Army schickt Fliegende Festungen von dort aus nach Australien. Manchmal ist für eilige Leute ein Platz frei. Es gibt natürlich keine Sitzplätze in einer B-17, und es ist ein langer Flug‹«

»Wie komme ich von hier nach Hickam Field?«

»Da fährt ein Bus vom Haupttor aus. Ich glaube, der fährt stündlich jeweils um Viertel vor.«

»Macht es Ihnen etwas aus, allein in die Coronado zu steigen, Ed?« fragte Brownlee. »Können Sie mit all diesem Zeug zurechtkommen?«

Er wies auf das Gepäck. Zusätzlich zu ihrer Kleidung schloß es die altmodische Geheimschriftmaschine M 94 ein; die neue Geheimschriftmaschine, die zu Sessions Überraschung anscheinend keinen offiziellen Namen und keine Typbezeichnung hatte; vier kleine tragbare Kurzwellenradios und ein paar Sätze Batterien; und andere Dinge, die laut Colonel Rickabee und Major Banning für McCoy nützlich sein würden, bevor Brownlee und Macklin eintrafen.

Sessions verstand die Bedeutung von Brownlees Worten: Brownlee konnte vielleicht für sich und Macklin einen Platz in einer B-17 ergattern, aber es war unwahrscheinlich, daß das Army Air Corps bereit sein würde, ein paar hundert Pfund Fracht zu transportieren, die nach Sessions' persönlichem Gepäck aussah.

»Ich komme damit zurecht«, sagte Sessions, und dann blickte er Lieutenant (Junior Grade) Cavanaugh an, um zu sehen, ob er irgendwelche Einwände hatte.

»Lassen Sie mich noch einmal Ihre Befehle sehen«, sagte Cavanaugh. Er las sie sorgfältig und kündigte dann an. »Kein Problem. Paragraph 5(b) sagt, ›*... und solche Ausrüstung und Dinge, die für die Erfüllung der Mission als notwendig betrachtet werden*‹. Ich nehme an, all diese Dinge werden als notwendig betrachtet?«

»Absolut«, sagten Brownlee und Sessions wie aus einem Munde.

Sie sahen sich an und lachten. Dann streckte Brownlee Sessions die Hand hin. »Wir sehen uns in Brisbane, Ed.«

»Jawohl, Sir.«

Macklin hielt Sessions die Hand hin. Sessions tat, als bemerke er es nicht.

Aber er hat es gesehen, dachte Brownlee besorgt. *Sessions weigerte sich, Macklin die Hand zu geben. Und seit wir uns bei Mana-*

gement Analysis gemeldet haben, hat er kein Wort zu Macklin gesagt, das nicht absolut nötig war. Was hat das alles zu bedeuten? Groll, weil wir bei einer Mission mitmachen, die diese Leute für ihre halten? Das klingt unwahrscheinlich. Aber da ist etwas im Busch.

4

Headquarters Marine Air Group (MAG) 21
Marine Airfield.
Ewa, Oahu, Territorium Hawaii

22. November 1942

Lieutenant Colonel Clyde W. Dawkins, USMC, bemerkte den Stabswagen, der vor dem Abfertigungsgebäude parkte, als er im Landeanflug war. Dawkins, ein sonnengebräunter, drahtiger Fünfunddreißigjähriger, Berufs-Marineinfanterist und Annapolis-Absolvent, war der Kommandant der MAG-21.

»Was soll das?« fragte er rhetorisch und ein wenig angewidert, und dann konzentrierte er sich darauf, das Grumman F4F-4 Wildcat Jagdflugzeug zu landen.

Als er nach der Landung am Abfertigungsgebäude vorbeirollte, sah er sich den Stabswagen genauer an. Es war eine fast neue Buick-Limousine Special, und folglich transportierte sie nicht nur ein hohes, sondern ein sehr hohes Tier. Es gab nur ein paar Buicks bei den Marines auf Hawaii, und die waren – der Rang hat seine Privilegien – für Offiziere im Generalsrang reserviert.

Dawkins kramte in seiner Erinnerung, aber er fand keinen Grund, weshalb ein General an einem Sonntag auf Ewa auftauchen sollte, es sei denn, er war der Überbringer schlechter Nachrichten oder er war wirklich erzürnt über etwas, das er persönlich und sofort dem befehlshabenden Offizier von MAG-21 sagen wollte. Dawkins rollte mit der Wildcat zu der Splitterbox aus Sandsäcken und drehte sie so, daß sie nach dem Auftanken rückwärts in die Box gefahren werden konnte. Er schaltete sie aus und widmete sich der Schreibarbeit. Es war ein Testflug nach einer hundertstündigen Instandsetzung gewesen, und er hatte einige Dinge gefunden, die noch überprüft oder repariert werden mußten.

Er nahm am Rande wahr, daß jemand neben dem Cockpit auf die Tragfläche kletterte, blickte jedoch nicht auf.

»Ich wußte nicht, daß man alte Männer wie Sie mit heißen Flugzeugen spielen läßt«, ertönte eine tiefe Stimme. Er hob den Kopf und sah das rötliche Gesicht eines grobknochigen Mannes Anfang Vierzig. Unwillkürlich – wirklich ein pawlowscher Reflex – hob Dawkins die rechte Hand zum Gruß an die Stirn und versuchte gleichzeitig aufzustehen.

Die Uniform des Mannes war mit den goldenen Schwingen des Marinefliegers und den silbernen Sternen – einer auf jeder Schulter und einer auf jeder Kragenspitze – eines Brigadier Generals geschmückt.

»Ich denke, Sie sollten erst den Gurt lösen, bevor Sie strammstehen«, sagte General D. G. McInerney, USMC, unschuldig, und klopfte Dawkins leicht auf die Schulter.

»Jawohl, Sir«, sagte Dawkins, ärgerlich auf sich selbst. »Vielen Dank, Sir.«

General McInerney sprang von der Tragfläche herunter und wartete, bis Dawkins sich losgeschnallt hatte und aus dem Cockpit kletterte. Als Dawkins sich zu ihm gesellte, reichte der General ihm die Hand.

»Schön, Sie zu sehen, Sir«, sagt Dawkins. »Ich dachte, Sie wären in Washington.«

»Ich bin vor ein paar Stunden eingetroffen«, sagte McInerney. »Wie laufen die Dinge, Dawk?«

»Hier gibt es viel mehr für das leibliche Wohl«, sagte Dawkins. Er spielte auf die Zeit an, in der sie in einem Zelt auf einem Behelfslandeplatz auf Guadalcanal auf den Salomonen zusammen gewesen waren.

»Kennen Sie General Forrest, Dawk?«

»Ich weiß, wer das ist, Sir.«

»Stellvertretender Stabschef Nachrichtendienst«, sagte McInerney. »Ein alter Freund von mir. Er wußte, daß ich hierhinfliege, und bat mich, in dieser Sache zu tun, was ich tun kann.«

McInerney zog die abgegriffene Kopie einer internen Aktennotiz des Marine-Corps aus seinem Uniformrock und gab sie Dawkins.

AKTENNOTIZ NACH TELEFONAT

KLASSIFKATION: KEINE

DATUM UND UHRZEIT: 16. 25, 16 Nov 1942

VON: Kommandant USMC

AN: Maj Gen Forrest

BETRIFFT: Gunnery Sergeant Zimmerman, Ernest

ZUSAMMENFASSUNG:

(1) Der Kommandant erhielt vom Marineminister persönlich den Wunsch mitgeteilt, daß Gunnery Sergeant Ernest Zimmerman, Dienstnummer unbekannt, USMC, gegenwärtige Verwendung bei VMF-229, sofort nach USMC Special Detachment 16, Dienststelle Brisbane, Australien, versetzt wird.

(2) Der Minister wünscht, daß Sergeant Zimmerman schnellstmöglich nach Brisbane transportiert wird und er auf dem besonderen Kanal der Kommunikation über die voraussichtliche Ankunft von Sergeant Zimmerman in Brisbane informiert wird. Der Minister wünscht des weiteren, daß der befehlshabende Offizier von USMC Special Detachment 16 ebenfalls über besonderen Kanal der Kommunikation informiert wird.

(3) Der Kommandant wünscht, daß Maj Gen Forrest persönlich das zuvor Erwähnte als Sache von höchster Priorität behandelt.

»Ich möchte in der nächsten Viertelstunde oder so eine Botschaft an General Forrest schicken und ihm mitteilen, daß Gunny Zimmerman auf dem Weg nach Brisbane ist«, sagte General McInerney. »Ist das zu optimistisch?«

Dawkins fühlte sich sichtlich unbehaglich.

»Sir, er ist nicht hier.«

»Wo ist er?«

»Ich glaube, auf Guadalcanal.«

»Sie *glauben*, er ist auf Guadalcanal?«

»Sir, er hat Guadalcanal nicht verlassen, als das Bodenpersonal an Bord des Schiffes ging.«

»Warum nicht?«

»Ich nehme an, Captain Galloway versetzte ihn zur vorübergehenden Verwendung zum Second Raider Bataillon.«

»Sie wissen es nicht genau?«

»Big Steve ließ ihn – Zimmerman ist ein Browning-Experte – von den Raiders zur VMF-229 versetzen, als sie Probleme mit den Waffen hatten. Als die Staffel abgelöst wurde, kehrte Zimmerman zu den Raiders zurück.«

»Ohne Befehle?«

»Ich glaube, aufgrund von Galloways mündlichen Befehlen, Sir. Die schriftlichen Befehle sollten folgen, wenn das möglich wurde.«

»Wo, sagten Sie, ist Galloway?«

»In Muku-Muku, Sir.«

»Wo ist das?« fragte General McInerney, und bevor Dawkins antworten konnte, sprach er weiter. »Sie wissen, wo es zu finden ist?«

»Jawohl, Sir.«

»Steigen Sie in den Wagen, Colonel«, befahl General McInerney. »Die Neugier überwältigt mich.«

Ein grauhaariger älterer, würdevoller Schwarzer mit weißer Stewardjacke betrat den gefliesten Innenhof des weitläufigen Herrenhauses auf dem Hügel an der Küste. Fünfhundert Meter tiefer brandeten Wellen an den breiten, weißen Sandstrand.

Drei Personen waren im Innenhof. Sie saßen entspannt in Rattansesseln unter einem grünen Sonnensegel. Eine war eine statuenhafte, slawisch wirkende Blondine Anfang Vierzig. Sie war ohne Make-up und hatte einen hellen Teint. Sie trug ein weites, bunt geblümtes Kleid, das ›Muumuu‹ genannt wurde. Ihre Füße steckten in Ledersandalen.

Einer der Männer, ein gutaussehender, schlanker, sonnengebräunter Sechsundzwanzigjähriger mit braunem Haar, trug eine Badehose und ein weit geschnittenes Hemd, das so schreiend bunt war wie das ›Muumuu‹ der Lady. Der andere, ein großer, fast kahlköpfiger, stämmiger Mann Anfang Vierzig, trug eine steif gestärkte Khakiuniform des Marine-Corps. Auf den Schultern des am Hals aufgeknöpften Khakihemdes waren die goldenen und braunen Balken eines Master Gunners, und auf der Hemdbrust war das goldene Pilotenabzeichen des Marinefliegers zu sehen.

»Captain Galloway«, sagte der schwarze Steward. »Colonel Dawkins ist hier und möchte Sie sprechen. Mit einem anderen Gentleman, einem General.«

»Denny«, sagte Charley Galloway, »ich hatte eine miese Woche. Ziehen Sie mich nicht auf.«

Der schwarze Steward hob die Hand wie zum feierlichen Schwur.

»Mein Gott, Denny, lassen Sie die Gentlemen rein!« sagte Galloway und stand auf. »Es könnte nicht schaden, wenn Sie sich verneigen oder so.«

Lächelnd verneigte sich der Steward mit großer Würde.

»Nicht bei mir, nicht bei mir, beim General!«

»Ihr Wunsch ist mir Befehl«, sagte Denny.

»Mein Gott«, sagte die Frau ärgerlich. »Wie sehe ich aus!«

Zwanzig Sekunden später schritten Brigadier General D. G. McInerney und Lieutenant Colonel Clyde W. Dawkins in den Innenhof. Der Master Gunner nahm eine Haltung ein, die einem Stillgestanden sehr ähnelte.

»Guten Tag, Sir«, sagte Galloway.

»Ah, Captain Galloway«, erwiderte McInerney. »Und Mr. Oblensky!«

»Guten Tag, Sir«, sagte Oblensky förmlich.

»Lebende Legenden des Marine-Corps!« fuhr McInerney fort. »Warum überrascht mich nicht, Sie beide in einer solch verkommenen Umgebung zu sehen?«

»General, ich glaube, Sie kennen Mrs. Oblensky nicht?« sagte Galloway.

»Stimmt. Aber es ist mir eine Ehre, Sie kennenzulernen, Commander«, sagte General McInerney, ging zu ihr und reichte ihr die Hand. Wenn sie nicht die Rolle als Frau von Master Gunner Oblensky, USMC, spielte, war sie Commander Florence Kocharski, Oberkrankenschwester im US-Navy-Lazarett in Pearl Harbor. Sie hatte den Silver Star für ihre Tapferkeit – ›unter Einsatz ihres eigenen Lebens‹ – erhalten, als sie am 7. Dezember 1941 an Bord eines sinkenden Kriegsschiffs gegangen war, um Verwundete zu behandeln.

»Commander, wie geht es dem jungen Stecker?« fragte McInerney.

»Er ist noch längst nicht gesund, Sir«, sagte sie. »Aber angesichts der Verfassung, in der er bei seiner Einlieferung war, geht es ihm prima.«

»Ich habe den Absturz gesehen«, sagte McInerney. »Es war schlimm.«

»Steve hat mir davon erzählt«, sagte sie.

»Das ist ein anderer Punkt meines Programms«, sagte McInerney. »Wann kann ich ihn besuchen?«

Sie lächelte.

»Für Besucher im Generalsrang verzichtet man normalerweise darauf, bestimmte Besuchszeiten festzulegen, General.«

»Ich meinte, wann würde es Ihnen und Ihren Leuten passen?«

»Jederzeit, Sir.«

»Sein Vater und ich sind alte Freunde«, sagte McInerney. »Wir waren im Ersten Weltkrieg zusammen in Frankreich. Und zufällig auch unser Gastgeber.«

»Darf ich dem General etwas zu trinken anbieten?« fragte Galloway.

»Hawaiianische Gastfreundschaft, richtig?« sagte McInerney. »Zusammen mit dem Blumenkranz um den Hals? Das ist heute das zweite Angebot, das man mir machte. Colonel Dawkins bot mir etwas zu trinken an, Ananassaft und Gin. Ich hätte fast angenommen, doch dann erzählte mir der Colonel, daß Sie Gunnery Sergeant Zimmerman zur vorübergehenden Verwendung zum Second Raider Bataillon geschickt haben, und ich hielt es für besser, mit dem Trinken zu warten, bis ich alles darüber gehört habe.«

»Es überrascht mich, daß Sie davon erfahren haben, Sir«, sagte Galloway.

»Den Marineminister wird es viel mehr überraschen«, sagte McInerney und überreichte Galloway die Kopie der Telefonnotiz, die er Dawkins auf Ewa gezeigt hatte.

Galloway las und gab die Kopie an Oblensky weiter, der beim Lesen zusammenzuckte.

»Erlaubnis zu sprechen, Sir?«

»Gewiß, Mr. Oblensky«, sagte McInerney.

»Der Captain wußte wirklich nicht viel über diese Sache«, sagte Oblensky. »Ich war hauptsächlich dafür verantwortlich, Sir.«

»Ich bin so gerührt von der Kameraderie, daß ich heulen könnte«, sagte McInerney trocken.

»Zimmerman war ein Raider, bevor wir ihn bekamen, Sir«, sagte Galloway. »Er kam zu mir, als wir auf Guadalcanal abgelöst wurden, und sagte mir, er wolle zurück zu den Raiders. Ich gab ihm die mündliche Genehmigung und wollte die schriftliche Versetzung nachreichen.«

»Und warum haben Sie das nicht getan?« fragte McInerney.

»Ich habe es versucht, Sir«, sagte Galloway. »Aber es gab da ein paar Probleme.«

»Werden Sie genauer, Charley. Ich bin fasziniert.«

»Sir, der Personaloffizier in der Kaserne Pearl Harbor sagte mir, Zimmerman könne nur zu den Raiders, wenn er sich bei ihnen bewirbt. Ich konnte ihn nicht dorthin versetzen. Es müssen Freiwillige sein.«

»Haben Sie dem Offizier gesagt, daß Zimmerman bereits mit den Raiders hinter den feindlichen Linien auf Guadalcanal gekämpft hatte?«

»Ich hielt das unter den gegebenen Umständen für unklug, Sir.«

McInerney lachte.

»So entschlossen Sie sich, den Dingen ihren Lauf zu lassen und abzuwarten, was geschieht?«

»Jawohl, Sir.«

»Und etwas mußte zwangsläufig geschehen, richtig?«

»Ich bedaure, daß der Marineminister davon betroffen ist, Sir. Und Sie, Sir.«

»Ja, das bin ich«, sagte McInerney.

»Ich würde gern hierbleiben und mir ein paar starke Drinks gönnen, Charley«, sagte McInerney, »aber ich muß ein Nachrichtenzentrum finden, damit ich General Forrest über Funk mitteilen kann, daß Gunny Zimmerman irgendwo auf Guadalcanal herumrennt.«

»Sir, Sie können ihn von hier aus anrufen, wenn Sie möchten«, sagte Charley.

»Sie meinen, ich kann ihn telefonisch erreichen, Charley?«

»Das Büro der Pacific & Far East Shipping Company in Honolulu hat eine Leitung zu ihrem Büro in San Francisco.«

»Und die können Sie benutzen?« frage McInerney ungläubig.

Galloway ging zur Wand des Innenhofs und kehrte mit einem Telefon mit langer Schnur zurück. Er wählte eine Nummer.

»Hier ist Captain Galloway«, sagte er. »Würden Sie mich bitte nach San Francisco durchstellen?«

Dann gab er General McInerney den Telefonhörer.

XI

1

Naval Air Transport Station
Brisbane, Australien

24. November 1942, 6 Uhr 25

Das Gewitter begann, als die Consolidated-PB2Y-3-Coronado im Landeanflug war. Auf der ganzen Route von Hawaii war das Wetter schlecht gewesen, und ihr Start nach dem Tankstop auf Midway hatte sich wegen des Wetters um über zwei

Stunden verzögert. Als Captain Edward Sessions, USMC, die Blitze sah, den Regen auf den Rumpf trommeln hörte, als er spürte, wie das große Flugzeug im Sturm durchgerüttelt wurde und er den weißen Schaum des aufgepeitschten Wassers sah, hielt er es für sehr wahrscheinlich, daß er buchstäblich um die halbe Welt geflogen war, um jetzt bei der Landung zu sterben.

Es war eine lange Reise gewesen, von Washington nach San Diego; von San Diego nach Pearl Harbor, und von Pearl Harbor nach Brisbane – mit einem Tankstop auf den Midway-Inseln.

Die Landung war eine Reihe von Platschern aufs Wasser. Als die Coronado schließlich hielt und der Pilot sie so nahe an die Küste manövrierte, wie er es wagte, schaukelte sie Übelkeit erregend von Seite zu Seite. Das Gewitter schien von Minute zu Minute schlimmer zu werden.

Eine kleine Kette offener Boote hielt durch das aufgewühlte Wasser auf die Coronado zu. Es gehörte großes seemännisches Geschick dazu, Passagiere und Fracht (mit Ausnahme des Gepäcks von Sessions hauptsächlich Postsäcke) in die Boote zu bringen, ohne daß diese gegen das Aluminium des Wasserflugzeugs krachten.

Als die Boote vom Wasserflugzeug zum Ufer fuhren, waren alle Passagiere durchnäßt. Am Kai gab es eine schmale steinerne Treppe, auf die jeder Passagier aus den auf und ab wippenden Booten hinüberspringen mußte.

Es erstaunte Sessions, daß er nicht ins Wasser fiel und es schließlich schaffte, sein persönliches Gepäck und die Kisten mit der Ausrüstung auf die Treppe zu wuchten, ohne etwas davon zu verlieren.

Er inspizierte die Kisten, sagte sich, daß die Kiste mit der alten und neuen Geheimschriftmaschine die wertvollste war, hob sie an und trug sie die Treppe hinauf.

Ein sehr junger Marine mit einem Regenmantel der Army und einem durchnäßten Schiffchen ging auf ihn zu und grüßte.

»Captain Sessions, Sir?«

»Richtig.«

»Staff Sergeant Koffler, Sir. Wenn Sie mir Ihr Gepäck zeigen, Sir, kümmere ich mich darum. General Pickering ist dort drüben, Sir.« Er wies auf zwei Wagen, einen Studebaker President und ein Jaguar-Kabriolett.

»Alles, was auf den Treppenstufen ist, Sergeant, danke«, sagte Sessions und machte sich auf den Weg zu dem Studebaker.

Er war auf halbem Weg dorthin, als sein müder Verstand verarbeitet hatte, was er gehört hatte.

Hat er ›Staff Sergeant‹ gesagt? Dieser Junge ist ein Staff Sergeant? *Und wie war sein Name? ›Koffler‹? Ist* das *der Junge, der wie ein Tier vor der Nase der Japse auf Buka lebte?*

Als er beim Studebaker war, wurde die Hintertür geöffnet, Brigadier General Fleming W. Pickering nahm ihm die Kiste ab, und Sessions stieg in den Wagen.

»Hallo, Ed, wie war der Flug?« sagte Pickering.

»Ungefähr so«, sagte Sessions und machte eine Schlangenlinienbewegung zum aufgewühlten Wasser hin. »Fast auf dem ganzen Weg von Midway.«

Eine Hand wurde ihm entgegengestreckt, und Sessions ergriff sie, bevor er sah, daß es die Hand von Lieutenant Kenneth R. McCoy, USMCR, war.

»Willkommen im sonnigen Australien«, sagt McCoy.

»Wenn er sich nicht im Wasser aufgelöst hat, habe ich einen Brief – eigentlich ein kleines Päckchen – von Ernie für Sie«, sagte Sessions.

»Geben Sie es ihm jetzt«, sagte Pickering. »Sie müssen wieder in den Regen hinaus. Sie werden bei uns wohnen. Was bedeutet, daß Sie und McCoy mit dem Jaguar zum Haus fahren, während George und ich unsere Gäste zum SWPOA-Quartier für ledige Offiziere fahren.«

»Sie sind nicht hier, Sir. Sie sollten mit dem morgigen Flugzeug eintreffen, es sei denn, Major Brownlee hat es geschafft, Plätze in einer B-17 zu ergattern. Er wollte es versuchen.«

»Ich freue mich zwar über Ihre Ankunft, Ed, aber wie

kommt es, daß der Major wartet, während der Captain fliegt?«

»Ich wollte ihm meinen Platz geben, Sir, aber die Navy ließ das nicht zu.«

»Haben Sie das gehört, George?«

»Jawohl, Sir.«

»Fahren Sie zu Koffler und sagen Sie ihm, er soll Captain Sessions' Gepäck zum Haus bringen.«

»Aye, aye, Sir.«

»Hallo, George«, sagte Sessions. »Meinen Glückwunsch zu Ihrer Beförderung.«

»Wenn ich sie verdient hätte, Captain, würde ich mich für Ihren Glückwunsch bedanken.«

»Sie hätten sie nicht bekommen, wenn Sie sie nicht verdient hätten«, erwiderte Sessions.

Hart ließ den Motor an, fuhr zum Rand des Kais und wartete auf Kofflers Auftauchen. Dann kurbelte er die Fensterscheibe herunter.

»Koffler, es kommt keiner sonst. Bringen Sie alles Gepäck von Captain Sessions zum Haus.«

»Aye, aye, Sir.«

Sessions wartete, bis sie unterwegs waren, und sagte dann: »Ich kann nicht glauben, daß dieser Junge Koffler ist.«

»Lassen Sie sich nicht von dem Babyface täuschen«, sagte McCoy. »Er ist ein höllisch guter Marine.«

»Da wir von Marines sprechen«, sagte Pickering. »Was halten Sie von den beiden OSS-Marines?«

»Der Major ist in Ordnung. Netter Kerl. Nicht auf den Kopf gefallen. Spricht perfekt Spanisch.«

»Und der Captain?«

»Der Captain heißt Macklin«, sagte Sessions nur, als würde das bereits alles sagen.

»Doch nicht ...?« McCoy sah ihn entgeistert an.

»Ein und derselbe, Lieutenant McCoy.«

»Scheiße«, sagte McCoy.

Einen Moment lang war Pickering verwirrt. Er war auch etwas überrascht über die tiefe Bitterkeit von McCoys Äußerung. Und dann erinnerte er sich, daß er gehört hatte, wie sich Jack Stecker und McCoy über einen Offizier namens Macklin unterhalten hatten. Es hatte einige Probleme mit ihm in China gegeben, wo Banning McCoys Partei ergriffen hatte, und abermals Ärger in Quantico, wo Macklin versucht hatte, McCoy zu schaden, damit er nicht die Offiziersanwärterschule schaffte.

»Ist das derselbe Offizier, über den Sie und Jack Stecker gesprochen haben, Ken?« fragte Pickering. »Derjenige, der Ihnen Schwierigkeiten auf dem Schießplatz in Quantico gemacht hat?«

»Ich hoffe immer noch, daß Sessions mich nur aufziehen will«, sagte McCoy. »Er hat einen makabren Sinn für Humor.«

»Ich wünschte, es wäre ein makabrer Scherz, Ken«, sagte Sessions. »General, das ist der Offizier – und ich lege die Bezeichnung ›Offizier‹ sehr locker aus –, mit dem McCoy und ich und Major Banning in China Ärger hatten.«

»Weiß Banning, daß es derselbe Mann ist? Noch wichtiger, weiß Colonel Rickabee es?«

Sessions zog ein aufgeweichtes Kuvert aus der Innentasche seines Uniformrocks.

»Colonel Rickabee bat mich, Ihnen das zu geben, Sir«, sagte er.

Der Umschlag enthielt eine Ablichtung der schroffen Botschaft, die Marineminister Knox an Rickabee geschickt hatte.

Als Pickering die Botschaft gelesen hatte, war seine erste Reaktion, daß Knox sie im Zorn geschrieben haben mußte, was untypisch für ihn war.

War Knox wütend, weil Rickabee die Frechheit hatte, Einspruch gegen diesen Macklin zu erheben? Oder geht es um etwas anderes?

Nun, Frank Knox kann Rickabee *schreiben, daß er keine weitere Diskussion über dieses Thema wünscht, aber* mir *kann er das nicht sagen. Sobald wir im Haus sind, rufe ich Pluto im Verlies an und beauftrage ihn, Knox eine persönliche Botschaft zu schicken. Wenn Banning, Sessions und McCoy diesen Mann für untauglich halten, dann kommt er für mich ebenfalls nicht in Frage!*

»Darf ich das behalten, Ed?« fragte Pickering höflich.

»Selbstverständlich, Sir.«

»Lassen Sie mich darüber nachdenken.«

Als sie beim Water Lily Cottage eintrafen, hatte Pickering Zeit genug gehabt, sein Temperament zu zügeln, abzuwägen, welche Möglichkeiten er hatte, und eine davon zu wählen. Es war so einfach, daß er ein bißchen Angst davor hatte. Er entschied sich, jetzt noch nichts zu sagen. Er würde noch ein paar Fragen stellen, ein paar Tassen Kaffee trinken und eine Zigarre rauchen, bevor er seine Entscheidung treffen würde.

»Habe ich das richtig verstanden, Ed, daß Sie Major Brownlee für einen fähigen Offizier halten?« fragte Pickering im Plauderton.

»Jawohl, Sir. Ein erstklassiger Mann. Er hat Colonel Rickabee genauso beeindruckt wie mich, Sir.«

»Tatsächlich?«

»Jawohl, Sir«, sagte Sessions. »Wir haben auf die Schnelle eine Einsatzbesprechung mit Brownlee und einigen Experten für die Philippinen gespielt, und der Colonel hat sich das angehört. Er gelangte bald zu dem gleichen Schluß wie ich, nämlich, daß Brownlee der Vortragende hätte sein sollen, anstatt der Befragte. Der Colonel bat mich, herauszufinden, wer vom G-1 Major Brownlee zum OSS anstatt zu uns geschickt hat, und ihn erschießen zu lassen.«

»Das ist gut, wie?« Pickering lachte. Und er dachte: *Faszinierend!*

Captain Ed Sessions hatte schon einiges über das ›Landhäuschen‹ gehört, das Water Lily Cottage genannt wurde. Und so war er nicht überrascht, als Hart den Studebaker vor der Veranda eines beeindruckenden Fachwerkhauses stoppte und Pickering sagte: »Da sind wir, Ed. Unsere Heimat, fern von der Heimat.«

Aber er war überrascht über die Größe des Hauses und noch erstaunter, als die hintere Tür des Studebaker von einer molligen, grauhaarigen, mütterlichen Frau Ende Fünfzig geöffnet wurde, die ein Kleid mit Blumenmuster und eine mit

Spitze besetzte Schürze trug. Sie gab ihm einen großen Schirm.

»Willkommen in Australien, Captain Sessions«, sagte sie und reichte zwei weitere Schirme in den Fond.

Pickering bemerkte Sessions' Überraschung.

»Captain, das ist Mrs. Hortense Cavendish«, sagte er lächelnd. »Sie hat hier das Kommando. Wenn Sie ihre Befehle verweigern, geschieht das auf eigene Gefahr.«

Im Water Lily Cottage wartete ein Büffet aus Rühreiern, Würstchen, Schinken, drei Arten Brötchen und Toast in einem großen Eßzimmer.

»Mein Gott, der Krieg ist die Hölle, nicht wahr?« sagte Sessions.

»Seit ich die Grundausbildung hinter mir habe«, sagte Pickering feierlich, »war ich stets anderer Meinung als das Marine-Corps, daß man Übung braucht, um sich erbärmlich und hungrig zu fühlen.«

Während des Frühstücks erklärte Pickering, daß sich MacArthurs SWPOA-Hauptquartier in Melbourne befunden hatte, als er zum ersten Mal nach Australien gekommen war.

»So habe ich ein Haus gemietet«, sagt er, »das von Mrs. Cavendish geführt wurde. Als El Supremo dann sein Hauptquartier hierher verlegte, sagte sich Mrs. Cavendish, wenn wir sie nicht hätten, würden wir alle in ungewaschener Kleidung und mit ungepflegten Haaren in ungemachten Betten verhungern. So meldete sie sich für die Dauer des Krieges zum Dienst und kam hier rauf, als ich dieses Haus mietete.«

»Einige Leute haben alles Glück der Welt«, bemerkte Sessions.

»Sie hat einen Mann und zwei Söhne, die dienen«, fuhr Pickering fort, und sein scherzhafter Tonfall änderte sich. »Jeweils einer bei der Royal Australian Army, Navy und Air Force. Alle in Afrika.«

»Oh«, murmelte Sessions.

Nach dem Frühstück zündete sich Pickering eine Zigarre an und rief dann irgendwie Mrs. Cavendish. Sessions hörte ein gedämpftes Klingeln und sagte sich, daß es einen versteckten Klingelknopf am Tisch oder am Boden im Eßzimmer geben mußte.

»Kann ich Ihnen etwas bringen, General?« fragte Mrs. Cavendish.

»Würden Sie bitte eine Kanne frischen ...«

»Ist bereits fertig«, unterbrach sie ihn.

»Und uns dann eine Weile allein lassen? Und wenn Koffler dort draußen ist, schicken Sie ihn heim.«

»Gewiß, Sir.«

Sessions wünschte sich sehnlich, zu duschen und sich ins Bett zu legen, aber er wußte, daß dies warten mußte, bis Pickering beendet hatte, was auch immer er im Sinn hatte. Pickering paffte nachdenklich an seiner Zigarre, bis der Kaffee serviert war und die Reste des Büffets und das Geschirr abgeräumt waren.

»Brauchen Sie mich noch, Sir?« fragte McCoy und erhob sich.

»Bleiben Sie noch, Ken, und Sie auch, George.«

McCoy ließ sich wieder in den Sessel sinken und griff nach der silbernen Kaffeekanne.

»Noch einmal, Ed«, sagte Pickering zu Sessions. »Sie und Rickabee sind beeindruckt von Major Brownlee?«

»Jawohl, Sir. Ich nehme an, man kann sagen, er ist alles, was Captain Macklin nicht ist.«

»Ich hätte mir gern ein eigenes Urteil gebildet«, sagte Pickering. »Aber Ihre Meinung und die Colonel Rickabees sind das nächstbeste. Und ich will das klären, bevor sie hier eintreffen. Sie sagten, sie kommen morgen früh, richtig?«

»Jawohl, Sir. Sie hatten Plätze für das heutige Flugzeug und sind dann im nächsten, weil man sie nicht mitfliegen ließ. Aber vielleicht treffen sie auch früher ein, wenn Major Brownlee Plätze in einer B-17 bekommen hat.«

»Okay. Die Teilnahme des OSS – das heißt, von Major Brownlee und Captain Macklin – an der Mission, bei der General Fertig und seine Guerillaoperation eingeschätzt werden soll, ist befohlen worden. Das ist gegeben. Das führt zu gewissen Problemen, löst aber auch einige.«

»Sir?« Sessions blickte Pickering fragend an.

»Zum einen löst es vielleicht das Problem Funker. Wider besseres Wissen habe ich zugestimmt, daß Koffler McCoy begleitet.« Er schaute zu McCoy und sah ihm an den Augen an, daß ihm das überhaupt nicht gefiel. »Koffler ist ein hervorragender Funker, Ken. Und offenbar erkennt ein Funker die ›Handschrift‹ eines anderen Funkers. Ich glaube, sie sagen, jeder Funker hat eine ›Handschrift‹, die sich von allen anderen unterscheidet.«

McCoy atmete tief durch und machte mit einem Nicken klar, daß er das akzeptierte. Das war wertvoll. Wenn die Japaner die neue Geheimschriftmaschine erbeuteten und versuchten, irreführende Informationen zu geben – zum Beispiel das U-Boot an eine Ort bestellten, wo es von einem japanischen Kreuzer erwartet wurde –, würde der Funker, der die Botschaft empfing, sofort mißtrauisch werden, wenn die Botschaft zwar korrekt verschlüsselt, aber nicht von Koffler kam.

»Ich habe über diese Mission mit General MacArthur gesprochen, auch über die Teilnahme des OSS«, fuhr Pickering fort. Er sah die Überraschung in Sessions' Augen. »Das überrascht Sie, Ed?«

»Ja, Sir«, sagte Sessions.

»Weil Sie glauben, daß Colonel Donovan und Minister Knox – und nach allem, was wir wissen, der Präsident – es vorziehen würden, daß MacArthur keine Kenntnis von der Teilnahme des OSS hat, bis die Mission vorüber ist?«

»Jawohl, Sir. Ich habe die persönliche Botschaft von Minister Knox an Sie gesehen, Sir. Mit Verlaub, Sir, man machte Ihnen das ziemlich deutlich.«

»Ich bin nur ein einfacher Zivilist in Uniform, Captain Sessions, ein ehemaliger Unteroffizier. Wenn es eine schlechte Einschätzung von mir war, den Supreme Commander SWPOA in eine Mission einzuweihen, die in seinem Verantwortungsbereich durchgeführt wird, und dies kommt Minister Knox zur Kenntnis – und mir ist es verdammt egal, ob das Bill Donovan gefällt oder nicht –, dann wird der Minister gegen mich die Schritte einleiten, die er für nötig hält.«

»Jawohl, Sir«, sagte Sessions.

»General MacArthur hat mir großzügig jede Unterstützung angeboten, die er persönlich und das Hauptquartier SWPOA für die Durchführung dieser Mission geben können. Und ich habe vor, ihn um einen qualifizierten Funker zu bitten. Ich halte es für sehr wahrscheinlich, daß unter denjenigen, die von den Philippinen entkommen sind, solch eine Person sein sollte, vielleicht ein erfahrener Unteroffizier, der auch Spanisch spricht und deshalb qualifizierter als unser Staff Sergeant Koffler sein wird.«

Pickering sah jetzt Zustimmung in McCoys Augen.

»Ich habe des weiteren entschieden, Lieutenant McCoy von der Liste der Offiziere zu streichen, die an dieser Mission teilnehmen. Dafür habe ich mehrere Gründe, und ich bin natürlich darauf vorbereitet, sie bei Minister Knox zu verteidigen. Zum einen ist da der verfügbare Platz in dem U-Boot zu berücksichtigen. Je weniger Personal, desto mehr Medikamente und Ausrüstung kann der Trupp mitnehmen. Zum anderen ist Lieutenant McCoy nicht nur der rangniedrigste der Offiziere, sondern er war auch nicht in der Lage, sich der hervorragenden Ausbildung zu unterziehen, die Bill Donovan seinen Agenten angedeihen läßt.«

»General«, sagte Ed Sessions und grinste breit, »darf ich trotz des Risikos, daß ich wie ein Speichellecker klinge, dem General aus ganzem Herzen in seinem Gedankengang zustimmen?«

»Ja, das dürfen Sie.« Pickering lachte und wandte sich dann an McCoy.

»Haben Sie irgendwelche Probleme damit, Ken?«

»Drei, Sir«, sagte McCoy sofort und überraschte Pickering damit.

»Okay«, sagte Pickering und machte eine ›Heraus-damit-Geste‹.

»Aus persönlicher Erfahrung, und ich denke, Captain Sessions wird mir in diesem Punkt zustimmen, weiß ich, daß Macklin eine höllische Belastung für den Major sein wird.«

Sessions Lächeln verschwand.

»Captain Macklin muß teilnehmen, Ken«, sagte Pickering. »Das kann ich nicht ändern.«

McCoy nickte. Dann sagte er: »Zimmerman. Es ist ein schmutziges Spiel, das man mit Zimmerman treibt.«

»O Gott!« stieß Sessions hervor. Er hatte nicht an Zimmerman gedacht.

»Erstens«, sagte Pickering, »weiß anscheinend niemand, wo Gunny Zimmerman ist. Man weiß nur, daß er mit dem Second Raider Bataillon irgendwo auf Guadalcanal hinter den japanischen Linien ist. Es ist durchaus möglich, daß er erst in Australien eintrifft, wenn diese Mission bereits im Gange ist. Und wenn er auftaucht, ist es durchaus möglich, daß er an Malaria leidet. Ich habe die Information, daß über siebzig Prozent der Ersten Division des Marine-Corps Malaria hat. Und wenn er Malaria hat, wird er natürlich einen Monat oder sechs Wochen in einem Krankenhaus oder Lazarett verbringen müssen. Unterdessen wird die Mission stattgefunden haben.«

McCoy zuckte mit den Schultern und fuhr fort: »Drittens – Fertig. Man treibt ein schmutziges Spiel mit ihm, wenn man ihm Macklin schickt.«

»Daran habe ich gedacht. Das habe ich ebenfalls nicht in der Hand. Aber wenn Major Brownlee so gut ist, wie Sessions und Rickabee anscheinend denken, sollte er in der Lage sein, mit Captain Macklin fertig zu werden. Sonst noch etwas?«

»Nein, Sir«, sagte McCoy.

»Sie kommen nicht an gefährlichem Dienst herum, Ken, wenn Sie das denken. Sobald wir – *Sie* – alles getan haben, was möglich ist, um sicherzustellen, daß Major Brownlee alles hat, was er braucht, und seine Mission beginnt, schicke ich Sie zurück in die Staaten, um an der Operation Mongolei teilzunehmen.«

»Aye, aye, Sir«, sagte McCoy.

»Okay, das war's dann, wenn keiner sonst etwas hat«, sagte Pickering. »Sie sollten etwas schlafen, Ed, Sie brauchen offensichtlich Schlaf. Und Sie, Ken, fangen mit der Arbeit an, die erledigt werden muß, um Major Brownlee zu helfen.«

2

Water Lily Cottage
Brisbane, Australien,

24. November 1942, 13 Uhr 05

»Das ist ein wirklich primitives Ding, nicht wahr?« sagte Major Hon Song Do, Fernmeldekorps, U.S. Army, staunend, als er den Geheimschriftapparat M 94 im Eßzimmer begutachtete.

Um den Tisch saßen Colonel Jack Stecker, Major Hon, Captain Edward Sessions, First Lieutenant Kenneth R. McCoy, Second Lieutenant John Marston Moore und Staff Sergeant Stephen M. Koffler. Jeder war mit Notizblock, Bleistift und Kaffee versorgt. Auf dem Tisch standen zwei silberne Kaffeekannen.

McCoy paffte an einer dünnen, schwarzen Zigarre und blies Rauchringe. Hon hielt das für ein Symbol für General Pickerings Wertschätzung von McCoy – ohne daß es McCoy bewußt war. Gute Zigarren waren in Australien Mangelware. Pickering hatte zwei Dutzend Kisten erstklassige, lange, dünne philippinische Zigarren vom Kapitän eines Frachtschiffes der Pacific & Far East erhalten, das Brisbane angelaufen hatte. Die Zigarren wurden vom Oberbefehlshaber SWPOA, von General Pickering und First Lieutenant K. R. McCoy geraucht.

»Haben Sie wirklich noch nie so ein Gerät gesehen, Sir?« fragte Captain Edward Sessions überrascht.

»Nicht mal in einem Museum«, erwiderte Pluto. »Und Sie können dieses ›Sir‹-Gerede – wie sagt ihr komischen Matrosen, McCoy, ›vertäuen‹?«

»Passen Sie auf, was Sie über komische Matrosen sagen, Major!« sagt Colonel Stecker streng, jedoch lächelnd.

»Sie können mich mal, Major Landser, Sir«, sagte McCoy.

Stecker lachte laut.

»Okay«, sagte Pluto. »Nur, um die Prioritäten zu setzen. Der Experte hier ist Koffler, seit er auf der Empfängerseite einer selbstgemachten SOI ist.« (Eine *S*ignal *O*peration *I*nstruction gibt an, welcher Code von einer Reihe verfügbarer Codes zu bestimmten Zeiten und Daten benutzt wird.)

»Ich weiß nicht, wovon Sie reden, Pluto«, sagte Stecker. »Was ist eine ›selbstgemachte SOI‹?«

»Bei jeder SOI wird vorausgesetzt, daß beide Parteien bei dem Verschlüsselungsprozeß Zugang zu den gleichen Symbolen haben ...«

»Symbole? Welche Symbole?« fragte McCoy verwirrt.

»Wenn ›A‹ gleichbedeutend mit ›X‹ ist, dann ist ›A‹ das Symbol für ›X‹, okay?«

»Kapiert.«

»Colonel«, sagte Pluto, »um die Antwort fortzusetzen, die ich geben wollte, bevor ich so rüde von Lieutenant McCoy unterbrochen wurde: Bevor wir McCoy und Hart nach Buka schickten, mußten wir davon ausgehen, daß (a) die Japaner den Funkverkehr zwischen hier und Buka abfingen; daß (b) die SOI, die Koffler benutzte, nicht mehr sicher war; und daß (c) die Japaner unseren Funkverkehr entschlüsselten. Daraus folgte, wenn wir die existierende SOI benutzten, um Buka zu informieren, wann und wo McCoy und Hart auf Buka an Land gingen, würden wir ebenfalls die Japaner informieren. So mußte Koffler eine neue SOI machen – eine selbstgemachte SOI.«

»Wie ging das?« fragte Stecker.

Hon forderte Second Lieutenant Moore mit einem Wink auf, es zu erklären. »Wir entwickelten einen einfachen Code, Colonel, benutzten Symbole, die uns und den Küstenbeobachtern auf Buka bekannt waren, nicht jedoch den Japanern«, sagte Moore. »Wir benutzten insbesondere einige – ziemlich intime – biographische Daten.«

»Und das klappte, Koffler, richtig?« fragte Pluto.

»Es klappte. Es war höllisch schwierig, dahinterzukommen, aber es klappte.«

»Was heißt das ›intime biographische Daten‹? erkundigte sich Stecker.

»Sehen Sie sich das an, Colonel.« Moore kramte in seiner

Aktentasche und holte einen dünnen Stapel Kärtchen hervor.

Er ging um den Tisch herum zu Stecker und legte die Kärtchen vor ihn hin. Koffler stand auf und ging zu Stecker, und McCoy und Sessions gesellten sich dazu. Einen Augenblick später schauten alle über Steckers Schulter.

»Die erste Karte ist der erste Absatz der Botschaft, die wir Koffler schickten«, erklärte Moore. »Wir benutzten den alten Code, denn wir wollten bei den Japanern nicht zugeben, daß wir wußten, daß sie ihn geknackt hatten.«

»Was hat das mit Romeo und Julia zu bedeuten?« fragte Stecker.

Pluto schenkte sich Kaffee ein.

BENUTZEN SIE ALS EINFACHEN ERSATZ X JULIAS
NAME X ROMEOS
NAME X, WAS SIE DACHTE, WAS ER HATTE, ALS SIE
SICH KENNENLERNTEN X NAME DES TESTS X ERGEB-
NIS DES TESTS X

»Wir sahen das so, Colonel«, sagte er belustigt mit seinem Bostoner Akzent. »Die große Romanze zwischen Lieutenant Howard – Romeo – und Julia – Lieutenant (Junior Grade) Barbara Cotter vom Schwesternkorps der Navy – begann im Marinelazarett in San Diego, als er dort zu einer Blutuntersuchung war. Das Marine-Corps wollte sicher sein, daß er keine Syphilis hatte, bevor es ihn zum Offizier machte. Da Miss Cotter, die ihm Blut entnahm, zuerst nicht den Zweck des Wassermann-Tests wußte, behandelte sie ihn dementsprechend. Sozusagen als gesellschaftlichen Paria. Aber die Liebe auf den ersten Blick triumphierte am Ende.«

Stecker lachte. »Tatsächlich?«

»Wir sagten uns, daß er sich an diese Sache erinnern würde«, erzählte Pluto.

»Und als einfachen Ersatz schreibt man die Symbole ohne Zwischenraum in eine Reihe«, erklärte Moore. Er nahm ein Kärtchen und zeigte es.

```
12345678901234567890123456789012345678
BARBARAJOSEPHSYPHILISWASSERMANNEGATIVE
```

»Okay«, sagte Stecker.

»Karte drei ist die einfache verschlüsselte Botschaft als Ersatz«, sagte Moore und zeigte sie.

```
18X19X09X37X11
15X23X08X09X11
01X02X03X04X05
06X07X23X31X05
```

»Karte vier zeigt die Entschlüsselung«, sagte Moore und legte die Karte vor Stecker hin. »Sie war offensichtlich persönlicher Natur.«

```
18x19x09x37x11
I  L  O  V  E
15x23x08x09x11
Y  A  J  O  E
01x02x03x04x05
B  A  R  B  A
06x07x23x31x05
R  A  A  N  A

10x23x28x32x10
S  A  M  E  S
35x38x37x38x01
T  E  V  E  B
02x12x13x30x38
A  P  H  N  E
```

»Ich verstehe«, sagte Stecker lächelnd.

»Wir versuchen hier heute etwas Ähnliches für die Kommunikation mit General Fertig aufzustellen«, erklärte Pluto. »Um ihm mitzuteilen, daß er die Leute vom OSS erwarten kann und vielleicht – General Pickering will darüber mit Commander Feldt und Colonel DePress sprechen, bevor er sich entscheidet – wann und wo sie vom U-Boot aus landen werden.«

»Okay«, sagte Stecker.

»Hier gibt es ein zusätzliches Problem«, sagte Pluto. »Wir haben nur von General Fertig selbst ›intime‹ persönliche Daten. Wir haben praktisch nichts von den Army-Offizieren, die bei ihm sind. Ihre Personalakten wurden offenbar vor der Kapitulation vernichtet, und irgendwelche Angehörigen sind jetzt entweder tot oder interniert. Auf jeden Fall können sie nicht helfen – wie Mrs. Fertig in Colorado. Weil wir annehmen, daß die Japaner unseren einfachen Ersatzcode ziemlich schnell knacken, wollen wir nicht mehr von General Fertigs persönlichen Daten benutzen, als nötig ist. Damit könnten die Japaner ein Dossier über ihn erstellen, und das wollen wir nicht.«

»Was ist mit den Marines, die bei ihm sind?« fragte Stecker.

»Wir haben ihre Namen ...«, sagte Pluto.

»Gleich hier«, warf Moore ein und griff in die Aktentasche.

»... aber die sind nicht sehr nützlich«, fuhr Pluto fort. »Mit Ausnahme des Piloten sind es alles ehemalige Unteroffiziere und Mannschaften des vierten Marineinfanterieregiments. Alle ledig laut Marine-Corps in Washington, und alle haben als Heimatadresse ›c/o Headquarters USMC, Washington, D. C.‹ angegeben. Ich fand das ein wenig sonderbar.«

»Das macht man, Pluto, wenn man keine Heimatadresse hat«, sagte McCoy. »Oder wenn man sie so schnell wie möglich vergessen will.«

Hon hatte plötzlich das Gefühl, daß Lieutenant K. R. McCoy ebenfalls ›c/o Headquarters, USMC, Washington, D. C.‹ als Heimatadresse angegeben hatte.

»Was ist mit dem Piloten?« fragte Stecker. »Es gibt normalerweise ausführlichere Akten über Offiziere als über Unteroffiziere und Mannschaften.«

Moore zog ein Blatt Papier zu Rate. »Unverheiratet. Seine Eltern sind verstorben. Er hat eine Tante als nächste Verwandte angegeben. ONI hat Kontakt mit ihr aufgenommen. Sie hat ihn seit zehn Jahren nicht mehr gesehen.«

»Haben Sie die Liste der Unteroffiziere und Mannschaften?« fragte McCoy. »Ich war beim vierten Regiment.«

»Ich auch«, sagte Colonel Stecker.

Moore überreichte ihm zwei Seiten, die mit Schreibmaschine getippt waren. Er fuhr mit dem Finger an den Namen auf einer Seite entlang und nahm sich dann die zweite Seite vor.

»Ich kenne diesen Typ«, sagte er und tippte auf einen Namen. »Private. Berufssoldat. Ein höllisch guter Marine an achtundzwanzig Tagen des Monats. Dann kann man ihn an den restlichen zwei oder drei Tagen vergessen, bis er seinen Sold verjubelt hat.«

»Meinen Sie, er hat Familie?« fragte Pluto.

»Nein.« Stecker lachte. »Und ich bezweifle, daß er sich an mich erinnern wird.«

Er gab McCoy die beiden Seiten.

»Den hier kenne ich«, sagte McCoy, als er die ersten paar Namen gelesen hatte. »Übler Hurensohn.«

»Sind Sie sicher, Ken?«

»Es gibt nicht viele Marines namens Percy«, sagte McCoy, und dann wurde die Erinnerung klarer. »Mensch, wenn ich mich nicht irre, hat dieser Typ für Banning gearbeitet, als ich China verließ.« Er blickte Pluto an. »Wie schnell können wir eine Antwort von Banning bekommen, wenn wir ihn fragen?«

»Über den besonderen Kanal können wir eine Antwort in vierundzwanzig Stunden haben, vielleicht eher«, sagte Moore.

»Wie oft haben wir Kontakt mit Fertig?« fragte McCoy.

»Einmal pro Tag am Morgen«, sagte Pluto. »Aber ich denke, sie haben ihr Funkgerät ständig besetzt. Wollen Sie sie rufen?«

»Ich möchte Banning fragen, ob es sich um denselben Percy handelt, den ich meine«, sagte McCoy. »Und dann möchte ich versuchen mit ... Percy zu reden.«

»General Pickering wird bestimmt die Genehmigung für die Benutzung des besonderen Kanals geben«, sagte Colonel Stecker.

»Sie meinen jetzt gleich, Ken?« fragte Pluto. »Bevor wir hier weitermachen?«

McCoy gab keine Antwort. Er ging zu seinem Platz zurück, nahm seinen Bleistift und begann auf den Notizblock zu schreiben.

»Was machen Sie, Ken?« fragte Sessions.

McCoy winkte ab in einer Geste *Jetzt nicht stören!*

Pluto schaute Stecker an, der mit den Schultern zuckte und die Hände hob, wie um zu sagen: ›Mal sehen, was er ausheckt.‹

Zwei Minuten später schob McCoy den Notizblock zu Pluto hin.

»Was können Sie mit diesem Alphabet anfangen, Pluto?« fragte McCoy. »Mit der oberen Reihe?«

Pluto schaute auf den Notizblock.

ACDEHILMNOPRSUXY

~~A~~B~~CDE~~FG~~H~~IJK~~LM~~
~~NOP~~Q~~RS~~TUVW~~X~~Y
BFGJKVWY

QUENTIN ALEXANDER MCPHERSON

»Da ist kein ›W‹ und kein ›Y‹«, sagte Pluto.

»Es hat alle Vokale«, wandte McCoy ein.

»Okay«, sagte Pluto. »Wenn man den offenkundigen Ersatz wählt: ›M‹ für ›W‹, ›U‹ für ›V‹ et cetera, wäre es nützlich.«

»Zeigen Sie mal«, sagt Colonel Stecker, dessen Neugier geweckt war. Er las und schaute dann McCoy an.

»Wer ist Quentin Alexander McPherson?« fragte er.

McCoy wirkte sehr zufrieden mit sich. Er lächelte Stecker an.

»Daran dachte ich, als Sie sagten, Sie waren beim vierten, *Gunny* Stecker.«

Er stand auf, stemmte die Hände auf die Hüften, wölbte den Bauch vor und bellte: »Wenn das nächste Mal einer von euch Schweinen denkt, er kann meine Rate an Syphkranken versauen, indem er eine verkommene, schlitzäugige, versyphte chinesische Nutte in *meine* Kaserne mitbringt, schneide ich ihm den Pimmel mit einem stumpfen Bajonett ab und schiebe ihm selbigen in den Rachen, so wahr ich *Quentin Alexander McPherson* heiße.«

Stecker lachte.

»O ja«, sagte er. »Ich erinnere mich an Spieß McPherson.«

»Wenn Plutos Sergeant Percy Everly *mein* Percy Everly ist«, fuhr McCoy fort, »wird er von seinem Dienst bei der B-Kompanie des ersten Bataillons des vierten Marineinfanterieregiments niemals First Sergeant Quentin Alexander McPherson vergessen. Und wenn er sich an ihn erinnert, wird er sich auch an Zimmerman erinnern; der machte den Fehler, es trotzdem zu versuchen, und hatte Glück, daß er seinen Pimmel behielt.«

T O P S E C R E T

SUPREME HEADQUARTERS SWPOA
NAVY DEPT WASH DC

VIA SPECIAL CHANNEL
KOPIEREN VERBOTEN. ORIGINAL IST NACH VERSCHLUESSELUNG UND UEBERMITTLUNG ZU VERNICHTEN
FUER COLONEL F. L. RICKABEE
CHIEF USMC OFFICE OF MANAGEMENT ANALYSIS
BRISBANE, AUSTRALIEN
MONTAG, 23. NOVEMBER 1942

LIEBER FRITZ,

WEGEN EINES PRIORITÄTENPROBLEMS IN PEARL HARBOR TRAF SESSIONS MIT MATERIAL HEUTE MORGEN ALLEIN EIN. MAJOR BROWNLEE UND CAPTAIN MACKLIN WERDEN MORGEN FRÜH MIT NÄCHSTER MASCHINE ERWARTET. ICH WERDE DIE ANKUNFT MELDEN.

MCCOY GLAUBT, DASS SERGEANT PERCY L. EVERLY, DER ZU FERTIGS MÄNNERN ZÄHLT, MIT BANNING BEI DEN 4TH MARINES GEDIENT HAT. WENN DAS STIMMT, IST ES ÄUSSERST WICHTIG, DASS BANNING SOFORT – ICH WIEDERHOLE – SOFORT PERSÖNLICHE INFORMATIONEN ÜBER EVERLY GIBT, DIE NACH BANNINGS MEINUNG WERTVOLL FÜR DIE ERSTELLUNG EINER SOI DER ART IST, WIE SIE BEI HOWARD UND KOFFLER BENUTZT WURDE.
TROTZ DER HOHEN WERTSCHÄTZUNG, DIE ANSCHEINEND JEDER IM MARINEDIENST FÜR CAPTAIN MACKLIN HAT, WUNDERE ICH MICH, WESHALB ER CAPTAIN IST UND MCCOY NICHT. BITTE ÜBERPRÜFEN SIE, WAS SIE IN DIESEM PUNKT TUN KÖNNEN.

MIT FREUNDLICHEN GRÜSSEN

FLEMING PICKERING, BRIGADIER GENERAL, USMCR

TOP SECRET

3

Headquarters, US-Streitkräfte auf den Philippinen
Provinz Davao
Mindanao, Commonwealth Philippinen

24. November 1942, 8 Uhr 10

»Kommen Sie bitte, Gentlemen«, sagte Brigadier General Wendell W. Fertig, Kommandeur der USFIP, und winkte einladend.

Er saß an einem Rattantisch auf der Veranda seines Hauptquartiers, ein Pfahlbau mit Strohdach, der an einem Hügel errichtet worden war. Second Lieutenant Robert Ball, der Fernmeldeoffizier der USFIP, und sein Chef-Funker, Sergeant Ignacio LaMadrid, Philippinische Armee, die oben auf den leiterartigen Stufen zur Veranda verharrt hatten, kletterten den Rest der Treppe hinauf.

Beide grüßten schneidig, und Fertig erwiderte den Gruß.

»Wir haben eine Botschaft von Australien, Sir«, sagte Ball. »Sie ergibt nicht viel Sinn.«

»Das tun sie selten, nicht wahr, Lieutenant?« sagte Fertig und nahm das Blatt Papier, das Ball ihm hinhielt.

Es wirkte wie eine Durchschrift einer entschlüsselten Botschaft, doch in Wirklichkeit war es das Original. Zwei Schreibmaschinen, acht Ries Schreibmaschinenpapier und ein Ries Durchschlagpapier waren aufgetrieben worden – aus dem Keller der Ruine der abgebrannten Manuel-Quezon-Schule –, aber keine der Schreibmaschinen hatte ein Farbband. Folglich mußte auf den Maschinen ohne Band alles auf Papier-Kohlepapier-Papier getippt werden, und das Original sah wie ein Durchschlag aus.

»Die Botschaft ist länger als sonst«, sagte Fertig und begann zu lesen.

»Jawohl, Sir«, sagte Ball.

Das meiste des Funkverkehrs vom Supreme Headquarters SWPOA war für gewöhnlich sehr kurz: *Ihre Bitte wird geprüft* oder verschiedene Varianten, die alle das gleiche bedeuteten: *Wir überlegen noch, ob wir euch helfen oder nicht.*

GYB TO MFS

BENUTZEN SIE VOLLEN WIEDERHOLUNG VOLLEN NAMEN VON FIRST DOG BAKER FOURTH WIEDERHOLUNG BAKER FOURTH DER LETZTEN WIEDERHOLUNG LETZTEN MOTOR SERGEANT KONVOI ZUR RETTUNG VON MISSIONAREN SCHICKTE
GYB STANDING BY

»Was, zum Teufel, heißt das?« fragte Fertig verwundert.

Lieutenant Ball und Sergeant LaMadrid zuckten mit den Schultern.

»Sergeant, würden Sie bitte die Captains Weston und Buchanan zu uns bitten?« sagte General Fertig.

»Jawohl, Sir.« LaMadrid grüßte, machte kehrt und stieg die Leiter hinunter.

Die Captains Buchanan und Weston tauchten ein paar Minuten später auf. Captain Buchanan war frisch rasiert und trug eine saubere Khakiuniform. Er hatte sogar die Hosenbeine und Ärmel gesäumt, wo sie abgeschnitten worden waren. Captain Weston trug einen Tropenhelm mit einem Abzeichen des Marine-Corps, dazu weiße, sackartige Baumwollkleidung aus einer einheimischen Fabrik und einen Vollbart.

»Ich glaube, Sir, sie sind auf einen einfachen Ersatzcode aus«, sagte Buchanan. »Mit anderen Worten, wenn wir den vollen Namen haben, den sie erwähnen, benutzen wir den, um einen einfachen Ersatzcode zu basteln.«

»Welcher Name?«

»First Sergeants werden First Dogs genannt«, sagte Buchanan.

»Das könnte die Baker-Kompanie der Fourth Marines bedeuten, Sir«, sagte Weston überzeugt. »Wir haben Everlys Namen mitgeteilt. Er war beim vierten Regiment.«

»Wo ist er?«

»Nicht hier, Sir. Er führt eine Patrouille nach Bunawan.«

»Und wird erst wann zurück sein?« fragte Fertig, ärgerlich, weil er vergessen hatte, daß er die Patrouille selbst befohlen hatte. »Übermorgen?«

»Nein, Sir«, sagte Buchanan. »Nicht vor Freitag, dem siebenundzwanzigsten. Wenn alles gutgeht.«

»Können wir ihm einen Boten nachschicken?« überlegte Fertig laut.

»Jawohl, Sir, das könnten wir«, sagte Buchanan, aber sein Tonfall machte klar, daß er das für eine schlechte Idee hielt.

»Okay, wo waren wir?« fragte Fertig. »Ihrer Meinung nach, Gentlemen, brauchen wir einen Code, basierend auf einem Namen, der First Sergeant beim vierten Marineinfanterieregiment war und dessen Name Lieutenant Everly vielleicht, nur vielleicht, bekannt ist, weil er beim vierten diente?«

»Wie steht es mit den anderen Marines?« fragte Lieutenant Ball.

»Die sind mit Everly unterwegs«, sagte Buchanan.

»Verdammt!« Fertig atmete tief durch, neigte sich über den Tisch und schrieb die Antwort des Hauptquartiers USFIP auf die Funkbotschaft des Hauptquartiers SWPOA. Er schrieb in sehr kleinen Buchstaben. Er hatte keine Ahnung, woher er neues Papier bekommen konnte, wenn das Schreibmaschinenpapier aus der Manuel-Quezon-Schule aufgebraucht war.

MFS TO GYB

BEDAURE DASS WEGEN TAKTISCHER OPERATION ANTWORT AUF IHRE BOTSCHAFT VOM 24 NOVEMBER BIS ZUM 27 NOVEMBER UNMOEGLICH IST

KOMMUNIKATION ZWISCHEN UNSEREN HAUPTQUARTIEREN WUERDE SEHR ERLEICHTERT WENN NAECHSTER NACHSCHUBLIEFERUNG DIE NATUERLICH DIE ERSTE SEIN WUERDE SCHREIBMASCHINEN-FARBBAENDER BEIGEFUEGT WERDEN

ENDE
FERTIG BRIG GEN COMMANDING

4

Fernmeldeabteilung
Büro des Militärgouverneurs von Mindanao
Cagayan de Oro, Provinz Misamis
Mindanao, Commonwealth Philippinen

25. November 1942, 13 Uhr 05

Leutnant Hideyori erhob sich hinter seinem Schreibtisch und verneigte sich, als Hauptmann Matsuo Saikaku eintrat.

»Ich hätte Ihnen das gern in Ihr Büro gebracht.«

»Kein Problem, Hideyori. So war es schneller. Ich habe meinen Lincoln V-12, wissen Sie.«

»Ich rief sofort an, als die Entschlüsselung von der Fernmeldeabteilung kam«, sagte Hideyori und überreichte Saikaku ein Blatt Papier. »GYB ist das Rufzeichen, einer der Funknamen des amerikanischen Hauptquartiers in Australien.«

»Ja, das haben Sie mir gesagt«, erwiderte Saikaku etwas ungeduldig.

GYB TO MFS
BENUTZEN SIE VOLLEN WIEDERHOLUNG VOLLEN
NAMEN VON FIRST DOG BAKER FOURTH WIEDERHO-
LUNG BAKER FOURTH DER LETZTEN WIEDERHOLUNG
LETZTEN MOTOR SERGEANT KONVOI ZUR RETTUNG
VON MISSIONAREN SCHICKTE
GYB STANDING BY

MFS TO GYB

BEDAURE DASS WEGEN TAKTISCHER OPERATIONEN ANTWORT AUF IHRE BOTSCHAFT VOM 24 NOVEMBER BIS ZUM 27 NOVEMBER UNMOEGLICH IST KOMMUNIKATION ZWISCHEN UNSEREN HAUPTQUARTIEREN WUERDE SEHR ERLEICHTERT WENN NAECHSTER NACHSCHUBLIEFERUNG DIE NATUERLICH DIE ERSTE SEIN WUERDE SCHREIBMASCHINEN-FARBBAENDER BEIGEFUEGT WERDEN

ENDE
FERTIG BRIG GEN COMMANDING

Nachdem er beide Botschaften gelesen hatte, fragte Saikaku: »Ich nehme an, diese Kopie ist für mich bestimmt?«

»Jawohl.«

»Hat der Nachrichtendienst irgendeinen Sinn daraus erkannt?«

»Nein«, antwortete Hideyori. »Man hat nur darauf hingewiesen, daß es mit derselben Geheimschriftmaschine der U.S. Army verschlüsselt war.«

»Sonst noch etwas?«

»Nein, das war alles.«

»Sorgen Sie dafür, daß Ihre Funker am siebenundzwanzigsten November besonders wachsam bei Fertigs Antwort sind.«

»Jawohl, dafür werde ich sorgen.«

»Und rufen Sie mich an, ganz gleich um welche Uhrzeit, wenn sich irgend etwas entwickelt.«

»Jawohl, das werde ich tun.«

Hauptmann Saikaku fuhr mit seinem Lincoln zum Haus hinter der Mauer.

Der Sergeant und sein junger philippinischer Freund saßen nebeneinander auf dem Bett – eine Matratze, die vor der

Wand lag – und aßen eine Ananas. Beide sprangen auf und schauten ihn furchtsam an. Sie verneigten sich tief vor ihm, wie man es sie gelehrt hatte.

»Ich habe ein kleines Problem mit amerikanischem Dialekt«, sagte Hauptmann Saikaku. »Vielleicht wirst du so nett sein, mir zu helfen.«

»Jawohl, Sir, Selbstverständlich, Sir.«

»Was bedeutet die Formulierung ›Baker Fourth‹?«

An der Furcht in den Augen des Sergeants las Saikaku die Antwort.

»Ich glaube, das weiß ich nicht, Sir.«

»Was ist mit ›First Dog‹?«

Die Augen des Sergeants spiegelten wieder Angst und Verständnislosigkeit wider.

»Ich weiß es nicht, Sir.«

»Das ist schade«, sagte Saikaku. »Ich dachte, du begreifst allmählich, daß eine Zusammenarbeit mit mir Vorteile für dich ergibt.«

»Sir, wenn Sie mir das vielleicht zeigen?« sagte der Sergeant.

Saikaku knickte sorgfältig den oberen Teil der Seite, riß ihn ab und gab ihn dem Sergeant.

Jetzt spiegelten die Augen des Sergeants Erleichterung wider.

»Ich glaube, ich weiß, was das bedeutet«, sagte er. »Man nennt manchmal den First Sergeant einer Kompanie First Dog.«

»Der First Sergeant? Der Oberfeldwebel als Kompaniefeldwebel?«

»Jawohl, Sir. Manchmal nennt man den so.«

»Ist das respektlos?«

»Jawohl, Sir, das ist es. Und Baker Fourth heißt vermutlich Baker Company, die B-Kompanie des vierten Sowieso.«

»Des vierten Sowieso?«

»Eine Art Bataillon, Sir. Wie das vierte Fernmeldebataillon zum Beispiel.«

»Waren solche Einheiten hier?«

Da war wieder die Furcht in den Augen des Sergeants.

»Ich erinnere mich nicht, Sir.«

»Erinnerst du dich nicht, oder willst du es mir nicht sagen?«

»Wenn ich es wüßte, würde ich es sagen, Sir.«

»Kannst du mir beim zweiten Teil der Botschaft helfen? Weißt du etwas über eine Rettungsmission von Missionaren?«

»Nein, Sir. Ich habe das gelesen und schon darüber nachgedacht. Ich war bei der Personalabteilung, Sir. Von solchen Dingen weiß ich nichts. So etwas wurde als Operation betrachtet, und damit hatten wir nichts zu tun.«

»Ich kenne Leute, Sergeant, die gerne mit deinem Freund spielen würden. Manchmal, wenn du kooperativ gewesen bist, stoppe ich sie.«

»Ich bin so kooperativ, wie ich sein kann, Sir, wirklich.«

Er sieht aus, als würde er heulen. Eine völlig verachtenswerte Parodie eines Mannes, dachte Saikaku.

»Ich weiß nicht, was ich im Augenblick denken soll«, sagte Saikaku. »Ob du kooperativ bist oder nicht. Ich werde darüber nachdenken.«

Er machte kehrt und verließ das Zimmer. Er überlegte, ob er den schwulen Filipino schlagen lassen sollte, doch er entschied sich dagegen. Die *Angst* vor Prügel würde vielleicht nützlicher sein als die Prügel selbst.

Er kehrte in sein Büro zurück und befahl seinem Unteroffizier, in der Kartei der erbeuteten amerikanischen Dokumente zu suchen und eine Liste von jeder amerikanischen oder philippinischen Einheit mit der Zahl Vier anzulegen.

5

TOP SECRET

HQ USMC WASHINGTON

SUPREME COMMANDER SWPOA
EYES ONLY BRIG GEN F. W. PICKERING, USMCR
25. NOVEMBER 1942

VIA SPECIAL CHANNEL
KOPIEREN VERBOTEN. ORIGINAL IST NACH VERSCHLUESSELUNG UND UEBERMITTLUNG ZU VERNICHTEN

(1) PERCY LEWIS EVERLY, 4. MARINEINFANTERIEREGIMENT, ARBEITETE FÜR MICH NACH DER ABREISE VON SESSIONS, MCCOY UND ZIMMERMAN AUS CHINA.

(2) EVERLYS HEIMATSTADT IST ZANESVILLE, WEST VIRGINIA. SERGEANT JOHN V. CASEY FRAGTE NACH ERHALT IHRER BOTSCHAFT DORT SOFORT TELEGRAPHISCH AN, UM WEITERE BIOGRAPHISCHE DETAILS ZU ERMITTELN.

(3) ICH GLAUBE, EVERLY WIRD SICH AN DEN MÄDCHENNAMEN MEINER FRAU, LUDMILLA ZHIVKOV, ERINNERN.

(4) ICH VERSUCHE, MICH AN DEN NAMEN VON EVERLYS CHINESISCHER FRAU ZU ERINNERN.

(5) ICH BEDAURE, DAß DIE INFORMATIONEN DERZEIT NOCH SPÄRLICH SIND. MEHR WIRD FOLGEN.

BANNING MAJ USMC

TOP SECRET

6

Naval Air Transport Passenger Terminal Brisbane, Australien

26. November 1942, 7 Uhr 15

Captain Robert B. Macklin, USMC, war ziemlich erfreut über die Entwicklung der Dinge, auch wenn sich dadurch seine Ankunft in Brisbane um weitere vierundzwanzig Stunden verzögerte.

Auf Hickam Field hatte Major Brownlee einen Platz für sich an Bord einer B-17 gefunden, in einer von sieben, die via Midway-Inseln nach Australien flogen. Aber das war nur möglich gewesen, weil ein Mann der Besatzung erkrankt war und man entschieden hatte, ohne ihn zu fliegen.

Für Macklin war kein Platz frei. Das bedeutete nach Major Brownlees Abflug für Macklin die Rückkehr nach Pearl Harbor, ein gutes Steak zum Abendessen im Offiziersklub und ein bequemes Bett im Quartier für ledige Offiziere.

Als er sich am nächsten Morgen im Naval Air Transport Passenger Terminal meldete, sagte ihm Lieutenant (Junior Grade) Cavanaugh, daß es eine zusätzliche Verzögerung geben würde. Das Flugzeug, mit dem er nach Brisbane fliegen sollte, war auf dem Weg von Midway nach Pearl Harbor in wirklich schlechtes Wetter geraten. Es mußte vorübergehend aus dem Dienst genommen, inspiziert und wenn nötig repariert werden.

Der gesamte Passagierplan wurde deshalb um vierundzwanzig Stunden verschoben, erklärte Cavanaugh. Das bedeutete für Macklin einen Tag am Strand, wieder ein Abendessen im Offiziersklub und eine weitere Nacht im bequemen Bett im Quartier für ledige Offiziere. Bei dem Abend ging nur schief, daß ihn die Schwester der Navy, die er an der Bar kennenlernte, regelrecht auslachte, als er sie in sein

Quartier mitnehmen wollte – nachdem er ihr stundenlang Drinks spendiert und sie ihn heiß gemacht hatte, indem sie beim Tanz ihren Körper verheißungsvoll an ihm gerieben hatte.

Am nächsten Morgen war der Schaden am Flugzeug, wenn es einen gegeben hatte, anscheinend repariert, und die Coronado flog planmäßig ab. Der Platz war alles andere als bequem, aber bestimmt komfortabler als alles, was die B-17, die Fliegende Festung, Major Brownlee geboten hatte, und der Flug war relativ angenehm. Nachdem er gehört hatte, was vor zwei Tagen mit der eintreffenden Coronado passiert war, hatte er sich wegen des Wetters gesorgt, doch es gab keine Turbulenzen. Der Pazifik war wirklich pazifistisch, und auf den beiden Etappen Hawaii – Midway und Midway – Brisbane war kaum eine Wolke am Himmel.

Als die Passagiere mit den Booten vom Wasserflugzeug zum Land transportiert worden waren und Macklin die Treppe des Kais hochstieg, tauchte ein Staff Sergeant des Marine-Corps auf.

Er sah wie ein Kind aus, und Macklin fragte sich, welcher Idiot den Jungen zum Staff Sergeant befördert hatte.

»Captain Macklin?« fragte der Staff Sergeant mit dem Kindergesicht.

»Ja, der bin ich.«

»Staff Sergeant Koffler, Sir. Wenn Sie mir Ihr Gepäck zeigen, hole ich es.«

»Die beiden Reisetaschen mit meinem Namen darauf. Sie stehen auf der Treppe. Passen Sie auf, daß sie nicht ins Wasser fallen.«

»Kein Problem, Sir. Der Major ist dort drüben, Sir.« Koffler wies hin.

»Was haben Sie gesagt, Sergeant?«

»Ich sagte, der Major ist dort drüben. Sir. In dem Studebaker.«

»Ich meinte, vorher. Haben Sie tatsächlich ›kein Problem‹ zu mir gesagt?«

»Jawohl, Sir, das nehme ich an.«

»Die korrekte Antwort auf einen Befehl lautet ›Aye, aye, Sir.‹«

»Aye, aye, Sir«, sagte Koffler.

Er wirkte belustigt.

»Habe ich etwas Lustiges gesagt, Sergeant?«

»Nein, Sir.«

»Dann hören Sie mit dem Grinsen auf.«

»Aye, aye, Sir.«

Als er sich dem Studebaker näherte, stieg ein sehr großer Asiate – der größte, den Macklin je gesehen hatte – in der Uniform eines Majors des Fernmeldekorps der Army vom Beifahrersitz aus.

Macklin grüßte zackig. Der Major machte eine vage Geste zum Kopf hin, die man nur großzügig als Gruß auslegen konnte.

»Sie müssen Macklin sein«, sagte der Major mit starkem Bostoner Akzent.

»Ich bin Captain Macklin. Darf ich ...«

»Wo ist der Major?«

»Wie bitte?«

»Wo ist Major Brownlee?«

»Sie meinen, er ist nicht hier?«

»Wenn er hier wäre, Captain, hätte ich nicht gefragt, wo er ist«, erwiderte Pluto.

»Sir, darf ich fragen, wer Sie sind?«

»Mein Name ist Hon«, sagte Pluto. »Haben Sie irgendeine Ahnung, Captain, wo Major Brownlee ist?«

»Mit Verlaub, Sir, ich bin auf einer geheimen Mission, und erst, wenn ich weiß, wer Sie ...«

»Ich weiß alles über Ihre geheime Mission, Captain«, unterbrach Pluto, »und ich habe Sie gefragt, wo Major Brownlee ist.«

»Sir, Major Brownlee sollte nach meinem Wissen in Australien sein. Er hatte den Befehl, sich bei General Pickering zu melden.«

»Nun, ich bezweifle, daß er das getan hat, denn dann hätte mich General Pickering nicht in seinem Wagen hergeschickt, um Brownlee abzuholen. Wann haben Sie ihm zum letzten Mal gesehen?«

»Auf Hawaii, Sir. Auf Hickam Field. Er erhielt einen Platz in einer Fliegenden Festung.«

»Wann war das?«

»Vor drei Tagen, Sir.«

»Vor oder nach Sessions' Abreise?«

»Ein paar Stunden danach, Sir.«

Staff Sergeant Koffler schlenderte mit Macklins Gepäck heran.

»Steve, wie schnell ist eine B-17 im Vergleich mit einer Coronado?« fragte Pluto.

»Ungefähr achtzig Stundenmeilen schneller. Warum fragen Sie?«

»Major Brownlee hat Hawaii in einer B-17 ein paar Stunden nach Sessions' Abflug verlassen und ist noch nicht hier.«

»Das kann nicht sein«, sagte Koffler.

»Finde ich auch.«

Mein Gott, dieser asiatische Major spricht den Sergeant mit dem Vornamen an, führt eine persönliche Unterhaltung mit ihm und merkt anscheinend nicht, daß er kein einziges Mal mit ›Sir‹ angeredet wurde, dachte Macklin.

»Sie sind ein Experte, was Flugzeuge betrifft, Sergeant?« fragte Macklin.

Koffler nickte bescheiden.

»O ja«, sagte Pluto. »Steve ist unser ortsansässiger Experte. Wenn etwas fliegt, weiß er wie schnell und wie weit. Und er ist auch ein ziemlich guter Funker.«

»Sagen Sie das bitte dem General«, sagte Koffler.

»Sie nehmen nicht teil, Steve«, sagte Pluto. »Geben Sie's auf.« Er wandte sich an Macklin. »Sie sollten einsteigen, Captain, wenn Brownlee nicht hier ist.«

»Meine Befehle lauten, mich bei General Pickering zu melden«, sagte Macklin. »Würden Sie mich bitte zu ihm bringen?«

»Meine Befehle von General Pickering lauten, Sie im Quartier für ledige Offiziere im SWPOA einzuquartieren. Wenn er Sie sehen will, befiehlt er Sie zu sich.«

TOP SECRET

VON: SUPREME HEADQUARTERS SWPOA
0925 26 NOV 42
VIA SPECIAL CHANNEL

AN: CINCPAC HAWAII
EYES ONLY – CINCPAC

KOPIEREN VERBOTEN. ORIGINAL IST NACH VERSCHLUESSELUNG UND UEBERMITTLUNG ZU VERNICHTEN
FOLGENDES PERSOENLICH VON BRIG GEN PICKERING AN ADM NIMITZ

LIEBER ADMIRAL NIMITZ,

MAJOR JAMES C. BROWNLEE III, USMC, UNTERWEGS ZU USMC SPECIAL DETACHMENT 16, UM AN DER OPERATION FERTIG TEILZUNEHMEN, SOLL AM 21. NOVEMBER 1942 GEGEN 18 UHR 30 VON HICKAM FIELD AN BORD EINER B-17 DES ARMY AIR CORPS ABGEFLOGEN SEIN UND IST HIER NICHT EINGETROFFEN.

ERBITTE JEDE VERFÜGBARE INFORMATION HINSICHTLICH DIESES OFFIZIERS VIA SPECIAL CHANNEL SO BALD WIE MÖGLICH.

MIT HERZLICHEN GRÜSSEN
PICKERING

ENDE PERSOENLICHER BOTSCHAFT VON BRIG GEN PICKERING AN ADM NIMITZ

IM AUFTRAG

HON SON DO MAJ SIGC USA

TOP SECRET

7

Headquarters, US-Streitkräfte auf den Philippinen
Provinz Davao
Mindanao, Commonwealth Philippinen

28. November 1942, 7 Uhr 05

Second Lieutenant Percy Lewis Everly, USFIP, ging sehr langsam über den Pfad durch den Dschungel, gefolgt von den neun Mitgliedern der Patrouille.

Seine weite Kleidung aus weißer Baumwolle – die Hose an den Knien abgeschnitten – war schweißgetränkt und schmutzig. Seine Waden waren blutig, wo sie von Dornen aufgerissen worden waren; Fliegen und andere Insekten krochen über die eiternden Wunden.

Er trug eine Thompson-.45-ACP-Maschinenpistole. Drei japanische Arisaka-Gewehre waren an den Riemen um seine Brust geschlungen.

Hinter ihm trugen zwei philippinische Soldaten etwas, das auf den ersten Blick wie eine Leiche aussah, die von einer Stange herabhing, die sie auf den Schultern hielten. Es war keine Leiche, sondern der Uniformrock und die Hose eines japanischen Soldaten. Sie hatten der Leiche die Uniform ausgezogen und benutzen sie als provisorische Tragetaschen. Der Uniformrock enthielt zwei Fünfgallonenkanister Benzin (insgesamt siebzig Pfund schwer). In der Hose waren ungefähr fünfzig Pfund Reis, zwanzig Pfund japanische Lebensmittel in Dosen, vielleicht zehn oder fünfzehn Pfund Munition für die Arisakas und sogar ein Dutzend Granaten. Die Lastenträger trugen außerdem Enfield-Gewehre Kaliber .30-06 der U.S. Army.

Hinter ihnen kamen drei weiter Paare von Kulis, wie Everly sie insgeheim bezeichnete – zwei weitere Filipinos und vier Marines, die ebenfalls erbeutete Nahrungsmittel und

Ausrüstung in japanischen Uniformen trugen, die in Tragetaschen verwandelt worden waren.

Everly hatte keine Ahnung, wie die schmächtigen Filipinos mit der Last fertig wurden. Es war für sie anscheinend eine Frage der Ehre, mindestens so viel Gewicht zu tragen wie die Marines. Den Schluß bildete ein Filipino, der sich unter Schmerzen mit einem gegabelten Ast als Krücke bewegte. Er hatte sich den Knöchel verstaucht – Everly befürchtete, daß er gebrochen war –, als er gestürzt war, kurz bevor sie die japanischen Fahrzeuge aus dem Hinterhalt überfallen hatten. Irgendwie hatte er es geschafft, an den anderen dranzubleiben. Sie waren die ganze Nacht hindurch im Schein des Halbmondes marschiert.

Everly ging zu dem kleinen Gebäude auf Stelzen, das sowohl die Abteilung G-2 des Hauptquartiers der USFIP als auch das Quartier war, das er mit Captain James B. Weston teilte.

Er drehte sich zu seinen Männern um. »Laßt dieses Zeug einfach fallen, wo ihr seid«, befahl er. »Jemand wird sich darum kümmern. Jemand holt den Chief und zeigt ihm Zappos Bein. Eßt etwas und legt euch schlafen.«

Die Männer nickten, aber keiner sagte etwas. Sie ließen ihre Lasten zu Boden sinken.

Everly schaute zu der Leiter, die zur Veranda des Hauses hinaufführte. Er tat es wirklich ungern – es war eine Todsünde für einen Marine, zuzulassen, daß Waffen den Boden berührten –, aber er entschied sich, daß er unmöglich so schwer bepackt die Leiter hinaufsteigen konnte.

Er stellte die Thompson mit dem Kolben auf den Boden und lehnte den Lauf gegen sein Bein. Dann streifte er die Riemen der Arisaka-Gewehre von seiner Brust. Als er das erste Gewehr langsam auf den Boden legen wollte, fiel die Thompson von seinem Bein weg.

»Scheiße«, sagte er, zog ärgerlich die Riemen der anderen Gewehre über seinen Kopf und ließ die Waffen fallen. Dann hob er die Thompson auf und rieb den Dreck ab, so gut er konnte.

Danach stieg er langsam die leiterartige Treppe zur Veranda hinauf. Captain Weston war nicht im ›Büro‹ oder ihrem ›Quartier‹, den beiden Räumen, in die das ›Haus‹ geteilt war.

»Scheiß drauf«, sagte Everly laut. »Er wird schon zurückkehren.«

Er ging zu seinem Bett (eine Konstruktion aus Bambusstäben, mit einer Kombination von Federn und Matratzen aus geflochtenen Lianen und Blättern) und legte sich hin. Ungefähr eine Minute lang lag er reglos da, dann setzte er sich auf und zog seine schweren Arbeitsschuhe und die Socken aus. Die Socken waren zerlumpt, und die Sohle des rechten Schuhs würde bald vom fast verfaulten Leder abfallen.

Everly legte sich wieder hin und dachte einen Moment über dieses Problem nach. Er hatte große Füße, Größe 46, und bis jetzt war er noch keinem Japaner begegnet, der auch nur annähernd an diese Schuhgröße herangekommen war. Die Filipinos waren gut mit Schuhwerk versorgt, weil ihre Größe bei der japanischen Armee gut erbeutet werden konnte, aber für das Schuhwerk der Marines gab es keinen Nachschub.

Sie würden einen Schuhmacher finden müssen. Oder etwas anderes mußte unternommen werden.

Das Haus wackelte, ein Anzeichen darauf, daß jemand die Leiter heraufstieg. Everly blieb liegen, blickte jedoch zur offenen Tür.

»Willkommen daheim«, sagte Weston.

Everly gab keine Antwort. Er mißbilligte Westons Bart. Ein Offizier sollte rasiert sein und keinen Ziegenbart wie General Fertig oder Vollbart wie Weston tragen.

»Wie lief es?«

»Wir haben einiges Zeug. Einschließlich fünfzehn Gallonen Benzin …«

»Habe ich gesehen«, unterbrach Weston.

»Und ich habe einiges Zeug auf einer Karte markiert«, sagte Everly, zog aus der Hosentasche eine Skizze hervor und gab sie Weston. »Wir haben keinen verloren – Zappo hat sich am Knöchel verletzt, vermutlich ein Bruch –, und ich habe nur noch sechsundzwanzig Patronen für meine Thompson.«

»Guter Job, Everly«, sagte Weston.

»Wie wäre es mit drei Tagen Sonderurlaub?« fragte Everly.

Weston lachte.

»Die würden Sie ja doch nur mit Whisky und Weibern draufmachen.«

»Und ob!«

»Wir haben eine interessante Botschaft aus Australien erhalten«, sagte Weston.

»Was haben sie diesmal gesagt? ›Ihr Gesuch wird geprüft‹?«

»Erinnern Sie sich an den Namen des First Sergeant der Baker Company, Fourth Marines in China?«

»Was?«

»Der Name des First Sergeant der B-Kompanie des 4. Marineinfanterieregiments in China. Erinnern Sie sich daran?«

»Wie kann ich den vergessen? Dieser fette Scheißer war ein übler Hurensohn.«

»Wie war der Name?«

»Der war ...«, begann Everly und wußte nicht weiter, obwohl er diesen First Sergeant *Verdammt-wie-heißt-er?* deutlich vor seinem geistigen Auge sah, wie er die Hände auf die Hüften stemmte und der Bierbauch fast die Knöpfe seiner Khakiuniform absprengte.

»Scheiße, es fällt mir nicht ein. Ich kann den Bastard *sehen* ... aber der Name? Warum wollen Sie den wissen?«

»Australien will, daß wir den Namen für einen einfachen Ersatzcode benutzen.«

»Weshalb?«

»Keine Ahnung.«

»Geben Sie mir einen Moment Zeit, ich werde überlegen.«

Eine halbe Stunde später konnte er sich noch immer nicht an den Namen erinnern. Und obwohl sich einer der anderen Marines vage an den First Sergeant erinnerte, fiel keinem der Name ein.

Unterdessen hatten sich Lieutenant Ball, Captain Buchanan und General Fertig zu Captain Weston und Lieutenant Everly gesellt.

»Es tut mir so leid, General«, sagte Everly. »Vielleicht sollte ich nicht so angestrengt überlegen. Vielleicht fällt es mir ein, wenn ich etwas geschlafen habe ...«

»Das Problem ist, Lieutenant, daß ich Australien versprochen habe, heute zu antworten«, sagte Fertig.

»General, es tut mir leid«, wiederholte Everly.

»Diese Bastarde suchen vielleicht einen Vorwand, um den Kontakt mit uns abzubrechen«, sagte Weston und kleidete in Worte, was jeder in dem kleinen Raum dachte.

»Captain«, sagte Fertig scharf. »Bitte behalten Sie solche Gedanken bei sich.«

»Verzeihung, Sir.«

»Versuchen wir es anders«, sagte Fertig. »Wer würde diese Information wünschen? Warum?«

Alle zuckten mit den Schultern, doch nach einer Weile sagte Lieutenant Ball: »Vielleicht wollen Sie wissen, ob Everly wirklich Everly ist. Ich meine, der Everly, der bei den Marines vom vierten Regiment war.«

»Was, zum Teufel, ändert das?«

»Halten wir uns an Balls Idee. Wenn er nicht ebenfalls beim Vierten gedient hat, wer sonst würde von diesem First Sergeant wissen? Und wissen, daß Everly Bescheid weiß?«

»Jeder, der im vierten Regiment war.«

»Aber dieser Mann ist in Australien«, sagte Fertig. »Es müßte also jemand sein, der beim Vierten diente und nicht mit zu den Philippinen kam, als es dorthin verlegt wurde.«

»Der ›Killer‹«, sagte Everly.

»Was?«

»Und er würde Zimmerman kennen«, sagte Everly, jetzt aufgeregt. »Es muß der Killer sein!«

»Wer ist der ›Killer‹?« fragte Fertig.

»Corporal ›Killer‹ McCoy«, sagte Everly. »Er arbeitete für Captain Banning, dem S-2 beim Vierten. Er und Zimmerman waren befreundet.«

Fertig schaute Buchanan an.

»Was haben wir zu verlieren, General?« sagte Captain Buchanan.

XII

1

Funkraum
Supreme Headquarters SWPOA

28. November 1942, 9Uhr 10

»Haben Sie etwas für mich?« fragte Major Hon Song Do, als er den Funkraum betrat.

»Ich kann mir nicht vorstellen, für wen es sonst sein sollte, Major«, sagte Captain Edward D'Allesandro, der Captain vom Fernmedeldekorps, sarkastisch. Captain D'Allesandro regte sich immer noch über die Ungerechtigkeit eines Systems auf, das einen asiatischen Lieutenant mit geheimnisvollen Aufgaben, die es ihm ersparten, auf dem Dienstplan zu stehen, zum Major beförderte, während er selbst Captain mit hervorragenden Beurteilungen war und seit fast achtzehn Monaten immer noch auf eine Beförderung wartete.

Er gab Hon die Botschaft.

»Das kam unverschlüsselt an«, sagte Captain D'Allesandro, als Hon die kurze Botschaft las.

MFS TO GYB

KANN MICH NICHT AN DEN NAMEN DES FETTEN BASTARDS ERINNERN. DER KILLER SOLLTE IHN KENNEN. ERINNERE MICH AN DEN NAMEN DES KRAUTS. WOLLEN SIE IHN UNVERSCHLUESSELT?

FERTIG BRIG GEN

MFS STANDING BY

Hon lächelte.

»Funken Sie bitte zurück, Captain«, sagte er. »Die Botschaft lautet ›Name des Krauts verschlüsseln. Auf Empfang bleiben.‹«

»Ich denke, ich habe ein Recht, zu erfahren, was das alles bedeutet«, sagte Captain D'Allesandro. »Äußerst merkwürdig, was hier läuft.«

»Sie haben kein Recht auf Information, Captain«, sagte Hon ruhig und griff nach dem Telefon auf dem Schreibtisch des Captains.

»General, hier spricht Pluto«, sagte er und unterbrach sich dann. »Captain, antworten Sie MFS *sofort*!«

»Jawohl, Sir«, sagte D'Allesandro.

»Verzeihen Sie die Unterbrechung, Sir. Wir haben soeben etwas von Fertig gehört. Adressiert an den ›Killer‹. Ich schlage vor, Sir, daß Sie ihn und Sessions und das Modell 94 herschicken. Ich bin im SWPOA-Funkraum.«

Captain D'Allesandro kehrte zurück.

»Wir haben die Bestätigung Ihrer Botschaft an MFS, Sir.«

»Danke. Wir werden noch eine Weile mit MFS in Verbindung bleiben. Ich brauche entweder Ihren Schreibtisch oder einen Tisch, eine Schreibmaschine und ein paar Stühle.«

»Der Major wird sicherlich wissen, daß er hier meinen Betrieb stört. Ich werde dies dem Fernmeldeoffizier des SWPOA zur Kenntnis bringen.«

»Das ist Colonel ...«

»Ungerer, Sir. Colonel Jason Ungerer.«

»Ich schlage vor, Captain, daß Sie noch zehn oder fünfzehn Minuten warten, bis Sie mit Ungerer telefonieren. Bis dahin wird General Pickering hiersein, und Ihr Boß und mein Boß können diese Störung zwischen sich klären.«

2

Headquarters US-Streitkräfte auf den Philippinen
Provinz Davao
Mindanao, Commonwealth Philippinen

28. November 1942, 9 Uhr 40

»Lieutenant«, sagte Sergeant Ignacio LaMadrid, »Australien ruft.«

»Ich hole den General«, erwiderte Lieutenant Ball. »Er sagt, er will hiersein, wenn sie sich melden.«

LaMadrid wandte sich der Tastatur zu und tippte: MFS TO GYB GA (Go Ahead) dann legte er die Finger auf die Tastatur der Schreibmaschine und tippte die eintreffende Botschaft.

Als er fertig war, gab er MFS SB (Standing By) ein und riß das Papier mit dem dazwischen eingespannten Kohlepapier aus der Schreibmaschine. Er legte das untere Blatt, auf dem die Botschaft sichtbar war, auf seinen ›Schreibtisch‹, legte ein neues Blatt unter das Kohlepapier, richtete es sorgfältig aus und spannte es in die Maschine.

Dann las er die Botschaft vom Supreme Headquarters, South West Pacific Ocean Area.

GYB TO MFS

BENUTZEN SIE ALS EINFACHEN ERSATZ Z ERSTENS
NAME VON BANNINGS FRAU Z ZWEITENS NAME Z VON
PERCYS HEIMATSTADT Z

20 19 18 03 13

09 08 02 09 20

18 17 04 19 20

WIEDERHOLUNG

20 19 18 03 13

09 08 02 09 20

18 17 04 19 20

MFS SB

Er hatte nicht die geringste Ahnung, was das bedeutete, und er stellte bald fest, daß General Fertig, Captain Buchanan und Lieutenant Ball ebenfalls nichts damit anfangen konnten – abgesehen davon natürlich, daß Captain Buchanan wußte, daß Australien die Benutzung eines einfachen Ersatzcodes wünschte.

»Ball, holen Sie Captain Weston und Lieutenant Everly«, befahl Buchanan. Sie tauchten nach ein paar Minuten auf,

Everly mit glattrasiertem und sauberem, aber noch nassem Gesicht und nasser Kleidung, was darauf schließen ließ, daß er von seinem Bad im Bach weggeholt worden war, der durch den Befehlsstand der US-Streitkräfte auf den Philippinen verlief.

»Ich denke, das ist für Sie bestimmt, Lieutenant«, sagte Fertig. »Haben Sie eine Ahnung, was das bedeutet?«

»Der Name von Bannings Frau ist Ludmilla Zhivkov«, sagte Everly sofort. »Nur wenige Leute wissen das. ›Killer‹ McCoy zählt dazu.«

»Das klingt russisch«, dachte Fertig laut.

»Das ist es«, sagte Everly. »Sie ist aus Rußland geflüchtet. Kam nicht mehr aus Schanghai heraus. Meine Frau auch nicht. Sie sind zusammen. Deshalb kenne ich Millas Namen.«

»Wie wird der geschrieben?« fragte Captain Buchanan und setzte sich an den ›Schreibtisch‹.

Als Everly den Namen buchstabierte, schrieb Buchanan jeden Buchstaben in Blockschrift auf, fragte Everly dann nach seiner Heimatstadt und notierte auch diese Buchstaben. Über den Buchstaben schrieb er sorgfältig die Zahlen.

```
1234567890123456789012345
LUDMILLAZHIVKOVZANESVILLE
```

»Okay, jetzt haben wir den Code. Jemand liest mir langsam diese Zahlen vor.«

General Fertig stellte sich hinter Buchanan und las die Zahlen vor.

Als Buchanan fertig war, hatte er folgendes:

S	E	N	D	Z
20	19	18	03	09
K	Z	A	U	T
13	09	08	02	29
S	Z	N	A	M
20	09	18	17	04
E	S	Z	Z	Z
19	20	09	09	09

»Was, zum Teufel, bedeutet das?« fragte Fertig verwirrt und ärgerlich.

»General, das Z hat nichts zu bedeuten. Sie werden bemerkt haben, daß sie in der Botschaft ›Z‹ als Pause zwischen den Angaben benutzt haben.«

Fertig hatte schon verstanden. »Send … Krauts … Name«, übersetzte er.

»Ich glaube, es heißt ›names‹, Sir, Mehrzahl«, sagte Buchanan.

»Wer ist der Kraut, Everly?« fragte Fertig.

»Zimmerman«, sagte Everly. »Wie war verdammt noch mal sein Vorname?«

»Bitte nicht schon wieder, Everly!« sagte Weston.

»August«, sagte Everly und fügte triumphierend hinzu: »Nein. *Ernest.* Ernest Zimmerman.«

»Sind Sie sicher?«

»Jawohl, Sir.«

»Funken Sie ihnen das«, befahl Fertig.

Es dauerte nur eine Minute, bis Buchanan den Namen verschlüsselt hatte und Sergeant LaMadrid den Befehl gab: »Funken Sie nur die Zahlen, und zwar zweimal.«

»Jawohl, Sir«, sagte LaMadrid.

MFS TO GYB

19 09 18 25 20
09 09 05 04 04
19 09 04 17 18
WIEDERHOLUNG

19 09 18 25 20
09 09 05 04 04
19 09 04 17 18

MFS SB

Es kam sofort eine Antwort aus Australien.

GYB TO MFS
ACK YR NO 1
SB

Sergeant LaMadrid übersetzte die Nachricht laut, als sie eintraf. »Bestätige den Erhalt Ihrer Botschaft Nummer eins. Stand by.«

»Was soll das mit der Nummer der Botschaft?« fragte Fertig. »Das haben sie noch nie getan.«

»Ich denke, bis vor ungefähr einer halben Minute, Sir, dachte Australien, LaMadrid buchstabiert seinen Namen T-O-J-O.«

»Da kommt noch eine Botschaft«, sagte LaMadrid, und diesmal tippte er mit, während er die Zahlen laut aussprach. Buchanan hatte bereits mit dem Entschlüsseln begonnen, bevor die Zahlen wiederholt wurden.

Er gab das Resultat General Fertig.

M	E	L	L	S
04	19	01	06	20
E	E	Z	O	U
25	19	09	14	02
S	O	O	N	K
20	14	14	18	13
I	L	L	E	Z
11	06	07	19	09

»Was, zum Teufel, bedeutet ›mells eezou soonk illez‹?« fragte Fertig leise.

»Sir«, antwortete Buchanan angespannt, »ich glaube, es heißt, ›we'll see you soon killer – wir werden euch bald sehen, Killer‹.«

Er blickte zu Lieutenant Everly. »Was sehen Sie darin, Everly?«

»Jawohl, Sir. Ich denke, das ist gemeint. Zimmerman und der Killer. Ich schätze, sie kommen her.«

»Das steht da nicht«, sagte General Fertig.

»Was kann es denn sonst bedeuten, Sir?« fragte Everly, und dann fügte er aufgeregt hinzu. »Quentin Alexander McPherson. Verdammter Quentin verdammter Alexander verdammter McPherson!«

»Was?« fragte General Fertig.

»Ich glaube, Lieutenant Everlys Erinnerung ist zurückgekehrt, Sir«, sagte Captain Weston.

3

Büro des Kempei-Tai-Chefs für Mindanao
Cagayan de Oro, Provinz Misamis
Mindanao, Commonwealth Philippinen

28. November 1942, 10 Uhr 50

»Diese Botschaften zwischen Fertig und Australien wurden in der vergangenen Stunde abgefangen«, sagte Leutnant Hideyori Niigata und legte einen Aktenhefter auf Hauptmann Matsuo Saikakus Schreibtisch.

Als Saikaku die Botschaften gelesen hatte und zu Hideyori aufsah, fügte der Leutnant hinzu: »Sie sind zum Nachrichtendienst in Manila weitergeleitet worden.«

»Und wann können wir eine Entschlüsselung erwarten?«

»Das ist schwer zu sagen.«

»Sie haben dem Nachrichtendienst natürlich gesagt, daß der Kempei Tai daran interessiert ist? Daß dies eine Sache von höchster Priorität ist?«

»Jawohl, Hauptmann, selbstverständlich. Darf ich fragen, wie vertraut der Hauptmann mit einfacher Ersatzverschlüsselung ist?«

»Ich bin stets bereit, dazuzulernen, Hideyori.«

»Die Schwierigkeit bei einfacher Ersatzverschlüsselung besteht darin, daß der Absender und der Empfänger Zugang zu einer Information haben, die derjenige, der die Botschaft abfängt, nicht hat.«

»Erklären Sie das bitte.«

»Sie werden bemerkt haben, daß der Absender den Empfänger auffordert, den Namen von Bannings Frau und die Heimatstadt von Percy zu benutzen. Der Empfänger schreibt diese Information in eine Reihe und schreibt dann Zahlen von null bis neun und wieder von neuem darunter …«

Hideyori sah Saikaku an, daß er verwirrt war.

»Vielleicht darf ich das demonstrieren?«

»Tun Sie das bitte«, sagte Saikaku.

Die Demonstration dauerte fünf Minuten. Dann verstand Hauptmann Saikaku die Problematik.

»Das heißt, daß wir praktisch keine Chance haben, diese Botschaft zu entschlüsseln?«

»O nein. Die Leute vom Nachrichtendienst sind sehr clever und haben verschiedene Techniken entwickelt, die ihnen erlauben, diese Botschaften schließlich zu entschlüsseln. Aber leider wird das einige Zeit dauern.«

»Wieviel Zeit?« fragte Saikaku kühl. »Zwei Tage? Eine Woche? Einen Monat?«

»Ich schätze fünf Tage bis eine Woche.«

»Na prima!« sagte Saikaku sarkastisch.

»Ich habe mir einige Gedanken gemacht ...«

»Welche Gedanken?«

»Hauptmann, ich bin überzeugt, daß jemand wie Sie, ein Offizier des Kempei Tai, fast mit Sicherheit bereits ...«

»Eines lernt man beim Kempei Tai, Hideyori, und zwar nie der Versuchung nachzugeben, nicht den letzten Stein umzudrehen. Denn oftmals findet man unter dem letzten Stein, was man sucht. Reden Sie weiter.«

»Hauptmann, ich habe bemerkt, daß es anscheinend Fragen bezüglich der Legitimität dieses Generals Fertig und seiner US-Streitkräfte auf den Philippinen gibt.«

»Er ist ein Bandit, Hideyori. Und Banditen sind illegitim. Reden Sie also nicht von Legitimität.«

»Mit Verlaub, ich sprach von seiner Legitimität in den Augen der Amerikaner in Australien.«

»Weiter.«

»Ich bin überzeugt, der Hauptmann hat die vorletzte Botschaft bemerkt.«

»Was ist damit?«

»GYB – die australische Station – sagt ›ACK YR NO 1.‹ Das heißt übersetzt: ›Wir bestätigen den Erhalt Ihrer Botschaft Nummer 1‹. Und dann befielt man ihnen ›SB‹ – Stand-by – auf Empfang bleiben. Das geschah nie zuvor. Für mich hat es den

Anschein, daß Australien damit akzeptiert, daß Fertig derjenige ist, als der er sich ausgibt. Mit anderen Worten, es kann seine offizielle Anerkennung sein.«

»Und es kann natürlich überhaupt nichts bedeuten«, sagte Saikaku. »Aber das war sehr clever von Ihnen, Hideyori. In Zukunft weihen Sie mich in all Ihre Gedanken ein.«

»Mit Vergnügen, Hauptmann.«

4

TOP SECRET

VON: CINCPAC HAWAII
1615 28NOV42

EYES ONLY – BRIG GEN FLEMING PICKERING USMCR
KOPIEREN VERBOTEN. ORIGINAL IST NACH VERSCHLUESSELUNG UND UEBERMITTLUNG ZU VERNICHTEN

FOLGENDE PERSÖNLICHE BOTSCHAFT VOM CINCPAC AN BRIG GEN PICKERING USMCR

LIEBER FLEMING,

(1) BEDAURE ZUTIEFST, IHNEN FOLGENDE INFORMATION VOM BEFEHLSHABENDEN GENERAL DES U.S. ARMY AIR CORPS ÜBER MAJOR JAMES C. BROWNLEE III, USMC, GEBEN ZU MÜSSEN, DER HICKAM FIELD AN BORD DER B-17 NUMMER 42-455502 MIT ZIEL MIDWAY VERLIESS. DAS FLUGZEUG HATTE MECHANISCHE PROBLEME, OFFENBAR DAS ERGEBNIS EINER SCHLECHTWETTERFRONT UNGEFÄHR 250 SEEMEILEN NORDÖSTLICH VON MIDWAY. PERSONAL AN BORD ANDERER B-17 BERICHTET, DASS 42-455502 ABSTÜRZTE. RETTUNGSVERSUCHE WURDEN IN SCHWERER SEE UNGEFÄHR UM 7 UHR 25 ORTSZEIT EINGESTELLT.

ZUR ZEIT DER SUCHE WURDEN KEINE ÜBERLEBENDEN GESICHTET, UND FLUGZEUGE DER NAVY UND DES AIR CORPS, DIE AM 23. NOVEMBER ZUR ABSTURZSTELLE FLOGEN, ALS DAS WETTER AUFKLARTE, FANDEN WEDER ÜBERLEBENDE NOCH WRACKTEILE.

(2) DER BEFEHLSHABENDE GENERAL DES U.S. ARMY AIR CORPS ABTEILUNG HAWAII HAT CREW UND PASSAGIERE DER B-17-MASCHINE 42-455502 ALS IM DIENST TÖDLICH VERUNGLÜCKT ERKLÄRT. DA DAS AIR CORPS KEINE INFORMATION BEZÜGLICH MAJOR BROWNLEES EINHEIT HAT, WURDE DIE BENACHRICHTIGUNG DER ANGEHÖRIGEN ET CETERA NICHT – WIEDERHOLUNG – NICHT DURCHGEFÜHRT. BITTE TEILEN SIE BALDMÖGLICHST MIT, WIE SIE DIES GEHANDHABT WÜNSCHEN.

(3) REAR ADMIRAL DANIEL J. WAGAM VON MEINEM STAB VERLIESS PEARL HARBOR UM 16 UHR 25 DIESES DATUMS, UM MIT DEM SUPREME COMMANDER SWPOA ZU KONFERIEREN. WENN ER IN BRISBANE IST, WIRD ER MIT IHNEN ÜBER PROBLEME IM ZUSAMMENHANG DER VERFÜGBARKEIT EINES U-BOOTS DISKUTIEREN. DIE ERFÜLLUNG DER ANWEISUNG VON ADMIRAL LEAHY AM 17. NOVEMBER IN DIESER ANGELEGENHEIT, DIE SIE VERMUTLICH GESEHEN HABEN, WIRD AUS GRÜNDEN, DIE IHNEN WAGAM ERKLÄREN WIRD, SEHR SCHWIERIG SEIN.

HERZLICHE GRÜSSE
CHESTER

ENDE PERSÖNLICHER BOTSCHAFT VON ADM NIMITZ AN BRIG GEN PICKERING

IM AUFTRAG

MCNISH, CAPTAIN USN

T O P S E C R E T

5

Water Lily Cottage
Brisbane, Australien

29. November 1942, 6 Uhr 10

Brigadier General Fleming Pickering fand First Lieutenant Kenneth R. McCoy in der Bibliothek, wo er an einem der Schreibtische vor einer Schreibmaschine saß und offenbar tief in Gedanken versunken war. Oder in Frustration.

»Störe ich, Ken?« fragte Pickering.

Mit einer fließenden Bewegung erhob sich McCoy, nahm dabei die lange, dünne Zigarre aus dem Mundwinkel und stand still.

»Guten Morgen Sir«, sagte er. Pickering bemerkte, daß McCoy glattrasiert war, einen perfekten Haarschnitt hatte und eine frische Uniform trug. »Nein, Sir, Sie stören nicht.«

»Probleme mit der Schreibmaschine?«

Pickering hatte Pluto beauftragt, Schreibmaschinen auf dem freien Markt für das Water Lily Cottage zu kaufen, weil es langwierig und mühsam war, sie beim zuständigen Offizier für Büroausstattung beim SWPOA zu beantragen. Die alten Underwoods, die Pluto aufgetrieben hatte, kosteten ungefähr dreimal soviel wie der Neupreis vor zehn Jahren. Australien war seit 1940 im Krieg. Trotz offizieller Preiskontrollen hatte der Mangel an praktisch allem außer Nahrungsmitteln die Preise hochgetrieben.

»Sie hat schon bessere Tage gesehen, Sir.«

»Ich hörte das Tippen und dachte mir, Sie können vielleicht etwas Kaffee brauchen«, sagte Pickering und hielt eine silberne Kaffeekanne mit einer Hand und zwei Kaffeetassen mit der anderen hoch. Und dann sagte er die Wahrheit. »Ich möchte mit Ihnen reden, Ken.«

»Ja, Sir?«

»Aber es hat Zeit. Erledigen Sie erst, was Sie getan haben.«

»Das hat Zeit«, sagte McCoy. »Es ist nur ein Brief an Ernie.«

»*Nur* ein Brief an Ernie?« wiederholte Pickering. »Ist das nicht mehr wichtig?«

McCoy griff in seinen offenen Kragen und zog ein rundes silbernes Medaillon an einer Silberkette hervor.

»Ich schreibe ein Dankeschön dafür«, sagte er. »Ich weiß wirklich nicht, was ich sagen soll.«

»Was ist das?«

»Das Kreuz eines Mitglieds der Episkopalkirche«, sagte McCoy. »Es war in dem Päckchen, das Sessions mir mitbrachte.«

»Sind Sie Mitglied der Episkopalkirche?«

»Ich bin eigentlich in keiner Kirche. Die meisten Leute hören den Namen McCoy und denken, der ist irisch, und ich bin katholisch. Aber ich bin schottisch, und da ist man presbyterianisch, und ich hatte nie viel mit den Presbyterianern zu tun.«

»Ernie ist Mitglied der Episkopalkirche«, sagte Pickering. »Und ich auch. Würden Sie glauben, daß mein Sohn Pick im Kirchenchor sang und Meßdiener war?«

»Pick steht dahinter«, sagte McCoy und wies auf das silberne Kreuz. »Charley Galloways Freundin schickte ihm eins. Pick sah Galloways Kreuz bei der Operation Buka und wollte auch eins haben. Er schrieb seiner Mutter und bat um eins. Die sagte es Ernies Mutter. Ernies Mutter erzählte es Ernie, und hier ist es. Es war in einem roten Samtbeutel mit dem Aufdruck ›Tiffany & Company‹.«

»Nun, ich finde, das ist eine nette Geste. Es kann nicht schaden, Ken.« Pickering schwieg kurz. »Sie sind nicht religiös?« fragte er dann. »Ist dies das Problem?«

»Oh, ich glaube an Gott, nehme ich an. Aber ich denke, da liegen eine Menge Jungs in Gräbern auf Guadalcanal und auf den Philippinen, die viel und hart gebetet haben, bevor sie weggeblasen wurden.«

»Ich habe meine Probleme mit organisierter Religion«, sagte Pickering. »Aber ich bin ein Seemann. Ich verstehe nicht, wie jemand, der in einer klaren Nacht auf hoher See die Sterne gezählt oder mitten auf dem Ozean den Sonnenaufgang beobachtet hat, an der Existenz einer höheren Macht zweifeln kann.«

McCoy lachte. »Ich auch nicht. Mein Problem ist, daß ich wirklich nicht glaube, Gott sei persönlich sosehr interessiert an Ken McCoy.«

»Haben Sie gebetet, als Sie getroffen wurden?« fragte Pickering.

McCoy schüttelte den Kopf. »Aber ich habe ›danke‹ gesagt, als ich wieder in Washington war und Ernie auf mich wartete.«

»Ich sagte ›danke‹, als mir El Supremo sagte, daß die Staffel VMF-229 auf Guadalcanal abgelöst wurde und Pick überlebt hatte. Und als ihr alle an einem Stück von Buka zurückgekehrt seid.«

»Nicht, als Sie getroffen wurden?« fragte McCoy.

»Sie meinen diesmal?« fragte Pickering und fuhr fort, bevor McCoy antworten konnte. »Ich nehme an, das habe ich. Ja, vielleicht habe ich gebetet. Ich erinnere mich wirklich nicht. In meinem Alter sagt man ›danke‹ für das Leben anderer Leute. Ich nehme an, ich hatte meinen fairen Anteil und mehr.«

McCoy blickte ihn neugierig an.

»Ich hatte nicht wirklich erwartet, aus Frankreich zurückzukehren«, sagte Pickering. »Als das geschah, als ich zum letzten Mal aus dem Schützengraben herauskam, sagte ich mir, daß alles, was danach kommt, prima sein würde. Und so war es auch.«

»Es war schlimm in Frankreich, nicht wahr?«

»Die Artillerie war schrecklich«, sagte Pickering. »Besonders wenn wir auf dem Marsch waren. Aber was mir wirklich Angst einjagte, war das Giftgas. Ich sah Leute auf diese Weise sterben. Ich wollte nicht, daß ich so krepiere. Dieser Gedanke machte mir furchtbare Angst.«

McCoy nickte verständnisvoll.

»Ich habe keine besondere Angst vor dem Sterben«, sagte

McCoy. »Ich habe Angst davor, *langsam* zu sterben, während ich mit dem Kopf nach unten an einem Strick hänge und irgendein Japs mich für Bajonettübungen benutzt.«

»Tun sie das?«

»Manchmal benutzen sie ihre Gewehrkolben, um festzustellen, wie viele Knochen sie brechen können, bevor der Gefangene stirbt.«

Pickering nickte.

»Sie sagten, Sie wollen mit mir sprechen, Sir?«

Der Austausch von Vertraulichkeiten war vorüber.

»Ich muß Sie bitten, auf die Philippinen zu gehen, Ken«, sagte Pickering.

McCoy nickte. »Das dachte ich mir, als ich hörte, daß wir den OSS-Major verloren haben.«

»Ich denke, wir müssen tun, was wir können, um Fertig und seinen Leuten zu helfen.«

»Jawohl, Sir, da bin ich Ihrer Meinung.«

»Ich wünsche, der andere wäre in der B-17 gewesen«, sagte Pickering.

McCoy lachte.

»Der Gedanke kam mir auch, General.«

»Aber das war er nicht und ...«

»Sir, schon bevor ich hörte, daß die B-17 abstürzte, wollte ich zu Ihnen gehen und Ihnen sagen, daß ich es für besser halte, die anderen zu begleiten.«

»Es ist immer noch eine freiwillige Mission, Ken. Sie müssen nicht teilnehmen.«

»Wer sonst ist denn da?« erwiderte McCoy.

»Hatten Sie deshalb Schwierigkeiten mit Ihrem Brief an Ernie?« fragte Pickering. »Sie hatten ihr geschrieben, daß Sie heimkommen, und jetzt müssen Sie das rückgängig machen?«

Ihre Blicke trafen sich.

»Ich war ziemlich vage beim Zeitpunkt meiner Heimkehr. Abgelöst zu werden war anscheinend zu schön, um wahr zu sein.«

»Ich werde mit Captain Macklin sprechen und ihm sagen, wer wirklich das Kommando hat.«

»Ich kann mit Macklin fertig werden.«

»Haben Sie ihn gesehen?«

»Nein, Sir. Das habe ich vermieden.«

»Wie wollen Sie mit ihm fertig werden?«

»Wenn es sein muß, werde ich ihn töten.«

Pickering sah McCoy in die Augen.

»Es wäre peinlich, wenn das sein müßte.«

»Ich werde es nur tun, wenn ich es muß.«

»Kann ich irgend etwas tun?«

»Ich möchte Zimmerman haben, und ich will Koffler nicht.«

»Weil es unfair Koffler gegenüber wäre?«

»Weil er Offizier werden will und ich befürchte, er meint, das kann er werden, wenn er den Helden spielt. Helden sind für andere Leute manchmal tödlich.«

»Man versucht, Zimmerman aufzutreiben. Heute kommt ein Admiral vom CINCPAC, der über das U-Boot mit mir sprechen will. Ich bezweifle, daß wir eins vor einer Woche oder zehn Tagen bekommen können. Zimmerman sollte bis dahin gewiß hiersein.«

»Ich brauche ohnehin noch fünf, sechs Tage, um alles vorzubereiten.«

»Pluto hat Schwierigkeiten, einen Funker vom SWPOA zu bekommen. Ich werde zu El Supremo gehen und ihn persönlich darum bitten. Ich denke, das klappt.«

McCoy nickte.

»Ich bitte Sie wirklich ungern, auf die Philippinen zu gehen, Ken.«

»Ich gehe wirklich ungern«, erwiderte McCoy. »Aber ich sehe keine andere Lösung.«

Pickering und McCoy schauten sich lange in die Augen. Dann nickte Pickering und verließ die Bibliothek.

Über die Schulter rief er: »Grüßen Sie Ernie von mir.«

6

Kryptographisches Zentrum
Supreme Headquarters, South West Pacific Ocean Area

29. November 1942, 9 Uhr 05

Als Major Hon Song Do das kleine Stahlfenster in der Stahltür öffnete und Brigadier General Pickerings Gesicht sah, wußte er, daß etwas geschehen war, das Pickering überhaupt nicht gefiel.

Er entriegelte die schwere Stahltür und zog sie auf.

»Ich habe Sie hier nicht erwartet, Sir.«

»Ich komme soeben vom Thron Gottes«, sagt Pickering. »Ich bat demütig um eine Audienz bei El Supremo, und in seiner grenzenlosen Güte gewährte er mir eine.«

Als Pickering das nicht näher erklärte, ging Pluto zu einer der beiden Schreibmaschinen auf dem Schreibtisch und zog ein Blatt Papier heraus.

»Wollten Sie das hier haben, Sir?«

Pickering nahm das Blatt entgegen und las.

T O P S E C R E T

SUPREME HEADQUARTERS SWPOA TIME TIME TIME
29NOV42
EYES OLNY – THE SECRETARY OF THE NAVY

VIA SPECIAL CHANNEL
KOPIEREN VERBOTEN. ORIGINAL IST NACH VERSCHLUESSELUNG UND UEBERMITTLUNG AN SECNAV ZU VERNICHTEN

LIEBER FRANK,

ICH BEDAURE ZUTIEFST, SIE INFORMIEREN ZU MÜSSEN, DASS

ICH SOEBEN VON ADMIRAL NIMITZ ERFAHREN HABE, DASS MAJOR BROWNLEE BEI EINEM FLUGZEUGABSTURZ AUF DEM WEG HIERHER TÖDLICH VERUNGLÜCKT IST. DIES SIND DIE EINZELHEITEN, DIE ICH VON NIMITZ ERHIELT:

BROWNLEE REISTE VON HICKAM FIELD AN BORD EINER B-17 DES ARMY AIR CORPS, NUMMER 42-455502, AB. WEGEN EINER SCHLECHTWETTERFRONT GAB ES MECHANISCHE PROBLEME, UNGEFÄHR 250 SEEMEILEN NORDÖSTLICH VON MIDWAY. PERSONAL AN BORD ANDERER B-17 BERICHTETE, DASS DIE B-17 MIT BROWNLEE ABSTÜRZTE. DIE SUCHE WURDE IN SCHWERER SEE UNGEFÄHR UM 7 UHR 25 ORTSZEIT AM 22. NOVEMBER ABGEBROCHEN.

WEIL KEINE ÜBERLEBENDEN ZUR ZEIT DER SUCHE GESEHEN WURDEN UND WEIL BEI DER SUCHE MIT FLUGZEUGEN DER NAVY UND DES AIR CORPS AM 23. NOVEMBER BEI AUFKLARENDEM WETTER WEDER ÜBERLEBENDE NOCH WRACKTEILE GESICHTET WURDEN, ERKLÄRTE DER BEFEHLSHABENDE GENERAL DES ARMY AIR CORPS HAWAII ALLE MITGLIEDER DER CREW UND ALLE PASSAGIERE FÜR TOT.

ICH NEHME AN, SIE ODER DONOVAN WERDEN DIE BENACHRICHTIGUNG DER NÄCHSTEN VERWANDTEN UND DIE ANDEREN VERWALTUNGSANGELEGENHEITEN ERLEDIGEN LASSEN. DIE CAPTAINS SESSIONS UND MACKLIN UND ALLE AUSRÜSTUNG SIND HIER SICHER EINGETROFFEN, UND ZU DIESEM ZEITPUNKT IST NICHT ANZUNEHMEN, DASS MAJOR BROWNLEES TRAGISCHER TOD AUSWIRKUNGEN AUF DIE MISSION HABEN WIRD.

BESTE GRÜSSE

FLEMING PICKERING, BRIGADIER GENERAL, USMCR

T O P S E C R E T

»Ändern Sie ›Lieber Frank‹ in ›Lieber Mr. Secretary‹«, befahl Pickering, »und lassen Sie ›Beste Grüße‹ weg. Ich fühle mich nicht danach, den Hurensohn mit dem Vornamen anzureden, und ich will ihm keine Grüße schicken.«

»Jawohl, Sir.«

»Und schicken Sie eine Kopie zur Information, Eyes Only, an Admiral Nimitz.«

»Jawohl, Sir.«

»Pluto, sagen Sie mit einem Wort, was Ihre Reaktion wäre, wenn Ihnen jemand sagte, SWPOA hat keinen guten Funker, den man uns für die Operation Fertig ausleihen kann?«

»Ein Wort, Sir?«

»Das eine Wort, das mir in den Sinn kam, war ›Scheiße‹«, sagte Pickering.

»Das haben Sie von El Supremo?«

»Vor drei Minuten.«

»Und was machen Sie jetzt?«

»Jetzt muß ich Koffler nehmen. Was sonst?«

»Es bleibt Ihnen wohl nichts anderes übrig, Sir.«

»Ich hatte den fiesen Verdacht, als ich im Thronsaal war, daß El Supremo und seine alten Freunde sehr wenig Tränen vergießen werden, wenn unsere Jungs von dem U-Boot wegpaddeln und man nie wieder etwas von ihnen hört.«

Pluto sagte sich, daß jede Erwiderung auf diese Worte eine falsche sein würde.

»General, was ist mit dieser Anweisung vom 17. November über ein U-Boot, auf die sich Admiral Nimitz bezieht? Von Admiral Leahy?«

»Ich habe nie ein Wort darüber gehört«, sagte Pickering. »Und deshalb bin ich gezwungen, daraus zu schließen, daß entweder Knox oder Donovan sich gesagt haben, ich habe kein Recht auf Information.«

»Dieser Admiral, Wagam, den Nimitz schickt, wird Sie sicherlich informieren.«

»Ich wünschte, es wäre so, Pluto«, sagte Pickering. »Nun, schicken Sie das ab, so schnell es geht. Ich werde zum Haus fahren und mich an Jack Steckers Schulter ausweinen.«

7

Quartier für ledige Kompanieoffiziere Supreme Headquarters, South West Pacific Ocean Area

29. November 1942, 11 Uhr 05

Captain Robert B. Macklin lehnte halb schlafend mit dem Rücken am Kopfbrett des Bettes in dem karg möblierten Quartier, und eine drei Monate alte Ausgabe der *Saturday Evening Post* lag aufgeblättert auf seinem Schoß.

Vor dem Krieg war dieses Quartier für ledige Offiziere eine zweit- oder drittklassige Pension für Geschäftsreisende gewesen. Macklin stellte unwillkürlich Vergleiche zwischen diesem Zimmer und der Messe hier mit den Zimmern und der Messe im Country Club an, der viel schöner und besser war als sogar die Hotelzimmer und Restaurants, in denen er an der ganzen Westküste während der Tournee zur Ankurbelung des Verkaufs von Kriegsschuldverschreibungen gewesen war.

Am vergangenen Abend war er an der Bar mit einem Captain der Army ins Gespräch gekommen, und der Captain hatte ihm erzählt, daß das SWPOA-Quartier für ledige Stabsoffiziere viel schöner war als das für Kompanieoffiziere.

Dieses Gespräch löste einige Gedankengänge bei Macklin aus. Erstens: Wenn Major Brownlee endlich auftauchte, konnte er vielleicht seine Beziehungen spielen lassen und arrangieren, daß sie beide in einem Quartier für ledige Stabsoffiziere wohnten. Zweitens fragte er sich, wie sich seine Verwendung beim OSS auf seine eigene Beförderung zum Major auswirken würde. Major Brownlees leises Wort ins richtige Ohr hatte dafür gesorgt, daß seine längst überfällige Beförderung zum Captain fast über Nacht durchgekommen war.

Als nächstes fand Macklin es schwer, zu glauben, daß man

ihn wirklich zu dieser Operation auf den Philippinen schicken würde, wer auch immer hier das Kommando hatte. Zum einen hatte er sich noch nicht von seinen Verwundungen erholt. Zum anderen hatte er die Ausbildung beim OSS nicht beendet, und er wußte sehr wenig, was man von ihm bei einer solchen Mission erwarten würde – und er besaß auch nicht die Fähigkeiten, um zu tun, was man von ihm verlangen würde.

Wenn das dem hier Verantwortlichen klar wurde, dann würde er mit an Sicherheit grenzender Wahrscheinlichkeit hier in Australien bleiben, um die notwendige Ausbildung zu erhalten und sich völlig von seinen Verwundungen zu erholen. Folglich würde er nicht auf die Philippinen geschickt werden. Wenn die OSS-Abteilung hier verstärkt wurde, würde er, weil er bereits hier war, ein ›alter Hase‹ sein, der als Ausbildungsoffizier verwendet wurde, der die Neuankömmlinge drillte. Es war nur fair, daß Leute, die noch nicht im Kampf gewesen waren, vor denjenigen, die im Kampf gewesen waren – er war zweimal im Kampf verwundet worden –, auf gefährliche Missionen geschickt wurden. Und er wußte, daß sich Major Brownlee Sorgen wegen seines Mangels an Ausbildung und seiner körperlichen Verfassung machte – Brownlee hatte den einzigen freien Platz in der B-17 genommen, weil er dachte, er könnte die Strapazen dieses Flugs besser verkraften.

Das Klopfen an der Tür riß ihn aus seinen Gedanken. Macklin setzte sich auf dem Bett auf.

»Wer ist da?«

»Grüße von Colonel Stecker, Sir«, antwortete ein junger Amerikaner.

Macklin stand auf, ging zur Tür, öffnete sie einen Spalt und spähte hinaus. Es war der Sergeant mit dem Kindergesicht, der vor drei Tagen auf dem Kai so schnoddrig mit ihm gesprochen hatte.

»Was ist, Sergeant?«

»Grüße von Colonel Stecker, Sir. Er hat mir befohlen, Sie zu holen.«

Wer, in aller Welt, ist Colonel Stecker? Dieser Name wurde in keinem der Vorbereitungsgespräche erwähnt.

»Wer ist Colonel Stecker?«

»Colonel Jack Stecker, Captain«, sagte der Sergeant.

Colonel Stecker ist vermutlich General Pickerings Stellvertreter oder Stabschef, dachte Macklin.

»Ich komme gleich«, blaffte er.

»Ich werde im Jeep warten, Captain«, sagte der Sergeant.

Abgesehen von dem leicht respektlosen Verhalten konnte Macklin nichts finden, für das er den Sergeant zur Schnecke machen konnte, aber das Verhalten war wirklich ärgerlich. Das erinnerte ihn an das Verhalten von Corporal McCoy in China, und nach einer Weile sagte er sich, daß das vermutlich die Erklärung war. McCoy war hier, McCoy war Offizier, und junge Unteroffiziere neigten dazu, das Verhalten ihrer Offiziere nachzuahmen.

Macklin hatte McCoy noch nicht gesehen. Er hatte von überhaupt keinem etwas gesehen oder gehört, seit der asiatische Major ihn kurz nach seiner Ankunft am Quartier für ledige Kompanieoffiziere abgesetzt hatte.

Auf dem Rückweg vom Acht-Uhr-Gottesdienst in der St. John's Church hatte er sich entschlossen, bei den OSS-Leuten hier in Brisbane anzurufen, wenn er bis 17 Uhr nichts hören würde. Er hatte den Gottesdienst genossen. Die vertrauten Lieder und Worte aus dem Gebetbuch in einer Kirche, die seiner St. Paul's Church ähnelte, waren wirklich schön gewesen. Danach, als er in der Schlange wartete, um dem Pfarrer die Hand zu schütteln, plauderte er mit einem stämmigen, gutgekleideten Gentleman mit buschigem Schnurrbart, der ihn zum Abendessen am Sonntag zu sich und seiner Familie einlud, wenn er nichts anderes vorhatte.

Er hatte natürlich nichts anderes vor. Er wollte nur zum Quartier zurückkehren und abwarten, ob sich etwas tat. Aber er sagte sich, daß er nicht riskieren sollte, vom Quartier fortzugehen, wenn Major Brownlee plötzlich auftauchen würde. So hatte er die Einladung abgelehnt und dem freundlichen Gentleman gesagt, daß er Dienst hatte.

Aber die Begegnung hatte die Waagschale zugunsten eines Anrufs bei der OSS-Station in Brisbane ausschlagen lassen. Er hatte die Telefonnummer für Notfälle erhalten und sich eingeprägt. Er war sich nicht sicher, ob dies ein Notfall war oder nicht, aber gewiß interessierte es das OSS, daß er seit zweiundsiebzig Stunden von keinem mehr etwas gehört hatte, auch nicht von Major Brownlee.

Macklin musterte sich im trüben Spiegel über dem Waschbecken und zupfte den Saum seines Uniformrocks zurecht. Dann schloß er die Tür des Quartiers ab, ging über den langen, düsteren und engen Gang, die knarrende Treppe hinunter, durch die armselig ausgestattete Halle und hinaus.

Der Sergeant sah ihn kommen, ließ den Motor an und wartete darauf, daß sein Passagier einstieg – etwas ungeduldig, wie Macklin fand. Es war offenkundig, daß dem Sergeant überhaupt nicht in den Sinn gekommen war, aus dem Jeep auszusteigen, zu grüßen, zu warten, bis der Offizier Platz genommen hatte, und sich erst dann hinters Steuer zu setzen.

»Was ist Ihr Fahrtziel, Sergeant?« fragte er, als Koffler den Jeep zurücksetzte.

»Wir fahren zum Cottage, Captain.«

»Und was ist dieses ›Cottage‹, Sergeant?«

»Dort wohnen die Offiziere, Captain.«

Wenn die Offiziere dort wohnen, warum wohne ich dann im Quartier für ledige Kompanieoffiziere? dachte Macklin.

Als sie beim Water Lily Cottage eintrafen, war Macklins erste Reaktion sehr positiv. Das könnte etwas wie der Country Club sein, sagte er sich, ein ziemlich schönes ziviles Haus, beschlagnahmt für die Benutzung des OSS. Diese Ansicht wurde bestärkt, als der Sergeant die Tür für ihn öffnete und ihn mit einer Geste zum Eintreten aufforderte. Macklin ging durch eine Eingangshalle und in ein großes, behaglich eingerichtetes Wohnzimmer. Zwei junge Offiziere des Marine-Corps – beides Second Lieutenants – rückten mit ihren Rattansesseln an einem Couchtisch zusammen, als eine Frau in mittleren Jahren und mit Schürze – die Frau war offenbar eine Art Dienstmädchen – das Wohnzimmer mit einem Tablett betrat, auf dem ein silbernes Kaffeeservice und eine Schale mit Doughnuts standen.

Beide Offiziere musterten ihn neugierig, aber keiner stand auf.

»Ich bin Captain Macklin. Ich will zu Colonel Stecker.«

»Steve wird ihm sagen, daß Sie hier sind, Captain«, sagte einer der Offiziere, ein großer, gutaussehender Blonder.

Steve ist offenbar dieser Sergeant mit dem Kindergesicht, der einen Auffrischungskurs in militärischer Höflichkeit braucht, genau wie diese jungen Offiziere, dachte Macklin.

Macklin sah das Verwundetenabzeichen auf dem Uniformrock des blonden Offiziers; der andere Second Lieutenant trug die silberne Schulterschnur des Adjutanten eines Offiziers im Generalsrang.

»Ist General Pickering hier?« fragte Macklin.

»Warum setzen Sie sich nicht hin und nehmen eine Tasse Kaffee und einen Doughnut?« sagte der Adjutant. »Colonel Stecker wird bestimmt gleich Zeit für Sie haben.«

»Ich habe Sie gefragt, ob General Pickering hier ist. Lieutenant«, sagte Macklin ärgerlich. »Ich habe den Befehl, mich bei ihm zu melden.«

Lieutenant George Hart blickte Macklin so lange an, bis dem klar wurde, daß er keine Antwort erhalten würde, und er überlegen konnte, welche weiteren Möglichkeiten er hatte. Er war jedoch nicht gezwungen, eine Entscheidung zu treffen.

»Der Colonel will Sie jetzt sehen, Captain«, kündigte Sergeant Koffler an. Macklin wandte den Kopf. Der Sergeant stand neben einer offenen Tür. Und dann trat First Lieutenant Kenneth R. McCoy durch die Tür, wobei er einen .45er Colt M1911A1 hinten in den Hosenbund schob. Er schaute zu Macklin, und ihre Blicke trafen sich.

»Captain Macklin«, sagte McCoy.

»McCoy«, erwiderte Macklin.

McCoy blickte fort.

»Will jemand sehen, wie eine Menge Gold aussieht?« sagte McCoy zu keinem im besonderen.

»Ja, ich«, sagte der große Lieutenant.

»Ich warte auf den Ruf meines Meisters«, erklärte der Adjutant. »Verdammt! Ich wäre gern mitgekommen.«

»Welchen fahrbaren Untersatz kann ich haben?« fragte McCoy.

»Sie sollten den Jaguar nehmen«, sagte der Adjutant. »Der Boß fährt entweder zum Palast, um irgendeinen Admiral zu treffen, oder ich fahre zum Palast, um den Admiral abzuholen und herzubringen. Und ich weiß, daß der Colonel seinen Jeep braucht.«

»Hier herein, bitte, Captain«, ertönte eine neue Stimme. Macklin blickte hin und sah einen großen, muskulösen, sonnengebräunten Colonel, der ihn in den Raum winkte, den McCoy soeben verlassen hatte.

»Jawohl, Sir«, sagte Macklin.

»Hat man Ihnen Kaffee angeboten, Captain? Möchten Sie einen?«

»Das wäre sehr nett, Sir.«

»Sie nehmen besser jemanden mit, Ken«, sagte der Colonel. »Das ist eine Menge Gold. Ich möchte keinem melden müssen, daß wir es bei einem Raubüberfall verloren haben. Und nehmen Sie den Jaguar, nicht den Jeep.«

»Der Hinkefuß hat sich freiwillig als Transportbewacher angeboten, Colonel«, sagte McCoy und nickte zu dem großen Second Lieutenant hin.

»Können Sie aus irgendeinem Grund nicht mit ihnen fahren, George?«

»Ich warte darauf, was der Boß will, Colonel.«

»Sie fahren mit ihnen. Wenn der General einen Fahrer braucht, werde ich ihn fahren.«

»Aye, aye, Sir.«

»Colonel, wir bringen es nur von der Bank zum Verlies, verpacken es und fahren es zur Bank zurück«, sagte McCoy.

»Vorsicht ist die Mutter der Porzellankiste«, sagte Stecker lächelnd. »Merken Sie sich das, McCoy.«

»Aye, aye, Sir.«

»Okay, Captain«, sagte Stecker. »Nehmen Sie sich eine Tasse Kaffee und kommen Sie in die Bibliothek.«

»Jawohl, Sir. Danke, Sir.«

Als er Kaffee einschenkte, verstand Macklin, warum McCoy den großen Second Lieutenant ›Hinkefuß‹ genannt hatte. Er humpelte und hatte offenbar Schmerzen beim Gehen.

Typisch McCoy, dachte Macklin. *Einen Offizier zu verspotten, der ehrenvolle Wunden im Kampf erlitten hat. Ein weiterer Grund, weshalb Leute wie er keine Offiziere sein sollten.*

Er ging mit einer Tasse Kaffee und einem Doughnut in die Bibliothek. Colonel Stecker stand an der Tür.

»Nehmen Sie Platz, Captain Macklin«, befahl Stecker. Dann zog er die Tür zu und schloß sie ab. Macklin setzte sich in einen Lehnsessel beim Schreibtisch. Stecker ging zu dem Schreibtisch und setzte sich auf dessen Kante.

»Ich habe leider schlechte Nachrichten, Captain«, sagte Stecker. »Die B-17, mit der Major Brownlee flog, stürzte in der Nähe von Midway ab. Es gibt keine Überlebenden.«

Macklin erschauerte.

Mein Gott! dachte er. *Wenn ich völlig von meinen Verwundungen genesen gewesen wäre, dann wäre ich an Bord dieser B-17 gewesen!*

»Ich bedaure sehr, das zu hören, Sir. Major Brownlee war ein feiner Gentleman und ein feiner Offizier des Marine-Corps.«

»Das sagte man mir. Offiziell legt Ihnen sein Tod das Kommando der Mission Fertig in die Hände.«

Mein Gott!

»Colonel, darf ich fragen, ob das OSS von diesem schrecklichen Verlust in Kenntnis gesetzt worden ist?«

»General Pickering hat Minister Knox benachrichtigt und darum gebeten, die Information an das OSS weiterzuleiten.«

»Ich bin überzeugt, daß man neue Befehle geben wird«, sagte Macklin halblaut denkend. Erst in letzter Sekunde erinnerte er sich daran, »Sir« hinzuzufügen.

»Warum sollte man das tun?« fragte Stecker.

»Colonel, die nüchternen Tatsachen sind, daß ich nicht qualifiziert bin, was die Ausbildung oder Erfahrung oder körperliche Verfassung anbelangt – ich wurde auf Gavutu mit dem zweiten Fallschirmjägerbataillon verwundet und bin noch nicht völlig genesen –, um das Kommando bei einer solchen Mission zu führen.«

»Mein Gott«, sagte Stecker angewidert. »Ich war halb bereit, im Zweifelsfall zu Ihren Gunsten zu entscheiden. Aber Sie haben sich überhaupt nicht geändert, nicht wahr, Macklin?«

»Sir?«

»Komme ich Ihnen bekannt vor, Captain?«

»Nein, Sir. Ich glaube nicht, daß ich schon früher die Ehre hatte, den Colonel kennenzulernen.«

»Das erste Mmal begegneten wir uns in Quantico, Captain. Sie waren zu dieser Zeit mit einigen schmutzigen Plänen beschäftigt, um zu verhindern, daß McCoy sein Offizierspatent erhielt.«

»Sir, ich habe keine Ahnung ...«

»Beim zweiten Mal begegneten wir uns auf Gavutu. Ich war während der Invasion der Kommandeur des zweiten Bataillons des fünften Infanterieregiments. Ich ging zum Truppenverbandsplatz, und der leitende Sanitätsoffizier des zweiten Fallschirmjägerbataillons zeigte mir den Offizier, den seine Sanitäter mit Gewalt von einem Pfahl an der Pier entfernen mußten, an den er sich wimmernd klammerte. Sie waren auch bei diesem Anlaß eine Schande für das Marine-Corps, Captain Macklin.«

»Sir, ich kann nur sagen, daß der Colonel äußerst falsch informiert ist.«

»Halten Sie Ihr verlogenes Maul, Captain«, sagte Stecker fast im Plauderton. »Machen Sie es nur wieder auf, wenn ich Ihnen eine besondere Erlaubnis gebe.«

Er schaute Macklin eine volle Minute lang an, bevor er weitersprach.

»Aus einer Reihe von Gründen, die Sie nichts angehen – obwohl sie General Pickerings Glauben einschließen, daß das Corps eine tiefe Verantwortung hat, alles in seiner Macht Stehende zu tun, um den Marines bei General Fertig zu helfen –, wird die Mission mit Ihnen als nomineller Commander durchgeführt werden. Der General hat Minister Knox so informiert, und somit das OSS. Das tatsächliche Kommando der Mission wird Lieutenant McCoy haben. Wenn ich McCoy wäre, dann würden Sie den Strand auf den Philippinen nicht lebend verlassen. Nicht wegen Ihrer Gemeinheiten ihm gegenüber in Quantico, sondern weil ein verlogener Feigling wie Sie sowohl das Leben der Männer bei dieser Mission als auch die Mission selbst gefährdet. Habe ich mich klar ausgedrückt, Captain Macklin?«

»Sir, ich muß auf heftigste Weise gegen Ihr Urteil über mich protestieren …«

Mit einer schnellen, scheinbar mühelosen Bewegung neigte sich Stecker zu Macklin, packte ihn an der Krawatte und zog ihn halb aus dem Sessel.

Mein Gott, er wird mir ins Gesicht spucken! durchfuhr es Macklin.

So schnell Stecker ihn aus dem Sessel gezogen hatte, so schnell stieß er Macklin wieder zurück.

»Sie haben eine Chance, diese Mission lebend zu überstehen, Macklin«, sagte Stecker und hatte seine Stimme und seinen Zorn wieder unter Kontrolle. »Und die besteht darin, daß Sie genau tun, was McCoy Ihnen sagt. Sie haben mich nahe daran, daß ich McCoy *befehle,* Sie als Gefährdung der Mission zu entfernen, sobald Sie den Fuß auf den Strand der Philippinen setzen. Haben Sie mich verstanden, Captain Macklin? Antworten Sie mit ›Ja, Sir‹ oder ›Nein, Sir‹.«

»Ja, Sir.«

»Sergeant Koffler wird Sie jetzt zum Quartier für ledige Offiziere zurückbringen. Sie bleiben dort und halten sich jederzeit für McCoy verfügbar.«

Wenn ich hier raus bin, nehme ich sofort Kontakt mit dem OSS auf, dachte Macklin. *Dies ist ungeheuerlich!*

»Die richtige Antwort auf einen Befehl, Captain, ist ›Aye, aye, Sir‹.«

»Aye, aye, Sir«, sagte Captain Macklin.

8

Konferenzraum II
Supreme Headquarters, SWPOA
Brisbane, Australien

29. November 1942, 12 Uhr 25

Kurz vor zwölf Uhr mittags tauchte Lieutenant Chambers D. Lewis III., USN, unangekündigt im Water Lily Cottage auf. Als es klingelte, war Pickering in der Nähe der Tür und öffnete sie. Es war Lewis' Miene anzusehen, daß es ihn ein wenig überraschte, einen General zu sehen, der selbst die Tür öffnete.

»General Pickering?« fragte Lewis, und als Pickering nickte, fuhr er fort. »Admiral Wagam läßt Sie grüßen, Sir. Ich bin der Adjutant des Admirals.«

»Ich habe erwartet, etwas von ihm zu hören.«

»Admiral Wagam würde sich freuen, wenn es Ihnen passen würde, sich mit ihm im Supreme Headquarters zu treffen«, sagte Lewis. »General Willoughby war so freundlich, die Räumlichkeiten zur Verfügung zu stellen.«

»Wann?«

»Admiral Wagam hofft, daß es Ihnen jetzt passen wird, Sir.«

»Warum nicht?« dachte Pickering laut. Und dann kamen ihm zwei Gedanken, und er ärgerte sich über sich selbst: Erstens ließ man ihn regelrecht antanzen – wenn die Umstände umgekehrt gewesen wären, hätte er persönlich Nimitz' Admiral angerufen und ihn nicht von Hart anrufen lassen. Und zweitens gefiel ihm nicht, daß Willoughby seinen Senf dazugab.

Er wandte sich um und sah Jack Stecker.

»General Willoughby hat freundlicherweise einen Raum zur Verfügung gestellt, in dem sich Admiral Wagam mit mir treffen kann, und der Admiral hat seinen Adjutanten geschickt, um mich abzuholen«, erklärte Pickering.

»Tatsächlich?« erwiderte Stecker, und sein Tonfall und seine Miene verrieten, daß er die Situation genauso deutete wie Pickering.

Pickering wandte sich wieder Lewis zu. »Wo genau sind diese Räumlichkeiten, Lieutenant?«

»Einer der Konferenzräume im Supreme Headquarters, Sir.«

»Bitte grüßen Sie den Admiral von mir, Lieutenant, und sagen Sie ihm, daß ich mich auf den Weg mache.«

»General, ich habe einen Wagen.«

»Ich auch, Lieutenant«, sagte Pickering. »Jack, meinen Sie, George ist jetzt im Verlies?«

»Jawohl, Sir. Das nehme ich an.«

»Rufen Sie bitte dort an, Jack, und bitten Sie George, mich in der Halle zu treffen.«

»Aye, aye, Sir«, sagte Stecker lächelnd.

»Bitte hier entlang, General«, sagte Lieutenant Lewis zu Brigadier General Fleming Pickering, USMCR, als er eine Tür öffnete.

Dann hob er die Hand, um den Weg für Second Lieutenant George F. Hart, USMCR, zu blockieren, und fügte hinzu: »Ich glaube, Sir, daß der Admiral ein Gespräch unter vier Augen vorziehen wird.«

»Oh, George begleitet mich überallhin, Lieutenant«, entgegnete Pickering. »So können wir uns beide erinnern, wer was zu wem bei diesen Treffen sagte.«

Es war offenkundig, daß Lieutenant Lewis diese Antwort gar nicht gefiel. Das fand Pickering prima, denn er mochte nicht das wenige, das er bisher von Lewis gesehen hatte. Auf den ersten Blick hatte sich Pickering gesagt, daß Lewis ein wichtigtuerischer und überheblicher junger Mann war; es hatte ihn nicht überrascht, den Ring der Marineakademie Annapolis an seinem Finger zu sehen.

»Jawohl, Sir, natürlich«, sagte Lieutenant Lewis.

Als Lewis die Tür für ihn aufhielt, erinnerte sich Pickering an seine perverse Freude über Lieutenant Lewis' offensichtliche Verwirrung im Water Lily Cottage. *Wer ist George, und was ist das Verlies?* Dann wurde er von Lieutenant Lewis angekündigt.

»Admiral, Brigadier General Pickering.«

Admiral Wagam erhob sich lächelnd aus einem Sessel am Kopfende des Tisches. Er war ein großer, gutaussehender grauhaariger Offizier mit tadellos sitzender weißer Uniform.

»General Pickering«, sagte er und reichte ihm die Hand. »Danke dafür, daß Sie so kurzfristig kommen konnten.«

»Mir ist klar, daß Sie ein vielbeschäftigter Mann sind, Admiral«, erwiderte Pickering.

Aber das gefällt mir kein bißchen, dachte Pickering. *Mir stinkt, daß du am Kopfende des Tisches sitzt; keiner hat dich zum Vorsitzenden dieser Konferenz ernannt. Und mir stinkt, daß ich praktisch hierherbefohlen werde – ganz gleich, wie höflich dein Adjutant es formuliert hat.*

»General Willoughby war so freundlich, uns diesen Konferenzraum für unser Gespräch zur Verfügung zu stellen«, sagte Admiral Wagam. »Er sagte, Sie haben das Angebot eines Büros im Hauptquartier SWPOA abgelehnt?«

»Wie freundlich von General Willoughby«, sagte Pickering. »Ja, das habe ich abgelehnt. Wenn ich mir hier ein Büro nehme, sieht es aus, als wäre ich ein Mitglied des SWPOA-Stabs.« Als er sah, daß Wagam etwas bestürzt über die Bemerkung war, fügte Pickering mit einem Lächeln hinzu: »Ich möchte nicht auf irgendeinem SWPOA-Dienstplan landen. Flaggoffizier des Tages oder so was.«

Wagam lachte.

»Ihr genauer Status ist das Thema unserer Unterhaltung«, sagte er dann.

»Das dachte ich mir«, erwiderte Pickering.

Sein erster Eindruck von Wagam war gut. Das überraschte ihn zunächst, doch dann erinnerte er sich daran, daß Admiral Wagam für Admiral Chester Nimitz arbeitete, den er mochte und bewunderte. Nimitz würde in seinem Stab keinen Dummkopf länger als eine Minute hinnehmen.

Das löste den Gedanken, die Erkenntnis aus, daß er mies gelaunt war. Und er kannte die Gründe dafür: Er wollte McCoy überhaupt nicht auf die Philippinen schicken, schon gar nicht mit der Belastung durch Macklin. Und er wollte nicht Koffler mitschicken, auch wenn er keine Wahl hatte. El Supremo hatte sich geweigert, ihm einen qualifizierten Funker zu geben.

»Ich bin nur ein einfacher Seemann, Admiral, der in unbekannten Gewässern segelt«, sagte Pickering.

»Sie sind Kapitän, General, der mit jeder Tonnage und in jedem Ozean zugelassen ist«, sagte Wagam, »kein einfacher Seemann. Ich bin überzeugt, daß Sie sicher um jede Klippe und Untiefe navigieren können.«

Pickering war überrascht – und irgendwie erfreut –, weil Wagam wußte, daß er einige Zeit auf der Brücke eines Schiffs verbracht hatte.

»Wenn ich einen fremden Raum benutze, mache ich mir immer Sorgen, ob es versteckte Mikrofone gibt oder nicht«, sagte Pickering, jetzt lächelnd.

Wagams Miene spiegelte Verwirrung wider. Er war sich nicht sicher, ob Pickering das ernst oder scherzhaft meinte.

»Meinen Sie, die Japaner haben hier ein Mikrofon versteckt?«

»Was die Japaner anbetrifft, so bin ich mir nicht sicher«, sagte Pickering und wechselte zu einem schweren, glaubwürdigen deutschen Akzent über. »Aber bei den *Germans* – er sprach es aus wie *Cher*-mans – muß man aufpassen.«

Wagam lächelte jetzt ebenfalls. Trotz des englisch klingenden Namens war General Charles Willoughby deutscher Abstammung, und er sprach manchmal mit deutschem Akzent.

»Meinen Sie wirklich?« fragte Wagam.

Wenn Charley Willoughby ein Mikrofon hier hat – und das ist nicht auszuschließen –, dann sollten ihm unsere Worte den ganzen Tag ruinieren, dachte Pickering erfreut.

»Die Chermans«, fuhr Pickering fort, »sind nicht sehr smart, aber *sorgfältig*!«

Wagam lachte laut.

»Würde der Admiral so nett sein und mit mir an einem Ort zu Mittag essen, an dem es keine Mikrofone gibt?«

»Ja, selbstverständlich. Danke.«

»George, rufen Sie im Water Lily an und sagen Sie Mrs. Cavendish, daß vier Personen zum Mittagessen kommen.«

»Aye, aye, Sir.«

»Ich fahre den Admiral mit dem Studebaker, und Sie nehmen Lieutenant Lewis mit«, sagte Pickering, und dann kam ihm ein anderer Gedanke. »Und ich halte es für eine gute Idee, wenn Sie beim Verlies vorbeischauen und den ›Killer‹ bitten, uns Gesellschaft zu leisten. Wäre das ein Problem?«

»Nein, Sir. Die müßten inzwischen fertig sein, General.«

»Sagen Sie ihnen, sie sollen das Gold dort lassen und dann nach dem Mittagessen zurückbringen.«

»Aye, aye, Sir.«

»Admiral Nimitz wies mich an, vorsichtig zu sein, wenn General Willoughby Fragen über die OPERATION WINDMILL stellt«, sagte Admiral Wagam, als sie im Studebaker saßen. »Aber ...«

»Welche Operation?« unterbrach Pickering.

»OPERATION WINDMILL«, erwiderte Wagam überrascht. »Die Mission Fertig.«

»Ich habe diese Bezeichnung für die Operation nie gehört«, sagte Pickering. »Woher haben Sie die?«

»Die stand in Admiral Leahys persönlicher Botschaft an Admiral Nimitz«, sagte Wagam, »in der es hieß, wenn wir nicht die von Ihnen gewünschte Art U-Boot zu dem von Ihnen genannten Zeitpunkt zur Verfügung stellen können – für die OPERATION WINDMILL –, will er unsere Gründe wissen.«

»Nimitz' Botschaft an mich ließ darauf schließen, daß es ein Problem mit dem U-Boot gibt.«

»Nicht aus Ihrer Sicht, General, aber aus unserer. Meine Befehle lauten, Ihnen das Problem zu erklären, Admiral

Nimitz' Gedanken über das Thema weiterzugeben und Ihnen dann zu geben, was auch immer Sie für nötig halten.«

Pickering stieß einen Grunzlaut aus.

»Dachten Sie wirklich, daß vielleicht ein Mikrofon in diesem Konferenzraum versteckt war?« fragte Wagam.

»Charley Willoughby«, erwiderte Pickering, »ist nicht nur ein smarter und äußerst kompetenter Nachrichtenoffizier, sondern auch sehr loyal gegenüber General MacArthur. Das ist prima für SWPOA und El Supremo, aber manchmal kommt es mir in die Quere.«

»›El Supremo‹? Nennen Sie ihn so?«

»Nur hinter seinem Rücken«, sagte Pickering.

Wagam lachte.

»Wir haben eine persönliche Verbindung, General«, sagte er.

»Tatsächlich?«

»Mein Neffe, Lieutenant David Schneider, USMC, flog bei der VMF-229 auf Guadalcanal.«

»Kam er heil fort?« fragte Pickering.

»Mit fünf Abschüssen, einem Distinguished Flying Cross und einigen Verwundungen an den Beinen, nachdem er es in einer ziemlich zerschossenen Wildcat kaum zurück nach Henderson Field schaffte. Er ist jetzt wieder gesund.«

»Mein Junge – Gott sei Dank hatte er Glück – blieb unverwundet«, sagte Pickering. »Nun, dann sind sie beide jetzt aus dem Schneider, jedenfalls für eine Weile. Ein alter Freund von mir, General McInerney‹«

»Ich kenne Mac«, warf Wagam ein.

»... erzählte mir, daß das Marine-Corps plant, diese Jungs als Ausbilder zu verwenden, in der Hoffnung, sie können an die neuen Jungs weitergeben, was sie auf die harte Tour gelernt haben.«

»Er erzählte mir das gleiche«, sagte Wagam. »Und daß Sie beide zusammen in Frankreich waren. Daher weiß ich das mit Ihrem Sohn.«

»Die Welt ist klein. Mac, ich und Colonel Jack Stecker waren in Frankreich zusammen. Die ganze Zeit waren wir jungen Unteroffiziere dumm genug, um zu glauben, wir wären im Krieg, um Kriege für immer zu beenden.«

»Das glaubte ich ebenfalls«, sagte Wagam. »Mein Beitrag zum Ersten Weltkrieg bestand im Kommando über ein paar Dreizollgeschütze, die notdürftig auf das Deck eines Frachtschiffes geschweißt waren. Ich sorgte mich um meine Laufbahn bei der Navy, nachdem es scheinbar keinen neuen Krieg mehr gab. Ich befürchtete, ich würde nie Commander, geschweige denn Admiral werden.«

Die beiden Männer schauten sich einen Moment lang an.

»Admiral, wäre es ein Problem, wenn Jack Stecker und der Lieutenant, der auf die Philippinen geht – er heißt McCoy – bei unserem kleinen Plausch dabei sind?«

»Ich wollte vorschlagen, daß mein Adjutant teilnimmt«, sagte Wagam. »Lewis war Besatzungsmitglied eines U-Boots. Er machte drei Fahrten nach Corregidor, bevor es fiel. Er hat vorgeschlagen, an dieser Operation teilzunehmen, um zu sehen, ob er nützlich sein kann.«

Pickering, du hast wieder voll danebengelegen. Eine weitere deiner brillanten, blitzschnellen Fehleinschätzungen. Du bist bei der vorschnellen Beurteilung des jungen Lewis um ungefähr hundertachtzig Grad vom Kurs abgekommen.

»In Ordnung«, stimmte Pickering zu.

»Und die OSS-Leute?«

»Da ist nur einer, und über den werde ich Ihnen später etwas erzählen«, sagte Pickering.

Mrs. Cavendish räumte das Geschirr des Mittagessens vom Tisch im Eßzimmer ab. Sie brachte zwei Kannen Kaffee, ging und schloß leise die Tür hinter sich. General Pickering und Admiral Wagam saßen sich an den Enden des Tisches gegenüber. An den Seiten saßen Colonel Jack Stecker, Captain Ed Sessions, die Lieutenants McCoy und Hart, USMC, Lieutenant Lewis, USN, und der in letzter Minute hinzugerufene Staff Sergeant Steve Koffler. General Pickering spürte, daß Kofflers Anwesenheit Lieutenant Lewis' Auffassung von Anstandsformen bei der Navy durcheinanderbrachte.

Die Navy behandelt ihre Unteroffiziere und Mannschaften falsch – und denkt falsch über sie, dachte Pickering, als er Lewis' schockierte Miene gesehen hatte, nachdem er Kofflers Anwesenheit bei dem Treffen befohlen hatte. *Und wo hat das angefangen? In der Handelsmarine ist fast jeder Kapitän, jeder Chefmaschinist zuerst als einfacher Matrose auf See. Diejenigen mit Verstand und Ehrgeiz und der Bereitschaft, Verantwortung zu übernehmen, werden ermuntert, daran zu denken, an Deck herauszukommen. Die Navy schließt die Luke zum Deck zu.*

»Das Problem, Gentleman, ich sollte sagen, die Probleme«, begann Admiral Wagam, »sind folgende: Der CINCPAC hat ein U-Boot zur Verfügung, das zum Transport von Fracht entwickelt wurde, die *Narwhal.* Zur Zeit werden in Pearl Harbor die Maschinen der *Narwhal* überholt, und es werden einige Änderungen durchgeführt. Das Wort, auf das es ankommt, ist ›ein‹ Fracht-U-Boot. Der Wert für die Pazifikflotte ist unbeschreiblich.« Er legte eine Pause ein und ließ die Worte einwirken, bevor er weitersprach. »Es gibt auch einen Mangel an Standard-U-Booten. Wir haben einige schlimme Verluste erlitten, und die U-Boot-Flotte ist nicht halb so groß, wie wir sie gern hätten. Wir können uns nicht leisten, ein weiteres U-Boot zu verlieren ...«

»Sagen Sie uns, was wir nach Admiral Nimitz' Ansicht tun sollten«, unterbrach Pickering.

»In Ordnung«, sagte Wagam. »Und ich bin seiner Meinung ... nicht nur, weil ich für Admiral Nimitz arbeite, sondern weil ich auch eingehend über dieses Problem nachgedacht habe. Meiner Meinung nach ist das Risiko, dem die *Narwhal* bei dieser Operation ausgesetzt wäre, unannehmbar.«

»Wir brauchen ein U-Boot«, sagte Pickering. »Was schlagen Sie vor?«

Wagam antwortete nicht sofort.

»Wie ich das sehe, haben wir keine sichere Kommunikation mit Fertig und werden keine haben, bis wir das erste Personal und Funkausrüstung an Land haben. Bis dahin, bis Fertig und seine Leute direkten und sicheren Kontakt mit uns haben, sowohl mit einem U-Boot als auch mit den Funkstationen hier und sonstwo, haben wir keinen Grund zu der Annahme, daß das U-Boot sicher vor Mindanao auftauchen, geschweige denn Fracht entladen werden kann. Es ist höchst wahrscheinlich, daß es unter Artilleriebeschuß von Land gerät, sobald der Kommandoturm aus dem Wasser auftaucht.«

»Wir planen, in der Nacht an Land zu gehen, Admiral«, sagte McCoy.

»Die Japaner haben Artillerieleuchtkugeln und Leuchtfallschirme, Mr. McCoy«, sagte Admiral Wagam.

»Lassen Sie hören, was Sie uns vorschlagen, Admiral«, schaltete sich Pickering mit einer Spur von Ungeduld ein.

»Okay. Ein neues Boot, die *Sunfish*, kann für die Operation Windmill zur Verfügung gestellt werden ...«

»Wie bitte?« fragte Sessions.

»Jemand in Washington hat diese Mission ›Operation Windmill‹ getauft«, erklärte Pickering. »Ich bin überzeugt, daß sich früher oder später jemand daran erinnert hätte, uns das zu sagen.«

»Wie der Kampf gegen Windmühlen, wie Don Quichotte?« fragte Sessions.

»Ich glaube, das ist gut geraten, Ed«, meinte Pickering. »Bitte weiter, Admiral.«

»Die *Sunfish* kann für Sie am zehnten Dezember in Espíritu Santo zur Verfügung stehen. *Wenn* diese Entscheidung heute oder spätestens morgen gefällt wird. Es ist ein Standard-U-Boot. Das bedeutet, daß es nicht alle Fracht transportieren kann, die Sie mitnehmen wollen, selbst wenn die Hälfte der Torpedos entfernt wird.«

»Einem geschenkten Gaul schaut man nicht ins Maul, Admiral. Warum sind Sie bereit, uns ein neues U-Boot zu geben?« fragte Pickering.

»Weil diese Fahrt zugleich als Testfahrt dienen würde«, sagte Wagam. »Nach unserer Erfahrung sind Verluste von U-Booten, durch feindliche Aktion oder aus anderen Gründen, unverhältnismäßig größer, wenn ein Boot seinen ersten Kampfeinsatz hat.«

Stecker schnaubte.

»In gewissem Sinne, Colonel, haben Sie recht«, sagte Wagam, jetzt ein wenig kühler. »Der CINCPAC würde eher die *Sunfish* als die *Narwhal* aufs Spiel setzen. Der Verlust der *Sunfish* würde nicht so schädlich sein wie der Verlust der *Narwhal*. Es sind andere U-Boote der Gato-Klasse in Produktion. Aber es sind keine U-Boote der *Narwhal*-Klasse im Bau.«

»Was sind die ›unverhältnismäßig‹ großen Verluste von U-Booten bei ihrem ersten Kampfeinsatz?« fragte Pickering.

»Achtzehn Prozent«, antwortete Wagam.

»Ungefähr eines von fünfen kommt nicht zurück? Gott, ich hatte keine Ahnung, daß es so schlimm ist!« Pickering war sichtlich schockiert.

»Der CINCPAC denkt«, sagte Wagam, »daß die *Sunfish* ihre erste Fahrt mit einem geringeren Risiko des Verlustes hinter sich bringen kann, als ein voller Kampfeinsatz zur Folge haben könnte – trotz der Gefahren, die es gibt, wenn die *Sunfish* vor einem vom Feind gehaltenen Strand für die Stunde oder so auftaucht, die es dauert, um Ihre Männer und die Fracht auszuladen. So würden ihre Männer an Land kommen, und die *Sunfish* würde mit der Erfahrung einer Testfahrt nach Pearl Harbor zurückkehren. Auf der Rückfahrt, nach dem Absetzen von Männern und Fracht, kann das U-Boot die Patrouille mit dem verfügbaren Treibstoff und der Hälfte der normalen Torpedobewaffnung fortsetzen.«

»Jack?« fragte Pickering.

»Ich verstehe den Gedankengang«, sagte Stecker nachdenklich. »Aber es mißfällt mir, das Material zu verringern, das wir Fertig bringen wollen. Korrigieren Sie mich, wenn ich das falsch verstanden habe, Admiral, aber Sie wollen uns den Frachtraum geben, der normalerweise von der Hälfte der Torpedos eingenommen wird?«

»Das ist richtig.«

»Und wenn die *Sunfish* überhaupt keine Torpedos mitnimmt?« fragte Pickering.

Er stellte die Frage an Wagam, doch Stecker antwortete: »Dann hätten wir immer noch nur die Hälfte dessen, was wir mit der *Narwhal* transportieren können, richtig?«

»Richtig«, bestätigte Wagam.

»Das bedeutet, wir könnten nur *ein Viertel* dessen mitnehmen, was wir für den Transport mit der *Narwhal* geplant haben«, sagte Pickering.

»Richtig.« Wagam nickte.

»Das ist nicht sehr viel«, sagte McCoy.

»Ich bitte Sie, dies zu überlegen«, sagte Wagam. »Es wäre Platz für die Funkausrüstung und die kryptographischen Maschinen, für eine gewisse Menge Munition für Handfeuerwaffen, für Arzneien und – am wichtigsten, meine ich – für das Gold. All das sollte Colonel Fertig überzeugen ...«

»Wir betrachten ihn als ›General‹ Fertig«, unterbrach Pickering.

»All das sollte *General* Fertig überzeugen, daß Hilfe unterwegs ist.«

»Wann?« fragte Pickering.

»Der CINCPAC hat mich angewiesen, Ihnen sein persönliches Wort zu geben, daß eine Nachschubmission mit der *Sunfish* höchste Priorität haben wird, wenn erst eine sichere Kommunikation gewährleistet ist.«

»*Die* höchste Priorität? Oder *eine* hohe Priorität?« fragte Pickering.

»*Die*. Absolute Priorität.«

»Aber die habe ich doch bereits, nicht wahr?« sagte Pickering.

»Ja, General, die haben Sie.«

»Ken, Sie sind es, der dorthin muß«, sagte Pickering. »Was denken Sie?«

»Sir, es überschreitet ein bißchen meinen Rang, mich über so etwas zu äußern.«

»Ich werde die Entscheidung treffen«, sagte Pickering. »Was denken Sie? Was ist falsch an dem Vorschlag?«

McCoy neigte den Kopf zur Seite, als ob er seine Gedanken

sammelte und sich fragte, ob er es wagen konnte, sie auszusprechen.

»Nichts gegen die Navy, Admiral«, sagte er schließlich. »Sie machte ihre Sache höllisch gut, als sie uns nach Makin Island brachte und abholte.«

»Sie waren beim Stoßtruppunternehmen Makin Island dabei?« fragte Wagam.

»Jawohl, Sir.«

»Sagen Sie schon das ›Aber‹, Lieutenant. Wir machten unsere Sache höllisch gut bei Makin Island, *aber*?«

»Dies wird die erste Fahrt der *Sunfish* sein«, sagte McCoy. »Wer auch immer der Kommandant sein wird, er wird verständlicherweise nervös sein. Wenn wir dann gerade an Land gehen und es ein Anzeichen darauf gibt, daß die Japse uns entdeckt haben und angreifen ...«

»›dann wollen Sie nicht in einem Schlauchboot zwischen Strand und dem U-Boot zurückgelassen werden, das untertaucht, richtig?« vollendete Pickering für ihn. »Okay, Admiral, wir haben das noch nicht angesprochen. Woher wissen wir, daß die Besatzung dieses neuen U-Boots tun wird, was sie tun muß?«

»Ich unterstelle Lieutenant McCoy nicht, daß er den Mut der U-Boot-Besatzung anzweifelt ...«

»Erlaubnis, zu sprechen, Sir?« unterbrach Lieutenant Lewis.

Es war Admiral Wagam anzumerken, daß er nicht gern unterbrochen wurde. Aber nach einem ärgerlichen Blick zu seinem Adjutanten sagte er: »Gewiß, Lewis.«

»McCoy, würde es Ihre Vorurteile verringern, wenn ein Offizier an Bord der *Sunfish* wäre, der Erfahrung mit solchen Operationen hat und zugleich das persönliche Interesse des CINCPAC an dieser Mission kennt?«

»Da sind wir wieder beim Thema, Chambers, wie?« fragte Admiral Wagam seinen Adjutanten.

»Bei welchem Thema?« fragte Stecker.

»Lieutenant Lewis ist der Ansicht, er kann einen weitaus größeren Beitrag zum Krieg leisten, indem er an dieser Mission teilnimmt, anstatt Türen für mich zu öffnen«, sagte Wagam. »Habe ich das richtig wiedergegeben, Chambers?«

»Jawohl, Sir.«

»Mr. Lewis ist ein U-Boot-Mann, Mr. McCoy«, erklärte Admiral Wagam. »Bevor er für mich arbeitete, war er auf drei Missionen nach Corregidor.«

»Ich denke, Ken«, sagte Pickering, »– und auch ich möchte nicht die Tapferkeit der U-Boot-Besatzung anzweifeln, Admiral – daß …«

»Daß mein Adjutant an Bord ist«, fiel ihm Wagam ins Wort, »und den Befehl hat, dem CINCPAC persönlich zu melden, wann und unter welchen Umständen die *Sunfish* McCoy und seinen Trupp zurückgelassen hat, was vielleicht sicherstellt, daß sie in Position bleiben, bis sie absolut keine Wahl haben als abzuhauen oder versenkt zu werden?«

»Es war nicht böse gemeint, aber genau das dachte ich«, sagte Pickering.

»Ich weiß auch ein bißchen über das Absetzen von Schlauchbooten aus U-Booten, Mr. McCoy«, sagte Lewis.

»Wie sind Sie im Paddeln?« fragte McCoy.

»Vermutlich ein bißchen besser als Sie«, erwiderte Lewis. »Ich kann sogar gehen und gleichzeitig Kaugummi kauen.«

McCoy lachte.

»Sie können nicht *zu* clever sein«, sagte McCoy. »Es klingt für mich, als melden Sie sich freiwillig.«

»Sie würden sich freiwillig melden, Chambers«, sagte Admiral Wagam. »Ist Ihnen das klar?«

»Jawohl, Sir, das ist mir klar.«

Wagam schaute Pickering an.

»Sind wir uns einig, General?«

»Ken?« Pickering sah McCoy fragend an.

»Wenn General Fertig ist, was er sagt, werden wir die *Narwhal* brauchen«, sagte McCoy. »Ich würde sie lieber in einem Monat sehen oder in zwei Monaten und ein paar Tonnen Ausrüstung ausladen, als das Risiko eingehen, alles jetzt zu verlieren – was auch für lange Zeit unsere Chancen zunichte machen würde, Fertig zu helfen.«

Pickering nickte.
»Wir sind uns einig, Admiral«, sagte er.
»Lieutenant Lewis, von diesem Moment an sind Sie bis auf weitere Befehle zur Operation Windmill abkommandiert«, sagte Wagam.
»Aye, aye, Sir.«
»Können Sie es wirklich, Lewis?« fragte McCoy.
»Was kann ich wirklich, McCoy?«
»Gehen und gleichzeitig Kaugummi kauen?«
»Vorausgesetzt, der Boden ist ziemlich eben«, gab Lewis zurück.
Nicht zu glauben, McCoy mag ihn! dachte Pickering. *Und die Sympathie ist gegenseitig. Was mag Sessions von Lewis halten? Ich werde ihn fragen müssen.*
»Ed«, sagte Pickering, »kümmern Sie sich um Lewis? Besorgen Sie ihm ein Quartier und so weiter? Hier ist leider kein Platz mehr.«
»Mit Vergnügen, Sir«, sagte Sessions.
»Colonel Stecker und ich nehmen jetzt den Admiral mit auf eine Besichtigungstour von Brisbanes berühmten Touristenattraktionen«, kündigte Pickering an. »Wir fangen mit der Gentlemen's Bar im Maritime Club an.«
»Wenn Commander Feldt anruft, General, soll ich ihm sagen, wo Sie sind?« fragte McCoy.
»Unbedingt, Mr. McCoy«, sagte Pickering. »Commander Feldt ist eine nautische Erfahrung, die der Admiral trotz seiner langen Karriere noch nicht erlebt hat, dessen bin ich mir sicher.«
»Feldt?« fragte Wagam. »Der Mann der Küstenbeobachter?«
»Richtig«, sagte Pickering. »Ken, versuchen Sie Feldt an die Strippe zu kriegen und bitten Sie ihn, sich zu uns zu gesellen. Und wenn Colonel DePress anruft, bitten Sie ihn ebenfalls zu uns … wenn er anruft. Ich hoffe das, aber rufen Sie ihn nicht an. Ich möchte nicht, daß Willoughby mir vorwerfen kann, ich arrangiere geheime Treffen mit jemandem aus seinem Stab.«
»Aye, aye, Sir.«

9

»Captain, kennen wir uns?« sagte Lieutenant Lewis sofort zu Sessions, als Pickering, Wagam und Stecker zur Tür hinaus waren.

»Sie sind ein '40er, richtig?«

»Richtig.« Lewis verstand, daß Sessions den Jahrgang 1940 der Absolventen der US-Marineakademie Annapolis meinte. Unwillkürlich blickte er auf Sessions' Hand. Sessions trug keinen Annapolis-Ring.

»Neununddreißig«, sagte Sessions. »Ich glaube, wir waren zusammen in irgendeinem Kurs.«

»Und dann wollte die Navy Sie nicht, und Sie mußten zu den Marines gehen?«

»Warum denke ich, daß ich Ärger mit diesem Deckschrubber bekommen werde?« fragte McCoy.

»Die von der Navy fangen ganz richtig an, Ken«, sagte Sessions. »Doch dann schickt man sie hinunter in U-Boote, und bei all dem Druck wird ihr Verstand ausgequetscht.«

»Kann ich nach Hause gehen, Mr. McCoy?« fragte Staff Sergeant Koffler. »Oder brauchen Sie mich noch für etwas?«

»Meine Grüße an Madame Koffler, Sergeant Koffler«, sagte McCoy. »Nehmen Sie den Jeep. Dann rufen Sie Pluto gegen einundzwanzig Uhr an und stellen fest, ob der Hinkefuß eine Fahrmöglichkeit vom Verlies aus hat. Der General will nicht, ich wiederhole, will nicht, daß er selbst fährt. Wenn er gefahren werden muß, fahren Sie ihn. Und wir sehen Sie morgen um acht Uhr.«

»Ken«, sagte Lieutenant Hart. »Ich hole Hinkefuß.«

»Sie halten sich zur Verfügung, um den General zu fahren. Wenn Feldt in der Gentlemen's Bar auftaucht, werden sie vermutlich später einen Fahrer brauchen.«

»In Ordnung«, sagte Hart, »Tut mir leid, Koffler.«

»Kein Problem, Mr. Hart«, erwiderte Koffler und wandte sich dann McCoy zu. »Aye, aye, Sir.«

McCoy wartete, bis Koffler das Eßzimmer verlassen hatte. Dann zog er die Schublade eines Schranks auf, nahm eine Flasche Scotch heraus und hielt sie hoch, eine stumme Frage, ob jemand einen Scotch haben wollte.

Interessant, dachte Lewis. *Der Sergeant fragte* Lieutenant *McCoy nach seinen Befehlen, nicht* Captain *Sessions. Und McCoy gab die Befehle; und McCoy, nicht Sessions, kündigte jetzt die Cocktailstunde an.*

»Ja, bitte«, sagte Lewis.

»Ich auch einen«, fügte Sessions hinzu.

»Vielen Dank«, sagte Hart.

Hart nahm ein Tablett mit Gläsern von dem Anrichtetisch. McCoy schenkte in vier Gläser ein, erklärte, daß nur Navy-Typen den Scotch mit Wasser verdünnten, und hob sein Glas.

»Willkommen an Bord, Deckschrubber«, sagte er.

»Danke«, erwiderte Lewis.

»So lernen Sie wenigstes etwas, das jeder vom Marine-Corps bereits in der Grundausbildung lernt«, sagte McCoy.

»Ich weiß bereits, wie man die Schnürriemen zubindet, Mr. McCoy«, entgegnete Lewis.

»Ich dachte daran, daß man sich niemals freiwillig für etwas melden soll«, sagte McCoy.

»Sie haben sich freiwillig gemeldet, Ken«, sagte Sessions. »Pickering hat es mir erzählt.«

»Wenn man weiß, daß man der einzige Verfügbare für einen Job ist, bedeutet das nicht, daß man sich freiwillig meldet«, wandte McCoy ein.

»Das ist Haarspalterei.«

»Ich muß es tun, und Sie wissen das«, sagte McCoy.

»Darf ich eine Frage stellen?« fragte Lewis.

»Kommt auf die Frage an, ob Sie eine Antwort bekommen«, sagte McCoy.

»Was ist mit dem OSS?«

»Ich schäme mich, zu bekennen, daß der Hurensohn ein Klassenkamerad von mir war«, sagte Sessions, und dann sah er, daß McCoy die Hand hob wie ein Verkehrspolizist, und fügte hinzu: »Was ist, Ken?«

»Der General hat mir befohlen, bei der Navy nicht über

dieses Thema zu sprechen, bis er es bei dem Admiral zur Sprache gebracht hat. Ich denke, das schließt Sie ein.«

»Okay«, sagte Sessions.

»Sehe ich wie ein japanischer Spion aus oder was?« fragte Lewis.

»In dieser weißen Uniform sehen Sie eher wie ein Komiker aus, finde ich«, sagte McCoy. »Nächste Frage?«

Es war scherzhaft gesagt, aber Lewis wußte, daß er weder von Sessions noch von McCoy mehr über den Mann vom OSS erfahren würde.

»Erzählen Sie mir von ›Pluto‹ und ›Hinkefuß‹ und dem ›Verlies‹«, sagte Lewis.

»Das Verlies ist der Raum, in dem besonders geheime Botschaften ver- und entschlüsselt werden. Er befindet sich im Kommunikationszentrum des SWPOA«, erklärte McCoy. »Wenn Sie keine MAGIC-Unbedenklichkeitsbescheinigung haben, können Sie dort nicht rein. Wir sollen nicht mal etwas darüber wissen. Pluto – nach dem Disney-Hund –, auch bekannt als Major Hon Song Do, Fernmeldecorps der Army, ist der Leiter. Hinkefuß ist Lieutenant John Marston Moore, USMCR, der auf Guadalcanal vergaß, sich zu ducken, und seither humpelt. Er arbeitet für Pluto. Sie wohnen hier, und Sie werden sie kennenlernen. Nächste Frage?«

»Jeder wohnt hier außer dem OSS-Mann?« fragte Lewis.

»Nächste Frage?« sagte Sessions.

»Wo würde ich Eis finden, wenn ich wirklich welches für den Scotch wollte?« fragte Lewis.

XIII

1

Gentlemen's Bar
Maritime Club
Brisbane, Australien

29. November 1942, 18 Uhr 25

»Schön hier«, sagte Admiral Wagam zu General Pickering und sah sich in der luxuriösen Bar um, die mit dunkelbraunen Ledercouches und Sesseln ausgestattet war und an deren

Wänden diskret beleuchtete Ölporträts von Männern der Handelsmarine in Uniform und Segelschiffe unter vollen Segeln hingen.

Ein älterer Kellner mit weißem Jackett trat sofort an den Tisch, als sich Pickering, Stecker und Wagam setzten.

»Guten Abend, Gentlemen«, sagte der Kellner.

»Trinken Sie Scotch, Admiral?« fragte Pickering. Wagam nickte.

Der Kellner brachte Gläser, einen Sodasiphon, eine Schale mit Eiswürfeln und eine Flasche Scotch.

»Wir schenken selbst ein, danke«, sagte Pickering, und als der Kellner ging, tat er es.

Er hob sein Glas.

»Trinken wir auf die Zusammenarbeit von Navy und Marine-Corps?« fragte er.

»Auf das Corps«, sagte Admiral Wagam. »Auf Jack und Fleming.«

Sie tranken.

»Auf die Navy«, sagte Stecker und hob wieder sein Glas.

»Wie wäre es, wenn wir auf die Jungs trinken, die wir auf die Operation Windmill schicken?« sagte Pickering. »Gott schütze sie.«

»Sehr richtig«, sagte Wagam.

»Gibt es noch unbeantwortete Fragen?« überlegte Stecker laut. »Haben wir alles getan, was wir tun können?«

»Ich habe eine Frage über die Beteiligung des OSS«, sagte Wagam.

»Offenbar hat Colonel ›Wild Bill‹ Donovan den Präsidenten dazu gebracht, Frank Knox – beziehungsweise mich – anzuweisen, zwei OSS-Agenten an der Operation Fertig zu beteiligen. Die Donovan anscheinend OPERATION WINDMILL getauft hat. Als mein Stellvertreter in Washington, Colonel Rickabee …«

»Ich kenne Fritz«, warf Wagam ein.

»Als Fritz von der Identität des einen Agenten erfuhr und informiert wurde, daß er – in Ermangelung von stärkeren Wörtern – ein elender Hurensohn ist, protestierte er bei Knox und erhielt eine schroffe Botschaft, daß das OSS einschließlich des Hurensohns bei der Mission mitwirkt und keine weitere Diskussion erwünscht ist.«

»Autsch«, sagte Wagam. »Ich nehme an, es ist zuviel erhofft, daß der Agent, der ums Leben kam …«

»Der *gute* stürzte mit der B-17 ab«, sagte Pickering. »Jack sprach ein paar Takte mit dem anderen – das ist ein Captain des Marine-Corps namens Macklin – und machte ihm klar, daß McCoy die Mission leitet, auch wenn er nur First Lieutenant ist.«

»Ich werde mit Chambers Lewis sprechen, bevor ich nach Pearl zurückkehre«, sagte Wagam, »und dafür sorgen, daß er das versteht.«

»Das halte ich für eine sehr gute Idee«, sagte Pickering. »Danke.«

»Ich war sehr beeindruckt von McCoy«, erklärte Wagam.

»Er ist ein sehr beeindruckender junger Mann. Und er hat die Erfahrung. Er nahm am Stoßtruppunternehmen Makin Island teil, und er leitete die Operation zur Ablösung der Marines bei den Küstenbeobachtern auf Buka. Er sollte zweifellos die Leitung haben.«

»Und wir bemühen uns, einen Marine Raider aufzutreiben, der ihn begleitet, einen Master Gunnery Sergeant, der mit McCoy beim Stoßtruppunternehmen Makin Island dabei war«, sagte Stecker. »Ich denke, er wird rechtzeitig auftauchen.«

»Wenn Sie mir das nicht übelnehmen«, sagte Admiral Wagam vorsichtig, »eines ist falsch mit McCoy. Wenigstens für Ihre Zwecke.«

»Und was wäre das?« fragte Pickering kühl.

»Er ist nur First Lieutenant. Ich bezweifle, daß General MacArthur seine Meinung über Fertig aufgrund der Einschätzung eines First Lieutenant ändern wird.«

»Ursprünglich sollte Jack die Mission leiten«, sagte Pickering. »Er hat Guerilla-Erfahrung in den Bananenrepubliken gesammelt.«

»Und was ist passiert?«

»Der zukünftige Kommandant des Corps hat entschieden, daß er ihn in Washington braucht.«

Stecker fühlte sich sichtlich unbehaglich.

»Der ›zukünftige Kommandant‹?« fragte Wagam überrascht. »Davon hatte ich noch nichts gehört. Wer? Vandegrift?«

»Das haben Sie nicht von mir«, sagte Pickering. »Und wechseln wir das Thema. Sie haben recht. McCoys Dienstrang wird zu einigen Problemen führen. Ich bin offen für Vorschläge.«

»Schicken Sie jemanden zurück, der die ganze Zeit bei Fertig gewesen ist, je ranghöher, desto besser. Ich meine, mit der *Sunfish.*«

»Das klingt sehr vernünftig.«

»Okay, das machen wir«, sagte Pickering. »Vorausgesetzt, McCoy kann jemanden finden, den er zurückschickt.«

»Ich wünschte wirklich, ich könnte teilnehmen«, sagte Stecker.

»Du bist zu alt und klapprig, Jack«, sagte Pickering und griff nach der Scotchflasche.

2

Naval Air Transport Passenger Terminal
Brisbane, Australien

30. November 1942, 7 Uhr 15

Lieutenant Chambers D. Lewis, USN, war nicht überrascht, als Brigadier General Fleming Pickering und Colonel Jack Stecker auftauchten, um Admiral Wagam zu verabschieden. Aber es überraschte ihn ein bißchen, daß Captain Ed Sessions am Steuer eines Jeeps heranfuhr, als die Coronado mit Ziel Pearl Harbor bereits mit zwei laufenden der vier Motoren von der Halteboje losschwamm.

Pickering – im Begriff, mit Stecker in den Studebakerstabswagen zu steigen – besann sich anders und ging zu Lewis, als Sessions heranfuhr.

»Alles in Ordnung, Ed?«

»McCoy kommt klar, und ich habe Lewis ein Quartier gleich neben Macklin besorgt, aber mit dem Telefon wird es einige Zeit dauern«, antwortete Sessions.

Macklin? überlegte Lewis. *Warum klingelt es bei mir bei dem Namen? Da war ein Typ auf der Akademie, der so hieß. Aber das wäre ein zu großer Zufall.*

»Vielleicht kennt Pluto jemanden beim Fernmeldekorps«, sagte Pickering. »Ich werde mich darum kümmern.«

»Jawohl, Sir.«

»Lewis, Sessions bringt Sie im Quartier für ledige Offiziere unter.«

»Jawohl, Sir.«

»Hatte Admiral Wagam Zeit, Ihnen zu erklären ... wer die Mission leitet?«

»Jawohl, Sir. Ich erhalte meine Befehle von Lieutenant McCoy.«

»Wenn Sie irgendwelche Probleme haben, wenden Sie sich an Colonel Stecker oder mich.«

»Jawohl Sir. Danke, Sir.«

»Ich hoffe, Sie haben eine Badehose mitgebracht«, sagte Pickering.

»Ich habe eine für ihn, Sir«, sagte Sessions.

»Nun, dann werde ich Sie beide später im Water Lily Cottage sehen. Viel Spaß.«

»Ich werde versuchen, ihm den Spaß zu ermöglichen, Sir«, sagte Sessions.

Pickering ging zum Studebaker.

»Was macht der Kopf?« fragte Sessions, als Lewis neben ihm in den Jeep stieg. »Genauer gefragt, wie geht's dem Kater?«

»Ich bin Offizier der Navy, Captain. Offiziere der Navy können erstens viel vertragen und sich zweitens beim Saufen zurückhalten. Weshalb ist das Marine-Corps so früh auf? Und was war das mit Badehosen?«

»Als erstes quartieren wir Sie im Quartier für ledige Offiziere ein. Dann zeigen wir Ihnen – oder vielleicht zeigen Sie uns –, wie man schwere und unhandliche Dinge über eine gewellte, nasse, glitschige Oberfläche in Schlauchboote verlädt. Und dann üben Sie, ein Schlauchboot durch den Hafen zu paddeln, das mit schweren, unhandlichen Dingen überladen ist. Und wenn Sie heute nicht ertrinken, dürfen Sie es morgen abend oder übermorgen vor dem Sonnenaufgang noch einmal üben.«

»Tatsächlich? Und woher bekommen Sie eine gewölbte, nasse und glitschige Oberfläche?«

»McCoy fand einen alten Küstenfrachter, der an einer Pier dahingammelt«, erwiderte Sessions. »Er hat ihn für eine Woche von den Australiern gemietet.«

»Wie meinen Sie das ›gemietet‹?«

»Als er fragte, ob er ihn benutzen kann, sagten die Besitzer: ›Na klar, und wieviel löhnen Sie dafür?‹«

»Soll das ein Scherz sein?«

»Nein, das ist ernst. McCoy und Koffler und Hart sind seit Tagesanbruch dort und bereiten die Dinge vor. Ich hoffe, Sie erinnern sich, wie man schwimmt?«

»Nehmen Sie an dieser Übung teil?«

»Nein. Ich nehme nicht an der Mission teil, und deshalb brauche ich nicht zu üben. Aber ich sehe mir das mal an. Mit einem bißchen Glück ertrinkt Mister OSS.«

»Sie sind wirklich nicht gut auf den Mann zu sprechen, nicht wahr?«

»Sagen wir so, es würde mir nicht das Herz brechen, wenn er heute morgen ersäuft.«

»Sagen Sie mir, warum?«

»Was hat Ihnen Ihr Admiral gesagt?«

»Er sagte, McCoy hat die Leitung, und ich soll mich entsprechend verhalten.«

»Wenn das alles ist, was er gesagt hat, dann ist zweierlei möglich. Entweder hat ihm der General nichts über den OSS-Typen erzählt, was bedeutet, daß ich es Ihnen sagen kann; oder er hat ihm was erzählt, und Ihr General hat sich entschieden, es Ihnen zu verschweigen, was bedeutet, daß ich es Ihnen *nicht* sagen kann.«

»Wenn Sie diesen Typen so hassen, warum ersäufen Sie ihn nicht einfach?«

»Ich denke, diese Möglichkeit ist erwogen worden. Wenn mich jemand gefragt hätte, dann hätte ich mit ›Ja‹ gestimmt.«

Sessions griff zum Rücksitz des Jeeps und nahm eine blaue Badehose aus einem Brotbeutel.

»Da soll einer sagen, das Marine-Corps gibt der Navy nie etwas«, sagte er, als er Lewis die Badehose überreichte.

»General Pickering erwähnte den Namen Macklin«, sagte Lewis in fragendem Tonfall. »Das ist der Name des OSS-Offiziers?«

»Richtig.«

»Ich denke, ich kenne ihn vielleicht.«

»Das bezweifle ich«, sagte Sessions.

»Warum bezweifeln Sie das?«

»Wenn Sie ihn kennen würden, dann würden Sie sich alle Mühe geben, es keinem zu erzählen«, sagte Sessions.

Chambers Lewis betrachtete die Badehose. Laut Etikett der australischen Marine im Bund war die Hose zwei Nummern zu groß für Lewis und hatte kein Futter.

»Sie hat kein Futter.«

»Das ist eine *Navy*-Badehose«, sagte Sessions. »Matrosen haben keine Eier, und deshalb ist ein Suspensorium unnötig.«

»Sie können mich mal, Captain Sessions.«

Aber du hast recht, dachte er. *Einige Matrosen haben keine Eier.* Dieser *Matrose namens Lewis im besonderen.*

Lieutenant Chambers D. Lewis, USN, Annapolis '40, war zu dem Schluß gezwungen, daß ernsthaft zu bezweifeln war, ob er Eier hatte – Manneskraft, Mumm, wie auch immer man es beschreiben kann –, um die Uniform zu tragen, die er trug, und sich als Offizier der Navy zu betrachten.

Er glaubte, nur noch am Leben zu sein, weil er ein Feigling war.

Der erste Hinweis darauf, daß er weniger als den nötigen Mumm hatte, kam als höllische Überraschung kurz nachdem er sich in New London, Connecticut, zur U-Boot-Schule gemeldet hatte, ein halbes Jahr, nachdem er die Marineakademie absolviert hatte.

Während einer Einführungsfahrt mit einem U-Boot vor dem Beginn der Ausbildung hatte Lieutenant Commander Thomas B. Elliott, USN, Annapolis '32, ihnen eine kleine Rede gehalten und erklärt, daß die Veranlagung einiger Leute sie einfach für den leisen Dienst disqualifizierte. Diese Personen brauchten sich dessen nicht zu schämen, sagte Lieutenant Commander Elliott, genausowenig wie sie sich wegen blauer Augen oder roter Haare zu schämen brauchten. Gott hatte sie einfach so erschaffen.

Die Navy führte die Einführungsfahrt durch, um sowohl sich als auch der Person, deren Veranlagung sie für den U-Boot-Dienst disqualifizierte, Geld und Zeit zu ersparen und sie zur Navy über Wasser zurückzuschicken – ohne jedes Stigma –, bevor die lange und teure Ausbildung begann.

Das war einfach Blödsinn, wie Ensign Chambers D. Lewis wußte. Jeder Offizier, der es nicht schaffte, in einem U-Boot zu dienen, sollte überhaupt nicht in der Navy sein. Und gewiß würde ein Vermerk in einer Personalakte, daß ein Offizier, der sich freiwillig zur U-Boot-Ausbildung gemeldet und schon nach einer Woche New London verlassen hatte, einem Stempel mit dem Wort FEIGLING gleichkommen. Feiglinge verdienen nicht nur die Verachtung von Nichtfeiglingen, sondern taugen auch nicht zum Befehligen von Männern, was eine wesentliche Funktion eines Offiziers der Navy ist.

Lewis erinnerte sich sehr deutlich an das erste Mal, an dem der U-Boot-Kommandant den Befehl ›tauchen‹ gegeben hatte. Lewis hatte danach Alpträume und wachte schweißgebadet auf.

Er stand nur ein paar Schritte vom Kommandanten entfernt, als er diesen Befehl hörte. Und als die Hupe ertönte und es aus den Lautsprechern plärrte ›*Tauchen! Tauchen! Tauchen!*‹, brach ihm der Schweiß aus, und er war von Entsetzen erfüllt.

Er glaubte, sein Herz bliebe stehen und er würde ohnmächtig umfallen. Er erinnerte sich an wenig sonst von dieser ersten Fahrt unter Wasser. Er wußte nur, daß sie unter der Oberfläche waren und nur ein paar Meter entfernt das Meer sein Bestes tat, um den Rumpf zu durchbrechen und jeden darin zu verschlingen, einschließlich ihn.

Bei der Rückkehr nach New London hielt Lieutenant Commander Elliott eine weitere kleine Ansprache – und Lewis hatte auch noch eine deutliche Vorstellung von Elliott. Er sah fähig und profihaft aus, ganz Offizier, wie ein Offizier des leisen Dienstes sein sollte.

Lieutenant Commander Elliott betonte noch einmal, daß absolut kein Stigma an jemandem bleiben würde, der jetzt noch erkannte, daß der U-Boot-Dienst nichts für ihn war. Im Gegenteil, es sei jedermanns Pflicht, sein Unbehagen kundzutun, um sich und der Navy viele Probleme zu ersparen. Der Lieutenant Commander fügte hinzu, daß er ein Dutzend junge Offiziere kannte, die den Mut gehabt hätten, sich gegen den U-Boot-Dienst zu entscheiden, und jetzt sehr gut in der Navy dienten, über Wasser auf Schiffen oder als Marineflieger.

Lieutenant Commander Elliott sagte, er werde an diesem Abend von 19 Uhr bis 22 Uhr in seinem Büro sein. Wenn jemand mit ihm über eine Entlassung aus dem leisen Dienst sprechen wolle, solle er zu ihm kommen. Jeder, der das tue, werde binnen zwei Stunden vom Stützpunkt fort sein, und durch die Versetzung werde ihm absolut kein Stigma anhaften. Er werde außerdem jeden Samstagmorgen von 8 bis 11 Uhr in seinem Büro zu sprechen sein, solange sie in der Ausbildung sein würden.

Ensign Lewis redete sich aus, Lieutenant Commander Elliott an diesem Abend aufzusuchen, indem er sich weismachte, daß das Entsetzen beim Tauchen des U-Boots eine Überreaktion gewesen war, ein Zwischenfall, der sich nicht wiederholen würde. Er redete sich ein, daß es eine Riesendummheit sein würde, seine Karriere bei der Navy – und die harten vier Jahre vorher auf Annapolis – wegen einer Überreaktion wegzuwerfen, die sich nicht wiederholen würde.

Und den Rest seiner Ausbildung in New London ging es ähnlich weiter. Jede Woche nahm er sich vor, am Samstag zu Lieutenant Commander Elliott zu gehen und ihm zu sagen, daß er es versucht, aber nicht den Mumm zum Dienst unter See hätte.

Und jeden Samstagmorgen entschied er sich, noch eine weitere Woche zu warten. Er war nahe daran, an jenem Punkt der Ausbildung aufzugeben, an dem er am Fuß des wassergefüllten Turms die Sauerstoffmaske aufsetzen und an einer Leiter zur Oberfläche klettern mußte. Diese Ausbildung selbst beunruhigte ihn nicht sosehr wie der Gedanke, was sie stillschweigend beinhaltete: U-Boote und folglich die Männer an Bord, würden zwangsläufig in irgendwelche Schwierigkeiten geraten und versuchen müssen, aus einem manövrierunfähigen, dem Untergang geweihten U-Boot zu entkommen. Nach Lewis' Meinung gab es nur eine geringe Chance, daß es mit dem Entkommen im Ernstfall so gut klappen würde wie bei der Ausbildung in New London – wenn es überhaupt klappen würde. Wenn ein Angriff des Feindes in der Tiefe an einem U-Boot so viel Schaden anrichtete, daß es manövrierunfähig war, dann war es aus für die Besatzung.

Die verschiedenen Möglichkeiten, an Bord eines U-Boots zu sterben, beschäftigten lebhaft seine Phantasie in New London, später in Pearl Harbor bei Patrouillenfahrten und jetzt in Australien.

Er wurde Fünftbester seiner Klasse, und nach einer Einführungsfahrt an Bord der *Cachalot*, einem über neunzig Meter langen und tausendfünfhundert Tonnen schweren U-Boot der Porpoise-Klasse, das von Norfolk, Virginia, aus operierte (SUBFORATL), wurde er zur SUBFORPAC nach Pearl Harbor versetzt und auf der *Remora* verwendet, einem anderen U-Boot der Porpoise-Klasse.

Unterdessen glaubte er, seine schreckliche Furcht unter Kontrolle zu haben. Zugleich kam er auf eine Lösung seines Dilemmas. Wenn er sich als Marineflieger bewarb, solange er noch an Bord der *Remora* war, würden keine Schritte unternommen, bis er seine Verwendung beendet hatte. Seine Akten würden zeigen, daß er versetzt worden war, weil er Marineflieger werden wollte, nicht weil er aufgab. Und wenn er seine Dienstzeit beendete und dabei seine Angst unter Kontrolle hielt, würde das die moralische Frage lösen, ob er genug Mumm hatte, um Offizier der Navy zu bleiben.

Er war auf Patrouillenfahrt, weit fort von Pearl Harbor, als die Japaner am 7. Dezember zuschlugen. Die *Remora* machte sofort Jagd auf japanische Schiffe. Sie fand sechs und feuerte insgesamt vierzehn Torpedos darauf ab. Von den vierzehn Torpedos verfehlten neun das Ziel – sie lagen zu tief, irgend etwas stimmte nicht mit der Einstellvorrichtung. Von den fünf Torpedos, die trafen, detonierte nur einer – etwas stimmte nicht mit den Sprengkapseln.

Als die *Remora* nach Pearl Harbor zurückkehrte, wurde die Besatzung für fünf Tage Erholungsurlaub ins Waikiki-Beach-Hotel geschickt. Er verbrachte die fünf Tage betrunken auf seinem Zimmer, nicht nur angeheitert, beschwipst oder berauscht, sondern stockbetrunken.

Er nahm an vier weiteren Patrouillen teil. Nach jeder betrank er sich bis zur Bewußtlosigkeit. Und dann kam die fünfte Patrouille, die letzte – von dreien – die die *Remora* nach Corregidor unternahm, um aus der dem Untergang geweihten Festung Gold und Krankenschwestern und – bei einer Fahrt – ein Dutzend im Krieg erblindeter Männer zu evakuieren. Danach wachte er betrunken im Lazarett in Pearl Harbor auf, und sein Kopf war von Verbänden umwickelt. Man sagte ihm, daß man ihn im Hotel im Badezimmer gefunden hatte, wo er offenbar in der Wanne ausgerutscht war und sich den Schädel eingeschlagen hatte. Er war vier Tage bewußtlos gewesen und hatte viel Blut verloren. Und man entschied, daß seine körperliche Verfassung eine Rückkehr auf See ausschloß, bis man das Ausmaß der Schädigung seines Gehirns durch die Gehirnerschütterung bestimmen könne. Man sagte ihm, daß die *Remora* ohne ihn ausgelaufen war.

Die Erinnerung an seine gewaltige Erleichterung darüber, daß er nicht mehr mit dem U-Boot fahren mußte, und die Scham darüber, daß er nicht mit seinen Kameraden gefahren war, weil er sich bis zur Bewußtlosigkeit betrunken hatte, verursachten ihm noch heute Übelkeit. Er bedauerte, daß man ihn gefunden hatte, bevor er verblutet wäre.

Rear Admiral Daniel J. Wagam besuchte ihn drei Tage später im Krankenzimmer. Er erklärte, daß es gute und schlechte Neuigkeiten gäbe. Die gute war, daß er wieder diensttauglich geschrieben worden war; es war kein bleibender Schaden durch die Gehirnerschütterung entstanden. Die schlechte Nachricht war, daß sein Adjutant befördert worden war und er deshalb einen neuen brauchte. Und leider erfüllte Lieutenant (Junior Grade) Chambers D. Lewis, USN, nicht nur die Kriterien, die der Admiral für einen Adjutanten aufgestellt hatte, sondern war auch verfügbar.

»Sir, mit Verlaub, ich würde es vorziehen, wieder auf See zu fahren.«

»Das würde ich auch, Mr. Lewis«, sagte Admiral Wagam. »Aber leider meint die Navy, ich sei von größerem Nutzen hinter einem Schreibtisch, und ich meine, Sie werden von größerem Nutzen sein, wenn Sie für mich arbeiten. Sie werden morgen versetzt. Ziehen Sie in Ihr Quartier ein, machen Sie zweiundsiebzig Stunden Urlaub und melden Sie sich dann bei mir im Hauptquartier CINCPAC.«

»Admiral, ich weiß nicht, ob Sie wissen, weshalb ich hier bin.«

»Offiziell sind Sie unter der Dusche ausgerutscht. Belassen Sie es dabei, Mr. Lewis. Sie sind nicht der erste Offizier, der mehr getrunken hat, als vernünftig war.«

Trotz der schrecklichen Versuchung schnüffelte Lewis in den zweiundsiebzig Stunden Freizeit nicht einmal am Korken einer Schnapsflasche. Danach meldete er sich bei Admiral Wagam wie befohlen.

Sechs Wochen später wurde die *Remora,* die zwei Wochen zum Auftanken auf Midway überfällig war, offiziell als auf See vermißt und mit der gesamten Besatzung als vermutlich verloren erklärt.

Am nächsten Tag wurde Chambers D. Lewis zum Lieutenant befördert.

Lewis folgerte daraus, wenn er kein Feigling wäre, hätte er sich nicht im Waikiki-Beach-Hotel vollaufen lassen. Er hätte sich nicht im Vollrausch den Kopf eingeschlagen, wäre an Bord der *Remora* Patrouille gefahren und wäre nun tot.

Er ging zu Admiral Wagam und bat, in den U-Boot-Dienst zurückzukehren. Der Admiral machte ziemlich klar, daß die Bitte erwartet und ziemlich kindisch war, und lehnte ab.

»Und, bitte, Chambers, machen Sie keine Gewohnheit daraus, mich immer wieder mit solchen Bitten zu behelligen und zu hoffen, ich würde schließlich weich werden. Wenn ich solche Bitten nicht mehr hören kann, landen Sie bei der Ausbildung zum Marineflieger und kommen nie wieder in ein U-Boot. Ich brauche Sie hier; Sie sind gut bei dieser Arbeit. Sie tun etwas Nützliches für die Navy, ob Sie das nun so sehen oder nicht.«

Aber das änderte sich, als die OPERATION WINDMILL zur Sprache kam. Die OPERATION WINDMILL war wichtig für die Navy, denn sie war wichtig für den CINCPAC. Wegen seiner Erfahrung würde Lewis nützlicher für die Navy an Bord der *Sunfish* sein, wo er Admiral Wagam (und folglich den CINCPAC) repräsentieren würde, anstatt Wagams Aktentasche zu tragen und seine Telefonate entgegenzunehmen.

Wenn er sich nicht freiwillig gemeldet hätte, an Bord der *Sunfish* zu gehen, hätte er sich nicht mehr im Spiegel anschauen können.

3

Nachdem Captain Robert B. Macklin gründlich über die Sache nachgedacht hatte, sagte er sich, daß es klug war, zum Leiter der Station des OSS in Brisbane zu gehen, auch wenn der Leiter nicht glücklich sein würde, wenn er von dem Problem erfuhr.

Das ist zu erwarten, dachte Macklin. Der Leiter der Station – er wußte nicht, wie er hieß, und man hatte ihm auch nicht den Namen genannt – würde sich sicherlich aufregen, wenn er von Major Brownlees Tod erfuhr, aus menschlichen Gründen und weil sich Brownlees Verlust auf die Mission auswirken würde.

Es war auch verständlich, daß sich der Leiter der OSS-Station aufregte, wenn er erfuhr, daß er, Macklin, wegen mangelnder Ausbildung und Erfahrung nicht qualifiziert war, in Brownlees Fußstapfen zu treten – ganz zu schweigen von seiner körperlichen Verfassung. Und obendrein war es nötig, ihn über die Lage angesichts des Verhaltens von Stecker, Sessions und McCoy ihm gegenüber zu informieren.

Macklin sagte sich, an Stelle des Stationsleiters wäre er genauso aufgeregt; und unter den gegebenen Umständen würde er tun, was der Stationsleiter sicherlich tun würde, nämlich Rat bei seinem vorgesetzten Hauptquartier suchen. In diesem Fall bedeutete es, daß er sich direkt an das OSS-Hauptquartier in Washington wenden und um Anweisung bitten würde.

Die Station mußte irgendeine schnelle Kommunikationsverbindung mit Washington haben, vielleicht sogar ein Kurzwellen-Funksystem, das nur zu diesem Zweck diente. Es sollte möglich sein, bei außergewöhnlichen Umständen wie in diesem Fall binnen vierundzwanzig Stunden eine Antwort aus Washington zu erhalten, vielleicht sogar noch eher.

Er hatte bei der OSS-Station angerufen und den Leiter informiert. Und jetzt wartete er auf eine Antwort.

Als er das Klopfen an der Tür hörte, nahm er deshalb an, daß man ihn entweder zum Telefon am Ende des Flurs rief oder jemand vom OSS ihn aufsuchte, vielleicht sogar der Stationsleiter selbst.

Er öffnete die Tür und sah einen großen, gutaussehenden Navy-Offizier mit dem Abzeichen des U-Boot-Dienstes auf der Brust seines Khakihemds und den Doppelbalken eines Lieutenants auf den Kragenspitzen.

»Hallo, Bob«, sagte Lieutenant Chambers D. Lewis, USN, und reichte ihm die Hand. »Lange nicht gesehen.«

Es dauerte einen Moment, bis sich Macklin an den ehemaligen Seeoffiziersanwärter auf der Akademie erinnerte und ihm einfiel, daß sie zusammen bei einem Ehrengericht gewesen waren, das drei Seeoffiziersanwärter in Unehren entlassen hatte.

»Lewis, nicht wahr?« frage Macklin. »Lewis, *Chambers D. '40?«*

»Richtig«, sagte Lewis. »Darf ich eintreten?«

»Natürlich«, sagte Macklin und zog die Tür weiter auf.

Ich wußte, daß ich eine sofortige Reaktion von der OSS-Station erhalten würde, dachte Macklin.

»Nicht zu glauben«, sagte Macklin. »Ich hatte jemanden erwartet, aber ich hätte nie gedacht, daß Sie das sein werden.«

»Es überrascht mich selbst ein bißchen, hier zu sein«, sagte Lewis.

Er griff in Sessions Brotbeutel und zog eine Badehose hervor.

»Die ist für Sie«, sagte er. »Von Ed Sessions.«

Macklin betrachtete die Badehose mißtrauisch.

»Kein Futter«, sagte Lewis.

»Wofür ist die?«

»Wir üben, Dinge in Schlauchboote zu verladen«, erklärte Lewis. »Sessions wartet unten.«

Mein Gott, vielleicht ist er gar nicht vom OSS! durchfuhr es Macklin.

»Lewis, was genau machen Sie hier?«

»Mehr oder weniger das gleiche wie Sie«, erwiderte Lewis.

»Ich bin hier auf geheimer Mission«, sagte Macklin. »Für das OSS.«

»OPERATION WINDMILL«, sagte Lewis. »Deshalb bin ich ebenfalls hier.«

»Sie sind also im OSS?«

»Nein, eigentlich bin ich vom CINCPAC.«

»Das verstehe ich nicht«, sagte Macklin. »Welche Verbindung haben Sie zu der OPERATION WINDMILL? Wer hat Ihnen davon erzählt? Sie ist streng geheim.«

»Admiral Wagam«, sagte Lewis. »Vom CINCPAC. Ich bin sein Adjutant. Man hat mich hergeschickt, um zu sehen, ob ich mich nützlich machen kann.«

Er ist nicht vom OSS, dachte Macklin. *Das hat er soeben völlig klargemacht.*

»Was meinen Sie mit ›nützlich‹?«

»Dafür zu sorgen, daß das U-Boot dort ist, wo es sein soll, und dort so lange bleibt, wie es nötig ist.«

»Vielleicht gibt es gar kein U-Boot.«

»O doch, das gibt es«, sagte Lewis und lachte. »Darauf können Sie wetten.«

»Einige Dinge sind passiert«, sagte Macklin. »Ich bin mir nicht sicher, wieviel ich Ihnen davon sagen kann. Aber soviel kann ich Ihnen verraten: Diese Mission wird vielleicht nicht stattfinden. Sie sollte nicht stattfinden.«

»Was ist passiert?«

»Ich weiß wirklich nicht, ob ich darüber mit Ihnen reden sollte«, sagte Macklin.

»Befürchten Sie, ich bin nicht für unbedenklich erklärt? Keine Sorge, das bin ich. Wenn Sie eine diesbezügliche Frage haben, wenden Sie sich an Captain Sessions.«

»Das ist einer von denen.«

»Einer von wem?«

»Ich bin nicht qualifiziert, diese Mission zu leiten, wissen Sie«, sagte Macklin. »Der Mann, der sie leiten sollte, der dazu qualifiziert war, ist mit dem Flugzeug abgestürzt und tot.«

»Major Brownlee. Ich hörte davon. Tut mir leid.«

»Er war ein guter Mann, ein feiner Offizier. Ich war sein Stellvertreter.«

»Nun, wenn man keinen als Ersatz für ihn schickt, werden Sie anscheinend seinen Platz einnehmen müssen.«

»Ich bin nicht als Leiter dieser Mission qualifiziert und darüber hinaus nicht von meinen Verwundungen genesen. Ich habe das gemeldet, und man sagte mir, man bleibt in Kontakt mit mir. Deshalb dachte ich, Sie seien meine Ablösung.«

»Nein«, sagte Lewis. »Ich bin vielleicht eine Verstärkung, aber keine Ablösung.«

»Verstehen Sie, es geht nicht darum, daß ich mich vor etwas drücken möchte; ich habe einfach nicht die Ausbildung, um das Kommando für eine solche Mission zu übernehmen.«

»Laut Sessions ist der Leiter einer von Pickerings Marines, Lieutenant McCoy.«

»McCoy ist First Lieutenant, und ich bin Captain. Die Verantwortung wird bei mir liegen.«

»Das bezweifle ich«, sagte Lewis, »wenn jemand mit Kompetenz – und die hat General Pickering mit Sicherheit – einem anderen das Kommando gibt.«

Macklin schaute ihn mit neuem Interesse an.

»Dann wäre das so, nicht wahr? Wenn ich offiziell von dem Kommando abgelöst werde, kann man mich nicht länger verantwortlich machen, nicht wahr?«

»Das sehe ich nicht so«, sagte Lewis. »Hören Sie, Macklin, ich weiß nicht, was zwischen Ihnen und Sessions und den anderen los ist, und ich bezweifle, daß ich es hören will. Ich weiß nur mit Sicherheit, daß ich meine Befehle von General Pickering erhalte, bis man mir etwas anderes befiehlt. Und meine Befehle von ihm lauten, daß ich tun soll, was Sessions mir sagt, und Sessions wartet unten auf uns.«

»Es gibt keinen Grund, daß Sie sich in diese Sache verwickeln lassen, Lewis. Es ist eine Sache des OSS. Das OSS wird sich damit beschäftigen.«

»Sessions wartet auf uns«, sagte Lewis.

Mir bleibt keine Wahl, ich muß mitspielen, bis das OSS handelt, dachte Macklin.

»Ich wäre Ihnen dankbar, Lewis, wenn unsere Unterhaltung unter uns bliebe.«

»Na klar. Sind Sie bereit? Soll ich unten warten?«

»Ich komme gleich mit«, sagte Macklin. »Geben Sie mir nur eine Minute.«

Dieser Mann ist ein Feigling, dachte Chambers D. Lewis. *Wie sagt man? ›Ein Feigling erkennt den anderen!‹*

4

Büro des Direktors
Office of Strategic Services
National Institutes of Health Building
Washington, D. C.

3. Dezember 1942, 8 Uhr 30

L. Stanford Morrissette war ein fünfundfünfzigjähriger Yale-Absolvent und Anwalt, der seine Anwaltskanzlei in San Francisco und sein Einkommen von dreihunderttausend Dollar pro Jahr für ein symbolisches Gehalt von einem Dollar pro Jahr als stellvertretender Direktor des OSS, Besondere Projekte, vorübergehend aufgegeben hatte. Er hatte zwar einigen Respekt vor Colonel William J. Donovan, dem Direktor des OSS, jedoch keine Ehrfurcht.

Nach seiner Ansicht irrte sich Donovan angesichts dessen, was er insgeheim als ›Pickering/Fertig-Schlamassel‹ bezeichnete. Morrissette kannte Fleming Pickering zufällig ziemlich gut – seine Kanzlei hatte viel geschäftlich mit der Pacific & Far East Shipping zu tun gehabt –, und er fand, daß es ein gewaltiger Fehler von Donovan gewesen war, als er vor fast einem Jahr Pickerings Dienste abgelehnt hatte. Morrissette war überzeugt, wenn Fleming Pickering General Douglas MacArthur nicht vom Wert des OSS bei seiner SWPOA-Operation überzeugen konnte, dann schaffte das keiner.

Und er glaubte, daß Donovans kleiner Plan, MacArthur zu überlisten, indem er OSS-Agenten an Pickerings Fertig-Mission teilnehmen ließ, leicht ein Schuß nach hinten werden und zu Schwierigkeiten führen konnte.

Man legte sich nicht mit jemandem wie Fleming Pickering an. Donovan sollte schlau genug sein, das zu erkennen, fand Morrissette, aber er erkannte es nicht.

Morrissette ging an Donovans Sekretärin vorbei zur offenen Tür seines Büros. Nach seiner Ansicht hatte Donovans Sekretärin wie die Sprechstundenhilfen von Ärzten und Dentisten viel zuviel vom Gehabe ihres Chefs angenommen. Morrissette mochte nicht demütig vor ihrem Schreibtisch um die Erlaubnis bitten, ihren großen Herrn und Meister sprechen zu dürfen.

»Wenn Sie einen Moment Zeit haben, Bill«, sagte Morrissette, »da ist etwas, das Sie meiner Meinung nach sehen sollten.«

Donovans Augen spiegelten Ärger wider, als er von seinem Schreibtisch aufblickte, doch einen Moment später setzte er sein charmantes irisches Lächeln auf.

»Im Gegensatz zu einigen anderen Leuten hier vergeuden Sie selten meine Zeit, Mo. Kommen Sie herein. Was haben Sie?«

Morrissette ging zu Donovans Schreibtisch und legte ein langes Fernschreiben darauf. »Dies wurde soeben entschlüsselt.«

»Lassen Sie mich sehen«, sagte Donovan.

TOP SECRET

EILT EILT

BRISBANE NUMBER 107
0900GREENWICH2DEC42

VON: CHIEF OSS STATION
BRISBANE AUSTRALIEN
AN: DIRECTOR OSS
NATIONAL INSTITUTES OF HEALTH BUILDING
WASHINGTON DC

BETRIFFT:OPERATION WINDMILL

(1) IHRE BOTSCHAFT NUMMER 403 0845 GREENWICH 31NOV42 BEZÜGLICH VERLUST BROWNLEES ERHALTEN 0715 GREENWICH 2DEZ42 XXX DIESE STATION WURDE ZUVOR NICHT – WIEDERHOLE – NICHT VON ZWISCHENFALL DURCH OSS-VERBINDUNGSOFFIZIER SWPOA INFORMIERT XXX OSS-VERBINDUNGSOFFIZIER SWPOA ERHIELT IHR 403 BEI SWPOA 1905 GREENWICH 31NOV42

XXX VERZÖGERUNG BEI DER ÜBERMITTLUNG AN OSS BRISBANE WEGEN ZITAT ANFANG GROSSES AUSMASS VON GEHEIMMATERIAL, DAS ENTSCHLÜSSELUNG ERFORDERTE ZITAT ENDE XXX DAS ZEIGT, DASS DIESE STATION ZUR SCHNELLEREN ÜBERMITTLUNG UNBEDINGT ZUGANG ZU SPECIAL CHANNEL HABEN MUSS.

(2) DER UNTERZEICHNER WURDE ÜBER BROWNLEES VERLUST AM 29NOV42 1615 ORTSZEIT WIE FOLGT INFORMIERT:

AM 29NOV42 1440 ORTSZEIT RIEF MACKLIN BEI TELEFONNUMMER FÜR KONTAKTAUFNAHME IN NOTFÄLLEN AN UND ERSUCHTE UM SOFORTIGES GESPRÄCH MIT DEM STATIONSLEITER XXX OFFIZIER VOM DIENST SCHLUG TREFFPUNKT VOR XXX MACKLIN WEIGERTE SICH, SEIN SWPOA-QUARTIER ZU VERLASSEN, UND ERKLÄRTE, SEIN LEBEN SEI IN GEFAHR XXX OFFIZIER VOM DIENST KONNTE KEINEN KONTAKT ZU DEM AGENTEN AUFNEHMEN, DEN DER UNTERZEICHNER ZU MACKLINS QUARTIER SCHICKTE XXX
1550 NAHM AGENT KONTAKT MIT DEM UNTERZEICHNER AUF UND EMPFAHL EINDRINGLICH PERSÖNLICHEN BESUCH BEI MACKLIN IM QUARTIER XXX UNTERZEICHNER TRAF SICH MIT MACKLIN IM QUARTIER UM 1615 ORTSZEIT XXX TRAF IHN IN ÄUSSERST AUFGEREGTER VERFASSUNG AN XXX WÄHREND DES TREFFENS ERKLÄRTE MACKLIN FOLGENDES:

1. ER WURDE AM 29NOV42 1130 ORTSZEIT VON COLONEL JACK STECKER ÜBER BROWNLEES VERLUST INFORMIERT XXX STECKER INFORMIERTE IHN, DASS BRIG GEN PICKERING DIE OPERATION TROTZDEM FORTSETZEN WILL XXX

2. ER SAGTE, ER BAT DARUM, MIT PICKERING ZU SPRECHEN, DOCH DAS WURDE IHM VERWEIGERT XXX

3. ER SAGTE, DASS ER DARAUFHIN STECKER INFORMIERTE, ER FÜHLE SICH NICHT QUALIFIZIERT, DIE OPERATION ZU LEITEN, WEIL ES IHM AN AUSBILDUNG MANGELT UND ER SICH NICHT VOLL VON DEN VERWUNDUNGEN ERHOLT HAT, DIE ER AUF GAVUTU ERLITTEN HAT XXX

4. ER ERKLÄRTE, DASS STECKER IHM DARAUFHIN SAGTE, ER, MACKLIN WERDE ZWAR DER RANGHÖCHSTE OFFIZIER BEI DER MISSION SEIN, ABER SIE WERDE IN WIRKLICHKEIT UNTER DEM KOMMANDO VON LIEUTENANT K. R. MCCOY, USMCR, DURCHGEFÜHRT, DER – ZITAT ANFANG – ALS ›KILLER‹ MCCOY BEKANNT SEI, WEIL ER 1941 IN SCHANGHAI VIER ITALIENISCHE MARINEINFANTERISTEN BRUTAL ERSTOCHEN HABE.

5. ER SAGTE, DASS ER SOWOHL MIT STECKER ALS AUCH MIT MCCOY IN DER VERGANGENHEIT PROBLEME GEHABT HABE UND DASS BEIDE EHEMALIGE UNTEROFFIZIERE SEIEN, DIE SICH GEGEN IHN VERSCHWOREN HABEN, UM SEINEN NAMEN UND BERUFLICHEN RUF ZU RUINIEREN XXX

6. ER SAGTE, STECKER HABE IHM GEDROHT, IHN VON KILLER MCCOY TÖTEN ZU LASSEN, SOBALD DIE MISSION AM ZIEL ANGELANGT SEI XXX

(3) DA DEM UNTERZEICHNER COLONEL STECKER UNBEKANNT WAR, WURDEN DISKRETE ERMITTLUNGEN VON COLONEL LEWIS R. MITCHELL, USMC, VERBINDUNGSOFFIZIER ZWISCHEN CINCPAC UND SWPOA DURCHGEFÜHRT XXX MITCHELL TEILTE MIT, DASS ER NICHT DIE ART DER BEZIEHUNG PICKERING/STECKER KENNT, ABER WEISS, DASS STECKER, DER IM ERSTEN WELTKRIEG DIE TAPFERKEITSMEDAILLE ERHIELT, IN HOHEM ANSEHEN BEI MAJOR GENERAL A. A. VANDEGRIFT VON DER ERSTEN DIVISION DES MARINE-CORPS STEHT, UNTER DEM ER EIN BATAILLON BEI DER INVASION VON GUADALCANAL BEFEHLIGTE XXX MITCHELL TEILTE MIT, DASS NACH SEINEM PERSÖNLICHEN WISSEN LIEUTENANT MCCOY VON BRIG GEN PICKERING HOCHGESCHÄTZT IST UND DASS STECKER IHM ERZÄHLTE, MCCOY HABE AM STOSSTRUPPUNTERNEHMEN MAKIN ISLAND TEILGENOMMEN.

(4) ANGESICHTS DER VORGÄNGE UND DER PERSÖNLICHEN ANSICHT DES UNTERZEICHNERS, DASS MACKLIN BEI DER PSYCHIATRISCHEN PRÜFUNG BEZÜGLICH SEINER BELASTBARKEIT ZU GUT BEURTEILT WURDE, WIRD NACHDRÜCKLICH EMPFOHLEN, DASS MACKLIN NICHT – WIEDERHOLUNG – NICHT ALS MITGLIED DER OPERATION WINDMILL ZUGELASSEN UND ALS UNTAUGLICH AUS DEM OSS ENTLASSEN WIRD XXX

(5) DER UNTERZEICHNER EMPFIEHLT MIT ÄUSSERSTEM NACHDRUCK, DASS GUT AUSGEBILDETER UND SORGFÄLTIG BEURTEILTER ERSATZ FÜR MACKLIN SO SCHNELL WIE MÖGLICH GESCHICKT WIRD XXX WENN DAS UNMÖGLICH IST, SIND DREI (3) AGENTEN HIER QUALIFIZIERT UND WÜRDEN SICH VIELLEICHT FREIWILLIG MELDEN, WENN SIE GEFRAGT WERDEN XXX

(6) ZU IHRER ALLGEMEINEN INFORMATION TEILTE MITCHELL EBENFALLS MIT, DASS PICKERING MIT REAR ADMIRAL WAGAM VOM STAB NIMITZ AM 29NOV42 KONFERIERTE, VERMUTLICH BEZÜGLICH DER VERFÜGBARKEIT EINES U-BOOTS XXX ES IST DESHALB VERMUTLICH WICHTIG, ERSATZ FÜR MACKLIN SO SCHNELL WIE MÖGLICH ZU FINDEN XXX

WATERSON

STATIONCHIEF BRISBANE

TOP SECRET

Donovan blickte zu Morrissette auf.

»Nun?« fragte er.

»Was mache ich damit, Bill?«

»Abgesehen davon, den Idioten zu finden, der diesen Idioten Macklin nach Brisbane geschickt hat, meinen Sie? Oder fragen Sie mich, was wir tun sollten, bevor wir ihn feuern? Wie es wäre, seine Eier an diese große Eiche neben dem ersten Tee im Congressional Country Club zu nageln? Mit rostigen Nägeln natürlich.«

»Was machen wir mit Captain Macklin?«

»Was würden Sie vorschlagen, Mo?«

»Ein Eilfernschreiben zu Waterson schicken, ihn anweisen, Pickering zu informieren, daß Macklin abgelöst und Ersatz unterwegs ist, und den Ersatz auf den Weg schicken.«

»Das können wir nicht tun, Mo«, sagte Donovan.

»Warum nicht?«

»Sie werden ein Eilfernschreiben an Waterson schicken und ihn anweisen, seine Meinung über Captain Macklin für sich zu behalten. Ich will nicht, daß Douglas MacArthur herausfindet, daß wir Pickering diesen Idioten geschickt haben.«

»Nachdem wir jetzt über ihn Bescheid wissen, würden Sie Captain Macklin lieber zur Operation WINDMILL mitschicken, als eine kleine Peinlichkeit zu ertragen? Fehler passieren, Bill. Wir haben einen gemacht.«

»Die Entscheidung wurde getroffen. Mit der Billigung des Präsidenten haben wir zwei OSS-Agenten bei Pickerings Mission dabei. Wenn wir jetzt sagen: ›Moment mal, Freunde, hier hat es einen kleinen Fehler gegeben, einer der Agenten, den wir euch schickten, ist paranoid‹, sehen wir dumm aus. Ich will nicht vor dem Präsidenten, Knox und MacArthur dumm aussehen. Ist das so schwer zu verstehen?«

»Nicht schwer zu verstehen, nehme ich an, aber schwer zu glauben«, sagte Morrissette. »Was ist mit den anderen Leuten bei dieser Mission? Haben Sie daran gedacht, welche Gefährdung es für sie und für die Mission selbst ist, wenn sie diesen Mann mitnehmen?«

»Das Thema ist beendet, Mo«, sagte Donovan. »Nachdem

ich alle Fakten abgewogen habe, lautet meine Entscheidung, daß Captain Macklin an der Mission teilnimmt. Klar? Schicken Sie Waterson ein Eilfernschreiben in diesem Sinne.«

»Darf ich offen sprechen?«

»Gewiß.«

»Das stinkt zum Himmel, Bill.«

»Es gefällt mir ebensowenig wie Ihnen. Es ist eine Frage, welchem besseren Zweck es dient.«

»Was ist der ›bessere Zweck‹?«

»Daß das OSS im Pazifikraum operiert. Ich glaube, und ich hoffe, Sie glauben es auch, daß wir guten Glaubens einen wesentlichen Beitrag dort leisten können. Wir müssen nur um MacArthur herumkommen, der uns im Weg steht.«

»Indem wir so etwas tun, einen Mann wie Macklin auf eine Mission schicken? Auf eine Mission, die vielleicht seinetwegen scheitert?«

»Die Mission wird entweder ein Erfolg oder eine Pleite. Wenn sie ein Erfolg wird, haben wir gezeigt, daß das OSS nützlich ist.«

»Und wenn sie scheitert?«

»Dann sind wir bei dem Versuch gefallen«, sagte Donovan. »Wir haben bewiesen, daß wir bereit sind, die verlangten Opfer zu bringen. Wir werden es wieder und wieder versuchen, bis wir Erfolg haben. Und wir werden *nicht* zugeben, daß unsere internen Verfahren so schlampig sind, daß wir einen Irren wie diesen Macklin auf eine Mission schicken.«

»*Wir* haben es versucht und sind gefallen? *Wir* sind bereit, Opfer zu bringen? Was soll dieses *Wir*, Bill? Wir reden hier über das Leben anderer Männer, nicht über Ihres oder meines.«

»Darum geht es im Krieg immer, Mo, um das Leben anderer Männer. Wenn man uns erlaubt, im Pazifikraum zu operieren, werden wir vielen anderen Männern das Leben retten.«

»Und das Leben der Männer bei dieser Mission ist der Preis, den wir zahlen müssen, um dort operieren zu können?«

»Sie denken anscheinend nicht an die Möglichkeit, daß die

Mission ein Erfolg wird. Ich wette darauf. Ja, ich wette, daß sie ein Erfolg wird. Was immer man auch sonst über Fleming Pickering sagen kann, er ist kein Dummkopf.«

»Ist Ihnen in den Sinn gekommen, daß Fleming Pickering entweder jetzt oder mit Sicherheit später dafür sorgen wird, daß der Präsident von dieser Sache erfährt?«

»Lassen Sie Fleming Pickering mal meine Sorge sein«, sagte Donovan etwas ungeduldig. »Ist sonst noch etwas, Mo?«

»Ich bereite ein Eilfernschreiben für Waterson vor«, sagte Morrissette. »Einen Entwurf für Sie zum Unterzeichnen.«

»Sie können das unterschreiben, Mo.«

»Ich kann, aber ich werde das nicht«, sagte Morrissette, machte kehrt und verließ Donovans Büro.

5

Headquarters, 1st Marine Division
Guadalcanal, Salomoneninseln

4. Dezember 1942, 9 Uhr 45

Der Sergeant Major der Ersten Division des Marine-Corps, ein vierschrötiger, muskelbepackter Mann, der sechsundzwanzig seiner vierunddreißig Dienstjahre Marineinfanterist war, zog die Segeltuchplane (einst Teil eines Zelts) zur Seite, die das Büro des Kommandeurs vom Rest des Befehlsstands abtrennte.

Ein großer, würdevoll wirkender Mann Anfang Fünfzig mit beginnenden Hängebacken saß auf einem Klappstuhl vor einem kleinen Feldschreibtisch der Army. Er bemerkte anscheinend nicht die Anwesenheit des Sergeant Major.

»General«, sagte der Sergeant Major respektvoll.

Major General Alexander Archer Vandegrift, USMC, Kommandeur der Ersten Division des Marine-Corps und aller Streitkräfte auf Guadalcanal, wandte den Kopf und schaute über die Schulter. Der General trug einen verbeulten und verschwitzen Arbeitsanzug wie der Sergeant Major.

»Colonel Carlson, Sir«, sagte der Sergeant Major.

General Vandegrift nickte und forderte den Sergeant Major mit einer Geste auf, den Colonel hereinzulassen.

Colonel Evans Carlson, USMC, befehlshabender Offizier des 2nd Marine Raider Bataillon, zog die Segeltuchplane zur Seite und betrat das Büro, als Vandegrift sich erhob.

Carlson, ein großer Mann, trug einen Arbeitsanzug, der noch verschlissener als der von Vandegrift war. Er trug eine Thompson-Maschinenpistole Kaliber .45 ACP am Riemen über der Schulter, und aus seinem Stoffkoppel ragten zwei Feldflaschen, ein Kompaßetui, ein Erste-Hilfe-Päckchen und eine .45er Colt-Pistole Modell 1911A1.

Er sieht unterernährt und erschöpft aus, dachte Vandegrift.

»Colonel Carlson meldet die Rückkehr der Second Raiders, Sir«, sagte er und grüßte.

Das 2nd Raider Bataillon war seit dem 9. November 1942 hinter den feindlichen Linien gewesen – fast einen Monat lang. Die Japaner, die etwas verspätet erkannt hatten, daß der Ausgang der Schlacht um Guadalcanal sehr wahrscheinlich die Zukunft des Krieges entscheiden würde, hatten es geschafft, mit einem schrecklichen Preis an Schiffen, Material und Menschenleben Verstärkungen für die 17. Armee bei Gavanga Creek an Land zu bringen.

Trotz aller Bemühungen der Marines, die Streitmacht zurückzuschlagen, waren dreitausend Japaner durch die Linien gebrochen und durch den Dschungel im Bergland nach Matanikau vorgestoßen. Carlson und ungefähr zweihundert Raiders des Marine-Corps hatten die Japaner verfolgt. Sie hatten sich von Reis und allem Eßbaren ernährt, was sie im Dschungel hatten finden und was sie von den Japanern hatten erbeuten können.

»Willkommen daheim, Red«, sagte Vandegrift und erwiderte schneidig den Gruß.

»Sir, ich bedaure, den Verlust von sechzehn KIA und achtzehn WIA melden zu müssen.« (*K*illed *I*n *A*ction; *W*ounded *I*n *A*ction – gefallen; verwundet)

»Keiner vermißt?« fragte Vandegrift.

»Keiner vermißt, Sir. Wir haben unsere Verwundeten mitgebracht und die Gräber der Gefallenen markiert.«

Vandegrift nickte.

»Feindliche Verluste vierhundertachtundachtzig KIA, Sir. Ich schätze anderthalbmal so viele WIA.«

Vandegrift bemühte sich, seine Überraschung nicht zu zeigen – und auch nicht, was er sofort als Mißtrauen erkannte. Carlsons Raiders waren gute Marines, gut ausgebildet, gut ausgerüstet und hochmotiviert. Aber Carlson hatte soeben gemeldet, daß seine zweihundert Männer mehr als die doppelte Zahl ihrer Feinde getötet und dreimal so viele verwundet hatten.

»Und Sie schätzen vierhundertachtundachtzig KIA?«

»Nein, Sir. Die KIAs sind bestätigt. So viele Leichen waren es, Sir.«

»Gut gemacht, Colonel«, sagte Vandegrift. »Ich möchte natürlich alles darüber hören, aber um Ihnen die Mühe zu ersparen, alles zweimal zu berichten, halte ich es für besser, bis zur Stabsbesprechung um dreizehn Uhr zu warten. Sind Sie damit einverstanden?«

»Jawohl, Sir. Ich muß wirklich baden und mich umziehen.«

»Und Sie brauchen bestimmt etwas zu essen. Wie wäre es, wenn Sie duschen, eine saubere Uniform anziehen und mit mir hier zu Mittag essen?«

»Danke, Sir«, sagte Carlson. »Ich nehme dankend an.« Er legte eine kurze Pause ein, lächelte und fügte hinzu: »Und, Sir, ich möchte ebenfalls die Rückkehr eines Mannes in den Dienst melden, der sich unerlaubt von der Truppe entfernt hatte.«

Vandegrift runzelte die Stirn.

Carlson lächelte. »Gunny Zimmerman, Sir.«

»Gunnery Sergeant Zimmerman?« fragte Vandegrift. »Von der Staffel VMF-229?«

»Jawohl, Sir«, sagte Carlson.

»Sagen Sie mir, Colonel, wie landete Gunny Zimmerman bei den Second Raiders?«

»Nun, Sir, er war von Anfang an bei den Second Raiders. Er war beim Stoßtruppunternehmen Makin Island dabei, Sir.«

»Und dann wurde er zur VMF-229 versetzt?«

»Jawohl, Sir. Sie brauchten einen Experten für schwere MGs. Und Zimmerman ist ebenfalls gut mit Brownings.«

»Das hörte ich«, sagte Vandegrift. »Und dann, als die VMF-229 hier abgelöst wurde, verpaßte der Gunny irgendwie das Schiff, das die Staffel von der Insel abholte? War das ungefähr so, Carlson?«

»Jawohl, Sir. So ungefähr war es. Zimmerman sagte sich, er könnte sich mit uns nützlich machen. Es überrascht mich, daß Sie davon etwas wissen, Sir.«

Die Andeutung eines Lächelns spielte um Vandegrifts Lippen.

»Oh, ich habe davon gehört«, sagte er. »Viele Leute im Corps haben davon gehört.« Er hob die Stimme und rief: »Sergeant Major!«

Der Sergeant Major zog die Zeltplane zur Seite und spähte ins Büro des Generals.

»General?«

»Würden Sie bitte den Papierkram holen, den wir über Gunny Zimmerman haben, Sergeant Major?«

Der Sergeant Major verschwand hinter der Segeltuchplane. Eine halbe Minute später kehrte er zurück, betrat das Büro und überreichte Vandegrift den ›Papierkram‹. Vandegrift warf einen Blick darauf und gab das Blatt an Carlson weiter.

S E C R E T

MIT PRIORITÄT

HEADQUARTERS USMC WASH DC 1535 23NOV42
COMMANDING GENERAL 1ST MARDIV

FOLGENDES PERSOENLICH VON G2 USMC AN KOMMANDEUR 1. DIVISION DES MARINE-CORPS

LIEBER ALEX,

DER KOMMANDANT WÜNSCHT AUF ANWEISUNG DES MARINEMINISTERS SOFORTIGE VERSETZUNG VON GUNNERY SERGEANT ERNEST ZIMMERMAN VON VMF-220 ZU USMC SPECIAL DETACHMENT 16, ANGEGLIEDERT DEM SUPREME HEADQUARTERS SWPOA. LUFTREISEPRIORITÄT AAAAAA IST ERTEILT. BEFEHLSHABENDER OFFIZIER VMF-229 TEILT MIT, DASS GUNNERY SERGEANT ZIMMERMAN GEGENWÄRTIG BEIM 2ND RAIDER BATAILLON DIENT. BITTE UNTERNEHMEN SIE ALLES, WAS MÖGLICH IST, DAMIT ICH DEM KOMMANDANTEN MITTEILEN KANN, DASS GUNNERY SERGEANT ZIMMERMAN UNTERWEGS NACH USMC SPECIAL DETACHMENT 16 IST.

BESTE PERSÖNLICHE GRÜSSE HORACE

ENDE DER PERSOENLICHEN BOTSCHAFT
AN KOMMANDEUR 1ST MARDIV

IM AUFTRAG

FORREST, MAJGEN USMC ACOFS G2 HQ USMC

General Vandegrift kannte Gunnery Sergeant Zimmerman flüchtig, aber Zimmermans Typ kannte er gut. 1939 bestand das U.S. Marine Corps aus insgesamt tausenddreihundertacht Offizieren und achtzehntausendzweiundfünfzig Unteroffizieren und Mannschaften, weniger Männer als bei der Polizei von New York City. Fast alle Offiziere kannten einander, fast alle Unteroffiziere und Mannschaften kannten all die Offiziere, und die meisten Offiziere kannten die meisten der Unteroffiziere und Mannschaften, zumindest vom Sehen.

Gunnery Sergeant Zimmerman war einer von altem Schrot und Korn. Vandegrift erinnerte sich, daß Zimmerman vor dem Krieg Corporal bei den Fourth Marines in Schanghai gewesen war. Ohne Krieg wäre Zimmerman wohl immer noch in Schanghai und immer noch Corporal. Jetzt gab es über siebentausend Offiziere im Marine-Corps und über hundertfünfunddreißigtausend Unteroffiziere und Mannschaften, und Zimmerman war Gunnery Sergeant, lange bevor er hatte erwarten können, Sergeant zu werden.

Die Männer von der alten Art waren hier das Rückgrat der Ersten Division. Ohne sie, sagte sich Vandegrift oft, hätte die Division nicht schaffen können, was sie getan hatte.

»Und Sie wußten natürlich nichts von der Anwesenheit oder Abwesenheit des Gunnys, bis Sie hinter den feindlichen Linien waren, und Sie konnten nichts unternehmen?« fragte Vandegrift. »Sie brauchen die Frage nicht zu beantworten, Colonel. Offiziere des Marine-Corps sollten nicht lügen, und nach unserer Verfassung braucht sich keiner selbst zu belasten.«

»Danke, Sir«, sagte Carlson lächelnd. »Sir, was hat das alles zu bedeuten?«

»Ich weiß soviel beziehungsweise sowenig wie Sie«, sagte Vandegrift.

»General, ich erwähnte Gunny Zimmerman, weil ich ihn auszeichnen möchte.«

»Geben Sie ihm, was immer er Ihrer Meinung nach verdient hat. Unter uns gesagt, ich bin geneigt, jede Empfehlung von Ihnen wohlwollend zu behandeln. Was hat er getan?«

»Darüber wollte ich mit Ihnen sprechen, Sir. Nichts Besonderes, abgesehen davon, daß er Japaner getötet hat.«

»Ich verstehe nicht ganz.«

»Es ist ziemlich schwer zu beschreiben, Sir. Er nimmt diesen Krieg persönlich.«

»Ich kann Ihnen nicht folgen.«

»Er redet nicht viel und ist ziemlich verschlossen. Aber ich habe den Eindruck gewonnen, daß Zimmerman am glücklichsten bei den Marines in Schanghai war. Er hatte eine chinesische Frau. Frau in Anführungszeichen, denn sie waren nicht verheiratet. Aber sie gebar ihm drei Kinder. Sie hatten eine kleine Wohnung und kauften ein Haus in ihrem Dorf. Er wollte seine zwanzig Jahre dienen, es bis zum Sergeant oder vielleicht sogar Staff Sergeant schaffen und sich dann in ihrem Haus in dem Dorf zur Ruhe setzen. Er wollte nicht viel vom Leben; nur das, was er hatte. Und dann kamen die Japaner und ruinierten alles für ihn.«

»Ein echter China-Marine, mit anderen Worten?«

»Jawohl, Sir. Ich denke, er glaubt im Unterbewußtsein, wenn alle Soldaten der japanischen Armee tot sind, kann er zu den Marines in Schanghai und seiner Familie zurückkehren und die Dinge werden wieder normal sein. So tötet er viele japanische Soldaten.«

Vandegrift schüttelte lächelnd den Kopf.

»Kein persönlicher Akt von großer Tapferkeit, Sir«, sagte Carlson. »Aber er war stets bereit, an der Spitze zu marschieren – und er ist sehr gut an der Spitze –, und er war am glücklichsten, wenn er, im Anschlag liegend, aus dreihundert, vierhundert, fünfhundert Yards Japaner mit Kopfschüssen töten konnte.«

»Ich verstehe.«

»Ich will ihn nicht als blutdürstig darstellen, und er ist nicht tollkühn. Aber er ist sehr gut im Töten von Japanern. Ich habe nicht mitgezählt, doch für mich gibt es keinen Zweifel daran, daß er während dieser Operation mehr Japaner getötet hat als jeder sonst.«

»Könnten Sie mit gutem Gewissen empfehlen, daß Gunnery Sergeant Zimmerman den Silver Star verliehen bekommt?«

Carlson dachte über die Frage nach, bevor er antwortete.

»Jawohl, Sir. Ich sage noch mal, daß es kein Handeln von spektakulärer Tapferkeit war. Aber er ging jeden Tag dort draußen bereitwillig in den Kampf – manchmal zwei- oder dreimal pro Tag. Das summiert sich nach meiner Meinung zu mehr als einem Akt besonderer Tapferkeit.«

»Hiermit befohlen«, sagt Vandegrift. »Lassen Sie ihn baden, sich rasieren und einen frischen Arbeitsanzug anziehen und bringen Sie ihn her. Wir heften ihm den Silver Star an, und dann können Sie ihn in das nächste Flugzeug nach Espíritu Santo setzen.«

»Aye, aye, Sir. Danke, Sir. Mit Verlaub, Sir?«

Nachdem Carlson um die Erlaubnis gebeten hatte, sich zurückzuziehen, grüßte er zackig.

»Noch eines«, sagte Vandegrift. »Ich vergaß, daß Sie hinter den Linien waren und es nicht gehört haben können.«

»Sir?«

»Wir sind hier fast fertig. Am neunten Dezember, am nächsten Mittwoch, übergebe ich die Insel Patch.«

»Wem, Sir?«

»Major General Alexander M. Patch, U.S. Army, wird am neunten Dezember das Kommando auf Guadalcanal übernehmen. Die Erste Division des Marine-Corps wird zur Rehabilitation und Neuausrüstung nach Australien abkommandiert.«

»Das hatte ich nicht gehört«, sagt Carlson. »Es wird auch Zeit.«

»Über siebzig Prozent der Division hat Malaria«, sagte Vandegrift. »Der durchschnittliche Marine hat zweiundzwanzig Pfund Körpergewicht verloren.«

»Es war mir nicht klar, daß es so schlimm ist«, sagte Carlson.

»Es ist so schlimm«, sagte Vandegrift und erwiderte endlich Carlsons Gruß. »Danke, Colonel. Das ist alles.«

6

U.S. Army Air Corps Passenger Terminal
Queensland Air Field
Brisbane, Australien

6. Dezember 1942, 17 Uhr 15

Vier Sanitätswagen der U.S. Army und Sanitätspersonal warteten auf die C-47 des Army Air Corps, als sie zum Abfertigungsgebäude des Flughafens rollte. Als das große Transportflugzeug geöffnet und eine Aluminiumleiter hinabgelassen wurde, stiegen ein Arzt, drei Krankenschwestern und ein halbes Dutzend Mechaniker die Leiter hinauf.

Die Fahrer der Sanitätswagen ließen den Motor an, und einer von ihnen setzte rückwärts dicht ans Flugzeug und öffnete die Hecktür. Der erste Patient wurde sofort aus dem Flugzeug geholt. Eine Schwester hielt eine Flasche mit Blut über den in eine Decke gehüllten Körper, als die Trage in den Sanitätswagen geladen wurde. Vier Minuten vergingen, bis die zweite Trage aus dem Flugzeug in den Sanitätswagen geladen wurde. Die Türen wurden geschlossen, und der Sanitätswagen fuhr davon und wurde sofort durch einen anderen ersetzt. Zwei Patienten wurden auf Tragen in den zweiten Sanitätswagen geladen und zwei weitere in einen dritten.

Die letzte Trage war völlig mit einem weißen Laken bedeckt. Sie wurde in den vierten Sanitätswagen geladen, und dann stiegen der Arzt und eine Schwester ein, die Hecktür wurde geschlossen, und der Wagen fuhr davon.

Ein stämmiger, muskulöser, kleiner Marineinfanterist mit rundem Gesicht tauchte in einem Arbeitsanzug an der Tür des Frachtflugzeugs auf. Er ließ seinen Blick über den Flugplatz schweifen, warf einen fast leeren Seesack aus der Tür, packte den Lederriemen des Springfield-Gewehrs, das über seiner Schulter hing, und stieg vorsichtig die Aluminiumleiter hinunter.

Lieutenant Kenneth R. McCoy, USMCR, ging zu dem Marine und streckte ihm die Hand hin.

»Dachte mir, daß du dabei beteiligt bist, McCoy«, sagte Gunnery Sergeant Ernest W. Zimmerman. »Was, zum Teufel, ist los?«

»Ich brauche dich«, sagte McCoy. »Deshalb habe ich dich holen lassen.«

»Scheiße!« sagte Gunnery Sergeant Zimmerman, und dann bemerkte er einen Lieutenant der Navy in Khakiuniform, der hinter McCoy auftauchte. Nachdem Zimmerman sichtlich überlegt hatte, ob er es tun sollte oder nicht, grüßte er.

Lieutenant Chambers D. Lewis, USN, erwiderte den Gruß.

»Zimmerman, das ist Lewis«, sagte McCoy.

Zimmerman nickte kaum wahrnehmbar und schüttelte dann kurz und etwas widerstrebend Lewis' ausgestreckte Hand.

»Willkommen in Australien, Sergeant«, sagte Lewis.

Zimmerman nickte.

»Ich muß dringend pissen«, sagte Zimmerman. »Die verdammte Urinflasche war kaputt.«

»Geh hinter das Flugzeug«, sagte McCoy. »Keiner wird dich sehen.«

Zimmerman nickte, nahm den Riemen des Gewehrs von der Schulter und gab es McCoy. Dann ging er um das Heck der Maschine herum. Zwei Minuten später kehrte er zurück, wobei er die Hose zuknöpfte und seine Miene freudige Erleichterung widerspiegelte.

»Was jetzt?« fragte er.

»Wir müssen dich zur Untersuchung ins Krankenhaus bringen, und ich denke, du hast vielleicht Hunger. Willst du vor dem Essen ins Krankenhaus oder danach?«

»Danach. Was ich wirklich möchte, ist ein kaltes Bier.«

»Wir haben Bier im Wagen«, sagte McCoy und wies auf General Pickerings Stabswagen.

Zimmerman nickte, nahm sein Springfield-Gewehr zurück, hob den fast leeren Seesack auf und ging zu dem Wagen.

»Was ist das, ein Studebaker? Woher hast du den?«

»Er gehört General Pickering.«

»Wer, zum Teufel, ist das?«

»Mein Boß. Dein neuer Boß.«

»Alle Kleidung, die ich habe, trage ich am Leib. Ich habe nur noch ein Paar Socken zum Wechseln und Unterwäsche und Arbeitsschuhe. Meine Ausrüstung ist auf Hawaii.«

»Das können wir regeln«, sagte McCoy. »Wir besorgen dir Sachen.«

Sie erreichten den Studebaker.

»Das Bier ist hinten, Ernie, steig hinten ein.«

»Was ist mit ihm?« fragt Zimmerman und wies mit dem Daumen in Lieutenant Lewis' Richtung.

»Er wird vorne mit Lieutenant Hart mitfahren«, sagte McCoy.

Zimmerman stieg in den Fond des Studebaker, nahm eine Flasche Bier aus einem mit Eis gefüllten Kübel, zog ein Taschenmesser aus der Hosentasche, öffnete die Flasche und trank sie auf einen Zug leer.

Als er sie schließlich vom Mund nahm, rülpste er laut und mit Befriedigung.

»Willkommen in der Zivilisation, Gunny«, sagte Lieutenant Hart mit einem leisen Lachen.

»Wer ist das?«

»Lieutenant Hart arbeitet für General Pickering«, erklärte McCoy. »Nimm dich vor ihm in acht. Er war mal Cop.«

Zimmerman nahm eine andere Bierflasche aus dem Kübel.

»Und der Schwabber?« fragte er. Entweder nahm er an, daß Lieutenant Lewis taub war oder ihn nicht hören konnte, oder es war ihm gleichgültig, ob der Offizier der Navy hörte, daß er als ›Deckschrubber‹ bezeichnet wurde.

»Er fährt mit uns bei einem Ausflug in einem U-Boot.«

»Ein Ausflug wohin?«

»Wir reisen zu den Philippinen.«

»Warum?«

»Dort sind ein Offizier der Army und ein paar Jungs von den Vierten Marines, die nicht kapituliert haben. Wir bringen ihnen Funkgeräte, ein bißchen Ausrüstung und Medikamente und stellen fest, welche Hilfe sie brauchen und wie wir sie ihnen bringen können.«

»Wir? Du und ich?«

»Du und ich und ein Staff Sergeant namens Koffler und Captain Robert B. Macklin.«

»Macklin? Doch nicht der Hurensohn, der uns in China verarschen wollte – dich und Lieutenant Sessions besonders?«

»Ein und derselbe.«

»Du arbeitest für ihn?«

»Nein. Er kommt nur mit.«

»Es überrascht mich, daß inzwischen keiner den Bastard erschossen hat«, sagte Gunnery Sergeant Zimmerman. Er nahm einen langen Schluck aus der Bierflasche und rülpste wieder.

»Gutes Bier«, sagte er. »Wohin fahren wir jetzt?«

»Ich dachte mir, du kannst ein Steak brauchen, vielleicht mit Eiern. Hart kennt ein gutes Lokal.«

»Was ich wirklich brauchen könnte, ist ein Klo, um mal richtig zu kacken«, sagte Zimmerman. »Wie weit ist es bis zu diesem Lokal?«

7

Büro des Militärgouverneurs von Mindanao
Cagayan de Oro, Provinz Misamis
Mindanao, Commonwealth Philippinen

8. Dezember 1942, 14 Uhr 50

»Es hat sich etwas in der Sache Fertig getan«, sagte Oberstleutnant Tange Kisho zu Brigadegeneral Kurokawa Kenzo, »was dem General zur Kenntnis gebracht werden sollte.«

General Kurokawa nickte. Oberstleutnant Tange wandte

sich an Hauptmann Matsuo Saikaku, der ihm ein Blatt Papier überreichte. Tange gab es an General Kurokawa weiter. Der General las, schaute dann Tange an und wartete auf eine Erklärung.

»Wie der General sehen kann, hat der Nachrichtendienst des Fernmeldekorps den einfachen Ersatzcode geknackt, den die Amerikaner in Australien bei ihrer letzten Botschaft an Fertig benutzt haben. Die Botschaft lautet ›Wir werden Sie bald sehen‹, unterzeichnet ›Killer‹.«

»Und wie legen Sie die Bedeutung aus, Tange?«

»Nach reiflicher Überlegung bin ich zu der Überzeugung gelangt, daß Hauptmann Saikakus Interpretation zwar falsch sein kann, aber von uns nicht ignoriert werden sollte.«

»Und was ist Ihre Interpretation, Saikaku?« fragte General Kurokawa etwas ungeduldig.

»General, ich glaube, wir müssen von der Annahme ausgehen, daß die Amerikaner bald versuchen werden, in Mindanao einzusickern und Kontakt mit Fertig aufzunehmen.«

»Erläutern Sie das näher«, befahl Kurokawa.

»Nach meiner Analyse ist Fertig jetzt vom amerikanischen Kommando in Australien als legitim akzeptiert, und man wird jetzt versuchen, direkten Kontakt mit ihm aufzunehmen.«

»Zu welchem Zweck? Und wie?«

»Wenn ich der amerikanische Kommandeur wäre«, sagte Saikaku, »dann würde ich zuerst versuchen, Fertig gute Kommunikationsausrüstung zu bringen. Ein Verschlüsselungssystem, das wir nicht so schnell knacken können wie das primitive, das sie jetzt benutzen. Ich bezweifle zwar, daß sie ihm viel an Material schicken können, aber ich glaube, sie werden ihm Gold schicken. Und vielleicht etwas Arznei, Handfeuerwaffen und Munition.«

»Wie? Per Luft?«

»Ich denke per U-Boot. Ich bezweifle, daß die Amerikaner Langstreckenflugzeuge einsetzen – sie haben hauptsächlich den Boeing-Bomber verfügbar –, denn das Risiko ist zu hoch für die Menge der Fracht, die sie transportieren können. Ich glaube auch nicht, daß sie ein Schiff schicken, das fast mit Sicherheit von unsern Luftpatrouillen entdeckt werden würde. So bleiben nur U-Boote. Der General wird sich erinnern, daß die Amerikaner U-Boote erfolgreich nutzten, bis Corregidor fiel.«

»Wo?«

»Das ist natürlich nur eine Vermutung, General, aber ich schätze, irgendwo am östlichen Strand der Insel.«

»Sie haben Erfolg, nicht wahr?« sagt General Kurokawa.

»General?«

»Sie zwingen uns, Personal und Ausrüstung abzuzweigen, um sie zu beobachten. Das ist eines der Ziele von irregulären Streitkräften, den Feind zu veranlassen, Mittel aufzuwenden, die er sonst nicht aufwenden müßte.«

»Jawohl, General, ich befürchte, das stimmt«, sagte Saikaku.

»Mindanao hat viele tausend Kilometer Küstenlinie. Wir haben nicht die Flugzeuge oder das Bodenpersonal, um dort überall zu patrouillieren und auf ein U-Boot zu warten, das vielleicht versucht, Leute an Land zu bringen. Was würden Sie also vorschlagen, Hauptmann Saikaku?«

»Ich habe darüber nachgedacht, General, und Oberstleutnant Tange war so freundlich, mir seinen Rat zu geben. Ich habe eine Karte angefertigt, auf der die meiner Ansicht nach zehn wahrscheinlichsten Stellen markiert sind, an denen Leute aus einem U-Boot abgesetzt werden können. Darf ich die Karte dem General zeigen?«

Kurokawa nickte, und Saikaku legte die Karte auf den Schreibtisch.

»Sehr interessant«, sagte Kurokawa, nachdem er die Karte eingehend betrachtet hatte. »Aber wir haben nicht das Personal, um an all diesen Stränden zu patrouillieren.«

»Dessen bin ich mir bewußt, General«, sagte Saikaku. »Ich habe Oberstleutnant Tange vorgeschlagen, daß wir in diesen markierten Gebieten auf gut Glück patrouillieren, mit Flugzeugen und mit kleinen Patrouillen aus drei oder vier Mann auf den Stränden selbst.«

»Etwas Besseres können wir nicht tun?« fragte Kurokawa fast traurig.

»Unsere größte Hoffnung, General, ist das Abfangen und schnelle Entschlüsseln der Botschaft, die Australien an Fertig schicken wird, um ihm mitzuteilen, wann und wo er das U-Boot erwarten soll.«

»Es sei denn natürlich, die Amerikaner schicken keine solche Botschaft und bringen ihre Leute einfach an Land, damit sie Fertig selbst suchen.«

»Wir müssen diese Möglichkeit in Betracht ziehen, General«, sagte Tange. »Aber ich empfehle immer noch respektvoll, unsere Patrouillen auf dem östlichen Strand der Insel zu verstärken.«

General Kurokawa dachte darüber nach.

»Gehen Sie zur Abteilung Operationen, Tange, und arbeiten Sie mit ihr einen Operationsplan aus. Den legen Sie mir dann zur Genehmigung vor.«

»Jawohl, General.«

»Und Sie, Saikaku, sorgen dafür, daß eine Botschaft aus Australien, mit der die Ankunft eines U-Boots angekündigt wird, auf jeden Fall von uns abgefangen wird.«

»Jawohl, General.«

XIV

1

Water Lily Cottage
Brisbane, Australien

9. Dezember 1942, 21 Uhr 05

Major Hon Song Do, Fernmeldekorps, USA, murmelte ein obszönes Wort, das normalerweise nicht zu seinem Vokabular zählte, erhob sich am Tisch im Eßzimmer, der mit Papieren übersät war, ging zu der Anrichte, nahm eine Flasche Famous Grouse, schenkte einen doppelten Scotch in ein Wasserglas und kippte ihn hinunter.

Am Tisch saßen die Captains Robert B. Macklin und Edward Sessions, USMC; Lieutenant Chambers D. Lewis, USN; die Lieutenants Kenneth R. McCoy und John Marston Moore, USMCR; und Sergeant Stephen Koffler, USMC. Hon wandte sich zu ihnen um, sah McCoy an und sagte mit starkem Bostoner Akzent: »Nur zwischen uns beiden, Kenneth, mein Freund: Als ich rekrutiert wurde, um die altehrwürdige und noble Art des Ver- und Entschlüsselns zum Schaden unserer Feinde anzuwenden, war dies hier nicht das, was ich im Sinn hatte.«

»Warum geben wir nicht einfach auf? Wir haben Stunden damit verplempert, und herausgekommen ist nur diese Scheiße.« McCoy wies auf die Schreibmaschine, die vor Koffler auf dem Tisch stand. »Und geben Sie mir die Flasche, wenn Sie genug haben.«

»Der Boß sagte, wir sollen einen Weg zur Kommunikation mit Fertig finden ...«, begann Lieutenant John Marston Moore, doch er wurde unterbrochen, als Captain Macklin bellte:

»Ach-tung! General an Deck!«

McCoy und Sessions schauten Macklin in einer Mischung aus Ungläubigkeit und Verachtung an – dies war das Water Lily Cottage, nicht das Ausbildungszentrum Parris Island. Aber ihre Reaktion war wie die der anderen ein pawlowscher Reflex: Sie standen auf und nahmen Grundstellung ein.

»Weitermachen, Gentlemen«, sagte Brigadier General Fleming Pickering, als er und Colonel Jack Stecker das Eßzimmer betraten. »Nehmen Sie Platz.«

Pickering und Stecker setzten sich an den Tisch.

»Geben Sie McCoy die Flasche, Pluto«, befahl Pickering. »Und wenn er einen sicherlich verdienten Schluck getrunken hat, kann er genauer erklären, welche Scheiße herausgekommen ist.«

»Verzeihung, Sir. Ich hatte Sie nicht so früh zurückerwartet«, sagt McCoy.

»Offenkundig«, sagte Pickering. »Colonel Stecker und ich haben El und Madame Supremo soeben elf Dollar beim Bridge abgeknöpft. Wenn man diese schlechten Manieren hat, wird man nach dem Spielen nicht mehr auf einen guten Schluck eingeladen.«

Pluto lachte. Er ging zur Schreibmaschine, zog ein Blatt Papier aus der Walze, nahm weitere Blätter vom Tisch und legte alle vor Pickering und Stecker hin.

»Es ist mir peinlich, Ihnen das zu zeigen, Sir«, sagte Pluto. »Koffler hat soeben eine saubere Kopie getippt. Das meiste von diesem Schwachsinn ist Moores Idee.«

»Vielen Dank, Pluto«, sagt Moore.

»Ich meinte es nicht, wie es klang, Johnny, Entschuldigung. Keiner von uns hatte bessere Ideen, Sir. Und das hier klappt vielleicht.«

McCoy schnaubte.

Botschaft eins
Uhrzeit 0000

U S E W H	USEWH
02 20 19 04 10	
A T N A V	ATNAV
17 09 18 14 21	
E E W I L	EEWIL
19 25 04 05 23	
L F I N D	LFIND
24 09 11 18 03	
I N H E A	INHEA
22 18 10 19 08	
V E N A S	VENAS
12 19 18 08 20	
S I M S U	SIMSU
20 05 04 20 02	
B C O D E	BCODE
09 13 14 03 25	

Pickering las, was auf dem obersten Blatt stand, und gab es dann Stecker.

»Okay, John«, sagte Pickering. »Erklären Sie mir das. Fangen Sie ganz von vorn an und erläutern Sie alles sorgfältig. Colonel Stecker und ich sind alte Knacker, und wir können die Dinge nicht so schnell verarbeiten wie gescheite junge Burschen.«

»Wir waren ungefähr halb fertig, General«, sagte Lieutenant John Marston Moore, »als Pluto zur Sprache brachte, daß wir davon ausgehen müssen, daß (a) die Japaner unseren Funkverkehr abhören, (b) inzwischen unseren Ersatzcode Ludmilla Zhivkov Zanesville geknackt haben und wir (c) einen anderen brauchen.«

»Okay«, sagte Pickering. »Da haben wir ›USE WHAT NAVEE WILL FIND IN HEAVEN AS SIM SUBCODE‹. Sagen Sie mir, was die Navy im Himmel finden wird?«

»›Wenn die Army und die Navy jemals in den Himmel kommen‹«, sagte Captain Ed Sessions, »›werden sie sehen, daß die Straßen von US-Marines bewacht werden.‹ Aus der Hymne der Marines.«

»Allmächtiger!« stieß Colonel Stecker ungläubig und angewidert hervor. »Das ist das Beste, was ihr sogenannten Experten zustande gebracht habt?«

»Jawohl, Sir, Colonel, Sir«, pflichtete McCoy ihm bei. »Genau das dachte ich auch.«

»Mit Verlaub, Sir«, sagte Pluto. »Moore meinte, wir brauchen etwas, das jeder Marine weiß und was den Japanern nicht sofort vertraut ist. Dies entspricht den Kriterien. Wir testeten es an neun der Marines in Townsville, an Joe Howard im Lazarett in Melbourne und Colonel Mitchell im Hauptquartier SWPOA.«

»Da Sie offenbar nicht sagen konnten, warum Sie fragen, müssen das interessante Unterhaltungen gewesen sein«, sagte Pickering und lachte.

»So war es, Sir. Aber alle außer einem Marine wußten – fast sofort – was gemeint war.«

»Wer wußte es nicht?«

»Colonel Mitchell, Sir«, sagte Moore. »Er fragte mich, ob ich besoffen wäre, und er kündigte an, daß er Sie über die Unterhaltung informieren wird.«

»Das klingt auch nach Besoffenen«, sagte Stecker und wies auf die Flasche Famous Grouse vor McCoy. »Wie viele Pullen habt ihr leergemacht?«

»Immer mit der Ruhe, Jack«, sagte Pickering. »Wenn es wirkt, lach nicht darüber. Okay. Wir haben einen neuen einfachen Ersatzcode. Was bedeutet ›Uhrzeit 0000‹?«

»Die *Sunfish* wird eine halbe Stunde nach Einbruch der Dunkelheit am Tag vor dem Landeversuch auftauchen, Sir, und Botschaft eins übermitteln«, sagt Pluto. »Die Zeit beginnt zu laufen – Uhrzeit 0000 – wenn der Erhalt von Botschaft eins bestätigt ist. Schauen Sie bitte auf das zweite Blatt, Botschaft zwei?«

»Botschaft eins wird vom U-Boot aus übermittelt? Wollen Sie das sagen?« fragt Pickering und las, was auf dem zweiten Blatt stand.

```
Botschaft zwei
Uhrzeit 0200

THEYWILLFINDTHESTREETSAREGUARDEDBYUNITEDSTATESMARINES
12345678901234567890123456789012345678901234567890123
         1         2         3         4         5

 K  I  L  L  E             LILLE
07 06 07 08 03
 R  A  N  D  E             RANDE
18 23 36 40 45
 R  N  Y  W  I             RNYWI
49 51 04 05 06
 L  L  E  A  T             LLEAT
07 08 15 23 38
 B  E  A  N  S             BEANS
33 39 43 51 53
 T  H  I  R  T             THIRT
01 02 06 18 21
```

Y	M	I	L	E	YMILE
34	47	50	07	15	
S	S	O	U	T	SSUUT
22	46	27	27	38	
H	I	S	M	O	HISMU
02	06	53	47	27	
R	N	I	N	G	RNING
49	51	06	11	26	

»Lieutenant Lewis hat vorgeschlagen, Sir, und wir hielten das für eine gute Idee, daß Botschaft eins zuerst von der *Sunfish* aus übermittelt wird, und wenn sie von den Funkstationen hier und in Pearl gehört wird (sie werden vorher darauf aufmerksam gemacht) wird sie von ihnen wiederholt. Die größere Stärke ihrer Sender wird mehr oder weniger garantieren, daß Fertig die Botschaft empfängt.«

»Wenn Fertig sie zufällig hört«, sagte McCoy.

»Es ist natürlich möglich, daß sie den Funk nicht abhören«, sagte Pluto. »Aber ich denke, sie werden es tun.«

»Und wenn nicht?« fragte Pickering und gab Stecker die Botschaft zwei. »Wenn Sie keine Bestätigung erhalten?«

»Wir werden es stündlich bis Mitternacht versuchen – die Stationen in Pearl Harbor und hier, nicht die *Sunfish*«, sagte Pluto. »Ich denke, wir kommen durch.«

»Und dann?« fragte Pickering.

»Zwei Stunden nach der Bestätigung schicken wir Botschaft zwei. Das gibt ihnen zwei Stunden, um herauszufinden, was der Ersatzcode mit der Hymne der Marines ist.«

»Apropos Ersatzcode«, sagte Stecker. »Kann mir jemand das bitte übersetzen?«

»Das ist wirklich weit hergeholt, Colonel«, sagte McCoy.

»Wer ist ›Lille‹? Was soll das?« fragte Stecker.

»Der Ersatzcode mit der Hymne der Marines hat kein ›K‹ und kein ›O‹, Colonel«, sagte Moore. »Wir benutzen ein ›L‹, wo ein ›K‹ benötigt wird – es ist der nächste Buchstabe und ein Konsonant. An Stelle eines ›O‹ benutzen wir ein ›U‹. Wir denken, der Ersatz liegt auf der Hand.«

»Richtig«, sagte McCoy sarkastisch. »Da wird er liegenbleiben. Diese Jungs verstecken sich in der Wildnis, und wir treiben Wortspielchen mit ihnen.«

»Wenn Sie den Whisky nicht vertragen können, McCoy, dann trinken sie ihn nicht«, fuhr Pickering ihn an. »Wir versuchen hier, Sie am Leben zu erhalten.«

Es tat ihm sofort leid, nicht wegen seiner Worte (sie mußten gesagt werden), sondern wegen des anerkennenden Ausdrucks von Captain Macklins Gesicht.

»Botschaft zwei, Colonel«, sagte Moore, »heißt ›Killer And Erny Will Eat Beans Thirty Miles South This Morning‹ – Killer und Erny werden Bohnen essen dreißig Meilen südlich heute morgen.«

»›Bohnen essen?‹ Was heißt das? Südlich von was?« fragte Stecker. »Das ergibt für mich keinen Sinn.«

»Du warst nicht hier, Jack, als Lewis und ich die Seekarte studierten«, sagte Pickering. »Wo ist diese Karte, Pluto?«

»Hier, Sir«, sagte Pluto und schob die Karte über den Tisch.

»Zeigen Sie es ihm, Lewis«, sagte Pickering.

»Aye, aye, Sir«, sagte Lewis. »Colonel, ich habe General Pickering vorgeschlagen, daß McCoy und sein Trupp am besten an der Ostküste von Mindanao an Land paddeln.«

»Ich bin in diesen Gewässern gefahren, Jack«, sagte Pickering. »Sie zählen nicht zu den besten kartographisch erfaßten Gewässern der Welt. Wir wollen nicht, daß die *Sunfish* – getaucht – ein nicht in der Seekarte verzeichnetes Riff oder eine Sandbank rammt. Die See östlich von Mindanao ist am sichersten.«

»Sie werden das Terrain hier über Wasser bemerkt haben, Colonel«, sagte Lewis und wies hin. »Der Philippinengraben mit Tiefen von ungefähr neuntausend Faden ist nur fünfundsiebzig Seemeilen vom Land entfernt. Die Sechstausendfadenkurve ist sechzig Seemeilen vom Land entfernt; die Viertausendfadenkurve fünfunddreißig Seemeilen; die Zweitausend zwanzig Seemeilen, und die Zweihundertfadenkurve verläuft fast längs der Küstenlinie.«

»Ich weiß, was das bedeutet«, sagte Stecker.

»Laut Lewis ist ein U-Boot-Skipper perfekt glücklich, wenn er hundert Faden unter seinem Kiel hat«, sagte Pickering. »Und nach meiner Erfahrung und nach dem, was mir Lewis sagte, ist das Risiko, ein Hindernis unter Wasser zu rammen, bei einer solchen Fadenkurve sehr gering.«

»Okay«, sagte Stecker.

»Sir, wenn Sie sich das anschauen«, sagte Lewis und wies wieder auf die Karte, »sehen Sie, daß die Zweihundertfadenkurve an dieser Stelle das Land fast berührt, das dreißig Seemeilen südlich eines Dorfs liegt, das glücklicherweise ›Boston‹ heißt.«

»Boston? Bohnen, richtig?« fragte Stecker.

»Das ist die Idee, Sir«, sagte Lewis. »Die *Sunfish* kann getaucht bis auf ein paar hundert Meter an die Küste und hat immer noch mindestens hundert Faden unter dem Kiel.«

»Ein paar hundert?« fragte Stecker zweifelnd. »Wie wollen Sie verhindern, daß Sie die Küste rammen?«

»SONAR, Sir«, sagte Lewis. »Das steht für Sound Navigation and Ranging. Die *Sunfish* ist mit SONAR ausgerüstet. Sie wird wissen, wie nahe sie ans Ufer heran kann.«

»Und Sie meinen, Fertig wird die Verbindung Boston-Bohnen verstehen?« fragt Stecker zweifelnd.

»Wir haben auch das getestet, Sir«, sagt Pluto.

»Wie?« fragte Pickering.

»McCoy und ich waren im SWPOA-Offiziersklub«, sagte Sessions. »Wir haben zehn Offiziere an der Bar gefragt, was ihnen einfällt, wenn sie das Wort ›Bohnen‹ hören. Wir erhielten als Antwort sechsmal ›Boston‹ oder ›Boston baked‹, und jeweils einmal ›Lima‹, ›Brech-‹ und ›Navy‹.«

»Sie haben wirklich Forschungsarbeit geleistet«, sagte Pickering lachend.

»Das sind neun«, sagte Stecker. »Sie sagten, Sie haben *zehn* Offiziere gefragt.«

»Da Sie zu Recht nach der zehnten Antwort fragen, Colonel, eine lautete ›Furz‹«, sagte McCoy.

»Sechs von zehn Antworten mit einer Verbindung zu Boston, Sir«, sagte Pluto hastig, »das ist mehr als annehmbar.

Ich meine, wir können davon ausgehen, daß Fertig sofort ›Lima‹, ›Brech-‹ und ›Navy‹ ausschließt.«

»Bleibt nur ein Furz, wie?« Pickering lachte.

»Und was ist, wenn wir eine Bestätigung von Fertig bekommen?« fragte Stecker.

»Da gibt es unterschiedliche Standpunkte, Sir«, sagte Pluto. »Einer lautet, die *Sunfish* sollte die Operation am nächsten und übernächsten Tag wiederholen, wenn das nötig ist. Der andere lautet, McCoy und Trupp kurz vor dem Tageslicht abzusetzen, damit sie auf andere Weise versuchen, Kontakt mit Fertig aufzunehmen.«

»Der zweite Standpunkt ist der von McCoy, richtig?« fragte Pickering.

»Jawohl, Sir«, sagte McCoy.

»In Ordnung, McCoy«, sagte Pickering. »Erzählen Sie uns, warum Sie nicht glücklich mit alldem sind.«

»Je komplizierter etwas ist, desto mehr kann schiefgehen«, sagte McCoy. »Es gibt für mich zu viele ›Wenns‹ bei dieser Sache. Ich möchte es viel lieber einfach haben. Wir vier gehen an Land, ohne irgend etwas zu unternehmen, das die Japse nervös macht. Wir suchen Fertig‹«

»Wie wollen Sie ihn finden?«

»Zimmerman sagt, die Filipinos werden wissen, wo er ist, und ich stimme ihm da zu. Und sie werden erfahren, daß wir an Land sind.«

Pickering nickte. »Wo ist Zimmerman übrigens?«

»Er döste immer wieder ein, und da habe ich ihn heimgeschickt«, antwortete McCoy und fuhr dann fort: »Wir werden gute Funkgeräte und einen richtigen Code bei uns haben. Wenn wir Fertig also finden, nehmen wir direkt Kontakt mit dem U-Boot auf. Wahrscheinlich können wir das binnen fünf Tagen schaffen. Ich denke, das U-Boot kann solange warten und nur ein paar Minuten auftauchen, um den Funk abzuhören. Dann teilen wir dem U-Boot mit, wo wir sind und wann es uns abholen soll.«

Pickering zuckte mit den Schultern.

»Dies ist keine Demokratie, und dies wird nicht durch eine

Abstimmung entschieden, aber ich möchte hören, wie jeder darüber denkt«, sagte er und wies auf Koffler. »Fangen wir mit Ihnen an, Steve. Wir arbeiten uns dann Rang um Rang aufwärts.«

»General, ich bin der gleichen Meinung wie McCoy«, sagte Koffler. »Ich möchte nicht, daß eine Horde aufgeregter Japse herumläuft und nach uns sucht, besonders weil wir nicht wissen werden, wo wir uns verstecken sollen. Und diese Botschaften sind – nicht böse gemeint, Major und Mr. Moore – ein bißchen bescheuert.«

Er ist noch ein Junge, nicht alt genug, um zu wählen, dachte Pickering.

Aber er weiß mehr über das Überleben auf einer von Japanern besetzten Insel als jeder hier.

»Ich nehme an, Sie sind der nächste, John, nicht wahr?« sagte Pickering zu Moore.

»Ich bin anderer Meinung als Steve, was die Botschaften betrifft. Ich finde sie nicht – bescheuert, wie er sagte. Fertig und die Leute bei ihm sind verzweifelt. Ihr Verstand wird auf Hochtouren arbeiten. Sie sind intelligent. Ich denke, sie werden fast sofort die Botschaften verstehen. Das Ungewisse ist – und das beunruhigt mich –, wie schnell die Japaner beide Botschaften entschlüsseln. Und was die Konsequenzen sind. Steves ›Horde aufgeregter Japse, die herumlaufen‹ beunruhigt mich, selbst wenn sie die Verbindung Boston–Bohne nicht herstellen können.«

Das beunruhigt mich auch, dachte Pickering.

»Wer von Ihnen ist rangälter?« fragte Pickering und wies auf Lewis und Macklin.

»Ich glaube, ich, Sir«, sagte Lewis.

»Dann sind Sie als nächster dran, Captain Macklin«, sagte Pickering.

»Sir, wenn ich unsicher bin, versuche ich keine Meinung zu äußern«, sagte Macklin mit gepreßter Stimme.

»Dann lassen Sie mich es so versuchen. Wie denken Sie darüber, an Land zu gehen, ohne vorher Kontakt mit Fertig zu haben?«

»Ich bin Offizier des Marine-Corps, General. Ich erfülle die Befehle, die man mir gibt.«

Er interessiert sich nicht für all dies, dachte Pickering. *Warum ist er so desinteressiert? Darauf gibt es zwei Antworten. Entweder verschließt sich sein Verstand vor der Möglichkeit, daß er in einem Schlauchboot an einen vom Feind gehaltenen Strand paddeln wird, oder – und ich denke, das trifft zu – er meint, er nimmt nicht an der Mission teil.*

Ich kann nicht glauben, daß er versuchen wird, das Boot zu verpassen. Aber es sind schon merkwürdigere Dinge passiert.

»Lewis?«

»General, da ich nicht an Land gehe, möchte ich lieber keine Meinung äußern«, sagte Chambers D. Lewis.

»Wer hat recht? Pluto oder McCoy?« fragte Pickering ungeduldig.

»Ich würde mich Major Hons Meinung anschließen, Sir«, sagte Lewis.

»Okay. »Sie sind als nächster dran, Ed.«

»Ich schließe mich Koffler und McCoy an, Sir«, sagte Sessions.

»Jack?« fragte Pickering. »Wir wissen bereits, was Pluto denkt.«

»McCoy«, sagte Stecker.

Pickering nickte.

Das bringt mich in eine peinliche Lage, dachte Pickering. *Die Leute hier, die ich am meisten bewundere, sind anderer Ansicht als ich, einschließlich derjenigen, die wissen, was es heißt, auf einer vom Feind gehaltenen Insel zu sein, wenn – wie hat Koffler es formuliert – ›eine Horde aufgeregter Japse herumläuft und nach einem sucht‹. Aber sie irren sich.*

Wenn man eine Kiste um Mindanao legt, wäre eine Seite über den Daumen gepeilt siebenhundertdreißig Kilometer lang. Wir wissen nicht, wo Fertig in dieser Kiste ist, und wir können es nicht riskieren, ihn danach zu fragen, bevor wir ihm keinen Code geben, den die Japaner nicht binnen einer Stunde knacken. Und wenn McCoy und seine Männer an Land gehen und wir nie wieder etwas von ihnen hören, wird die Hölle zufrieren, bevor wir eine andere Mission auf die Beine stellen können. MacArthur wird sich bestätigt sehen, und Donovan wird schadenfroh erklären, wenn er die Operation geleitet hätte, wäre sie erfolgreich gewesen.

»Wir werden folgendes tun«, sagte Pickering. »Wir werden das ausführen, was Pluto und Moore ausgedacht haben. Die *Sunfish* wird am 23. Dezember eine halbe Stunde nach Einbruch der Dunkelheit dreißig Seemeilen südlich von Boston auftauchen. Zu dieser Zeit wird Botschaft eins übermittelt. Die *Sunfish* wird zehn Minuten auf die Bestätigung warten. Wenn keine Bestätigung kommt, wird sie tauchen. Sie wird in stündlichen Intervallen auftauchen, zehn Minuten nach jeder Stunde, das letzte Auftauchen wird um 0 Uhr 10 am 24. Dezember sein ...«

»Das ist Heiligabend!« stieß Captain Macklin schockiert hervor.

»Fröhliche Weihnachten, Sergeant Koffler«, sagte McCoy.

»... was natürlich Heiligabend ist«, fuhr Pickering fort. »Ob Bestätigung oder nicht, die *Sunfish* wird noch einmal dreißig Minuten vor dem Sonnenaufgang auftauchen – der um 5 Uhr 29 sein wird – und McCoy, Zimmerman, Koffler und Captain Macklin ausladen. Die Genannten werden nur ihre persönlichen Handfeuerwaffen, Funkgeräte, die Codes und etwas Gold und Arznei mitnehmen. Die *Sunfish* bleibt über Wasser, bis sie die Nachricht erhält, daß der Landetrupp es sicher bis auf den Strand geschafft hat ...«

»Oder bis ein Flugzeug der Japse Bomben auf uns abwirft, je nach der Reihenfolge«, sagte McCoy.

»Das reicht, danke, Mr. McCoy«, sagte Pickering, aber er konnte ein Lächeln nicht unterdrücken. »Wie ich sagte, bevor Charley McCarthy hier seine Klappe aufriß, wird die *Sunfish* aufgetaucht bleiben, bis die Männer an Land sind.« (Eine äußerst populäre Radiosendung dieser Zeit brachte den Bauchredner Edgar Bergen, den Vater der Schauspielerin Candice Bergen, und seine Puppe Charley McCarthy.) »Dann wird das U-Boot tauchen und in einem Zweistundenintervall fünf Minuten auftauchen, jeweils zehn Minuten nach der

Stunde während des Tageslichts, und sieben Tage lang dreißig Minuten nach dem Sonnenuntergang bis dreißig Minuten vor dem Sonnenaufgang. Wenn während dieser Zeitspanne kein Kontakt zustande kommt, wird das U-Boot nach Pearl Harbor zurückkehren. Wenn es einen Kontakt zwischen McCoys Trupp und der *Sunfish* oder irgendwie zwischen Fertig und der *Sunfish* gibt, werden wir improvisieren.«

Er blickte in die Runde.

»Irgendein Kommentar, Mr. McCoy?«

McCoy hob die Hände in einer Geste der Kapitulation.

»Erlaubnis zu sprechen, Sir?« fragte Captain Robert B. Macklin.

»Erteilt.«

»Darf ich fragen, Sir, wie Sie an die Daten 23. und 24. Dezember kommen?«

»Zeig es ihm, Jack«, sagte Pickering.

Colonel Stecker gab Captain Macklin ein Blatt Papier, auf dem mit Schreibmaschine getippt stand:

T O P S E C R E T

SPECIAL CHANNEL
VON CINCPAC HAWAII
1210 9DEC42

AN: SUPREME HEADQUARTERS SWPOA BRISBANE
EYES ONLY – BRIG GEN FLEMING PICKERING USMCR
KOPIEREN VERBOTEN

ORIGINAL IST NACH VERSCHLUESSELUNG UND UEBERMITTLUNG ZU VERNICHTEN

FOLGENDE PERSOENLICHE BOTSCHAFT VON CINCPAC AN BRIG GEN PICKERING USMCR

LIEBER FLEMING,

(1) ICH BIN INFORMIERT WORDEN, DASS DAS U-BOOT SUNFISH DAS BETANKEN UND VERPROVIANTIEREN IN ESPÍRITU SANTO AM 10. DEZEMBER UM 12 UHR BEENDET HABEN WIRD.

(2) DER KOMMANDANT DES NAVAL AIR TRANSPORT COMMAND BRISBANE IST ANGEWIESEN, EIN CORONADO-PB2Y-FLUGZEUG FÜR SIE FÜR DIE REISE NACH ESPÍRITU SANTO VERFÜGBAR ZU HALTEN. VORAUSSICHTLICHE ANKUNFT IN BRISBANE AM 10. DEZEMBER 5 UHR.

(3) BITTE WÜNSCHEN SIE VON MIR UND REAR ADMIRAL DANIEL WAGAM ALLEN BETEILIGTEN GUTE REISE, GUTE FAHRT UND VIEL GLÜCK.

MIT BESTEN GRÜSSEN

CHESTER

ENDE DER PERSOENLICHEN BOTSCHAFT VON ADM NIMITZ AN BRIG GEN PICKERING

IM AUFTRAG

WAGAM REARADM USN

T O P S E C R E T

»Von hier bis Espíritu Santo sind es ungefähr tausenddreihundert Seemeilen«, sagte Pickering. »Sagen wir sieben Stunden mit einer Coronado. Wenn sie eintrifft, wie erwartet, morgen um 5 Uhr, denke ich, kann sie am Mittag starten. Das bringt uns nicht später als 18 Uhr nach Espíritu Santo. Wir sollten es schaffen, alles in einer Stunde oder so an Bord der *Sunfish* zu laden, und dann sollten wir übermorgen beim ersten Tageslicht losfahren.«

»*Wir?*« fragte Colonel Stecker argwöhnisch. »Ich dachte, wir haben das geklärt.«

»Das ist mir so rausgerutscht, Jack. Das U-Boot wird losfahren, und ich stehe auf der Pier, und zwar beim ersten Tageslicht übermorgen, dem 11. Dezember. Von Espíritu Santo bis Boston sind es dreitausendzweihundert Seemeilen. Nehmen wir Lewis' Zahlen, daß die *Sunfish* über Wasser fünfzehn Knoten fahren kann, dann sollte sie in zehn Tagen bei Mindanao sein. Das wäre der 21. Um uns ein bißchen Spielraum zu geben, habe ich ihre Abfahrt von Mindanao für den 23. geplant.«

Er schaute in die Ruhe.

»Noch irgendwelche Fragen?«

»Sir«, sagte Captain Robert B. Macklin.

»Ja?«

»Nichts, Sir. Verzeihen Sie.«

»Wenn Sie etwas zu sagen haben, Captain«, sagte McCoy nicht sehr freundlich, »dann lassen Sie's hören.«

»Nun gut, Mr. McCoy«, sagte Macklin. »Ich fragte mich, da Sie die Verantwortung auf dieser Mission haben, ob Sie an meine körperliche Verfassung gedacht haben, die sich nachteilig auf die Mission auswirken könnte.«

»Ich habe Sie beim Paddeln mit dem Schlauchboot beobachtet, Captain. Es sah für mich aus, als konnten Sie das ohne viel Probleme. Wie ist Ihre körperliche Verfassung genau?«

»Macklin«, sagte Colonel Stecker noch unfreundlicher als McCoy, »wenn Sie es möchten, lassen wir Sie von einem Arzt untersuchen und ein offizielles Attest über Ihre Verfassung anfertigen.«

»Ich dachte nur an die Mission, Colonel«, sagte Macklin. »Aber ich habe eine Frage, Sir.«

»Heraus damit«, sagte Pickering.

»Ist der OSS informiert worden, wie die Mission abläuft?«

»Nein«, sagte Pickering. »Das ist er nicht.«

»Habe ich Ihre Erlaubnis, der OSS zu informieren, Sir?«

»Ich sehe keinen Grund, warum Sie nicht ...«

»Warum erzählen Sie es nicht, wenn wir zurückkehren?« sagte McCoy.

Aus irgendeinem Grund mißfällt McCoy der Gedanke, daß Macklin Kontakt mit dem OSS aufnimmt, dachte Pickering. *Ich kann mir nicht vorstellen, daß es schädlich sein würde, aber ich denke, ich sollte McCoys Partei ergreifen.*

»Machen Sie sich keine Sorgen wegen des OSS, Captain Macklin«, sagte Pickering. »Sobald die *Sunfish* in See sticht, werde ich dafür sorgen, daß Minister Knox benachrichtigt wird. Ich bin überzeugt, er wird Mr. Donovan informieren.«

»Danke, Sir«, sagte Captain Robert B. Macklin.

2

Water Lily Cottage
Brisbane, Australien

11. Dezember 1942, 23 Uhr 05

First Lieutenant Kenneth R. McCoy, USMCR, zog das Blatt Papier aus der Schreibmaschine, legte es auf den Tisch im Eßzimmer, stand auf, nahm einen Waterman's-Füllfederhalter aus der Hemdtasche und schrieb seinen Namen unter den Brief. Dann nahm er den Brief und las den Text, für den er fast eine Stunde gebraucht hatte.

Brisbane, Australien
9. Dezember 1942

Liebe Ernie,

Ed Sessions reist übermorgen in die Staaten und hat versprochen, diesen Brief mitzunehmen. Es wird der letzte für eine Weile sein, denn ich muß einen Job an einem Ort erledigen, wo es kein Postamt gibt. Das bedeutet, daß Du mir nicht zu schreiben brauchst, denn ich würde ohnehin keine Post bekommen.

Ich kann Dir nicht sagen, wohin ich gehe, und ich weiß nicht, wann ich zurück sein werde. Bitte, bring Ed nicht in Verlegenheit, indem Du ihn mit Fragen bedrängst. Ich verstehe nicht, weshalb all die Geheimhaltung nötig ist, aber Ed ist vom Nachrichtendienst, und die sind alle ein bißchen hysterisch, wenn es um geheime Dinge geht. Wenn die Typen vom Nachrichtendienst es könnten, würden sie das Telefonbuch für TOP SECRET erklären.

Ich werde dieses Episkopalkreuz oder wie man es nennt, das Du Ed mitgegeben hast, mitnehmen. Und die Leute, die mich begleiten, sind erstklassige Marines.

Eigentlich freue ich mich auf den Job. All diese eingeborenen Girls mit Baströckchen und nichts sonst beim Hula-Hula, und zum Essen gegrillten Wildschweinbraten mit Äpfeln und so weiter.

Ich dachte vor einer Weile daran, daß ich Dich im vergangenen Jahr am 20. November kennengelernt habe. Das ist nur etwas über ein Jahr her, auch wenn es einem viel länger vorkommt. Und ich erinnerte mich an das Sprichwort: ›Besser geliebt und die Liebe verloren als überhaupt nicht geliebt.‹
Ich nehme an, ich versuche zu sagen, wenn etwas schiefgeht – nicht, daß ich das denke –, dann habe ich immerhin meine Liebe gehabt. Ich hätte nie gedacht, daß ich soviel Glück haben würde, jemanden wie Dich kennenzulernen, geschweige denn, Dich als Freundin zu haben und sogar zu denken, daß Du mich vielleicht halb sosehr liebst wie ich Dich.

Aber machen wir uns nichts vor, manchmal gehen Dinge schief. Wenn das passiert, möchte ich, daß Du Dein Leben weiterlebst. Ich bin wirklich dankbar, daß wir dreizehn Monate zusammen hatten. Wenn ich mich auf einer Wolke wiederfinde und Harfe spiele, dann ist das eben Schicksal. Jedenfalls ist es bei etwas passiert, bei dem ich gut bin und das getan werden muß. Viele Leute sterben, während sie etwas Blödes tun, wie zum Beispiel bei Rot über die Straße gehen und von einem Bus plattgefahren werden.

Ich weiß, daß Pickering für Dich dasein wird, wenn etwas schiefgeht, und um ehrlich zu sein, wenn ich einen Mann für Dich aussuchen müßte, würde ich an der Spitze der Liste stehen. Danke für alles, Baby.

In Liebe

Ken

McCoy faltete den Brief sorgfältig, nahm einen Umschlag, schrieb in die obere linke Ecke ›K. R. McCoy, 1/LT USMCR‹ und ›Miss Ernestine Sage persönlich‹ in die Mitte, schob den Brief in das Kuvert, leckte über die Gummierung und klebte das Kuvert sorgfältig zu.

Er schaute auf den Umschlag und atmete tief durch. Sein Blick fiel auf den Schrank. Er ging hin, öffnete ihn und nahm eine Flasche Famous Grouse heraus, aus der er einen kräftigen Schluck trank.

Dann verließ er das Eßzimmer, durchquerte das Wohnzimmer und ging über den Gang zu Ed Sessions Zimmer. Licht schimmerte unter der Tür. McCoy klopfte an, wartete auf eine Antwort, und als er sie erhielt, öffnete er die Tür und trat ein.

Sessions, im Pyjama, war im Begriff, zu Bett zu gehen. Er sah das Kuvert in McCoys Hand.

»Für Ernie?«

McCoy nickte und gab ihm den Brief.

»Danke, Ed.«

Sessions zuckte mit den Schultern. »Alles in Ordnung, Ken?«

»Ja, klar«, sagte McCoy, und dann fragte er: »Möchten Sie irgendwohin gehen und etwas trinken?«

»Sagen Sie nur, es ist nichts hier.«

»Ich möchte raus. Ich war seit dem Nachmittag in dem verdammten Eßzimmer.«

Das letzte, was ich möchte, ist irgendwo etwas trinken, dachte Sessions. *Ich war ebenfalls stundenlang in diesem verdammten Eßzimmer. Aber er will wirklich Gesellschaft haben.*

Und es ist das erste Mal, seit ich ihn kenne, daß McCoy mich jemals um etwas gebeten hat. Ich nehme an, daß ›Killer‹ McCoy ganz selten mal jemanden außer Ernie gebeten hat, ihm Gesellschaft zu leisten.

»Einen oder drei zu trinken ist der beste Vorschlag, den ich den ganzen Tag gehört habe«, sagte Ed Sessions. »Haben wir einen Wagen?«

»Draußen steht ein Jeep.«

»Ich ziehe mich schnell an.«

»Gott ist im Himmel, und alles ist mit der Welt in Ordnung«, sagte Ed Sessions, als er zu Lieutenant Chambers D. Lewis, USN, an der Bar des SWPOA-Quartiers für ledige Kompanieoffiziere ging. »Die U.S. Navy tut nobel ihre Pflicht und hält die Bar mit den Ellenbogen an Ort und Stelle.«

»Ich hätte nicht gedacht, Sie beide hier zu sehen«, sagte Lewis. Er wirkte nicht besonders glücklich über die Begegnung.

Der hat aber ordentlich gebechert, dachte Sessions.

»Wir suchen die Slums auf«, sagte Sessions.

»Eigentlich habe ich Sie gesucht«, sagte McCoy.

»Oh, tatsächlich?« fragte Lewis kühl. »Und werden Sie mir sagen, warum, Mr. McCoy?«

Die bemüht sorgfältige Aussprache und die übertriebene Höflichkeit eines Betrunkenen, dachte Sessions. *Eines streitlustigen Betrunkenen. Himmel, warum hat sich McCoy entschieden, hierherzufahren?*

»Nun, Sie sind sowohl ein Schwabber als auch ein Experte für U-Boote«, sagte McCoy. »Ich wollte ...«

Er wurde von dem Barmädchen unterbrochen.

»Gentlemen?«

»Haben Sie Scotch?«

»Sie sind gerade erst eingetroffen, richtig? Sonst würden Sie nicht fragen.«

»Soll das heißen, Sie haben keinen Scotch?«

»Bei unserer letzten Lieferung waren drei Flaschen. Zuerst sind die großen Tiere dran. Dann kommen die Stabsoffiziere dran. Danach die Kompanieoffiziere und schließlich die Unteroffiziere. Corporals und Privates bekommen keinen harten Whisky. Wir haben Rum, Gin und Brandy.«

»In diesem Fall nehmen mein Freund und ich Wasser mit Eis«, sagte McCoy. »Und wenn Sie schon dabei sind, geben Sie dem Sailor ebenfalls ein Glas Eiswasser.«

Das Schulterzucken des Barmädchens zeigte an, daß das absonderliche Verhalten von Yankees keine Überraschung mehr für sie war. Sie stellte drei Gläser mit Eiswürfeln und eine Karaffe mit Wasser auf die Bar.

»Danke«, sagte McCoy und zog eine halbvolle Flasche Famous Grouse aus einem Stoffbeutel.

Dann schenkte er ein.

Als er fertig war und Wasser hinzugefügt worden war, hob er sein Glas.

»Auf das US-Navy-U-Boot-Corps oder wie immer man es nennt.«

»Darauf trinke ich«, sagte Sessions.

»Versucht ihr beiden clever zu sein?« fragte Lewis.

»Nein. Überhaupt nicht«, erwiderte McCoy.

Lewis nippte an seinem Scotch.

»Sie haben den Scotch von General Pickering *gestohlen,* wie?« fragte er.

»Er hat ihn mir gegeben«, sagte McCoy. »Seine Worte waren: ›Bedienen Sie sich, wann immer Sie glauben, Sie brauchen es.‹ Das ist mehr oder weniger das Thema, über das ich mit Ihnen sprechen wollte. Deshalb habe ich Sie gesucht.«

»Sie haben mich gefunden«, sagte Lewis mit genügend Unfreundlichkeit im Tonfall, daß sie McCoy nicht entgehen konnte. McCoy blickte ihn neugierig an.

»Nun, ich sagte mir, Sie wissen, wie die Dinge in U-Booten sind, und ich weiß, wie hysterisch die Navy wird, wenn man Schnaps mit an Bord nimmt ...«

»Sie wollen Scotch mitnehmen?« unterbrach Lewis. »Wollen Sie darauf hinaus?«

»Ich dachte mir, wenn ich so lange in der Wildnis gewesen wäre wie Fertig und seine Leute, dann würde mir ein guter Schluck Whisky mächtig gut schmecken.«

»Ich bezweifle, daß Ihnen jemand Fragen stellt, wenn Sie etwas an Bord der *Sunfish* mitnehmen, Mr. McCoy.«

»Oder an Bord des Flugzeugs von hier nach Espíritu Santo?«

»Oder an Bord des Flugzeugs. Sie sind durch mich in den schützenden Mantel des CINCPAC gehüllt.«

»Ich dachte an eine Kiste.«

»Sie wollen eine *Kiste* Scotch mitnehmen?«

»Warum nicht?«

»In der Tat, warum nicht? Darf ich vorschlagen, daß Sie die Kiste einwickeln? Damit nicht so offenkundig ist, daß Sie sich über die Vorschriften hinwegsetzen?«

Sessions schaute McCoy an und sah, daß seine Miene todernst und sein Blick eisig war. Und dann entspannte sich McCoy, als hätte er soeben erkannt, daß Lewis betrunken und nicht zurechnungsfähig war.

»Das ist bereits geschehen«, sagte McCoy. »Die Kiste ist in etwas von Kofflers Plastik verpackt.«

»Dann sehe ich überhaupt kein Problem«, sagte Lewis.

»Danke«, sagte McCoy.

»Möchten Sie mir sagen, was Sie bedrückt, Lewis?« fragte Sessions.

»Man merkt es, nicht wahr?« sagte Lewis. »Daß mich etwas bedrückt?«

»Hat es etwas mit Macklin zu tun?«

»Was denken Sie denn? Ich finde es abscheulich, was Sie ihm antun. Ich hätte nie gedacht, mal zu erleben, wie ein Offizier im Marinedienst so gedemütigt wird.«

»Ist mir etwas entgangen?« erkundigte sich McCoy.

»McCoy weiß es nicht«, sagte Sessions.

»Was weiß ich nicht?« fragte McCoy.

»Dann entschuldige ich mich schnell und aus ganzem Herzen, Mr. McCoy«, sagte Lewis. »Bis jetzt dachte ich, es wäre Ihre Idee gewesen.«

»Worüber, zum Teufel, reden Sie?« fragte McCoy, und seine Stimme und sein Blick waren wieder eisig.

»Es war General Pickerings Idee«, sagte Sessions. »McCoy hat keine Ahnung davon.«

»Um Himmels willen!« sagte McCoy. »Was weiß ich nicht, Ed?«

»Hart tauchte hier auf, Mr. McCoy ...«

»Hören Sie mit diesem ›Mr.-McCoy‹-Scheiß auf«, unterbrach McCoy. »Ich finde das nicht lustig.«

»Fünf Minuten nach Captain Macklin und mir tauchte Hart hier auf, *Ken*«, sagte Lewis. »Er sagte Captain Macklin, er habe den Befehl, bei ihm zu bleiben, bis wir morgen früh abgeholt werden, um zum Terminal zu fahren. Er sagte, Captain Macklin dürfe ohne Colonel Steckers ausdrückliche Genehmigung weder das Quartier verlassen noch telefonieren.«

»Scheiße«, sagte McCoy. »Ich hatte gehofft, der Bastard macht sich davon.«

»Ich denke, Pickering war Ihnen einen Schritt voraus, Ken«, sagte Sessions. »Gleich nach dem Ende der Versammlung, als Lewis und Macklin gingen – und Sie pinkeln waren –, befahl Pickering Moore, Hart im Verlies abzulösen. Dann befahl er Stecker, Hart zu rufen und ihm zu befehlen, zum Quartier für ledige Offiziere zu fahren, bei Macklin Babysitter zu spielen und dafür zu sorgen, daß er morgen um neun Uhr am Terminal ist.«

»Sie denken doch nicht wirklich, daß Bob Macklin absichtlich das Flugzeug verpaßt hätte?« Lewis sah Sessions herausfordernd an. McCoy trank seinen Scotch und schenkte sich einen neuen ein.

»Die Barmaid hat soeben Feierabend gemacht«, sagte er. »Wenn ihr Jungs noch einen wollt, müßt ihr euch selbst bedienen.«

»Weil er Annapolis-Absolvent ist, meinen Sie?« erwiderte Sessions. »Doch, das denke ich. Dieser niederträchtige Hundesohn ist zu allem fähig.«

»Ich hatte es gehofft«, sagte McCoy sachlich. »Gott weiß, daß ich ihn nicht mitnehmen will. Eigentlich hatte ich mich darauf *verlassen,* daß er eine Möglichkeit findet, sich zu drücken. Ich habe meinem Mädchen geschrieben, daß ich *gute* Marines mitnehme.« *Erstklassige,* dachte er, sprach es jedoch nicht aus.

Sessions lachte leise. »Und wieder einmal hat der weise General den jungen Offizier ausgetrickst.«

»Ich nehme an, es nutzt nichts, wenn ich sage, daß Sie beide Macklin unrecht tun, oder?« fragte Lewis.

»Ich traue ihm nur halb so weit, wie ich ihn werfen kann«, sagte McCoy. »Pickering sagte, er hofft, daß ich Macklin nicht erschießen muß, aber er hat es mir nicht verboten. Beantwortet das Ihre Frage?«

Ob Lewis in der Lage ist – betrunken oder nüchtern – das völlig zu verstehen? dachte Sessions. *Daß Pickering und McCoy ernsthaft über die Vor- und Nachteile diskutiert haben, eine Bedrohung der Mission, die zufällig Macklin heißt, durch Erschießen zu beseitigen?*

»Ist Ihnen schon mal in den Sinn gekommen, Ken, daß es Leute gibt, die nicht wie Sie sind? Leute, die Angst haben?« sagte Lewis, und sein Tonfall war jetzt versöhnlich.

»Was, zum Teufel, soll das heißen?« fragte McCoy.

»Ich versuche darauf hinzuweisen, daß Bob Macklin Angst hat, daß ihm etwas auf dieser Mission passieren könnte. Er bemüht sich sehr, sich unter Kontrolle zu halten, und wenn ihm das nicht gelingt, ist es nicht seine Schuld. Einige Leute sind anscheinend mit Mut geboren, andere aber nicht.«

»Und Sie meinen, ich habe keine Angst? Nur zwischen uns, ich habe eine Scheißangst vor dieser Mission«, sagte McCoy, und dann fragte er ungläubig: »Meinen Sie wirklich, ich halte die Sache für einen Spaß?«

»Sie zeigen keine Angst.«

»Die erste Pflicht eines Offiziers ist es, sich um seine Männer zu kümmern. Erzählen Sie mir nicht, daß es in einem U-Boot anders ist.«

»Was wollen Sie damit sagen?« fragte Lewis.

»Wenn ich Angst zeige, bekommen Zimmerman und Koffler Angst, klar? Ich kann es mir nicht leisten, daß Zimmerman und Koffler denken, sie sitzen in der Scheiße, weil sich ihr Offizier in die Hose pißt.« McCoy schaute Lewis einen Augenblick lang an und erwärmte sich dann für das Thema. »Oder wollen Sie mir sagen, daß Offiziere eines U-Boots nicht alles daransetzen, ihren Vorgesetzten zu verheimlichen, wie ängstlich sie sind?«

»Was macht Sie so sicher, daß U-Boot-Offiziere Angst haben?«

»Sie haben entweder Angst oder sind geistig zurückgeblieben«, sagte McCoy. »Verarschen Sie mich nicht, Lewis. Ich war in zweien der verdammten U-Boote. Der schlimmste Teil des Stoßtruppunternehmens Makin Island war die Fahrt hin und zurück in diesem stählernen Sarg unter Wasser. Und der schlimmste Teil der Operation Buka war die Fahrt dorthin in einem U-Boot. Als ich das Flugzeug sah, mit dem wir von Buka abgeholt wurden, war mein erster Gedanke: Gott sei Dank brauche ich nicht in diesem verdammten U-Boot zurückzufahren.«

»Einige von ihnen haben keine Angst«, wandte Lewis ein.

»Okay. Bei jeder Gruppe von zehn Offizieren können Sie davon ausgehen, daß zwei blöde sind. Sie können ebenfalls davon ausgehen, daß Sie von diesen zweien in Schwierigkeiten gebracht werden. Sie haben Angst gehabt. Sie sind zu gescheit, um *keine* Angst zu haben«, sagte McCoy. »Aber Sie waren offenbar als Offizier gut genug darin, das bei Ihren Vorgesetzten nicht zu zeigen. Sonst hätte man Sie aus den U-Booten rausgeschmissen.«

»Worauf Mr. McCoy hinauswill, Lieutenant Lewis«, sagte Sessions. »Er hat nichts gegen Captain Macklin, weil der Mann weitaus weniger als eine normale Ausstattung mit Testikeln hat, sondern weil Captain Macklin es für seine erste Pflicht hält, an sich zu denken und auf jeden anderen zu pfeifen.«

»Das ist ein ziemlich hartes Urteil, finden Sie nicht?«

»Ich schließe mich völlig Mr. McCoys Beurteilung von Captain Macklin an, die zwar ein bißchen hart ist, aber genau den Punkt trifft. Ich habe diesen Hurensohn bei der Arbeit erlebt.«

»Was würden Sie beide sagen, wenn ich Ihnen erzählte, daß ich nie eine Minute in einem U-Boot verbracht habe, in der ich keine Angst hatte?« fragte Lewis und war sofort über dieses Bekenntnis entsetzt, das ihm herausgerutscht war.

Weder McCoy noch Sessions waren anscheinend überrascht, das Eingeständnis zu hören.

»Haben Sie es Vorgesetzten gezeigt?« fragte McCoy.

»Ich hoffe nicht«, sagte Lewis.

»Glauben Sie mir, Sie haben es nicht gezeigt. Denn sonst hätten die anderen Offiziere dafür gesorgt, daß Sie nie wieder in einem U-Boot gefahren wären.«

Mein Gott, dachte Lieutenant Chambers D. Lewis, *kann er recht haben?*

»Darf ich eine Frage stellen, Gentlemen?« sagte Sessions. »Warum, zum Teufel, streiten wir uns?«

»Wer weiß?« erwiderte McCoy. »Wen juckt es? Schieben Sie die Flasche rüber, ja?«

3

Büro des Direktors
Office of Strategic Services
National Institutes of Health Building
Washington, D. C.

13. Dezember 1942, 09 Uhr 30

Die Andeutung eines Lächelns spielte um die Lippen von L. Stanford Morrissette, stellvertretender Direktor des OSS, als er die Botschaft las, die in einem Aktenhefter lag, auf den TOP SECRET gestempelt war.

»Einen Moment bitte, Colonel, wenn es Ihnen nichts ausmacht«, sagte er zu Colonel F. L. Rickabee, stellvertretender Chef des USMC Office of Management Analysis. »Ich glaube, dies sollte der Direktor sehen.«

»Lassen Sie sich nur Zeit, Mr. Morrissette«, sagte Rickabee.

Morrissette nahm den Hörer eines roten Telefons ab – eines von dreien auf seinem Schreibtisch – und wählte die Null.

»Hier ist Mo, Bill«, sagte er. »Colonel Rickabee vom Marine-Corps ist in meinem Büro mit etwas, das Sie meiner Ansicht nach sehen möchten. Haben Sie eine Minute Zeit für uns?«

Die Antwort war offenbar zustimmend, denn Morrissette legte den Hörer auf, stand auf und wies zur Tür.

»Er ist gleich gegenüber, Colonel. Ich sollte Sie warnen. Der Direktor denkt, daß es früher richtig war, die Überbringer schlechter Nachrichten zu töten.«

»Bei meiner Art Arbeit gewöhnt man sich daran«, erwiderte Rickabee.

Morrissette öffnete die Tür von Colonel William J. Donovans Büro, ohne anzuklopfen, und forderte Rickabee mit einer Geste auf, vor ihm einzutreten.

»Colonel Donovan«, sagte er. »Ich glaube, Sie kennen Colonel Rickabee?«

»Ja, natürlich«, sagte Donovan, erhob sich hinter seinem Schreibtisch und reichte Rickabee die Hand. »Ich sehe den Vogel, Fritz. Wohlverdient und lange überfällig.«

»Danke, Sir.«

»Was haben Sie für mich?«

»Dies, Sir. Captain Haughton, Minister Knox' Assistent, brachte es mir heute morgen persönlich mit der Anweisung, es Ihnen zugänglich zu machen.«

Er gab Donovan den Aktenhefter mit dem Stempelaufdruck TOP SECRET.

Donovan wies auf die beiden roten Ledersessel vor seinem Schreibtisch, setzte sich und öffnete den Aktenhefter.

TOP SECRET

SUPREME HEADQUARTERS SWPOA 1515 UHR 11DEZ42
EYES ONLY – THE SECRETARY OF THE NAVY WASH DC
COMMANDER-IN-CHIEF PACIFIC PEARL HARBOR TH

VIA SPECIAL CHANNEL

KOPIEREN VERBOTEN
ORIGINAL IST NACH VERSCHLUESSELUNG UND UEBERMITTLUNG ZU VERNICHTEN

(1) FUNKBOTSCHAFT VON BRIG GEN FLEMING PICKERING, USMCR, LAUTET, DASS SSN SUNFISH ESPÍRITU SANTO AM 11. DEZEMBER 1942 UM 5 UHR 05 ORTSZEIT MIT FERTIG-KONTAKTTEAM AN BORD VERLASSEN HAT. WEITERE EINZELHEITEN WERDEN MITGETEILT WIE VERFÜGBAR. OBERBEFEHLSHABER SWPOA IST INFORMIERT WORDEN.

(2) BRIG GEN PICKERING WÜNSCHT, DASS DER INHALT DIESER BOTSCHAFT SOFORT AN COL F. L. RICKABEE, USMC, OFFICE OF MANAGEMENT ANALYSIS, ÜBERMITTELT WIRD UND ERHEBT KEINEN EINWAND, DASS DIESE INFORMATION AN DEN DIREKTOR DES OFFICE OF STRATEGIC SERVICES WEITERGEGEBEN WIRD.

A. PERSONAL DES FERTIG-KONTAKTTEAMS BESTEHT AUS:

MCCOY, KENNETH R. FIRST LIEUTENANT USMCR 489657 BEFEHLSHABENDER OFFIZIER

ZIMMERMAN, ERNEST W. GUNNERY SERGEANT USMC 18909 STELLVERTRETER DES BEFEHLSHABENDEN OFFIZIERS

KOFFLER, STEPHEN M. STAFF SERGEANT USMC 504883 FUNKER

B. ZUSÄTZLICH MELDET BRIG GEN PICKERING, DASS SUNFISH LIEUTENANT CHAMBERS D. LEWIS, USN, ALS PERSÖNLICHEN REPRÄSENTANTEN VON ADMIRAL NIMITZ AN BORD HAT. LEWIS WIRD NICHT AN LAND GEHEN.

C. ZUSÄTZLICH MELDET BRIG GEN PICKERING, DASS CAPTAIN ROBERT B. MACKLIN, USMC, VON OSS-OPERATION WINDMILL – ZITAT ANFANG – MIT DEREN NAMEN ER NICHT VERTRAUT IST – ZITAT ENDE, EBENFALLS AN BORD DER SUNFISH IST UND VIELLEICHT ALS BEOBACHTER AN LAND GEHT. DIE ENTSCHEIDUNG WIRD VON LIEUTENANT MCCOY ZUM ZEITPUNKT DER LANDUNG GETROFFEN, BASIEREND AUF SEINER EINSCHÄTZUNG VON MACKLINS MÖGLICHEM WERT UND/ODER DER GEFAHR FÜR DIE MISSION.

D. CAPTAIN EDWARD SESSIONS, USMC, WIRD BRISBANE AM 12. DEZEMBER 42, 9 UHR 00 VERLASSEN, UM VIA PEARL HARBOR UND SAN FRANCISCO NACH WASHINGTON D. C. ZU FLIEGEN. ER IST DARAUF VORBEREITET, NACH DER ANKUNFT DER PERSONALABTEILUNG EINEN INTERESSANTEN BERICHT ZU GEBEN.

IM AUFTRAG VON BRIG GEN PICKERING USMCR

HON MAJOR SIGNAL CORPS USA

TOP SECRET

Donovan hatte gelächelt, als er mit der Lektüre der Botschaft begonnen hatte. Als er fertig war, wirkte das Lächeln äußerst gezwungen. »Erstklassig, Fritz«, sagte er. »Wir sind dabei.«

»Jawohl, Sir.«

»Dieser Lieutenant McCoy. Und die anderen. Kennen Sie die?«

»Jawohl, Sir. Sie werden bei uns verwendet.«

Donovan wartete, bis er überzeugt war, daß ihm Rickabee ungefragt keine weitere Auskunft geben würde, und dann forderte er ihn mit einer Na-komm-schon-Geste auf, ihm weitere Informationen zu geben.

»Lieutenant McCoy und Gunny Zimmerman nahmen mit Captain Roosevelt am Stoßtruppunternehmen Makin Island teil, Sir. Sergeant Koffler verbrachte einige Zeit mit den australischen Küstenbeobachtern auf Buka, Sir. Die Männer haben Erfahrung in dieser Art Operation.«

»Ich war überzeugt, daß General Pickering die besten verfügbaren Männer auswählt«, sagte Donovan.

»Ich denke, das hat er, Sir«, erwiderte Rickabee.

»Sie sind nicht vertraut mit der Operation WINDMILL, Fritz?«

»Nein, Sir.«

»Offenkundig unsere Schuld. Wir hätten sicherstellen sollen, daß Sie und General Pickering darüber informiert werden. Es ist natürlich einfach der Name, den wir der Operation Fertig gaben.«

»Jawohl, Sir.«

»Ich wäre dankbar, wenn Captain Sessions nach seiner Ankunft Mr. Morrissette und mir berichten könnte.«

»Ich werde dafür sorgen, Sir.«

»Haben Sie sonst noch etwas für mich, Fritz?«

»Nein, Sir. Das ist alles.«

»Nun, dann danke ich Ihnen dafür, daß Sie mir das so schnell übermittelt haben.«

»Es war mir ein Vergnügen, Sir.«

»Nun, Fritz, dann möchte ich Sie nicht aufhalten. Vielen Dank.«

»Jawohl, Sir.«

»Mo, bleiben Sie bitte noch einen Augenblick?« sagte Donovan.

»Danke, Colonel Rickabee«, sagte Morrissette und reichte ihm die Hand.

»Guten Morgen, Gentlemen«, sagte Rickabee.

Donovan wartete, bis Rickabee die Tür hinter sich geschlossen hatte. Dann wandte er sich an Morrissette.

»Wie schätzen Sie die Möglichkeit ein, daß der Präsident diese verdammte Botschaft bereits gesehen hat oder bald sehen wird?«

»Hundert Prozent, Bill. Wenn Frank Knox sie ihm nicht zeigt – nicht bereits gezeigt hat –, dann erhält er sie auf anderem Weg. Nimitz an Leahy an FDR.«

»Ich will nicht hintenrum ausgetrickst werden. Dafür reiße ich Pickering den Arsch auf.«

»Wofür?«

»Was meinen Sie mit ›wofür‹? Haben Sie die Botschaft gelesen?«

»General Pickering, in Erfüllung seiner Befehle, bemüht sich nach besten Kräften, unseren Jungen bei der Mission zu beteiligen. Er ist im U-Boot. Wenn er nicht an Land geht, dann deshalb nicht, weil der befehlshabende Offizier entscheidet, daß unser Junge eine Gefährdung der Mission bedeutet.«

»Unser Junge ist ein Captain. Dieser McCoy ist nur Lieutenant. Unser Junge sollte das Kommando haben.«

»McCoy war mit Roosevelts Sohn am Stoßtruppunternehmen Makin Island beteiligt«, sagte Morrissette. »Und wenn Sie denken, Pickering hat nicht dafür gesorgt, daß FDR das weiß, dann unterschätzen Sie ihn.«

»Was soll das heißen?«

»Sie werden es schwer haben, FDR zu überzeugen, daß Pickering Sie austrickst, indem er diesem Lieutenant das Kommando gibt. Dieser Lieutenant ist ein Marine Raider, und Marine Raiders im allgemeinen – und besonders einer, der mit dem jungen Roosevelt am Stoßtruppunternehmen Makin Island teilnahm – sind die Lieblinge des Präsidenten.«

»Sie erwarten doch nicht wirklich von mir, daß ich das auf sich beruhen lasse?«

»Möchten Sie meinen Rat hören?«

»Ja. Beraten Sie mich.«

»Schließen Sie Frieden mit Pickering.«

Donovan schaute ihn lange schweigend an.

»Danke, Mo«, sagte er dann. »Sonst noch etwas?«

Morrissette schüttelte den Kopf.

XV

1

Headquarters, U.S. Forces in the Philippines (USFIP)
Provinz Davao
Mindanao, Commonwealth Philippinen

23. Dezember 1942, 18 Uhr 45

Es regnete, und Captain James B. Weston, USFIP, rutschte fast aus, als er die glitschige, leiterartige Treppe hinaufstieg, die zum Quartier von Brigadier General Wendell W. Fertig hinaufführte. Er schaffte es, die Thompson-MPi festzuhalten, doch seine Feldmütze fiel in die Dunkelheit, und er mußte wieder hinunterklettern und auf Händen und Füßen unter dem Pfahlhaus danach suchen.

Schließlich gelangte er auf die Veranda und ging zur Tür. Über der Tür hing zur Verdunkelung eine Segeltuchplane – erbeutet von den Japanern nach sechsmonatigem Dienst der Streitkräfte der Vereinigten Staaten auf den Philippinen.

Jemand hatte sich daran erinnert, irgendwo gelesen zu haben, daß das Licht einer Kerze von einem Flugzeug aus in einer dunklen Nacht aus fast zehn Kilometern Entfernung gesehen werden konnte. Das klang ein bißchen unglaubwürdig, aber das Hauptquartier der USFIP war nicht in der Position, um die Glaubwürdigkeit zu testen, und General Fertig hatte befohlen, nach Einbruch der Dunkelheit alle Türen und Fenster zu verdunkeln, wenn drinnen Laternen oder Kerzen angezündet waren.

Weston zog die Plane zur Seite und trat ein. Das einzige Licht stammte von einer Kerosinlampe und von drei selbst gebastelten Lampen, die aus einem Docht in Coca-Cola-Flaschen bestanden, die mit Kokosnußöl gefüllt waren. Aber Weston brauchte einen Moment, bis sich seine Augen nach der Schwärze der Nacht an das schwache Licht gewöhnt hatten.

Dann sah er General Fertig hinter seinem Schreibtisch und zwei der drei Mitglieder der USFIP Fernmeldeabteilung – Second Lieutenant Robert Ball (Fernmeldeoffizier) und Sergeant Ignacio LaMadrid (Cheffunker), die in Rattansesseln saßen. Ball und LaMadrid hielten Coca-Cola-Flaschen mit dem bei der USFIP gebrauten Bier, das immer besser wurde, und vier Flaschen Bier, drei davon leer, standen auf Fertigs Schreibtisch.

Die Cocktailstunde, zu der man mich nicht eingeladen hat, dachte Weston.

»Sie haben mich herbefohlen, Sir?« fragte er.

»Als unseren Nachrichtenoffizier, und natürlich als Marine, Captain Weston«, sagte Fertig. »Ich bin überzeugt, Sie sind ein wahres Füllhorn geheimnisvoller Informationen über Märchen und Sagen und Überlieferungen der Marines.«

»Sir?«

Vermutlich hat der General keinen außer sich selbst zu seiner Cocktailstunde eingeladen, dachte Weston.

»Lieutenant Ball, Sergeant LaMadrid und ich, wir haben uns gefragt, was die Navy erwartet, im Himmel zu finden«, sagte Fertig. Ist der besoffen?

»Ich verstehe nicht, Sir.«

»Das enttäuscht mich«, sagte Fertig. »Ich hatte gehofft, die Antwort auf diese geheimnisvolle Scherzfrage fällt Ihnen im Nu ein.«

»Verzeihung, Sir, ich verstehe einfach nicht.«

»Ich dachte, ein Sailor hofft im Himmel nackte schöne Weiber und richtiges kühles Bier zu finden, aber das paßt anscheinend nicht. Zeigen Sie das bitte Captain Weston, Lieutenant Ball?«

Ball gab Weston ein Blatt Papier, auf dem die auf Kohlepapier getippten Buchstaben im schwachen Licht schwer zu entziffern waren.

```
1234567890123456789012345
LUDMILLAZHIVKOVZANESVILLE

 U  S  E  W  H
02 20 19 04 10
 A  T  N  A  V
17 09 18 14 21
 E  E  W  I  L
19 25 04 05 23
 L  F  I  N  D
24 09 11 18 03
 I  N  H  E  A
22 18 10 19 08
 V  E  N  A  S
12 19 18 08 20
 S  I  M  S  U
20 05 04 20 02
 B  C  O  D  E
09 13 14 03 25
```

»Das kam vor ungefähr einer Stunde«, sagte Lieutenant Ball.

»Ein starkes Signal, Sir«, fügte Sergeant LaMadrid hinzu, »und es wurde zwei-, dreimal von Australien und Pearl Harbor wiederholt.«

»Use what Navee – Navy«, las Weston stockend, »will find in heaven as sim sub code.« ›Benutzen Sie, was die Navy im Himmel finden wird ...? Was, zum Teufel, soll das bedeuten?

Mein Gott, das klingt vertraut, dachte Weston, und dann erfaßte ihn freudige Erregung.

Er sang leise: »If the Army and the Navy ever look in Heaven's scenes, *they will find the streets are guarded by United States Marines!«*

»Volltreffer!« sagte Lieutenant Ball. »Das muß es sein.«

»Die Hymne der Marines«, sagte Weston. »Wie lange wird es dauern, die Botschaft damit zu entschlüsseln?«

»Ungefähr zehn Minuten«, sagte Ball. »*Nachdem* wir die Botschaft bekommen.«

»Ist das alles, was Sie haben? Sie haben die Botschaft noch nicht?«

»Das ist alles, was wir haben«, antwortete Sergeant LaMadrid.

»Es wird bestimmt mehr folgen«, sagte General Fertig. »Möchten Sie ein Bier, während wir warten, Captain Weston?«

»Ja, danke, Sir.«

Der Fernmeldeoffizier der USFIP, der Nachrichtenoffizier, dessen Stellvertreter und der Kommandeur hatten beträchtlich mehr Mühe, die Zahlenblöcke von Botschaft zwei zu entziffern, die zwei Stunden später eintraf.

```
06 07 06 08 03
18 23 36 40 45
49 51 04 05 06
07 08 15 23 38
33 39 43 51 53
01 02 06 18 21
34 47 50 07 15
22 46 27 27 38
02 06 53 47 27
49 51 06 11 26
```

Die höchste benutzte Zahl war 53. Deshalb war es logisch, anzunehmen, daß der Satz, der als einfacher Ersatzcode benutzt werden sollte, 53 Buchstaben hatte.

```
STREETSGUARDEDBYUSMARINES
1234567890123456789012345
```

Das waren 25 Buchstaben, obwohl es möglich war, daß der Satz ein zweites Mal wiederholt wurde. Lieutenant Ball sagte, sie könnten später darauf zurückgreifen, wenn nichts anderes klappte.

```
STREETSAREGUARDEDBYUNITEDSTATESMARINES
12345678901234567890123456789012345678
```

Das waren 38 Buchstaben, zu kurz in sich und zu lang, wenn der Satz wiederholt wurde.

```
THESTREETSAREGUARDEDBYUNITEDSTATESMARINES
12345678901234567890123456789012345678901
```

Das waren 41 Buchstaben, ebenfalls zu kurz und zu lang bei einer Wiederholung

```
THESTREETSAREGUARDEDBYUSMARINES
1234567890123456789012345678901
```

Das waren 31 Buchstaben, ebenfalls zu kurz an sich, aber wenn zweimal benutzt nicht *zuviel* länger (62 Buchstaben gegenüber den erforderlichen 53). Es war eine weitere Überlegung wert. Vielleicht würden sich die zusätzlichen neun Buchstaben im wiederholten Satz als unwichtig erweisen.

Schließlich wurde der komplette Satz aus der Hymne der Marines benutzt – so genau, wie sich Weston und Second Lieutenant Percy L. Everly erinnern konnten.

```
THEYWILLFINDTHESTREETSAREGUARDEDBYUNITEDSTATESMARINES
12345678901234567890123456789012345678901234567890123
```

Das ergab genau 53 Buchstaben! Es mußte der Ersatzcode sein. Die Zahlenblocks von Botschaft zwei wurden entschlüsselt. Sie ergaben etwas Sinn, nicht viel, aber etwas.

Lieutenant Percy L. Everly probierte es. »*Lille* – wer, zur Hölle ist Lille? – *and Erny* – das muß Zimmerman sein – *will eat beans* – verdammt, was soll denn das bedeuten? – *thirty miles suuth* – das könnte ›south‹ sein, aber south von was? – *this murning* – this morning.«

»Sir«, sagte Sergeant LaMadrid, »das ist ›liller‹. Mit einem ›r‹ am Ende.

»Killer!« sagte Lieutenant Everly. »Gottverdammt, LaMadrid, Sie sind nicht so blöde, wie Sie aussehen. ›Killer and Erny‹ heißt das.«

»Killer und Erny sind die Leute, die Sie kennen, Lieutenant Everly?« fragte General Fertig.

»Jawohl, Sir, China-Marines, Sir. Ernie Zimmerman und Killer McCoy.«

»Die werden Bohnen essen, dreißig Meilen südlich heute morgen?« dachte Weston laut.

»Die Schlüsselworte sind ›Bohnen‹ und ›dreißig Meilen südlich‹. Was, zum Teufel, kann das bedeuten?«

»Bohnen, Bohnen, Limabohnen, Stangenbohnen ... gibt es da einen Ort namens ›St. Rose of Lima‹ oder so was?« fragte Ball.

»Ja, den gibt es«, sagte General Fertig. »Und es gibt auch ein Dorf namens Boston an der Ostküste. Boston baked beans. Weston, um Himmels willen, ich hoffe, Sie haben noch unsere einzige Landkarte von dieser Insel?«

»Jawohl, Sir.«

»Ich schlage vor, Sie holen sie«, sagte Fertig.

»Dreißig Meilen südlich von St. Rose of Lima ist fünfzig Meilen von nichts hier oben in den Hügeln«, sagte Captain Weston und zeigte es mit dem Zeigefinger an. »Dreißig Meilen südlich von Boston ist dieser kleine Höcker, der ins Meer ragt.«

»Ich glaube, das nennt man ›Kap‹, Captain Weston«, sagte Fertig. »Wie weit ist es von hier aus?«

Weston maß die Entfernung mit einem Stück Papier und dem angegebenen Maßstab der Karte der National Geographic Society.

»Ungefähr sechzig Meilen, Sir.«

»Wenn wir akzeptieren, daß diese beiden Leute heute morgen dort Bohnen essen, müssen wir ›morgen‹ definieren«, sagte Fertig. »Eines von beidem stimmt. Sie sind entweder bereits auf Mindanao und schlagen das als Treffpunkt vor. Oder sie landen dort, vermutlich mit einem U-Boot. Ich wette das letztere. Wenn diese Annahme stimmt und wir weiter annehmen, ein U-Boot taucht nicht länger auf als absolut notwendig, bedeutet ›morgen‹ meiner Ansicht nach beim ersten Tageslicht.«

»Mein Gott«, sagt Ball. »meinen Sie wirklich, jemand kommt heute morgen?«

»Gibt es Argumente gegen meine Annahmen?« fragte Fertig. Es gab keine.

»Die nächste Frage, Gentlemen, wäre anscheinend, was fangen wir damit an? Es ist unmöglich, daß jemand von hier aus – Sie sagen sechzig Meilen, Weston?«

»Jawohl, Sir.«

»Unmöglich, daß jemand von hier aus zu diesem Punkt gelangt«, fuhr Fertig fort. »Sechzig Meilen bis zum ersten Tageslicht sind unmöglich von hier aus zu schaffen. Es ist möglich, daß diese Leute versuchen werden, Kontakt mit USFIP aufnehmen, und sich zurückziehen, wenn es nicht klappt.«

»General, Sir, verzeihen Sie?« fragte Sergeant LaMadrid.

»Ja, Sergeant?«

»Ich habe ein Motorrad, General, Sir.«

»Scheiße, daran habe ich nicht gedacht«, sagte Lieutenant Percy L. Everly.

»Kommen wir mit dem Motorrad in der Nacht über diese Straße?« fragte Fertig.

»Noch wichtiger, läuft es?« fragte Weston. »Haben wir Benzin dafür? Wird es sechzig Meilen schaffen?«

»Es hat keinen Auspufftopf. Es wird jeden Japs im Umkreis von zehn Meilen alarmieren«, sagte Everly.

»Es ist Benzin im Tank«, sagte Sergeant LaMadrid. »Und es schafft die Entfernung, wenn das Öl nicht verbraucht wird. Ich werde es sehr vorsichtig fahren.«

»Sie fahren nicht, Sergeant«, sagte Fertig. »Ich kann es mir nicht erlauben, meinen Funker zu verlieren.«

»Ich fahre«, sagte Weston sofort.

»Können Sie Motorrad fahren, Mr. Weston?« fragte Lieutenant Everly.

»Das kann nicht so schwer sein«, erwiderte Weston. »Das ist nur eine Art Fahrrad mit Motor. Ich kann Fahrrad fahren.«

»*Ich* werde fahren«, sagte Everly. »Ich kann Motorrad fahren.«

»Sie beide fahren«, befahl General Fertig. »Sie werden versuchen, dem U-Boot ihre Anwesenheit bekannt zu machen, wenn dort ein U-Boot ist. Wenn eines dort ist, wird Captain

Weston auf dem Strand bleiben und tun, was auch immer getan werden muß, und Lieutenant Everly fährt mit dem Motorrad zurück, um Kontakt mit der Patrouille aufzunehmen, die Captain Hedges von hier aus führen wird, und sie zum Treffpunkt zu führen. Wenn kein U-Boot dort ist, wird Lieutenant Everly Captain Hedges treffen, der dann mit der Patrouille hierher zurückkehren wird. Unter diesen Umständen werden Sie allein zurückkehren müssen, Weston.«

»Aye, aye, Sir.«

»Wir müssen jetzt den Weg der Patrouille festlegen, und Everly muß ihn sich einprägen. Es wäre am besten, wenn Sie, Weston, nicht die Route der Patrouille kennen.«

»Aye, aye, Sir.«

Der Gedanke dahinter ist nicht schwer zu erraten, dachte Weston. *Die Möglichkeit, daß ich gefangengenommen werde, ist sehr groß. Wenn ich die Route der Patrouille nicht kenne, kann ich sie nicht den Japanern sagen, ganz gleich, was sie mir antun.*

»Wenn die Patrouille aufbricht, werden wir das Hauptquartier USFIP verlegen«, sagte Fertig. »Wenn sich dieses Manöver als erfolgreich erweist, werde ich Ihnen die neue Position bekanntgeben. Wenn nicht, ist es gleichgültig, ob Sie die neue Position kennen oder nicht.«

»Ja«, sagte Lieutenant Everly nachdenklich und korrigierte sich schnell selbst. »Jawohl, Sir.«

»Captain Weston, würden Sie bitte Captain Hedges von mir grüßen und ihn zu mir bitten?«

»Aye, aye, Sir.«

»Sergeant LaMadrid, würden Sie bitte Lieutenant Everly in der Benutzung Ihres Motorrads einweisen?«

»Aye, aye, Sir.«

»Und dann mit dem Ersatzcode, dem Satz aus der Hymne der Marines, folgende Nachricht an Australien und Pearl Harbor funken? ›Wir bringen die Hot dogs, Fertig‹?«

»Sir«, sagte Weston.

»Was ist?«

»Darf ich vorschlagen, daß die Botschaft lautet ›Wir *versuchen,* die Hot dogs zu bringen‹?«

»Oh, Sie Pessimist«, sagte Fertig. »Sergeant LaMadrid, funken Sie ›Wir bringen die Hot dogs‹.«
»Jawohl, Sir«, sagte Sergeant LaMadrid.

2

Ungefähr dreißig Meilen südlich von Boston
Provinz Davao
Mindanao, Commonwealth Philippinen

24. Dezember 1942, 5 Uhr 01

Es regnete. Es hatte die ganze Nacht abwechselnd geregnet und genieselt. Die Straße war glatt, und sie stürzten fünfmal, erlitten jedoch nur Schaden am Ego, und nur Gott wußte, wieviel Schlamm und Wasser in ihre Waffen geriet.

Die United States Forces in the Philippines hatten den Ausnahmezustand verhängt und einen Befehl erlassen, daß alle Straßenschilder, die vielleicht nützlich für die Japaner sein konnten, zerstört, entfernt, übermalt oder sonstwie nutzlos gemacht wurden. Die Filipinos hatten den Befehl mit einer Gewissenhaftigkeit ausgeführt, die Captain Weston entmutigte und frustrierte. Da sie nicht nach Boston fahren und von dort aus zählen konnten, brauchten sie Wegweiser und Schilder, die anzeigten, wie weit südlich von Boston sie waren.

Der vorletzte Sturz passierte, als Weston einen fast versteckten Meilenstein entdeckte, der von den Filipinos übersehen worden war. Er bremste zu plötzlich, als er genauer hinschauen wollte.

Sie benutzten Meilenstein neunzehn als Orientierungspunkt und fuhren zehn Meilen weiter über die Straße, die Highway 1 gewesen war. Dann versteckten sie das Motorrad weit abseits der Straße – an einer Stelle, die erst im Jahr 1999 von Archäologen entdeckt werden würde, davon war Weston überzeugt – und setzten den Weg zu Fuß durch den nassen Dschungel fort, bis sie die Meeresbrandung hören, aber nicht sehen konnten.

Dann näherten sie sich bis auf etwa hundert Schritte dem Strand – und den japanischen Patrouillen, die vielleicht dort waren –, bis sie die Spitze dessen erreichten, was Weston nach General Fertigs Bemerkung immer als ›Kap‹ in Erinnerung behalten würde.

Mit einiger Mühe kletterten sie in die höchsten Bäume, die sie finden konnten und die ihnen vielleicht Sicht auf die Küstenlinie und das Meer boten. Dann kletterten sie wieder hinunter, weil sie nichts außer anderen Bäumen gesehen hatten. Everly fiel das letzte Stück vom nassen Baum und verstauchte sich den Knöchel. Das würde Probleme geben, wenn er zum Motorrad zurückkehren mußte, vorausgesetzt, er konnte das Motorrad überhaupt finden.

Dann – in großem Abstand voneinander, denn wenn dort eine Patrouille war, dann konnte vielleicht einer von ihnen entkommen – krochen sie durch den Schlamm zum Ende der Vegetation und warteten.

Damit sich kein Schuß löste, wenn sich der Abzug in der Vegetation verfing, hatte Captain Weston seine Waffe ohne eine Patrone in der Kammer getragen. Jetzt spannte er die Thompson, rollte sich auf den Rücken und bereitete sich darauf vor, auf alles zu feuern, was sich ihm durch den Dschungel näherte.

»Ruhig, Mr. Weston«, zischte Everly. »Nur die Ruhe.«

»Sie haben mir einen höllischen Schreck eingejagt.«

»Haben Sie die Japse gesehen?« fragte Everly.

Westons Puls raste. Er schüttelte den Kopf.

»Vier waren auf dem Weg nach Norden«, sagte Everly. »Ein Corporal und drei Privates.«

»Sie sind weg?«

Everly nickte.
»Was ist dann das Problem?«
»Dort sind zwei Leute in einem schwarzen Schlauchboot«, sagte Everly.
Weston blickte in die Richtung, in die Everly wies. Die Sicht war schlecht, und die See war weit, aber schließlich sah er zwei schwarz gekleidete Männer in einem kleinen, schwarzen Schlauchboot, die sich duckten, um eine kleinere Silhouette abzugeben, und langsam durch das dunkle Wasser auf den Strand zupaddelten.
»Mein Gott!«
»Die Japse kommen vielleicht zurück, vielleicht auch nicht«, sagte Everly. »Ihre Entscheidung, Mr. Weston.«
»Was meinen Sie mit ›Ihre Entscheidung‹?«
»Wollen Sie darauf vertrauen, daß sie nicht zurückkehren? Wenn sie zurückkommen, sehen sie das Boot mit Sicherheit. Sofern es nicht bereits entdeckt haben und irgendwohin unterwegs sind, um das zu melden. Ich habe kein Funkgerät bei ihnen gesehen.«
Weston überlegte.
»Ich bezweifle, daß sie einfach über den Strand marschieren«, fuhr Everly fort. »Sie müssen irgendwo von einem Lastwagen abgesetzt worden sein.« Er wies nach Süden. »Sie marschieren über den Strand, und der Lastwagen nimmt sie irgendwo in dieser Richtung wieder auf.« Er wies nach Norden. »Wenn sie nicht auf einen Telegrafenmast klettern und die Leitung anzapfen, was ich für unwahrscheinlich halte, dann müssen sie mit dem Lastwagen irgendwohin fahren, um zu einem Telefon zu gelangen. Selbst wenn sie das Schlauchboot gesehen haben, werden vier Mann nichts unternehmen; sie wollen Verstärkung, und sie haben bestimmt den Befehl, besondere Vorkommnisse zu melden.«
»Ja«, stimmte Weston zu und fühlte sich äußerst unfähig.
»So stellt sich die Frage, ob wir sie ausschalten wollen, falls sie das Boot gesehen haben oder falls sie zurückkommen. Wenn sie zurückkehren, werden sie ganz bestimmt das Boot sehen. Oder hoffen wir, daß wir Glück haben?«

»Ich denke, wir schalten sie besser aus«, sagte Weston, und er hoffte, daß es selbstsicherer klang, als er sich fühlte.

»Das heißt, *Sie* müssen sie allein ausschalten, Mr. Weston«, sagte Everly.

»Ihr gottverdammter Knöchel!«

»Ich habe mich nicht absichtlich verletzt, Mr. Weston«, sagte Everly. »Und einer von uns muß ohnehin hierbleiben. Wir wollen doch nicht, daß diese Jungs in dem Schlauchboot zum U-Boot zurückpaddeln, wenn sie Schüsse hören.«

»Scheiße!«

»Kann ich einen Vorschlag machen?«

»Selbstverständlich.«

»Sie nehmen sich die Japse vor. Wenn Sie sich nahe an den Dschungel halten und nicht zuviel Lärm machen, sollten Sie sie einholen, ohne daß sie Verdacht schöpfen. Diese Jungs im Boot brauchen ungefähr fünf Minuten bis zum Strand. Das gibt Ihnen genug Zeit, um die Japse einzuholen, es sei denn, sie entscheiden sich, umzukehren. Sie sind alle zusammen; Sie sollten sie leicht erledigen können.«

»Verdammt, warum müssen die ausgerechnet jetzt auf diesem Strandabschnitt patrouillieren?«

»So was gibt's, Mr. Weston«, sagte Everly.

»Wann kamen die Japse vorbei?«

»Haben Sie sie wirklich nicht gesehen?« fragte Everly verwundert, und dann beantwortete er die Frage. »Vor ungefähr zwei Minuten. Sie gingen langsam. Wenn man schnell durch Sand geht, werden einem bald die Beine schwer.«

»Ich schalte sie aus, wenn ich Ihren Schuß höre«, sagte Weston. »Sie sorgen dafür, daß die Männer in diesem Schlauchboot nicht abhauen.«

»Aye, aye, Sir.«

Sie erhoben sich und verließen die schützende Deckung des Dschungels.

Weston ging den Strand hinauf und hielt sich so nahe an der Vegetation wie möglich.

Nach einer Minute erkannte er, daß Everly wieder einmal recht hatte. Wenn man durch Sand ging – ganz zu schweigen davon, wenn man durch ihn lief – wurden einem schnell die Beine schwer.

Nach drei Minuten sah er die Japaner. Keiner von ihnen wirkte aufmerksam. Weston holte schnell auf und tröstete sich mit dem Wissen, daß nicht nur seine Beine schwer wurden, sondern auch ihre.

Als er den Dschungel verlassen hatte, war Everly – flach auf dem Bauch – hinter einem aus dem Boden ragenden Felsbrocken in Deckung gegangen. Plötzlich stand er auf.

Die beiden Männer waren nicht mehr in dem Schlauchboot. Nach einer Weile entdeckte Everly ihre Köpfe im Wasser, und dann hoben sie sich höher und höher aus dem Wasser und zogen das Boot hinter sich her. Schließlich waren sie auf dem Strand. Sie trugen Arbeitsanzüge, die schwarz gefärbt waren, und hatten sich eine Art schwarze Salbe auf die Gesichter gerieben. Trotzdem wirkte einer von ihnen vertraut.

Everly trat hinter dem Felsbrocken hervor.

»McCoy, bist du das?« rief er.

»Wer ist das?«

»Everly.«

»Hilf uns mit dem Boot!« befahl McCoy.

Everly eilte zum Wasser. Aus der Nähe wirkte der Mann bei McCoy wie ein Siebzehnjähriger.

»Wir haben ein Problem«, sagte Everly.

»Was für eins?«

»Vier Japse, ungefähr fünfhundert Yards strandaufwärts«, sagte Everly. Dann hob er die Thompson an, richtete die Mündung himmelwärts und drückte ab. Zwei Schüsse krachten.

Weston hatte auf das Signal gewartet. Die vier Japaner gingen langsam hintereinander, keine zwanzig Schritte vor ihm. Es überraschte Weston wirklich, daß sie anscheinend keine Ahnung hatten, daß ihnen ein Schatten gefolgt war.

Er hielt die Thompson – mit wachsender Mühe, denn er war außer Atem – ähnlich wie ein Wachteljäger sein Schrotgewehr, wenn er erwartet, daß eine Schar auftaucht. Er war bereit, sofort zu feuern.

Weston war sich der Ähnlichkeit und der Unterschiede des Vergleichs bewußt. Wachteljäger rennen für gewöhnlich nicht durch Sand, und kein Schrotgewehr, das er jemals gehalten hatte, war auch nur annähernd so schwer wie die Thompson-Maschinenpistole. Wachteln schossen außerdem nicht zurück.

Er hatte die Thompson im Anschlag und visierte den Japaner an der Spitze an, als der die Schüsse hörte, herumfuhr und dabei sein Arisaka-Gewehr von der Schulter nahm.

Alles lief scheinbar sehr langsam ab.

Der erste Japaner brach getroffen zusammen. Der zweite und dritte Japaner in der Reihe fielen vornüber. Der letzte der vier Japaner, im Begriff sein Arisaka-Gewehr anzulegen, wurde von einem Feuerstoß mit vier Kugeln in die Brust getroffen und fiel auf den Rücken.

Weston hetzte auf sie zu, die Thompson immer noch im Anschlag. Der erste und der dritte Japaner zeigten Anzeichen auf Leben. Ohne richtig zu denken, was er tat, nahm Weston seine Pistole und schoß beiden in den Kopf.

Ein bißchen Verstand kehrte zurück. Der Anblick des Bluts und der Gehirnmasse auf dem Sand verursachte ihm Übelkeit. Und dann, in einem Reflex, nahm Weston den Leichen die Munition ab, sammelte die Arisaka-Gewehre ein und machte sich unter der Last schwankend auf den Rückweg zu Everly.

»Was, zum Teufel ...«, fragte McCoy gerade, als sie die vier Feuerstöße – drei kurze und einen längeren – aus Westons Thompson hörten.

»Captain Weston wartete auf mein Signal, bevor er sie ausschaltete«, erklärte Everly.

McCoy wandte sich an den Jungen.

»Koffler, sehen Sie nach, ob Sie dort helfen können.«

»Aye, aye, Sir«, sagte Koffler, zog eine .45er Colt-Pistole unter seinem schwarz gefärbten Arbeitsanzug hervor und lief den Strand hinauf.

»Er ist ein bißchen jung, nicht wahr, McCoy?« fragte Everly, als er und McCoy das Schlauchboot über den Strand in den Dschungel zogen.

McCoy gab keine Antwort.

»Ist es sicher genug, noch ein paar Boote an Land zu bringen?« fragte er.

»Deine Entscheidung, Ken«, erwiderte Everly. »Ich *denke*, das waren im Augenblick alle Japse, aber ich *weiß* es nicht.«

McCoy nahm einen schwarzen Beutel aus dem Schlauchboot. Dann zog er ein dolchartiges Messer aus einer Scheide, die an seinem Arm befestigt war, und schnitt den Beutel auf.

Allmächtiger! dachte Everly. *Ich will der Onkel eines Affen sein, wenn das nicht dasselbe Messer ist, mit dem er diese italienischen Marineinfanteristen getötet hat!*

Dann hatte McCoy ein Mikrofon in der Hand und zog etwas, das wie eine Antenne aussah, aus einer schwarzen Box.

»Coffin, Coffin, Columbus, Columbus.«

»Verstanden, Columbus. Empfange Sie deutlich.«

»Coffin, schicken Sie zwei – wiederhole – zwei Boote.«

»Verstanden zwei Boote. Sind gleich unterwegs.«

»Mit wem, zur Hölle, sprichst du, Killer?« fragte Everly.

McCoy berührte Everly am Arm, und als Everly ihn ansah, nickte er zum Meer hin.

Der Kommandoturm der *Sunfish* tauchte aus der See auf. Als das Deck durch die Wasseroberfläche brach, war Aktivität auf der Brücke zu sehen.

Zwei Offiziere tauchten auf – erkennbar an ihren Mützen. Und dann vier oder fünf Matrosen. Ein Maschinengewehr Kaliber .50 tauchte auf. Patronen glänzten in Gurten, als die Waffe geladen wurde.

Die Nationalflagge wurde gehißt, und ihr Rot, Weiß und Blau leuchtete in der aufgehenden Sonne im Kontrast zu dem nassen Grau des U-Boots. Die Offiziere und Matrosen auf dem Kommandoturm salutierten, als sich die Fahne im Wind entfaltete und flatterte.

Eine Luke im Kommandoturm wurde geöffnet, und Matrosen strömten heraus, einige, um die Vierzollkanone am Bug zu bemannen, einige, um Luken im Deck zu öffnen. Zwei Schlauchboote wurden auf dem Deck der *Sunfish* aufgeblasen und schnell zu Wasser gelassen.

»Scheiße!« sagte Everly, und seine Stimme brach. »Sieh dir diese verdammte Flagge an. Ist das ein Anblick!«

Weston und Koffler kehrten im Laufschritt über den Strand zurück, als die beiden Schlauchboote noch weit vom Ufer entfernt waren.

»Ich hab' sie alle erwischt!« meldete Weston aufgeregt, fast jubelnd. »Wir haben die Leichen vom Strand weg in den Dschungel gezogen.«

»Mr. Weston, das ist Killer McCoy«, sagte Everly.

»Leck mich am Arsch, Everly«, fuhr McCoy ihn an.

»McCoy, dies ist Captain Weston«, sagte Everly unbeeindruckt.

McCoy grüßte lächelnd.

»Lieutenant McCoy, Sir«, sagte er. »Captain, Sie brauchen eine Rasur.«

»Ich bin Sergeant Koffler, Sir«, sagte Koffler zu Captain Weston. »Ich hatte dort hinten keine Zeit, um mich vorzustellen.«

»Guten Tag, Sergeant«, erwiderte Weston förmlich.

»Sie sind *Sergeant?*« fragte Everly ungläubig.

»Er ist *Staff* Sergeant«, sagte McCoy und lachte. »Zimmerman – er ist in einem dieser Boote – ist ein Gunny.«

Weston blickte aufs Meer hinaus und sah die Schlauchboote und dann die *Sunfish,* auf der das Sternenbanner stolz am Mast wehte. Und dann wurde ihm klar, daß Tränen über seine Wangen rannen, und Schluchzer, die er nicht unterdrücken konnte, aus seiner Brust kamen.

3

»Haben Sie Leute bei sich, Captain?« fragte McCoy.

»Nein. Hier sind nur Lieutenant Everly und ich«, sagte Weston.

»*Lieutenant* Everly?« fragte McCoy.

»Der General hat mich zum Offizier ernannt, Kil ... äh ... Ken«, sagte Everly.

»Was waren Sie vor dem Krieg, Captain?« fragte McCoy.

»Ich war Lieutenant«, sagte Weston. »Ich bin Pilot.«

Als er das sagte, wurde ihm klar, daß er sich nicht mehr als Pilot fühlte. Es kam ihm unmöglich vor, daß er jemals Maschinen geflogen hatte.

»Sie sind Offizier des Marine-Corps. Berufssoldat?«

»Ja, das bin ich.«

»Sind andere Offiziere da?« fragte McCoy. »Jemand mit höherem Rang?«

»Captain Hedges«, sagte Everly. »Er führt eine Patrouille her.«

»Wann wird er hiersein?«

»In zwei, drei Tagen«, antwortete Everly. »Er muß sechzig Meilen zurücklegen. Vielleicht dauert es auch vier Tage.«

»Keiner ranghöher als ein Captain?«

»So ist es«, sagte Everly.

»Können Sie ein Schlauchboot paddeln, Captain?« fragte McCoy. »Ich meine, wenn wir Sie in ein Schlauchboot setzen, könnten Sie hinaus zum U-Boot paddeln?«

»Ich denke, ja.«

»Wieviel wissen Sie über Fertigs Operation?«

»Hier ist er, Mr. McCoy«, sagte Koffler, und gab ihm einen Karabiner. »Vorsichtig, er ist geladen und nicht gesichert.«

»Was, zur Hölle, ist dieses Ding?« fragte Everly spöttisch. Und dann: »Er hat dich ›Mister McCoy‹ genannt?«

»Du kannst mich ›Sir‹ nennen, Percy«, sagte McCoy. »Das ist ein Karabiner. Feuert eine Pistolenpatrone Kaliber .30 aus einem Magazin mit fünfzehn Patronen. Gute kleine Waffe. Wir versuchen, hundert davon an Land zu bringen.«

»Du weißt, daß ich nicht gern ›Percy‹ genannt werde«, sagte Everly.

»Dann nenn mich nicht ›Killer‹, oder ich befehle, daß du mich ›Sir‹ nennst, Percy.«

»Mr. McCoy ist Lieutenant«, warf Koffler hilfreich ein.

»Sie haben das Kommando, McCoy?« fragte Weston.

»Ja«, sagte McCoy. »Ich habe Sie gefragt, wieviel Sie über Fertigs Operation wissen.«

»Ich bin der G-2«, sagte Weston.

»Dieser OSS-Typ ist im ersten Boot, Mr. McCoy«, sagte Koffler. »Er und Mr. Lewis.«

McCoy blickte zu ihm und sah, daß Koffler durch ein Fernglas zur See spähte.

»Geben Sie mir das«, befahl er.

Koffler übergab ihm etwas widerstrebend das Fernglas.

»Sammeln Sie das Plastik auf«, befahl McCoy. »Mensch, Steve! Gerade Sie sollten wissen, daß man kein Material liegenlassen soll, das die Japse finden können!«

»Verzeihung«, sagte Koffler zerknirscht, ließ sich sofort auf die Knie sinken und sammelte das aufgeschnittene Plastik auf, in dem das Funkgerät, das Fernglas und der Karabiner verpackt gewesen waren.

»Ich möchte, daß Sie folgendes tun, Captain«, sagte McCoy. »Gehen Sie bis zur Hüfte in die Brandung. Koffler wird Sie begleiten. Lassen Sie die Thompson zurück. Wenn dieses erste Boot hier ist, helfen Sie beim Ausladen. Das Material wird schwimmen, und Koffler sorgt dafür, daß nichts davonschwimmt. Dann steigen Sie in das Schlauchboot und paddeln zum U-Boot.«

»Warum?« fragte Weston.

»Meine Befehle lauten, den ranghöchsten Offizier, den ich finden kann, mit dem U-Boot wegzuschicken. Das sind Sie.«

»Warum ... Ich bin mir nicht sicher ...«

»Streiten Sie nicht mit mir«, sagte McCoy kalt. »Tun Sie es!«

»Sie sollten es besser tun, Mr. Weston«, sagte Everly.

Weston schaute McCoy verwirrt an. Er tat McCoy leid.

»Ich denke, Sie werden General MacArthur berichten, was

hier los ist«, sagte er mit einem Lächeln. »Und ich *weiß*, daß Sie General Pickering berichten werden.«

»MacArthur?« fragte Everly. »Im Ernst?«

»Im Ernst, Everly«, sagte McCoy. »Und, Captain, rasieren Sie diesen Bart erst ab, wenn General Pickering ihn gesehen hat.«

Everly wirkte immer noch verwirrt und unschlüssig.

»Gehen Sie, verdammt noch mal!« sagte McCoy. »Wenn Sie durch die Brandung waten, wird das Boot dort sein.«

Weston blickte zu Everly, der nickte.

»Trinken Sie ein kühles Bier für mich, Mr. Weston«, sagte er und gab ihm die Hand.

»Passen Sie auf sich auf, Everly«, sagte Weston und stellte überrascht fest, daß ihm wieder zum Heulen zumute war.

»Ja«, sagte Everly. Er streckte die Hand nach Westons Thompson-Maschinenpistole aus. Weston gab sie ihm, ging zum Wasser und watete hinein.

»Wo können wir das Zeug verstecken, das wir an Land bringen?« fragte McCoy Everly.

»Wieviel Zeug?«

»Im Augenblick das, was in diesen beiden Booten ist«, sagte McCoy. »Weiteres morgen, wenn wir damit durchkommen.«

»Ich denke, das mit morgen können wir vergessen«, sagte Everly. »Früher oder später werden Japse hiersein, und ich denke, früher.«

»Erzähl mir von den Japsen«, sagte McCoy.

»Eine Viermannpatrouille«, berichtete Everly. »Ich denke, sie kamen auf einem Lastwagen von Süden und sollten irgendwo im Norden wieder aufgenommen werden. Wenn sie nicht auftauchen, wird vermutlich jemand nach ihnen suchen.«

»Wieviel Zeit haben wir?«

Everly hob hilflos die Hände.

»Wenn wir Glück haben, hat niemand die Schüsse gehört.

Dann haben wir etwas mehr Zeit. Wenn die Schüsse gehört wurden, können jederzeit Japse auftauchen.«

»Wo verstecken wir dieses Material?«

»Von hier bis zur Straße ist ein Streifen Dschungel. Jede Stelle zwischen hier und der Straße ist so gut wie die andere.«

»Wie weit entfernt ist Fertig?«

»Sechzig Meilen. Aber er verlegt das Hauptquartier.«

»Was heißt das?«

»Er sagte sich, daß vielleicht einer von uns gefangengenommen wird. Er will verhindern, daß wir den Japsen etwas verraten, wenn wir in Gefangenschaft geraten. Wenn wir nicht wissen, wohin er das Hauptquartier verlegt hat, können wir es den Japsen nicht sagen.«

»O Mann!«

»Kein Problem. Er wird uns finden – wenn uns nicht zuerst die Japse finden.«

»Was hältst du von Fertig?«

»Er ist ein bißchen komisch«, sagte Everly. »Er hat einen roten Ziegenbart, und ich nehme an, du weißt, daß er kein richtiger General ist. Er ist Lieutenant Colonel, glaube ich. Aber er ist clever und hat Mumm.«

Das ist ungefähr das größte Kompliment, das Everly machen kann, sagte sich McCoy.

»Okay. Das Wichtigste ist jetzt, Koffler und eines der Funkgeräte zu Fertig zu bringen. Wie machen wir das?«

»Ich weiß, wo ich Captain Hedges und die Patrouille treffen kann ...«

»Wie viele Männer sind bei der Patrouille? Genug, um das Zeug zu tragen?«

»Genug, um eine Menge davon zu tragen. Du glaubst nicht, wieviel diese Filipinos schleppen können. Aber ich weiß nicht, wie viele Männer es sind. Vielleicht fünfzehn oder zwanzig.«

»Können ein paar davon Koffler zu Fertig bringen? Ich schätze, er hat an die hundert Pfund Ausrüstung.«

»Ich habe ein Motorrad versteckt«, sagte Everly. »Wenn ich die Kiste wiederfinden kann, können wir seine Ausrüstung auf das Motorrad schnallen.«

»Und was ist, wenn Japse auf der Straße sind?«

»Keine Ahnung«, sagte Everly. »Und der General hat nichts gesagt, aber wie ich schon sagte, er ist clever. Er wird vermutlich irgend etwas auf der anderen Seite von Boston anleiern, damit alle Japse dorthin rennen.«

»Fertig, meinst du?«

Everly nickte.

»Oder ich könnte – wie heißt er noch?«

»Koffler.«

»Ich könnte Koffler und sein Zeug zum Motorrad bringen, bis zum Abend warten und dann über die Straße fahren.«

»Deine Entscheidung«, sagte McCoy. »Denk nur daran, daß es im Augenblick das wichtigste ist, Koffler und das Funkgerät zu Fertig zu bringen.«

»Nur ein Funkgerät?«

»Ich habe hier noch eins. Und es gibt zwei weitere auf dem U-Boot, wenn wir weiteres Material ausladen können.«

Er schaute zur See. Das erste Boot hatte Koffler und Weston erreicht, und Lewis warf Pakete, die in schwarzes Plastik gehüllt waren, über die Seite. Captain Robert B. Macklin, USMC, kniete in der Mitte des Boots und tat absolut nichts, soweit McCoy das sehen konnte.

Das zweite Boot mit Zimmerman und zwei Matrosen von der *Sunfish* näherte sich.

Die Sonne war jetzt ganz aufgegangen. Wenn ein japanisches Patrouillenboot auftauchte, oder schlimmer noch ein Flugzeug, würde die *Sunfish* in Schwierigkeiten geraten.

McCoy spähte durch das Fernglas und suchte den Horizont und den Himmel ab. Da war nichts.

Das Boot mit Zimmerman passierte das mit Lewis und näherte sich.

»Wenn sie jetzt nicht aussteigen, wird es in der Brandung umkippen«, sagte McCoy.

Eine Minute später wurde seine Prophezeiung wahr. Das Boot kenterte und schüttete die drei Männer und die Plastikpakete ins Meer.

»Komm, wir bringen diesen Leuten besser einige Waffen«,

sagte McCoy. Er führte Everly zu dem Boot, das sie vom Strand aus in den Dschungel geschleift hatten. Er nahm ein in Plastik gehülltes Paket mit Karabinern aus dem Boot und schlitzte das Plastik auf.

»Das ist das Messer, das du in Schanghai hattest, richtig?« sagte Everly.

»Na und?«

»Ich war nur neugierig«, sagte Everly.

»Ich zeige dir, wie das Ding funktioniert«, sagte McCoy und nahm einen der Karabiner. »Der Hebel zum Sichern und der Knopf zum Ausklinken des Magazins sind hier am Abzugsbügel. Du stellst den kleinen Hebel gerade, um zu entsichern. Dann drückst du auf den Kopf, und das Magazin fällt heraus.« Er führte es vor. »Fünfzehn Schuß. Du schiebst das Magazin rein, bis es klickt. Dann betätigst du den Abzug …«, er demonstrierte es wieder, »… und der Karabiner ist schußbereit.«

»Pistolenpatronen?« sagte Everly geringschätzig und nahm die Waffe.

»Heiße Pistolenpatronen. Sie würden eine Pistole zerfetzen.«

»Kann man damit jemanden umlegen?«

»Ja«, sagte McCoy. »Wenn du jemand triffst und er keine fünfhundert Yards entfernt ist.«

»Weißt du das?« fragte Everly zweifelnd.

»Ich weiß das. Es ist kein richtiges Gewehr, aber viel besser als eine Pistole.«

»Die meisten Leute können nicht mit einer Pistole schießen, um ihren Arsch zu retten«, sagte Everly.

»Das ist die ganze Idee«, erwiderte McCoy.

»Du hast hoffentlich Munition? Wir haben fast keine mehr, unsere und die japanische ist fast ausgegangen. Wir machen uns selbst Patronen aus Gardinenstangen und laden sie mit Pulver aus japanischen Patronen. Ich habe nur noch dreizehn Patronen hierfür.« Er zog am Riemen der Thompson über seiner Schulter.

»Es gibt Munition für die Karabiner und ein paar hundert

.45 ACP und .30-06. Wenn wir sie vom U-Boot holen können.«

»Granaten? Wir könnten wirklich ein paar Granaten brauchen.«

»Nicht bei dieser Lieferung«, sage McCoy. »Vielleicht bei der nächsten.«

»Wird es eine weitere geben? Mehr U-Boote?«

»In einundzwanzig Tagen. *Wenn* wir bis dahin überleben«, sagte McCoy. Er schlitzte ein zweites Paket mit vier Karabinern Kaliber .30 M1 auf, schlang sich drei Karabiner an den Riemen über die Schulter und machte sich auf den Weg zum Strand.

Lieutenant Chambers D. Lewis kam aus dem Wasser und zog zwei in Plastik gehüllte Pakete hinter sich her.

»Guten Morgen, Mr. McCoy«, sagte Lewis. »Ich sehe, die Marines sind gelandet und haben die Situation gut im Griff.«

»Sie sollten nicht an Land kommen«, sagte McCoy.

»Ich wußte, wie wichtig es für Sie ist, daß sich Captain Macklin zu Ihrer Strandparty gesellt«, sagte Lewis. »Und ich sagte mir, ich kann nicht einfach davonfahren, ohne zu beweisen, daß ich genausogut wie Sie ein Schlauchboot paddeln kann.«

McCoy blickte über die Schulter. Macklin watete, so schnell er konnte, durch das bis zur Brust reichende Wasser auf den Strand zu. Soweit McCoy das sehen konnte, zog er nichts hinter sich her.

Und dann lachte er. »Oh, Mann, sehen Sie sich das an!«

Gunnery Sergeant Zimmerman, von dessen Körper das Wasser floß und der sehr wütend wirkte, stapfte durch den Sand auf sie zu. Er schleifte vier offenbar schwere, in Plastik gehüllte Pakete hinter sich her. Es folgten zwei Matrosen, die jeweils zwei Pakete zogen.

»Warum bist du nicht aus dem Boot gestiegen, wie ich es dir gesagt habe, Ernie?« fragte McCoy.

»Ich konnte nicht sehen, wie tief das Wasser war, und ich wollte nicht ersaufen, denn ich kann nicht schwimmen.« Er erkannte Everly. »He! Wie geht's, Everly? Wie hängen die Eier?«

»Kann mich nicht beklagen. McCoy sagte mir, daß man dich zum Gunny gemacht hat.«

»Ja. Hilfst du mir bei diesem Scheiß, oder stehst du nur mit dem Daumen im Arsch herum?«

»Sie könnten hier festsitzen«, sagte McCoy zu Lewis. »Hier kann es jeden Augenblick von Japsen wimmeln. Der Mann von Fertig – wie heißt er, Everly?«

»Weston, Sir«, sagte Everly. »Captain James Weston.«

Er hat mich mit ›Sir‹ angeredet, erkannte McCoy überrascht. *Das kann doch nicht wahr sein!*

»… Captain Weston schaltete vier Japaner aus, als wir an Land kamen. Everly meint, andere Japse suchen nach denen.«

»Das wäre das beste«, sagte Everly.

»Das beste?« fragte McCoy. »Wovon, zum Teufel, redest du?«

»Das schlimmste wäre, wenn sie Mr. Westons Schüsse gehört und sich auf den Weg gemacht haben, um es jemandem zu melden. Das beste, wenn sie die Schüsse nicht gehört haben, sondern ein paar Leute auf die Suche nach der ersten Patrouille schicken. Besser wäre es, wir könnten den Lastwagen finden, mit dem sie kamen …«

»Wir wissen nicht, ob es einen Lastwagen gibt«, unterbrach McCoy.

»… und ihn ausschalten, den Wagen und die Leichen irgendwo im Dschungel verstecken, wo sie ihn ein paar Tage lang nicht finden. Das würde es unwahrscheinlicher machen, daß die Japse das Zeug finden, das wir hier verstecken.«

»Oder den Lastwagen finden und das Zeug fünf oder zehn Meilen von hier fortbringen«, sagte McCoy nachdenklich.

»Noch besser«, stimmte Everly zu.

»Was ist mit deinem Knöchel?« fragte McCoy.

»Ich bin von einem Baum gefallen und habe ihn mir verstaucht«, sagte Everly.

»Wie willst du dann den Lastwagen finden?«

»Ich könnte mir aus einem Zweig eine Krücke oder so was machen.«

»Sag mir, wo du den Lastwagen vermutest, Everly, und ich finde ihn«, sagte Gunny Zimmerman sachlich.

»Du mußt ihn begleiten, Everly«, sagte McCoy. »Anders geht es nicht. Wir schaffen das Zeug in den Dschungel und warten hier auf dich.«

»Zimmerman, taugen diese kleinen Knarren was?« fragte Everly.

»Für das, wozu wir sie benutzen, taugen sie«, sagte Zimmerman.

»Nun, dann gib mir eine. Ich habe nur noch dreizehn Patronen für die Thompson. Es sei denn ... wo ist die .45er Munition, McCoy?«

»Ich weiß nicht, wo sie jetzt ist.«

»Dann gib mir eine dieser kleinen Knarren. Wir haben nicht viel Zeit.«

»Es gibt auch eine andere Möglichkeit«, sagte McCoy und schaute Lewis an.

»Sie wollen, daß ich mit ihnen gehe? Warum nicht?«

»Das meinte ich nicht«, sagte McCoy, wies zur See und sprach weiter. »Captain Weston ist fast bei dem U-Boot. Ich könnte funken, daß sie sofort tauchen und verschwinden, wenn er an Bord ist ... vielleicht sollte ich das tun.«

»Die Navy hat beträchtliche Kosten und Mühen auf sich genommen, um das U-Boot dorthin zu bringen, wo es ist, Mr. McCoy«, sagte Lewis. »Ich bezweifle, daß jemand an Bord verschwinden will, bevor die Fracht ausgeladen ist oder ein japanischer Zerstörer auftaucht.«

McCoy blickte ihn nachdenklich an.

»Sie könnten wirklich hier bei uns festsitzen«, sagte McCoy. »Ist Ihnen das klar?«

»Ich hatte diesen unangenehmen Gedanken, kurz nachdem ich in das Schlauchboot stieg«, sagte Lewis. »Soll ich der *Sunfish* befehlen, die Fracht auszuladen?«

»Das Funkgerät ist dort drüben im Busch«, sagte McCoy und wies hin.

Captain Robert B. Macklin watete die letzten Schritte an den Strand und warf sich in den Sand, als wäre er restlos erschöpft.

»Ist der verletzt oder was?« fragte Everly besorgt.

»Laß den Scheißer da liegen«, sagte McCoy.

»Wir müssen diese Boote wieder ins Wasser schaffen«, sagte Lewis, und dann brüllte er überraschend laut »Macklin!«

Macklins Kopf ruckte hoch, und er hob die Hände in einer hilflosen Geste.

»Setzen Sie Ihren Arsch in Bewegung und helfen Sie uns, die Boote durch die Brandung zu bringen, oder ich erschieße Sie!« rief Lieutenant Lewis.

Captain Macklin machte weiterhin Gesten, die Hilflosigkeit und Erschöpfung anzeigen sollten, bis Lieutenant Lewis einen der Karabiner von Lieutenant McCoy entgegennahm, eine Patrone einhebelte und die Waffe an die Schulter nahm. Da kehrte Captain Macklins Kraft auf wundersame Weise zurück. Er sprang auf, hastete über den Strand, schnappte sich das Tau eines Schlauchboots und zog es ins Wasser.

Lieutenant Everlys Augen wurden groß, aber er sagte nichts.

»Hätten Sie ihn wirklich erschossen?« fragte McCoy lächelnd.

»Ich weiß es nicht«, antwortete Lewis erstaunt. »Zum Glück für uns beide wußte er es auch nicht.« Dann kam ihm noch ein Gedanke. »Warum lassen wir ihn nicht zur *Sunfish* zurückpaddeln und an Bord gehen?«

»Er bleibt«, sagte McCoy entschieden.

Lewis nickte, wandte sich ab und machte sich auf den Weg zu dem Funkgerät.

»Wer ist das, Kil … Ken?« fragte Everly.

»Das ist der Adjutant eines Admirals in Pearl Harbor.«

»Ich meinte das Arschloch auf dem Strand.«

»Das ist eine lange Geschichte, die werde ich dir später erzählen«, sagte McCoy.

4

U-Boot Sunfish
126° 48" östlicher Längengrad,
7° 35" westlicher Breitengrad
Philippinengraben

24. Dezember 1942, 5 Uhr 27

»Sir?« fragte Lieutenant Amos P. Youngman, USN, und ließ den zweiten Teil der Frage – »Haben Sie das gesehen?« – unausgesprochen.

»Ich sehe es«, antwortete Lieutenant Commander Warren T. Houser.

Commander Houser und Lieutenant Youngman waren auf der Brücke des Kommandoturms der *Sunfish,* hielten Ferngläser vor den Augen und beobachteten abwechselnd die Schlauchboote an Land und suchten den Himmel und den Horizont nach Anzeichen auf japanische Aktivitäten ab.

Ein Passagier im ersten Schlauchboot kehrte vom Strand zum U-Boot zurück – ein Mann mit einem altmodischen breitkrempigen Feldhut, in Kleidung, die nach einem schmutzigen, ehemals weißen Pyjama aussah, und einem blonden Vollbart.

»McCoy sagte, er versucht, einen ranghohen Offizier zu schicken«, sagte Commander Houser. »Das muß er sein.«

Lieutenant Youngman wandte sich dem Chief Petty Officer zu, der durch das Fernglas den Horizont absuchte.

»Chief, sorgen Sie dafür, daß der Mann sicher an Bord kommt«, befahl er.

»Aye, aye, Sir«, sagte Chief Buchanan.

Buchanan spähte einen Moment lang durch das Fernglas zum Strand und gab es dann einem Matrosen, der inmitten der Leute auf der Brücke stand.

Dann verschwand er durch die Luke in der Brücke des

Kommandoturms und tauchte einen Augenblick später auf dem Deck auf.

Als das Schlauchboot bei der *Sunfish* eintraf, hatte Chief Buchanan ein dickes Tau um seine Hüfte gebunden und das Ende in die Hände von drei Matrosen an Deck gegeben. Er hatte mit einem zweiten Tau eine Schlinge gebildet, das Ende den Matrosen gegeben und schwang die Schlinge in einer Hand wie ein Cowboy, der ein Kalb einfangen will, um ihm ein Brandzeichen zu verpassen.

»Legt das Tau um den Gentleman!« brüllte er.

Er warf das ›Lasso‹ den beiden Matrosen im Schlauchboot zu. Ihr Versuch, es zu fangen, scheiterte, und Chief Buchanan äußerte in Worten, die man für gewöhnlich nicht in einer Sonntagsschule hört, eine unfreundliche Meinung über die Legitimität ihrer Geburt.

Er holte das Tau mit der Schlinge ein und warf es von neuem. Diesmal konnte der Matrose es auffangen, der achtern im Schlauchboot hockte.

»Streifen Sie die Schlinge einfach über den Kopf und unter Ihre Arme, Sir!« rief Buchanan aufmunternd. »Dann haben wir Sie im Nu an Bord.«

Captain James B. Weston tat es, stand im Schlauchboot schwankend auf und sprang auf den gewölbten Rumpf des U-Boots. Er glitt aus, fiel aufs Gesicht und rutschte am Rumpf hinab ins Wasser.

»Einholen!« bellte Chief Buchanan.

Captain Westons Abstieg wurde zu einem Aufstieg. Er wurde über den Rumpf hinauf an Deck gehievt, und Chief Buchanan und einer der Matrosen halfen ihm auf die Füße.

»Bitte gleich hier entlang, Sir«, sagte Chief Buchanan.

Aus einer lange schlafenden Ecke von Westons Erinnerung erwachte plötzlich das Protokoll der Navy und forderte Beachtung. Weston schüttelte Buchanans Arm ab, wandte sich nach achtern und salutierte.

»Erlaubnis, an Bord zu kommen, Sir?«

Chief Buchanan wollte Weston die Hand auf den Arm legen, um ihn zur Luke im Kommandoturm zu führen.

Weston, den rechten Arm immer noch zum Gruß erhoben, schob ihn mit der linken Hand weg.

»Erlaubnis erteilt!« rief jemand.

Weston schaute in Richtung der Stimme und sah hoch oben auf dem Kommandoturm einen Offizier der Navy. Sein Gruß wurde erwidert. Weston ließ den Arm sinken.

»Begleiten Sie den Gentleman in die Offiziersmesse«, befahl Commander Houser.

»Aye, aye, Sir.«

Weston ließ sich über Deck und dann durch eine Luke in den Kommandoturm führen. Er gelangte in eine heiße, enge Welt aus Skalen und Röhren, in der es nach Öl und Schweiß roch und in der ihn Matrosen in Arbeitskleidung und Offiziere in Khakiuniformen mit unverhohlener Neugier anstarrten.

Er wurde nach achtern geführt, und dann zog Chief Buchanan einen grünen Vorhang zur Seite und forderte ihn mit einer Geste zum Eintreten auf.

»Jemand wird sofort bei Ihnen sein, Sir«, sagte Chief Buchanan. »Sie werden mich entschuldigen müssen. Ich muß wieder nach oben.«

»Danke«, sagte Weston höflich.

Er ging in die kleine Kammer und drehte sich um. Der Vorhang war wieder zugezogen, und der Chief war fort.

Weston setzte sich an den kleinen Tisch. Auf dem Stuhl neben ihm lag ein Exemplar der *Saturday Evening Post*. Er nahm es.

Der Vorhang wurde aufgezogen, und ein Matrose trat ein.

»Frischer Kaffee, Sir«, sagte er. »Wenn Sie sonst etwas wünschen, drücken Sie bitte auf den Knopf.«

Er stellte ein Tablett vor Weston hin. Darauf standen Tasse und Untertasse, eine silberne Kaffeekanne, ein Kännchen mit Milch oder Sahne und eine Schale mit Zuckerwürfeln. Auf einem kleinen Teller sah Weston ein halbes Dutzend Schokoladenplätzchen.

Weston schaute lange auf die Schokoladenplätzchen, nahm fast andächtig eines und biß ein Stückchen ab.

»Haben Sie Hunger, Sir?« fragte der Matrose. »Kann ich Ihnen etwas zurechtmachen?«

Weston sah ihn an, ohne ein Wort zu sagen.

»Sie können alles vom Eierbrötchen bis zum Steak mit Eiern haben, Sir«, sagte der Matrose.

»Ja, bitte«, sagte Weston.

»Was, Sir? Das Brötchen oder das Steak mit Eiern?«

»Kann ich beides haben?«

»Selbstverständlich«, sagte der Matrose und ging.

Weston biß noch ein Stückchen von dem Schokoladenplätzchen ab, und dann schob er es ganz in den Mund und kaute es sehr langsam.

Er schenkte Kaffee in die Tasse ein, schnüffelte und nippte daran. Der Kaffee war so heiß, daß er sich fast die Lippen verbrannte. Er fügte Milch und einen Zuckerwürfel hinzu, rührte um und nippte noch einmal am Kaffee.

Dann schob er ein zweites Schokoladenplätzchen ganz in den Mund und tauchte ein drittes in den Kaffee mit Milch und Zucker.

Der Vorhang wurde wieder aufgezogen, als Weston den Saft des Steaks mit einem Stück Toast vom Teller wischte.

Der Officer trat ein, der ihm die Erlaubnis gegeben hatte, an Bord zu gehen. Weston sah jetzt die goldenen Eichenblätter des Lieutenant Commander auf den Kragenspitzen und wollte aufstehen, wie es Offiziere bei der Marine in Anwesenheit eines ranghöheren Offiziers tun.

»Behalten Sie Platz«, sagte der Lieutenant Commander. »Hat sich der Koch gut um Sie gekümmert? Können wir Ihnen sonst noch etwas anbieten?«

Weston schüttelte den Kopf. »Danke.«

»Ich bin Warren Houser, der Kommandant.«

»Captain Weston, Sir«, sagte Weston. »Nein – Lieutenant Weston, Sir.«

»Was von beiden, Mr. Weston?« fragte Houser freundlich und reichte ihm lächelnd die Hand.

»Captain U.S. Forces in the Philippines, Sir. First Lieutenant U.S. Marine Corps.«

»Willkommen an Bord der *Sunfish*, Captain.«

»Danke, Sir. Was geschieht jetzt, Sir?«

»Wir entladen Fracht.«

»Captain, wenn die Japse noch nicht wissen, daß Sie hier sind, dann werden sie es in Kürze erfahren. Eine japanische Patrouille war am Strand, kurz bevor das erste Schlauchboot eintraf. Ich habe sie getötet, aber jemand wird sie vermissen, vielleicht schon in diesem Augenblick.«

»Nun, wir haben einen weiten Weg mit diesem Material zurückgelegt und möchten es ausladen. Ich hörte, Sie hatten ein Nachschubproblem.«

»Wir hatten überhaupt keinen Nachschub«, sagte Weston.

»Ja, das hörten wir.« Captain Houser wechselte das Thema. »Wenn wir hier fertig sind, fahren wir nach Espíritu Santo.«

»Wohin, Sir?«

»Das ist eine Insel. Eine Art Stützpunkt. Von dort aus werden Sie nach Australien geflogen.«

»Jawohl, Sir.«

»Wenn Sie nichts mehr essen möchten, schlage ich vor, Sie duschen und rasieren sich. Und wir werden eine Khakiuniform für Sie finden. Ich möchte zurück auf die Brücke. Wenn Sie mich entschuldigen, werden wir unsere Unterhaltung fortsetzen, wenn wir unterwegs sind. Meine Offiziere sind verdammt neugierig.«

»Ich werde den Bart behalten«, sagte Weston. »Lieutenant McCoy sagte, ich soll ihn erst abrasieren, wenn General Pickering ihn gesehen hat.«

»Nach dem, was ich von ihm gesehen habe, sollten Sie tun, was Lieutenant McCoy Ihnen gesagt hat.«

»Darf ich noch eine Tasse Kaffee haben? Ich habe anscheinend allen getrunken ...«

»Sie können alles haben, was es auf der *Sunfish* gibt, Captain Weston«, sagte Lieutenant Commander Houser und drückte auf einen Klingelknopf, um mit dem Küchenunteroffizier zu sprechen.

5

Ungefähr dreißig Meilen südlich von Boston
Provinz Davao
Mindanao, Commonwealth Philippinen

24. Dezember 1942, 7 Uhr 45

Lieutenant Chambers D. Lewis, USN, und First Lieutenant Kenneth R. McCoy, USMCR, standen am Rand des Dschungels am Strand. McCoy hielt einen Karabiner mit dem Kolben an der Hüfte. Lewis trug einen Karabiner am Riemen über der Schulter.

Die *Sunfish* lag ungefähr zweihundert Yards entfernt vor der Küste. Ihre Kanone und die Luftabwehr-MGs waren bemannt, und das Sternenbanner hing jetzt schlaff am Mast des Kommandoturms. Da U-Boot war vor etwas über zwei Stunden aufgetaucht.

Seit McCoy die Entscheidung getroffen hatte – und das Gewicht lastete schwer auf seinen Schultern –, das Risiko einzugehen und Everly und Zimmerman auf die Suche nach einem japanischen Lastwagen zu schicken und ihn auszuschalten, herrschte hektische Aktivität.

Vier zusätzliche Schlauchboote waren aufgeblasen und zu Wasser gelassen worden, bemannt mit Matrosen – es gab keinen Mangel an Freiwilligen bei der Besatzung der *Sunfish*. Sie begannen in Plastik gehüllte Pakete an Land zu paddeln.

Nachdem die ersten beiden Schlauchboote wieder ins Wasser getragen wurden – die Brandung war seit dem Tagesanbruch schwächer geworden – wurden sie zum U-Boot zurückgepaddelt. Die nächsten vier Boote von der *Sunfish* wurden nicht zum Strand gepaddelt. Die in Plastik gehüllten Pakete wurden über Bord geworfen, und einer der beiden Paddler sprang zu ihnen ins Wasser. Die übrigen Paddler paddelten die leeren Schlauchboote zurück zum U-Boot.

Diese Prozedur wurde viermal wiederholt, so daß schließlich zehn Matrosen auf dem Strand waren oder in hüfthohem Wasser standen, die Boote entluden und die Fracht an Land brachten.

Es war eine weitaus wirksamere Methode, die Fracht zu entladen, als die, die sie zuvor angewandt hatten, aber sie war während der Übungen in Australien keinem in den Sinn gekommen. Die Idee stammte von Lieutenant Lewis. Als er sie vorschlug, stimmte McCoy zu und sagte sich kaltblütig, wenn die Japaner mit einem Zerstörer kamen, um Jagd auf das U-Boot zu machen, änderte es wirklich wenig, ob die Matrosen der *Sunfish* an Bord des U-Boots starben oder beim Befördern der Fracht an Land. Er hatte nicht wirklich erwartet, alle Fracht auszuladen, die sie mitgenommen hatten, und als sich jetzt eine Chance dazu bot, schien der Einsatz des Lebens der Matrosen zu rechtfertigen zu sein.

Beim Beginn des Ausladens schlug einer der Matrosen, ein rundlicher Koch, McCoy höflich vor, das Ausladen der Boote einfach der Navy zu überlassen und seine Kräfte zu schonen. McCoy nahm das Angebot an und fragte sich, ob er zugestimmt hatte, weil es militärisch vernünftig war, oder weil er lieber jemand anderen in Hitze und hoher Luftfeuchtigkeit schwitzen lassen wollte.

Er befahl Koffler, in den Schatten zu gehen und sich zu schonen. Sobald Everly zurückkehrte – *wenn* er zurückkehrt–, würde Koffler nach Everlys Motorrad suchen und dann losfahren müssen, um Fertig zu suchen. Er würde dafür all seine Kraft brauchen.

Es würde ein Problem sein, wie alles zu Fertig geschafft werden konnte – wo immer er auch war –, aber darüber konnte man sich später Sorgen machen. Jetzt war es wichtig, das Material vom Strand weg in den Dschungel zu bringen und zu verstecken.

Vierzig Minuten später kam Everly aus dem Dschungel. Er humpelte überraschend schnell mit einem gegabelten Zweig, den er als Krücke benutzte. Der Karabiner und ein Arisaka-Gewehr hingen am Riemen über seiner Schulter.

»Gefunden«, meldete er. »Wir hatten Glück. Da waren nur

ein Unteroffizier und der Fahrer. Zimmerman hat ihnen die Kehle durchgeschnitten.«

»Wo ist er?«

»Er fährt den Truck nach Süden.«

»Und wie kommt er hierhin zurück?«

»Er fährt nur zwei Meilen weit«, sagte Everly. »Er sagt, das reicht. Dann kommt er zu Fuß her.«

»Was ist das?« frage McCoy und tippte auf den Kolben des Arisaka-Gewehrs. »Ein Souvenir?«

»Bis du aufgetaucht bist, Ken, holten wir uns unsere Waffen von den Japsen.«

»Okay. Jetzt müssen Koffler und sein Funkgerät zu Fertig gebracht werden. Kannst du das Motorrad finden?«

»Ja.«

»Koffler!« rief McCoy, und Koffler eilte herbei.

Der Schweiß hatte viel von der schwarzen Tarnung – was auch immer es war – von Kofflers Gesicht gewaschen, und jetzt wirkte er auf Everly noch jünger.

»Gehen Sie mit Everly, Steve. Sie wissen, was Sie zu tun haben«, sagte McCoy.

»Aye, aye, Sir.«

Nach der letzten Fahrt zum Strand waren zwei der Schlauchboote mit Mitgliedern des Arbeitstrupps vom Strand fast zurück bei der *Sunfish*. Bevor sie ein letztes Mal in die Brandung gewatet waren, hatte sich jeder per Handschlag von dem Landungstrupp verabschiedet.

Das dritte Boot befand sich auf halbem Weg zwischen Strand und U-Boot. Im vierten saßen zwei Matrosen; ein dritter stand im brusthohen Wasser und hielt das Schlauchboot, damit Lewis durch das Wasser dorthin waten konnte. Captain Macklin benutzte belaubte Zweige aus dem Dschungel als Besen, um die Spuren im Sand so gut wie möglich zu verwischen.

»Sie brauchten nicht an Land zu kommen«, sagte McCoy und reichte Lewis die Hand. »Aber ich weiß es zu schätzen. Passen Sie auf sich auf, Lewis.«

»Lassen Sie mich ihn mitnehmen, Ken«, sagte Lewis und nickte zu Macklin hin.

»Nein«, erwiderte McCoy entschieden.

»Er wird Probleme verursachen«, sagte Lewis.

»Zwei Dinge«, sagte McCoy. »General Pickering will ihn hier haben. Und ich will das auch, wie mir klargeworden ist.«

»Warum, um Gottes willen?«

»Ich nehme an, mich macht die Vorstellung sauer, daß der Hurensohn an der Bar eines Offiziersklubs herumsteht und bei irgendeiner Krankenschwester mit Geschichten prahlt, daß er bei den Guerillas auf den Philippinen war«, sagte McCoy trocken, und dann wurde er ernst. »Er ist Offizier des Marine-Corps. Er wurde, verdammt noch mal, hierhin befohlen, und er sollte sich verhalten wie ein Offizier des Marine-Corps. Wenn er das nicht kann, dann sollte er kein Offizier des Marine-Corps sein.«

»Wenn er Ihre Mission gefährdet, werden Sie ihn dann wirklich töten?«

»Ich hoffe, ich muß es nicht tun«, sagte McCoy. »Aber ich schicke den Bastard nicht zurück.«

»Ich hatte befürchtet, daß Sie das sagen.«

McCoy zuckte mit den Schultern.

»Wenn Sie es irgendwie ohne große Probleme schaffen können, meinem Mädchen durch Ed Sessions auszurichten, daß mit mir alles in Ordnung ist, wäre ich Ihnen dankbar.«

»Tut mir leid, das kann ich nicht tun«, sagte Lewis. Er trat aus dem Dschungel und ging bis zum Wasser. Dort hielt er die Hände als Trichter vor den Mund und rief: »Boote, die Männer an Bord nehmen und zur Sunfish paddeln! Ich bleibe an Land.«

»He, Moment mal!« rief McCoy und lief zu Lewis.

»Boote zurückpaddeln!« schrie Lewis.

Die beiden Matrosen im Schlauchboot zogen schnell den Mann aus dem Wasser ins Boot und begannen zum U-Boot zurückzupaddeln.

»Haben Sie den Verstand verloren?« fragte McCoy.

»Vielleicht«, erwiderte Lewis mit einem Lächeln. »Zwei

Dinge. Ich will nicht, daß Sie Macklin erschießen, und ich will nicht an Bord dieses gottverdammten U-Boots gehen.«

»Wenn ich entscheide, daß ich mich um ihn kümmern muß, werden Sie mir nicht in die Quere kommen«, sagte McCoy.

»Verstanden«, sagte Lewis.

Sie zogen sich zwischen die Vegetation zurück und beobachteten, wie das Schlauchboot die *Sunfish* erreichte und die Besatzung schnell an Bord gezogen wurde.

»Sie können immer noch mit dem Funkgerät Kontakt aufnehmen und sich abholen lassen.«

»Zu spät«, sagte Lewis und wies zum U-Boot.

Das Sternenbanner war plötzlich vom Mast verschwunden, und die Decks waren leer. Dann begann das U-Boot langsam zu tauchen und allmählich unter der Wasseroberfläche zu verschwinden.

»Ich hoffe, Sie haben daran gedacht, etwas zu essen mitzunehmen«, sagte Lewis.

»Nur für die Akten, ich denke, Sie sind verrückt geworden«, sagte McCoy. »Wir haben einige Rationen der Army. ›C‹-Rationen werden sie genannt.«

6

Hauptquartier U.S. Forces in the Philippines im Feld
Provinz Davao
Mindanao, Commonwealth Philippinen

25. Dezember 1942, 7 Uhr 05

Der Kommandeur hatte Anweisung gegeben, nicht geweckt zu werden, es sei denn natürlich, es gab einen Hinweis darauf, daß die Japaner in der Nähe waren. So war Brigadier General Wendell W. Fertig für Staff Sergeant Stephen Koffler, USMCR, auf den ersten Blick ein Mann in mittleren Jahren mit rotem Spitzbart, und Fertig erhob sich von seinem Lager, einem Stück Segeltuch auf dem Boden in einem neuen und offensichtlich hastig errichteten Schuppen.

Dieses Nachtgespenst trug ein ausgefranstes und verdrecktes Khakihemd, auf dessen Kragenspitzen silberne Sterne waren. Eine Khakihose und ein Paar verschlissene Stiefel hingen vom Dach des Schuppens. Der General hielt eine gespannte .45-ACP-Pistole Modell 1911 in der Hand und wirkte überrascht.

Für General Fertig war Staff Sergeant Koffler auf den ersten Blick ein Junge – ein amerikanischer Junge, der wie ein Siebzehnjähriger aussah und eine schwarz gefärbte Khakiuniform trug. Seine Arme und die Handrücken waren geschwärzt, und sein weißes Gesicht war von mehr schwarzer Farbe unter dem Haaransatz und am Hals eingerahmt. In der Hand hielt er ein sehr kleines Gewehr, ein Modell, das Fertig noch nie gesehen hatte, und etwas, das wie ein verkürzter Säbel aussah, hing an einer Schnur von seinem Hals.

Der Junge stand still und grüßte schneidig.

»Staff Sergeant Koffler, U.S. Marine Corps, meldet sich, Sir.«

General Fertig erwiderte den Gruß.

»Von wo melden Sie sich, Sergeant?« fragte Fertig und nahm seine Hose, die von dem Schuppendach herabhing.

Der Junge dachte einige Zeit über die Frage nach. Sie verwirrte ihn anscheinend einen Moment.

»Von Australien, Sir. General Pickering schickt uns.«

Gott sei Dank, dachte Fertig.

»Und wer ist General Pickering?«

Diese Frage verwirrte den Jungen anscheinend ebenfalls.

»Er ist ein General des Marine-Corps, Sir. Wir arbeiten für ihn.«

»Sie sind mit einem U-Boot gekommen?« fragte Fertig, während er die noch feuchte Hose anzog.

»Jawohl, Sir. Wir kamen mit der *Sunfish.*«

»Und wie viele seid ihr?«

»Drei Mann, Sir. Und ein Offizier vom OSS.«

Was, zum Teufel, ist OSS? dachte Fertig.

»Und der Name des befehlshabenden Offiziers?«

»McCoy, Sir. Lieutenant McCoy.«

Sie schicken einen Lieutenant? *Nun, das festigt gewiß unsere Position, nicht wahr?* dachte Fertig sarkastisch.

»Und wo ist Lieutenant McCoy?«

»Auf dem Strand bei dem Material, Sir. Lieutenant Everly fuhr mich mit seinem Motorrad zu Captain Hedges. Captain Hedges schickte diesen Mann ...«, er wies auf einen Filipino, der abseits stand, »... mit dem Motorrad zu Ihnen, und dann führte er die Patrouille zum Strand.«

»Welches Material, Sergeant?«

»Einige Waffen, Sir, Arzneien, andere Dinge. Und das Gold natürlich.«

»Gold?« fragte Fertig, während er seine Stiefel anzog.

»Jawohl, Sir«, sagte Koffler und zog sein schwarzgefärbtes Khakihemd aus dem Hosenbund.

Um seine Hüfte waren zwei matt glänzende schwarze Gurte geschnallt. Einer bildete eine Röhre von ungefähr zwei Zoll Breite. Der zweite war schmaler und enthielt ein winziges Päckchen in der Mitte. Koffler schnallte den röhrenförmigen Gurt ab und überreichte ihn Fertig. Der Gurt war viel schwerer, als er aussah.

Mein Gott, ist da wirklich Gold drin?

Fertig ertastete unter dem sonderbaren glatten Material etwas, das Münzen sein konnten. Er suchte nach einer Öffnung.

»Wenn Sie das öffnen wollen, Sir, müssen Sie es aufschneiden«, sagte Koffler. »Dieses Plastik kann man nicht zerreißen.«

Fertig schaute ihn an.

Koffler streifte den Strick über seinen Kopf und gab Fertig den verkürzten Säbel.

»Was ist ›Plastik‹, Sergeant?« fragte er und prüfte die Klinge. Sie war rasiermesserscharf.

»Ich weiß nicht genau, was es ist, Sir«, sagte Koffler. »Die Army begann ihre Funkgeräte damit zu verpacken, und wir benutzten es, um das Material zu verpacken, das wir Ihnen gebracht haben.«

Fertig schlitzte das Plastik auf. Ein funkelndes Zwanzigdollarstück der Vereinigten Staaten fiel heraus.

»Jeder von uns trägt einen Geldgurt, General«, sagte Koffler. »Und es sind ein paar Pakete auf dem Strand. Es sind insgesamt zweihundertfünfzigtausend Dollar.«

Wenn man uns soviel Geld schickt, nimmt uns jemand ernst, dachte Fertig.

»Und Sie wurden hergeschickt, um das Gold abzuliefern?«

»Nein, Sir. Ich wurde hergeschickt, um Sie zu suchen und dann nach Australien zu funken.«

»Wir haben ein Funkgerät, aber es ist im Moment nicht in Betrieb. Wir ziehen um, wie Sie sehen können.«

»Ich habe ein Funkgerät, General«, sagte Koffler. »Ich habe auch Batterien, aber die reichen nur für zwei Stunden. Es wäre also hilfreich, wenn Sie einen Generator haben. Aber ich brauche jemanden, der mir mit meiner Antenne hilft. Dann kann ich in ein paar Minuten senden.«

»Sie sind Funker, Sergeant?«

»Jawohl, Sir. Deshalb hat mich General Pickering geschickt.«

Fertig blickte zu dem Filipino.

»Sagen Sie bitte Lieutenant Ball und Sergeant LaMadrid, sie möchten sich bei mir melden.« Er wandte sich wieder Koffler zu. »Lieutenant Ball ist mein Fernmeldeoffizier«, erklärte er. »Er kümmert sich um Ihre Antenne.«

»Jawohl, Sir. Danke.«

»Dies ist interessant«, sagte Fertig und wies auf den verkürzten Säbel. »Was ist das?«

»Lieutenant McCoy erzählte mir, zu Beginn des Krieges schickte irgendein Army-Arschloch …«

Er verstummte, entsetzt über seine Formulierung.

»Schon gut, Sergeant. Ich bin völlig bereit, zuzugeben, daß es eine Reihe von Arschlöchern in der Army der Vereinigten Staaten gibt.«

»Jemand von der Army schickte zwanzigtausend davon nach Australien. Es waren Kavalleriesäbel. Ein Offizier der Feldzeugtruppe – ein Offizier der *Army* – verkürzte und schärfte sie. So wurden ziemlich gute Macheten daraus. Sie sind aus gutem Stahl.«

»Das sehe ich. Und Ihre Feuerwaffe?«

Koffler überreichte sie ihm.

»Wir nennen das Karabiner, General. Ein Mittelding zwischen Pistole und Gewehr. Fünfzehn Schuß. Sie sind gut bis ungefähr hundert Yards. Wir haben Ihnen hundert Stück mitgebracht. Wenn sie alle vom U-Boot an Land gebracht werden können. Sie versuchen noch mehr Material auszuladen, vielleicht alles, was wir mitgebracht haben, sofern die Japse nicht auftauchen.«

»Interessante Waffe«, sagte Fertig.

»Colonel Stecker und McCoy hielten es für klüger, Ihnen Karabiner statt Gewehre zu bringen. Sie sind kleiner, die Munition wiegt nicht soviel, und der Colonel dachte, Ihre Filipinos können vermutlich besser damit umgehen als mit Gewehren.«

»Colonel Stecker? Wer ist das, Sergeant?«

»Colonel des Marine-Corps, Sir. Er erhielt im Ersten Weltkrieg die Tapferkeitsmedaille. Er sollte mitkommen, aber er wurde zum General befördert und nach Washington abkommandiert, und so konnte er nicht mitkommen.«

Es sind also mindestens zwei Personen beteiligt, die ranghöher als ein Lieutenant sind, dachte Fertig. *Gott sei Dank!*

Dann kam ihm eine andere Frage in den Sinn.

»Haben Sie Captain Weston kennengelernt?«

»Jawohl, Sir.«

»Ich nehme an, er ist mit Ihrem Lieutenant – McCoy, sagten Sie? – auf dem Strand?«

»Jawohl, Sir, Lieutenant McCoy. Nein, Sir, er ist nicht auf dem Strand. Mr. McCoy schickte ihn mit dem U-Boot nach Australien.«

»Was tat er?« fragte Fertig, zuerst sehr überrascht, dann plötzlich ärgerlich. »Mit welcher Befugnis?«

»Ich nehme an, Mr. McCoy hatte die Befugnis, sonst hätte er es nicht getan, Sir.«

»Ich kann es kaum erwarten, Lieutenant McCoy kennenzulernen«, sagte Fertig.

Lieutenant Robert Ball tauchte verschlafen auf. Er schaute Koffler mit unverhohlener Neugier an.

»Sie haben mich herbefohlen, General?«

»Dies ist Staff Sergeant Koffler von den Marines der Vereinigten Staaten«, sagte Fertig. »Er braucht Hilfe bei einer Antenne. Er will nach Australien funken. Würden Sie und Sergeant LaMadrid ihn bitte unterstützen?«

»Jawohl, Sir«, sagte Ball. Er reichte Koffler die Hand. »Ich hoffe, Sie haben Draht dabei?«

»Jawohl, Sir. Ich habe Draht für das Zwanzigmeterband, Isolatoren und alles. Es ist in einem der Pakete.«

»Und Sie haben ein Funkgerät?«

»Ein Funkgerät, eine Tastatur und Batterien, die für zwei Stunden reichen. Haben Sie einen Generator?«

»Es wird eine Stunde dauern, bis er betriebsbereit ist; er ist auseinandergenommen.«

»Dann sollten wir jetzt die Batterien benutzen«, sagte Koffler. »Es wird nicht lange dauern. Aber ich werde den Generator bald brauchen.«

Vor Lieutenant Ball und Sergeant Madrid als fasziniertem Publikum – auch Fertig schaute kurz vorbei – entfernte Sergeant Koffler behutsam das Plastik von verschiedenen Paketen. Es waren vier identische Pakete, und jedes enthielt eine Batterie. Andere Pakete enthielten eine Rolle Kupferdraht und Isolatoren aus Keramik, einen Empfänger, einen Sender, eine Tastatur und Kopfhörer.

Die Empfangs- und Sendeantenne wurden schnell installiert. Koffler zog wieder sein Hemd aus der Hose und schnallte den zweiten Plastikgurt ab.

Mit der Sorgfalt eines Chirurgen schlitzte er mit seiner Machete das quadratische Päckchen auf.

»Man muß höllisch vorsichtig hierbei sein«, erklärte er. »Was aussieht wie aufgeklebtes Toilettenpapier, ist mit einer Chemikalie getränkt, die es praktisch zur Explosion bringt, wenn man ein Streichholz nahe daran hält.«

In dem kleinen Päckchen war ein Umschlag in Wachspapier. Koffler öffnete ihn, nahm einen Schreibblock heraus, riß das erste Blatt ab und steckte es in seine Tasche. Dann verstaute er den Papierblock wieder in dem Umschlag aus Wachspapier, verschloß ihn sorgfältig und sah Lieutenant Ball an.

»Dies ist Ihre neue SOI«, sagte er. »Können Sie sie irgendwo aufbewahren, wo sie nicht verlorengeht, oder soll ich Sie lieber behalten?«

»Ich werde sie sicher aufbewahren«, sagte Ball, und Koffler gab sie ihm.

»Lieutenant McCoy hat eine Kopie«, sagte er. »Aber wenn wir beide verlieren, sitzen wir alle wieder in der Klemme.«

Er nahm das dünne Blatt aus der Tasche und las sorgfältig. Er bemerkte das Interesse seines Publikums und gab das Blatt General Fertig.

»Ich dachte, es war ›K‹ und ›P‹, aber es zahlt sich immer aus, wenn man es überprüft«, sagte Koffler.

»›K‹ und ›P‹ klingen gut, nicht wahr, Sergeant?« sagte General Fertig.

BOTSCHAFT 001

TEIL A – IM KLARTEXT ZU SENDEN UND ZWEIMAL ZU WIEDERHOLEN

SOFORTIGE WEITERLEITUNG
VON MXX ZUR SOFORTIGEN KENNTNIS CINCPAC
ALLE STATIONEN KOPIEN FÜR ÜBERMITTLUNG AN KFS

TEIL B – EINES ODER MEHR VON FOLGENDEM WIE ZUTREFFEND IST IM KLARTEXT ZU SENDEN UND VIERMAL (4) ZU WIEDERHOLEN

AAA – LANDUNGSTRUPP BRICHT MISSION AB UND VERSUCHT ZUR SUNFISH ZURÜCKZUKEHREN

BBB – LANDUNGSTRUPP AN LAND UND HAT KONTAKT ZUR SUNFISH VERLOREN

CCC – SUNFISH ENTDECKT VON FEIND AN LAND

DDD – SUNFISH ENTDECKT VON FEINDLICHEM SCHIFF

EEE – SUNFISH ENTDECKT VON FEINDLICHEM FLUGZEUG

FFF – SUNFISH UNTER BESCHUß VON FEINDLICHER ARTILLERIE

GGG – SUNFISH ANGEGRIFFEN VON FEINDLICHEM SCHIFF

HHH – SUNFISH ANGEGRIFFEN VON FEINDLICHEM FLUGZEUG

III – SUNFISH VERMUTLICH BESCHÄDIGT

JJJ – SUNFISH VERMUTLICH BEI FEINDLICHEM ANGRIFF VERSENKT

KKK – SUNFISH UNBESCHÄDIGT UND SICHER ABGEFAHREN

LLL – LANDUNGSTRUPP RECHNET MIT ENTDECKUNG BEI VORRÜCKEN INS BINNENLAND

MMM – LANDUNGSTRUPP ENTDECKT, LAGE UNKLAR

NNN – LANDUNGSTRUPP SICHER AN LAND, KEIN KONTAKT MIT EIGENEN TRUPPEN

OOO – LANDUNGSTRUPP SICHER AN LAND UND IN KONTAKT MIT EIGENEN TRUPPEN

PPP – LANDUNGSTRUPP SICHER AN LAND UND IN KONTAKT MIT FERTIG

TEIL C – ZU SENDEN IM KLARTEXT UND ZWEIMAL ZU WIEDERHOLEN

ENDE

MXX CLEAR

»Jawohl, Sir«, sagte Sergeant Koffler. »Halten Sie ein brennendes Streichholz daran, General. Wir brauchen es nicht mehr.«

Fertig zuckte mit den Schultern, nahm sein Feuerzeug, schnippte es an und hielt die Flamme an das kleine Blatt Papier. Es gab eine Stichflamme, ein Rauchwölkchen, und das Papier war verschwunden.

»Nicht zu glauben«, sagte der Kommandeur der USFIP.

»Mal sehen, ob wir das jetzt in den Äther bekommen«, sagte Sergeant Koffler und setzte den Kopfhörer auf.

7

Rocky Fields Farm
Bernardsville, New Jersey

25. Dezember 1942, 23 Uhr 15

Als das Telefon klingelte, hatte Miss Ernestine Sage zehn Minuten lang im Morgenmantel vor dem Kamin im Wohnzimmer gestanden, sich an die Kamineinfassung gelehnt und mit einem Schürhaken an den Überresten des Feuers gespielt, das den ganzen Tag gebrannt hatte. Sie und ihre Eltern waren vor über einer Stunde zu Bett gegangen.

Im durchsichtigen Bemühen, sie aufzuheitern, hatte ihr Vater an Heiligabend Freunde ins Haus eingeladen und am ersten Weihnachtstag ein Abendessen für zwölf Personen gegeben.

»Es war für jeden ein langer Tag«, hatte er gegen 22 Uhr erklärt, »und es kann keinem schaden, früh zu Bett zu gehen.«

Miss Ernestine Sage hatte sich lange schlaflos im Bett gewälzt, war dann aufgestanden, hatte den Morgenmantel angezogen und war nach unten ins Wohnzimmer gegangen. Dort hatte sie sich einen doppelten Bourbon eingeschenkt, getrunken und das Glas dann auf den Kaminsims gestellt.

Sie ging schnell und angsterfüllt zum Telefon.

Das müssen schlechte Nachrichten sein, dachte sie. *Warum sonst ruft jemand an Weihnachten so spät an?*

»Ernie?« Sie erkannte die Stimme von Captain Ed Sessions.

»O nein!«

»O nein, was?«

»O nein, was, zum Teufel, denken Sie? Sagen Sie's mir, Ed. O Gott, nein, sagen Sie's mir *nicht*! Ich will es nicht hören.«

»Wir haben etwas von Ken gehört«, sagte Sessions.

»Und?«

»Er hat das Ziel sicher erreicht. Sie alle haben das. Ein Funkspruch an Knox mit einem Info an uns traf vor ein paar Minuten vom CINCPAC ein. Ich bin hier der Offizier vom Dienst und erhielt das Info.«

Schweigen.

»Ich dachte, Sie würden es gern wissen«, sagte Sessions ein wenig verwundert über ihren Mangel an Reaktion.

»Ich möchte wissen, was Sie daran überrascht, daß er sicher sein Ziel erreicht hat. Genauer gesagt, wo das Ziel ist, das er sicher erreicht hat, was natürlich ein weiteres Ihrer gottverdammten Geheimnisse ist. Und wann Sie wieder überrascht sein werden, wenn er von diesem Ziel sicher zurückkehrt.«

Captain Sessions, dem nichts darauf einfiel, schwieg.

»Ed, es tut mir leid. Ich hatte den ganzen Tag so eine schlimme Ahnung ...«

»Ken kann auf sich aufpassen. Er wird wohlauf sein.«

»Sagte der Mann, der eine hysterische Frau beruhigen will und dem verdammt klar ist, daß er nicht mehr als sie weiß, ob es ihm gutgeht oder nicht.«

»Wenn ich das nicht so meinte, würde ich es nicht sagen. Und Sie klingen nicht hysterisch.«

»Wenn ich nicht schreie und mir nicht die Haare ausreiße, dann nur, weil es meinen Eltern peinlich wäre«, sagte Ernie. »Mein Vater legt Wert auf Selbstbeherrschung.«

»Ernie, mit Ken ist alles in Ordnung.«

»Wie geht es dem Baby, um das Thema zu wechseln.«

»Dem Baby geht es prima. Kommen Sie mal vorbei, und sehen Sie es sich an.«

»Das kann ich nicht. Ich würde von Neid überwältigt. Ken wollte mir kein Baby machen, falls Sie das nicht bemerkt haben.«

»Bekämpfen Sie Ihren Neid, Ernie, und kommen Sie vorbei«, sagte Sessions. »Jeanne würde sich über Ihren Besuch freuen.«

Es folgte eine lange Pause.

»Ed, es tut mir leid. Ich war gemein. Ich weiß Ihren Anruf sehr zu schätzen, und ich hatte kein Recht, Sie so zickig zu behandeln.«

»Sie können ein bißchen aufgeregt sein, Ernie, aber nie gemein.«

»Haben Sie eine Telefonnummer von Pick?« fragte Ernie.

»Er wohnt im Peabody-Hotel in Memphis, nicht wahr?«

»Dort habe ich es versucht. Keine Antwort.«

»Ich habe hier irgendwo die Telefonnummer seiner Staffel. Bleiben Sie dran.« Sie hörte, daß der Telefonhörer hingelegt wurde, und schließlich meldete sich Sessions wieder und nannte ihr eine Telefonnummer. »Vielleicht kann man Ihnen da weiterhelfen«, sagte er.

Sie hörte im Hintergrund ein Telefon klingeln und wußte, daß er sie nicht nur loswerden wollte, als er sagte: »Ernie, ich muß jetzt Schluß machen.«

»Gute Nacht, Ed. Fröhliche Weihnachten. Danke. Ein gutes neues Jahr.«

»Warum kommen Sie nicht an Neujahr zu uns? Wir würden uns freuen. Denken Sie darüber nach«, sagte er, und dann war die Leitung tot.

»Newton 4-6761, Newton 4-6761«, wiederholte Ernie immer wieder, bis sie endlich einen Bleistift gefunden hatte und die Nummer aufschreiben konnte. Dann wählte sie die Vermittlung und sagte: »Ein Ferngespräch, bitte. Nach Memphis, Tennessee, Newton 4-6761.«

»Ist dieser Anruf wichtig?« fragte die Telefonistin und befolgte damit die Politik der Regierung, die Häufigkeit von

Ferngesprächen zu senken, um die Leitungen für wichtige Telefonate im Zusammenhang mit dem Krieg freizuhalten.

»Nein. Ich bin ein Spion der Nazis und versuche die Leitung zu blockieren, damit wir den Krieg verlieren«, sagte Ernie.

»Ist dieser Anruf wichtig?« wiederholte die Telefonistin.

»Ja, sehr wichtig.«

Nach dem zweiten Klingeln meldete sich jemand.

»VMF-262, Sergeant Cadman am Apparat, Sir!«

»Ich versuche, Lieutenant Pickering zu erreichen.«

»Bleiben Sie dran, Ma'am«, sagte Sergeant Cadman, und sie hörte, daß der Hörer hingelegt wurde. Und dann hörte sie schwach: »Für Sie, Sir. Eine Lady.«

»Lieutenant Pickering.«

»Entspann dich, du brauchst mich nicht zu heiraten, jedenfalls nicht sofort.«

»Gott sei Dank, das ist eine Erleichterung. Ich bin viel zu jung für diese Verantwortung. Was ist los?«

»Was treibst du um diese Zeit in deinem Büro – oder wo bist du?«

»Nun, bevor ich ans Telefon gerufen wurde, versuchte ich zu schlafen. Ich bin der Offizier vom Dienst.«

»Du kannst im Dienst schlafen?«

»Hier steht ein Feldbett im Büro. Was ist los, Ernie?«

»Ed Sessions rief soeben an. Ken kam sicher am Ziel an, welches auch immer es ist. Das ist ja wieder mal ein gottverdammtes Geheimnis.«

»Wenn Sie es dir nicht sagen wollten, sind das vermutlich die Philippinen«, sagte Pick Pickering.

»Die Philippinen? Mein Gott, die Japaner haben die Philippinen *erobert*!«

»Wenn ich mir das richtig überlege, hätte ich das nicht sagen sollen.«

»Du kannst mich nicht hängenlassen, verdammt!«

»Wenn du mich weiter so ankeifst, werde ich dich nie heiraten, Ernie.«

»Hol dich der Teufel, Pick!«

»Ich weiß wirklich nicht, was ich rede. Aber mein Vater schrieb meiner Mutter, und sie erzählte mir – daß Ken versucht, irgendwelchen Guerillas auf den Philippinen zu helfen.«

»Gorillas? Wie in King Kong? Wovon redest du?«

»Von *Guerillas*, mit ›u‹ und ›e‹. Irreguläre Truppen, die hinter den feindlichen Linien operieren. Das klingt ganz nach dem Killer.«

»Oh, mein Gott!«

»He, Ernie. Unterschätze ihn nicht. Er ist ein höllisch guter Marine.«

»O ja!« sagte sie sarkastisch.

»Ernie, ich liebe den Plausch, aber dies ist eine dienstliche Leitung, und der kleine Billy Dunn, mein nobler Staffelkommandant, feiert die fröhliche Weihnachtszeit, indem er unsere Jungs mit hoch nimmt und ihnen beibringt, wie man im Dunkeln fliegt.«

»In der *Weihnachtsnacht?*«

»Einigen der Jungs sollte man kein Dreirad anvertrauen, geschweige denn eine Corsair. Wir müssen vielleicht telefonieren.«

»Billy läßt heute nacht Leute fliegen?« fragte sie ungläubig.

»Schreib dir das auf, Ernie. Wir haben Krieg.«

»Und ich bin hysterisch, wie?«

»Das hast du gesagt, nicht ich. Ken wird wohlauf sein, Ernie. Und wenn nicht, kannst du mich wenigstens heiraten.«

»Du Hurensohn!«

»Schon ist mein Mädchen wieder normal. Gute Nacht, Ernie!«

Dann war die Leitung tot.

Ernie legte den Hörer auf.

»Alles in Ordnung, Schatz?« fragte ihr Vater.

Er stand im Bademantel hinter einer der Couches. Sein sonst glatt zurückgekämmtes Haar war zerzaust.

»Wie lange bist du schon hier?«

»Ich hörte das Telefon klingeln«, sagte er.

»Ein Anruf von einem Offizier, der für Onkel Fleming

arbeitet. Er sagte mir, daß Ken sicher am Ziel ist, aber wo, das ist ein großes Geheimnis. So rief ich Pick an, und er meinte, vermutlich auf den Philippinen. Onkel Fleming schrieb Tante Patricia, daß Ken Guerillas auf den Philippinen hilft, und sie erzählte es Pick, und Pick sagte, dort ist er vermutlich. Das klinge genau nach dem Killer, so hat er es formuliert.«

»Ken wird es gutgehen, Schatz«, sagte Ernest Sage beruhigend.

»Wenn mir das noch einer sagt, muß ich kotzen!« stieß Ernie hervor, und dann lief sie in die Arme ihres Vaters und weinte.

XVI

1

Headquarters, U.S. Forces in the Philippines
Provinz Davao
Mindanao, Commonwealth Philippinen

28. Dezember 1942, 6 Uhr 25

Als erstes fiel General Fertig an den drei Offizieren und einem Sergeant des Marine-Corps auf, daß sie so gut genährt und ihre schwarzgefärbten Arbeitsanzüge und Stiefel in so gutem Zustand waren.

Als zweites bemerkte er, daß die beiden Offiziere, die den silbernen Doppelbalken von Captains trugen, am Fuß der Leiter zur Seite traten, damit der jüngste und schlankste – und rangniedrigste, nach dem einzigen Silberbalken zu schließen – als erster die Leiter hinaufsteigen konnte.

Das muß First Lieutenant ›Killer‹ McCoy sein, der sich erdreistete, Weston zu befehlen, mit dem U-Boot wegzufahren, dachte Fertig. *Dieser junge Mann wird Weston ersetzen.*

Der Lieutenant ging über die Veranda zu Fertig und grüßte.

»Lieutenant McCoy, Sir, USMC«, sagte er.

Fertig erwiderte den Gruß.

»Und diese Gentlemen?«

»Lieutenant Lewis, Sir, vom CINCPAC«, sagte McCoy, »Captain Macklin vom OSS und Gunnery Sergeant Zimmerman.«

Ich habe keine Ahnung, was OSS ist, aber ich werde nicht fragen, dachte Fertig.

»Willkommen bei den U.S. Forces in the Philippines, kurz USFIP, Gentlemen. Mein Name ist Fertig.« Er reichte jedem die Hand und forderte sie mit einer Geste auf, Platz zu nehmen.

»Es überrascht uns ein bißchen, Sie hier zu finden, General«, sagte McCoy. »Everly sagte, Sie sind – auf der Flucht?«

»Eine Vorsichtsmaßnahme«, erwiderte Fertig. »Für den Fall, daß die Japaner einen meiner Offiziere gefangennehmen. Als ich erfuhr, daß das nicht passierte, kehrten wir zurück.«

»Jawohl, Sir«, sagte McCoy.

»Nur, um das zu klären, wer hat das Kommando bei dieser Mission?«

»Lieutenant McCoy, General«, sagte Lewis. »Captain Macklin und ich sind Beobachter.«

»Ich hörte, Lieutenant, Sie haben einen meiner Offiziere an Bord des U-Boots befohlen?«

»Jawohl, Sir, so lauten meine Befehle, Sir«, sagte McCoy.

»Und was genau sind diese Befehle, Lieutenant? Sehe ich eine Kopie davon?«

»Meine Befehle wurden mündlich erteilt, Sir. Von General Pickering. Sie lauten, Sie zu suchen, Sie mit Kommunikationsausrüstung und einer Signal Operation Instruction zu versorgen, Ihnen etwas Versorgungsmaterial und Gold zu bringen, Ihr Potential einzuschätzen …«

»Sie halten sich für qualifiziert, um meine Streitkraft einzuschätzen?« unterbrach Fertig.

»… und einen Ihrer Offiziere mit der *Sunfish* zurückzuschicken«, fuhr McCoy fort. »Sir, es spielt keine Rolle, wie ich über meine Qualifikation denke. Sie haben mich sozusagen am Hals.«

»Sie sind vermutlich in General McArthurs Stab.«

McCoy lächelte.

»Nein, Sir. Ich bin beim Office of Management Analysis des USMC, Sir.«

»Und Sie sind hier, um mein *Management* zu *analysieren*, wollen Sie das damit sagen?«

»General«, sagte Lewis, »Erlaubnis, zu sprechen?«

Fertig nickte.

»Unter den Offizieren, die General Pickering zur Verfügung standen, war Lieutenant McCoy am vertrautesten mit irregulären Operationen. Er hat darin Erfahrung.«

»Er hat Guerillaoperationen durchgeführt, meinen Sie?«

»Er hat hinter den feindlichen Linien operiert, Sir.«

»Und wer ist General Pickering? Ist der in General MacArthurs Stab?«

»Nein, Sir. Er ist der Leiter des Office of Management Analysis«, sagte McCoy.

»Sie repräsentieren also *nicht* General MacArthur und SWPOA?«

»Jawohl, Sir, das tun wir nicht«, sagte McCoy.

»General«, sagte Lewis. »Ich bin im Stab des CINCPAC. Der CINCPAC erhielt die Anweisung von Admiral Leahy, dem Stabschef des Präsidenten, General Pickering jedwede Unterstützung zu geben, die er für diese Mission verlangt.«

Und diese Unterstützung sind offenbar drei rangniedrige Offiziere und ein Sergeant, dachte Fertig.

»Ich hatte gehofft, daß unser Versuch hier endlich das Interesse und die Unterstützung von General MacArthur findet«, sagte Fertig. »Offenbar ist das nicht der Fall.«

»El Supremo hat offiziell erklärt, General, daß Operationen auf den Philippinen unmöglich seien.«

Nennst du ihn so, Lieutenant? El Supremo?

»Sie meinen General MacArthur?«

»Und Sie haben es verschlimmert, indem Sie sich selbst befördert haben, General«, fuhr McCoy unbeirrt fort.

»Ich hielt das für nötig«, sagte Fertig. »Ich bezweifelte, daß jemand einem Lieutenant Colonel Aufmerksamkeit schenkt.«

»Ich glaube, sowohl General Pickering als auch Admiral Nimitz verstehen das, General«, sagte Lewis. »Ich nehme an, Sir, Lieutenant McCoy versucht, Ihnen gewisse Probleme zu erklären, mit denen wir uns alle herumschlagen müssen.«

»Ich bin hier, mit ein paar hundert tapferen Männern, Amerikanern und Filipinos, wir leben am Rande des Verhungerns wie gejagte Tiere im Dschungel, versuchen gegen die Japaner Krieg zu führen, und ich muß wie ein demütiger Bittsteller auf den Knien um das Material dafür betteln«, sagte Fertig. »Ich bekenne, daß ich mich manchmal ein wenig verbittert fühle.«

»Darf ich darauf hinweisen, daß erstens geschätzt wird, was Sie getan haben, und sich zweitens die Versorgungslage bereits geändert hat? Wir haben einiges Versorgungsmaterial mitgebracht – soviel wir mit dem U-Boot mitnehmen konnten –, und weiteres wird wahrscheinlich folgen.«

»Je nachdem, wie die *Analyse* meines *Managements* durch einen Lieutenant ausfällt? Wollen Sie das sagen?«

»Sir, ich habe Grund zu der Annahme, daß alles, was Lieutenant McCoy berichten wird, auf den höchsten Ebenen unbesehen geglaubt und akzeptiert werden wird.«

»So? Und was sind die Gründe für diese Annahme?«

»Sir«, sagte Lewis, »ich bezweifle, daß Sie erfahren konnten, daß zu Anfang des Krieges der Präsident die Aufstellung einer Spezialeinheit im Marine-Corps befahl, die Marine Raiders, etwas Ähnliches wie die britischen Kommandos, mit der Mission, die Japaner auf irreguläre Art und Weise zu bekämpfen. Im August, zehn Tage nach der Landung der Ersten Division des Marine-Corps auf Guadalcanal, griffen Truppenteile des Zweiten Bataillons der Raiders, die von einem U-Boot aus operierten, erfolgreich Makin Island an.«

»Sehr interessant«, sagte Fertig. »Wenn man im August ein U-Boot nach – was sagten Sie – *Makin Island* schicken konnte, warum konnte man keines hierhinschicken?«

»Sir, mit Verlaub«, sagte Lewis. »Das erste Anzeichen darauf, daß Sie eine Guerillaoperation aufgebaut haben, gab es Anfang Oktober.«

Verdammt, ich mache mich zum Narren, dachte Fertig. *Was, zum Teufel, ist mit mir los? Warum rede ich so einen Scheiß vor diesen Leuten? Vielleicht weil ich den Verstand verliere. Oder weil ich mich auf eine perverse Art und Weise über diese gutgenährten, gutgekleideten, selbstsicheren jungen Offiziere ärgere – besonders über diesen verdammten Killer McCoy.*

»Wie ich sagte, Sir, die Raiders des Marine-Corps griffen erfolgreich japanische Stellungen auf Makin Island an. Lieutenant McCoy und Sergeant Zimmerman waren bei dieser Operation dabei, General.«

»Lieutenant, bitte kommen Sie nicht auf den Gedanken, daß mein Ärger auf die Führung in irgendeiner Weise Ihnen gilt«, sagte Fertig. »Ich bin überglücklich, Sie hier zu haben, und ich weiß zu schätzen, welche gewaltigen Risiken Sie alle auf sich genommen haben, um herzukommen.«

»Ich bin ein Marine, General«, sagte McCoy, sichtlich verlegen. »Ich erfülle meine Befehle.«

»Wenn ich fortfahren darf, General«, sagt Lewis. »Captain James Roosevelt, USMC, der Sohn des Präsidenten, war ebenfalls an der Operation Makin Island beteiligt. Captain Roosevelt ist ein weiterer Bewunderer von Lieutenant McCoy. Ich möchte darauf hinweisen, daß alles, was Lieutenant McCoy über Ihre Operation hier berichten wird, vom Präsidenten sehr wohlwollend aufgenommen werden wird.«

»Ich verstehe«, sagte Fertig. »Und ich hoffe, Sie überzeugen zu können, Lieutenant, daß wir hier das Potential einer wertvollen Streitkraft haben, mit der wir Krieg führen können, und keine bunt zusammengewürfelte Horde von disziplinlosen Irren sind, die von einem Wahnsinnigen geführt wird, der sich in seinem Größenwahn selbst zum General befördert hat.«

»Ich bin bereit, mich überzeugen zu lassen, Sir«, sagte McCoy lächelnd.

»Sie haben noch nichts gesagt, Captain«, wandte sich Fertig an Macklin. »Was ist Ihre Rolle bei dieser Mission? Fangen wir mit dem Anfang an, was ist OSS?«

»Das Office of Strategic Services«, sagte Macklin. »Geleitet von Colonel William Donovan. Es untersteht direkt dem Präsidenten. Es arbeitet weltweit, sammelt Nachrichten, führt Sabotageakte und Guerillaoperationen durch. Ich bin bei dieser Mission als Beobachter. Es …«

»MacArthur und sein Stab wollen nichts mit dem OSS zu tun haben«, unterbrach McCoy. »General Pickering denkt, Colonel Donovan meint, MacArthur kann gezwungen werden, das OSS zu akzeptieren, wenn jemand vom OSS bei dieser Operation dabei ist. Jedenfalls hat General Pickering befohlen, daß Captain Macklin uns begleitet.«

Und das gefällt dir überhaupt nicht, was, Killer McCoy? dachte Fertig. *Und nach deinem Tonfall kannst du Captain Macklin nicht leiden. Was mag dahinterstecken?*

»Kommen wir zum Dienstlichen«, sagte Fertig. »Was genau haben Sie uns mitgebracht?«

McCoy griff in die Seitentasche der Hose seines schwarzgefärbten Arbeitsanzugs und zog einen Wachspapierumschlag heraus.

»Darin ist eine Liste«, sagte McCoy und lachte. »Sie sollen Sie unterzeichnen, General. Ich nehme an, sonst zieht man mir alles vom Sold ab.«

»Das Gold ist das wertvollste«, sagte Fertig, als er die Liste gelesen hatte. »Ich habe Schuldscheine für Versorgungsmaterial unterschrieben – hauptsächlich Proviant –, das wir von den Filipinos bekommen konnten. Geld überzeugt die Leute, wie mal ein Weiser gesagt hat.«

»El Supremo denkt, daß auch Streichholzbriefchen überzeugen«, sagte McCoy und überreichte Fertig eines lachend. Auf das Streichholzbriefchen war gedruckt ICH WERDE ZURÜCKKOMMEN! MACARTHUR.

Fertig betrachtete die Zündhölzer.

»Nicht zu glauben«, sagte er. »Komisch, aber ich denke, die werden sehr wirksam sein.«

»Wir haben eine Kiste davon«, sagte McCoy, »und wir haben auch Farbbänder für Schreibmaschinen mitgebracht, einige Uniformen – General Pickering erfuhr Ihre Größe von Ihrer Frau – und eine Kiste Scotch. Diese Sachen stehen nicht auf der Liste, die Sie unterzeichnen müssen.«

»Lieutenant«, sagte Fertig, »ich beginne, Sie zu mögen. Irgendwann werde ich Ihnen vielleicht sogar verzeihen, daß Sie Captain Weston mit dem U-Boot weggeschickt haben.«

»Das mußte ich tun, General«, sagte McCoy. »Und es war eine Wahl zwischen ihm und Everly. Als ich Everly zum letztenmal sah, war er Private First Class. PFCs stehen nicht sehr hoch im Kurs bei El Supremo.«

»Weston wird General MacArthur sehen?«

»Das ist der Zweck, Sir.«

»Und wenn Sie mein *Management* von den USFIP *analysiert* haben, werden Sie dann General MacArthur berichten?«

»Ich werde General Pickering berichten, Sir. Und dann wird er General MacArthur berichten. Und vermutlich dem Präsidenten.«

»Sie werden dann von hier evakuiert?«

»Die *Sunfish* wird uns am vierzehnten Januar abholen – und Nachschub bringen, Sir. Das kann sich vielleicht ein bißchen verzögern. Es liegt auf der Hand, daß sie nicht noch einmal an derselben Stelle auftauchen kann. Das ist einer der Punkte, die noch ausgearbeitet werden müssen.«

»General, ich habe Seekarten mitgebracht«, sagte Lewis. »Darin sind Stellen markiert, die wir als gut für eine Infiltration per U-Boot betrachten. Wir wissen natürlich nicht, wie die Lage mit den Japanern ist, aber …«

»Es gibt eine lange Küstenlinie. Die Japaner können nicht immer und überall patrouillieren. Andererseits wissen sie jetzt, daß Sie hier sind. Sie werden bestimmt mehr Patrouillen durchführen, an Land und mit Flugzeugen. Es wird vielleicht schwieriger, von hier fortzukommen, als Sie herzubringen. Wir haben das Überraschungsmoment verloren.«

Fertig ließ das einwirken und sprach dann weiter.

»Ich habe hier einige Leute – einige meiner Männer, die verwundet sind und die wir nicht richtig ärztlich versorgen können, und einige amerikanische Zivilisten, einschließlich einiger Missionarinnen –, die ich gerne mit Ihnen schicken würde, wenn Sie zurückfahren.«

»Ich denke, das kann arrangiert werden, Sir«, sagte Lewis. »Wenn wir es schaffen, die Fracht auszuladen, wird Platz für, sagen wir mal, zwanzig Leute sein. Es wäre eng, aber …«

»Ich werde eine Liste machen«, sagte Fertig. »Sie erwähnten eine Kiste Scotch?«

»Jawohl, Sir.«

»Würden die Gentlemen mir bei einem kleinen Umtrunk Gesellschaft leisten? Ich weiß, es ist eine unpassende Zeit, aber es ist lange her, seit ich zum letzten Mmal Scotch …«

»Das wäre sehr nett, General«, sagte Lewis. »Vielen Dank für die Einladung. Macklin, würden Sie bitte den Scotch des Generals holen?«

Macklin stand wortlos auf, um die Kiste Scotch zu holen.

2

Büro des Militärgouverneurs von Mindanao
Cagayan de Oro, Provinz Misamis
Mindanao, Commonwealth Philippinen

29. Dezember 1942, 14 Uhr 50

»Ich möchte ganz sicher sein, daß ich verstanden habe, was Sie mir soeben gesagt haben, Oberst Himasatsu«, sagte Brigadegeneral Kurokawa Kenzo zum Kommandeur des 203. Infanterieregiments.

»Ihr Regiment, um die zweitausendfünfhundert Mann, brauchte fünf Tage, um den verschwundenen Lastwagen Ihrer Patrouille zu finden?«

»Bitte bedenken Sie, General, wie das Terrain in diesem Gebiet ist. Es ist dichter Dschungel und ...«

Kurokawa hob die Hand, und der Oberst verstummte.

»Und daß Sie, als Sie den Lastwagen entdeckten«, fuhr Kurokawa fort, »und den Unteroffizier der Patrouille und den Fahrer – mit durchgeschnittener Kehle – keine Anzeichen auf die Patrouille selbst fanden?«

»Jawohl, Sir. Wir haben die Patrouille selbst noch nicht finden können.«

»Wie viele Zwischenfälle durch Guerillaaktivitäten sind das jetzt insgesamt nach dieser Ungeheuerlichkeit in Ihrem Verantwortungsbereich, Oberst?«

»Zweiundzwanzig, General.«

»Und wie viele japanische Soldaten sind von diesen Banditen ermordet worden?«

»Sieben Offiziere und hundertsiebzehn Unteroffiziere und Mannschaften, General.«

»Den toten Unteroffizier und den Fahrer mitgezählt?«

»Nein, General.«

»Die vermißten vier Mitglieder der Patrouille mitgezählt?«

»Nein, General.«

»Das erhöht die Gesamtsumme der toten Unteroffiziere und Mannschaften auf hundertzweiundzwanzig, nicht wahr?«

»Wir wissen nicht, ob die Mitglieder der vermißten Patrouille tot sind, General.«

»Ich halte es für möglich, daß sie sich verpißt haben und sich irgendwo in einem Bordell amüsieren, aber Sie halten das für unwahrscheinlich, Oberst, nicht wahr?«

»Jawohl, General.«

»Und wie viele der Banditen haben Sie geschnappt, Oberst Himasatsu?«

»Keinen, General.«

»Lassen Sie mich das ganz deutlich sagen, Oberst. Die Leistung Ihres Regiments ist nicht zufriedenstellend.«

»Jawohl, General.«

»Sie haben zwei Wochen, Oberst, um mir positive Resultate zu bringen. Andernfalls werde ich Ihre Ablösung empfehlen.«

»Jawohl, General.«

»Das ist alles, Oberst«, sagte Kurokawa. »Oberst Tange ist draußen. Wären Sie so nett, ihn hereinzubitten, wenn Sie draußen sind?«

»Jawohl, General«, sagte Oberst Himasatsu. Er verneigte sich, machte auf dem Absatz kehrt und marschierte aus dem Büro. Einen Augenblick später marschierte Oberst Tange in das Büro und verneigte sich.

»Wenn der Kempei Tai mich beim Kampf gegen diese Banditen unterstützen kann, wäre ich äußerst dankbar, Oberst Tange«, sagte General Kurokawa. »Ich wüßte ebenso jeden Vorschlag zu schätzen, den Sie vielleicht haben.«

»General, der Kempei Tai hat sorgfältig fast zweihundert Filipinos verhört, die vielleicht etwas über Fertigs Aktivitäten wissen. Siebzehn davon starben während des Verhörs. Leider muß ich sagen, daß ich zu dem Schluß gezwungen bin, daß die Filipinos, die wir verhörten, nichts von Fertigs Aktivitäten wußten, bevor diese Überfälle stattfanden.«

»Darf ich dann vielleicht vorschlagen, daß Sie weitere zweihundert Filipinos verhören – vierhundert Filipinos, *tausend* –, bis wir jemanden finden, der etwas weiß?«

»Weitere Verhöre finden in diesem Augenblick statt, General. Ich werde Sie natürlich auf dem laufenden halten.«

»Sie wollten mich sprechen, nicht wahr?« sagte Kurokawa. »Das hatte ich vergessen. Ich entschuldige mich. Ich wollte Sie zu mir bitten, und als mein Unteroffizier mir meldete, daß Sie draußen sind, ging ich davon aus, daß Sie hergekommen sind, weil ich Sie holen ließ. Ich muß zugeben, Tange, daß diese Sache mich immer mehr aufregt.«

»Jawohl, General. Wir haben etwas vom Nachrichtendienst der Fernmelder in Manila gehört, General. Man hat mir eine Entschlüsselung der Botschaften vom vierundzwanzigsten Dezember aus Australien an Fertig geliefert.«

»Irgend etwas von Bedeutung darin?«

»Der Nachrichtendienst glaubt, es sind Botschaften, in denen Fertig der Versuch einer Infiltration an der Küste, südlich von Boston, angekündigt wird.«

»Wie weit südlich von Boston?« fragte Kurokawa ruhig.

»Dreißig Meilen südlich. Nicht weit entfernt von der Stelle, an der Oberst Himasatsus Patrouille verschwand.«

»Haben Sie gehört, daß der Lastwagen gefunden wurde?«

»Kurz bevor ich herkam, General.«

»Es fand also eine Infiltration statt«, sagte Kurokawa. »Mit Erfolg.«

»Es gibt anscheinend einen zusätzlichen Beweis dafür, General«, sagte Tange. »Der Nachrichtendienst hat gemeldet, daß die Kommunikation zwischen Fertig und Australien jetzt mit einem weitaus stärkeren Sender stattfindet und ein neuer Code angewendet wird. Von einem weitaus erfahrenerem Funker.«

»Heißt das, wir können ihre Botschaften nicht mehr entschlüsseln?«

»Nein, General. Aber die Entschlüsselung wird schwieriger und folglich zeitraubender.«

Kurokawa nickte resigniert.

»Es gibt Gerede, daß wir in Kürze auf die Dienste von Hauptmann Saikaku verzichten müssen. Ist da etwas dran?«

»Das war ein weiterer Grund, weshalb ich bat, von ihnen empfangen zu werden, General. Ich dachte, es interessiert Sie, zu hören, daß Hauptmann Saikaku nach Tokio befohlen wurde, um Dienst im Kaiserlichen Generalstab zu tun.«

»Wie interessant«, sagte Kurokawa. »Hat er um eine solche Versetzung ersucht?«

»Wie ich hörte, General, kam der Befehl von General Tojos Büro. Drei Tage, nachdem Hauptmann Saikaku um die Genehmigung bat und ich sie ihm gab, die Kempei-Tai-Kommunikationswege zu benutzen, um mit seiner kranken Mutter Kontakt aufzunehmen.«

»Meinen Sie, wir dürfen hoffen, daß Hauptmann Saikaku dem Kaiserlichen Generalstab berichtet, welche Probleme wir mit General Fertig haben?«

»Vielleicht, General. Aber ich denke eher, daß Hauptmann Saikaku bei seiner Ankunft in Tokio schnell alles vergessen wird, was mit Fertig zu tun hat.«

»Ja«, sagte General Kurokawa. »Besonders seine ursprüngliche begeisterte Ankündigung, daß Fertig ein ganz kleines Problem ist, das schnell und erfolgreich gelöst werden kann.«

3

USFIP Feldlazarett Nr. zwei
Bei Compostela, Provinz Davao, Mindanao
Commonwealth Philippinen

31. Dezember 1942

Das USFIP Feldlazarett Nr. 2 bestand aus drei Pfahlgebäuden mit Strohdächern, die auf einer kleinen Lichtung im Dschungel am Rand eines namenlosen Hügels standen und nur durch einen Pfad zu erreichen waren. Eines der Gebäude beherbergte den Sanitätsstab, der aus Lieutenant Stanley J. Miller (früher Chief Pharmacist's Mate, USN) und seinen vier Assistenten bestand, Sergeant Waldron Barron (früher Seaman 2nd Class, USN), den Sergeants Manuel Garcia, Luis Delarocca und Oswaldo Lopez (früher beim Sanitätskorps der Philippinischen Armee).

Die Patienten waren nach der ärztlichen Diagnose von Lieutenant Miller in zwei Gruppen geteilt. Diejenigen, die berechtigte Überlebenschancen hatten, waren in Station Nr. eins, diejenigen, die keine hatten, in Station Nr. zwei.

»Doc, begrüßen Sie Mr. McCoy«, sagte Second Lieutenant Percy L. Everly, als er und First Lieutenant Kenneth R. McCoy Station Nr. zwei betraten.

Chief Miller, dessen einziges militärisches Kleidungsstück seine jetzt arg verbeulte Mütze eines Chief Petty Officer war, blickte von dem ausgezehrten, in Schweiß gebadeten Filipino auf, der auf einem Feldbett lag, und sah einen jungen Mann in einem schwarzgefärbten Arbeitsanzug. Er bemerkte, daß der junge Mann wohlgenährt war und etwas in der Hand hielt, das wie ein Miniatur-Gewehr aussah.

Er nickte kaum wahrnehmbar, sagte jedoch nichts.

»Chief«, sagte McCoy.

»Wir haben euch Zeug mitgebracht«, sagte Everly.

»Zum Beispiel?« fragte Chief Miller.

»Reis, ein paar Schweine, Ananas und eine Flasche Scotch«, sagte Everly und überreichte Miller eine Flasche Famous Grouse.

»Allmächtiger, wo habt ihr den her?« fragte Miller, betrachtete andächtig die Flasche und sah dann Everly staunend an.

»Und das«, sagte McCoy und gab Chief Miller den Rucksack, den er mitgebracht hatte.

Miller stellte die Whiskyflasche behutsam auf den Bambusboden und öffnete den Rucksack. Er enthielt eine Reihe von flachen Päckchen, die mit einem glänzenden dunklen Material verpackt waren, das Miller unbekannt war. Er schaute neugierig zu McCoy auf. McCoy zog gerade ein Messer aus der Scheide, die an seinen linken Unterarm geschnallt war. Er gab Miller das Messer, der daraufhin eines der in Plastik gehüllten Päckchen aufschlitzte. Er griff hinein und holte ein halbes Dutzend flache, olivfarbene, kleine Beutel heraus.

»Sie wissen, was das ist?« fragte McCoy.

»Ja, ich weiß, was Sulfanilamid ist«, sagte Miller. »Wieviel davon haben Sie?«

»Zwei weitere solcher Pakete«, antwortete McCoy. »Und ein weiteres Dutzend Pakete bei General Fertig.«

»Was ist das für ein Zeug, Doc?« fragte Everly.

Miller beugte sich über den Patienten auf dem Feldbett und löste vorsichtig einen blutgetränkten Verband. Dann riß er einen der Beutel auf und sprenkelte das weiße Pulver, das er enthielt, auf die häßliche, offenbar infizierte Wunde.

»Dieses Zeug wurde von einem Chemiker namens Roblin entdeckt – er arbeitet für Lederle Laboratories. Der ursprüngliche Stoff kam von den Aspirin-Leuten, Bayer, in Deutschland.«

»Was bewirkt es?« fragte Everly.

»Es ist ein antibakterielles Mittel«, sagte Chief Miller im Plauderton. »Es tötet Infektionen. Wenn es so gut ist, wie es in der Werbung heißt, wird es diesem Jungen das Leben retten.«

»Tatsächlich?« fragte Everly.

»Ich habe nie erwartet, hier welches zu sehen«, sagte Chief Miller. »Woher kommen Sie, Mr. McCoy?« Bevor McCoy antworten konnte, sprach Miller schon weiter. »Haben Sie mir sonst noch etwas mitgebracht?«

»Morphium, Sanitätsgeräte, Verbandskästen, Atabrine …«

»Mein Gott! Woher kommen Sie?«

»Von einem U-Boot«, antwortete Everly an McCoys Stelle.

»Was machen Sie hier?«

»Ich brauche eine Liste der Dinge, die Ihnen fehlen. Sie bekommen anderthalb Tonnen mit der ersten Schiffsladung.«

»Ich brauche alles!« sagte Miller und wies in Station Nr. zwei in die Runde.

»Sie bekommen anderthalb Tonnen mit der ersten Schiffsladung«, wiederholte McCoy. »Später mehr.«

»Wann kommt die erste Ladung?«

»Die Sunfish soll am vierzehnten Januar hiersein«, sagte McCoy.

»Woher wird man wissen, was mitgebracht werden soll?«

»Sie sagen mir, was Sie für ihre anderthalb Tonnen haben wollen«, sagte McCoy. »Das wird von Fertigs Hauptquartier aus per Funk mitgeteilt.«

»Sie sollten sehen, wie die das geregelt haben, Doc«, sagte Everly.

Miller blickte ihn verwirrt an.

»Alles steht auf einer Liste mit Nummern. Zum Beispiel hat fünfundvierziger Munition, eine Kiste mit sechshundert Patronen, die Nummer sechs-null-sechs oder so. Sie funken nur vier sechs-null-sechs, und es werden vier Kisten Munition dieses Kalibers verladen.«

»Wir brauchen Ihre Liste so schnell wie möglich«, sagte McCoy und gab ihm eine vervielfältigte Liste verfügbarer Medikamente.

»Menschenskind, Doc, Sie werden nicht glauben, was die uns gebracht haben«, sagte Sergeant Waldron Barron, ein kleiner, sehr dünner Zweiundzwanzigjähriger, der die Station Nr. zwei betrat. »Säcke mit Reis und *sechs* Schweine!«

»Mr. McCoy hat auch Gold mitgebracht«, sagte Everly. »Erstaunlich, was man alles an verstecktem Zeug bekommt, wenn man mit Zwanzigdollargoldstücken bezahlen kann.«

»Haben Sie Verbandsstoff mitgebracht?« fragte Miller. »Ich meine, jetzt.«

»Die Standardfeldkompressen«, sagte McCoy.

»An die Arbeit, Barron«, befahl Miller. »Nehmen Sie jeden Verband ab. Besprenkeln Sie die Wunden mit Sulfanilamid‹«

»Womit?«

»Mit diesem Pulver«, sagte Miller und nahm einen Beutel aus dem Paket. »Schauen Sie zu, wie ich das mache.«

Er zeigte es.

»Dann legen Sie frische Verbände an.«

»Was ist dieses Zeug?«

»Es tötet Infektionen.«

»Das ist ein Ding!« sagte Sergeant Barron. »Das wirkt tatsächlich?«

»Ja, das ist bewiesen«, sagte McCoy.

»Allmächtiger, ist das eine Flasche Whisky?« stieß Barron hervor, als er den Famous Grouse entdeckte.

Miller nahm die Flasche und drehte den Verschluß auf.

»Ein Schluck«, sagte er und reichte Barron die Flasche. »Und dann an die Arbeit.«

Barron schaute erst begierig und dann traurig auf die Flasche.

»Der Junge mit dem verwundeten Knie braucht einen mehr als ich, Chief.«

»Wir haben auch etwas Morphium.«

»Dann trinke ich einen kleinen Schluck«, sagte Sergeant Barron erfreut und setzte die Flasche an die Lippen.

4

U-Boot Sunfish
161° 27" östlicher Länge, 5° 19" westlicher Breite
Philippinengraben

4. Januar 1943, 5 Uhr 05

First Lieutenant (Captain, USFIP) James B. Weston, USMC, steckte den Kopf durch die Luke im Deck des Kommandoturms.

»Erlaubnis, heraufzukommen, Sir?« rief er.

Lieutenant Commander Warren T. Houser, USN, nahm das Fernglas von den Augen und blickte zu dem Kopf mit dem blonden Rauschebart hinab.

»Ich habe Ihnen nicht nur einmal, sondern *dreimal* gesagt, daß Sie das Privileg haben, auf die Brücke zu kommen, Mr. Supercargo.«

»Danke, Sir«, sagte Weston und stieg durch die Luke.

Er trug eine Khakiuniform und war abgesehen von dem Bart nicht von den drei anderen Offizieren auf der Brücke zu unterscheiden.

Vor neun Tagen waren Befehle zur *Sunfish* gefunkt worden:

EILT EILT EILT

2106 GREENWICH 25 Dez 1942
VON CINCPAC

AN SUNFISH

(1) FAHREN SIE MIT BESTER KRAFT IM EINKLANG MIT IHREM TREIBSTOFFVORRAT ZU DEN KOORDINATEN SIEBEN-ACHT-NULL XXX EINS-VIER-NEUN. HALTEN SIE AUSREICHENDEN TREIBSTOFF IN RESERVE, UM ANSCHLIESSEND MIT NORMALER KRAFT ZU

DEN KOORDINATEN SIEBEN-VIER-VIER XXX ZEHN-NEUN-SECHS ZU FAHREN.

(2) MIT BEGINN 1 JANUAR 43 TEILEN SIE WÄHREND GEPLANTEM KONTAKT VORAUSSICHTLICHE ANKUNFTSZEIT KOORDINATEN SIEBEN-ACHT-NULL XXX EINS-VIER-NEUN MIT.

(3) BEREITEN SIE DEN TRANSFER VON SUPERCARGO BEI KOORDINATEN SIEBEN-ACHT-NULL XXX EINS-VIER-NEUN VOR. WEITERE EINZELHEITEN FOLGEN.

IM AUFTRAG DES CINCPAC

WAGAM RADM USN

Als sie auf die Seekarte gelegt wurden, waren die Koordinaten 774x096 – laut SOI für den Tag des Empfangs; sie änderten sich täglich – die von Espíritu Santo. Es war anzunehmen, daß die *Sunfish* dort aufgetankt wurde.

Die Koordinaten 780x149 ergaben auf der Seekarte einen leeren Fleck Wasser im Südpazifik, ein paar hundert Seemeilen von Espíritu Santo entfernt.

Um eine Entdeckung von japanischen Flugzeugen und/oder Schiffen aus zu vermeiden, war das U-Boot von Mindanao aus bei Tageslicht vier Tage lang getaucht. Das erlaubte mit ihren vier batteriebetriebenen 2085-PS-Elektromotoren eine Geschwindigkeit von acht Seemeilen pro Stunde. An jedem der vier Tage war das U-Boot kurz nach dem Einbruch der Dunkelheit aufgetaucht – was sehr willkommene Frischluft in seinen Rumpf brachte –, um die vier 4300-PS-Dieselmotoren anzulassen. Während sich gleichzeitig die Batterien aufluden, erlaubte das eine Geschwindigkeit über Wasser von ungefähr siebzehn Seemeilen pro Stunde (zum Teufel mit dem Spritsparen).

In den vergangenen fünf Tagen war die *Sunfish* über Wasser gefahren, vorbereitet auf Schnelltauchen im Notfall, wenn irgend etwas am Himmel oder Horizont zu sehen war. Es war nichts zu sehen gewesen. Gestern um 18 Uhr 05 hatte man die voraussichtliche Ankunft – 4 Uhr 45 – per Funk dem CINCPAC mitgeteilt.

Jetzt, als die Koordinaten 780x149 um 4 Uhr 40 erreicht waren, fuhr das U-Boot gerade schnell genug für eine Steuerfahrt über ruhige und scheinbar endlose See. Obwohl es bei den Befehlen geheißen hatte ›weitere Einzelheiten folgen‹, waren keine mitgeteilt worden.

Die Veränderung der Maschinengeräusche hatte Captain Jim Weston veranlaßt, die Offiziersmesse, wo er alle Zeitschriften gelesen hatte, die an Bord waren, zu verlassen und zum Kommandoturm zu gehen.

Es war hell, aber die Sonne war noch nicht am Horizont aufgegangen.

Commander Houser hatte die Entscheidung getroffen –

und sie lastete schwer auf seinen Schultern –, die Flugzeugabwehrwaffen, vier luftgekühlte Browning-Maschinengewehre Kaliber .50 und die Vierzollkanone nicht zu bemannen. Sollten Flugzeuge am Himmel oder ein Kriegsschiff am Horizont auftauchen, war nach Housers Ansicht das U-Boot sicherer, wenn es so schnell wie möglich schnelltauchte. Wenn sich die Waffenmannschaften erst in Sicherheit bringen mußten, würde das Zeit kosten.

Sofort als der Rand der Sonne am Horizont aufstieg, bellte Chief Buchanan, der seine Besorgnis nicht verbergen konnte: »Flugzeug voraus, geschätzte Entfernung zwei Meilen, Höhe ungefähr zweitausend Fuß!«

Commander Houser wandte sich an seinen B.Ü. (Befehlsübermittler), ein Matrose, der mit Mikrofon und Kopfhörer ausgerüstet war, und Befehle zum und vom Kommandoturm übermitteln konnte.

»Volle Kraft voraus, vorbereiten auf Schnelltauchen!« befahl Houser.

»Volle Kraft voraus, vorbereiten auf Schnelltauchen!« wiederholte der B.Ü., und es folgte fast sofort ein Röhren und eine Rauchwolke von den Dieselmaschinen der *Sunfish.*

»Gehen Sie bitte runter, Mr. Weston«, befahl Commander Houser mit ruhiger Stimme und richtete sein Fernglas auf den sich schnell nähernden Punkt am Himmel.

Das Flugzeug war nur schwer zu sehen. Es kam aus dem Schein der Sonne, die jetzt über dem Horizont stand. Aber Houser konnte erkennen, daß es ein Flugboot war; er konnte den Flugzeugrumpf sehen, von dem Schwimmer hingen, und eine hohe Tragfläche.

Vermutlich eine Catalina, dachte Houser. *Das wäre das ideale Flugboot für eine solche Mission.* Eine Catalina war eine Langstrecken-Aufklärungsmaschine, die leicht auf See landen, Weston an Bord nehmen und wieder starten konnte.

Und dann stockte ihm der Atem.

Dieses Scheißding hat vier Motoren, es ist keine Catalina, es ist eine H8K!

Die Kawanishi H8K, bei der vieles vom Design der zweimotorigen Catalina ähnelte, war ein viermotoriges Aufklärungs-/Bomber-Flugboot für Langstrecken. Es war schneller und schwerer bewaffnet und gepanzert als die Catalina.

Und meine Flugabwehrwaffen sind unbemannt! Verdammt, was habe ich mir gedacht, als ich diese Entscheidung getroffen habe?

»Schnelltauchen!« befahl er. »Tauchen, tauchen, tauchen!«

Das Personal auf der Brücke stieg so schnell durch die Luke hinunter, wie es konnte.

Das Tauchen war scheinbar langsamer, als Houser es in Erinnerung hatte.

Der Punkt, der die H8K war, wurde in Sekundenschnelle größer. Und es war zweifellos ein Bomben-Zielanflug. Ein sauberer, langsamer, akkurater Bomben-Zielanflug.

Und dann sah er etwas, das die Lage scheinbar noch verschlimmerte.

Die H8K war nicht allein. Andere Maschinen waren darüber und dahinter, zwei auf exakt demselben Kurs, kleinere Typen, fast mit Sicherheit Jagdflugzeuge. Bei der Geschwindigkeit, mit der sie flogen, würden sie nahe genug für Bordwaffenbeschuß bei der *Sunfish* sein, bevor die H8K ihre Bomben abwerfen konnte. 20-Millimeter-MG-Feuer würde vermutlich den Rumpf des U-Boots bestreichen oder gewiß den Kommandoturm. Houser wußte nicht, wie gut der Kommandoturm diesen Beschuß verkraften konnte; und er bezweifelte, daß er viel davon aushalten konnte.

Und dann, während Houser benommen hinstarrte, begann die linke Tragfläche der H8K Rauch auszustoßen, und fast sofort folgte ein gelber Explosionsblitz, und einen Moment danach brach die Tragfläche. Die H8K drehte in Richtung der gebrochenen Tragfläche und begann zu trudeln. Sie berührte die Wasseroberfläche, was ein gleichzeitiges Blitzen und eine Explosion auslöste. Es gab eine gewaltige schwarze Rauchwolke, die plötzlich wie abgeschnitten verschwand, als das Flugboot unterging und das Feuer erlosch.

»Jesus, Maria und Josef«, sagte Chief Buchanan. »Da ist die verdammte Kavallerie zu unserer Rettung gekommen!«

Commander Houser hatte nicht gewußt, daß Chief Buchanan immer noch auf der Brücke war. Aber als er darüber nachdachte, überraschte es ihn nicht. Wenn es nach Buchanan ginge, dann würde er, nicht der Kommandant, der letzte sein, der die Brücke verließ.

»Schluß mit dem Tauchen!« befahl Houser.

Der B.Ü. war fort, und so übermittelte Buchanan den Befehl, indem er sich auf die Knie niederließ und durch die offene Luke hinabbrüllte. Dann erhob er sich.

»Die sind abgesoffen, Skipper«, sagte Chief Buchanan überflüssigerweise.

»Sieht so aus«, erwiderte Houser.

Die Jagdflugzeuge näherten sich schnell. Dann, bei einer Entfernung, die die Piloten offenbar als maximale Reichweite eines Geschosses Kaliber .50 schätzten, drehten sie scharf nach links und rechts ab. Das Manöver diente dazu, die Tragflächen zu zeigen, damit ihre Unterseiten – und ihr amerikanisches Erkennungszeichen – für das Personal auf dem Kommandoturm sichtbar wurden.

Es waren jetzt drei Personen auf der Brücke. Der B.Ü. war als erster zurückgekehrt.

Commander Houser wandte sich an ihn.

»Viertelkraft voraus!« befahl er.

»Viertelkraft voraus!« wiederholte der B.Ü.

»Mr. Weston zur Brücke«, sagte Commander Houser.

»Mr. Weston zur Brücke!« echote der B.Ü.

Weston kam sofort durch die Luke.

»Ich weiß nicht, wo Ihre Kutsche ist, Cinderella«, sagte Commander Houser, »aber die Vorreiter sind da«, er wies auf die beiden Jagdflugzeuge.

Die Jäger waren jetzt fast über dem Deck. Solche Maschinen hatte Weston noch nie gesehen. Offenkundig Jagdflugzeuge, Eindecker, deren Tragflächen gerade aus dem Rumpf kamen und dann aufwärts ragten.

Die Maschine auf der Backbordseite der *Sunfish* flog so dicht vorbei, daß Weston den Piloten durch die Cockpitkanzel sehen konnte. Es war ein barhäuptiger, blonder junger

Mann mit Kopfhörern und einer Fliegersonnenbrille. Er lächelte und winkte grüßend.

Aber noch wichtiger waren für Jim Weston, bis vor kurzem G-2 der USFIP und einst Marineflieger, die großen Lettern hinten auf dem Rumpf der Maschine: MARINES.

Tränen liefen über Westons Gesicht und verschwanden unter dem Bart.

»Flugzeug neunzig Grad Steuerbord, geschätzte Entfernung drei Meilen, geschätzte Höhe zweitausend Fuß«, bellte Chief Buchanan. »Ein großer fetter Hurensohn!«

Bevor Commander Houser durch sein Fernglas auf die neu angekündigte Maschine blicken konnte, ertönte ein anderer Ruf.

»Flugzeug achtern, geschätzte Entfernung drei Meilen, Höhe zweitausend Fuß. Also zwei Flugzeuge. Weitere Jäger.«

»Das sind Corsairs«, sagte Commander Houser. »Ich wußte nicht, daß die hier draußen sind.« Dann wandte er sich an seinen B.Ü.

»Steuerfahrt, Maschinenstop vorbereiten!«

»Steuerfahrt, Maschinenstop vorbereiten!« rief der Befehlsübermittler.

»Bootsmannschaft an Deck, Aufblasen und Aussetzen von Schlauchboot vorbereiten!« befahl Houser, und als der Sprecher es wiederholte, wandte sich der Commander an Weston.

»Ich nehme an, dieser große fette Hurensohn, wie Chief Buchanan so vulgär sagte, ist Ihre Kutsche, Cinderella«, sagte er. »Sieht wie eine Coronado aus.«

»Mein Gott, sehen Sie sich das an, Sir«, sagte Weston, als sich eine Corsair der *Sunfish* vom Heck aus näherte, über das Deck hinwegflog und steil nach oben röhrte.

»Jim, wollen Sie irgend etwas mitnehmen?« fragte Houser freundlich.

Weston überlegte.

»Meinen Feldhut, Sir.«

Houser wandte sich an den B.Ü.

»Mr. Westons Feldhut auf die Brücke!« befahl er.

»Mr. Westons Feldhut auf die Brücke!« wiederholte der Befehlsübermittler.

Die Coronado näherte sich, wurde förmlich immer größer, und dann verlangsamte der Pilot und flog tiefer aufs Wasser. Über der Coronado kreisten schützend zwei der Corsairs, während zwei andere in den Himmel flogen, in einem so steilen Steigflug, daß Jim Weston ungläubig den Kopf schüttelte.

Ein großer Offizier in etwas zerknitterter Khakiuniform zog Weston aus dem Schlauchboot und durch die Tür in der Seite der Coronado. Fast sofort heulten die Motoren auf, als der Pilot die Maschine in den Wind drehte. Drinnen waren mit Plüsch bezogene Polsterstühle. Nachdem der große Offizier dafür gesorgt hatte, daß Weston sicher auf seinem Platz festgeschnallt war, setzte er sich neben ihn. Weston sah, daß nur noch ein anderer Offizier im Passagierraum war, ein Lieutenant Commander des Sanitätskorps der Navy, der vorne saß.

»Willkommen zurück in der Welt, Captain Weston«, sagte der große Offizier. »Mein Name ist Pickering.«

Erst jetzt sah Jim Weston die silbernen Sterne auf den Kragenspitzen.

»General, eigentlich bin ich Lieutenant«, sagte Weston.

»O nein, das sind Sie nicht«, sagte Pickering und gab ihm ein Blatt Papier.

HQ USMC WASHINGTON

VIA SPECIAL CHANNEL

SUPREME COMMANDER SWPOA
ZUR KENNTNIS: BRIG GEN F. W. PICKERING, USMCR
0905 2 JAN 1943

(1) NÄCHSTE ANGEHÖRIGE, MRS. DOUGLAS WILLIAMS (TANTE), CEDAR RAPIDS, IOWA, IST BENACHRICHTIGT WORDEN, DASS FIRST LIEUTENANT JAMES B. WESTON, USMC, MIT

WIRKUNG VOM 26. DEZEMBER, IN AKTIVEN DIENST ZURÜCKGEKEHRT IST. ES GIBT VIELLEICHT EINIGE VERWALTUNGSPROBLEME, WEIL WESTON ZUVOR FÜR VERMISST UND VERMUTLICH IM KAMPF GEFALLEN ERKLÄRT WURDE UND STERBEGELD ETC. GEZAHLT WURDE. SIE WERDEN BENACHRICHTIGT.

(2) FOLGENDES ZITIERT ZU IHRER INFORMATION:
AUSZUG AUS BEFEHL 1 HQ USMC WASH DC VOM 1. JAN 1943

PARAGRAPH 13. FIRST LIEUTENANT JAMES B. WESTON, USMC VERSETZT VON HEADQUARTERS USFIP ZU USMC SPECIAL DETACHMENT 16 MIT DIENST IN STATION BRISBANE, AUSTRALIEN.

PARAGRAPH 14. FOLGENDE OFFIZIERE WERDEN MIT WIRKUNG VOM 25. DEZEMBER 1942 ZUM CAPTAIN, USMCR, BEFÖRDERT:
MCCOY, KENNETH R., USMC OFFICE OF MANAGEMENT ANALYSIS
WESTON, JAMES B. USMC SPECIAL DETACHMENT 16

(3) ZU IHRER INFORMATION: CAPTAIN WESTON IST ZU DREISSIG (30) TAGEN ERHOLUNGSURLAUB BERECHTIGT, NICHT ANZURECHNEN ALS URLAUB, AN EINEM ORT SEINER WAHL IN DEN VEREINIGTEN STAATEN, SOBALD ES SEIN GESUNDHEITSZUSTAND ERLAUBT. DER MARINEMINISTER HAT FLUGPRIORITÄT AAA FÜR DIE RÜCKKEHR IN DIE STAATEN VIA PEARL HARBOR GENEHMIGT.

IM AUFTRAG
BANNING, MAJOR, USMC

Alle vier Motoren der Coronado röhrten, als der Pilot startete. In weniger als einer Minute waren sie in der Luft.

Der Arzt der Navy kam nach hinten in den Passagierraum, als die Coronado noch im Steigflug war. General Pickering erhob sich und ging nach vorne.

»Guten Morgen, Captain«, sagte der Arzt, und dann untersuchte er Weston. Er horchte mit einem Stethoskop Westons Brust ab, maß seinen Puls, zwickte ihm in die Haut, sah ihm in die Augen, schaute ihm in den Mund, zog an seinen Zähnen und klopfte ihm dann aufmunternd auf die Schulter.

Dann stand er auf und ging zu General Pickering.

Weston überlegte kurz, dann schnallte er sich los, stand auf und ging ebenfalls nach vorn.

Der Arzt verstummte mitten im Satz.

»Wenn Sie über mich reden, möchte ich es hören«, sagte Weston.

»Sagen Sie es ihm, Doktor«, forderte Pickering den Arzt auf.

»Sie sind unterernährt«, sagte der Arzt. »Aber Sie haben keine Malaria, was überraschend ist. Wir werden natürlich einige Tests machen, wenn wir in Brisbane sind, aber ich kann keine Anzeichen auf parasitischen Befall oder andere Krankheiten sehen. Und wenn Sie ausgewogene Nahrung zu sich nehmen, wird Ihr Zahnfleisch sich wohl schnell festigen; Sie werden meiner Meinung nach keine Zähne verlieren.«

»Fliegen wir nach Brisbane?«

»Richtig«, sagte General Pickering. »Die Jagdflugzeuge schützen uns, diese und einige andere von Henderson Field, bis wir außer Reichweite japanischer Flugzeuge sind.«

»Wo ist Henderson Field?«

»Auf Guadalcanal, einer Insel der Salomonen«, erklärte Pickering, und dann fügte er hinzu: »Mein Sohn flog Wildcats von Henderson aus.«

»Ich habe solche Maschinen noch nie gesehen«, sagte Weston und wies aus dem Fenster zu einer Corsair, die ungefähr dreihundert Fuß entfernt flog.

»Sie kamen gerade erst her. Corsairs. Mein Sohn – er ist jetzt Flugausbilder in den Staaten für diese Corsairs – schrieb mir, daß sie die stärksten Motoren haben, mit denen jemals Jagdflugzeuge ausgerüstet worden sind.«

»Ich war Jagdflieger«, sagte Weston.

»Sie *waren*?« sagte Pickering. »Ein alter Freund von mir namens McInerney sagte mir mal, daß das Fliegen wie Fahrrad fahren ist. Wenn man es einmal gelernt hat, vergißt man es nie. «

»Ich hoffe, das stimmt«, sagte Weston. »General, darf ich zum Cockpit gehen?«

»Selbstverständlich«, sagte Pickering.

Weston ging zum Cockpit.

»Captain!« rief ihm Pickering nach.

»Sir?«

»Spielen Sie zufällig Bridge?«

»Jawohl, Sir.«

»Prima«, sagte Pickering.

Weston fragte sich, was das zu bedeuten hatte. Als er das Cockpit betrat, schauten ihn der Pilot – ein Lieutenant Commander –, der Kopilot und ein Chief Petty Officer, vermutlich der Bordingenieur, neugierig an.

»Ihr Bart gefällt mir«, sagte der Pilot schließlich.

»Man hat mir befohlen, ihn noch zu behalten«, erwiderte Weston.

»Waren Sie schon mal in einer Coronado?« fragte der Pilot.

»Nein, Sir. Das ist das erste Mal. Vor Millionen Jahren flog ich Catalinas und davor Buffaloes.«

Der Pilot drehte sich zu dem Kopiloten und reckte einen Daumen hoch. Der Kopilot schnallte sich los und erhob sich von seinem Sitz.

»Nehmen Sie Platz«, sagte der Pilot. »Es soll wie Sex sein.«

»Sir?« Weston fragte sich, ob er das richtig gehört hatte.

»Wenn man es einmal gelernt hat, vergißt man es nie«, sagte der Pilot.

5

Quartier des Oberbefehlshabers
South West Pacific Ocean Area
Brisbane, Australien

6. Januar 1943, 17. 30 Uhr

Es ist durchaus möglich, daß ich träume, dachte Captain James B. Weston, USMCR, als er sich in den verspiegelten Wänden des Aufzugs betrachtete.

Es waren vier Offiziere des Marine-Corps im Aufzug, und jeder trug eine tadellos sitzende, weiße Sommeruniform. Einer war ein Brigadegeneral, auf dessen Brust eine Sammlung von Ordensspangen war, die Auszeichnungen für Tapferkeit und Dienst in Übersee in zwei Weltkriegen symbolisierten. Der zweite war ein Colonel, dessen Brust ähnlich geschmückt war und der die höchste Auszeichnung der Vereinigten Staaten für Tapferkeit trug, die Tapferkeitsmedaille mit den blauen Sternen. Der dritte Offizier war ein Second Lieutenant des Marine-Corps, der nur fünf Ordensbänder, aber auch die rote und goldene Achselschnur des Adjutanten eines Offiziers im Generalsrang trug.

Der vierte Offizier war ein Captain des Marine-Corps, auf dessen Brust nur zwei Ordensspangen zu sehen waren. Eine davon war gelb mit zwei schmalen rotweißblauen Streifen und symbolisierte die American Defense Service Medal, die allem Militärpersonal verliehen wurde, das vor dem 7. Dezember 1942 in aktivem Dienst gewesen war. Eine zweite gelbe Ordensspange mit zwei weißrotweißen Streifen und einem rotweißblauen Streifen symbolisierte die Asiatic Pacific Campaign Medal, die jedem verliehen wurde, der zwischen dem 7. Dezember und einem Datum, das später angekündigt werden würde, irgendwo im Pazifikraum gedient hatte.

Außerdem trug der vierte Offizier die goldenen Schwingen eines Marinefliegers und einen blonden Vollbart.

Die Aufzugtür glitt zischend auf.

Ein Master Sergeant mit olivfarbener Haut und in gestärkter Khakiuniform stand draußen.

»Guten abend, Gentlemen«, sagte er in tadellosem Englisch. »Der Supreme Commander und seine Gattin sind im Arbeitszimmer. Ich glaube, Sie kennen den Weg, General?«

»Ja, danke«, sagte Brigadier General Fleming Pickering.

»*Está muy acepta aquí, mi Capitán*«, fügte der Master Sergeant für Captain James B. Weston hinzu (Sie sind hier besonders willkommen, Captain).

»*Gracias, Sargento*«, erwiderte Weston.

Der Wortwechsel zerstörte das Gefühl, zu träumen.

Erstens muß er wissen, daß ich auf den Philippinen war, dachte Weston. *Zweitens sprach er Spanisch mit mir. Und ich habe ihn verstanden und auf spanisch geantwortet, ohne zu denken. Was bedeutet, das sich all die Zeit im Dunkeln gelohnt hat, in der ich versucht habe, Sergeant LaMadrids Englisch zu verbessern, und er versucht hat, mir Spanisch beizubringen. Das macht alles real. Vielleicht werde ich wirklich General Douglas MacArthur kennenlernen.*

Er folgte General Pickering und Colonel Stecker über einen Gang, der mit einem Teppich belegt war. Der rechte Flügel einer Doppeltür stand offen. Eine Ordonnanz mit weißem Jackett, offensichtlich ebenfalls ein Filipino, verneigte sich und forderte sie mit einer Geste auf, einzutreten.

Der Supreme Commander war weitaus weniger schick uniformiert als seine Gäste. Er trug eine Khakiuniform, die vom vielen Waschen verblichen und weich geworden war. In seinem Mundwinkel klemmte eine dünne, schwarze Zigarre.

»Fleming, mein lieber Freund!« sagte er.

»Guten Abend, Sir«, sagte Pickering. »Mrs. MacArthur ...«

»Jean bitte, Fleming.«

»... Sie beide kennen Colonel Stecker und Lieutenant Hart. Darf ich Ihnen Captain James Weston, USMC, bis vor kurzem G-2 der US-Streitkräfte auf den Philippinen, vorstellen?«

Plötzlich war sich Weston überhaupt nicht mehr sicher, ob das bei solch einem Anlaß vorgeschrieben war, doch er grüßte schneidig.

MacArthur erwiderte den Gruß und streckte Weston dann die Hand hin. Als Weston sie ergriff, legte MacArthur seine linke Hand auf Westons rechte und drückte sie bewegt.

»Meine Frau und ich danken Ihnen dafür, daß Sie Zeit für uns gefunden haben, Captain«, sagte er. »Sicherlich sind Sie begierig darauf, in die Staaten zurückzukehren, an den Busen Ihrer Familie und Freunde. Jean, das ist der junge Offizier, von dem ich dir erzählt habe.«

»Guten Abend, Captain«, sagte Jean MacArthur und reichte Weston die Hand.

»Guten Abend, Ma'am.«

»Meine Frau und ich sind, wie Sie sicherlich verstehen können, neugierig auf alle Neuigkeiten von den Philippinen.«

»Ich werde Ihnen gern erzählen, was ich kann. Aber es ist nicht viel.«

Die Ordonnanz tauchte auf.

»Trinken Sie etwas mit uns, Captain?« fragte MacArthur. »Erlaubt Ihre körperliche Verfassung …«

»Man hat ihm gesagt, daß soweit kein Grund zur Sorge ist, General«, antwortete Pickering an Westons Stelle. »Er ist natürlich unterernährt, aber das war zu erwarten.«

»In diesem Fall, Captain, möchte ich fragen, was Manuel Ihnen servieren kann.«

»Scotch, bitte, Sir. Scotch mit Wasser.«

»Durch General Pickerings Großzügigkeit haben wir einen mehr als ausreichenden Vorrat an Scotch«, sagte MacArthur. »Famous Grouse für alle, bitte, Manuel.«

El Supremo hat nichts über den Bart gesagt, dachte Pickering. *Mit Sicherheit ist er ihm aufgefallen. Ist er nur gnädig oder nachsichtig?*

»Der Vollbart ist auf ärztlichen Rat hin geblieben, nehme ich an, oder?« fragte MacArthur.

Da haben wir's wieder, dachte Pickering. *El Supremo kann anscheinend wirklich meine Gedanken lesen.*

»Er rasierte den Bart eigentlich nicht ab, weil ich es befohlen habe«, sagte Pickering.

»Tatsächlich?«

»Ich dachte mir, daß Captain Weston vielleicht einem von Colonel Donovans Leuten berichten muß«, sagte Pickering, »und ich dachte ...«

»Wie kamen Sie auf den Gedanken, daß Colonel Donovan einen Bericht von ihm will?« unterbrach MacArthur.

»Nur so ein Gefühl«, sagte Pickering. »Und kurz nachdem die Operation durchgeführt wurde, erhielt ich eine Funkbotschaft von seinem Stellvertreter – komischerweise ein alter Bekannter von mir, ein Anwalt namens L. Stanford Morrissette –, der mich bat, denjenigen von Fertigs Leuten, den wir von den Philippinen holen, so bald wie möglich beim OSS berichten zu lassen.«

Die Ordonnanz mit dem weißen Jackett reichte ein Silbertablett herum, auf dem Gläser mit Scotch standen. Alle bedienten sich.

MacArthur hob sein Glas.

»Ich möchte drei Toasts ausbringen, Gentlemen. Erstens auf diesen tapferen Offizier, der getan hat, was ich wirklich selbst gern getan hätte, wenn es möglich gewesen wäre – er verweigerte meine Befehle, sich in Sicherheit zu bringen, und setzte den Kampf fort.«

»Bravo«, sagte Pickering, und die anderen stimmten ein. Weston fühlte sich sichtlich verlegen.

»Zweitens möchte ich auf die tapferen Krieger trinken«, sagte MacArthur, »auf die Amerikaner und Filipinos, die noch auf den Philippinen sind.«

»Bravo«, sagte Pickering wieder, und alle tranken einen Schluck.

»Und schließlich auf den Sieg!«

»Bravo«, wiederholte Pickering ein drittes Mal und nippte an seinem Scotch.

»Wenn ich darf, General – wir haben sie anscheinend ausgelassen«, sagte Pickering, »auf General Wendell Fertig und die USFIP.«

»Ich hatte gedacht, Fertig und seine Männer seien in meinen Toast eingeschlossen«, sagte MacArthur mit leichtem Ärger in der Stimme. »Aber vielleicht sollten wir zusätzlich auf die irregulären Streitkräfte auf den Philippinen und ihren Kommandeur anstoßen.«

Pickering unterdrückte ein Grinsen und dachte: *Gott, ist er herrlich. Er bringt es nicht über sich, Fertig ›General‹ zu nennen, aber die USFIP sind sofort ›unsere‹ – sprich ›meine‹ – irregulären Streitkräfte.*

MacArthur nippte an seinem Scotch, stellte das Glas ab und wandte sich an Pickering.

»Ich habe von Ihrem Freund Morrissette ebenfalls gehört«, sagte MacArthur. »Er beschwerte sich über die mangelhafte Kommunikation zwischen dem OSS in Washington und hier. Er fragte, ob es nicht einen besonderen Kommunikationsweg gibt, zu dem seinen Leuten Zugang gegeben werden kann.« MacArthur legte eine vielsagende Pause ein und lächelte. »Ich habe höflich geantwortet, daß der einzige spezielle Kommunikationsweg, den ich kenne, unter Ihrer Kontrolle steht, Fleming.«

»Dann werde ich zweifellos wieder etwas von Morrissette hören«, sagte Pickering.

»Und was werden Sie ihm sagen?«

»Ein weiser alter Freund sagte mir mal, die größte Gefahr hinsichtlich des OSS besteht darin, daß man ein Kamel seine Nase ins Zelt stecken läßt, General«, sagte Pickering. »Wenn die Frage aufkommt, werde ich an diese weise Bemerkung denken.«

»Wollen Sie damit sagen, Sie haben einen Beweis, daß die Warnung dieses weisen alten – ungenannten – Freundes über die Gefahren, daß ein Kamel störend seine Nase in anderer Leute Zelt steckt, berechtigt war?«

»Es würde mich sehr überraschen, wenn mein weiser alter, ungenannter Freund das nicht bereits wüßte«, sagte Pickering.

»Wie ich hörte, haben Sie mindestens einen Offizier mehr an Ihrer Operation beteiligt, als sie ursprünglich geplant hatten, ist das richtig?«

»Nur einen mehr, General.«

MacArthur lachte.

»Verzeihen Sie uns, Gentlemen«, sagte MacArthur. »Ein privater Scherz zwischen mir und meinem jungen, aber zunehmend weiser werdenden Freund hier.« Er legte Pickering kurz die Hand auf die Schulter und fuhr fort: »So werden Sie diesen jungen Mann beim OSS berichten lassen?«

»Ich weiß nicht, wie ich das vermeiden kann«, sagte Pickering. »Colonel Stecker wird ihn zum hiesigen Stationsleiter schicken ...«

»Colonel John J. Waterson«, unterbrach MacArthur. »West Point Jahrgang '22. Er nahm 1934 seinen Abschied als bei der Beförderung übergangener Captain. 1939 kam er zur Reserve, und im September 1941 wurde er zu aktivem Dienst einberufen. Ich bezweifle, daß er jemals einen Schuß im Kampf gehört hat.«

Es gibt zwei Gründe für diese kleine biographische Studie, dachte Pickering. *Erstens will er mich wissen lassen, daß Charley Willoughby seine Hausarbeit in puncto Waterson gemacht hat: Kenne deinen Feind, ist die erste Regel für einen Nachrichtenoffizier. Und zweitens soll ich verstehen, daß Waterson eine weniger als brillante Laufbahn hatte, als er in der Army wár, und daß er kein* wahrer *Krieger in dem Sinne ist, wie El Supremo und Stecker und ich sind – und, was das anbetrifft, Weston und Hart.*

»Colonel Stecker wird ihn morgen zu *Colonel Waterson* schicken«, sagte Pickering.

»Bevor Captain Weston das Headquarters SWPOA verläßt«, sagte MacArthur eisig, »möchte ich, daß General Willoughby und seine Leute Gelegenheit haben, mit ihm zu sprechen. Wäre das möglich? Was meinen Sie, Fleming?«

Colonel Stecker ergriff das Wort. »General Pickering, Captain Weston und ich verbrachten heute nachmittag zwei Stunden mit General Willoughby und seinen Leuten.«

Das überrascht El Supremo, dachte Pickering. *Davon wußte er offenbar nichts. Ich hätte gedacht, Willoughby wäre gleich nach dem Gespräch mit Weston zu ihm gelaufen.*

»Tatsächlich?« sagte MacArthur, und in seine Stimme und Augen kehrte Herzlichkeit zurück. »Ich frage mich, warum Charley das nicht bei mir erwähnt hat.«

Pickering dachte: *Vielleicht hat Charley Willoughby dich nicht sofort informiert, weil er wußte, daß du nicht hören willst, was Weston ihm erzählte, nämlich daß Fertig Erstaunliches zuwege gebracht hat und wirklich den Japanern große Probleme machen kann, wenn wir ihm Nachschub liefern.*

»Vielleicht will er das, was Weston ihm gesagt hat, in eine Kurzfassung bringen, damit er nicht Ihre Zeit vergeudet, General«, sagte Pickering.

»Ja, natürlich, das muß es sein.« MacArthur wechselte das Thema. »Sie sagten, Sie haben befohlen, daß Captain Weston den Bart behält?«

»Bis nach seinem Besuch beim OSS, General. Ich dachte ...«

»Es würde sie beeindrucken, daß sie es mit einem Krieger zu tun haben?« unterbrach MacArthur.

»Nun, wenigstens mit einem Marine, den der Krieg dorthin geführt hat, wo er wichtigere Dinge zu tun hatte, als sich wegen eines Fünftagebarts Sorgen zu machen.«

»Wir haben einen ähnlichen Sinn für Humor, Fleming«, sagte MacArthur. »Ich weiß nicht, wie Jean darüber denkt.«

»Ich finde seinen Bart schön!« sagte Jean MacArthur.

»Mein Großvater hatte einen Bart«, sagte MacArthur. »Mein Vater, General Arthur MacArthur junior, hatte keinen. Es ist in der Familie überliefert, daß er keinen Bart wachsen lassen konnte, vielleicht weil er zur Zeit der Schlacht von Missionary Ridge – wo er sich die Tapferkeitsmedaille verdiente – erst achtzehn Jahre alt war. Es ist ebenfalls in der Familie überliefert, daß er, nachdem er den Titularrang Colonel erhielt – er war da neunzehn, der jüngste Offizier, der jemals diesen Rang innehatte –, sich einen Bart wachsen lassen wollte, um älter auszusehen. Es gelang ihm nicht. Dadurch gedemütigt, war er den Rest seines Lebens glattrasiert, abgesehen von seinem Schnurrbart; und ich nehme an, daß ich mir in dieser Hinsicht ebenfalls ein Beispiel an ihm genommen habe.«

»*Dir* würde ein Schnurrbart prima stehen!« sagte seine Frau.

Er bedachte sie mit einem Blick, der leichten Ärger oder Belustigung oder beides zeigte, und wandte sich an Jim Weston.

»Captain«, sagte er. »Vielleicht eine verrückte Frage: Was dachten Sie, oder genauer gesagt, wie sind Ihrem Urteil nach die Streichhölzer bei den Filipinos aufgenommen worden?«

»Streichhölzer, Sir?« fragte Weston verwundert.

»Ja, Streichhölzer. Streichholzbriefchen.«

»Sir, ich befürchte, ich weiß nicht, wovon Sie reden.«

MacArthur wandte sich an Pickering.

»Ich war in dem Glauben, Fleming«, sagte er kühl, »daß bei dem Versorgungsmaterial, das Ihre Leute zu den Philippinen brachten, Streichholzbriefchen waren.«

»Captain Weston hat Ihre Streichholzbriefchen vermutlich nicht gesehen, General. Sie wurden wohl aus dem U-Boot ausgeladen, bevor er an Bord ging. Wir haben eine Kiste oder zwei mitgeschickt. Ich habe McCoy befohlen, dafür zu sorgen, daß wenigstens eine Kiste mit dem ersten Schlauchboot an Land geschickt wird.«

»Ich verstehe.«

»Liebling«, sagte MacArthurs Frau. »Ich habe einige. Soll ich sie holen?«

»Wenn du so nett bist, und wenn auch nur, um Captain Westons Neugier zu befriedigen.«

»Das Abendessen ist serviert«, kündigte die Ordonnanz an.

»Das wird warten müssen«, blaffte MacArthur. »Mrs. MacArthur ist noch nicht ganz fertig. Bringen Sie unterdessen noch eine Runde.«

»Jawohl, Sir.«

Die Runde Scotch wurde serviert, bevor Jean MacArthur mit einer Handvoll Zündholzbriefchen zurückkehrte. Sie gab eines Weston, und dann verteilte sie wie eine Hosteß, die Plätzchen serviert, eines an Pickering, Stecker und Hart.

Weston schaute auf das Zündholzbriefchen, auf das

gedruckt war: ICH WERDE ZURÜCKKOMMEN! MACARTHUR.

»Es war eine Idee meiner Leute für psychologische Kriegsführung«, sagte MacArthur. »Sie war mir ziemlich peinlich, aber sie sollten wissen, was sie tun, und so gab ich nach.«

»Ich habe die nie zuvor gesehen, Sir. Aber, mit Verlaub, ich denke, Ihre Leute für psychologische Kriegsführung haben recht.«

»Wieso, Captain Weston?«

»Sie sind wie General Fertigs Gold, Sir. Der Beweis, daß die Vereinigten Staaten sie nicht vergessen haben. Und das wird den Japanern schwer zusetzen.«

»Wieso, Captain?«

»Die Filipinos halten Sie und auch Ihren Vater für so etwas wie Götter.« Major General Arthur MacArthur, General Douglas MacArthurs Vater, war früher der Militärgouverneur auf den Philippinen; er herrschte mit Klugheit und Güte und trug wesentlich bei der Umwandlung der eroberten spanischen Kolonie in den Commonwealth Philippinen bei. »Die Filipinos werden diese Streichhölzer nicht benutzen. Sie werden sie herumtragen wie Reliquien. Und die Japse werden nichts dagegen tun können.«

»Würden Sie das bitte erklären?«

»Sie töten Leute, die sie mit Feuerwaffen antreffen oder die versuchen, uns zu helfen; aber nicht einmal die Japse werden Leute töten, weil sie bei ihnen ein Streichholzbriefchen finden. Sie machen immer noch Propaganda für ein größeres Asien in Glück und Wohlstand und unter ihrer Führung, und sie würden das Gesicht verlieren, wenn sie wegen Streichholzbriefchen Brutalitäten begehen.«

»Charley Willoughby, General, war anscheinend fasziniert von Captain Westons Ansichten über die Philosophie der japanischen Besatzung«, sagte Pickering. »Und mit den Grundsätzen, die General Fertig für seine Operationen psychologischer Kriegsführung aufgestellt hat.«

»Tatsächlich?« sagte MacArthur.

»Jawohl, Sir«, antwortete Colonel Stecker. »Ich hatte das Gefühl, daß er diese Dinge genauso anpacken würde, wie General Fertig es getan hat.«

»Faszinierend«, sagte MacArthur. »Ich werde darüber mit ihm reden.« Er wandte sich an Weston.

»Und Sie meinen nicht, Captain, daß der Aufdruck meines Namens ein bißchen zu weit geht? Daß man statt dessen zum Beispiel die amerikanische Flagge oder gekreuzte philippinische und amerikanische Flaggen oder so etwas in dieser Art hätte aufdrucken sollen?«

»Nein, Sir, das heißt ja, ich meine es nicht. Ohne den Namen MacArthur wären es nur Streichhölzer.«

»Siehst du, Douglas, ich habe es dir gesagt«, erklärte seine Frau.

»Nun, es macht mir nichts aus, von einem Experten zu hören, daß ich mich geirrt habe«, sagte MacArthur.

»Sir, darf ich eine Bitte äußern?« fragte Weston. »Darf ich Sie bitten, eines dieser Zündholzbriefchen für mich zu signieren?«

»Sie möchten mein Autogramm, Captain?«

»Jawohl, Sir. Wenn Sie so nett sind, Sir.«

»Nicht auf einem Zündholzbriefchen, Captain«, sagte MacArthur. »Aber ich sage Ihnen, was ich tun werde. Wenn General Pickering Sie zu meinem Büro bringt, sagen wir morgen früh um neun Uhr, dann werde ich Ihnen gern mein Autogramm geben. Es wird auf einem Dokument stehen, mit dem Ihnen der Silver Star für außergewöhnliche Tapferkeit im Kampf verliehen wird.«

»Jawohl, Sir.«

Wenn eine Medaille wohlverdient ist, sind die Umstände der Verleihung nicht wirklich wichtig, dachte Pickering. *Und es ist vermutlich sehr zynisch von mir, zu argwöhnen, daß El Supremo auf die Idee kam, dich für deine Tapferkeit auszuzeichnen, weil du ihm kurz zuvor gesagt hast, daß die Filipinos ihn als Gott betrachten.*

»Douglas, für wann hast du das Essen bestellt?« fragte Jean MacArthur.

»Wir essen jetzt sofort, meine Liebe«, sagte MacArthur. »Captain Weston, würden Sie meiner Frau die Ehre erweisen, sie zu Tisch zu führen?«

6

Büro des Direktors
Office of Strategic Services
National Institutes of Health Building
Washington D. C.

8. Januar 1943, 9 Uhr

»Ich wußte nicht, ob Sie das sehen wollen oder nicht«, sagte L. Stanford Morrissette und legte ein Fernschreiben auf den Schreibtisch von OSS-Direktor William J. Donovan.

»Was ist das?«

»Eine Zusammenfassung von Watersons Gespräch mit dem Offizier, der mit dem U-Boot von den Philippinen kam.«

»Warum dachten Sie, ich will es nicht sehen?«

»Es steht nichts Neues darin. Es bestätigt nur, was Lieutenant McCoy die ganze Zeit gemeldet hat. Und McCoys Berichte, die Sie gesehen haben, enthalten viel mehr Einzelheiten.«

Donovan zuckte mit den Schultern, zog das lange Fernschreiben über die grüne Schreibunterlage und begann zu lesen.

TOP SECRET

EILT EILT EILT

BRISBANE NR. 138
1500 GREENWICH 7 JAN 43

VON LEITER OSS-STATION
BRISBANE AUSTRALIEN

AN DIREKTOR OSS
NATIONAL INSTITUTES OF HEALTH BUILDING
WASHINGTON DC

BETRIFFT OPERATION WINDMILL

(1) BEZÜGLICH IHRER BOTSCHAFT VON MORRISSETTE ZUR PERSÖNLICHEN ÜBERMITTLUNG AN GENERAL MACARTHUR: DER UNTERZEICHNER VERSUCHTE, DIE BOTSCHAFT PERSÖNLICH GENERAL MACARTHUR ZU ÜBERBRINGEN. COLONEL SIDNEY HUFF, ADJUTANT, ERKLÄRTE, DASS DER VOLLE TERMINPLAN DES OBERBEFEHLSHABERS ES UNMÖGLICH MACHT, MICH ZU EMPFANGEN. DER UNTERZEICHNER ÜBERGAB DIE BOTSCHAFT HUFF. HUFF TELEFONIERTE DANN UND STELLTE FEST, DASS – ZITAT ANFANG – NUR DER BESONDERE KOMMUNIKATIONSWEG, DER VON BRIGADIER GENERAL FLEMING PICKERING, USMCR, KONTROLLIERT WIRD, WIE GENERAL MACARTHUR WEISS, BENUTZT WERDEN KANN, UND JEDE BITTE FÜR DIE BENUTZUNG AN PICKERING GERICHTET WERDEN MUSS – ZITAT ENDE. DER UNTERZEICHNER VERSUCHTE DANN KONTAKT MIT GENERAL PICKERING AUFZUNEHMEN UND ERHIELT DIE INFORMATION, DASS ER NICHT IN BRISBANE IST. DIE BITTE, BEI SEINER RÜCKKEHR KONTAKT MIT MIR AUFZUNEHMEN, WURDE BIS JETZT NICHT ERFÜLLT. DER UNTERZEICHNER HAT DANN ERFAHREN, DAß PICKERING AUF ESPÍRITU SANTO WAR UND DIE OPERATION WINDMILL LEITETE.

(2) DER UNTERZEICHNER WURDE AM 6. JANUAR 43 VON COLONEL JACK STECKER, USMC, INFORMIERT, DASS PICKERING NACH BRISBANE ZURÜCKGEKEHRT WAR, ABER SEIN VOLLER TERMINPLAN EIN TREFFEN MIT IHM UNMÖGLICH MACHT. STECKER ERKLÄRTE WEITERHIN, DASS PICKERING CAPTAIN JAMES B. WESTON, USMC, MITGEBRACHT HAT, DER ALS G-2 BEI DEN US-STREITKRÄFTEN AUF

DEN PHILIPPINEN GEDIENT HAT, UND DASS CAPTAIN WESTON VERFÜGBAR IST, UM DEM OSS AM 7. JANUAR 43, 08.00 UHR, ZU BERICHTEN.

(3) ZUSAMMENFASSUNG DES GESPRÄCHS MIT CAPTAIN WESTON AM 7. JANUAR 43, VON 10. 05 BIS 12.40 UHR:

(A) WESTON IST EIN MARINEFLIEGER, DER BEI AUSBRUCH DES KRIEGES AUF DEN PHILIPPINEN FESTSASS UND BEI DEN 4TH MARINES IN CORREGIDOR VERWENDET WURDE. WÄHREND EINER NACHSCHUB-MISSION AUF DER BATAAN-HALBINSEL, LUZON, MIT SERGEANT PERCY LEWIS EVERLY, USMC, AM 1. APRIL 42 WAREN SIE HINTER DEN FEINDLICHEN LINIEN. SIE KONNTEN NICHT NACH CORREGIDOR ZURÜCKKEHREN, UND SO ENTSCHIEDEN SIE SICH, MIT EINEM KLEINEN BOOT NACH AUSTRALIEN ZU FLÜCHTEN.

(B) AM 8. OKTOBER 42 LANDETEN SIE IN DER BUCHT GINGOOG DER SÜDPROVINZ MISAMIS DER INSEL MINDANAO. UNTERWEGS HATTEN SICH ZWÖLF ANDERE ANGEHÖRIGE VON US-MILITÄR UND NAVY ANGESCHLOSSEN, DIE VON IHREN EINHEITEN GETRENNT WORDEN WAREN. BEI DER LANDUNG FANDEN SIE EINE AN EINEN TELEFONMAST GENAGELTE PROKLAMATION VON BRIGADIER GENERAL WENDELL FERTIG, IN DER DIE ÜBERNAHME DES KOMMANDOS ÜBER ALLE US-STREITKRÄFTE AUF DEN PHILIPPINEN VERKÜNDET WURDE.

(C) AM 11. OKTOBER 42 WURDE DER KONTAKT MIT FERTIG IN DER NÄHE VON MONKAYO, PROVINZ DAVAO, HERGESTELLT. FERTIG INFORMIERTE WESTON, DASS ER LIEUTENANT COLONEL DER PIONIERE, RESERVE, WAR UND SICH ZUM BRIGADIER GENERAL ERNANNT HATTE, WEIL ER DAS FÜR NOTWENDIG HIELT, UM VOM PHILIPPINISCHEN MILITÄR UND DEN ZIVILISTEN RESPEKTIERT ZU WERDEN. ZU DIESEM ZEITPUNKT STELLTE WESTON SICH UND SEINE MÄNNER UNTER FERTIGS KOMMANDO. FERTIG ERNANNTE WESTON ZUM CAPTAIN UND EVERLY ZUM SECOND LIEUTENANT DER USFIP. WESTON ERKLÄRTE, DASS ES FERTIGS POLITIK IST, US-OFFIZIERE, DIE SICH SEINEM KOMMANDO UNTERSTELLEN, UM MINDESTENS EINEN DIENSTRANG ZU BEFÖRDERN UND UNTEROFFIZIEREN IN DER USFIP EIN OFFIZIERSPATENT ZU GEBEN. WESTON WURDE ZUM G-2 USFIP ERNANNT UND EVERLY ZU SEINEM STELLVERTRETER.

(D) TROTZ KRITISCHEN MANGELS AN VERSORGUNGSMATERIAL UND WAFFEN ALLER ART BEGANNEN FAST SOFORT AKTIONEN GEGEN DIE JAPANER. DIE KNAPPHEIT AN WAFFEN UND MUNITION FÜHRTE DAZU, DASS GARDINENSTANGEN ZU PATRONENHÜLSEN VERARBEITET, SCHWARZPULVER BENUTZT WURDE, DAS AUS EINHEIMISCHER PRODUKTION STAMMTE, UND STREICHHOLZKÖPFE ALS ZÜNDER VERWENDET WURDEN. WESTON ERKLÄRTE, FERTIG

GLAUBTE, DASS JEDER KAMPF GEGEN DIE JAPANER DIE FILIPINOS VERANLASSEN WÜRDE, IHN ALS KOMMANDEUR DER USFIP ZU AKZEPTIEREN. WESTON ERKLÄRTE FERNER, DASS DIE USFIP JETZT FAST AUSSCHLIESSLICH MIT WAFFEN AUSGERÜSTET IST, DIE VON DEN JAPANERN ERBEUTET WURDEN.

(E) WESTON BERICHTETE, NACHDEM SICH DIE ERSTEN ACHT ODER ZEHN KAMPFAKTIONEN GEGEN DIE JAPANER AUF MINDANAO HERUMGESPROCHEN HATTEN, GESCHAH FOLGENDES:

1 US- UND PHILIPPINISCHES MILITÄRPERSONAL, DAS ENTWEDER NICHT KAPITULIERT HATTE ODER ENTKOMMEN WAR, STRÖMTE AUS SEINEN VERSTECKEN IN SO GROSSER ZAHL ZU SEINEM HAUPTQUARTIER (WESTON SAGTE, MEHR ALS ZWEITAUSEND), DASS ES UNMÖGLICH WAR, SIE ZU BEWAFFNEN ODER ZU VERPFLEGEN. DIE MEISTEN WURDEN IN DIE VERSTECKE ZURÜCK BEFOHLEN, BIS VERSORGUNGSMATERIAL ZUR VERFÜGUNG STEHEN WÜRDE. ANDERE (HAUPTSÄCHLICH US- UND FILIPINO-BERUFSOFFIZIERE) WURDEN BEWAFFNET UND ERHIELTEN DEN BEFEHL, IN GANZ MINDANAO ZELLEN FÜR EINE SPÄTERE EXPANSION DER USFIP ZU BILDEN.

2 FILIPINOS BEGANNEN REQUISITIONS- UND SCHULDSCHEINE, VON DER USFIP FÜR SPÄTERE BEZAHLUNG VON NAHRUNGSMITTELN UND ANDEREM VERSORGUNGSMATERIAL AUSGESTELLT, ZU AKZEPTIEREN.

3 EINE REIHE VON US-BÜRGERN (WESTON SCHÄTZT 300) NAHM KONTAKT MIT DER USFIP AUF, UM HILFE VOR EINER GEFANGENNAHME UND/ODER EINE EVAKUIERUNG VON MINDANAO ZU FINDEN. ES WAR NATÜRLICH UNMÖGLICH, IHNEN ZU HELFEN, UND SIE ERHIELTEN DIE ANWEISUNG, BIS AUF WEITERES IN VERSTECKEN ZU BLEIBEN. DIE ZAHL SCHLIESST FÜNF (5) PERSONEN SANITÄTSPERSONAL UND ELF (11) SCHWESTERN VERSCHIEDENER MISSIONARISCHER ORGANISATIONEN EIN. ZWEI ÄRZTE DER SANITÄTSTRUPPE UND SECHS SCHWESTERN ERHIELTEN OFFIZIERSPATENTE DER USFIP, UND ES WURDE IHNEN ZUGESICHERT, DASS SIE EVAKUIERT WERDEN, WENN ES MÖGLICH IST.

4 JAPANISCHE ANTI-USFIP-AKTIVITÄTEN ERFORDERN GEGENWÄRTIG DEN EINSATZ VON GESCHÄTZT ZWANZIGTAUSEND SOLDATEN.

(F) WESTON ERKLÄRTE, WENN GENÜGEND VERSORGUNGSMATERIAL ALLER ART ZUR VERFÜGUNG STEHT, KANN DIE USFIP SCHLIESSLICH ZWANZIGTAUSEND AUSGEBILDETE SOLDATEN AUFSTELLEN. ER UND FERTIG GLAUBEN EBENSO WIE COLONEL STECKER, DER GUERILLAERFAHRUNG IN LATEINAMERIKA SAMMELTE, DASS SECHS BIS SIEBEN JAPANISCHE SOLDATEN GEGEN JEDEN EINZELNEN USFIP-GUERILLA ERFORDERLICH SIND.

(G) WESTON IST DER ÜBERZEUGUNG, DASS DIE GLAUBWÜRDIG-

KEIT DER USFIP STARK GESTIEGEN IST, SEIT BEI DER OPERATION WINDMILL VERSORGUNGSMATERIAL GESCHICKT WURDE, BESONDERS DAS GOLD, DAS ES FERTIG ERLAUBT, FÜR DIE REQUISITIONS- UND SCHULDSCHEINE ZU BEZAHLEN, WENIGSTENS DAMIT ZU BEGINNEN. ER IST EBENSO ÜBERZEUGT, DASS DIE EINFÜHRUNG VON KARABINERN, VOR DEM KRIEG AUF DEN PHILIPPINEN UNBEKANNT, BEWEISEN WIRD, DASS US-VERSORGUNGSMATERIAL KOMMT WIE VERSPROCHEN.

(H) WESTON ERKLÄRTE, ER WEISS ÜBER CAPTAIN MACKLIN NUR, DASS ER VOM U-BOOT AN LAND KAM UND MCCOY VERMUTLICH ZUM HAUPTQUARTIER DER USFIP BEGLEITETE.

(4) DER UNTERZEICHNER HÄLT WESTON FÜR ABSOLUT GLAUBWÜRDIG UND IST DER ANSICHT, DASS SEINE BEURTEILUNG VON FERTIG ALS INTELLIGENTEN, GEISTIG GESUNDEN UND FÄHIGEN MANN AKZEPTIERT WERDEN SOLLTE.

(5) ZUR INFORMATION IHRES GENERALS: WESTON WURDE HEUTE MORGEN VON MACARTHUR MIT DEM SILVER STAR AUSGEZEICHNET, BEGLEITET MIT EINER PRESSEVERLAUTBARUNG, IN DER ES HEISST – ZITAT ANFANG – WESTON DIENTE BEI DER SWPOA-USFIP – ZITAT ENDE. WESTON WIRD BRISBANE MORGEN PER FLUGZEUG VIA PEARL HARBOR FÜR DREISSIG TAGE ERHOLUNGSURLAUB IN DEN USA VERLASSEN. COLONEL STECKER ERKLÄRTE, DASS JEDE WEITERE BITTE DES OSS UM EINE BEFRAGUNG WESTONS IN DEN USA AN DEN MARINEMINISTER ZU RICHTEN IST. WESTON WEIGERTE SICH, SEINE URLAUBSADRESSE ANZUGEBEN.

WATERSON
STATIONSLEITER BRISBANE

T O P S E C R E T

»Ich will Ihnen sagen, was das bestätigt, Mo«, sagte Donovan. »Ihr Freund Pickering macht mir eine lange Nase.«

»Ich sagte Ihnen, es wäre klug, Frieden mit ihm zu schließen, Bill«, erwiderte Morrissette.

»Für wen, zum Teufel, hält er sich, Waterson zu sagen, daß er zu beschäftigt ist, um ihn zu empfangen?«

»Er hält sich für Brigadier General Pickering, der nicht für Sie arbeitet.«

»Er wurde dorthin geschickt mit dem besonderen Befehl des Präsidenten, MacArthur zu überreden, uns operieren zu lassen.«

»Um zu *versuchen,* ihn zu überreden«, entgegnete Morrissette. »Wenn er gefragt wird, sagt er, daß er es versucht hat, darauf wette ich. Und er hat arrangiert, daß Macklin an der Operation Windmill teilnehmen konnte.«

»Sie haben natürlich bemerkt, daß Macklin nur ganz am Rande erwähnt wird.«

»Ja, das habe ich bemerkt.«

»Woraus ich schließe, daß Pickerings Lieutenant McCoy ihm keinen Zugang zum Funk gibt. Vermutlich auf Befehl.«

»Vielleicht hat Captain Macklin nichts mitzuteilen, was McCoy nicht bereits gesagt hat.«

»Die ganze Idee war, das OSS an dieser Mission zu beteiligen«, sagte Donovan. »Hat keiner das Macklin gesagt?«

Morrissette gab keine Antwort.

»Macklin könnte ebenso nicht dabeigewesen sein, so wenig Gutes ist für uns dabei herausgekommen«, sagte Donovan. »Ich fühle mich wie ein verdammter Narr, wenn ich beim Präsidenten bin, und Knox ihm berichtet, was Pickering erreicht hat, und ich nichts, aber auch gar nichts sagen kann, was ich von meinem OSS-Mann vor Ort gehört habe.«

»Ich hörte, daß man die *Sunfish* mit weiterem Versorgungsmaterial zu den Philippinen schickt. Wenn wir Zeit genug haben, möchten Sie, daß ich Macklin ablösen lasse?«

»Tun Sie, was immer Sie tun müssen, Mo, um jemand Fähigen dorthin zu schicken – wo ist übrigens ›dorthin‹?«

»Wie meinen Sie das, Bill?«

»Wo sie die *Sunfish* beladen.«

»Keine Ahnung. Irgendwo zwischen Pearl Harbor und Brisbane. Vielleicht Espíritu Santo.«

»Nun, finden Sie es heraus und schicken sie einen fähigen Mann hin, der rechtzeitig an Bord des U-Boots geht. Jemand, der ranghöher als Macklin ist.«

»Warum ist wichtig, daß er ranghöher als Macklin ist?«

»Weil wir nicht nur Macklin ablösen, sondern *den Einfluß des OSS bei der USFIP verstärken.* Und wenn Macklin der Idiot ist, für den ihn anscheinend jeder hält, dann bezweifle ich, daß er in einer Position ist, um Befehle zu geben.«

»Wäre es nicht leichter, einfach Macklin zu befehlen, etwas aus sich herauszugehen?«

»Das würde den Leuten Gelegenheit geben, selbst zu erkennen, was für einen Idioten wir geschickt haben. Sagen Sie der Navy, wir wollen drei Mann schicken.«

»Pickerings Leute und dieser Adjutant, der blieb, kommen zurück.«

»Gut«, sagte Donovan. »In diesem Fall werden unsere Leute vielleicht ans Funkgerät kommen. Und die Welt wissen lassen, daß das OSS lebt und wohlauf ist.«

XVII

1

Naval Air Transport Command Passenger Terminal
U.S. Navy Base, Pearl Harbor, Territorium Hawaii

10. Januar 1943, 6 Uhr 25

Es regnete stetig, als die Coronado landete, aber es war ein leichter Regen, und die Landung war glatt und ebenso das Schwimmen zur Boje, an der die Maschine festgemacht wurde.

Eine Offiziersbarkasse – weitaus luxuriöser als die Boote, die in Brisbane und auf Midway als Wassertaxis dienten – holte die Passagiere ab. Captain Weston stieg mit so viel Geld aus und auf den Kai – tausend Dollar in Zwanzigern –, daß er es auf die Taschen seines Uniformrocks hatte verteilen müssen.

»Captain Weston?«

Er sah einen Offizier des Marine-Corps, einen First Lieutenant, der grüßte und ihn etwas zögernd anlächelte.

Weston erwiderte den Gruß. »Ich bin Weston.«

»Steht Ihr Name auf dem Gepäck?«

»Ja.«

Eine nagelneue Segeltuchtasche voller ebenso nagelneuer Uniformen war irgendwo in der Coronado. Man hatte den Passagieren gesagt, ihr Gepäck würde an Land gebracht werden.

»Ich hole es«, sagte der Lieutenant. »Steigen Sie die Leiter hinauf. Der Wagen steht gleich oben.«

Die Leiter war in Wirklichkeit eine breite Treppe aus Betonstufen.

Oben auf dem Kai stand ein Plymouth-Stabswagen. Auf einer roten Tafel, die unverhüllt war, war der silberne Stern eines Brigadier General zu sehen. Weston fragte sich, wo der Wagen war, der auf ihn wartete. Wenn ein General in diesem Plymouth saß, dann war es offenbar nicht der Wagen, den der Lieutenant gemeint hatte.

Die Hintertür des Plymouth wurde geöffnet.

»Wenn Sie Weston sind, steigen Sie ein!« rief jemand.

Er ging zum Wagen und stieg ein.

»Pickering sagte, Sie sind ungewöhnlich«, sagte der Mann im Plymouth. »Er sagte nicht, *wie* ungewöhnlich. Was ist mit dem Rauschebart?«

»Ich nehme an, ich kann ihn jetzt abrasieren, Sir«, sagte Weston.

»Das halte ich für eine gute Idee, denn Sie werden mit Admiral Nimitz zu Mittag essen«, sagte der Mann.

Er drehte sich auf dem Sitz um, und Weston konnte jetzt die Sterne auf den Kragenspitzen seines Khakihemdes sehen.

»Mein Name ist McInerney«, sagte der General und reichte Weston die Hand.

»Guten Morgen, Sir.«

Brigadier General McInerney gab ihm ein Blatt Papier. »Lesen Sie das.«

M I T P R I O R I T A E T

SUPREME HEADQUARTERS SWPOA
1625 UHR 8 JANUAR 43

AN CINCPAC HAWAII

PERSOENLICHE BOTSCHAFT VON BRIG GEN PICKERING USMCR AN BRIG GEN MCINERNEY USMC

LIEBER MAC,
ICH HABE SOEBEN CAPTAIN JAMES B. WESTON AN BORD EINER CORONADO NACH PEARL HARBOR GEBRACHT. ER IST FÜR EINEN ERHOLUNGSURLAUB VON DREISSIG TAGEN AUF DEM WEG IN DIE STAATEN. ER IST EIN SEHR UNGEWÖHNLICHER JUNGER OFFIZIER, DER GERADE ERST VON DEN PHILIPPINEN KOMMT, WO ER G-2 VON GENERAL FERTIGS GUERILLAOPERATION WAR. MACARTHUR VERLIEH IHM GESTERN DEN WOHLVERDIENTEN SILVER STAR.
ICH WÜßTE ES SEHR ZU SCHÄTZEN, WENN DU SEINEN AUFENTHALT IN PEARL HARBOR REIBUNGSLOS, ANGENEHM UND SO KURZ WIE MÖGLICH GESTALTEN KÖNNTEST.
ES WÜRDE MICH ÜBERHAUPT NICHT ÜBERRASCHEN, WENN ADMIRAL NIMITZ IHM WENIGSTENS DIE HAND SCHÜTTELN MÖCHTE, WÄHREND ER DORT IST. INFORMIERE IHN BITTE IN ALLER STILLE ÜBER WESTONS ANKUNFT.

BESTE GRÜSSE FLEM

ENDE DER PERSOENLICHEN BOTSCHAFT AN BRIG GEN MCINERNEY

IM AUFTRAG VON BRIG GEN PICKERING USMCR

HART 2ND LT USMCR

»Ich will Ihnen sagen, was ich nicht tun kann«, sagte McInerney. »Ich kann Ihnen das Mittagessen mit Admiral Nimitz nicht ersparen; ich kann Sie nicht vor morgen in ein Flugzeug in die Staaten setzen, vielleicht noch nicht einmal dann; und ich kann nicht dafür sorgen, daß der Regen aufhört. Abgesehen davon stehe ich zu Ihrer Verfügung.«

»Vielen Dank, Sir. Ich bin überrascht. Überwältigt.«

»General Pickering und ich waren im Ersten Weltkrieg Unteroffiziere in Frankreich«, sagte McInerney. »Er ist einer meiner liebsten Leute.«

»Jawohl, Sir.«

»Ich bin Flieger, und – hat er das erzählt? – sein Sohn ist das auch. Er flog Wildcats auf Guadalcanal – ein As mit vielen Abschüssen.«

»Jawohl, Sir, das erzählte er mir. Ich bin auch Flieger. Oder war es.«

»*War,* Vergangenheit? Ich will Ihnen eines sagen, Sohn. Wenn man einmal das Fliegen lernt, dann ist es wie Fahrrad fahren. Man vergißt es nie.«

»Das hat mir General Pickering gesagt. Er hat Sie zitiert.«

»Für einen Nichtflieger ist er ein überraschend gescheiter Bursche«, sagte McInerney. »Ah, da kommt Charley mit Ihrem Gepäck.«

»Gott, wo sind wir denn hier?« fragte Weston, als ein grauhaariger Schwarzer mit weißem Jackett die Tür des Plymouth öffnete.

»Willkommen in Muku-Muku, Captain«, sagte der Schwarze. »Ich bin Denny. Ich kümmere mich sozusagen darum.«

»Was ist das, ein Hotel?«

»Manchmal, in jüngster Zeit, hat es den Anschein«, sagte Denny. »Aber nein, Sir, es ist kein Hotel. Hier quartiert die Pacific & Far East Shipping Company ihre Kapitäne und Chefmaschinisten ein, wenn sie im Hafen sind, und General Pickerings Freunde und dessen Sohn Picks Freunde ... was manchmal das gesamte Marine-Corps zu sein scheint.«

McInerney lachte. »Denny, Mr. Weston ist hier als persönlicher Gast von General Pickering. Ich habe den Befehl von Ihrem Boß, Mr. Weston den Aufenthalt auf Hawaii so angenehm wie möglich zu machen.«

»Nun, dann bringen wir ihn hinein und arbeiten wir daran«, sagte Denny. »Haben die Gentlemen gefrühstückt?«

»Charley und ich haben das«, sagte McInerney. »Mr. Weston hat das wahrscheinlich nicht. Aber füttern Sie ihn nicht zu sehr, er wird mit Admiral Nimitz zu Mittag essen.«

»Hier?« fragte Denny. »Ich wußte bis jetzt nicht …«

»Nein, in Pearl Harbor.«

»Ich habe keinen richtigen Hunger«, sagte Weston.

»Nun, wie wäre es dann mit Kaffee und etwas Gebäck?«

Denny führte sie durch das Haus in den Innenhof, und sie setzten sich um den schmiedeeisernen Tisch mit Glasplatte. Ein anderer Schwarzer in mittleren Jahren tauchte auf.

»Holst du bitte für die Gäste des Generals Kaffee und Gebäck?« sagte Denny.

»Hier ist es phantastisch!« sagte Weston.

»Ist Ihr Rasierapparat scharf, Denny?« fragte McInerney.

»Ich habe schon über den Bart gestaunt«, sagte Denny. »Er ist so schön, daß ich ihn nicht gern abschneiden würde. Wo haben Sie sich den zugelegt, Captain?«

»Ich war auf den Philippinen«, sagte Weston.

»Kürzlich?«

»Ja, kürzlich.«

»Und Sie sind *sicher,* daß Sie nichts zu essen haben wollen? Ein kleines Steak und ein paar Eier?«

»Das ist verlockend.«

»Dann sollten Sie sich aus diesem Sessel in den da setzen«, sagte Denny und wies hin. »Ich hole meine Rasierutensilien, und wenn Ihr Bart weg ist, wird Ihr Frühstück fertig sein.«

»Sir?« sagte General McInerneys Adjutant.

»Was?«

»Das Telefonat, Sir?«

»Gott, das hatte ich vergessen. Danke, Charley. Weston, unter anderem können Sie hier haben, was nirgendwo sonst ohne eine zweistündige oder längere Wartezeit möglich ist, nämlich in die Staaten telefonieren. Möchten Sie jemand anrufen? Ihre Eltern?«

»Meine Eltern sind verstorben, Sir. Ich habe eine Tante ...«

»Wo?«

»In Iowa.«

»General«, sagte Denny, »es geht mich zwar nichts an, aber in Iowa ist es jetzt mitten in der Nacht.«

»Ja, natürlich«, sagte McInerney. »Nun, Sie können nach dem Mittagessen anrufen.«

Um 15 Uhr 30, als General McInerney, sein Adjutant und Captain Weston vom Mittagessen mit dem Oberbefehlshaber Pazifik zurückkehrten, wartete Captain Charles M. Galloway, USMCR, im Innenhof von Muku-Muku.

Captain Galloway war nicht nur überrascht, General McInerney zu sehen, sondern es war ihm auch äußerst peinlich, teils weil seine Uniform Schweiß- und Ölflecken aufwies, teils weil er beim Trinken im Dienst ertappt wurde, und teils wegen der Art und Weise des Trinkens, nämlich aus einer Bierflasche.

»Guten Tag Sir«, sagte er und nahm Grundstellung ein.

»Captain«, sagte McInerney. »Warum habe ich den Verdacht, daß Ihr Tag nicht so gut verlaufen ist, wie es hätte sein können? Weil Sie es, nach Ihrer Uniform zu schließen, offenbar für notwendig hielten, unter Nichtbeachtung meiner Befehle eine Maschine persönlich zu reparieren? Oder vielleicht, weil Sie dieses Bier so wild kippen? Oder einfach, weil ich ein hervorragender Kenner der menschlichen Natur bin?«

»Es gibt keine Entschuldigung, Sir«, sagte Galloway.

»Captain Weston, Captain Galloway ist ein weiteres Waisenkind des Marine-Corps, das ein Heim hier in Muku-Muku fern der Heimat gefunden hat. Er wäre ein prima Offizier, wenn er sich nur angewöhnen könnte, Befehle zu befolgen.«

»Nein, Sir«, sagte Galloway.

»Nein, Sir?« McInerney hob eine Augenbraue und schaute ihn an.

»Ich habe nicht persönlich an einer Maschine gearbeitet, Sir.«

»Sie sind Offizier des Marine-Corps; ich akzeptiere Ihr Wort. Was haben Sie dann getan, sich auf dem Boden in einem Hangar herumgewälzt?«

McInerney sah etwas wie eine Bestätigung an Galloways Gesicht.

»*Warum* haben Sie sich in einem Hangar herumgewälzt, Captain Galloway?«

»Sir, mit Verlaub, ich weigere mich, die Frage zu beantworten.«

»Wen haben Sie zusammengeschlagen, Charley?« fragte McInerney. »Und warum? Wir reden jetzt privat.«

»Stevenson, Sir.«

»Und was hat Lieutenant Stevenson getan, um Sie zu erzürnen?«

»Er sagte, wenn ich mich nicht hinter meinem Doppelbalken verstecken würde, dann würde er die Scheiße aus mir herausprügeln.«

»Und so gingen Sie natürlich in den Hangar, schlossen das Tor und nahmen Ihre Doppelbalken ab?«

»Jawohl, Sir.«

»In welcher Verfassung ist Lieutenant Stevenson?«

»Er hat einen Zahn verloren, Sir, und er wird eine Weile körperliche Beschwerden haben.«

»Hat er sich ärztlich behandeln lassen?«

»Jawohl, Sir.«

»Und wie erklärte er den Verlust seines Zahnes?«

»Big Steve sagte, er erzählte dem Dentisten, er sei in einen Staudruckmesser getreten.«

McInerney wandte sich an Weston.

»Big Steve, Mr. Weston, ist Master Gunner Oblensky, ein alter Flieger, den ich so lange kenne, daß ich mich gar nicht mehr erinnern kann, wie viele Jahre es sind.« Dann schaute er wieder Galloway an. »Und wird Lieutenant Stevenson diese Prügelei den entsprechenden Stellen zur Kenntnis bringen?«

»Das bezweifle ich, Sir.«

»Captain Galloway. Prügeleien zwischen Offizieren und Gentlemen sind etwas, daß der Marinedienst unter keinen Umständen dulden kann.«

»Jawohl, Sir.«

»Andererseits gibt es von jeder Regel eine Ausnahme, und nach dem, was ich von Mr. Stevenson gesehen habe, war es längst überfällig, daß ihm jemand einen Zahn ausschlägt. Betrachten Sie die Sache als vergessen.«

»Ich wünschte, das könnte ich, Sir.«

»Gibt es einen Grund, weshalb Sie das nicht können?«

»Wenn man die Beherrschung verliert und jemanden zusammenschlägt, ist das kein Eingeständnis, daß man die Leute nicht führen kann?«

»Sie haben nicht zugehört, Charley«, sagte McInerney. »Es gibt eine Ausnahme von jeder Regel. Solange es nicht zur Routine wird, daß Sie Leute zusammenschlagen, brauchen Sie sich keine Sorgen zu machen.«

Galloway blickte McInerney lange an, und dann sagte er: »Danke, Sir. Ich werde versuchen, es nicht zu wiederholen.«

»Versuchen?«

»Die Wahrheit ist, General, als ich sah, wie er sich mühsam aufrappelte – er ist kein Feigling; das ist vielleicht seine einzige Tugend –, dachte ich an ein paar andere meiner Offiziere, die ich wirklich gern zusammenschlagen möchte.«

»Sie hatten mein freundliches weises Wort des Tages, Charley. Sie sollten Ihr Glück nicht herausfordern.«

»Jawohl, Sir. Es wird nicht noch einmal passieren.«

»Das sollte es auch nicht.« Und dann wechselte McInerney das Thema. »Ich war den ganzen Tag ein guter Junge, und irgendwo in der weiten Welt ist die Sonne über der Rahnock. Wo ist Denny?«

»Die *Pacific Merchant* traf am Mittag im Hafen ein, und er fuhr runter, um den Kühlschrank und den Schnapsvorrat zu plündern«, sagte Galloway. »Er hat Alphonse mitgenommen. Ich denke, wir sind hier in der ungewöhnlichen Lage, daß wir unsere Drinks selbst servieren müssen.«

»Charley ...«, sagte General McInerney zu seinem Adjutanten.

»Was möchten Sie trinken, Sir?«

»Bourbon, einen doppelten, ein bißchen Wasser«, sagte McInerney. »Weston?«

»Scotch mit Wasser, bitte.«

»Und Sie betrachten sich als dienstfrei, Charley«, sagte McInerney. »Weston, wenn Sie jemanden in den Staaten anrufen möchten, wählen Sie nur die Neun beim Telefon in Ihrem Schlafzimmer. Dadurch werden Sie mit der Zentrale der Pacific & Far East in Honolulu verbunden. Sagen Sie dem Telefonisten ›San Francisco‹, und wenn sich jemand in San Francisco meldet, nennen Sie ihm die Nummer, die Sie haben wollen. Wenn Sie die nicht wissen, sucht man sie für Sie heraus.«

»Danke, Sir«, sagte Weston. »Ich weiß die Nummer nicht. Es ist die meiner Tante.«

Weston und Charley verließen den Innenhof und Galloway und McInerney blieben zurück.

»Interessanter junger Mann«, sagte McInerney. »Bis vor ein paar Tagen war er G-2 der US-Streitkräfte auf den Philippinen und arbeitete für einen selbsternannten Brigadier General der Army, der nach dem, was Weston Admiral Nimitz beim Essen erzählte, eine höllisch gute Guerillaoperation auf Mindanao durchführt.«

»Er trägt das Pilotenabzeichen«, bemerkte Galloway.

»Er ist ein Ex-Brewster-Buffalo-Flieger. Flog eine Catalina nach Cavite und kam dort nicht mehr weg. Man steckte ihn zu den Marines, und als die Dinge wirklich mies wurden, entschloß er sich, lieber zu entkommen zu versuchen als zu kapitulieren. Dazu gehört Mumm.«

»Wie ist er weggekommen?«

»Ich wußte davon nichts bis zum Mittagessen, aber als dieser Army-Typ – er heißt Fertig – schließlich MacArthur über Funk mitteilte, was er macht, ignorierte ihn MacArthur. Pickering fand es irgendwie heraus und schickte Ihren Freund McCoy hin, um festzustellen, was los ist. Nimitz gab ihm ein U-Boot; damit kam Weston dort weg.«

»McCoy ist noch dort?«

»McCoy, zwei andere Marines, irgendein Typ vom OSS und Wagams Adjutant.«

»Admiral Wagams *Adjutant*?« fragte Galloway ungläubig.

»Er fuhr mit, um sicherzustellen, daß der Kommandant des U-Boots tat, was nötig war. Und dann sah er anscheinend, wie die Überwassermenschen leben, ging an Land und blieb dort.«

»Vielleicht hatte dieser Weston Glück«, sagte Galloway. »Die meisten der Buffalo-Piloten, die ich kannte, wurden bei den Midwayinseln abgeschossen.«

»Ja«, sagte McInerney leise, und dann wechselte er wieder das Thema. »Sie haben Probleme mit der Staffel, Charley? Kann ich irgendwie helfen?«

»Probleme. O ja. Das wesentliche Problem ist, daß die meisten der Piloten Asse sind. Sie sind gut, sie wissen das, aber es gefällt ihnen nicht, wenn ihnen jemand sagt, daß sie nicht ganz so gut sind, wie sie denken.«

»Das ist ein Problem.«

»Ist das immer noch privat?« fragte Galloway, und als General McInerney nickte, fuhr er fort: »Das Problem, das ich mit Stevenson hatte, bestand darin, daß er mit Lippenstift auf dem Gesicht und offensichtlich halb betrunken zum Flugdienst kam. Ich bezweifle, daß er im Bett war. Korrektur, ich bezweifle, daß er Schlaf hatte.«

McInerney lachte.

»Ich konnte das nicht durchgehen lassen«, fuhr Galloway fort.

»Ein halbes Dutzend anderer Asse sah und hörte zu. So verdonnerte ich ihn zu einer Woche Stubenarrest. Das war der Punkt, an dem er mich als Scheißer bezeichnete, der sich hinter dem Doppelbalken versteckt. Ich hätte das melden können – das hätte ihn vermutlich ein wenig Verlust an Sold gekostet – oder ihn bei Colonel Dawkins als unverbesserlich melden können, aber das hätte bedeutet, daß ihm der Colonel den Fliegerstatus abnimmt und ihn zur Ersten Division schickt, was wiederum bedeutet hätte, daß wir einen ziemlich guten Piloten verlieren und der Ersten Division ein Problem aufhalsen. So ging ich mit ihm in den Hangar.«

»Das einzig Falsche an Ihrer Lösung des Problems war, daß er *Sie* hätte zusammenschlagen können«, sagte McInerney. »Haben Sie diese Möglichkeit in Erwägung gezogen?«

»Ich habe daran gedacht, und Big Steve ebenfalls. Er begleitete uns in den Hangar.«

»Brauchten Sie ihn?«

»Nein. Aber es stand ein paar Minuten auf des Messers Schneide.«

»Lassen Sie Big Steve fliegen, Charley?«

»Nein, Sir.«

»Warum nicht?«

»Wenn ich erwischt würde, dann würde Colonel Dawkins ihn versetzen, und Big Steve ist der einzige Freund, den ich in der Staffel habe.«

»Versteht er das? Können Sie nicht einfach wegschauen und ihn fliegen lassen?«

»Nein, Sir.«

»Ich werde mit ihm sprechen. Wir kennen uns lange. Einmal waren er und ich das ganze Korps der Marineflieger in Nicaragua.«

»Seien Sie vorsichtig. Er ist ein Überredungskünstler. Er könnte Sie dazu bringen, ihm wieder den Fliegerstatus zu geben.«

»Nicht mit seinem Herzen. Er sollte nicht mal in Uniform sein. Soll ich mit ihm sprechen?«

»Dafür wäre ich dankbar, Sir.«

»Nur zwischen uns, Charley, Sie machen Ihren Job mit der Staffel viel besser, als viele Leute gedacht haben.«

»Einschließlich Sie, General?«

»Fischen Sie nicht nach Komplimenten, Captain. Das schickt sich nicht für einen Offizier des Marine-Corps«, sagte McInerney, und dann fügte er leise hinzu: »Warum habe ich den Verdacht, daß Westons Anruf zu Hause kein freudiger Anlaß war?«

Galloway folgte seinem Blick. Weston kam mit nachdenklicher, unglücklicher Miene zurück.

»Wo, zum Teufel, bleibt Charley?« fragte McInerney rhetorisch. Wie auf ein Stichwort hin schob sein Adjutant einen Servierwagen heran, auf dem ein Sortiment von Flaschen, Gläser und eine Schale mit Eiswürfeln standen.

»Perfekte Wahl des richtigen Zeitpunkts, Captain Weston«, sagte McInerney.

Weston schaute ihn verständnislos an.

»Sir?«

»Wie verlief das Telefonat?«

»Tante Margaret machte mir klar, daß sie nicht in der Lage sei, der Regierung das Geld zurückzugeben.«

»Welches Geld?«

»Das Sterbegeld für mich«, erklärte Weston. »Ich wurde als gefallen gemeldet, und die Regierung zahlte es aus.«

»Hat sie sonst noch etwas gesagt?« fragte McInerney.

»Nicht viel.«

»Zum Teufel mit ihr!« sagte Galloway empört.

Weston blickte ihn an und lächelte.

»Nun, was auch immer in dieser Sache geschieht«, sagte McInerney, »ich bezweifle, daß man Ihnen das Geld vom Sold abziehen wird.«

»Wissen Sie, was mir wirklich zu schaffen macht?« fragte Weston. »In der ganzen Zeit auf Mindanao – sogar vor Mindanao – dachte ich nur daran, in die Staaten zurückzukehren. Und jetzt ist es soweit, und ich will nicht hin.«

»Warum nicht?«

»Ich weiß nicht, wohin ich soll. Ich kenne keinen irgendwo in den Staaten, und ich will bestimmt nicht nach Iowa.«

»Im Ernst?« fragte McInerney.

»Jawohl, Sir.«

»Dann bleiben Sie hier. In dem Befehl steht Erholungsurlaub an einem Ziel Ihrer Wahl in den Vereinigten Staaten. Ich bin überzeugt, das schließt Hawaii ein.«

»Wo hier?« fragte Weston, offensichtlich interessiert.

»Hier in Muku-Muku«, sagte McInerney. »General Pickering würde darauf bestehen. Und Sie könnten Charley Gesellschaft leisten, und wenn Sie ihm mit der richtigen Ehrfurcht über seine verwegenen Flüge zuhören, bringt er Ihnen vielleicht bei, wie man eine Corsair fliegt. Ich nehme an, Sie wollen wieder fliegen?«

»Haben Sie eine Corsair-Staffel?« fragte Weston Galloway ehrfürchtig.

Galloway nickte.

»Das ist ein tolles Flugzeug«, sagte Weston. »Die einzigen Maschinen dieses Typs, die ich je gesehen habe, waren die Corsairs, die der Coronado Begleitschutz gaben, als ich vom U-Boot abgeholt wurde. Mann, die waren schön!«

Nun, das beantwortet meine Frage, ob er wieder fliegen will oder nicht, dachte McInerney. *Und ich könnte arrangieren, daß Charley mehr als einen Freund in seiner Staffel hat.*

»Lassen Sie sich Zeit, und denken Sie darüber nach«, sagte General McInerney. »Ich will Sie nicht zu etwas überreden, das Sie nicht wirklich tun wollen.«

»General«, sagte Weston. »Da gibt es nichts nachzudenken. Ich würde für mein Leben gern im Cockpit einer Corsair sitzen.«

2

Quartier für Flaggoffiziere
Stützpunkt der U.S. Navy
Espíritu Santo
11. Januar 1943, 16 Uhr 55

»Sieh mal an, was das Meer an Land spült«, sagte Brigadier Fleming W. Pickering, als die Tür seiner – vergleichsweise – luxuriösen Nissenhütte, die sein vorübergehendes Quartier war, geöffnet wurde und Rear Admiral Daniel J. Wagam eintrat. »Was bringt Sie in dieses tropische Paradies?« (Nissenhütten sind vorgefertigte tragbare Gebäude aus Wellblech, das gewölbte Wände bildet.)

Pickering lag auf einem schmalen Feldbett und trug nur seine Unterwäsche. Wagam ging zu ihm und schüttelte ihm die Hand.

»Das wird Ihnen nicht gefallen, Fleming«, sagte er.

»Was?«

Wagam griff in eine Aktentasche, nahm einen Aktenhefter mit dem Stempelaufdruck TOP SECRET heraus und überreichte ihn Pickering.

TOPSECRET

THE SECRETARY OF THE NAVY
WASHINGTON

VIA SPECIAL CHANNEL

COMMANDER IN CHIEF, PACIFIC
PEARL HARBOR

0815 9 JAN 1943
FOLGENDES PERSOENLICH VON SECNAV
AN ADMIRAL NIMITZ

LIEBER ADMIRAL NIMITZ,
OSS-DIREKTOR WILLIAM DONOVAN HAT VON ADMIRAL LEAHY DEN TRANSPORT VON DREI (3) OSS-AGENTEN ERBETEN, UM DIE OSS-KRÄFTE, DIE GEGENWÄRTIG AUF DEN PHILIPPINEN OPERIEREN, ZU VERSTÄRKEN UND DAS KOMMANDO DER OPERATION WINDMILL ZU ÜBERNEHMEN.
ES WURDE ZWISCHEN ADMIRAL LEAHY UND MIR ENTSCHIEDEN, DASS DIES AM BESTEN ERREICHT WIRD, INDEM DIE GEPLANTE ABFAHRT DES U-BOOTS SUNFISH FÜR DIE OPERATION LEBENSMITTELLADEN EINS VERSCHOBEN WIRD, BIS DAS ZUVOR ERWÄHNTE OSS-PERSONAL AN BORD GENOMMEN WERDEN KANN.
DAS OSS-PERSONAL WIRD HEUTE UM 12 UHR 00 VON WASHINGTON NACH ESPÍRITU SANTO FLIEGEN.
BITTE INFORMIEREN SIE BRIG GEN PICKERING ÜBER DIESE ÄNDERUNG DES PLANS FÜR OPERATION LEBENSMITTELLADEN EINS UND BITTEN SIE IHN, DEN BEFEHLSHABENDEN OFFIZIER DER OPERATION WINDMILL ZU INFORMIEREN, DASS ER DAS OSS-PERSONAL AN BORD DES U-BOOTS ERWARTEN SOLL.
DAS KOMMANDO DER OPERATION WINDMILL WIRD VOM GEGEN-

WÄRTIGEN BEFEHLSHABENDEN OFFIZIER BEI SEINER ABFAHRT VON DEN PHILIPPINEN AN DEN RANGHÖCHSTEN OSS-AGENTEN ÜBERGEBEN.

BESTE PERSÖNLICHE GRÜSSE

FRANK KNOX

ENDE DER PERSOENLICHEN BOTSCHAFT VON SECNAV AN GENERAL NIMITZ

HAUGHTON CAPT USN ADMIN ASST TO SECNAV

T O P S E C R E T

»Dieser Hurensohn!« sagte General Pickering erbittert, und dann korrigierte er sich. »Diese Hurensöhne, Mehrzahl!«

»Wann sollte die *Sunfish* auslaufen?« fragte Admiral Wagam.

»Sie läuft beim ersten Tageslicht aus«, sagte Pickering. »Sie *wäre* beim ersten Tageslicht ausgelaufen. Ich war im Begriff, mich anzuziehen und Captain Houser einen Abschiedsdrink und ein Abendessen zu spendieren. Mensch, Dan, wir haben bereits ihre voraussichtliche Ankunftszeit auf den Zwanzigsten aufgeschoben. Wir fahren hier nicht mit dem Expreßzug! Wissen Sie, wieviel Planung es gekostet hat, um den Ort und die richtige Zeit für ein sicheres Auftauchen zu finden?«

»Sicherlich eine Menge.«

»Und es geht nicht nur darum, daß McCoy und Lewis zurückkommen. Da sind ein Dutzend Kranke und Verwundete …«

»Gibt es irgendeinen Grund, weshalb das U-Boot nicht sofort auslaufen kann?« fragte Wagam. »Oder vor einer Stunde ausgelaufen ist, bevor ich hier war?«

Pickering sah ihn lange an.

»Das wird Sie in allerhand Schwierigkeiten bringen. Uns beide, aber …«

»Es würde mich nicht bei meinem Boß in Schwierigkeiten bringen«, sagte Admiral Wagam. »Ich bezweifle, daß es ihn überhaupt überraschen würde, eine Funkbotschaft von mir zu erhalten, die ihm mitteilt, daß ich hier zu spät gekommen bin, um das Auslaufen der *Sunfish* zu verhindern, und daß es wegen der vorgeschriebenen Funkstille unmöglich ist, sie zurückzurufen.«

»Deshalb haben Sie die Botschaft persönlich überbracht«, sagte Pickering. Es war keine Frage, sondern eine Feststellung.

»Ich werde unter Eid leugnen, daß ich das gesagt habe, aber wir haben hier den Beweis, daß sich MacArthurs und Admiral Nimitz' Befürchtungen, daß Donovan die Nase des OSS in anderer Leute Dinge stecken will, bewahrheitet haben. Das OSS – Donovan – entscheidet, wie Operationen hier durchgeführt werden sollen, und pfeift auf das, was die Kommandeure denken.«

»Knox würde nicht glauben, daß Sie zu spät hier eingetroffen sind, um das U-Boot zu stoppen. Ebensowenig würde Leahy das glauben«, sagte Pickering.

»Ich bezweifle, daß jemand von ihnen erwartet, das zu glauben. Mit Ausnahme von Ihnen, Fleming, sagen Flaggoffiziere nicht ›Leck mich, ich werde das nicht tun‹, wenn sie entscheiden, daß eine Befehlsverweigerung das Richtige ist.«

»›Gott, ich würde liebend gern tun, was Sie wünschen, aber es ist einfach unmöglich‹?«

»So in dieser Art«, sagte Wagam. »Wie wollen Sie es nun haben?«

»Ich bin im Moment so verdammt wütend, daß jede Entscheidung, die ich treffe, eine falsche wäre.«

»Das mag sein, aber‹«

»Zum Teufel mit ihnen!« sagte Pickering. »Zum Teufel mit Donovan!«

»Ganz meine Meinung, aber das löst nicht das Problem.«

»Es gibt in Wirklichkeit kein Problem«, sagte Pickering leiser. »Ich habe einen Eid geleistet, daß ich die Befehle ranghöherer Offiziere befolge.«

Wagam nickte.

»Das Auslaufen der *Sunfish* wird aufgeschoben, bis Donovans Leute an Bord sind und zu den Philippinen gefahren werden können«, sagte Pickering förmlich.

»Ich denke, das ist die Reaktion, die Admiral Nimitz von Ihnen erwartet«, sagte Wagam.

»Lassen Sie mich meine Uniform anziehen, Dan«, sagte Pickering. »Und dann gehen wir zum Kommunikationszentrum und geben die Information durch. Und anschließend holen wir Captain Houser von der *Sunfish* ab und trinken einen, um zu zeigen, daß das Nichtauslaufen der *Sunfish* ursprünglich geplant war.«

3

Espíritu Santo
12. Januar 1943, 5 Uhr

Senator Richardson K. Fowler
Washington, D. C.
Durch Boten

Lieber Dick,

ein nicht namentlich genannter Freund, der in ein paar Stunden hier abreist, hat versprochen, Dir diesen Brief so schnell wie nur möglich zu überbringen. Er hat keine Ahnung, was darin steht. Ich bedaure, daß ich Dich dadurch in Verlegenheit bringe, aber ich weiß nicht, an wen ich mich sonst wenden könnte.

Ich bin zu dem Schluß gelangt, daß ich in Uniform mehr Schaden anrichte als Gutes tue, und daß der Schaden wächst wie ein wucherndes Krebsgeschwür.

Ich möchte mein Amt niederlegen und sag mir nicht, das geht nicht. Die Navy hat den jungen Lieutenant Henry Ford gehen lassen, damit er die Ford Motor Company leitet, und vor ein paar Monaten begegnete ich hier einem texanischen Lehrer, der zum Kongreßabgeordneten wurde. Er hatte ein Offizierspatent der Navy und wurde hierhingeschickt – vielleicht kennst Du ihn, sein Name ist Linton oder Lyndon Johnson, großer stämmiger Typ mit schlechten Zähnen – jedenfalls war er auf dem Weg zurück zum Kongreß, und deshalb weiß ich, daß Leute aus dem Dienst ›zum Nutzen der Regierung‹ entlassen werden.

Gestern war ich um Haaresbreite davon entfernt, vorsätzlich die Befehle des Präsidenten zu verweigern. Das ist schlimm genug, aber es wird sogar schlimmer. Ich wurde von einem ranghohen Offizier der Navy fast ermuntert, das zu tun.

Bill Donovan ist zweifellos ein Hurensohn durch und durch, aber ich bin zu der Erkenntnis gelangt, daß er recht hatte, als er meine Dienste ablehnte. Was weiß ich über Nachrichtendienst, über heimlichen oder anderen, das mich berechtigt, einer seiner zwölf Jünger zu werden? Was in meiner Vorgeschichte rechtfertigt, daß ich herumlaufe und General des Marine-Corps spiele? Ich bin ein ziemlich fähiger Schiffskapitän, und das ist alles.

Noch wichtiger, was gibt mir das Recht, die Klugheit von Befehlen in Frage zu stellen, die ich von Donovan und Admiral Leahy erhalte?
Was, zum Teufel, tue ich, indem ich mit MacArthur und Nimitz der gleichen Meinung bin – als wären wir drei Gleichgestellte –, daß ›wir‹ das Richtige tun und der Präsident, Leahy und Donovan das Falsche?

Ich erhielt den Befehl, die Gemüter zu beruhigen. Statt dessen habe ich Öl in schwelendes Feuer gegossen. Was wir uns absolut nicht hier draußen erlauben können, ist ein Guerillakrieg zwischen CINCPAC und SWPOA gegen Washington, in dem einer gegen den anderen ausgespielt wird.

Hol mich hier weg, Dick, bevor ich noch mehr Schaden anrichte. Laß Deine Beziehungen spielen, damit ich so schnell wie möglich in aller Stille meinen Abschied nehmen kann. So schnell wie möglich heißt ›sobald die Leute, die ich zu den Philippinen geschickt habe, erfolgreich evakuiert sind‹. Das sollte Ende dieses Monats der Fall sein.

Laß mich zur Pacific & Far East Shipping zurückgehen und versuchen, einen Beitrag zu diesem Krieg mit etwas zu leisten, das ich kann.

Ich danke Dir.
Mit herzlichem Gruß

Flem

4

Headquarters, U.S. Forces in the Philippines
Provinz Davao
Mindanao, Commonwealth Philippinen

13. Januar 1943, 10 Uhr 45

Lieutenant Percy L. Everly ging zu dem Pfahlbau mit dem Strohdach, das Brigadier General Wendell Fertig zum Quartier für ledige Offiziere auf Besuch erklärt hatte. Er trug einen Stapel Khakiuniformen auf den Armen. »Los Presentos von El General«, verkündete er McCoy, Lewis, Macklin und Zimmerman. Er sprach ›General‹ auf spanische Art aus – ›Che-neral‹.

»Soll das Spanisch sein, Everly?« fragte Lieutenant Lewis und lachte.

»Jawohl, Sir«, sagte Everly. »Klang es nicht so? Und special presentos für Sie, mi Capitán und Sie, mi Gunny«, fuhr er fort, griff in seine Hemdtasche, nahm kleine silberne Objekte heraus und überreichte sie McCoy und Zimmerman.

»Ich bin kein Offizier«, sagte Zimmerman und betrachtete den handgefertigten Balken des Lieutenants.

»Hier sind Sie einer«, widersprach Everly. »El Che-neral sagt das. Es ist nicht so schlimm, Ernie. Sie werden sich daran gewöhnen.«

»Nicht zu glauben«, sagte McCoy fast im Selbstgespräch und betrachtete die Doppelbalken des Captains auf seiner Handfläche. Es war über Funk von Australien mitgeteilt worden, daß man ihn befördert hatte, aber bis jetzt hatte er nicht viel darüber nachgedacht. Das Rangabzeichen machte es irgendwie offizieller als die Funkbotschaft.

Und dann schaute McCoy Everly an. »Was ist mit den Khakiuniformen? Woher kommen die?«

»Geld stinkt nicht«, sagte Everly.

»Was heißt das?«

»Kurz bevor Sharp – die Mindanao-Streitkraft – kapitulierte, öffnete er die Lagerhäuser des Quartiermeisters für die Filipinos«, erklärte Everly. »Ich nehme an, Sharp hielt es für besser, das Zeug den Filipinos zu geben, als es zu verbrennen, damit es nicht den Japsen in die Hände fällt. Oder vielleicht hatte er keine Zeit, um es zu verbrennen; es gab hier alle Arten von Versorgungsmaterial. Jedenfalls nahmen die Filipinos dieses Zeug und versteckten es. Sie erinnerten sich scheinbar nicht, wo sie es versteckt hatten, bis unsere Jungs Zwanzigdollargoldmünzen herumzeigten. Jetzt wird uns alles mögliche Zeug angeboten.«

»Wie der Mann sagte, *Captain* McCoy. Geld stinkt nicht. Man könnte es auch anders formulieren: Bargeld schafft Glaubwürdigkeit.«

»Dies sind Uniformen der *Army*!« sagte Zimmerman, entweder angewidert oder enttäuscht.

»Zieh eine an und hefte den Balken daran«, befahl McCoy. »General Fertig will, daß die Amerikaner hier wie Offiziere aussehen, und er hat recht.«

»Das ist noch nicht alles, was aus dem Busch kommt«, sagte Everly. »Vor einer halben Stunde tauchte ein halbes Dutzend Zivilisten, darunter zwei weibliche, hier auf.«

»Was?« fragte Lewis überrascht.

»Amerikaner«, erklärte Everly. »Als die Japse die Zivilisten zusammentrieben, hauten manche ab. Jetzt kommen sie zurück.«

»Welche Art von Zivilisten?«

»Diejenigen, die wir jetzt hier haben, sind normale Zivilisten, sie arbeiteten für Dole oder Shell Oil. Aber wir haben die Information, daß einige andere, Missionare, morgen oder übermorgen hier eintreffen.«

»Was wird Fertig mit ihnen machen?« fragte Lewis.

»Sie mit euch wegschicken, wenn die *Sunfish* zurückkehrt. Captain Buchanan wollte sie dorthin zurückschicken, woher sie gekommen sind, doch der General sagte nein.«

»Wie sollen wir denn eine Horde Zivilisten ...«, begann McCoy und unterbrach sich dann. »In welcher Verfassung sind sie, Everly?«

»Abgemagert, schwach, aber sie können gehen.«

»Wie bringen wir ein halbes Dutzend Zivilisten von hier zum Strand?« fragte McCoy.

Keiner antwortete.

»Der General hat Captain Buchanan befohlen, zu verbreiten, daß wir im Augenblick keine weiteren Zivilisten mehr verkraften können – mit anderen Worten, keine mehr hierhergebracht werden sollen –, aber er sagte, diejenigen, die wir hier haben, müssen wir behalten – wie sagte er, Mr. Lewis? – aus Gründen der *Glaubwürdigkeit.*«

»Ja«, sagte Lewis.

McCoy schaute ihn an und wartete auf eine Erklärung.

»Amerikanische Bürger haben ein Recht auf Schutz von ihrer Regierung«, sagte Lewis. »Im Augenblick ist die USFIP die amerikanische Regierung. Fertig kann diese Leute nicht abweisen. Wenn er das täte, würde sich schnell bei den anderen Amerikanern herumsprechen und folglich auf der ganzen Insel, daß die USFIP keinen Leuten helfen kann. Keine Hilfe, keine Glaubwürdigkeit.«

»Aber er hat seinen USFIP-Leuten befohlen, keine weiteren Zivilisten mehr herzubringen, richtig?« fragte McCoy.

Lewis nickte.

»Ich frage mich, wie viele es insgesamt sind«, sagte McCoy.

»Ich hörte, es sind ein paar hundert«, sagte Everly.

»Mein Gott, wenn ein paar hundert Zivilisten hier auftauchen, wird das nicht nur unsere Evakuierung erschweren oder vielleicht sogar unmöglich machen, sondern uns auch die Japaner auf den Hals hetzen«, sagte Macklin.

»Sie waren in China«, sagte Zimmerman. »Sie sollten wissen, daß Marines amerikanische Zivilisten schützen.«

Es war Captain Macklin anzusehen, daß ihm nicht gefiel, von einem Unteroffizier so angeschnauzt zu werden. Aber er sagte nichts.

»Macklin, warum schauen Sie sich nicht diese Zivilisten an«, sagte McCoy im Befehlston. »Nehmen Sie Everly mit. Sagen Sie nicht mehr, als nötig ist, aber erzählen Sie ihnen, wie schwer – und gefährlich – es sein wird, sie von hier zum U-Boot zu bringen. Vielleicht überlegen es sich einige anders und gehen dorthin zurück, wo sie hergekommen sind.«

»Es ist einen Versuch wert«, sagte Everly. »Aber mach dir nicht zu große Hoffnungen.«

»Notieren Sie sich auf jeden Fall ihre Namen und die nächsten Angehörigen in den Staaten«, sagte McCoy. »Sie wissen, was wir brauchen. Koffler kann es funken. Leute in den Staaten sind vielleicht besorgt wegen dieser Leute.«

»Aye, aye, Sir«, sagte Everly.

»Und da wir gerade vom Teufel sprechen, da kommt das Kommunikationsgenie der Operation Windmill«, sagte Lewis, als Staff Sergeant Koffler von der Veranda in den einzigen Raum des Pfahlbaus trat.

»Haben Sie von den Zivilisten gehört?« fragte Koffler.

»Ja, soeben.«

»Woher kommen die Khakiuniformen?«

»Geschenk der U.S. Army«, sagte McCoy. »Everly, haben wir auch einen Balken für Koffler?«

VON KFS AN MXX
FÜR CAPTAIN MCCOY

TEIL EINS

A – DATUM LEBENSMITTELLADEN PHASE EINS UM FÜNF – WIEDERHOLUNG – FÜNF TAGE VERSCHOBEN.

B – BESTÄTIGEN SIE ZEIT UND KOORDINATEN NACH ERHALT.

TEIL ZWEI

A – BEREITEN SIE SICH AUF DEN EMPFANG VON DREI – WIEDERHOLUNG – DREI OSS-OFFIZIEREN VOR, DIE ANWESENDES OSS-PERSONAL VERSTÄRKEN – WIEDERHOLUNG – VERSTÄRKEN.

PICKERING BRIG GEN

»Ja.« Everly nahm einen weiteren silbernen Lieutenant-Balken aus seiner Tasche. Er warf ihn Koffler zu.

»Gewöhnen Sie sich nicht zu sehr daran, Steve«, sagte McCoy. »Den müssen Sie wieder abnehmen, wenn wir hier verschwinden.«

»Sieht trotzdem gut aus auf meiner Bewerbung für die Offiziersanwärterschule«, sagte Koffler. »Höchster bisheriger Rang: First Lieutenant, U.S. Forces in the Philippines.«

McCoy lachte.

»Der einzige Grund, weshalb Sie First Lieutenant sind, *sehr* vorübergehend, ist der, daß General Fertig sich gesagt hat, er kann Besseres mit dem Gold tun als Balken für Second Lieutenants daraus zu machen.«

»Es wird trotzdem gut auf meiner Bewerbung aussehen«, sagte Koffler, und dann überreichte er McCoy eine entschlüsselte Botschaft. »Ich dachte mir, Sie wollen das sofort sehen.«

Als McCoy gelesen hatte, gab er das Blatt Lewis.

»Was ist der Grund für die Verzögerung?« fragte Koffler. »Das haben sie nicht gesagt.«

»Ich nehme an, sie wollten uns den Grund nicht wissen lassen, sonst hätten sie ihn mitgeteilt«, erwiderte McCoy. »Was ist das Problem, Steve? So können Sie den Balken des First Lieutenant weitere fünf Tage tragen.«

»Das Problem ist, daß wir Platz Charley nicht benutzen können«, sagte Lewis. »In diesem Gebiet wird es von Japsen wimmeln.«

»Und wohin gehen wir dann?«

Lewis nahm seine Karte aus dem wasserdichten Etui, entfaltete sie, breitete sie auf dem Boden aus und kniete sich hin. Er betrachtete die Karte, und es dauerte eine volle Minute, bevor er sagte: »Platz George oder Platz Mike oder … Sugar. Und der nächste davon ist zwanzig Meilen weiter von hier entfernt als Platz Charley.«

»Scheiße«, sagte McCoy.

Eine Bewegung jeder Art durch dieses Gebiet war schwierig. Temperatur und Luftfeuchtigkeit waren hoch, das Terrain war hügelig, uneben und glitschig.

Um militärisch leistungsfähig zu sein, konnte jeder, der den Marsch unternahm, nur so wenig wie möglich mitnehmen – ein Karabiner, vier Ladestreifen mit fünfzehn Patronen, eine Feldflasche, ein Paar Socken zum Wechseln und trockene Rationen. Gemeinsamer Besitz, der von allen getragen wurde, mußte auf das absolut Wesentliche beschränkt werden: ein Funkgerät, Batterien, etwas Munition und eine kleine Anzahl Handgranaten und Sanitätsmaterial für Notfälle. Es war jedoch aus einer Reihe von Gründen entschieden worden, daß neun Schwerkranke und/oder Verwundete evakuiert wurden, die fast mit Sicherheit sterben würden, wenn sie nicht in einem Lazarett behandelt wurden. Weil sie nicht gehen konnten, mußten sie getragen werden. Das bedeutete vier Träger für jeden Evakuierten. Selbst wenn sich die Träger abwechselten, würden sie langsamer als sonst vorankommen. Und da das Tragen von Kranken und Verwundeten und Waffen zugleich unmöglich war, mußten andere Träger die Waffen und den Proviant schleppen. Je größer der Trupp, desto größer das Risiko, von den Japanern entdeckt zu werden. Das bedeutete zusätzliche Träger für noch mehr Munition und Handgranaten für den Fall einer Konfrontation mit den Japanern.

Und jetzt mußten auch noch Zivilisten evakuiert werden.

»Haben Sie das von ›verstärken – Wiederholung – verstärken‹ mitgekriegt, Ken?« fragte Lewis.

»Was?« fragte McCoy. Er war in Gedanken mit den Problemen beschäftigt gewesen, die entstanden, weil eine unbekannte Zahl von Zivilisten mit unbekannter körperlicher Verfassung zu dem ursprünglichen Evakuierungstrupp hinzukam.

»Haben Sie das Wort ›verstärken‹ gelesen?« fragte Lewis.

»Ja. Sieht aus, als ob Macklin bleibt, nicht wahr?«

»Sagen Sie es ihm?«

»Jetzt noch nicht«, sagte McCoy. »Die OSS-Leute sollen es ihm auf dem Strand sagen. Und ich will nicht, daß jemand es dem General erzählt.«

»Warum?«

»Er könnte uns befehlen, ihn mitzunehmen«, sagte McCoy. »Inzwischen hat sich Fertig ein Urteil über Macklin gebildet.«

5

Headquarters, U.S. Forces in the Philippines
Provinz Davao
Mindanao, Commonwealth Philippinen

26. Januar 1943, 10 Uhr 45

Captain Kenneth R. McCoy, USMCR, und First Lieutenant Percy L. Everly, USFIP, marschierten ins Büro von Brigadier General Wendell Fertig und nahmen zwei Schritte vor seinem Schreibtisch Grundstellung ein.

General Fertig blickte erwartungsvoll auf. Nach einem langen Moment grüßte Captain McCoy. Nachdem Captain McCoy die Hand an die Schläfe gelegt hatte, folgte Lieutenant Everly mit Verzögerung seinem Beispiel. General Fertig erwiderte den Gruß mit einem lässigen Winken seiner Rechten in Richtung Stirn.

»Was ist los, Gentlemen?« fragte Fertig. »Es hatte für mich den Anschein, als müßten Sie überlegen, ob Sie mir diese altehrwürdige Geste der Höflichkeit zwischen Kriegern erweisen wollen oder nicht.«

»General«, sagte Captain McCoy. »Marines grüßen in geschlossenen Räumen nur, wenn sie Waffen tragen.«

»Faszinierend. Ich lerne jeden Tag etwas dazu«, sagte Fertig. »Ich könnte mir denken, daß dieser Dolch, den Sie an den Arm geschnallt haben, in die Kategorie ›Waffen‹ fällt, meinen Sie nicht?«

»Wir haben unsere Karabiner draußen gelassen, General.«

»Ich hatte gehofft, mit Ihnen sprechen zu können, bevor Sie uns verlassen, Ken«, sagte Fertig. »Dieser Zeitpunkt ist so gut wie jeder.«

»General, deshalb sind wir hier«, sagte McCoy.

»Sie sehen ernst aus«, sagte Fertig. »Okay. Heraus damit. Was ist schiefgegangen?«

»Die Sache ist, Sir, daß hundert Dinge schiefgehen können.

Die Chancen, daß wir es zum Strand schaffen, ohne daß ein halbes Dutzend ernsthafte Dinge passieren, sind nicht sehr gut.«

»Wenn Sie etwas Unangenehmes zu sagen haben, dann sagen Sie es. Ich denke, das wichtigste für Sie ist, es zur *Sunfish* zu schaffen, und das können Sie nicht mit den Zivilisten und Verwundeten? Ehrlich gesagt, daran habe ich selbst schon gedacht.«

»Everly und ich haben eine Idee ...«, sagte McCoy, und dann unterbrach er sich. »General, es kam uns nicht in den Sinn, die Zivilisten und Verwundeten nicht mitzunehmen.«

»Lassen Sie hören«, sagte Fertig.

»Das Problem ist, sie fünfundvierzig Meilen von hier bis Platz Sugar zu transportieren«, sagte McCoy. »Mit all den Trägern werden wir fast hundert Leute sein.«

»Hundertzwei, wenn ich das richtig in Erinnerung habe«, sagte Fertig. »Sind wir wieder bei der Überlegung, die Verwundeten und Zivilisten nicht mitzunehmen?«

»Nein, Sir. Ich will nur sagen, wir haben fast keine Chance, so viele Leute so langsam und so weit zu verlegen, ohne entdeckt zu werden.«

»Fast keine Chance? Wenn Sie eine Idee haben, Ken, dann heraus damit.«

»Darf ich meine Karte auf Ihren Schreibtisch legen, Sir?«

»Einer der Punkte, über die ich mit Ihnen sprechen wollte, ist diese Karte. Können Sie die hierlassen?«

»Selbstverständlich. Wir haben drei. Sie können zwei haben, und ich kann die letzte Everly am Strand geben.«

»Okay. Was wollen Sie mir zeigen?«

»Wir sind hier«, sagte McCoy und wies auf die Karte. »Und hier ist Platz Sugar.« Er wies auf eine Stelle an der Küste, die fünfundzwanzig Meilen von dem Kap entfernt war, vor dem die *Sunfish* beim ersten Mal aufgetaucht war.

»Wenn wir am Morgen aufbrechen, brauchen wir neun Tage für den Marsch, wenn nichts schiefgeht. Vielleicht acht. Aber neun, um sicherzugehen. Das wäre dann der fünfte und sechste Februar.«

»Das haben wir schon besprochen«, sagte Fertig.

»Wir können es von hier bis hier in anderthalb Tagen schaffen«, sagte McCoy und wies auf eine Stelle an der Küste, die fünf Meilen von Tarragona entfernt war.

»Und wie wollen Sie von dort nach Platz Sugar kommen?«

»Ein paar Trucks klauen«, platzte Everly heraus.

Fertigs Augenbrauen ruckten hoch.

»Der Gedanke ist, General, anstatt die über neunzig Leute als Träger zu benutzen, sie einzusetzen, um die Japse hinzuhalten.«

»Ich komme da nicht ganz mit, McCoy«, sagte Fertig.

»Die Japse schicken nichts allein auf diese Hauptverkehrsstraße. Sie schicken mindestens drei Lastwagen, meistens vier. Wir überfallen ihren Konvoi zwei Meilen außerhalb von Tarragona aus dem Hinterhalt. Wir nehmen die besten Trucks, verbrennen die anderen und fahren hierhin, wo die Zivilisten warten.« Er zeigte es auf der Karte. »Und dann *fahren* wir nach Platz Sugar.«

»Eine halbe Stunde nach dem Überfall auf den Konvoi werden die Japaner davon erfahren und euch jagen.«

»An jeder Kurve der Straße werden wir einen Mann im Busch haben. Er feuert ein paar Schüsse auf den ersten Lastwagen und haut ab. Wir denken, die Japse werden stoppen und eine Patrouille in Marsch setzen. Das dauert eine Viertelstunde. Sie finden nichts – unser Heckenschütze ist längst fort –, und so kehren sie zu den Wagen zurück und verfolgen uns weiter. Und an der nächsten Kurve ist wieder ein Heckenschütze.«

»Es wird nicht lange dauern, bis sie kapieren, was ihr macht«, sagte Fertig. »Dann werden sie nicht stoppen, sondern einfach weiterfahren, wenn einer auf sie schießt.«

»Das hat Everly ebenfalls gesagt«, erwiderte McCoy. »Ich denke, unsere Scharfschützen können zwei von drei Fahrern ausschalten.«

»Die Japse werden euch immer noch verfolgen.«

»Solange sie uns nicht schnappen, können sie kommen. Wir schicken Leute zur Erkundung in die Nähe von Platz

Sugar und suchen eine Stelle, wo wir die Lastwagen loswerden können. Mit etwas Glück können wir sie im Dschungel verstecken, wo sie nicht so schnell gesehen werden, aber wenn nötig, verbrennen wir sie auf der Straße.«

»Zu diesem Zeitpunkt Ihres Plans werden die Japse Aufklärungsflugzeuge über dem Gebiet haben. Sie würden das U-Boot einem großen Risiko aussetzen.«

»Das U-Boot wird nicht dort sein«, sagte McCoy.

»Wie bitte?«

»Wir brechen morgen nach Tarragona auf, überfallen am nächsten Tag den Konvoi, wenn wir Glück haben, oder übermorgen oder überübermorgen. So wissen wir, daß es einen Konvoi zum Überfallen gibt. Und dann kommt die *Sunfish* am fünften Februar wie geplant.«

»Und wo werden die Zivilisten und Verwundeten sein ...«, begann Fertig. »Natürlich an Platz Sugar.«

»Das ist das Risiko, General«, sagte McCoy. »Daß die Japse uns an Platz Sugar oder in der Nähe finden. Wenn sie uns dort entdecken ... dann gute Nacht. Aber es ist ein geringeres Risiko, entdeckt zu werden, wenn wir fünfundzwanzig Leute an einer Stelle verstecken, als wenn wir mit hundertzwei Leuten tagelang unterwegs sind.«

Fertig stand unvermittelt auf und verließ das Büro. Einen Augenblick später kehrte er mit einer Flasche Famous Grouse und drei Gläsern zurück. Er stellte alles auf den Tisch und schenkte Whisky ein.

»Ich habe ein Interesse daran, die Verwundeten und Zivilisten nach Pearl Harbor zu bringen, das nicht ganz uneigennützig ist«, sagte er beim Einschenken. »Die Presse wird sich mit diesen amerikanischen Zivilisten beschäftigen, die den Klauen der Japaner entrissen wurden. Und man wird sich für die Schwerverwundeten interessieren, die gegen eine schreckliche japanische Übermacht kämpften. Wenn diese Leute von den Philippinen fortkommen, wird es für gewisse Leute nicht mehr leicht sein, so zu tun, als ob die United States Forces in the Philippines nicht existieren.«

Er ging zur Tür und rief: »Sergeant!«

Sein philippinischer Sergeant tauchte nach ein paar Sekunden auf.

»Bitte informieren Sie die Offiziere, daß hier sofort eine Besprechung stattfindet«, befahl Fertig.

»Jawohl, Sir.«

Fertig ging zu seinem Schreibtisch zurück und gab McCoy und Everly ein Glas Scotch. Dann hob er sein Glas.

»Bevor die anderen kommen«, sagte er, »sollten wir auf Ihre erfolgreiche Evakuierung anstoßen. Zum ersten Mmal denke ich, wir können es schaffen.«

6

Headquarters, U.S. Forces in the Philippines
Provinz Davao
Mindanao, Commonwealth Philippinen

26. Januar 1943, 13. 05 Uhr

Captain Kenneth R. McCoy, USMCR, nahm ein Gewehr Modell 1903, Kaliber .30-06 von Lieutenant Percy L. Everly, USFIP, entgegen, öffnete den Verschluß und entfernte das Schloß. Er spähte durch die Mündung und drehte sich, bis der Sonnenschein in den Lauf fiel und er etwas erkennen konnte.

»Verdreckt«, sagte er.

»Wir hatten hier kein Reinigungsmaterial«, sagte Everly.

McCoy untersuchte das Schloß.

»Womit habt ihr das geölt, mit Kokosnußöl?«

»Motoröl«, sagte Everly.

»Sind die alle so?«

Everly nickte.

»Es sei denn, wir nehmen einen Karabiner.«

»Nein. Wir versuchen Kopfschüsse, und ich will das nicht mit einem Karabiner«, sagte McCoy. »Ich kann nicht glauben, daß wir vergessen haben, Waffenöl mitzunehmen.«

Everly zuckte mit den Schultern, und dann kam McCoy ein Gedanke.

»Gib mir den«, sagte er und wies auf einen Karabiner. Gunny Zimmerman überreichte ihn. McCoy löste den Stoffriemen, wo er durch einen Schlitz im Kolben führte, und nahm eine kleine runde Metalltube aus der Vertiefung im Kolben. Er schraubte die Kappe von der Tube ab. Die Tube war ein Mini-Ölkännchen. Ein Tropfen hellbraunes Öl sickerte heraus.

»Waffenöl«, erklärte er.

»Das ist ein Ding!« sagte Everly beeindruckt.

»Laßt uns das Motoröl oder was immer dieses klebrige Zeug ist, von den Schlössern entfernen und sie richtig ölen«, sagte McCoy.

Mit geübtem Geschick nahm er den Verschluß auseinander. Er blickte auf und sah, daß die anderen zuschauten – Lieutenant Chambers Lewis, USN; Captain Robert B. Macklin, USMC; Gunnery Sergeant Zimmerman, USMC; zwei ehemalige Private First Class der 4th Marines (jetzt Second Lieutenants, USFIP) Oscar Wendlington und Charles O. Pierce; First Lieutenant Claudio Alvarez, früher beim philippinischen Spähtrupp; und Master Sergeant Fernando Lamar, früher beim 26. Kavallerieregiment.

»Das ist keine verdammte Demonstration«, sagte er. »Ihr wißt, wie man ein Gewehr auseinandernimmt. Oder solltet es wissen.«

Die anderen wandten sich den anderen Springfield-Gewehren zu und begannen sie auseinanderzunehmen. Sie hatten drei ausgefranste Zahnbürsten, und in ein paar Minuten hatten sie damit das klebrige Motoröl entfernt und den Verschluß mit dem feineren Waffenöl geölt.

Zimmerman war als erster fertig. Er betätigte den Abzug ein halbes Dutzend Male und nickte zufrieden.

»Ernie, schreite mal hundert Yards ab«, befahl McCoy. »Wir schießen uns auf zweihundert Yards ein. Wir sollten aus fünfzig bis hundertfünfzig Yards schießen. Die Flugbahn ist ziemlich flach, wenn wir auf zweihundert einstellen.«

Zimmermann marschierte zum Ende der Lichtung und fand nach hundert wohlbemessenen Schritten einen passenden Baum. Dann kehrte er zurück.

McCoy malte mit einem schwarzen Fettstift einen zollgroßen Kreis auf die Mitte eines Blatts Schreibmaschinenpapier und füllte ihn aus.

»Mal sehen, ob diese Knarren auf hundert Yards in zollgroße Ziele schießen«, sagte er.

»Wir haben achtundsechzig Patronen«, sagte Everly und nahm aus einem Brotbeutel vier graue Pappschachteln mit dem Aufdruck ORDNANCE CORPS U.S. ARMY. 20 CARTRIDGES CALIBER .30-06 ARMOR PIERCING und legte sie behutsam auf den Boden. Die panzerbrechenden Patronen Kaliber .30-06 des Feldzeugkorps der U.S. Army zeigten Anzeichen darauf, daß sie feucht geworden waren; die Pappschachteln waren geschrumpft, als sie getrocknet waren, und der Umriß der Patronen darin war deutlich zu sehen. McCoy nahm eine der Schachteln, diejenige, die nicht voll war.

Er nahm eine Patrone heraus und begutachtete sie. In den Fuß war ›FA 1918‹ geprägt.

»Frankford Arsenal 1918«, sagte er. »Allmächtiger! Die sind so alt wie ich! Wie kommst du auf die Idee, daß die funktionieren? Die sind naß gewesen, Gott weiß wie oft.«

»Da ist Schellack über den Zündhütchen«, sagte Everly. »Die meisten funktionieren.«

»Die *meisten*«, sagte McCoy, und dann wandte er sich an Captain Macklin. »Machen Sie weitere Zielscheiben.« Er gab ihm den Fettstift.

Dann nahm er seine Zielscheibe, ging zu dem Baum, den Zimmerman ausgewählt hatte, und stand einen Moment lang frustriert davor, weil er nicht wußte, wie er die Zielscheibe befestigen sollte. Dann zog er das Messer aus der Scheide, die am linken Arm befestigt war, und nagelte die Zielscheibe mit der Klinge an den Baumstamm.

Dann ging er zurück zu der Linie, die Zimmerman mit der Spitze seines Arbeitsschuhs in den Dreck gezogen hatte, und setzte sich hin. Er löste die Bajonettschlaufe des Gewehrs und wandelte sie in einen Tragriemen um. Er richtete den Tragriemen zweimal, bis er zufrieden war, und rollte sich dann auf den Bauch.

Unterdessen waren die anderen zu ihm gegangen. Er nahm drei Patronen, lud sie in das Magazin und setzte es ein.

Als eine Patrone in der Kammer war, zielte er sorgfältig und feuerte.

»Nun, sie sind wenigstens alle losgegangen«, sagte er nach dem dritten Schuß, stand auf und ging zu der Zielscheibe. Einen halben Zoll oberhalb des Kreises und zwei Zoll rechts davon waren drei Löcher in der Zielscheibe. Er konnte sie mit beiden Daumen verdecken.

»Nicht schlecht«, sagte er.

»Hast du das Visier richtig eingestellt, oder schießt du nach Kentucky?« fragte Zimmerman.

»Ich habe keine zwei Zoll zu verspielen, Ernie«, erwiderte McCoy, setzte sich hin und stellte das Visier ein.

Dann ging er zurück zu der Linie, lud drei Patronen ins Magazin, zielte im Anschlag liegend sorgfältig und drückte einmal ab.

Diesmal klickte es nur.

»Scheiße«, sagte McCoy, »dabei habe ich zuerst die Patronen genommen, die am schlimmsten aussahen.«

Er stieß ärgerlich die nicht funktionierende Patrone aus und schaute angewidert darauf. Es war deutlich zu sehen, wo der Stecher auf das Zündhütchen geschlagen war. Er wollte die Patrone in seiner Wut wegwerfen.

»Nicht«, sagte Everly. »Wir können die Kugel benutzen!«

McCoy schaute zu ihm und warf ihm die Patrone zu. Dann rollte er sich wieder auf den Bauch, zielte und drückte ab. Die Patrone funktionierte, und einen Augenblick später die dritte ebenfalls.

Er erhob sich und ging zur Zielscheibe. Jetzt waren zwei Löcher, die er mit einem Daumen abdecken konnte, mitten in dem Kreis, den er mit dem Fettstift gemalt hatte.

»Okay«, sagte er. »Jetzt du, Ernie.«

McCoy zog sein Messer aus dem Baumstamm.

»Und womit soll ich meine Zielscheibe befestigen?« protestierte Zimmerman.

»Laß dir was einfallen«, sagte McCoy. »Du bist doch ein Gunny, nicht wahr?«

»Ich werde schon nicht auf dein verdammtes Messer schießen!«

»Laß dir was einfallen«, wiederholte McCoy.

Zimmerman befestigte seine Zielscheibe mit einer Nagelschere und ging zur Feuerlinie zurück.

Als die vier Scharfschützen – McCoy, Zimmerman, Wendlington und Alvarez – sich mit ihren Gewehren eingeschossen hatten, war der Gesamtbestand der Patronen Kaliber .30-06 der USFIP auf sechsunddreißig geschrumpft. Acht Patronen hatten nicht funktioniert.

McCoy rechnete es aus – acht Nieten bei zweiunddreißig Schüssen, das war eins zu vier, fünfundzwanzig Prozent –, aber er sagte es nicht. Er war überzeugt, daß die anderen ebenfalls rechnen konnten.

7

Headquarters, U.S. Forces in the Philippines
Provinz Davao
Mindanao, Commonwealth Philippinen

27. Januar 1943, 8 Uhr 15

»Wir werden keine Zeit haben, all dies noch einmal durchzusprechen, wenn wir zu der Straße gelangen«, sagte Captain McCoy. »Dies ist also das letzte Mal. Wenn es irgendeine Frage gibt, wenn jemand nicht genau weiß, was er tun soll, dann muß er jetzt fragen, nicht später. Also hört genau zu.«

McCoy lehnte an der leiterartigen Treppe des Pfahlbaus, der als Quartier für ledige Offiziere diente. Die anderen, wieder in ihren schwarzgefärbten Arbeitsanzügen, saßen ihm im Halbkreis auf dem Boden gegenüber. Wendlington, Pierce und die beiden Filipinos trugen die Arbeitsanzüge, die der Landungstrupp als Ersatz mitgebracht hatte.

»Einige Dinge werden wir erst wissen, wenn sie passieren«, sagte McCoy. »Vor allem werden wir erst wissen, wie viele japanische Lastwagen es sein werden, wenn Everly mit dem Motorrad die Straße runterkommt. Es sind mindestens zwei, das ist fast sicher, und vielleicht bis zu vier oder fünf. Wenn es nur zwei sind, ist das ein Problem für uns, denn wir brauchen zwei für den Transport der Verwundeten und Zivilisten. Das heißt, wir haben ein Problem, wenn ein Lastwagen bei unserem Angriff beschädigt wird – oder beide das werden. Wenn beide Lastwagen ausfallen, blasen wir die ganze Sache ab. Wir schnappen uns ihre Waffen und was wir sonst noch schleppen können von den Wagen und kehren hierhin zurück. Wenn ein Wagen ausfällt, werde ich die Entscheidung treffen, ob wir die Aktion abblasen oder es mit nur einem versuchen. Es gibt vier Schützenteams aus zwei Mann. Jedes Team hat ein Springfield-Gewehr und neun Patronen, fünf im Gewehr und vier als Ersatz, plus zwei

Karabiner, jeder mit sechs Magazinen mit fünfzehn Patronen. Ich kann dies nicht genug betonen: je weniger Schüsse, desto besser, und was wir nicht treffen wollen, sind die Wagen. Es werden vermutlich vier Japse in jedem Lastwagen sein – der Fahrer, ein Beifahrer und Soldaten hinten auf dem Wagen. Als erstes schalten wir die Fahrer des ersten und letzten Wagens aus. Dann die Fahrer auf den Wagen dazwischen und als letztes die Soldaten hinten auf den Wagen. Ich werde den ersten Schuß abgeben. Keiner schießt, bevor mein Schuß fällt. Wir können nicht das Risiko eingehen, daß der Fahrer des ersten Wagens Gas gibt, wenn er Schüsse hört, und entkommt. Wenn ihr meinen Schuß hört, fangt ihr mit dem Schießen an. Aber ihr müßt ein Ziel haben, bevor ihr abdrückt! Sobald die Lastwagen gestoppt sind, werden die Gewehrschützen einen Karabiner nehmen und auf die Straße gehen, um sich zu vergewissern, daß alle vom Konvoi tot sind.«

»Nur ja nicht die Springfields fallen lassen und vergessen«, warf Everly ein. »Ich will sie auf den Wagen haben, bevor wir losfahren!«

»Richtig«, sagte McCoy. Er sah keinen richtigen Sinn darin, die Gewehre ohne Munition mitzunehmen. Wenn jeder Schütze dreimal feuerte – fünfmal war wahrscheinlicher – bevor er einen Karabiner nahm, dann blieben für jedes Gewehr nur vier Patronen. Und Garand-Gewehre und Munition dafür würden auf der *Sunfish* sein. Aber er wußte, daß die Springfield-Gewehre für Everly wichtig waren, und deshalb stimmte er ihm zu.

»Sobald wir losfahren«, fuhr McCoy fort, »fährt Lieutenant Everly mit dem Motorrad auf der Straße voraus zu den Verwundeten und Zivilisten, damit die Leute am Straßenrand wissen, daß wir mit den Lastwagen kommen, keine Japaner. Dann nehmen wir unsere Passagiere auf und fahren weiter, bis Everly uns stoppt. Wir laden die Passagiere aus und bringen sie in den Dschungel. Lieutenant Alvarez' Leute fahren mit den Wagen auf der Straße weiter und beseitigen sie. Und dann warten wir auf die *Sunfish*.«

Er blickte in die Runde. Keiner schien ihm Aufmerksamkeit zu schenken.

Sie langweilen sich, dachte er. *Dies muß das zehnte Mal sein, an dem ich das durchkaue.*

»Irgendwelche Fragen?« erkundigte sich McCoy.

Keiner fragte etwas.

Ich denke, jetzt sollte ich etwas Aufmunterndes sagen, dachte McCoy. *Aber mir fällt nichts ein.*

»Okay«, sagte McCoy. »Es kann losgehen.«

Er stieß sich von den leiterartigen Stufen ab und nahm sein Springfield-Gewehr.

»Viel Glück, Gentlemen!« rief Fertig hinter ihnen.

Ich hatte mich schon gefragt, wo er sein mag, und er war die ganze Zeit dort, dachte McCoy.

Ihre Blicke trafen sich.

»Wir sehen uns nach dem Krieg, McCoy«, sagte General Fertig.

»Jawohl, Sir«, erwiderte McCoy. Er grüßte schneidig. Fertig erwiderte den Gruß lässig. McCoy machte kehrt und ging zu Master Sergeant Lamar, der soeben den Tragriemen seines Gewehrs über die Schulter schlang.

Lamar würde sie zu der Stelle nördlich von Tarragona führen, wo sie die Lastwagen der Japaner abfangen wollten. Lamar sah McCoys Blick, nickte, wandte sich um und marschierte los. McCoy vergewisserte sich mit einem Blick über die Schulter, daß Macklin hinter ihm war, und dann marschierte er hinter Master Sergeant Lamar her.

8

1,7 Meilen nördlich von Tarragona
Provinz Davao
Mindanao, Commonwealth Philippinen

31. Januar 1943, 9 Uhr 20

Wenn es an diesem Tag einen Konvoi gab, dann wäre er längst hiergewesen, davon war Captain Kenneth R. McCoy überzeugt. Heute gab es anscheinend keinen Konvoi. Das warf Probleme auf.

Sie waren hier kurz nach zwölf Uhr am Neunundzwanzigsten eingetroffen. Seit ihrer Ankunft hatte es immer wieder geregnet, oftmals in kurzen Gewittern, bei denen die primitiven Unterstände, die sie errichtet hatten, wenig Schutz geboten hatten. Sie wurden bei jedem Regen durchnäßt, und es blieb keine Zeit zum Trocknen. Nach jedem Regen kamen die Insekten zum Vorschein, und alle Männer waren mit Stichen übersät.

McCoy mochte gar nicht daran denken, welche Auswirkungen das bei den Verwundeten und Zivilisten hatte.

Es war natürlich möglich, daß die Japaner von Tarragona aus um zehn oder elf Uhr aufbrachen, oder um 14 Uhr 30, und das bedeutete, daß sie ihre Verstecke an der Straße nicht verlassen und sich nicht in den Dschungel zurückziehen konnten, wo sie sicher Feuer hätten machen können. Sie konnten nur warten.

Und es war durchaus möglich, daß ein Schlüsselelement des Plans, der immer weniger clever wirkte – Everlys Fahrt auf dem Motorrad über die Straße, um sie zu informieren, daß der Konvoi unterwegs war –, aus einer Reihe von Gründen schiefging, angefangen mit einer Panne des Motorrads über einen Unfall bis zu einer Gefangennahme Everlys durch die Japaner.

McCoy ertappte sich bei der Hoffnung, daß Everly bei einem Unfall ums Leben gekommen war. Das war besser, als den Japanern in die Hände zu fallen. McCoy hatte genug japanische Verhörtechniken gesehen, um zu wissen, daß kein Mensch in der Lage war – Mut hatte nichts damit zu tun –, den Vernehmenden zu verschweigen, was sie wissen wollten.

Er war in diese deprimierenden Gedanken vertieft, als er das schwache, aber unverkennbare Motorengeräusch eines nahenden Motorrads hörte.

Dann hörte er hinter sich das Klicken eines Karabiners und wandte den Kopf zu Macklin.

»Wollen Sie Everly erschießen?« fragte McCoy sarkastisch, doch er bereute es sofort.

Dies ist kein Zeitpunkt, um Macklin zur Schnecke zu machen; ich sollte ihn beruhigen. Ich werde den Hurensohn sehr wahrscheinlich brauchen.

Macklin blickte ihn an wie ein Hündchen, das getreten worden war.

»Feuern Sie erst nach meinem Schuß«, sagte McCoy. Dann erhob er sich und stellte sich hinter einen Baum, von wo aus er einen guten Blick auf die Straße hatte.

Zwei Minuten später tauchte Everly auf und schaute von Seite zu Seite, während er sehr langsam fuhr.

McCoy trat hinter dem Baum hervor, damit Everly ihn sehen konnte.

Everly sah ihn, schaltete den Motor aus und rollte zu McCoy.

»Sie sollten in ungefähr zehn Minuten hiersein«, sagte Everly. »Vier Wagen. Alle Bewachung ist auf dem letzten Wagen.«

»Versteck das Motorrad«, befahl McCoy.

Everly startete den Motor. Das Geräusch wirkte jetzt ohrenbetäubend.

McCoy wandte sich an Macklin.

»Haben Sie das gehört? Vier Wagen. Alle Bewacher auf dem letzten?«

Macklin nickte.

»Sie bleiben hier. Ich informiere die anderen.«

Macklin gefiel es offensichtlich nicht, allein zurückzubleiben, doch er nickte.

McCoy ging am Straßenrand entlang. Lieutenant Alvarez, einst beim philippinischen Spähtrupp, und Lieutenant Lewis, bis vor kurzem Adjutant von Rear Admiral Wagam, zeigten sich auf ihren Position auf der anderen Straßenseite.

»Wir haben ihn gehört«, sagte Alvarez.

»Ich informiere die anderen«, sagte McCoy und wies die Straße hinab, wo Pierce, Lamar, Zimmerman und Wendlington in Position waren, »damit sie die Bewacher ausschalten, wenn ich den ersten Schuß abgebe.«

Alvarez nickte, und McCoy lief weiter straßenabwärts.

Als er zu seiner Position zurückkehrte, sah er nichts von Macklin. Nach einem Moment entdeckte er ihn. Macklin war fünf Schritte tiefer im dichten Dschungel, als er sein sollte, und hockte geduckt hinter einem großen Baum.

McCoy widerstand dem Drang, ihn auf die alte Position zu befehlen.

Er betrachtete sorgfältig seine neun Patronen und lud das Springfield-Gewehr mit den fünf Patronen, die seiner Ansicht nach die beste Chance hatten, zu funktionieren.

Nur eine Minute später hörte er das Motorengeräusch der japanischen Lastwagen, viel früher als die zehn Minuten, die Everly angekündigt hatte. McCoy vergewisserte sich, daß das Gewehr entsichert und schußbereit war.

Der Fahrer des ersten Lastwagens, der auftauchte, hockte zusammengesunken hinter dem Steuer und hielt beide Hände auf dem Lenkrad. Der Soldat neben ihm schien zu schlafen.

McCoy visierte die Nase des Fahrers an, atmete tief ein, stieß die Hälfte der Luft aus und drückte ab.

Der Kolben des Springfield-Gewehrs ruckte gegen seine Schulter.

Der japanische Fahrer schien sich aufzurichten, und dann sank er nach vorne übers Lenkrad. Der Lastwagen fuhr weiter, wurde überhaupt nicht langsamer. McCoy visierte den zweiten Japaner an, der jetzt hellwach war, und feuerte.

Nichts.

Wütend hebelte er eine dritte Patrone ein und suchte nach einem Ziel. Er fand eins, aber als sich sein Finger am Abzug spannte, ruckte der Kopf des zweiten Japaners heftig zur Seite.

Lieutenant Alvarez hatte den Japaner getroffen.

McCoy blickte zum zweiten Lastwagen. Der Fahrer hatte auf die Bremse getreten, und es hatte den Anschein, als wolle er das Lenkrad von sich wegschieben. McCoy visierte seine Nase an und drückte ab. Er spürte den Rückschlag des Gewehrs an seiner Schulter. Als er wieder den Japaner anvisieren wollte, schlingerte der Lastwagen von der Straße und krachte gegen einen Baumstamm. McCoy visierte den Soldaten auf dem Beifahrersitz an, doch bevor er abdrücken konnte, schien das Ziel förmlich zu explodieren.

Lieutenant Alvarez versteht zu schießen, dachte McCoy anerkennend.

Und dann nahm er viele Schüsse wahr.

Er tauschte das Springfield-Gewehr gegen den Karabiner.

Hinter sich hörte er Bewegung, und als er den Kopf wandte, sah er, daß Macklin aus dem Dschungel kam und den Karabiner hielt wie ein Jäger eine Schrotflinte. Macklin hastete an ihm vorbei, als nehme er ihn gar nicht wahr.

McCoy wurde durch ein Knirschen abgelenkt, und er blickte in die Richtung des Geräuschs. Der erste Lastwagen war von der Straße abgekommen und gegen einen Baum gefahren.

Der Motor war abgewürgt.

McCoy sprang auf und rannte auf den Lastwagen zu. Aus dem Augenwinkel sah er, daß Chambers Lewis hinter ihm herhetzte.

Sie trafen fast gleichzeitig beim Lastwagen ein. Beide Japaner waren tot. McCoy und Lewis lehnten ihre Karabiner gegen die Stoßstange und zogen die Leichen aus dem Wagen. McCoy setzte sich hinters Lenkrad. Er kuppelte aus und drehte den Schlüssel im Zündschloß. Der Anlasser orgelte, doch dann sprang der Motor an. McCoy und Lewis grinsten sich an.

McCoy fuhr den Lastwagen rückwärts auf die Straße. Der Wagen war anscheinend fahrtüchtig. Er stoppte, stieg aus und schaute über die Straße.

Captain Robert B. Macklin, USMC, ging zwischen den Leichen auf der Straße hin und her und schoß jeder mit seinem Karabiner in den Kopf.

9

Platz Sugar
Provinz Davao
Mindanao, Commonwealth Philippinen

6. Februar 1943, 0 Uhr 01

Mit einiger Mühe las Captain Robert B. Macklin, USMC, die Uhrzeit vom Leuchtzifferblatt seiner Armbanduhr ab. Die Zeiger für Stunde und Minute wiesen auf Mitternacht; der Sekundenzeiger überschritt gerade die fünfunddreißigste Sekunde.

»Columbus, Columbus, hier ist Coffin, Coffin«, zischte es aus dem Funkgerät.

»Genau nach Plan«, flüsterte Captain Macklin.

McCoy ignorierte ihn. »Verstanden, Coffin, empfange Sie deutlich«, sagte er ins Mikrofon. Er stand auf, und leuchtete mit einer Taschenlampe zur See, zweimal lang und zweimal kurz.

»Wir haben Ihr Licht«, ertönte es aus dem Funkgerät. »Wie ist die Brandung?«

»Ihre Boote können landen.«

»Geben Sie uns fünf, ich wiederhole, fünf Minuten und weitere Lichtzeichen.«

»Verstanden, Coffin«, sagte McCoy und ließ das Mikrofon sinken. Er schaute auf seine Armbanduhr.

»Genau nach Plan«, wiederholte Macklin.

»Genau nach Plan«, echote McCoy. »Sagen Sie den Leuten bei den Zivilisten, sie sollen sie auf den Transport vorbereiten. Bringt sie in Gruppen von sechs Personen her.«

»Aye, aye, Sir«, sagte Macklin.

Einen Augenblick später kam ihm in den Sinn, daß er nicht ›Aye, aye, Sir‹ zu McCoy zu sagen brauchte. Obwohl McCoy merkwürdigerweise der befehlshabende Offizier bei dieser Mission war, hatte er, Macklin, einen höheren Dienstrang.

Aber das ärgerte ihn nicht mehr wirklich. Diese Mission war bald vorüber, und sie war gut verlaufen. Im Nu würde er an Bord des U-Boots sein, und das war dann das offizielle Ende der Mission.

Er fragte sich, was das OSS jetzt mit ihm tun würde. Letzten Endes, sagte er sich, würde er nach Washington zurückkehren, um über Fertig und seine Guerillas zu berichten. Angesichts all dessen, was er durchgemacht hatte, war eine Auszeichnung zumindest möglich, vielleicht sogar wahrscheinlich. Das einzige Problem war, daß keiner ihn dafür empfehlen würde; McCoy würde das sicherlich nicht tun. Andererseits, wenn sie Lieutenant Lewis auszeichneten, was wahrscheinlich war, und ihn nicht, würde das Fragen aufwerfen.

Auch das machte eigentlich nichts aus. Eine Auszeichnung wäre schön, aber was er ganz bestimmt bekommen würde, war ein Vermerk in seiner Personalakte, daß er an der OPERATION WINDMILL teilgenommen hatte, einer spektakulären, streng geheimen Mission hinter feindlichen Linien. Und das würde Bannings unglückliche und unfaire Beurteilung ein für allemal auslöschen.

Selbst McCoy konnte nicht an seiner Leistung bei dieser Mission herumnörgeln. Er, Macklin, hatte schließlich acht

Feinde getötet. Das war eine Tatsache. Daran konnte McCoy nichts ändern. Lewis konnte das von sich nicht behaupten.

Das Logischste war das, was er selbst tun würde, wenn er die Entscheidung zu treffen hätte, nämlich ihn im Country Club verwenden, wo er von unbestreitbarem Nutzen war, indem er andere für Missionen dieser Art ausbildete. Es geht nichts über Erfahrung. Und Männer werden inspiriert durch Ausbilder, die persönlich das geschafft haben, worin man sie ausbildet. Acht Minuten später war er wieder auf dem Strand, begleitet von sechs der neun Frauen, die an Bord der *Sunfish* gebracht werden würden. Das war das Gesetz der See, Frauen und Kinder zuerst. Zuerst die Frauen, wofür drei Schlauchboote nötig waren, dann die anderen Zivilisten und die Verwundeten. Und dann würden er und die anderen zum U-Boot paddeln. Das war dann das Ende der Mission.

»Ich habe sechs Frauen bei mir, McCoy«, sagte Macklin. »Der Rest wird in zehnminütigem Abstand kommen.«

McCoy wies aufs Meer. Macklin brauchte einen Moment, um sie zu erkennen, aber dann sah er undeutlich ein halbes Dutzend Schlauchboote auf dem Weg zum Strand.

»Sechs auf einmal? Ich gehe zurück und sage ihnen, daß sie die Evakuierten schneller schicken sollen.«

»Sie bleiben hier und geben Lichtsignale mit der Taschenlampe, zweimal jeweils eine halbe Minute lang«, befahl McCoy. »Ich sorge dafür, daß die Evakuierten hergebracht werden.«

Fünf Minuten später war das erste der Schlauchboote in der Brandung. Die anderen folgten kurz dahinter. Jetzt kam ein Lichtsignal, ein zweimaliges kurzes Aufleuchten, von der *Sunfish*, offenbar um die Besatzung der Schlauchboote bei ihrer Rückkehr zu leiten.

Ein Mann mit schwarzgefärbtem Arbeitsanzug watete durch die Brandung. Er ging zu Macklin.

»Willkommen auf Mindanao«, sagte Macklin.

»Wer sind Sie?«

»Captain Robert Macklin, USMC, abkommandiert vom OSS.«

Der Mann reichte ihm die Hand.

»Major Al Fredericks, Macklin. Ich bin der OSS-Teamchef.«

»Guten Tag, Sir.«

»Wo ist Captain McCoy?«

»Bei den Evakuierten, Sir. Ich habe sechs auf dem Strand, bereit für den Transport zum U-Boot.«

McCoy tauchte auf.

»Ich bin McCoy«, sagte er. »Und wer sind Sie?«

»Mein Name ist Fredericks. Ich bin der OSS-Teamchef.«

»Ich spreche mit Ihnen, bevor ich zur *Sunfish* paddele«, sagte McCoy und schüttelte Fredericks die Hand. »Im Augenblick ist es wichtiger, die Evakuierten an Bord zu bringen.«

»Verzeihung, das ist es nicht.«

»Wie bitte?«

»Ich habe meine Befehle, Captain. Von General Pickering. Die ersten Leute, die an Bord der *Sunfish* gehen, sind Sie und Lieutenant Lewis, gefolgt von den anderen Männern Ihres Trupps. Das gefiel mir zuerst nicht, aber nach einer Weile sah ich einen Sinn darin. Der Zweck dieser Operation ist Ihr Bericht über General Fertig. Alles andere muß dahinter zurückstehen.«

»Um Himmels willen!« protestierte McCoy.

»Wie ich das verstanden habe, sind wir beide Offiziere des Marine-Corps«, sagte Major Fredericks. »In diesem Fall, Captain, lautet die richtige Antwort ›Aye, aye, Sir‹.«

»Aye, aye, Sir«, sagte McCoy.

»Es ergibt einen Sinn, wenn Sie darüber nachdenken, McCoy«, sagte Macklin. »Das Wichtigste ist, daß wir von hier wegkommen.«

»Waten Sie zum Boot und steigen Sie ein, Captain«, sagte Major Fredericks. »Ich werde dafür sorgen, daß die anderen folgen.«

»Möchten Sie, daß ich Captain McCoy begleite, Sir?« fragte Captain Macklin.

»Warum? Nach dem, was ich hörte, ist Captain McCoy der Schlauchbootexperte des Marine-Corps. Er kann vermutlich ohne Hilfe in ein Schlauchboot steigen.«

»Jawohl, Sir. Natürlich. Wann möchte der Major, daß ich zur *Sunfish* paddele?«

»Sie paddeln nirgendwohin, Captain«, sagte Major Fredericks.

»Sir?«

»Ehrlich gesagt, ich wünschte, Sie würden verschwinden, Captain«, sagte Major Fredericks. »Ihr Ruf eilt Ihnen voraus. Aber meine Befehle lauten, Sie hierzubehalten.« Er sah Macklin an und dann McCoy. »Warten Sie auf etwas, Captain, oder reicht Ihnen ein direkter Befehl, in ein Boot zu steigen?«

»Passen Sie auf sich auf, Macklin«, sagte McCoy. Er überreichte Major Fredericks seinen Karabiner. »Geladen und gesichert, Sir.«

Dann watete er in die Brandung.

10

SOFORT WEITERLEITEN
VON SUNFISH
1105 GREENWICH 6 FEBRUAR 1943

AN CINCPAC
ALLE STATIONEN KOPIEREN UND WEITERLEITEN

1. OPERATION LEBENSMITTELLADEN EINS ERFOLGREICH ABGESCHLOSSEN UM 23 UHR 00 ORTSZEIT.

2. OSS-VERSTÄRKUNG SICHER AN LAND UND IN KONTAKT MIT OSS-AGENT, DER BEIM HEADQUARTERS USFIP VERWENDET WIRD.

3. SUNFISH HAT FOLGENDE PERSONEN AN BORD GENOMMEN: CAPTAIN K. R. MCCOY, USMCR, LIEUTENANT CHAMBERS LEWIS, USN, GUNNERY SERGEANT ERNEST ZIMMERMAN, USMC, UND STAFF SERGEANT STEPHEN KOFFLER, USMC. ALLE IN AUSGEZEICHNETER VERFASSUNG.

4. SUNFISH HAT FERNER AN BORD GENOMMEN: NEUN (9) WEIBLICHE US-ZIVILISTEN; VIER (4) MÄNNLICHE US-ZIVILISTEN UND ELF (11) VERWUNDETE UND/ODER SCHWERVERWUNDETE AMERIKANISCHE UND PHILIPPINISCHE MITGLIEDER DER U.S. FORCES IN THE PHILIPPINES. FÜR ALLE IST AM ZIELORT DRINGEND ÄRZTLICHE BEHANDLUNG NÖTIG.

5. FORTSETZUNG WIE BEFOHLEN

ENDE

11

SUPREME HEADQUARTERS SWPOA 2315 6 FEB 43
VIA SPECIAL CHANNEL

AN NAVY DEPT WASH DC
FÜR COLONEL F. L. RICKABEE USMC OFFICE OF MANAGEMENT ANALYSIS

BITTE ÜBERMITTELN SIE SOFORT FOLGENDES AN MISS ERNESTINE SAGE. ADRESSE IST BANNING UND SESSIONS BEKANNT.
BEDAURE ZUTIEFST, DICH BITTEN ZU MÜSSEN, PICK ANZURUFEN UND IHM ZU SAGEN, DASS DU IHN NICHT HEIRATEN KANNST, WEIL CAPTAIN KENNETH R. MCCOY AUF DEM HEIMWEG IST. MEHR EINZELHEITEN, WENN VERFÜGBAR. IN LIEBE, ONKEL FLEMING.

ENDE

IM AUFTRAG VON BRIG GEN PICKERING USMCR

HART 2LT USMCR

TOP SECRET

THE WHITE HOUSE
WASHINGTON

0900 8 FEBRUAR 1943
VIA SPECIAL CHANNEL

GENERAL DOUGLAS MACARTHUR
SUPREME COMMANDER SWPOA

FOLGENDES PERSOENLICH VOM PRAESIDENTEN AN GENERAL MACARTHUR

MEIN LIEBER DOUGLAS,
ICH BIN ÜBERZEUGT, SIE WERDEN MIR ZUSTIMMEN, DASS FOLGENDES ETWAS IST, AN DAS WENIGSTENS EINER VON UNS SCHON VOR EINIGER ZEIT HÄTTE DENKEN SOLLEN. ICH WÜSSTE ES ZU SCHÄTZEN, WENN SIE DIES SO SCHNELL WIE MÖGLICH AN FLEMING PICKERING ÜBERMITTELN.

ELEANOR SCHLIESST SICH MEINEN HERZLICHEN GRÜSSEN AN SIE UND JEAN AN.

WIE IMMER

FRANKLIN

ENDE PERSOENLICHER BOTSCHAFT VOM PRAESIDENTEN AN GENERAL MACARTHUR

FOLGENDE PERSOENLICHE BOTSCHAFT VOM PRAESIDENTEN AN BRIG GEN PICKERING

MEIN LIEBER FLEMING,

LASSEN SIE MICH ZUERST MEINE GROSSE BEWUNDERUNG FÜR DIE ART UND WEISE, IN DER IHRE LEUTE DIE OPERATION DURCHFÜHRTEN, UM KONTAKT MIT WENDELL FERTIG AUF

DEN PHILIPPINEN AUFZUNEHMEN, UND MEINE PERSÖNLICHE FREUDE DARÜBER AUSDRÜCKEN, DASS JIMMYS WAFFENKAMERAD CAPTAIN MCCOY UND SEIN TAPFERES TEAM SICHER EVAKUIERT WURDEN. BITTE ÜBERMITTELN SIE JEDEM BETEILIGTEN MEINE BESTEN WÜNSCHE UND MEINE DANKBARKEIT FÜR EINEN GUT AUSGEFÜHRTEN JOB.

LASSEN SIE MICH ZWEITENS MEINEN ÄRGER DARÜBER AUSDRÜCKEN, DASS ICH ERST GESTERN ABEND AUF DIE OFFENKUNDIGE LÖSUNG UNSERES PROBLEMS ANGESICHTS OSS-OPERATIONEN IM PAZIFIKRAUM KAM. ICH HÄTTE NATÜRLICH NICHT IM TRAUM DARAN GEDACHT, MICH ÜBER DIE VÖLLIG VERSTÄNDLICHEN SORGEN VON GENERAL MACARTHUR UND ADMIRAL NIMITZ HINWEGZUSETZEN, DASS DIE OSS-OPERATIONEN IN IHREN BEFEHLSBEREICHEN IHRE EIGENEN OPERATIONEN STÖRT. AN IHRER STELLE WÄRE ICH GENAUSO BESORGT GEWESEN.

WIR BRAUCHEN NATÜRLICH JEMANDEN, DER DAS VÖLLIGE VERTRAUEN SOWOHL VON ADMIRAL NIMITZ UND GENERAL MACARTHUR ALS AUCH VON OSS-DIREKTOR DONOVAN HAT. EHRLICH GESAGT, ICH HABE BIS GESTERN ABEND VERZWEIFELT NACH EINER SOLCHEN PERSON GESUCHT. BEIM ABENDESSEN MIT UNSEREM LIEBEN FREUND SENATOR FOWLER KAM MIR PLÖTZLICH SO ETWAS WIE EINE GÖTTLICHE EINGEBUNG, DENN ICH ERKANNTE, DASS DIESE PERSON – SIE – ALL DIE ZEIT VOR UNS ALLEN GESTANDEN HATTE.

ICH HABE HEUTE DEN BEFEHL GEGEBEN, SIE ZUM STELLVERTRETENDEN DIREKTOR DES OFFICE OF STRATEGIC SERVICES FÜR OPERATIONEN IM PAZIFIKRAUM ERNENNEN. ICH BIN SICHER, DASS GENERAL MACARTHUR UND ADMIRAL NIMITZ SO BEGEISTERT ÜBER DIESE ERNENNUNG SEIN WERDEN, WIE ES DIREKTOR DONOVAN WAR. ICH HABE FERNER ADMIRAL LEAHY ANGEWIESEN, ALLES PERSONAL VON USMC SPECIAL DETACHMENT 16 ZU IHNEN ZU VERSETZEN, IHNEN ALLE AUSRÜSTUNG ZU ÜBERGEBEN UND DIE VERSETZUNG VON ALLEM ANDEREN PERSONAL ZU ARRANGIEREN, DAS SIE FÜR NOTWENDIG HALTEN.

OBWOHL SIE DIREKT DIREKTOR DONOVAN UNTERSTEHEN WERDEN, LASSEN SIE MICH VERSICHERN, DASS MEINE TÜR

FÜR SIE IMMER UND ZU JEDER ZEIT OFFENSTEHEN WIRD. ICH FREUE MICH DARAUF, ZUKÜNFTIGE OPERATIONEN SO BALD WIE MÖGLICH MIT IHNEN ZU BESPRECHEN, WENN SIE IN BRISBANE ABKÖMMLICH SIND.

MIT MEINEN HERZLICHSTEN GRÜSSEN

FRANKLIN

ENDE DER PERSOENLICHEN BOTSCHAFT DES PRAESI DENTEN AN BRIG GEN PICKERING

IM AUFTRAG DES PRAESIDENTEN
LEAHY ADMIRAL USN
STABSCHEF DES PRAESIDENTEN

T O P S E C R E T

Nachwort des Autors

Als das Fracht-U-Boot *Narwhal* der U.S. Navy später im Krieg endlich vor Mindanao auftauchte, um viel Versorgungsmaterial zu liefern und schwerkranke zivile und militärische Amerikaner zu evakuieren, wurde es von der Kapelle der USFIP begrüßt, die in Uniform ›The Stars and Stripes Forever‹ spielten.

Als General Douglas MacArthur sein Versprechen, auf die Philippinen zurückzukehren, schließlich einlösen konnte, wurden seine Truppen bei der Befreiung von Mindanao durch die dreißigtausend ausgebildeten, uniformierten und bewaffneten Männer, Filipinos und Amerikaner, der US-Streitkräfte auf den Philippinen unterstützt.

Fertig überlebte den Krieg und setzte seine erfolgreiche zivile Karriere als Ingenieur fort. Er war ein vertrauter Anblick und eine verehrte Person im Special Warfare Center – Heimat der Green Berets – in Fort Bragg, North Carolina.

Obwohl er mehr Männer im Kampf befehligt hatte als ein Kommandeur einer Division, hielt die Army es niemals für angebracht, ihn über Colonel hinaus zu befördern, nicht einmal in der Reserve.

Sein Waffenkamerad (und ziviler Kollege als Ingenieur, der zum Sprengexperten wurde) in den ersten Tagen des Krieges auf Luzon, Lieutenant (später Major) Ralph Fralick, der von Bataan entkam, kurz bevor die Halbinsel fiel, nahm vierzig seiner Männer mit. Nach einer schrecklichen 1200-Meilen-Reise in einem offenen Boot trafen sie in Hanoi ein, im damaligen Französisch-Indochina.

Fralick ließ seine hungernden, erschöpften, aber immer noch stolzen Soldaten antreten und marschieren, um sich bei den französischen Behörden zu melden. Es wurden schneidige Grüße gewechselt, und dann übergaben die Franzosen die Amerikaner ihren Verbündeten, den Japanern. Fralick überlebte vier grauenhafte Jahre in japanischer Gefangenschaft, und nach einer kurzen Zeit in der Army in Friedenszeiten kehrte er ebenfalls in seinen Beruf als ziviler Ingenieur zurück.

Gegen Ende seines Lebens haßte er alles, was französisch war.

Major Ralph Fralick starb 1993 und ist auf dem U.S. Cemetery der Naval Air Station Pensacola, Florida, begraben. Der Autor hatte die Ehre, ihn gut zu kennen und schließlich die Lobrede zu halten.

ENDE

Band 13 723

Maria Helleberg

Vogelfrei

Deutsche Erstveröffentlichung

Schweden in den Jahren 1292 – 1324: Jofrid, das uneheliche Kind des Königs Magnusson, wird von ihrer vornehmen Mutter großgezogen; die muß unter ihrem Stand heiraten, damit das Kind auch einen ›Vater‹ hat. Der Fluch der heiklen Herkunft lastet auf Jofrids ganzem Leben. Als junges Mädchen verliebt sie sich in einen Priester, aber der Vater zwingt sie zu einer Heirat mit einem ungeliebten Großbauern. Jofrid fügt sich in ihr Schicksal – bis sie als erwachsene Frau dem Ritter Sten Alogottsson begegnet. Die leidenschaftliche Liebe der beiden setzt sich über alle Tabus der rauhen schwedischen Gesellschaft des 13. Jahrhunderts hinweg und löst ein blutiges Drama aus ...

BASTEI LÜBBE

Sie erhalten diesen Band im Buchhandel, bei Ihrem Zeitschriftenhändler sowie im Bahnhofsbuchhandel.